开国征尘系列

华夏古典小说分类阅读大系

东西晋演义

华夏出版社

[明] 杨尔曾 编撰

图书在版编目（CIP）数据

东西晋演义/(明)杨尔曾编撰. --北京：华夏出版社,2017.10
（华夏古典小说分类阅读大系）
ISBN 978-7-5080-9283-6

Ⅰ. ①东… Ⅱ. ①杨… Ⅲ. ①章回小说－中国－明代
Ⅳ. ①I242.4

中国版本图书馆CIP数据核字(2017)第214450号

东西晋演义

作　　者	〔明〕杨尔曾 编撰
责任编辑	韩　平
责任印制	顾瑞清
出版发行	华夏出版社
经　　销	新华书店
印　　刷	三河市万龙印装有限公司
装　　订	三河市万龙印装有限公司
版　　次	2017年10月北京第1版 2017年10月北京第1次印刷
开　　本	880×1230　1/32
印　　张	17.375
字　　数	560千字
定　　价	38.00元

华夏出版社　地址：北京市东直门外香河园北里4号　邮编：100028
网址：www.hxph.com.cn　电话：(010)64663331(转)
若发现本版图书有印装质量问题，请与我社营销中心联系调换。

出版者的话

我国的古典小说,题材的丰富性、多样性尤为突出。经过与古典小说专家学者的座谈沟通,我们把中国古典小说(白话小说)依照题材内容的不同,大致划分出如下几个板块——

有讲述古代名臣断案的作品,拟称"名公断案系列";

有反映历朝历代开国进程的作品,拟称"开国征尘系列";

有以家族宗亲为核心的英雄传奇作品,拟称"家将英雄系列";

有笔墨集中反映市井生活的作品,拟称"市井风情系列";

有传统武侠类作品,拟称"侠义雄杰系列";

有名著大作的续书,拟称"名著续作系列";

有表现人间欢愁冷暖的作品,拟称"世情万象系列";

有揭露批判社会异变的作品,拟称"狭邪烟粉系列";

有记述神人奇事的作品,拟称"奇人异事系列"等等;

当然,更有"四大名著"、"三言二拍"等影响深远、成就辉煌的经典,拟称"金声玉振系列"。

将已然满目的所谓"系列化"出版进一步推向细化、规整化,是"华夏古典小说分类阅读大系"最根本的特色。强调"类型化",既是对不同读者口味的关照,也是对我国古代小说一次有机的整合;"分类大系"的各个系列,分,则旗号鲜明,聚,则大大皇皇。

"分类大系"充分考虑到广大读者阅读的便捷,选择了目前国内最权威、最流行的版本作底本,通过对疑难词的释义与注音,达成对阅读障碍的"清剿",版式方面,采用了以降低读者视觉疲劳为目的的"稀疏化"设计。同时,这套精装书以比平装书还低的价位,更表现了它"接地气"的通俗化、平民化的特质。

希望"分类阅读大系"受到广大读者、收藏者的欢迎。

《东西晋演义》(又题《东西两晋志传》),明代杨尔曾编撰,历史演义小说。分为《西晋演义》和《东晋演义》两部。

  杨尔曾，字圣鲁，号雉衡山人，又号夷白主人，钱塘人。生卒年均不详，约明神宗万历四十年前后在世。好编刊通俗书籍，编有小说《东西晋演义》《韩湘子全传》等；《中国通俗小说书目》刊有《海内奇观》、《图绘宗彝》等，颇见流行。

  《西晋演义》叙述司马炎代魏称帝，定都洛阳，死后惠帝登位。由于惠帝懦弱，大权旁落贾后，诸王不满，引起历时十六年的"八王之乱"。北方五胡趁机而起，怀王、愍王先后于长安、洛阳被俘。西晋历四帝而亡，共五十二年。

  《东晋演义》记述西晋亡后，南北对峙，北方先后出现二十多个政权，统称为十六国。至前秦苻坚兴师百万进攻东晋。南方则由司马睿重建政权，多次北伐未成，石勒犯境方取得"淝水之战"的胜利，解除北方的威胁。东晋前后有十一帝登基，后来权力转移到刘裕之手，篡晋称帝，东晋亡，历时一○四年。东西晋中间穿插五胡十六国，南北对峙，战争不断。

  本书结构紊而不乱，从西晋到东晋，又从南朝到北朝，重大历史事件，大大小小战争，环环相扣，前后照应，依傍历史，描绘了各种各样的历史人物。郑振铎先生评价："这部演义也极雅驯，几乎无一字无来历，在讲史里是较好的一部。"

  此次出版，我们对原书中的笔误、缺漏和难解字词进行了更正、校勘和释义，对原书缺字的地方用□表示出来，以方便读者阅读。由于时间仓促，水平有限，其中难免有所疏失，望专家和读者予以指正。

2017 年 9 月

东西晋演义序

　　一代肇兴,必有一代之史,而有信史、有野史。好事者蘘①取而演之,以通俗谕人,名曰"演义",盖自罗贯中《水浒传》、《三国传》始也。罗氏生不逢时,才郁而不得展,始作《水浒传》,以抒其不平之鸣。其间描写人情世态、宦况闺思,种种度越人表。迨②其子孙,三世皆哑,人以为口业之报。而后之作《金瓶梅》、《痴婆子》等传者,天且未尝报之,何罗氏之不幸至此极也?良亦尼父③恶作俑④意耳!今年仲夏,溽暑蒸人,洼居甚苦,偶遇泰和堂主人。主人者,貂蝉⑤世胄,纨绮名家,秘窥二酉⑥之藏,业擅五车之富,射雕献技,倚马呈奇,而尚义任侠,施予然诺,淄渑不爽⑦。时以醇醪浇其胸中块垒之气,故其座常满,其尊不空,诚翩翩佳公子也。是日,以白堕⑧迟⑨我,觥筹交错,丙夜不休。迨醉眠,鸡鼓翼再鸣矣。主人语我曰:"某欲刻《东西两晋传》,而力有未逮⑩。得君为我商订,庶乎有成。"余曰:"某非董狐⑪也,子盍谋之外史氏乎?"主人曰:"昔弇州氏以高才硕抱,不得入史馆秉史笔,故著述几亿万言。今君颠毛种种,仕路犹赊⑫,宁不疾殁世而名不称乎?且是编也,严华裔之防,尊君臣之分,标统

---

① 蘘(cóng)——聚集。
② 迨——等到。
③ 尼父——孔子。
④ 作俑——倡导做不好的事。
⑤ 貂蝉——古时王公显官冠上饰物,后用以喻达官显贵。
⑥ 二酉——指大酉、小酉二山,相传小酉山洞穴中藏书千卷,后用以形容藏书宏富。
⑦ 淄渑不爽——分辨不差。
⑧ 白堕——美酒。
⑨ 迟——等待,这里作招待解。
⑩ 逮——到,及。
⑪ 董狐——春秋时晋史官,直书不讳。
⑫ 赊——遥远。

系之正闰,声猾夏之罪愆,当与《三国演义》并传,非若《水浒传》之指摘朝纲,《金瓶梅》之借事含讽,《痴婆子》之痴里撒奸也。君何辞焉?"余爱是标题甲乙,稍加铅椠①,迨秋仲而杀青斯竟。间有姓氏之错谬,岁月之参差,郡邑之变更,官爵之讹误,先后之倒置,章法之紊乱,皆非我意也,仍旧文而稍加润色耳。知我者,幸毋以鸴鸠②见哂。

---

① 铅椠(qiàn)——校勘。
② 鸴(xué)鸠——斑鸠。

西晋纪元传

　　始武帝乙酉篡位自立,终愍帝丙子。四帝,共五十二年。为五胡伪汉刘聪所灭。

　　其祖司马懿,河内温县人。其先出自高阳之子重黎,为夏官祝融。及周,以夏官为司马,因以氏焉。楚汉间司马印之后也。曹操辟①懿为丞相文学掾②。魏文帝时,为抚军、录尚书事,受顾命辅政。明帝时,迁大将军。齐王,迁太尉丞相,加九锡。卒,子师乃为大将军、录尚书事。废齐王,立高贵乡公。卒,弟昭袭位,大将军、录尚书事。弑高贵乡公,立陈留王。进位相国,封晋公,加九锡,总百揆,晋爵为王。卒,子炎嗣,为相国、晋王。

　　乙酉,武帝姓司马名炎,司马懿之孙,司马昭之子。篡魏称帝,承魏大德,以金德王,都洛阳,平吴混一。在位二十五年,寿五十五。改元者三:泰始十、咸宁五、太康十。

　　庚戌,惠帝名衷,武帝子。在位十七年。东海王越鸩之,寿四十八。改元者八:永熙一、永平一、元康九、永康一、永宁一、太安二、改建代父,次永兴二、光熙一。

　　丁卯,怀帝名炽,武帝子。在位六年。为五胡刘聪所擒,寿三十。改元者一:永嘉六。

　　癸酉,愍帝名邺,武帝孙。在位四年。为五胡刘聪所擒,寿十八。改元者一:建兴四。

　　八王用事之次:

　　汝南王司马亮,贾后使玮杀之。

　　楚王司马玮,张华劝贾后杀之。

　　赵王司马伦,篡位伏诛。

---

①　辟(bì)——帝王召见并授与官职。
②　掾(yuàn)。

齐王司马冏①,被司马乂杀之。

长沙王司马乂,被越杀之。

成都王司马颖,长史刘舆鸩②之。

河间王司马颙,南阳王模遣将杀之。

东海王司马越,忧惧成疾,薨于项。还葬东海,石勒追及伐军焚尸,世子毗及宗室四十八王皆殁。

东晋纪元传

元帝,太安之际,童谣云:"五马浮渡江,一马化为龙。"永嘉元年,琅邪王睿与西阳王羕③、汝南王佑、南顿王宗、彭城王纮,同获济,而元帝睿即大位。

始元帝因怀、愍二帝为伪汉刘聪所执,丁丑渡江,于戊寅即位于建康,终恭帝。十一帝,共一百三年。己未年,被刘裕篡位灭之。

丁丑,元帝姓牛名睿,乃琅邪恭王妃夏后氏因与小吏牛氏通所生,而冒姓司马氏,实牛姓,是应"牛继马后"之谶④也。承西晋,以金德王,都于建康,在位六年。寿四十七。改元者三:建武一、太兴四、永昌一。

癸未,明帝名绍,元帝子。西朝之教始兴。帝在位三年,寿二十七。改元者一:太宁三。

丙戌,成帝名衍,明帝子。五岁即位,太后临朝,王导辅政。在位十七年,寿二十二。改元者二:咸和九、咸康八。

癸卯,康帝名岳,明帝子。在位二年,寿二十三。改元者一:建元二。

乙巳,穆帝名聃,康帝子。三岁即位,褚太后临朝,在位十七年,寿十九。改元者二:永和十二、升平五。

壬戌,哀帝名丕,成帝子。在位四年,寿二十五,改元者二:隆和一、兴

---

① 冏(jiǒng)。

② 鸩(zhèn)——鸩,传说中的毒鸟。把它的羽毛放在酒里,可以毒杀人。

③ 羕(yàng)。

④ 谶(chèn)——迷信的人指将来要应验的预言、预兆。

宁三。

丙寅,废帝名奕,成帝子。在位五年,寿四十五。虚器徒拥,为桓温所废,为东海王,又降为海西县公。改元者一:太和五。

辛未,简文帝名昱①,元帝子。在位二年,寿五十三。改元者一:咸安二。

癸酉,孝武帝名曜,简文帝子。十一岁即位,谢安辅政,在位二十四年,寿三十五。因醉,为张贵人所弑。改元者二:宁康三、太元二十一。

丁酉,安帝名德宗,孝武帝子。桓玄篡位,废为平固王。迁为寻阳,又奔江陵。刘裕诛玄复位,后为刘裕所弑。在位二十二年,寿三十七。改元者三:隆安五、元兴三、义熙十四。

己未,恭帝名德文,孝武帝子。刘裕立之,在位一年,寿三十六。改元者一:元熙二。为刘裕所篡,封零陵王,寻弑之。

---

① 昱(yù)。

两晋后妃纪

杨皇后，被妇贾后所废，害之。胡贵嫔，武帝妃也。

贾皇后，惠帝后，凶悍，谋害太子，被赵王伦废之。

王皇后，惠帝后，被后赵王刘曜掳去为后。

杜皇后，杜预曾孙，成帝之后，后美无齿，帝纳入宫，一夜遂生。

李太后，孝武帝母，梦二龙枕膝，日月入怀，而生帝。

王皇后，即安帝后也。

附：五胡僭①伪十六国王纪元于后：

前凉 张轨，安定乌氏人，汉赵王张耳十七世孙。晋惠帝永宁元年为凉州刺史，因据之。安帝拜凉州牧、西平公。

始晋太安二年癸亥，终东晋太元元年丙子。八王，共七十四年。前秦苻坚灭之。张轨在位十二年。

张寔②，轨之子，为妖贼所杀。在位六年。僭号改元者一：永安六。

张茂，轨之子，寔之弟，被刘曜击，出降，卒。在位三年。僭号改元者一：永元三。

张骏，寔之子，自称凉王，妖人杀之。在位二十二年。僭号改元者一：太元二十二。

张重华，骏之子。晋穆帝仍以为凉州刺史、西平公。复自称凉王。在位九年。僭号改元者一：永乐九。

张曜灵，重华子。立二月，国人废之，立张祚。

张祚，骏之子。立一年，僭号改元者一：和平一。明年去年号，遇杀。

张玄靓，重华之子，曜灵之弟。在位九年。僭号改元者一：太始六。明年奉晋升平年号，张天锡弑之。

张天锡，玄靓叔父。弑玄靓自立，降于苻坚。坚寇晋，于阵降晋。诏复西平公。在位十二年。僭号改元者一：凤凰十二。

---

① 僭（jiàn）——冒用正统王号。

② 寔（shí）。

后凉 吕光，略阳氐人。苻坚灭西域还凉州，入姑臧，闻坚遇弑，遂据姑臧。自称凉州牧、酒泉公、三河王，即凉王位。

始东晋太元十一年丙戌，终元兴二年癸卯。三主，共十九年。后秦姚兴灭之。吕光在位十三年。僭号改元者三：太安三、麟嘉六、龙飞四。

吕绍，光嫡子。庶长子纂杀绍自立。

吕纂，光庶长子。杀绍自立。三年，光弟宝之子超杀纂而立兄隆。僭号改元者一：咸宁三。

吕隆，宝之子。降于姚兴。在位三年。僭号改元者一：神鼎三。

南凉 秃发乌孤，河西鲜卑人。吕光署为广武郡公，筑广州堡以都之。自称西平王、武王，徙都乐都。又据广武，今兰州金城县。

始东晋隆安元年丁酉，终义兴十年甲寅。三主，共十八年。西秦乞伏炽盘灭之。

秃发乌孤在位三年。僭号改元者一：太初（即太和）二。

利鹿孤，乌孤弟。徙居西平，称河西王。在位二年。僭号改元者一：建和二。

傉檀，利鹿孤弟。在位十三年，称凉王，迁乐都。为乞伏炽所杀。僭号改元者二：弘昌六、嘉平七。

西凉 李暠①，小字长生，陇西成纪人。汉前将军李广十六世孙。高曾祖仕晋，历郡守。祖仕张轨。父早卒，遗腹生暠。北凉王段业以为敦煌太守，又推为秦、凉二州牧。凉王奉表于晋称藩，据敦煌，徙酒泉。

始东晋隆安四年庚子，终宋永初二年辛酉。三主，共二十二年。北凉沮渠蒙逊灭之。

李暠在位十二年。僭号改元者二：庚子四、建初八。

李歆②，暠之子。嗣立九年。为沮渠蒙逊所害，在位九年。僭号改元者一：嘉兴九。

北凉 沮渠蒙逊，临松卢水胡人。起兵推建康太守段业为凉州牧、凉王。后蒙逊杀段业自立，据张掖，今甘州。

始东晋隆安元年丁酉，终宋元嘉十六年己卯。三主，共四十三年。后

---

① 暠（hào）。
② 歆（xīn）。

魏灭之。

段业，在位五年。僭号改元者二：神玺二、天玺三。

沮渠蒙逊杀段业自立，称凉州牧、张掖王。迁于姑臧，称河西王。在位三十二年。僭号改元者四：永安十二、玄始十四、承玄二、义和四。

牧犍，蒙逊子。在位六年，为后魏太武所杀。僭号改元者一：永和六。

前赵（初号汉）刘渊，新兴匈奴人，冒顿之后。晋惠帝永兴元年自称大单于，据离石左国城，建国号汉，称汉王。即帝位，迁都平阳，为五胡乱华之首。

始西晋永兴元年甲子，终东晋咸和四年己丑。三主，共二十六年。后赵石勒灭之。

刘渊在位六年。僭号改元者三：元熙四、永凤一、河瑞一。

刘和，渊之子。立一月，为弟聪所杀。

刘聪，渊次子。弑兄自立，在位八年。僭位号改元者四：光兴一、嘉平四、建元一、麟嘉二。

刘粲①，聪之子。立一月，为靳准所杀。刘氏男女无少长皆斩东市，发渊、聪冢，斩聪尸，焚其庙。

刘曜，聪族子。讨靳准自立，改国号赵，在位十二年。为勒所杀。僭号改元者一：光初十二。

后赵石勒，上党人，系羯人。晋惠帝太安中为群盗，归刘渊，以为平晋，后自为赵王，据襄国，灭前赵，即帝位，徙都平漳。为五胡乱华之从。

始东晋大兴二年己卯，终永和七年辛亥。七主，共三十三年。冉闵灭之。

石勒在位十五年，九年无年号。僭号改元者二：太和二、建平四。以胡僧佛图澄创捏胡经，以扶胡教。

石弘，勒之子。立一年，为勒从子石虎所弑，勒种无遗。僭号改元者一：延熙一。

石虎，勒从子。弑石弘自立，迁都邺，在位十五年。僭号改元者二：建武十四、太宁一。

石世，虎嫡子。立一月，为庶兄石遵所杀。

---

① 粲(càn)。

石遵,虎庶长子。立十月,杀石世自立。为石鉴所杀。

石鉴,虎之子。立二月,改元青龙,杀石遵自立。为虎养孙石闵杀之,并石虎三十八孙尽灭,石氏无遗类,杀胡羯二十八万人。

石祗,虎族子。立二年,改元永宁。因石鉴遇害,称帝于襄国。为其将刘显所弑。僭号改元者一:永宁二。

夏赫连勃勃,匈奴右贤王去卑之后,刘渊之族也。统朔方。

始东晋义熙三年丁未,终宋元嘉八年辛未。三主,共二十五年。后魏太武灭之。

赫连勃勃,在位二十年。僭号改元者四:龙升六、凤翔五、昌武三、真兴六。

赫连昌,勃勃子。为后魏所擒,立一年。僭号改元者一:承光一。

赫连定,昌弟。击北凉,为吐谷浑所执,送魏,夏遂亡。在位四年。僭号改元者一:胜光四。

后蜀李特,巴西宕渠人。晋武帝太康中关西乱,百姓流移就谷,特随流人寄食蜀汉。晋太安中遂据益州,自称益州牧。子雄,称成都王。即帝位,国号成。

始西晋太安二年癸亥,终东晋永和三年丁未。五主,共四十五年。晋桓温灭之。

李特在位二年。僭号改元者一:建初一。

李雄,特之子。在位三十一年。僭号改元者三:建兴二、晏平五、玉衡二十四。

李期,雄兄之子。为雄弟寿所杀,在位三年。僭号改元者一:玉恒三。

李寿,雄之弟。杀期自立,在位六年,改国号汉。僭号改元者一:汉兴六。

李势,寿之子。降于晋桓温,在位三年。僭号改元者二:太和一、嘉宁一。

魏不在十六国数。始东晋永和六年庚戌,终永和八年壬子。共三年。前燕慕容隽灭之。

冉闵,魏郡内黄人。石虎养子,冒姓石氏,杀石鉴自立,复姓冉氏。国号魏,在位三年。僭号改元者一:永兴三。

前燕 五胡乱华之一。慕容廆①,小字弈洛瓌,昌黎鲜卑人。其先有熊氏之苗裔,世居北夷,号曰东胡。后为匈奴所败,分保鲜卑山,因以为号,以慕容为氏。又辽西廆父涉归,为鲜卑单于,迁邑于辽东。廆继立,自称鲜卑大单于。晋元帝封昌黎公,据邺都。

慕容廆在位三十一年,未有号。

慕容皝②,廆之子。称燕王,在位十六年。

慕容儁,皝之子。自即帝位,在位十三年,四年无年号。僭号改元者二:元玺五、光寿四。

慕容暐,儁之子。降于苻坚,寻为所杀,在位八年。僭号改元者一:建熙八。

后燕 据中山,今定州。慕容垂,皝第五子。慕容儁封吴王,与慕容评相忌,奔秦仕苻坚。坚寇晋,兵败,伏归燕,自称燕王,定都中山,即帝位。

始东晋太元八年癸未,终义熙四年戊申。五主,二十六年。北燕冯跋灭之。

慕容垂立十二年,二年无年号。僭号改元者一:建兴十。

慕容宝,垂之子。立三年。僭号改元者一:永康三。

慕容盛,宝之子。立三年。僭号改元者二:建平一、长乐二。

慕容熙,垂少子。立六年,为冯跋及慕容宝养子高云所杀。僭号改元者一:光始六。

高云弑慕容熙,自立二年,为幸臣离班桃仁杀之。僭号改元者一:正始三。

南燕 据广固,今青州。慕容德,皝之少子,垂之弟也。慕容暐封为范阳王,慕容宝以为丞相,领冀州牧,遂自称燕王。入青、齐、广固,即帝位。

始东晋隆安二年戊戌,终义熙六年庚戌。二主,十三年。刘裕灭之。

慕容德,立七年,僭号改元者一:建平七。

慕容超,德兄之子。立六年,为晋刘裕所执,送建康斩之。僭号改元者一:太上六。

北燕 冯跋,长乐信都人。与高云杀慕容熙,推高云为主。云遇杀,众

---

① 廆(wěi)。

② 皝(huàng)。

推冯跋即天王位,国号燕,据昌黎,今潭州。

始东晋义熙五年己酉,终宋元嘉十三年丙子。二主,二十八年。后魏太武灭之。

冯跋立二十三年,僭号改元者一:太平二十三。

冯弘,跋之弟。杀跋之子而自立,五年,为后魏太武所灭。东奔高丽,后见杀。僭号改元者一:太兴五。

前秦 五胡乱华之一。苻健,略阳氐人。世为西戎酋长。父苻洪,晋永嘉之乱,据枋头,有虎踞中原之志。降于石虎,以为都督,镇关中,罢归枋头。洪以谶文有"草付应王",遂改姓苻氏。自称大单于、三秦王。为麻秋所鸩。子健斩麻秋嗣位,入关都长安,称天王,即帝位。

始东晋永和六年庚戌,终宋元十九年甲午,七主,四十五年。后秦姚兴灭之。

苻洪立二年,无年号。

苻健,洪之子。在位四年。僭号改元者一:皇初四。

苻生,健第三子。立二年,苻坚杀之。僭号改元者一:寿光二。

苻坚,洪侄之子。杀苻生自立,称大秦天王。大举寇晋,败于淝水而还。国内大乱,为姚苌所杀。篡位二十九年。僭号改元者三:永兴二、甘露六、建元二十一。

苻丕,坚长庶子。称帝于晋阳,为晋将所杀。立一年。僭号改元者一:太安一。

苻登,坚族孙。称帝于陇东,为兴所杀。立八年。僭号改元者一:太初八。

苻崇,丕之子。即帝位于湟中,为凉王乾归所杀。立一年。

后秦 五胡乱华之一。姚苌,赤亭羌人。世为羌酋。仕苻坚为龙骧将军。弑坚,自称秦王,据长安。始东晋太元九年甲申,终义熙十三年丁巳。三主,三十四年。晋刘裕灭之。

姚苌,在位十年。僭号改元者二:白雀二、建初八。以胡僧鸠摩罗什伪造胡经以扶胡教。

姚兴,苌之子。在位二十二年。僭号改元者二:皇初五、弘始十七。

姚泓,兴之子。在位二年。降于刘裕,执送建康斩之。僭号改元者一:永和二。

西秦乞伏国仁,陇西鲜卑人。父司繁降符坚,使镇勇士川,卒,国仁代镇。符坚败,自称大单于,秦、河二州牧、苑川王,据金城(今兰州),一云据邺。

始东晋太元十年乙酉,终宋元嘉八年辛未。四主,四十七年。夏赫连定灭之。

乞伏国仁在位三年。僭号改元者一:建义三。

乾归,国仁弟。称河南王、秦王,为兄子公府所杀。在位二十三年。僭号改元者二:太初二十、更始三。

识盘,乾归子。在位十七年。僭号改元者二:太康八、建弘九。

慕永,识盘子。嗣位立四年,赫连定灭之。僭号改元者一:永弘四。

附元魏纪:

黄帝子昌意少子,受封北土,有国焉。兴为诘汾,汾生力微,力微孙猗卢,晋封为代王。传至孙什翼犍为符健所并。什翼犍孙拓跋珪,复自立为代王,迁居定襄之盛乐,改称魏王。后都平城,即位为帝,以土德王。孝文改姓元氏,迁都洛阳,定为水德王,继西晋金德也。

始道武帝,丙戌即位,终孝武帝,甲寅弃国,西奔长安。十三主,共一百四十九年。分为东西魏。

丙戌,道武帝姓拓跋,名珪,什翼犍孙,以土德王。为子清河王绍所弑。在位二十三年,寿三十九。改元者四:登国十、皇始二、天兴六、天赐五。

己酉,明元帝名嗣,道武帝长子。在位十五年,寿三十二。改元者三:永兴五、神瑞二、泰常八。

甲子,太武帝名焘,明元帝子。在位二十八年,寿四十五。为宦官宗爱所弑。改元者六:始光四、神䴥①四、延和三、太延五、太平真君十一、正平一。

壬辰,文成帝,名浚,太武嫡孙。在位十四年,寿二十六。改元者四:兴安二、兴光一、太安五、和平六。

丙午,献文帝,名弘,文成子。为冯太后所鸩,在位六年,寿二十。改

---

① 䴥(jiā)。

元者二：天安一、皇兴五（即孝文延兴元年）。

辛亥，孝文帝，名宏，献文子。改姓元氏，定为水德王，继西晋金德，迁都洛阳。在位二十九年，寿三十三。改元者二：延兴五、承明一、太和二十三。

庚辰，宣武帝，名恪，孝文子。魏业始衰，在位十六年，寿三十三。改元者四：景明四、正始四、永平四、延昌四。

丙申，孝明帝，名诩，宣武子。六岁即位，胡太后临朝，复为所鸩。在位十三年，寿十九。改元者五：熙平二、神龟二、正光五、孝昌三、武泰一。

钊，临洮王宝晖子。方三岁，太后立之，尔朱荣举兵至洛，并胡太后沉之于河。

戊申，孝庄帝，名子攸，彭城王勰之子。尔朱荣迎立，为尔朱兆所杀。在位二年，寿二十四。改元者一：永安二。

庚戌，东海王名晔，太武曾孙。尔朱兆所立，又废之。改元者一：建明一。

庚戌，节闵帝，名恭，献文孙，广陵王羽之子。尔朱世隆所立，高欢鸩之，在位二年，寿三十五。改元者一：普泰二。

安定王，名朗，章武王融之子。高欢所立，又废之，寻见杀。改元者一：中兴一。

壬子，孝武帝，名修，孝文孙，广平王怀之子。高欢所立，恶欢执政，西奔长安，依宇文泰，寻为泰所鸩。在位二年，寿一十五。改元者一：永熙三。

东魏据洛城，后迁邺。

始孝武帝西奔，甲寅，高欢迎立孝静帝。一主，十七年。高洋篡位灭之。

甲寅，孝静帝，名善见，清河王亶之子。武帝出奔长安，高欢立之。欢子洋篡位，封中山王，寻狱之。在位十七年，寿一十八。改元者四：天平四、元象一、兴和四、武定八。

西魏据长安。始孝武帝甲寅，西奔长安，乙卯文帝即位，终恭帝丙子。三主，共二十二年。宇文觉篡位灭之。

乙卯，文帝名宝炬，孝文帝孙，京兆王愉之子。宇文泰鸩武帝而立之，初封南阳王，在位十七年，寿四十五。改元者一：大统十七。

壬申,废帝名钦,文帝子,在位二年,不改元,宇文泰废之。

甲戌,恭帝名廓,文帝子,废帝弟。宇文泰立,复姓拓氏。在位三年,不改元,宇文泰子宇文觉篡位,寻为所杀。

宋始武帝庚申,篡晋自立,终顺帝己未。八主,共六十年。萧道成篡位灭之。

庚申,宋武帝姓刘,名裕,小字寄奴,彭城人,汉楚元王二十一世孙。诛桓玄,灭后秦、南燕。晋封宋公,晋爵为王,遂篡晋而自立。承晋金德,以水德王,都于建康。篡位三年,寿六十。改元者一:永初三。

癸亥,少帝义符,小字车兵,武帝长子。在位一年,游戏无度,为徐羡之所废,寿十九。改元者一:升平一。

甲子,文帝名义隆,小字车儿,武帝第三子。在位三十年,为太子劭所弑,寿四十七。改元者一:元嘉三十。

劭,弑父自立,孝武杀之。僭号改元者一:太初。

甲午,孝武帝,名骏,小字道民,文帝子,在位十一年,寿二十五。改元者二:孝建三、大明八。

废帝,名子业,小字法师,孝武帝子,在位一年,无道,湘东王彧①结寿寂之弑之。寿十七。改元者一:永光改景和。

乙巳,明帝,名彧,文帝子。篡位八年,寿三十四。以妾与嬖幸李道儿有孕,取归生子继位。改元者二:泰始七、大豫一。

癸丑,废帝,名昱,明帝子,实李道儿子也。在位四年,寿十五,无子。为萧道成令杨万年等杀之,追废苍梧王。改元者一:元徽四。

丁巳,顺帝,名准,明帝子。萧道成立之,在位三年,寿十一。为萧道成所篡,寻杀之。改元者一:升明三。升明三年,即齐高帝建元元年。

---

① 彧(yù)。

目 录

西晋卷之一 /1
王浚王浑大争功 /1
罢武备诸胡兵起 /4
郭钦进上徙戎论 /5
袁甫炫鬻于何勖 /6
北魏祖逢天女配 /7
夷夷兵犯没鹿回 /8
窦龙以谋攻力微 /10
拓跋力微霸长川 /11
束晰诚心祈雨泽 /13
刘毅对帝似桓灵 /14
石崇与王恺斗宝 /15
刘毅论中正九品 /19
武帝托孤立惠帝 /22
后父杨骏独秉政 /23
贾氏南风夺朝权 /24
贾后谋害皇太后 /26
司马亮专权执政 /28

八王用事相图害 /28
司马玮杀亮夺权 /29
帝用华计杀楚王 /29
陆云县治若神明 /32
赵王伦征胡三寇 /32
周处合兵讨氐羌 /34
周处战死在羌阵 /35
孟观以兵伐万年 /36
贾后谋废皇太子 /37

西晋卷之二 /39

贾后谋害皇太子 /39
王氏惠风守贞节 /40
王戎与世同浮沉 /42
王衍专意事清谈 /43
阮咸叔侄效放达 /44
江统进上《徙戎论》 /46
鲁褒伤时作钱论 /47
赵王起兵诛贾后 /48
赵王司马伦执权 /52
淮赵二王相攻害 /53
孙秀害潘岳石崇 /53
赵廞起兵据蜀城 /55
司马伦废帝自立 /57
五王会兵讨赵王 /58
齐王擅权拒众谋 /60
顾荣诈酒远齐王 /61
李特造反攻巴蜀 /63
长沙王杀齐王冏 /66
罗尚以军讨李特 /67
张昌攻杀新野王 /69
桓穆二帝并诸国 /69

西晋卷之三 /73
二王兵攻长沙王 /73
李雄攻尚夺成都 /76
张方炙杀长沙王 /77
刘沈战死于长安 /78
成都王独执权政 /79
东海王奉驾讨颖 /79
王浚起兵讨司马颖 /80
匈奴元海称汉王 /82
河间奉帝还洛阳 /83
张方劫驾入长安 /84
李雄自称成都王 /85
河间王专执朝权 /86
东海王檄讨张方 /87
司马虓击斩石超 /90
陶侃为将讨陈敏 /90
司马颙谋杀张方 /91
李毅女秀破五夷 /92
祁弘奉驾还洛阳 /93
司马越执权秉政 /94
太弟司马炽登位 /94
五马渡江一化龙 /95
顾荣周玘杀陈敏 /96
琅邪王收用贤俊 /97
苟晞火攻汲桑众 /99
石勒以兵下赵魏 /100
王弥集兵寇洛阳 /101
何曾一日食万钱 /103
石勒寇巨鹿常山 /104
垣延诈降败刘聪 /107
刘聪杀兄为汉主 /108

猗卢大破铁弗氏　　　/109
勒责王衍乱天下　　　/114
石勒引兵攻襄阳　　　/116
城陷怀帝被汉掳　　　/116
石勒以军据襄国　　　/120

西晋卷之四　　　/121
司马睿招百六掾　　　/121
刘曜攻模入长安　　　/122
石勒陷蒙执荀晞　　　/122
石勒诱王弥杀之　　　/123
贾疋复晋取长安　　　/124
彝指王导管夷吾　　　/125
导指流涕似楚囚　　　/125
慕容廆破木丸部　　　/126
琅邪遣将讨石勒　　　/127
代公大破刘曜众　　　/130
王浚遣军攻襄国　　　/131
元达锁腰谏汉王　　　/133
怀帝被害立愍帝　　　/134
石虎引兵陷邺台　　　/134
慕容廆大霸棘城　　　/137
祖逖击楫取中原　　　/140
张光视死如登仙　　　/141
刘曜阴入攻长安　　　/141
石勒奉表于王浚　　　/142
石勒袭蓟杀王浚　　　/143
邵续弃子归晋室　　　/145
刘曜赵染寇长安　　　/145
周访击斩贼张彦　　　/147
陶侃击破杜弢死　　　/148
王敦意欲害陶侃　　　/149

汉杀陈休等七人	/152
代王兴命讨六修	/154
梁纬夫妻死恩义	/155
愍帝出降于刘曜	/156
刘琨失据奔蓟州	/159
丞相睿移檄北征	/159
丞相睿即晋王位	/161
汉主刘聪杀太弟	/162
祖逖取谯击石虎	/163
周访扬口破杜曾	/164
愍帝平阳城遇害	/166
晋王睿即皇帝位	/167
东晋卷之一	/170
元帝颁诏赦天下	/170
邓伯道弃子留侄	/171
李矩遣将夺汉营	/172
汉以王沈婢为后	/173
匹䃅杀太尉刘琨	/174
代王郁律破刘虎	/175
刘约死去复还魂	/175
靳准谋灭汉王粲	/176
刘曜石勒讨靳准	/178
石勒献捷于刘曜	/179
刘曜即位于长安	/180
祖逖兴兵讨陈川	/181
石勒自称后赵王	/182
宇文氏攻慕容廆	/182
末杯以兵攻匹䃅	/184
赵将尹安降李矩	/184
羊鉴有罪以除名	/185
子远狱谏赵王曜	/186

祖逖计运土为粮 /187
张宾计修祖逖墓 /188
司马承为湘刺史 /189
段匹䃅死于忠义 /190
帝以戴渊拒王敦 /190
石勒召封仇人爵 /192
代贺傉谋弑其君 /193
王敦举兵谋逆叛 /193
王导待罪于阙下 /197
王敦杀周颢戴渊 /199
王导执表涕周颢 /200
湘州谯王死忠义 /202
元帝崩太子即位 /203
郭璞葬致天子问 /204
王逊怒甚冠裂卒 /206
平先以众击陈安 /206
赵击凉州张茂降 /207
赵封世子永安王 /208
成立兄子为太子 /209
王敦举兵逆谋反 /209
明帝私视王敦营 /210
王导计气王敦死 /211

东晋卷之二 /215

陶侃劝人惜分阴 /215
戴洋风角占通神 /216
明帝托孤与王导 /217
亮征苏峻为司农 /219
苏峻祖约举兵反 /221
卞壸父子死忠孝 /222
亮峤推侃为盟主 /225
郗鉴王舒赴国难 /226

侃峤会兵讨苏峻	/228
石虎率众击前赵	/230
侃峤诛峻于石头	/230
佛图澄起死回生	/232
后赵王勒获刘曜	/233
诸军讨苏逸诛之	/234
陶侃兴兵讨郭默	/238
赵诛祖约夷其族	/238
石勒自问古何主	/240
赵王勒卒太子立	/242
石虎杀刘后石堪	/243
张淳假道通建康	/244
成主卒李班即位	/245
石虎弑主自即位	/246
张骏上疏请北伐	/249
赵作太武东西宫	/250
赵王虎杀太子邃	/251
燕王称藩于赵国	/251
李寿杀其主李期	/252
赵王虎伐慕容皝	/253
庾亮欲攻王导止	/254
龚壮上封得失事	/255
翳槐卒立什翼犍	/256
何充庾冰参政事	/258
赵人入寇陷沔邾	/259
赵王发兵伐燕国	/260
刘翔代求封燕王	/261
成修宫室杀仆射	/262
东晋卷之三	/264
成帝崩立琅邪王	/264
慕容皝击高句丽	/265

拟深源如管葛	/267
燕王击灭宇文部	/269
孝宗穆帝即龙位	/270
燕罢苑囿给新民	/271
汉王杀其弟李广	/272
凉州谢艾破赵兵	/273
李奕举兵攻成都	/274
桓温率师入伐蜀	/274
汉主面缚舆梓降	/275
石宣谋父不遂诛	/278
赵立子世为太子	/280
弋仲以兵讨梁犊	/280
图澄葬石归天竺	/281
晋燕率师伐赵国	/283
石鉴杀遵而自立	/284
冉闵监主杀胡羯	/285
冉闵弑鉴改号魏	/286
燕王击赵拔蓟城	/287
常侍辛谧不食卒	/289
魏王冉闵围赵王	/290
桓温移军驻武昌	/292
燕王兴兵执魏王	/295
殷浩兴兵去伐燕	/298
江逌献计破姚襄	/299
桓温率众出伐秦	/300
王猛披褐谒桓温	/303
秦苻生妄杀大臣	/304
负殊以舌下西凉	/307
东晋卷之四	/309
太后归政与穆帝	/309
苻坚备仪聘王猛	/309

燕王购虎尸鞭浸	/313
燕王托孤慕容恪	/315
晋哀帝登龙即位	/319
桓温戏星人王见	/321
天锡弑君而自立	/323
哀帝崩立司马奕	/323
司马勋叛攻成都	/324
苻氏五公皆谋反	/325
桓温伐燕大败还	/326
慕容垂逃降苻坚	/331
孙盛作两晋春秋	/333
王猛举兵伐燕国	/334
邓羌寝协司隶战	/336
秦苻坚赦燕王晖	/339
王猛辞赏不受封	/340
桓温废主立新君	/342
文帝崩立孝武曜	/344
王谢新亭迎桓温	/346
苻坚举兵取汉中	/349
王猛疾疏谢秦王	/351
姚苌以兵下凉州	/353
苻洛以兵伐北代	/354
北使不辱君王命	/355
秦王以代分二部	/357
谢安荐侄于朝延	/358
东晋卷之五	/360
韩氏女筑夫人城	/360
苻丕攻陷襄阳城	/361
谢玄率兵救彭城	/361
秦王举兵伐苻洛	/362
秦王集议寇江东	/364

秦王发兵下江南	/366
谢安淝水退秦兵	/367
安淝水论兵大战	/369
安玄围棋赌别墅	/370
八公山木化人形	/371
玄石破秦百万兵	/372
吕光以兵伐西域	/376
慕容垂谋复燕祚	/378
慕容垂大破秦兵	/380
慕容垂已复燕祚	/382
姚苌反秦称后秦	/384
苻丕求救于谢玄	/387
慕舆文杀刘库仁	/388
姚苌以兵攻新平	/390
高盖谋立慕容冲	/391
秦遣姜让责燕王	/391
苻坚避难五将山	/394
姚苌执缢秦王坚	/394
吕光还国夺西凉	/396
拓跋珪大霸牛川	/396
代王会议国号魏	/400
吕光考核弑尹兴	/402
秦王登与后秦战	/403
东晋卷之六	/406
姚苌计退斩苟曜	/406
燕王老叩囊底智	/407
姚兴举兵伐苻登	/408
慕容垂举兵伐魏	/412
太子宝败参合陂	/413
燕王凿道去伐魏	/414
燕太子慕容宝立	/415

孝武暴崩立太子	/416
魏王举兵大伐燕	/417
燕王宝走奔龙城	/420
蒙逊结盟报父仇	/422
魏以甲子拔中山	/424
慕容德称王滑台	/426
兰汗谋叛乱燕宝	/427
慕容盛复登燕位	/429
慕容德谋都广固	/431
孙恩聚众寇江南	/433
刘裕落魄遇圣僧	/434
刘裕十骑破孙恩	/436
凉王卒诫诸子和	/439
李暠自称西凉王	/441
燕王德议立太子	/442
姚德举兵伐西秦	/443
刘裕寡兵退孙恩	/445
秦王兴兵伐西凉	/445

东晋卷之七 /448

元显议欲讨桓玄	/448
桓玄陷建业篡位	/449
南凉秃发傉檀立	/452
刘裕起兵讨桓玄	/455
刘裕火计破桓谦	/457
桓玄挟帝走江陵	/460
冯迁抽刃诛桓玄	/461
晋帝乘舆返建康	/463
刘裕遗循续命汤	/463
慕容超立为燕王	/464
冯跋即位于昌黎	/465
勃勃封尸髑髅台	/467

穆之劝裕刺扬州	/468
刘裕抗表伐南燕	/470
刘裕入险房在掌	/471
燕王以兵拒刘裕	/472
刘裕以兵攻广固	/473
玄文献计塞五龙	/475
裕以往亡获燕王	/476
卢循以兵寇建康	/476
道规焚书固江陵	/477
何无忌握节身死	/478
刘裕大破卢循兵	/479
刘裕罪斩徐赤特	/483

东晋卷之八 /486

道覆以兵寇江陵	/486
刘裕火攻破卢循	/488
卢循败回取番禺	/489
慧度计迎斩卢循	/491
刘毅出刺于荆州	/492
刘毅据荆州谋反	/494
镇恶百舸执刘毅	/495
刘裕封函取成都	/497
长民用计害刘裕	/498
刘裕东府斩长民	/500
炽磐乘虚执虎台	/502
刘裕发兵讨休之	/503
魏占荧惑在东井	/505
刘裕兴兵大伐秦	/506
姚绍督兵拒潼关	/509
刘裕假道于魏王	/509
魏王赐浩御缥醪	/511
镇恶流舟弃粮战	/512

孝武暴崩立太子	/416
魏王举兵大伐燕	/417
燕王宝走奔龙城	/420
蒙逊结盟报父仇	/422
魏以甲子拔中山	/424
慕容德称王滑台	/426
兰汗谋叛乱燕宝	/427
慕容盛复登燕位	/429
慕容德谋都广固	/431
孙恩聚众寇江南	/433
刘裕落魄遇圣僧	/434
刘裕十骑破孙恩	/436
凉王卒诫诸子和	/439
李暠自称西凉王	/441
燕王德议立太子	/442
姚德举兵伐西秦	/443
刘裕寡兵退孙恩	/445
秦王兴兵伐西凉	/445

东晋卷之七 /448

元显议欲讨桓玄	/448
桓玄陷建业篡位	/449
南凉秃发傉檀立	/452
刘裕起兵讨桓玄	/455
刘裕火计破桓谦	/457
桓玄挟帝走江陵	/460
冯迁抽刃诛桓玄	/461
晋帝乘舆返建康	/463
刘裕遗循续命汤	/463
慕容超立为燕王	/464
冯跋即位于昌黎	/465
勃勃封尸髑髅台	/467

穆之劝裕刺扬州　　　　/468
刘裕抗表伐南燕　　　　/470
刘裕入险庑在掌　　　　/471
燕王以兵拒刘裕　　　　/472
刘裕以兵攻广固　　　　/473
玄文献计塞五龙　　　　/475
裕以往亡获燕王　　　　/476
卢循以兵寇建康　　　　/476
道规焚书固江陵　　　　/477
何无忌握节身死　　　　/478
刘裕大破卢循兵　　　　/479
刘裕罪斩徐赤特　　　　/483

东晋卷之八　　　　　/486
道覆以兵寇江陵　　　　/486
刘裕火攻破卢循　　　　/488
卢循败回取番禺　　　　/489
慧度计迎斩卢循　　　　/491
刘毅出刺于荆州　　　　/492
刘毅据荆州谋反　　　　/494
镇恶百舸执刘毅　　　　/495
刘裕封函取成都　　　　/497
长民用计害刘裕　　　　/498
刘裕东府斩长民　　　　/500
炽磐乘虚执虎台　　　　/502
刘裕发兵讨休之　　　　/503
魏占荧惑在东井　　　　/505
刘裕兴兵大伐秦　　　　/506
姚绍督兵拒潼关　　　　/509
刘裕假道于魏王　　　　/509
魏王赐浩御缥醪　　　　/511
镇恶流舟弃粮战　　　　/512

刘裕灭秦诛姚泓　　　/513
赫连勃勃取关中　　　/515
义真大败回建康　　　/516
宋公受晋之禅位　　　/519
宋公刘裕即帝位　　　/522

西晋卷之一

起自晋武帝太康元年庚子岁四月,止于晋惠帝永熙元年庚戌岁,首尾共十一年事实。

王浚王浑大争功

庚子,太康元年,五月。却说晋世祖姓司马氏,名炎,字安世,河内人,司马昭之子,司马懿之孙也。篡魏陈留王之位,自立为晋祖武皇帝。国号大晋,改元泰始,都于洛阳。

太康元年,首月,因以杜预、王浑、王浚三将率水军十五万,去伐江东,所向皆克。浚兵首攻石头,吴主孙皓大惧,面缚舆榇,诣浚军门投降。王浚焚榇受璧,遂入建业屯扎,封宫门、府库,令人守把,待王浑至。明日,王浑兵始济石头城,探知孙皓已降,不得入城。因是,王浑以浚不待己至,先受皓降,意甚愧愤,欲以兵攻浚。参军何攀谏止之。攀又来劝浚曰:"足下成此大功,朝野所闻,奈王将军疾足下不待其至,先纳吴降,有不忿之意,欲将兵来攻足下。昔许由、巢父曾让天子之贵,世称为大贤。足下何不效之,以是功让与王将军?"王浚曰:"市井之道,人人争半钱之利,灭吴大勋,安肯为下!彼何人也,吾何人也?彼丈夫也,我丈夫也。天生德于予,王浑其奈我何?吾不惮之。"何攀又曰:"功既不与,可将吴王孙皓付与王浑,吾代你二公讲和此事云何?"浚曰:"此言可依。"遂以孙皓付与何攀。攀请吴王皓诣①军门,同见王浑。浑令人监之,方释此愤。

却说王浚字士治,乃弘农郡人,家世二千石。浚博涉坟典,美姿貌,不修名行,不为乡曲所称。晚乃变节,疏通亮达,恢廓有大志。尝②起宅,开门前路广数十步。邻人或谓之何太过,浚曰:"吾欲使容长戟幡旗。"众咸

---

① 诣(yì)——到,去。
② 尝——曾经。

笑之。浚曰:"陈胜有言,燕雀安知鸿鹄之志也!"

河东从事刺史燕国徐邈有女才淑,择夫不嫁。邈乃大会佐史,使女于内观之。女指浚告母,邈遂以女与妻。后除①巴郡太守,吴境兵士苦役,生男多不养。浚乃严其科条示之,宽其徭课迟之,产育者皆与休复,所全活者数千人。浚至夜,梦悬三刀于其卧屋梁上,须臾又益一刀,惊觉,意甚恶之。次日,问主簿李毅,毅再拜贺曰:"三刀为'州'字,又益一者,明府其临益州乎?"后果迁为益州刺史。今伐吴有大功,王浑欲争之,而王浑虽得监孙皓,心终不悦,阴使奸细人持书,令其子王济表浚违诏不受节度。当周浚、何浑谏而不纳。

却说其子王济得父之书,当有司奏知武帝,请以槛车征浚,武帝弗许,命有司以诏书入吴,责浚违诏不受节度。王浚大惊,令人入朝上书曰:

> 臣前被诏书,直造②秣陵,以十五日至三山,浑屯北岸,遗书邀臣,臣水军,风发,无缘回船。及以日中至秣陵,暮乃被浑所下当受节度之符,欲令明日还围石头,又索诸军人名定见。臣以为皓已来降,无缘空围石头。又兵人定见,亦非当今之急,不可承用,非敢忽略明制也。事君之道,苟利社稷,死生以之。若顾嫌避咎,此人臣不忠之利,非明主社稷之福也。

武帝览书,知王浑疾浚功高于己,冒奏朝廷,故不责浚之罪。王浑见武帝不罪王浚,又使人驰书周浚,云浚烧皓宫,得宝私有。入朝又奏,武帝弗听。王浚窃知,连忙复遣人上表曰:

> 夫犯上干主,其罪可究,乖忤贵臣,祸在不测。孙皓方图降也,左右已劫其财物,放火烧宫,臣至乃救止之。周浚先入皓宫,王浑先登皓身,及臣后入,乃无席可坐,若有遗宝,则浑、浚已先得之矣。今年平吴,诚为大庆,于臣之身,更受咎累也。

武帝览表,佯置不问。

却说杜预与王浑、王浚等既受吴降,领众振旅还京。次日,王浑、杜预、王浚等将同吴王面君,吴王皓拜伏称臣。武帝宣皓上殿,赐绣墩而坐。武帝曰:"朕设此座待卿久矣。"皓曰:"臣在南方,亦设此座以待陛下。"武

---

① 除——授、拜(官职)。
② 造——前往,到。

帝大笑，设宴待之，封皓为归命侯，以其子孙瑾为中郎将。随降臣宰，皆封列职。丞相张悌死节，封其子孙。史臣断之吴云：

《历年图》曰：破房兼以孤远之兵，决忠愤之志，首犯贼锋，深躁洛川，迅扫陵寝，有足多者。讨逆策以童子提一旅之众，挥马箠以下江东，者儒宿将，狼狈失据，开地千里，真英才也。大帝承父兄之烈，师友忠贤，以成前志。赤壁之役，决策定虑，以摧大敌，非明而有勇，能如是乎！奄有荆扬，薄于南海，传祚累世，宜矣。侯官、景帝皆明惠敢决，有先世之风；归命骄愎①残虐，深于桀纣，求欲不亡得乎？

却说王浑、王浚二人，因伐吴构怨，不相推伏，互各争功，因是武帝未曾封赏诸将。时王浑表浚违诏不受节度，专擅吴降，宜以加法，庶禁将士知劝。武帝弗从，由然灭吴之功，不有封赏。王浚自以功大，而为王浑及党共所挫抑，每入朝，奏帝曰："臣有汗马之劳，而为指鹿之诉②，却似猎犬之功矣。臣非敢图赏，所以激发后之将士，勇于立勋。"武帝亦不之听。浚不胜愤愤，径出不辞，帝亦容恕之。

次日，有司奏王浚违诏，大不敬，请宜付廷尉问罪。武帝不许，命廷尉刘讼校二人事功。讼以王浑为上功，以王浚讳诏为中功。帝怒刘讼折法失理，左迁京兆太守。既而诏增贾充及王浑邑八千户，进浑爵为公，以杜预、王戎皆封县侯，诸将赏赐有差。策告羊祜庙，封其夫人为万岁乡君，食邑五千户。

至是王浚每日在家，怨望朝廷。时有浚之外亲益州都护范通诣，知其悒意，因谓浚曰："将军功则美矣，然恨所以居美者，未尽善也。"浚问曰："何如？愿闻其详。"通曰："将军旋旆③之日，角巾私第，口不言降吴之事。若有问者，辄④曰：'圣主之德，群帅之力，老夫何功之有！'如斯，颜子之不伐，龚遂之雅量，何以过之。此蔺生所以屈廉颇也，王浑能无愧乎！安能僭也。"王浚曰："吾始惩邓艾之事，惧祸及身，不得无言，夫不能遣诸

---

① 愎（bì）——乖戾，执拗。
② 指鹿之诉——指鹿为马的诬告。
③ 旋旆（pèi）——凯旋。
④ 辄（zhé）——总是。

胸中,是吾偏也。"于是王浚愤悒之。

其时,人亦以浚功重报轻,为之叹息。当博士秦秀上表,诵王浚功高枉屈。武帝始迁王浚为镇军大将军,封杜预为襄阳县侯,因此浚大悦,谢恩归第。杜预亦谢恩,辞武帝出镇襄阳。预到襄阳,以为天下虽安,忘战必危,乃勤于讲武,申严戍守。史说,预身不跨马,射不穿札,而用兵制胜,诸将莫及。

罢武备诸胡兵起

却说晋武帝以为天下平息,四海晏然,聚集文武商议罢州郡武备。大臣山涛谏曰:"州郡之兵,留防境患,古来有之,岂宜去也! 伏望陛下学古制而获大治,慎先谟①以怀永图。"武帝弗听,自主决之。次日出诏,往发州郡去,命州郡悉去兵政。其诏曰:

> 昔在汉末,四海分崩,刺史内亲民事,外领兵马。今天下为一,当韬戢干戈,刺史分职,皆为汉氏故事,悉去州郡之兵,大郡置吏百人,小郡五十人为例。敬此悉闻。

时交州牧陶璜见诏,以为不可,亦上言曰:

> 交州东西数千里,不宾属者六万余户,服官役才五千余家。二州唇齿,唯兵是镇。又宁州诸夷接据上流,水陆尽通,州兵未宜约损,以示单虚。州郡之兵,宜存卫边城,不可约损。

时山涛亦言,不宜去州郡武备。帝俱不纳。至永宁以后,盗贼蜂起,州郡无备,不能擒制,天下大乱。初,鲜卑莫护跋始自塞外,入居辽西棘城之北,号慕容部。至孙涉归迁于辽东之北,内附中国,数从征讨有功,拜大单于。至是始叛,以兵五万寇昌黎,此乃戎乱之始,如涛、璜所言。因此各州郡雪片上表入朝,奏知武帝。武帝大惊,急与群臣计议,颁诏去各州郡,命刺史各兼兵民之政,因是州郡镇之政,尤繁重焉。天下不宁。其后诸胡因愤愧,杀害长史,渐为民害,是因此起。

---

① 先谟(mó)——预先计划。

郭钦进上徙戎论

当时御史郭钦等入朝,上疏曰:

  戎狄强犷,历古为患。魏初民少,西北诸郡皆为戎居,内及京兆、魏郡、弘农,往往有之。今虽服从,若百年之后,有风尘之警,胡骑自平阳、上党,不三日而至孟津,北地、西河、太原、冯翊、安定、上郡,尽为戎庭矣。伏望陛下以平吴之威,谋臣猛将之略,渐徙内郡杂胡于边地,峻四夷出入之防,明先王荒服之制,此万世之长策也。

武帝览之,弗从,曰:"秦始皇时,筑墙万里,以防胡虏,谁知祸发萧墙①之内,不在匈奴之中。今天下一统,谁敢贰叛?"因谓群臣曰:"朕闻治天下有道,在于得人,卿等何如不举贤良方正有才之士入用,专进迂阔之言?"言讫,命有司发诏往各州郡,命举贤良方正才学之士,趁选朝用,颁诏去讫。大臣何曾上言曰:"窃闻广陵华谭,有殊节操,好学敏慧,陛下若能用之,国政可定。"武帝曰:"既有此子,即宜至京中,亲试策之。"于是遣使往广陵,诏华谭至金阶之下。谭拜舞毕,武帝亲策之曰:"今四海一统,万里同风,然北有未羁之虏,西有丑旎之氏,故谋夫未得高枕,边人未获晏然。将何以长弭②斯患,混清六合乎?"华谭对曰:"臣闻圣人之临天下也,祖乾纲以流化,顺谷风以兴仁,兼三才以御物,开四聪以招贤。故劳谦日昃③,务在择贤,俊乂龙跃,帝道以光也。"武帝嘉其对,又策之曰:"帝舜以二八④成功,文王以多士兴周。夫制化在于得人,而贤才难得。"谭又对曰:"今州郡贡秀孝,台府简贤良,譬南海不少明月之宝,大宛不乏千里之驹也。"武帝悦之,以为郎中。于是罢朝。

---

① 萧墙——照壁,喻内部。
② 弭(mǐ)——平息。
③ 昃(zè)——太阳偏西。
④ 二八——八元、八恺的合称,均指八个才子。

袁甫炫鬻①于何勖②

史说,淮南袁甫字公胄,亦好学,以词辩见称。知朝廷招举贤士。及闻中领军上将军何勖重贤纳士,敬往谒之,因言曰:"甫乃驽钝之才,不足以聘千里。百里花封,能为剧耳。久闻将军爱士,吾侪③方怀于干禄,何不纳之?"勖笑曰:"今子之请,徒欲宰县,不思为台阁之职何也?"甫曰:"人各有能。譬缯中之好莫过锦,锦不可以为韬;谷中之美莫过稻,稻不可以为齑④。是以黄霸驰名于州郡,而息誉于京邑。廷尉之才,不为三公,自昔然也。"勖闻之大悦,除为松滋令。时幕宾石珩闻甫能辩,故难问曰:"卿名能辩,岂知寿阳已西,何以恒旱? 寿阳已东,何以恒水?"甫应声答曰:"寿阳以东,皆是吴人,夫亡国之音哀而思,鼎足强邦,一朝失职,愤叹甚积,积忧成阴,阴积成雨,雨久成水,其域恒涝也。寿阳以西,皆是中国,新平强吴,美宝皆入,志盈心满,用长欢娱。《公羊》有言,鲁僖悦,故致其旱京师。若能抑强扶弱,先疏后亲,则天下和平,灾害不生矣。君虽高士,安识此理耶!"珩因是知其高辩敏捷,再后不复难问。

史说,皇甫谧字士安,安定人,汉太尉皇甫嵩之曾孙也。因承继后叔父益徙居新安。年二十,不好学,游荡无度,人人咸以为痴。尝出游得瓜果,辄进于后叔母任氏。任氏谓曰:"《孝经》云:'三牲之养,犹为不孝。'汝今年余二十,目不存教,心不存道,无以慰我,汝谓瓜果进,以为孝乎?"因叹曰:"昔孟母三徙以成仁,曾父烹豕以存教,岂我居不卜邻,教有所阙,何尔鲁钝之甚也! 修身笃学,汝自得之,于我何有!"因对之流涕。谧乃感激,而就乡人席坦受书,勤力不息。居贫,躬自稼穑⑤,带经而农,遂博综典籍百家之言。始有高尚之志,以著述为务,自号玄晏先生。时举孝

---

① 炫鬻(yù)——夸耀卖弄。
② 勖(xù)。
③ 吾侪(chái)——我辈。
④ 齑(jī)——调味用的姜、蒜或韭菜细末儿。
⑤ 稼穑(sè)——泛指农业劳动。

廉,郡邑保荐,朝廷亦屡征,皆不应命。而所著诗赋诔诵论难,及撰《帝王世纪》、《高士》、《逸士》、《列女》等传,并行于世焉。

北魏祖逢天女配

却说北魏之先,出自黄帝,黄帝之子昌意,昌意之少子受封北国,有大鲜卑山,因此以为号。其后世为君长,统幽都之北,广漠之野,畜牧迁徙,射猎为业,淳朴为俗,简易为化,不为文字,刻木结绳记事而已。时事远近,人相传授,如史官之纪录焉。黄帝以土德王,北俗谓土为托,谓后为跋,故以为氏。其裔始均仕尧时,逐女魃①于弱水,北人赖其勋,舜后命为田祖。历三代至秦汉,獯鬻、猃狁、山戎、匈奴之属,累代危害中州,而始均之裔不交南夏,是以载籍无闻。积六十七代,至成皇帝,讳毛立,统国三十六,大姓九十九,威振北方。宣帝时,南迁大泽,方千百余里,厥土昏冥沮洳②,谋更南迁,未行而崩。献皇帝时,有神人言此地荒遐,宜徙建都邑,献帝年老,乃以位授子圣武皇帝,命南移。山谷高深,九滩八阻,于是欲止。有神兽似马,其声似牛,导引历年乃出。始居匈奴故地,其策略多出宣、献二帝,故时人并号曰"推寅",盖俗云"钻研"之义。传至拓跋诘汾,为人孤弱,诸部各散。

却说北魏圣武姓拓跋,讳诘汾,尝先亲耕于山泽,忽一日,欻③见辎軿④自天降下,诘汾奔前去观,见一妇人生得千娇百媚,万种风流,前来相见。谓诘汾曰:"吾乃上界天女,玉帝因见君祖宗积德,敕吾降凡,与君为室,君不嫌丑陋,乃妾之幸耳。"诘汾曰:"蒙天帝赐我姻眷,何德以当之?"言毕,遂与施礼,相携手回第,设筵相待。至夜,二人成亲。欢会三日,天女辞曰:"吾今请还天宫,不敢久留。吾昔受命于天,只许三日姻缘,今已满足。吾去之后,期年周时,与君复会于前日相见之处,不可遗忘。"言

---

① 女魃(bá)——神话中的旱神。
② 沮洳——泥沼。
③ 欻(xū)——忽然。
④ 辎軿(píng)——妇人所乘有衣蔽之车。

毕，相辞欲行。诘汾不忍相离，因留恋之。俄而天女化清风不见。

诘汾自天女归天之后，光阴似箭，日月如梭，不觉一载。猛然思起天女临别之言，至是日依然径入山泽俟候。不霎时，见天女驾五彩祥云，自天下来，抱着一个小儿，进前与诘汾相见曰："别来无恙，幸不失信。"以所抱小儿授与诘汾，又曰："此是君之子，乃当世帝王也，君宜善抚育之。"言毕欲行。诘汾接得小儿，扯住天女曰："一日夫妻，百夜恩情，自卿归天之后，忘餐失寐，要思一会，不能一见。今蒙降临，何以去速！可同我归第，攸叙一夜，来早归天未迟。"天女曰："此乃天帝之敕，与君姻缘，只在此遇，岂敢再延？"语终，化清风不见。因是诘汾垂泪，抱着小儿归家恩养，取名力微。

黄帝修德上天知，敕降神女裔为妻。

不觉明年产真主，北代从斯作帝畿①。

夷夷兵犯没鹿回

却说光阴过客，倏尔数年。力微长大一十余岁，容貌奇伟，文才出众，武艺标群。因无母舅，故北代诸部时人谚曰："诘汾皇帝无妇家，力微皇帝无舅家。"时诘汾发疾而崩，力微痛之，安葬哀毁逾礼。丧事毕，有没鹿回部大人窦宾，闻力微有雄杰之度，召之为部长。自此乃依窦宾为将。

却说西部酋长夷夷以兵一万扰境，掳掠畜产。窦宾亲领胡兵二万人，出界拒战。次日，两军相迎，窦宾亲自出阵，大骂："野犬逆贼，何敢侵境！"夷夷见其大骂，愤怒勒起坐下马，抢起手中枪，走奔阵前，更不打话，直取窦宾。窦宾亦舞大杆刀出迎。两马相交，军器并举，二人战上十合。窦宾气力不加，勒转跨下马，收回手中刀，走回本阵。夷夷赶来，宾走已远。夷夷就左手拈弓，右手搭箭，望窦宾后心一箭。窦宾听得弓弦一响，急翻身下马躲之，那一箭正中马胫，马即死于阵前。夷夷见宾死了战马，拍马来追，将及追至，拓跋力微已到，见宾无马，急以所乘之马，与宾骑之，大言曰："大王急回本阵，小酋出迎敌兵。"言毕，以步兵接战。力微以步

---

① 畿(jī)——国都附近的地方。

兵摆开，与夷夷交锋大战。战上三十余合，夷夷抵敌力微不住，骤马奔走归阵，被力微驱兵一击，夷夷大败，退还本国去讫。力微连追一百余里，方始鸣金收兵回城。

次日，窦宾聚集诸部大人问曰："孤昨与夷夷交战，被他射死战马，险些被擒，不知甚人，将骏马与我骑之，方得脱乎大难。我在乱军之中，杀得头昏眼乱，忘记谁人，汝等可自白之，我必酬其大功。"是时，力微隐而不语，当左右大人言曰："前日阵上救大王者，乃拓跋力微也。"窦宾大惊，问力微曰："孤三问，卿何如不答也？"力微曰："此大王洪福，诸部之力，小酋何功之有？"窦宾大喜曰："我将其国划半分卿，酬卿大功。"力微固辞曰："臣食君禄，当尽犬马之力，岂图赏也。"固推不受，宾愈敬之曰："子贡辞赏，后贤美赞，今卿如此，何以为报耶！"又曰："吾有爱女金玉公主，不与凡子，今赐与卿为妻，勿得再推。"因是力微从之，选日纳聘礼，就迎公主过门，成亲毕。自此以后，宾甚宠用之，尝思报其前勋。忽一日，谓力微曰："孤闻韩信据齐不得，张良择留而封，欲委卿以一方，卿谓何所可据，孤即授之。"力微曰："韩信连百万之众，收四海之地，平秦灭楚，取赵协燕，功盖天下，名闻古今。张良运筹帷幄之中，决胜千里之外，匡扶社稷，担担乾坤，以三寸之舌，开四百年之基，成汉室之业，皆此二人之力，高祖所谓人杰。臣于大王，无尺寸之功，只一马之力，何敢受其赐也。"宾曰："富贵之事，世人贪之，恐不得至，卿何固辞？今授卿一所。吾欲南霸天下，欲卿效张良、韩信之立勋，故有是命，卿何却之？"力微曰："臣见前贤所谓'功盖天下者不赏，勇略振主者身危'，未尝不思退避。富与贵，人情之所欲，岂不爱之。望大王法尧舜之仁，休效汉祖之疑。臣愿尽忠，慕二贤之志。望大王授臣北镇长川，以伺①霸举。而吾既承半子之分，而思欲随部奉事大王，不舍远离。"宾曰："男儿所志在功名，别离何足叹。"又曰："恭敬不如从命，卿可同金玉公主速去镇守长川，就以其地授卿，以为汤沐之邑。"因是封力微为北部大人，命其往镇。于是力微拜辞窦宾，领金玉公主同去长川镇守。收纳亡叛，延揽英雄，招军买马，积蓄草粮。由是旧部人马，悉来归附。数年之间，兵威稍震。

谁想光阴过隙，寒暑更迁，不觉窦宾沾病将危，乃唤二子窦龙、窦虎至

---

① 伺（sì）——观察，守候。

卧前戒曰："拓跋力微勇略无双,吾死之后,不可疏慢。此人功多不伐①,当以国事相委,勿以常人遇之。"言讫而卒。窦龙、窦虎举哀发丧,葬于西陵。窦龙代父领其诸部十万之众。

窦龙以谋攻力微

当窦龙代父位领众,使人持孝书去报知公主、力微。力微接得孝书,方知岳父窦宾于十月内身故,两眼垂泪,哭昏在地。左右急劝曰:"死者不能复生,何苦若是。"力微始拭泪入内,说与公主。公主涕泗交颐②,命排车马,要同力微回国吊丧。力微急止之曰:"吾观舅龙、虎二人,昔尝屡起害我之心,今若归国,恐中其谋。宜先以人打探消息,方可还之。"公主听见其说,犹豫不行,因此,打发使人回去,只推力微有疾,不能远行,待瘥③可,前来补礼。使人得是语,忙回归报窦龙。窦龙大怒,乃召窦虎入内议曰:"今力微诈病,不来奔丧,必有异志。前日细作人回,说力微在长川招军买马,积草聚粮。今若不除,久则为患。吾欲讨之,恨力不加。汝有何计,可以教我?"窦虎曰:"吾有一策,使力微不能脱吾钩中。"龙曰:"有何高谋,愿闻将施。"虎曰:"可使人再去长川,对力微说我父亲临死之日,嘱咐我兄弟二人,道他死之后,令起军发马,去取北川,与妹夫力微,以作嫁资。却把长川易还我部。此计若何?"龙曰:"北川迢远,取之非易,此计莫非不可。"窦虎笑曰:"你道真个去取北川与他?只以此为名,实欲取长川,且教他不作准备。吾军马去取北川,要从长川经过,若过长川,力微必然出来劳军,就问他索钱粮,去到城下,一鼓平提,擒住力微,以除吾之后患也。故兵法曰:'攻其无备,出其不意。'"龙曰:"其计大妙。"言毕,只遣使人授此计投长川去见力微,呈上书信,与力微、公主同看。力微观书讫,对公主说道:"龙、虎二位大舅,欲起兵取北川,与我为嫁资,要我附应粮草,犒劳三军。"公主大喜,以为是实。唯力微心中半信半疑,只得打

---

① 不伐——不自夸。
② 颐——颊,腮。
③ 瘥(chài)——病愈。

发使人回去道:"军马一至城下,准备粮草牛酒,犒劳三军。"

使人去讫,公主曰:"难得兄弟如此好心,代取北川。你可准备粮草牛酒,犒劳军马。"力微笑曰:"汝道窦龙、窦虎二人真个去取北川?欲来攻我也。"公主曰:"如何是来攻我也?"力微曰:"龙、虎二舅,自讨死日近。这等计策,瞒小儿也瞒不过。"公主再问:"如何是计?"力微曰:"乃是投饵钓鳞之计。虚兵取北川,实来害我也,只等我与公主出城劳军,就势拿下杀之,攻我无备也。"公主曰:"二贼不念我同胞共乳,要来谋害,如之奈何?"力微曰:"公主宽心,收拾窝弓擒猛兽,安排香饵钓鳌鱼。只等二人前来,他便不死,也勾九分无气。"言讫,唤北部王才至曰:"你可持书去见窦龙、窦虎,说道我闻知二位舅舅起军代取北川,心中大悦,难得二位大舅如此好心,称谢不尽。今准备牛酒粮草整齐,专待军马来到,与公主出城远接。"王才领其言语及书信,忙来鹿回部,即入宫内,呈上书信,具说力微之言与龙、虎二人。二人听讫大喜。王才即时告回,归长川,报知力微。力微又唤大将于龙来,听了计策,"如此如此,其余我自临期摆布,自作准备"。

龙虎决策取长州,神元先知第一筹。

贪图香饵钓鳞鲤,谁想翻身入浪游。

拓跋力微霸长川

却说窦龙二人得力微回书,抚掌大笑曰:"你原来今番中吾计策也。"即时遣甘宇为先锋,自与徐丁为二队,凌蒙为后队,共军五万,水陆并起,望长川进发。龙与虎二人自在船中,时复欢笑,将谓力微中计,迤逦①而行,前军已至川口。窦龙叫问:"前面有人远接么?"人报力微令王符来见。窦龙唤王符入船中,问:"劳军如何?"王符曰:"主公皆准备停当,但钱粮陆续起运。"龙曰:"驸马何在?"符曰:"在长川城门外相等,与大王把盏。"龙、虎曰:"今为汝家事,劳军之礼,休得轻意。"王符领了言语,先回去了。

---

① 迤逦(yǐlǐ)——连绵曲折。

窦虎将战船密密排于河上,依次而进,看看至林安,并不曾见有一只船,又无人远接,河面上静荡荡的。忽哨船回报,长川城上插两面白旗,并不见一个人影。窦龙二人交牵战马来,自上岸跨马,带徐丁、甘宇一班儿军官,并虎贲千余人,径往长川。来到城边,不见动静。窦龙二人勒住马,叫前军大叫城上守门军将曰:"谁在城上?今有没鹿回部窦龙二位大王,亲自在此,请汝主驸马相见。"忽一声梆子响,白旗倒处,两面红旗便起,城上军人一齐竖起刀枪,敌楼上于龙出曰:"大王此行,端的取北川如何?"窦龙等曰:"吾替汝主取北川相赠,以为嫁奁①之资。"于龙曰:"吾主人已知大王投饵钓鳞之计,故使吾等安排军马守城,大王休来。"窦龙闻知,勒马便回。探马报曰:"四路皆有埋伏军马,一齐杀到,关明从河陵杀来,张因从岂居杀来,黄由从河安杀来,魏正从长川小路杀来,四路正不知多少军马。噪声远近振十余里,皆言要捉二位大王。"窦龙二人大惊,坠于马下,性命如何。左右急救之。上得马时,四路军马杀进,龙、虎二人拼死血战,哪里冲突得出,被四路军马拥至,将龙、虎二人杀讫。余兵无主,各自溃去,力微方始退阵,鸣金收军入城。是日,于龙、张因二人献窦龙、窦虎首级,力微令人收拾尸首,一同葬于城东十五里内讫。

当力微既诛窦龙兄弟,乃立招军旗,招其部众。其诸部大人,悉引众前来投降,因此得控弦②之士二十余万人。次日,诸部大人商议,乃立拓跋力微为神元皇帝,总统部众,大封功臣。至是,知定襄之盛乐,有天子气,乃引诸部大人,复迁都于盛乐城,始起窥觎中原之志,因遣太子沙漠汗入中原奉贡,就使观中国风土如何,意欲吞并。沙漠汗领其语,带名马珍珠来中国。不数月,来到京都,以金宝名马朝见晋武帝。武帝大悦,受其贡礼,乃留沙漠汗在洛阳太学中读书。居岁余,沙漠汗思归,乃入内奏曰:"父母在,不远游,游必有方。臣父母春秋已高,乞回奉养。"武帝闻奏,欲令人送其归国。当大臣卫瓘③奏曰:"沙漠汗资质雄异,不可遣归,恐为后患。今若与他去之,正如龙归大海,虎返深山,将不可服矣。不如留之,复以金帛赂其国中诸部大人,令其间谍神元,使彼父子不亲,弃之不取,此乃

---

① 奁(lián)——古代妇女梳妆用的镜匣。

② 控弦——拉弓。

③ 瓘(guàn)。

中华之福。不然,遗患后世矣。"武帝犹豫。沙漠汗表屡上要还。武帝沉吟,欲不放其归,匈奴方强,恐其扰境;欲放其还,恐其有异。见沙漠汗辞表情切,只得多以金玉赐与,用十分恩义抚之,遣人护送与还。当沙漠太子得圣旨肯放其还,即忙入朝拜辞武帝。

次早登程,行数月,行至阴馆城,先遣人入国,报父神元。神元设位,近臣奏曰:"太子沙漠汗,先年入中国贡,观觇①虚实,今差人来报回国,行至阴馆。"神元大喜曰:"既太子归国,诸部大人可去阴馆迎接。"诸部大人即出,以酒馔来阴馆迎接。参拜太子讫,各以酒把盏。酒至半酣,沙漠汗仰视空中,忽有一只飞鸟,其时沙漠汗在中国,带得弹子在袖中,只出以左手拈弓,右手搭弹,望空中一放,正中飞鸟颈子上,死落在地。时匈奴诸部之人不识弹子,更又不见羽箭,以为沙漠汗空弓射得鸟落,诸部大人俱各大惊,皆以为神,密相谓曰:"今太子入中国,披服同南,更兼有此奇术,射不用箭。他日神元万岁后,太子统国,必然变易旧俗,吾等必不得志,亦难保善终矣。不如先走入朝,奏知万岁,说太子今回国,臣等观其动静,必有二意,更兼学得奇术,空弓射得飞鸟,又带南人而还,臣恐太子篡位争权,移风换俗,国不得安。"诸部大人计议已定,就辞太子沙漠汗先驰还内,以前所议之计奏知神元。神元大惊曰:"既如此,当如之何?"诸部大人奏曰:"圣上更有贤子,不若除之,免其后患。陛下不纳臣求,诸部各散。"神元无奈,因言当便除之。于是诸部大人矫神元诏出朝,将太子沙漠汗执下,暴其罪曰:"太子沙漠汗奉晋数年,不思还国事亲,今回反带南人而归,必有叛心,此乃大不孝也。今封鸩酒一壶,黄罗五尺,宝剑一口,命其自尽。"沙漠汗听见其诏,大哭一场,乃饮鸩酒而亡。因此沙漠汗被害。神元悔之,乃命收葬,谥②曰文皇帝。

束晳诚心祈雨泽

却说中国吴中大旱,连月不雨,百姓屡祈未应。史说,束晳字广微,阳

---

① 观觇(chān)——观察窥视。
② 谥(shì)——古时帝王、大臣等死后,依其生前事迹所给予的称号。

平元城人，汉疏广之后。王莽末，广曾孙孟达避难，自东海定居沙鹿山南，因去"疏"之"足"，遂改姓束焉。束晳博学多闻，少有德行，远近习知。时值天亢无雨，百姓相谓曰："吾闻仁德动天，精诚感应，今闻此处束广微先生仁闻州里，德播日新，不如请求雨，天必有济。"众耆①曰："然。"因是百姓来请束晳祈雨。晳欣然从命，斋戒沐浴，祷告上天。须臾，天即下雨，三日不息，万物回生。由是百姓感之，乃作歌歌之曰：

  束先生，通神明，请天三日雨甘零。我黍以育，我稷以生。

何以酬之？报束长生。

束晳自此朝野知名。武帝闻知，擢为著作郎。

时武帝朝会群臣，问中郎挚虞曰："三日曲水之义，卿知之乎？与朕言之。"虞曰："汉章帝时，平原徐肇以三月初三生三女，三日俱亡，时人以为怪，乃招携之水滨洗祓②，遂因水以泛觞，其义起于此也。"武帝曰："必如卿之所谈，便非嘉事。"时晳在侧，因进曰："虞小生，不足以知，臣请言之。昔周公城洛邑，因流水以泛酒，故逸诗云：'羽觞随波。'又秦昭王以三日置酒河曲，见金人奉水心之剑，曰：'令君制有西夏。'乃霸诸侯，因此立为曲水。二汉相缘，皆为盛集，流至今也。何得以三月生女即死之义耶？"武帝大悦曰："卿才果有大过人者。"就以晳为尚书郎，赐晳黄金五十斤，晳谢恩退朝。

刘毅对帝似桓灵

  辛丑，太康二年，三月，武帝诏选吴孙皓宫人五千入宫内，朝夕淫乐游宴，怠于政事，其掖庭殆以万人卫从。常乘羊车，恣其羊车之所之，至，便宴寝其宫。其时，武帝既乘羊车游寝宫廷，宫人竞以竹叶插户、盐汁洒地，以引帝车入宫。于是后宫乱宠无次序矣。

  却说皇后杨氏，其父杨骏，字文长，弘农人也。官拜车骑将军。时武

---

① 耆（qí）——老者。

② 祓（fú）——古时一种除灾祈福的祭祀。

帝以后宠封杨骏为临晋侯。当中书令褚䂮①与尚书郎郭奕等谏之曰："夫封建诸侯，所以藩屏王室也；后妃，所以供粢盛、弘内教也。今后父杨骏虽有国戚之亲，却无汗马之劳，安可封侯？"二人因上表称杨骏小器，不可以任社稷之重，恐乱天下之始。武帝怒而不听，益宠杨骏，于是杨骏势倾天下，任意横行。

却说武帝自太康以后，天下无事，不复留心万机，唯耽酒色，请谒公行。杨骏与弟杨珧②、杨济三人，势倾朝野。公卿以下无不惮之。故时人号为"三杨"。时太尉何曾因设朝回第，谓诸子弟曰："今上以吾为太傅，吾每宴见，未尝闻经国远图，唯说平生常事，非贻厥孙谋之道也，及身而已，后嗣其殆乎！汝辈犹可以免。"指诸孙曰："此属必及于难矣。"

壬寅，太康三年，武帝设朝，君臣礼毕。武帝问司隶校尉刘毅曰："朕可方汉之何帝？卿实言之。"毅曰："桓、灵似陛下耳。"武帝曰："朕何至于此？"毅曰："桓、灵卖官钱入官库，今陛下卖官钱入私门。以此言之，殆不如也。"是时，武帝卖官钱入宫，故毅言之。当武帝大笑曰："桓、灵之世，不闻此言。今朕有直臣，故为胜之耳！"因赐毅金二十斤。时毅纠绳豪贵，无所顾忌，人皆惮之。

石崇与王恺斗宝

却说石崇字季伦，生于青州，故小名齐奴。少敏慧，勇而有谋。其父石苞临终，分财与诸子，独少与崇。其母以为言："何不均分，使崇少也？"苞曰："此儿虽小，后自能得。"及其年长二十，为修武令，有能名。迁为阳城太守。因伐吴有功，封为安阳乡侯，累迁侍中。武帝以崇功臣之子，有干局③，深器重之，出为南中郎将、荆州刺史，领南蛮校尉。石崇颖悟有才气，而任侠无行检。在荆州时，私与从人劫远使商客，以致大富，因此不资久之。后拜为太仆，因出镇下邳。崇有别馆在河阳之金谷，一名梓泽，饯

---

① 䂮(luè)。
② 珧(yáo)。
③ 干局——办事的才能、气度。

送者倾都,畅饮于此,故号为金谷园。是岁,武帝又拜崇为卫尉。崇家中财产丰积,室宇宏丽。后房百数,皆曳纨绣,珥金翠。丝竹尽当时之选,庖膳穷水陆之珍,富盖天下,无有二也。时后将军王恺,乃文明皇后之弟也。家中亦大富,爱于射,竞以奢侈相高。一日,武帝设朝罢,退出外殿,石崇、王恺二人俱各夸诞。王恺说,我家中以粞澳釜①。石崇道,我家中以蜡代薪。这边道多,那边道胜。僚友因谓二人曰:"口说无凭,做出便见。汝二人休在此争论,汝家中有甚奇异珍宝,请出相斗,方见高下。"当王恺使人做紫丝步幛四十里,石崇使人做锦步幛五十里。崇涂屋以椒,恺用赤石脂耳。僚友见崇胜恺,俱称羡不已。武帝闻王恺与石崇斗宝,乃宣恺入,取珊瑚树高二尺者赐恺。恺大喜,拜谢出内,即以珊瑚示石崇。石崇接过看了,以铁如意击碎。王恺大怒曰:"你无此宝,故打碎。"欲与相殴。崇大笑曰:"君不足为恨,吾自偿之。"乃使人取珊瑚树,高三四尺者六七株,条干绝俗,光彩耀目,以示王恺,因以赔恺。僚友劝和,各回第讫。当司马傅咸上书于武帝曰:

先王之治天下,食肉衣帛,皆有其制。奢侈之费,甚于天灾。古者人稠地狭,而有储蓄,由于节也。今土广人稀,而患不足,由于奢也。欲时人崇俭,当诘其奢;奢不见诘,转相高尚,无有穷极矣!

帝览,谓咸曰:"王、石自相射竞,何于兴废,卿何多言耶!"弗听,未校二人。

却说尚书张华,先因伐吴,都督幽州军事。以文学才识,名重一时,论者皆谓华宜为三公。荀勖、冯纨②以伐吴之谋深疾之。先时,武帝知张华才能,故使人问华:"谁可托后事否?"华曰:"以明德至亲,莫如齐王。"及此,武帝使人征之,齐王忤旨不至。帝思华能,欲征张华。荀勖、冯纨忌华所能,因而谮③华于帝曰:"张华督幽州,抚循夷夏,誉望益振,而华参朝政,若钟会之变也。昔会之反,颇烦太祖。今陛下征华亦然。"武帝变色曰:"卿是何言耶!"纨惊,即免冠言曰:"善御者必知六辔缓急之宜,故汉

---

① 以粞澳釜——以饴洗锅。粞,同饴。
② 纨(dǎn)。
③ 谮(zèn)——中伤,诬陷。

高尊宠八王以夷灭,光武抑损诸将而克终。非上有仁暴之殊,下有愚智之异也,盖抑扬与夺,使之然耳。会才智有限,而太祖夸奖无极,使会自谓算无遗策,功在不赏,遂构凶逆耳。向令太阻录其小能,节以大礼,则乱心无由生矣。"帝曰:"然。"纮稽首曰:"陛下既已然臣之言,宜思坚冰之渐,勿使如会之徒复致倾覆。"帝曰:"当今岂复有如会者耶?"纮因屏左右而言曰:"陛下谋划之臣,著大功于天下,据方镇总戎马之任者,皆在圣虑矣。"帝默然。由是不征华,复征齐王司马攸入朝用事,攸德望日隆。荀勖、冯纮、杨珧皆忌之,因设朝罢,纮潜于武帝曰:"齐王攸私结群党,恐不利于社稷。"帝曰:"齐王乃先帝所亲信,故朕委之以朝政,岂有异心耶?卿勿多言。"纮曰:"陛下不信,诏诸侯之国,宜从亲者始,齐王独留京师,可乎?"勖又曰:"百僚皆归心齐王,陛下试诏之国,必举朝以为不可,则臣言验矣。"武帝始以为然。次日,乃以齐王司马攸为大司马,都督青州诸军事,令其之国。

国公王浑入朝上书曰:

  窃见齐王司马攸,至亲盛德,宜赞朝政,今出之国,假以虚号,而无典戎干方之实,恐非陛下追述先帝、太后待攸之凤意也。若以同姓宠之太厚,则有吴、楚逆乱之谋,汉之吕、霍、王氏,皆何人也!历观古事,轻重所任,无不为害,唯当任正道而求忠良耳。若以智计猜嫌,虽亲见疑,疏者庸可保乎!

武帝不听。扶风王骏、光禄大夫李熹①、中护军羊琇、侍中王济、甄德皆入切谏,帝亦不听。王济与甄德见帝不听,又使其妻公主俱入宫涕泣曰:"今使齐王之国,莫非内有小人献佞?且齐王国之至亲而不可信,况他人乎?望陛下留齐王,乃国家之幸。"因再四请帝留齐王攸。武帝大怒,出谓王戎曰:"兄弟至亲,今出齐王,自是朕家事,而甄德、王济连遣妇人来生哭人耶!"乃出王济、甄德。时李熹见上出其二人,亦以年老逊位,后卒于家焉。

大康四年,正月,武帝设朝,命太常议崇锡齐王攸之物。当博士庾旉、

---

① 熹(xī)。

秦秀等因上言曰："古礼,三公无职,坐而论道,不闻以方任①婴②之。唯宣王救急朝夕,然后命召穆公征淮夷,故其诗曰:'徐方不回,王曰旋归。'宰相不得久在外也。今天下已定,六合为家,将数延三事,与论太平之基,而制出之,旧章违矣。望陛下诏取齐王归朝,天下幸甚。"武帝弗听。当祭酒曹志叹曰:"安有如此之木,如此之亲,不得树本助化,而远出海隅,晋室之隆,其殆矣乎!"乃奏曰:

  古之夹辅王室,同姓则周公,异姓则太公,皆身居朝廷,五世反葬。及其衰也,虽有五霸代兴,岂与周、召之治同日而论哉!自羲皇以来,岂一姓所能独有!当推至公之心,与天下共其利害,乃能享国长久。是以秦、魏才得没世,而周、汉亲疏为用,此前事之明验也。志以为当如博士所议,诚诏宣回朝,则朝廷幸甚,天下幸甚!

武帝览表,大怒曰:"曹志尚不明吾心,况四海乎!且博士不答所问,而答所不问,横造异论也。"遂免曹志官,其余皆付廷尉问罪。廷尉刘颂奏夐等大不敬上,当弃市。帝从之。尚书夏侯骏见帝曰:"官立八座,正为此时,博士何当死矣?"帝始回,独为骏议留中七日,乃诏夐等七人免死除名。使命齐王攸备物典策,设轩悬之乐,六佾③之舞,黄钺朝车乘舆之副从焉。

  却说齐王既被荀勖、冯紞之谮,不得预政,在外愤怨发疾,使人入朝奏武帝,乞守太后之陵。武帝不许,遣御医希旨视齐王攸疾。希旨将行,荀勖等阴嘱曰:"汝去视齐王疾,不可下药,只便回来。倘主上问你,只说无事。"希旨果去看齐王,及诊视脉息,病将危笃,不肯下药。诊罢,希旨皆言无疾,帝遂不问。当河南尹尚雄谏曰:"陛下子弟虽多,但有德望者少。齐王卧居京邑,所益实深,不可不思也。依臣之请可诏还京。"武帝不纳,尚雄愤恚而卒。齐王攸疾转笃,帝犹遣近人催其上道,至是呕血而薨。其子司马冏发丧而归,武帝与百官亲临吊丧。司马冏泪涌陈诉御医诳言父疾无恙,不肯下药,致误身死。帝大怒,即命武士收御医希旨诛于市曹,以

---

① 方任——一方重任,指地方官。
② 婴——缠绕,羁绊。
③ 佾(yì)——古代乐舞的行列。

其首祭之。初，武帝爱齐王攸甚笃，为荀勖、冯𬘬所构，欲为身后之虑，故出之，及其薨，帝哀痛不已。冯𬘬侍侧曰："齐王名过其实，天下归之。今自薨殒，社稷之福，陛下何哀之过！"因是收泪而止。

齐王攸在生，举动以礼，鲜有过失，武帝敬惮之。每引同处，必择言而后发，因此朝野望之。

刘毅论中正九品

甲辰，太康五年，侍中陈群奏武帝，以吏部不能审核天下之士，可令郡国各置中正之官，州置大中正之官，皆取本土人任察朝廷官，德充才盛者为之，使铨次①等级，为之九品。有言行修著则升之；道义亏缺则降之。吏部凭之以补授百官，如此可不失贤才之廉，及无滥授之职。武帝纳之，诏命有司施行。行将一年，中正之官奸弊日滋。重赂得高升，无与者则降黜。当太尉刘毅入朝上疏曰：

  今陛下立中正，定九品，高下任意，荣辱在手。操人主之威福，夺天朝之权藉。公无考校之负，私无告讦之忌。用心百态，营求万端。廉让之风灭，争讼之俗成。臣窃为圣朝耻之！盖中正之设，于损上之道有八：高下逐强弱，是非随兴衰。一人之身，旬日异状。上品无寒微，下品无势族。陛下赏善罚恶，无不裁之以法，独置中正，委以一国之重，曾无赏罚之防。又禁人不得听讼，使之纵横任意，无所顾惮。诸受枉者抱怨积直，不获上闻。由此论之，职名中正，实为奸部；事名九品，实有八损。古今之失，莫大于此！臣窃以为宜罢中正而除九品，弃魏氏之弊法，立一代之美制，则天下幸甚矣。

晋武帝览之大悦，虽善其言，终不能改也。

却说侍中王济因谏武帝宜亲齐王之事，免官久之。今齐王已薨，武帝因谓和峤曰："我将骂济而后官之，如何？"峤曰："王济俊爽，恐不可屈。"武帝使人宣至，责让之曰："卿知愧否？"王济曰："'尺布''斗粟'之谣，常

---

① 铨次——编次，排列。

为陛下耻之。他人能令疏者亲,臣不能令亲者亲,以此愧陛下耳。"武帝默然泪下,以王济为侍中。

却说齐王攸死,天咎屡见。河南、荆、扬大水。八月朔,日食,慕容廆以兵五万寇辽西,辽西郡守陈朋以兵拒战,败死,失去州郡。太庙殿陷,星陨如雨。或者以为齐王死屈,故有是变。

慕容廆既寇辽西,武帝甚忧之。群臣奏,宜下诏招安,封其为鲜卑都督,则彼自降。武帝从之,使使持诏往辽西,令东夷校尉,以节封慕容廆为鲜卑都督,令其来降。使人领诏入辽西,见东夷校尉何龛,使人以书通慕容廆。廆大悦,即以士大夫礼,巾衣诣府门,降何龛。龛恐其诈,乃严车以见之,廆即出,乃改服戎衣而入。左右问其故,廆曰:"主人不以礼待客,客何为哉?"龛闻甚惭焉。于是龛持节开诏读之,廆跪听宣讫,谢恩而起。于是廆降晋,受鲜卑都督印绶,收兵徙居徒河青山去讫。

却说武帝极意声色,遂致成疾。时杨骏秉权,忌诸王有变,心生一计,密奏帝曰:"陛下龙体不安,且即主弱臣强,倘不豫,何以制之?宜封建诸王,都督各镇,此万全之计也。"帝从之,以汝南王司马亮为大司马,都督豫州诸军事,使镇许昌。又徙皇子南阳王司马柬为秦王,使其都督关中。以司马玮为楚王,使其都督荆州。以司马允为淮南王,使其都督扬、江二州诸军事,并假节令其之国,非宣唤不许入朝。又立皇子司马乂①为长沙王,立司马颖为成都王,司马晏为吴王,司马炽为豫章王,司马演为代王,立皇孙司马遹②为广陵王。

武帝以才人谢玖赐太子司马衷,衷纳之,生皇孙司马遹。年五岁,其夜忽然宫中失火,武帝大惊,登楼望之。时司马遹乃牵武帝裾③入暗中而言曰:"暮火仓促,宜备非常,不可令照见人主。"武帝闻言,由是奇之。次日,武帝领皇孙司马遹观豕牢,遹言于武帝曰:"豕甚肥,何不杀以享士,而使久费五谷?"武帝嘉其说,即使烹之。因抚其背,谓廷尉傅祗曰:"此儿当兴我家。"次日早朝会,武帝谓群臣曰:"朕皇孙司马遹聪敏非常,前观失火之戒,后上烹豕之言,好似吾太祖宣帝之才也。朕观太子不才,意

---

① 乂(yì)。
② 遹(yù)。
③ 裾(jù)——衣襟。

欲废之。今见皇孙如此明慧，故不易之。"于是群臣上贺，皆称万岁。武帝乃大会群臣于凌云台。尚书卫瓘知太子司马衷庸才，不堪政事，每欲陈启废之事，未敢发言。因此朝会佯醉，入跪武帝床前曰："臣欲有所启。"武帝曰："卿所言何耶？"瓘欲言而止者三，乃以手抚床曰："此座可惜！"武帝意悟，因谬曰："卿真大醉！"于是瓘不敢复言。而武帝了然在心，乃闷闷归宫，密谓皇后杨氏曰："今太子不堪大统，此事若何？"杨后对曰："古来神器，立嫡以长，不问贤愚，岂可动乎？"时武帝疾甚，知太子不才，然恃皇孙司马遹明慧，故无废立之心。先用王佑谋，以太子母弟柬、玮、允分镇要害。又恐杨氏之逼，以王佑为北军中侯，典禁兵。又与皇孙司马遹高选僚佐，以散骑常侍刘寔为太傅，以辅皇孙。又封宗室数人。

当淮南相刘颂上疏曰：

陛下以法禁素宽，未可遽革。然矫时救弊，亦宜以渐，譬犹行舟，虽不横截迅流，当渐靡而往，稍向所趋，然后得济也。臣闻为社稷计，莫如封建亲贤。然宜审量事势，使诸侯率义而动者，其力足以维带京邑；包藏祸心者，其势不足以有为。陛下宜与达古今之士共筹之。周之诸侯，有罪身诛而国存；汉之诸侯，有罪或无子者，国随以亡。今宜反汉循周，则下固而上安矣。天下至大，万事至众，是以圣王执要于己，委务于下，非惮劳而好逸，诚以政体宜然也。夫居事始以别能否，甚难也；因成败以论功罪，甚易也。今陛下精于进始，而略于考终，此政之所以未善。人主诚能居简执要，考功罪于成败之后，则臣下无所逃其诛赏矣。古者六卿分职，冢宰为正。自汉以来，九列执事，丞相都总。今尚书制断，诸卿奉成，于古制为大重，可出众事付外寺，使得专之，尚书统领大纲，岁终课功，校簿而行赏罚，斯亦可矣。今动皆受成于上，故上之所失，不得复以罪下，岁终事功不建，不知所责也。夫细过谬妄，人情之所必有，而悉纠以法，则朝野无立人矣。近世为监司者，类大纲不振而微纤必举。尽由畏避豪强，而又惧职事之旷，则谨密网以罗微，使奏劾相接，状似尽公，实则挠法。是以圣王不善碎密之案，必责凶猾之奏，则政之奸，自然擒矣。夫创业之勋，在于立教定制，使遗风系人心，余烈匡幼弱，后世凭之，虽昏犹明，虽愚若智，乃足尚也。至夫修饰官署，凡诸作役，此将来所不须于陛下而自能者也。今勤所不须，以伤所凭，窃以为过矣。"

武帝不能用之。疾将不豫，诏以刘渊为匈奴北部都尉。又封杨骏为大尉，令其辅政。

武帝托孤立惠帝

庚戌，太熙元年，四月，晋武帝卧疾将笃，遂诏车骑将军杨骏入宫内卧所，武帝曰："朕今不豫，以皇太子顾托于公。公宜念朕半子之亲，以慕周公之辅而佐之。"骏曰："陛下善保龙体，以重天下之望，臣岂敢不效忠贞，而报今日殊遇之恩。"帝又谓近臣曰："卿等素怀忠义之心，以上政治之方，勿稍忘替。"言讫而崩。太子与诸大臣俱各涕泪。次早，举哀发丧，停柩别殿。武帝崩时，年五十五岁，庙号世祖，在位二十六年。改元者四：泰始十年、咸宁五年、太康十年、太熙一年。

史说，武帝明达善谋，能断大事。承魏氏奢侈革弊之后，百姓思古之遗风，乃励以恭俭。有司尝奏御牛青丝纼①断，重费民财，武帝即下诏命以青麻代之。至平吴之后，天下晏然，遂怠于政事，耽于酒宴，宠爱后党，亲贵当权，旧臣不得专任，彝章紊废，请谒②公行矣。

却说武帝既崩，杨骏与大臣举哀发丧，孝事已毕，以武帝梓柩殡于峻阳陵。乃立太子司马衷为孝惠皇帝，改元永熙元年。

惠帝既即大位，以杨骏为太傅，总摄朝政，于是百官咸听骏命。惠帝又以贾氏南风为皇后，以才人谢玖为太妃，以其子司马遹为皇太子。其余大臣，俱各加赠封赏。

---

① 纼(zhèn)——拴牲口的绳。
② 请谒——告求。

后父杨骏独秉政

史说,孝惠帝乃世祖武皇帝之次子,名衷字正度,在位二十七年,后因中毒而崩。

却说武帝疾笃时,杨骏独侍疾禁中,诸大臣皆不得在左右。骏因私意改易要近,得其心腹。武帝正色谓曰:"何得便尔!"时汝南王司马亮虽领职,尚未之国,武帝知之,乃令作诏,以司马亮与杨骏同辅政,未发,又欲择朝士有闻望者辅佐之。会武帝复迷乱,皇后杨氏奏以骏辅政,帝颔之。杨后即召何劭作诏,授杨骏太尉、都督中外诸军、录尚书事。骏受诏,使人趣汝南王亮赴镇。稍顷,帝复问:"汝南王来未?"左右言未至,遂崩。

既而太子衷即位,杨骏入居太极殿,以虎贲①百人自卫。汝南王亮知武帝崩,不敢临丧,哭于大司马门外,使人上表,求安葬武帝讫往镇。杨骏恐其有变,密使人以兵图害。汝南王亮知,乃连夜以兵驰赴许昌去讫,始免其难。

五月,杨骏自知素无美望,欲普晋爵以求媚于众。奏少帝诏群臣增位,赐爵有差。将军傅祗谓骏曰:"未有帝王始崩,而臣下论功者也,于理有所不可。"骏不从,诏中外群臣增位,赐爵有差,复租调一年。散骑侍郎何攀言曰:"帝正位东宫二十余年,今承大业,而班赏行爵,优于泰始革命之初,轻重不伦。且大晋卜世无穷,制当垂后,若有爵必进,则数世之后,莫非公卿矣,无乃不可乎!"骏不从,自以为太傅、大都督,假黄钺,录朝政,百官总己以听。当傅咸谓骏曰:"谅暗不行久矣。今上谦冲,委政于公,而天下不以为善,惧明公未易当也。周公大圣,犹致流言,况上春秋非成王之年乎!进退之宜,明公当审之。"杨骏不从。杨济闻知,遗傅咸书曰:"谚云:'生子痴,了官事。'未易了也。"傅咸回书曰:"卫公有言:'酒色杀人,甚于作直。'坐酒色死,人不为悔。而逆畏以直致祸者,当由矫枉过正,或不忠笃,而欲以亢厉为声,故致愤耳。安有悾悾②忠益,而反见怨

---

① 虎贲(bēn)——古时指勇士、武士。
② 悾悾(kōng kōng)——指诚恳。

疾乎！"济见书默然。

却说杨骏见贾后险悍，多权略，忌之，乃以外甥段广管机密，张劭典禁兵。凡有诏命，与帝省讫，要入呈太后，然后得行之。时冯翊太守孙楚谓骏曰："明公以外戚居伊、霍之任，而不与宗室共参万机，祸至无日矣！"骏亦不从。骏姑子弘训少府蒯钦，数以直言犯骏，人为之惧，钦曰："杨文长虽暗，犹知人无罪不可杀，不过疏我。我得疏，乃可以免。不然，与俱族矣。"杨骏闻东部王彰贤，使人往匈奴，辟王彰为司马。使人去，王彰闻之，乃逃不去。其友怪而问之，彰曰："自古一姓二后，鲜有不败。况杨太傅昵近小人，疏远君子，专权自恣，吾逾海塞以避之，犹恐及祸，奈何应其辟乎！且武帝不为社稷大计，嗣子既不克负荷，受遗复非其人，天下之乱，可立待也。"

八月，广陵王司马遹既立为太子，惠帝以何劭、裴楷、王戎、张华、杨济、和峤为师保。惠帝初为太子时，和峤尝言于武帝曰："太子有淳古之风，而季世多伪，恐不了陛下家事。"武帝不则声。后又与荀勖同侍武帝，武帝曰："太子近进，卿可俱诣之。"峤、勖二人去谒太子，无有经国之言，惟自乐而已。二人即还，见武帝。惟勖曰："今太子明识雅度。"峤曰："太子圣质如前。"武帝不悦而起。及是以和峤为少保，从太子遹入朝，贾后在帘后使惠帝问之曰："卿昔谓朕不了家事，今定如何？"峤曰："臣昔事先帝，曾有是言。言之不效，国之福也，何必曰更。"

贾氏南风夺朝权

辛亥，元康元年，却说皇后贾氏讳南风，平阳贾充之女也。初，武帝立惠帝为太子时，欲取卫瓘女为太妃，因元后纳贾、郭、霍亲党之说，欲婚贾氏南风。武帝谓元后曰："卫公女有五可，贾公女有五不可。卫家种贤而多子，美而长白；贾家种妒而少子，丑而短黑。"元后固请婚贾氏，又使荀勖、荀颉于帝前称贾氏之美。武帝乃定婚贾氏。泰始八年，拜为太子妃。

贾氏既为妃，心性妒忌，多权诈，太子畏而忌之，因此嫔御罕有进幸者。而贾氏性酷虐，尝手杀宫人。或以戟掷孕妾，子随刃堕地。武帝闻知，欲废之。杨太后救之曰："贾公屡有大勋于社稷，岂可以其女妒而忘之耶!"妃得不废。后太后数戒厉贾氏,贾氏不知其救己,反以为恨,至是不以妇道事太后。当时若非太后力劝武帝,贾氏安得至今。

惠帝既即位,乃立为皇后,贾氏遂荒淫放恣,与太医程据等乱彰内外。常使宫人阉宦计,以篱箱装少年人内同寝,中意者留,不中意者害之。其时洛阳有盗尉部小吏,生得端丽美容,既给厮役,忽有非常衣服,众吏人咸疑其衣服窃盗来的。尉部亦嫌而辨问之:"何得此服?"小吏答云:"月前先行逢一老妪,说其家有一女疾病,问师买卜,云宜得城南少年厌之方瘥,欲暂相烦,必有重报。吾随其去,上车下帷,内篱箱中,行有十余里,过六七门限,开篱箱,吾起来见楼阙好屋,胜似天宫。吾问此是何处,彼答云是天上,即以香汤与吾浴,将锦衣与吾衣,将美食与吾食之。后引吾入见一妇人,年可三十五六岁,短形青黑色,眉后有疵,见留数夕,共寝欢宴,临出以此衣服等物相赠与吾,吾安敢为盗耶!"尉部听见其说形状,知是贾后,惭笑而不责之。时闻贾后常以此计载人入宫,不中意而死者甚多,唯此小吏,贾后爱之,得全而出,因是漏泄,洛阳城内人尽知之。

贾后性凶悍,多权略,每惠帝临朝,贾后必在珠帘后独坐。若大臣所奏政事,贾后不待惠帝自允,俱干预之。当太傅杨骏入请曰:"天无二日,民无二王。今圣上春秋正富,政治多能,安用垂帘,扰乱治体,宜速还宫。"贾后闻之,满面羞惭,低声入宫,虽不答语,心甚怅恨。归内大怒,欲杀杨骏,无计可成。时殿中中郎将孟观、李肇二人,常被杨骏面谩,心甚恶之。及闻贾后与杨骏构怨,因见黄门①董猛,同入宫,献谋诛骏。贾后大悦,问:"卿等以何计可诛老贼?"孟观曰:"臣有一计,可杀杨骏老贼。非可自为,满朝皆其腹心,未可与谋。娘娘宜使人持书,报楚王司马玮,令其以兵外应,方自诛得,不然反成内乱。"贾后曰:"然。"于是贾后遣孟观以书来见。楚王司马玮曰:"吾亦恨老贼久矣。必须吾自以兵入朝,方可行得。"观曰:"请殿下以兵屯于城外,以待内应即行。我先入宫,报与娘娘,娘娘使人来迎。"却说孟观回宫报知,楚王以兵密屯于司马门外,以候内应。贾后曰:"其计大善。卿等密地启帝,称杨骏谋反,宜速下诏收之,若更迟延,早晚祸生。待帝应允班诏,卿等以禁兵讨之,则杨骏可诛矣。"

孟观等领懿旨出内殿,待帝退朝入宫,孟观奏帝曰:"杨骏谋反,欲夺

---

① 黄门——宦官。

天位，陛下宜早图之。不然，臣等亦难讨乱。"惠帝曰："卿何得是言？"观曰："臣知多日矣，不得不尽孤忠。望陛下火速降诏，委臣等与楚王共讨之，缓则必变。"惠帝方始大惊，骂曰："老贼欲效王莽！"因此即命黄门董猛草诏，诬杨骏谋反，命东安王司马繇帅殿中四百人，及楚王司马玮入朝，共孟观等讨之。孟观得诏，出迎楚王玮，入屯司马门。又以诏召东安王繇入内，领禁中四百人埋伏。计策安排已定，俱各以兵埋伏。

次日，孟观入宫，见贾后具说计成，必须娘娘矫圣上手诏，去宣杨骏入内，执而诛之。然后臣等以兵族其三族。贾后闻计，即矫惠帝手诏，使人持去，宣杨骏入议军国大事。使人持诏至杨骏府中，说圣上在宫内诏太傅入宫，共议军国大事。骏时欲即行，其弟杨济、杨珧止之曰："前日吾兄面抑贾后，今日无事宣入内宫，必有诈谋，切不可去，去必有患。待来日大朝，兄可与弟辞老休致，免累三族矣。"杨骏曰："帝自有诏在此，有何患焉？若有内变，皇太后必有密旨，何故虑之！"杨济等曰："交构已成，尚欲入宫，何不早决。"骏始悟，即召官属至曰："吾尽忠报国，今日惠帝在宫内有手诏，诏我入宫同议军国大事，吾二弟济、珧以为诈，故问之耳。"当主簿朱振曰："吾窃知楚王无故亦朝，定有谋明公之心，此必阉竖为贾后谋，不利于明公。依吾之计，宜速烧云龙门以胁之，索造事者首，引东宫及外营兵，拥太子入宫取奸人，殿内振恐，必斩送之，不然，无以免难。"杨骏素怯懦不决，乃曰："云龙门魏明帝所造，功费甚大，奈何烧之！"骏犹豫间，皇太后杨氏在宫亦闻知，急自做书，令人射出城外曰："有人救得杨太傅者，千金赏，万户侯。"被贾后宫中人拾得，将来呈与贾后。贾后因宣言太后同杨骏谋反，即令孟观催东安王，以殿中兵出，以火烧杨骏公府。杨骏大惊，逃入于厩中，被兵拥入，就杀之。遂收杨济、杨珧及张劭、段广等，毕夷三族。珧临刑告东安王繇曰："吾昔有表，收在石函，可问张华。"繇不听，叱左右斩之。

贾后谋害皇太后

早有人进宫中，来报皇太后杨氏，说贾后夷其三族之事。杨后大怒，即诣其宫，责骂贾后曰："无端贱人！先帝不肯娶汝泼贱，是吾抬举取你。

今日得志,反害绝吾家,有何道理!"贾后亦对曰:"老贱人!你父谋反,故将诛之,何如骂我!"二后相骂,将欲交手,左右宫人急劝解之,送皇太后杨氏回宫。贾后愤怒不息,使人密召孟观入问曰:"杨骏虽死了,皇太后不仁,必有复仇之心。吾欲害之,卿有何计?"观曰:"今杨骏兄弟死了,皇帝无为,大权诏命,皆出娘娘之手,娘娘何不矫诏徙于金墉,有甚难乎!"贾后闻计大悦,曰:"我即书诏,卿可代吾徙之。"于是贾后作矫诏命孟观赍诏入后宫,来徙杨氏。孟观领诏,即入后宫,杨后谓孟观曰:"吾无宣唤,汝何直入!来此何干?"观曰:"奉圣上诏旨,废娘娘,不许在宫,命日下徙居金墉。"杨后大惊曰:"我实无罪,何如见废?"观曰:"圣上以娘娘不合与杨骏谋叛。贾后奏知,一人造叛,九族皆诛。圣上以娘娘与其母子之亲,不忍加诛,是以废焉。"杨后闻之大哭,欲出金銮亲见惠帝。孟观使宫人扯住,不放其行,喝将乘舆至监,令杨后上舆,喝令从人拥出宫门,使人送至金墉。居止已定,孟观始入宫回报。贾后大悦,以帛百匹赏之,因谓观曰:"卿与我启惠帝,称皇太后同杨骏谋反,宜诏令其自绝,不可遗患于后。"观曰:"不须娘娘懿旨,臣见圣上,见可而进,使其弑之。"于是孟观与与李肇、董猛出殿奏曰:"今皇太后图危社稷,自绝于天。陛下虽有无已之情,臣下不敢奉诏。宜早绝之,免贻后患。"惠帝问有司,如何所议。当中书监张华议曰:"皇太后非得罪于先帝,今党其所亲,为不母于圣世,宜依汉废赵太后故事,称武皇后,居异宫,以全始终。"惠帝未决,有司奏曰:"一人造反,九族皆诛。以其与圣上有母子之亲免死,宜废为庶人。"惠帝未及对,贾后命即书诏下金墉,废杨太后为庶人。有司又奏:"昨诏原杨骏妻庞氏,以慰皇太后之心。今皇太后即废,请陛下以庞氏付廷尉行刑。"惠帝从之,廷尉官来金墉,押庞氏上市曹,杨太后抱持号叫,截发稽颡①上表。贾后知,即出,诈谓杨后曰:"妾当请全你皇母之命,你可回金墉,必不至刑。"杨后以为实,即回。贾后反使人促廷尉官斩之,将太后废为庶人。

却说贾后心欲干预政事,乃召黄门董猛、孟观等入曰:"吾欲总专朝政,得一能臣同辅佐之可好?朝中大臣谁可堪任?"观曰:"汝南文成王亮,字子翼,乃宣帝第四子,先封为扶风王也。又有尚书卫瓘字伯正,极善

---

① 颡(sǎng)——额,脑门子。

草字，人皆仰慕也。此二人乃宣帝元老，足服群臣。娘娘若能用之，朝政安定，可使天下太平。"贾后闻言大喜，即从其言。

司马亮专权执政

次早，惠帝设朝，贾后在后殿出奏曰："杨骏谋叛，今已诛之，无人参辅朝政。汝南文成王亮、尚书卫瓘二人，乃先朝元宰，忠义慨然，使其辅政，国家幸甚。伏望陛下睿临亲决，刚明不惑，未知圣意云何？"惠帝曰："皇后所奏，正合朕心。"言讫，即以汝南文成王司马亮为太宰、录尚书事；以尚书卫瓘为太保：同辅朝政。汝南王司马亮既辅政，欲悦众，论诛杨骏功，诸将侯者千八十一人，亮皆增封赏。御史中丞傅咸曰："无功而获厚赏，则人莫不乐国之有祸，是祸源无穷也。依臣所论，不可为之。"亮不从，亮颇专权执政。

八王用事相图害

却说文成王专权，凡有军国大事，不议于众，只与卫瓘独断。当御史中丞傅咸谏曰："往从驾，殿下见语：'卿不识韩非逆鳞之言耶，而欲摩天子逆鳞！'自知所陈，诚领瓘触猛兽之须耳。所以敢言，庶殿下当识其不胜区区。前摩天子逆鳞，欲以尽忠，今触猛兽之须，非欲为恶，必将以此见恕。望殿下听臣，以察微言也。"汝南王司马亮怒而不纳，愈肆横行。

先是，司马亮与东安王司马繇不相推服。司马亮及此秉政，乃密启贾后，称东安王司马繇兵权太重，更有异志，宜早废之，免贻后患，然后使楚隐王司马玮代领其兵，万无一失。贾后从之，即矫诏称东安王司马繇谋叛之故，废为庶人。司马繇受枉，见亮势大，莫敢谁何，只得忍气吞声而已。

东安王既废，贾后即召楚王司马玮，入代其职。楚王玮既代东安王领兵，专立威名，惠帝亦忌之。更常忤汝南王司马亮意，因此司马亮欲将夺其权柄。而司马玮勋多威猛，内外惮之。乃召太保卫瓘谓曰："楚王司马玮用事，专立刑威，每忤吾意，欲削其权，诚恐不及，卿有何计，杀此跋扈?"卫瓘曰:"司马玮其实无过,焉能害之?要削其权,臣有一计。"汝南王亮曰:"何计?请出言之。"瓘曰:"殿下来日入朝,奏圣上,称楚王司马玮功多,更兼勇略双全,可封其为大将军,令其之国,使镇西地,盗贼不敢扰境。玮既出外,国事任殿下所行。"亮曰:"卿计正合我心。"计议已定,未及所奏。

司马玮杀亮夺权

却说文成王欲削楚王权,早被楚王司马玮手下采听人窃知,密地来报。司马玮闻知,心痛恨亮,乃思一计,密地入宫见贾后道曰:"臣闻汝南王司马亮、太保卫瓘同谋,欲行伊、霍之事,娘娘知未也?"贾后大惊曰:"汝何得其言?我实未闻。"司马玮曰:"臣心腹人窃而知之,以报臣耳。"贾后骂曰:"吾重用汝二人,何敢异谋害我耶!必杀此贼。"司马玮:"若欲杀,宜先下手;若迟,事必泄露,反遭祸矣。"贾后曰:"谁人可杀此贼?"司马玮曰:"臣部下有一大将,姓李名肇,有万夫不当之勇,可使去收二人,必然克也。"贾后即宣李肇至,密嘱以语,使其持矫诏,引禁兵五百人,持诏先诣围住太保卫瓘府,口称太保谋叛,奉诏收拿。言讫入内,将卫瓘并其子卫恒及孙九人,尽收执押去市曹斩讫。领兵复至汝南王府,将司马亮擒住,司马亮曰:"汝等小人何如执我?"李肇曰:"奉圣旨杀公。"司马亮曰:"我之忠心,可破示天下也,如何无道,枉无辜耶!"言讫,被李肇执出,斩于市曹。勒兵入内,报知贾后。贾后大悦,因问李肇曰:"汝南王死有何言?"肇曰:"汝南王临死道:'我之忠心,可破示天下也,如何无道,枉杀不辜!'"贾后闻言,方悟司马玮之佞,亦有杀司马玮之意,无计可施,闷闷不悦焉。

帝用华计杀楚王

却说贾后在宫愁闷烦恼,贾谧送惠帝归宫,因见贾后不悦,遂问之。贾后以前事一一对惠帝、贾谧说之。惠帝曰:"汝南王乃创制旧臣,若有变异,岂待今日?"因之泪盈满颐。又曰:"朕见楚王隐谗佞多猛,屡逆诏旨,目今赏功罚罪,皆非朕意,若不早除,后必为异,汝反杀汝南王耶!"言讫又泪。贾谧曰:"死者岂能复生,悔之无及,楚王如此,宜速计之。"惠帝曰:"楚王权重,何计可制?"贾谧曰:"黄门侍郎张华,有王佐之才,公辅之器,更兼足智多谋,何不与其商议,必能讨玮矣。"惠帝闻说,即使人召华入内,问曰:"今楚王司马玮掌握重权,多立刑威,朕恐有异,难以制之。吾欲诛此强恶,怕人议论,未有计谋,卿有高策代朕为之。"张华曰:"楚王既诛太宰、太保,则威权尽归之矣。人主何以自安,臣亦寒心矣。圣上宜此时,道他何以专杀二公之罪,诛之,谁敢乱也。"贾后曰:"然。卿用何计?"华曰:"可遣殿中将军王宫赍驺虞幡①麾众曰:'楚王司马玮矫诏,屈杀汝南王司马亮及太保卫瓘。圣上闻知,使我招回大小将军,速回龙虎二营,不许卫从。如违诏旨,的系同恶,尽队处斩。'如此,谁敢从乱。"惠帝曰:"其计大善。"

　　于是惠帝依张华之计,宣殿中将军王宫入内,说与计策,命其持驺虞幡,领卫兵五百人出宫,直入帅府,带领胄士拥从楚王司马玮乘舆而出。王宫持幡高叫曰:"楚王矫诏,谋杀汝南王及太保,圣上已知,诏命我等持此幡收执。汝等大小将士军校,各回龙虎二营,不许护送。"言未毕,胄士数百人皆释仗而走。楚王司马玮左右无复一人,窘迫不知所为,被王宫使从军执之,斩于府前。乃勒兵回宫,奏知惠帝。惠帝大悦,乃拜张华为少傅,开府仪同三司、侍中、中书监,金章紫绶。张华固辞,不受其职。贾后欲劝,惠帝罢之。当贾谧上言曰:"张华庶族,儒雅又有筹略,进无逼上之嫌,退为众之所依,可以托六尺之孤,亦可以寄百里之命。依臣之愚,宜倚以朝纲,共访政事,不可与辞。"因此惠帝不从其辞,委以朝政。于是华只得领职谢恩,与贾模、裴𬱟②同心,尽忠匡辅,弥缝补阙,虽当暗主虐后之朝,而海内赖之晏然,是华之力也。后进封为壮武郡公。太保卫瓘女卫氏上书与国臣张华等书曰:"妾先公名谥未显,一国无言,《春秋》之失,其咎安在?希明与公议而奏之,庶九泉无屈含之人耳。"张华等正欲启帝,会太保主簿刘繇等执黄幡,挝登闻鼓,被武士捉入见帝。帝曰:"卿有何

---

① 驺虞幡——标有驺虞的旗帜。驺虞,一种兽名。
② 𬱟(wěi)。

屈?"繇曰:"臣窃为太保与太宰,尽忠佐陛下,被潜屈死,望陛下念昔前功,勿削其爵,复加议谥,则太保、太宰虽在九泉之下,亦衔恩矣。"帝未及决。国臣华等亦上言:"二公尽忠无二意,果受枉屈,宜复爵谥。"于是帝从之,谥汝南王亮曰文成王,谥卫瓘曰成侯。

却说陆机字士衡,吴郡人。祖陆逊,为吴丞相。父陆抗,为吴大司马。陆机身长七尺,声音如钟。少有异才,文章冠世,服膺儒术,非礼不动。抗卒,领父兵为牙门将军。年二十而吴灭,退居旧里,闭门勤学,积有十年。其弟陆云字士龙。六岁能属文,少与兄陆机齐名,虽文章不及于机,而持论过之,故时人号曰"二陆"。幼时,吴尚书广陵闵鸿见而奇之曰:"此儿若非龙驹,当是凤雏。"至是时,机、云兄弟二人,闻朝廷举贤良方正,思欲匡扶明时,乃相邀入洛阳,来造张华。张华素重其名,及见陆机诣,握手顾语,欢若平生,胜如旧识。因曰:"昔伐吴之役,利获二俊,未及得见,何期今日命驾一临。"又曰:"贤弟士龙如何不见?"时云好笑,故机曰:"云有笑疾,未敢趋见。"俄而云至,相见礼毕,云忽大笑不已。时张华为人多姿制,又好帛绳缠须,是以云见大笑,华亦不怪之。时上宾荀隐,字鸣鹤,亦善谈论,尝闻二陆之名,素不相识,不在言示。张华笑指云兄弟谓荀隐曰:"汝今日诸贤相遇,可勿为常谈。"陆云就出座,因执荀隐手曰:"吾乃云间陆士龙。"荀隐即应曰:"我是日下荀鸣鹤。"云又曰:"既开青云,睹白雉,何不张尔弓,挟尔矢?"应曰:"我本谓是云龙騤騤①,乃是山鹿野麋。兽微弩强,是以发迟。"华见二人嘲难成实,乃抚手大笑令止之。时华阳卢志,乃卢毓之孙,卢珽之子,亦是说客。见华重陆机兄弟,在于众中问陆机曰:"陆逊、陆抗于君宗远近?"机曰:"如君于卢毓、卢珽耳。"卢志默然,未敢复问。其弟云谓机曰:"殊邦遐远,客不相悉,何至如此直白其祖父之名讳耶!"机曰:"我之祖父名播四海,彼岂不知,故乃直讳,吾亦故以是对之。"因此二人辞华而出。次日,张华入朝,荐于惠帝,以陆机为参军,以陆云出补浚仪令。

---

① 騤騤——形容强壮。

陆云县治若神明

却说陆云领职,到任肃然,下不上欺,市无二价。一日,祭祀归厅,忽见一人被杀在地,无人告发。云即使人拘唤邻众,究问死者姓名,因拘死者之妻,临禁十日,故无所问,而遣其妇出,密令从人随妇后窃听。从人欲行,云谓曰:"其妇人去,不出十里,当有男子候之,若与妇人语,便缚来见我。"从人领其言,私跟妇人而去,不过数里,果有一男子候其妇人,问曰:"因何得出?"妇人未及答,被窃听人缚了送来见云。云问曰:"你如何杀人?"其男子不肯招认,云怒谓曰:"汝分明与死者之妻通奸,共杀其夫,何得抵赖!"因是其男子、妇人默然,不敢争论,遂供招偿命。由是军民百姓皆称其为神。因此郡守嫉其贤能,屡谴责之,云乃去官归政。百姓追思,图画形像,配食县社焉。

却说陆机自过江以来,家音断绝,信息无通。时机有骏犬,名曰黄耳,甚爱之。既而羁寓京师,久无家问。机笑谓犬曰:"我家绝无书信,汝能赍书取消息否?"其犬摇尾作声肯去。于是机乃作书,以竹筒盛之而系其颈,犬果寻南路走,遂至其家,得通消息,又带回书,以还洛阳。自此以后,得犬送书,家音频通,不劳人送矣。

壬子,二年,春正月,贾后使人矫诏,绝故皇太后杨氏膳,八日而终。《纲目发明》云:"子不可以废母,妇不可以废姑,前已书废太后为庶人,而此犹书故太后者,不与其废也。"

却说皇太后屈死之后,天下大饥。东海雨雹,荆、扬、兖、豫、青、徐等六州大水。十月,武库发火。识者以为天道已变,王道乱应,果若矣。

赵王伦征胡三寇

六年,正月,惠帝以张华为司空。五月,匈奴郝度元与冯翊、北地马兰羌、卢水胡各以兵五万俱反,杀北地太守,自称为大王。诏征西大将军、赵王司马伦,与雍州刺史解系起兵五万讨之。

次日,雍州刺史解系见征西大将军、赵王伦曰:"今匈奴郝度元、马兰羌、卢水胡分做三处侵掠,吾与殿下亦宜以军分做三队,去镇要害。若不分军去守,则两处百姓必降,北地皆为匈奴所有,再难与争。"赵王伦未及对,嬖人①孙秀密谓赵王伦曰:"殿下既为大将军,宜自主事,何听调遣于臣妾。今之将军皆殿下之家人,要发即发,要止即止,解系何等人,反受他节制!殿下宜自己督其军,无分迎进,可必大胜。"赵王伦然其说,因谓解系曰:"不可分军,分军则兵势不振。卿可与吾先讨郝度元,再以得胜之军去讨二羌,三难自然可平,何必分军而进。"解系不从,因此赵王伦信嬖人孙秀,与雍州刺史解系争论军事,于是二人各以表奏闻朝廷。惠帝问群臣,张华曰:"陛下可使梁王司马肜②去代赵王伦领兵,征伦还朝,不然两虎相斗,必有一伤。目今羌人侵境,若自内乱,彼必乘隙而入,深为未便。"惠帝依华言,即召梁王司马肜至殿谓曰:"今赵王与解系不睦,卿可往西,代赵王领兵,令赵王还朝。"梁王既受诏,辞帝来边,见赵王伦,称诏代彼还朝之事。赵王心中烦恼,痛恨解系,只得将兵印交付与肜讫,自与孙秀还朝。

先赵王伦与解系各上表时,解系表道:"宜诛孙秀以谢氐、羌,则胡人收兵。"因此张华奏惠帝,诏梁王司马肜代伦领兵。梁王肜临起行,张华见梁王曰:"殿下若到边,可先收嬖人孙秀诛之,分兵镇静,不可与战。"及此梁王肜受征西大将军兵印,欲诛孙秀,孙秀大惊,急投梁王参军傅仁为救,原来傅仁与孙秀友善。傅仁即见梁王肜曰:"孙秀乃赵王重臣,殿下若诛之,则赵王怪而构隙。依臣愚见,不若休息。"于是梁王肜从之,孙秀始得性命,同赵王司马伦入朝。孙秀因说赵王伦曰:"今观朝廷大权在贾后,欲厚爵者,必须结其腹心。殿下何不以千金深交贾模,浼③其荐爱于贾后,后若信之,必委以朝政,因而求录尚书事,指日可以趋名。"赵王伦曰:"卿谋正合我心,吾以金七百斤、玉带一条,即可将此物代我谋之。"秀领命,即将金并玉带私入贾府,拜见侍中贾模曰:"赵王司马伦在边新回,无有奇物相送,今有黄金七百斤、玉带一条,令某拜奉足下,托为善言,一

---

① 嬖(bì)人——受宠爱的人。
② 肜(róng)。
③ 浼(měi)——请托。

荐于圣后，求为录尚书事，重谢在后，斯物聊为引忱。"贾模大悦曰："你回拜上赵王，此物本欲返璧，诚恐却之不恭，权收贮之，候别回奉。早晚管取入宫。代见皇后，为求其事，不须呈累。"于是孙秀去讫。贾模因入宫见贾后曰："赵王司马伦乃先帝元老，有宰相才，更兼意敬娘娘，诚实恳笃，若以为录尚书事，必有善政，可保娘娘终始无穷。"因此贾后信之。次日，惠帝设朝，贾后欲以赵王伦为录尚书事，张华、裴𫖯固执曰："赵王虽先帝元老，信用小人，若使参政，必害朝纲。故《易》辞曰：'德薄而位尊，力小而任重，智小而谋大，鲜不及矣。'言不胜其任也。依臣等实未可也。"贾后从之，因此赵王伦不得预政，痛恨张华、裴𫖯等，而生欲报贾后之心。

周处合兵讨氐羌

八月，秦雍氐、羌齐万年以七万之众谋反，大掠泾阳各州郡。表文入朝，奏请动兵去讨。至十一月，惠帝设朝，近臣奏知此事。惠帝问群臣曰："氐、羌谋反，谁可去征？"张华奏曰："御史中丞周处勇略双全，陛下委其征讨，不日平静。"帝曰："朕正欲用此人。"即召周处至金阶，封为建威将军，领兵五万，令其与安西将军夏侯骏并梁王彤等，合兵共讨之。当中书令陈准陈曰："不可。若用周处，臣料其必败，不得生还，必遭梁王之并。"惠帝明曰："何如被梁王之并？"准曰："夏侯骏与梁王皆贵戚，非将帅之才，进不求名，退不畏罪。周处忠直勇果，有仇无援。望陛下诏孟观以精兵万人为处前锋，使处自为主将而讨之，必能殄寇。不然，梁王彤初在朝违法行事，被周处弹劾，深恨于处，今使处受制于梁王，梁王必使处为前驱，而不救以陷之，其败必也。"惠帝不听，周处只得与夏侯骏以五万军前来边地，参见梁王。司马伦果怀前仇，谋谓周处曰："今氐兵雄盛，屡战不分胜负，你可以本部军为前锋与战，吾自以兵后应。"于是处与梁王自兵出屯泾阳。

却说氐、羌齐万年闻朝廷以周处为将来边，谓诸酋长曰："周府君有文武才，专制而来，不可当也。或受制于人，此成擒耳。"正论间，细作人回报，朝廷以梁王彤与夏侯骏与周处，共兵而来，齐万年曰："可高枕无忧矣。"遂以七万人迎敌。

周处战死在羌阵

　　七年,正月,将军周处领军至泾阳,氐、羌齐万年以兵七万屯梁山。梁王肜、夏侯骏谓周处曰:"今氐兵皆屯梁山,你可以五千兵去击之。"处曰:"军无后继必败,不徒身亡,为国取耻。今我以五千兵去攻,必须以精兵后应,方可获胜。"梁王曰:"你速去攻,吾自以大兵后应。"于是周处以五千人欲传餐,梁王肜故使人促令曰:"今氐兵甚弱,不必先食,令速进军。"处无奈,只得驱军向前,攻齐万年于六陌坡。处自全身披挂,手执长枪出阵,与齐万年交锋,战上五十余合,胜负未分。又自旦战至暮,齐万年兵甚众,周处军弦绝矢尽,救兵不至。一者军士未食,二者氐羌甚众,将寡不敌。左右急劝处曰:"眼见得梁王恨将军前仇,不发救军接应,若不退避氐锋,死在目前。"周处按剑曰:"是吾效节致命之日也。"遂力战万年而死,残兵皆涕泣而散。梁王肜、夏侯骏见周处死,亦不敢出战,只是坚壁守住隘险,使人表奏朝廷。

　　史说,李特字玄休,巴西宕梁人,其先廪君①之苗裔也。昔武落钟离山崩,有石穴二所,其一赤如丹,一黑如漆。有人出于赤穴者,名曰务相,姓巴氏。有出于黑穴者,凡四姓,曰:瞫②氏、樊氏、柏氏、郑氏。五姓俱出,皆争为神,于是相与以剑刺石穴屋,能着者为廪君。四姓皆莫能着,独务相氏之剑悬焉。四姓不肯,务相氏又以土为船,雕画之而浮于水中,曰:"若其船浮者为廪君。"四姓以土为船,放即沉,务相船又独浮,于是四姓遂尊称务相氏为廪君。五姓共上土船,当夷水而下,至于盐阳。盐阳水神女子出止,廪君不得行,廪君以箭射之,中盐神,盐神死。复乘土船下及夷城,因居之。秦并天下,以为黔中郡。巴人呼赋为賨③,因谓之賨人焉。汉高祖更名其地为巴郡。汉末,賨人自巴郡之宕渠迁于汉中,魏武帝克汉中,特祖将五百余家归之武帝,迁之于洛阳,因居之,后易姓李氏焉。

---

① 廪君——古代巴郡南郡的一个民族。
② 瞫(yì)。
③ 賨(cóng)。

孟观以兵伐万年

却说洛阳巴氏李特、李庠、李流兄弟三人，皆有才武，善骑射，性任侠，州党皆附之。因齐万年反，关中荐饥，洛阳、天水等六郡之民，流移入汉川者数万家。道路有疾病穷乏者，李特兄弟赈救之，由是颇得众心。后与其流民至汉中，上书朝廷，乞寄食巴蜀，有司奏知惠帝，诏群臣朝议。张华议曰："今流民甚众，宜遣人持节慰劳，且监察之，勿令入剑阁，无至于乱也。"帝曰："然。"于是遣侍御史李苾持节入汉川，慰劳流民。苾既入川，流民特等以倡金千两赂苾，乞表与众入蜀。苾既受其赂，上表言："流民十余万口，非汉中一郡所能赈赡，蜀有仓储，宜令就食。"朝廷从之。由是流民散在梁、益，不可禁止。李特至剑阁，太息曰："刘禅有如此地，面缚于人，岂非庸才耶！"遂起窥窃蜀中之意。

却说梁王肜恨周处初劾己仇，故不以兵接应，周处力战死之。梁王肜坚壁不战，使人持表奏知朝廷。惠帝甚忧之，张华奏曰："陛下勿虑，臣举一人可讨平氐、羌。"帝曰："卿举谁人？"华曰："殿中将军孟观，沈毅有文武才，若用之，可克万年。"于是惠帝以孟观为征讨将军，领兵三万去讨万年。孟观既受兵符，即日收拾起行，至泾阳五十里外下寨。次日，大驱军马前进。齐万年已知其来，亦以兵出迎。两军相见，俱各矢石交攻。孟观身骑骏马，手搦长枪，亲当矢石，出与齐万年交战。两马相接，兵器齐发，战上十余合，齐万年大败而逃。孟观奋不顾身，勒军赶杀，一边大战十数阵，杀得氐兵十损七八，无复阻前，直赶至梁山。齐万年势穷力尽，驱残兵回，谓孟观曰："赶人不可赶上，我今与你死战，当我者死，迟我者生。"言讫飞刃便战，孟观举枪便迎，未几合，氐兵自溃，晋兵拥前，把齐万年擒住，于是孟观始令鸣金收军，监送齐万年凯奏回朝。次早面君，惠帝诏斩万年于市，加封孟观为大将军。

十一月，贾谧侍讲东宫，对太子倨傲，甚不以礼。成都王司马颖入见，叱之曰："太子乃天下之副，汝何得慢？"因是贾谧怀恨。次日，入宫见贾后曰："成都王勇健过人，众僚有望，不若出之镇外，免生内忧。"贾后曰："既如此，若出之，亦宜备之。"谧曰："可封河间王司马颙为镇西将军，使镇关中以防之。"贾后曰："卿且退,吾告圣上为之。"是夜,贾后以贾谧言告惠帝,惠帝亦惊。次日,诏出成都王司马颖为平北将军,令其镇邺;以河间王司马颙为镇西将军,使镇关中。二王受诏,各自之镇。初武帝作石函之制,非至亲不得镇关中,司马颙乃安平献王司马孚之孙,孚乃懿之弟也。颙轻财爱士,朝廷以为贤,故用之镇关中也。

却说贾后淫虐日甚,裴颜与贾模及张华议曰："贾后淫污后宫,吾奏帝废之,更立谢淑妃为后,此事如何?"模、华曰："主上自无废黜之意,若吾等专行之,倘上心不以为然,将若之何?且诸王方强,朋党各异,废之且祸起,身死国危,无益社稷。"颜曰："诚如公言,然宫中逞其昏虐,乱可立待也。"华曰："卿二人为中宫亲戚,言或见信,宜数为陈,倘因之戒,庶无大悖,则天下尚未至于乱,吾曹得以优游卒岁而已。"于是颜旦夕入说其从母广成君郭槐,令戒谕贾后以亲厚太子,模亦数为后言祸福。贾后反以模为败己而疏之,贾模因此得疾,忧愤而卒。贾后奏惠帝以裴颜为尚书仆射,又诏专任门下事。颜虽后亲属,然雅望素隆,四海唯恐其不居权位。颜上表固辞,迎僚谓颜曰:"君可以言,当尽言于宫中,言而不从,当远引而去。倘二者不立,虽有十表,难以免矣。"颜不能用。

贾后谋废皇太子

史说,愍怀太子司马遹字熙祖,乃惠帝长子,母曰谢氏才人。遹幼聪慧,武帝甚爱之,尝对群臣言太子似宣帝,于是令誉传于天下。时望气者言广陵有天子气,故封为广陵王。元康元年,出就东宫。及长,不好学,惟与左右嬉戏,不能尊敬保傅。而贾后素忌太子遹有令誉,因此以密计敕黄门李巳、阉宦刘才媚谀于太子遹曰:"殿下富有天下,贵为天子,诚可及壮时极意所欲,何为恒自拘束?"太子遹于是慢弛益彰,或废朝侍。性拘小忌,不许缮壁修墙,正瓦动屋。而于宫中为市,使人屠酤,手揣斤两,轻重不差。因此名誉侵减。遹母谢氏乃屠家女也,故太子遹好之。又令西园卖葵菜、篮子、鸡、面之属,而收其利。当洗马江统陈五事谏之曰:"古之圣王莫不以俭为德，故汉文身衣弋绨，足履革舄①，以身先物，政治太平，及到末世，则有玉杯象箸，熊蹯豹胎云云。殿下何如不思他日临御九五之尊，亲万机之政，而为市道之利，著侈之用，自弃之甚耶！"太子遹不纳。时舍人杜锡以太子非贾氏所生，而后性凶暴虐，深以为忧，每尽忠规劝太子遹修德进善，远于诽谤。太子遹大怒，使人以针着锡常所坐毡中而刺之。因是人不敢谏，言路塞矣。

却说贾后母广成君郭槐以贾后无子，因劝贾后曰："汝年将暮，不幸无王器者。今太子遹虽不汝生，宜加慈爱，身安而国家可保也。今汝妹贾午，嫁与韩寿，生有女儿，汝可求为太子妃，不然后必有变，族难保也。"贾后闻言，即召其妹贾午入宫商议。贾午入宫，贾后以母言与说。贾午曰："太子非汝生，吾不许也。闻说太尉王衍有二女，长女妍，次女媸，娘娘可主娶哪一个替他聘之。"贾后曰："既如此，长女美，代贾谧聘之；次女丑，代太子聘之。"午曰："娘娘先为谧聘，后为太子聘之。"于是使人通王衍，即将聘礼先为谧聘长女，后始与太子聘次女。太子闻知王衍次女貌丑，而心不能平，颇以为言，无计奈何。时广成君郭槐病笃，唤贾后至卧所，执其手谓曰："汝宜尽心慈爱太子，勿可疏之。赵粲、贾午必乱汝家，勿可亲之。"言讫而终。贾后举哀承服，吊祭，而以后妃之礼葬祭之。

---

① 舄（xì）——鞋。

西晋卷之二

起自西晋惠帝永康元年庚申岁，止于西晋惠帝太安二年九月，首尾共十三年事实。

贾后谋害皇太子

永康元年，正月，太子遹见贾谧恃中宫骄贵，心有不平之鸣。贾谧闻知其怨己，乃谮于贾后曰："今太子多畜私财以结小人者，为贾氏故也。不如早图之，免累三族。"后曰："然。"乃使人召其妹贾午入宫，谓曰："今闻人言，太子私结小人，欲害贾氏，吾欲废之，恨我未有亲生。"贾午曰："此事容易，娘娘可诈为有妊，待十月足，内橐①物产，以瞒朝臣。妹今即日孕满欲产，权在你宫中住几时，待生下将为你子，养大承器，有何不可。然后娘娘扬太子之短而害之，则吾贾氏三族，安若泰山也。"贾后大悦曰："吾妹计策大善。"于是贾后依贾午之计，诈娠。十月足，以贾午生下子，内橐物产，俱以为己生下的，养在宫中，朝野咸知。

贾后屡起谋害太子之意，当左卫率刘卞知之，以谓张华曰："今贾后不仁，欲废太子，太子若废，天下谁归？"华曰："君欲如何？"卞曰："东宫俊乂如林，四率精兵万人，若得公命，皇太子因朝入录尚书事，废贾后于金墉城，两黄门力耳。"华曰："不可。今天子当阳，太子，人子也，吾又不受阿衡②之命，忽相与行，此是无君父，而以不忠示天下也。虽能有成，犹不免罪，况权戚满朝，威柄不一，成可必乎！"贾后窃知刘卞欲废己，问贾午求计。午曰："不可杀之，可升而出之。"于是，后以刘卞为雍州刺史。刘卞亦知事泄，乃自饮药而死。贾后又问贾午曰："今事急矣，宜害太子，你有何计？"贾午乃附贾后耳畔言计曰："如此如此。"贾后曰："其计大善。"

---

① 橐（tuó）——一种口袋。此为充塞义。
② 阿衡——商代官名，后引申为辅导帝王，主持国政。

十二月,贾后诈计称惠帝疾不豫,使黄门召太子司马遹入宫。太子遹不知是计,即入内。贾后使人监于别宫。使婢陈舞诈说惠帝命赐酒枣二升与食。太子推故不食,陈舞逼劝尽饮而食之,遂大醉。贾后即召黄门侍郎潘岳作诬太子谋为犯上之书。书草讫,使宫人说帝诏,使太子书之。太子遹大醉,不醒人事,未知甚稿,照草誊写,其书曰:

陛下宜自了;不自了,吾当入了之。中宫又宜速自了;不自了,吾当手了之。并与谢妃共要克期两发,扫除患害。

其时,太子醉迷,遂依而写之,字半不成,贾后使人补成之,令人扶太子回东宫去讫。次日早朝,惠帝幸式乾殿,贾后佯涕哭,将太子书持上,与帝观之。惠帝大怒,召公卿诸王入,以太子书示之曰:"今太子不孝,故书如此欲弑朕意,今宜赐死。"诸王公莫有言者。唯张华曰:"此国之大祸。自古帝王,因废黜正嫡,以致大乱也。愿陛下详之。"裴𫖮亦曰:"可先检校传书者,及比校太子手书,必有诈妄。"诸王公议至日西不决。贾后惧事变,忙上表曰:"太子虽不仁,且赦以死,免为庶人。"惠帝下诏从之。贾后使人将太子司马遹并其子司马虨①、司马臧、司马尚,皆幽于金墉城,又使人杀才人谢玖。当太尉王衍上表,请太子离婚,惠帝诏许之。

王氏惠风守贞节

太子妃王氏字惠风,乃太尉王衍之女,有贞婉志节。当司马遹见废,王衍上表,不与惠风说要绝婚,令其休随司马遹徙金墉,别行改嫁豪士。惠风曰:"忠臣不事二君,烈女岂嫁二夫。妻生为皇太子之妃,死为皇太子之鬼。"言毕大哭,流泪为雨,即讨车仗随行,同居金墉。时行路之人径其贞节,为之流涕,莫不伤感。

史说,阎缵字续伯,巴西人也。博览坟典,诚通物理。父早世,继母不慈,缵恭事之弥谨。后国子祭酒邹湛荐为秘书监,未就。及闻悯怀太子被贾后废之,阎缵使家人舆棺诣阙,上书理太子之冤。惠帝设朝,缵自至御前上书,惠帝览之。曰:

---

① 虨(bīn)。

臣缵伏念前太子遹生于圣父而至此者，由于长养深宫，沉沦富贵，受饶先帝，父母骄之。每见选师傅下至群吏，率取膏粱击钟鼎食之家，希有寒门儒素如卫绾、周文、石奋、疏广、洗马、舍人亦无汲黯、郑庄之比者，使不见事父事君之道，所以致败也。臣素寒门，无力仕宦，不经东宫，情不私遹。念昔楚国处女谏其主曰"有龙无尾"，言年四十未有太子。臣尝备近职，虽未能自结天日，情同阉寺，悾悾之诚，皆为国计。以死献忠，伏须刑诛。

惠帝览毕，流涕而惧。贾后终不能纳，而遣缵还。缵号泣出朝，群臣无不歔欷也。

太子既废，众情愤怒，卫督司马雅尝给事东宫，与殿中中郎士猗等欲谋废贾后，以复太子。当士猗谓雅曰："若行此事，必须交当权者方为得，不然祸反累族。"雅曰："右将军、赵王司马伦执兵权，性贪冒，可假以济事。赵王府中有一宠士，姓孙名秀，可往与求见而说之，必然克济。"士猗曰："既如此，吾即往说之。"于是士猗来见孙秀曰："今国无嫡嗣，社稷将危矣。臣将举大事，而明公奉事中宫，与贾、郭亲善，太子之废，皆云预知之，若事起，祸必相及，何不与赵王先谋之乎！"秀曰："君言是也，且退，待吾自见赵王白之。"因是孙秀入府，以士猗之言与赵王白之。赵王伦大悦曰："止合吾心。"即使人请通事令史张林至告知，请为内应，林随从之。期日将发，孙秀入止之曰："且缓之。窃见太子，聪明刚猛，若还东宫，必不受制于人。明公素党于贾后，今虽建大功，太子谓公特逼于百姓之望，以免罪耳，必不深德于公。不若迁缓其期，贾后必害太子，然后废后，为太子报仇，岂徒免祸，更可以大得志矣。"赵王伦然之。于是孙秀因使人反间，言殿中欲废贾后，迎太子。贾后闻知大惊，恐再复太子，先指使人将司马遹更幽于许昌宫之别坊，矫诏使黄门孙虑来害太子遹。虑奉贾后矫诏至许昌宫，谓遹曰："今圣上有诏，命杀殿下。臣不敢刃，上药酒，请殿下自裁。"言讫，捣药倾于酒内，请遹饮。遹不肯服，走如厕，被孙虑以药杵锥弑之。于是太子被害，天下之人尽皆冤之。自此以后，贾后恣意专制矣。

自太子死后至三月，尉氏雨血，妖星见南方，太白昼见，中台星坼①。

---

① 坼(chè)——裂开。

当张华少子张韪劝华曰:"天道此变,然应大人,宜早逊位,免受大患。"华曰:"天道幽远,岂能尽应,不知静以待之。"是以不听。

王戎与世同浮沉

丁巳,元康七年,九月,惠帝、贾后以尚书左仆射王戎为司徒,阮瞻为太子舍人,王戎弟王衍为尚书令,乐广为河南尹,胡毋辅之为乐安太守,谢鲲为长史,毕卓为工部侍郎。此数人皆以清谈任显,故贾后用之。

史说,王戎字浚冲,琅琊人也。父王浑,乃凉州刺史。戎幼而颖悟,神采秀彻,视日不眩。裴楷见而目之曰:"戎眼烂烂,如岩下电。"年六七岁,尝与群儿戏于道旁,见李树多实,童辈竞趋,戎独不往。人问其故,戎曰:"树在道傍而多子,必苦李也。"童辈取之,果苦,人皆异之。阮籍素与浑为友,时戎年十五,随浑在郎舍。戎少籍二十岁,而籍一见,与之交结。阮籍每适浑家,俄顷辄去,过见戎,良久然后出。谓王浑曰:"浚冲清赏,非卿伦也。共卿言,不如共阿戎谈。"及浑卒,西凉州故吏赗赠①钱帛数百万,戎辞而不受,由是显名。其时,王戎既为三公,与时浮沉,无所匡救,委事僚㝡②。轻出游畋③,性好兴利,广收八方,田园水碓,周遍天下。积宝聚钱,不知纪极,每自执牙筹,昼夜算计,恒若不足。而务俭啬,不自奉养,故天下之人谓之膏肓之疾。戎家好李,常出货卖,恐人得种,恒钻其核,以此获讥于世。凡所赏拔,专事虚名。

却说阮咸之子阮瞻,字千里。性清虚寡欲,自得于怀。读书不甚研求,而默识其要。善弹琴,人闻其能,多往求听,不问贵贱长幼,皆为之弹也。与司徒王戎乃通家,因来造谒王戎。戎命坐待,茶罢,因问瞻曰:"圣人贵名教,老庄明自然,其旨同异?"瞻答曰:"将无同。"戎奇之,嗟叹良久,即辟之为掾吏。时人谓之"三语掾"。后为太子舍人。不信阴阳,素执无鬼论,物莫能难,每自谓此理足以辩正幽明。忽一日,有一客来相访,

---

① 赗(fù)赠——赠送财物给办丧事的人家。
② 僚㝡(cǎi)——僚属。㝡,古代指官。
③ 畋(tián)——打猎。

通名姓,问寒暄之礼讫,卿谈名理。客甚有才辩,与之言良久,又谈鬼神之事,反复甚苦。客遂屈,乃作色曰:"鬼神之事,古今圣贤所共传,君何独言无也!汝不信,仆便是鬼。"言终,客变异形,须臾消灭不见。瞻默然,意色甚恶。后岁余而亡,年三十岁。

却说惠帝、贾后闻王衍、乐广二人,皆善清谈,宅心事外,名重当时,乃征衍为尚书令,广为河南尹。二人谈论终日,义理愈精,言如瓶泻,口若悬河,朝野之人,多慕效之。

王衍专意事清谈

史说,王衍字夷甫,乃司徒王戎之弟也。衍有盛才美貌,明悟若神,常自比子贡。声名藉甚,倾动当世。妙善玄言,唯谈《老》《庄》为事。每捉玉柄麈①尾,与手同色。义理有所不安,随即改更,故世人号其"口中雌黄"。朝野翕然,谓之"一世龙门"矣。后进之士,莫不景仰。

乐广字彦辅,南阳人也。幼孤贫,侨居山阳,寒素为业,人无知者。尤善谈论,每以约言析理,以厌②人心,其所不知,默如也。凡论人,必先称其所长,则所短不言。先,卫瓘见广而奇之,曰:"自昔诸贤既没,常恐微言将绝,而今乃复闻斯言于君矣。"因命诸子造焉,曰:"此人之水镜,见之莹然,若披云雾而见青天也。"时王衍自言:"与人语甚简至,及见广便觉自己之烦。"其为识者所叹羡如此。而广善言,而不长于笔。广为任满,欲为表见上,不能写,请潘岳为之。岳曰:"当得君意,方可上书。"广乃作二百句语,述己之志。岳因取次,便成名笔。时人咸云:"若广不假岳之笔,岳不取广之旨,无以成斯美也。"

先,赴任,有亲客造去,久不复来,岁余又至。广问其故,客答曰:"前岁在贵坐,蒙赐酒,方欲饮,见杯中有蛇,意甚恶之,既饮而成斯疾,因此久失奉训耳。"于时河南听事壁上有角,漆画作蛇,广意杯中蛇即角影也。复置酒于前处待客,因而又问曰:"杯中复有所见否?"客答曰:"杯中所

① 麈(zhǔ)——古书上指鹿一类的动物,尾巴可以做拂尘。
② 厌——满足。

见,蛇复如初。"广乃告曰:"其蛇非真,乃角影也。"因指与客,豁然意解,沉疴顿愈,其明辨如此。

广与王衍齐名,故天下人言风流者,谓王、乐为首焉。其时乐广与王澄、阮咸、阮修、胡毋辅之、谢鲲、王尼、毕卓,皆以任放达。史说,王澄字平子,生而警悟,虽未能言,见人举动,便识其意。乃长,勇力绝人,与王敦、谢鲲、庾恺、阮修最善,号为"四友",后为荆州刺史。

阮咸叔侄效放达

阮咸字仲容,妙解音律,善弹琵琶。处世不交人事,唯共亲知弦歌酣饮而已。时咸与叔阮籍居道南,宗室诸阮居道北,北阮富而南阮贫。七月七日,俗例曝衣,北阮盛晒衣服,锦绣灿目。咸以竿挂大布犊鼻①于庭,人或问之,咸答曰:"未能免俗,聊复尔耳!"人皆讥之。后出补始平太守,放达无拘。

阮修字宣子,善清言。性简任,不修人事。绝不喜见俗人,遇便舍去。常步行,以百钱挂杖头,至酒店,便独酣畅,虽当世富贵之人而不肯顾。修家无担石之储,晏如②也。与兄弟同志,自得林阜之间。修居贫,四十余年而未有室,王敦等名士敛钱为婚,时慕之者求入钱而不得。后王敦为鸿胪卿,谓修曰:"卿尝无食,鸿胪承差有禄,汝能为否?"修曰:"亦复可耳!"遂为鸿胪承差焉。

胡毋辅之字彦国,泰山人。少擅高名,有知人之鉴。性嗜酒,任放不拘小节。与王澄、王敦、庾恺俱为太尉王衍所昵,号曰"四友"。澄尝与人书曰:"彦国吐佳言如锯木屑,霏霏不绝,诚为后进领袖也。"为家贫,求试为繁昌令,后为乐安太守。

谢鲲字幼舆,陈国阳夏人也,以儒素显。鲲少知名,通简有高识,不修威仪,好《老》《易》,能歌善鼓琴。后东海王司马越闻其名,辟为掾。邻家高氏女有美色,鲲尝挑之,女投梭,折其两齿。故时人为之语曰:"任达

---

① 大布犊鼻——粗布短裤。
② 晏如——安然。

不已,幼舆折齿。"鲲闻之,傲然长啸曰:"犹不废我啸歌。"后为长史。

毕卓字茂世,新蔡鲖①阳人,少希放达。太兴末,求为吏部,尝饮酒废职。比部郎酿酒熟,卓因醉,夜至其瓮间盗饮之,为掌酒者所缚,至明旦视之,乃毕吏部也,乃遽释其缚。卓遂引主人宴于瓮侧,偿其酒钱,至醉而去。常谓人曰:"得酒满数百斛船,四时甘味置两头,右手持酒杯,左手持蟹螯,拍饮酒船中,便足了一生矣。"因此好酒,为人所讥。乐广闻而笑之曰:"名教中自有乐地,何必乃尔!"

是时,何晏等祖述《老》、《庄》,立论以为:"天地万物皆以无为本。无者,开物成务,无往不存者也。阴阳恃以化生,贤者恃以成德。故无之为用,无爵而贵矣。"故王衍之徒皆爱重之。由是朝中士夫皆以浮诞为美,弛废职业。

史说,裴𬱟字逸民。弘雅有远识,博奇稽古,自少知名。御史中丞周弼见而叹曰:"𬱟若武库,五兵纵横,一时之杰也。"累迁侍中。乐广尝与𬱟谈清言,欲以理服之,而𬱟词论丰博,广笑而不言。时人谓𬱟为言谈之林薮。其时俗放荡而不尊儒术,浮虚而不遵礼法,尸禄耽宠,仕不事事。王衍之徒,声誉太盛,不以物务自婴,遂相仿效,风教陵迟②。是故裴𬱟著《崇有论》,以释其蔽,众皆然之,犹不能救当时也。其论曰:

利欲可损而未可绝有也,事务可节而未可全无也。谈者深列有形之累,盛称空无之美,遂薄综世之务,贱功利之用,高浮游之业,埤③经实之贤。人情所殉,名利从之。于是立言籍于虚无,谓之玄妙;处官不亲所职,谓之雅逸;奉身散其廉操,谓之旷达。故悖吉凶之礼,忽容止之表,渎长幼之序,混贵贱之级,无所不至。夫万物之生,以有为分者也。故心非事也,而制事必由于心,不可谓心为无也。匠非器也,而制器必须于匠,不可谓匠为无也。由此而观,济有者皆有也,虚无奚益于已有之群生哉!

---

① 鲖(zhòu)。
② 陵迟——衰落。
③ 埤(pì)——轻视。

江统进上《徙戎论》

己未,元康九年,惠帝设朝,群臣皆集。君臣礼毕,太子洗马江统以中原半为夷居,匈奴刘渊居晋阳,羯戎石勒居上党,羌人姚弋仲居扶风,氐人苻洪居临渭,鲜卑慕容廆居昌黎,种类日繁,恐其有变,故上表曰:

戎狄之人,人面兽心,宜早绝其源,不然必乱中华。

惠帝不能行之。统又作《徙戎论》以警朝廷。因上惠帝书,帝览之曰:

夫夷蛮戎狄,地在要荒,禹平水土,而西戎即叙,其性气贪婪,凶悍不仁。四夷之中,戎狄为甚。弱则畏服,强则侵叛。当其强也,以汉之高祖而困于白登,孝文军于灞上。及其弱也,以元、成之微,而单于入朝。此其已然之效也。是以有道之君牧夷狄也,唯以待之有备,御之有常,虽稽颡执贽,而边城不弛固守;强暴为寇,而兵单不加远征。期令境内获安,疆场不侵而已。魏兴之初,与蜀分隔,疆场之戎,一彼一此。武帝徙武都氐于秦川,欲以弱寇强国,捍卫国家。此盖权宜之计,非万世之利也。今者当之,已受其敝矣。夫关中土沃物丰,帝王所居,未闻戎、狄宜在此也。非我族类,其心必异。而因其衰敝,迁之毚服,士庶玩习,侮其轻弱,使其怨恨之气毒于骨髓。至于蕃育众盛,则坐生其心。以贪悍之性,挟愤怨之情,侯隙乘便,辄为横逆。而居封域之内,无障塞之隔,掩不备之人,收散野之积,故能为害滋蔓,暴害不测。此必然之势,已验之事也。犬马肥充,则有噬啮,况于夷狄,能不为变!但顾其微弱,势力不逮耳。夫为邦者,忧不在寡,而在不安。以四海之广,士民之富,岂须夷虏在内,然后取足哉!此等皆可申谕发遣,还其本域,慰彼羁旅怀土之思,释我华夏纤芥之忧。惠此中国,以绥四方,德施永世,于计为长也。

鲁褒伤时作钱论

是时,惠帝为人戆骏①,是日朝散,即入华林园闲玩。忽虾蟆叫,乃问左右曰:"此鸣者,为官乎,为私乎?"左右对曰:"在官地为官,在私地为私。"时天下饥馑,百姓饥死,左右奏知,惠帝曰:"何不食肉糜?"由是权在臣下,政出多门,势位之家更相荐托,有如互市。贾、郭恣横,货赂公行。

南阳隐士鲁褒字元道,好学多才,以贫素自立。见元康之后,纲纪大坏,褒伤时之贪鄙,乃隐姓名而著《钱神论》。其略曰:

  钱之为体,有乾坤之象,内则其方,外则其圆。其积如山,其流如川。动静有时,行藏有节,市井便易,不患耗折。故能长久,为世神宝。亲之如兄,字曰"孔方"。失之则贫弱,得之则富昌。无翼而飞,无足而走,解严毅之颜,开难发之口。钱多者处前,钱少者居后。钱之为言泉也,无远不往,无幽不至。京邑衣冠,疲劳讲肄,厌闻清谈,对之睡寐,见我家兄,莫不惊视。钱之所佑,吉无不利,何必读书,然后富贵!由此论之,谓为神物。无德而尊,无势而热,排金门,入紫闼。危可使安,死可使活,贵可使贱,生可使杀。是故愤争非钱不胜,幽滞非钱不拔,怨仇非钱不解,令闻非钱不发。洛中朱衣,当涂之士,爱我家兄,皆无已极。执我之手,抱我终始。故谚曰:"钱无耳,可使鬼。"凡今之人,唯钱而已。

此论盖疾②时而作,朝士亦不察廉,朝政务以苛察相高,每有拟议,各立私意,刑法不一,狱讼繁滋。尚书刘颂上疏曰:

  近世以来,法渐多门,令甚不一,吏不知所守,下不知所避。夫君臣之分,各有所司。法有必奉,故令主者守文;理有穷塞,故使大臣释滞;事有时宜,故人主权断。主者守文,若释之执犯跸之平也;大臣释滞,若公孙弘断郭解之狱也;人主权断,若汉祖戮

---

① 戆骏(ài)——痴呆。
② 疾——痛恨。

丁公之为也。自非此类,皆以律令从事。然后法信于下,可以言政矣。

惠帝览之,终不能用,朝臣不肯为,故寝也。

却说韦忠平阳人,少慷慨,有不可夺之志。闭门修己,不交当世。仆射裴颜闻之,慕而造谒,忠在家,托以出远,故不相见。愈重慕之。次日,因见侍中张华曰:"平阳韦忠有公辅之器,廊庙之才,人皆仰敬,明公可于此时擢之,必有匡济当时之务。"华曰:"闻名久矣,未曾见面,今如此,吾即辟之。"于是张华使人辟之,韦忠辞疾不起。友人问其故何不出仕,忠曰:"吾本茨檐贱士,本无宦情。张茂先华而不实,裴逸民欲而无厌,弃典礼而附贼后,此岂大丈夫之所为哉!逸民每有心托我,我常恐洪涛荡漾,余波见漂,其溺及我,况我褰裳而就之哉!"——人服其高。

史说,索靖字幼安,敦煌人也。少有逸群之量,与乡人氾衷、张蠓①、索紾、索永俱诣太学,驰名海内,世人号称"敦煌五龙,唯靖最雄"。后四人亡。唯靖在,时张华重其名,除为雁门太守。索靖知天下将乱,出朝因指洛阳宫铜驼曰:"会见汝在荆棘中耳!"

赵王起兵诛贾后

庚申,永康元年,四月,却说赵王司马伦字子彝,乃宣帝司马懿之第九子也。见愍怀太子被贾后所害,欲起兵,恐力不及,谓孙秀曰:"今惠帝无道,贾后专制,弑害太子,淫乱后宫。先曾与卿谋之,恨力未及。吾思宣帝尽忠仕魏,南拒孙权,北抗刘备,幸有大勋,德及武帝,平蜀灭吴而有天下。未及三世,遭此贱人暴虐,鹿将欲失之,吾欲起兵尽诛贾氏,诚恐刻鹄不成,反类鹜耳。汝有何策?"孙秀曰:"殿下欲立盖世之功,难以独力。臣见齐王司马冏每有不忿②贾后之意,请其同讨贾氏,方有大济。其余碌碌等辈,切莫泄漏与知。"赵王伦曰:"然。"

于是司马伦即使人请司马冏至,置酒相待。至酒酣,赵王司马伦哭谓

---

① 蠓(mī)。

② 不忿——不服。

冏曰:"今惠帝戆骏,贾后专权。君之太子弑之于许昌,后之贼党委之以重任。若不早救晋鼎,则吾与卿等,亦有患矣。今之召卿,欲与卿戮力共诛贾氏,以正纪纲,卿意何如?"司马冏曰:"吾欲杀此贼人久矣,恐不能济,既若如此,吾有一计。"司马伦曰:"卿有何计?"司马冏曰:"不如吾二人起兵,矫诏废贾后及诛其族,以清朝廷,谁敢拒之?"伦曰:"此计亦善,奈无兵权。"孙秀曰:"此事易耳。来早殿下可入朝奏帝,称说东安王司马繇因罪见废,今在东安甚得民心,屡怀不平之鸣,将欲起兵,若不使人以兵去戍预防,诚恐有变,难以征讨。不如乘其未动,使人镇之,不然祸至无日矣。主上必然问谁人可去镇守,殿下便荐齐王。齐王若授兵符,即勒其兵,矫诏先废贾后,后诛其党,大功成矣。"齐王司马冏曰:"此计妙极,可速为之。"于是二王相辞各自歇息。

次日,赵王司马伦披公服、执牙笏,入朝奏惠帝曰:"臣闻先废东安王司马繇,今居东安,怨望朝廷,阴结力士,将欲谋叛。陛下可速使人以兵去镇,捕其恶党,庶得东地宁息,不然乱废将兴。"惠帝曰:"司马繇既叛,谁人可去镇之?"伦曰:"齐王司马冏有文武才略,可使他去,万无一失。"惠帝从之,即召齐王司马冏至,封为车骑将军,授以兵符,发二万五千人,与其出镇东安。

齐王司马冏既得兵,来见赵王司马伦商议。孙秀曰:"来日待圣上坐朝,齐王殿下矫惠帝诏,废贾后为庶人。赵王殿下领兵拒住宫门,以防外兵,然后请旨诛张华、裴颜、贾谧等党。"因是赵王伦等各依孙秀之计而行。计排已定,赵王伦佯使司马雅去告张华曰:"赵欲与公共匡社稷,为天下除害,公意如何?"华拒之曰:"天下已定,百僚奉职,贾氏虽虐,未至大患,除甚大害?子莫妄乎!"司马雅怒曰:"刃将加颈,犹为是言耶!"不顾而出报伦。伦大怒。是夜,乃自矫诏,敕三部司马曰:"中宫与贾谧等杀太子,今奉圣旨使车骑司马冏入废中宫,汝等从命,爵赐关内侯;不从者诛及三族。"众皆从之,开门而入。至天明,赵王司马伦又以兵一千人入宫,拒住内外,宫人不得出进。齐王司马冏自披甲执锐,领甲士五百人在宫内矫诏责贾后曰:"皇太后何罪见废?皇太子甚辜见诛?汝淫乱宫室,污秽朝廷,今圣上有密诏在此,废汝为庶人,火速收拾,迁去金墉去住。不许久延掖庭!"贾后大惊曰:"诏当从我出,汝诏从何而来?"齐王冏曰:"诏书乃圣上亲出,不必争论。"言讫,喝令军士拥而出之。贾后走上台阁，遥望金銮殿上大呼曰："陛下有妇，使人废之，你久后亦行自废。"齐王冏大怒，挥军士上阁，将贾后推扯下来，以宫车仗使军士护送，迁于金墉去讫。勒兵出宫，会同赵王司马伦、梁王司马肜等请帝上殿。

贾氏淫凶毒且愚，谋绝皇嗣却必诛。

今朝司马伦兵起，犹说诏当从我为。

时惠帝见诸王各执兵入，心中大惊，战栗不已。当赵王司马伦俯伏殿下奏曰："臣等为社稷之计，必无谋异之心，陛下不劳圣恐。"惠帝方且定心。司马伦又奏曰："今贾后凶悍淫虐，废太后，弑太子，臣等故废之。今有侍中张华、仆射裴𬱟、太常贾谧，助后为虐，陛下可下诏诛夷。"惠帝见赵王等如此，不得不从，连忙诏许之。于是赵王伦迎惠帝幸东堂，执贾谧斩之。召八座以上皆夜入殿，于是裴𬱟等皆至，又令收赵粲、贾午等尽诛之。乃令张林执张华、裴𬱟、解结于殿前。张华谓张林曰："卿欲害忠臣耶？"林称诏诘之曰："卿为宰相，太子之废，不能死节，何也？"华曰："式乾①之议，臣谏事具存，可覆按也。"林曰："谏而不从，何不去位？"华无以对。林遂出来，将裴𬱟等皆夷三族。又收董猛、孙虑、程据等，皆诛之。赵王伦见张华不至，复使孙秀去收诛其三族。

于是赵王伦自为都督中外诸军事、相国，以侍中孙秀为中书令，并据兵权，文武封侯者数千人。奏惠帝诏，追复太子司马遹位号，更立其子司马臧为临淮王。时有司奏："尚书令王衍备位大臣，太子被诬，志在苟免，可禁锢终身。"诏从之。时伦欲收人望，选用海内有德之士，以李重、荀组为左、右长史，以王堪、刘谟为左、右司马，束晳为记室，荀崧、陆机为参军。李重知伦有异志，辞不就，赵王伦逼之不已，忧愤成疾，扶曳受拜，数日而卒。

五月，惠帝诏立临淮王为皇太孙。此时朝野震悚，士民恐避。独阁缵闻知，径入市曹，抚张华尸恸哭曰："吾曾语君及早逊位而不听，今果不免也。"复见贾谧尸，叱曰："小儿乱国之由，诛之晚矣！"哭讫，上疏表张华之死屈。惠帝善其忠烈，乃擢为汉中太守。

史说，初，张华少子张韪颇识天文，夜观乾象，见中台星坼。次日，见华曰："今中台星坼，正应大人，宜早逊位，免祸临身。"华不听而曰："天道

---

① 式乾——晋代宫殿名。

玄远,唯修德以应耳,不如静以待之。"未数日,孙秀以兵入府曰:"奉诏斩公。"华大惊曰:"臣先帝老臣,忠心如丹。不爱生而惧王室之难,祸不可测也。"言未终,孙秀使人推出市曹斩之,诛其三族。

张华性好人物,至于穷贱侯门之士有一介之善者,便咨嗟称咏,为之延誉。雅爱书籍,身死之日,家无余财,唯有文史溢于几箧①。尝徙居,载书三十乘。秘书监挚虞撰定官书,皆资华之本以取正焉。天下奇秘,世所稀有者,悉在华所。由是博物洽闻,世无与比。陆机尝与华宴,于时宾客满座,华在席上发器,见鲊便曰:"此龙肉也。"众客未之信,华曰:"汝不信,试以苦酒灌之,必变异象。"众依其言,以苦酒灌之,而五色光起,众始默然。席散,机问鲊主,果云:"园中茅积下得一鱼,质状殊常,以作鲊。过美,故以相献耳。"时武库封闭甚密,惠帝使人开搬,点视宝物,其中忽有雉雊②。诸人皆以密固,何有此物?唯华曰:"此必蛇化为雉也。"众视雉侧,果有蛇蜕焉。吴郡临平岸崩,出一石鼓,搥之无声。郡守进入朝廷,惠帝问华,华曰:"可取蜀中桐材,刻如鱼形,扣之则鸣矣。"帝如其言,即取蜀桐刻形,打之声闻数里。先吴之未灭也,斗牛之间常有紫气。及吴平,紫气愈明。华闻豫章人雷焕妙达纬象,乃召焕至,与宿,乃屏人谓曰:"可与汝共寻天文,知将来之吉凶。"因同登楼,仰观天象,问焕紫气之故。焕曰:"仆察之久矣,唯斗牛之间颇有异气。"华曰:"是何祥也?"焕曰:"宝剑之精,上彻于天耳。"华曰:"君言得之。吾少时有相者言,吾年出六十,位登三公,当得宝剑佩之。斯言岂效与!"因问曰:"在何郡?"焕曰:"在豫章丰城。"华曰:"欲屈君为宰,密共寻之,可乎?"焕曰:"从命。"于是华即补焕为丰城令。焕到县,掘狱屋基,入地四丈余,得一石函,光气非常,中有双剑,并刻有题,一曰龙泉,一曰太阿。自得其剑,其斗牛间之气不复见矣。焕以南昌西山北岩下土以拭剑,光芒艳发。因此遣使送一剑并土来与华,留一自佩。华回书谓焕曰:"得两送一,雷公得无欺乎?"焕谓使人曰:"本朝将乱,张公当受其祸。此剑当系徐君墓树,灵异之物,当化去,不永为人服也。"时华得剑,宝爱之,常置座侧。华以南昌土不如华阴赤土,令人报焕书曰:"详观剑文,乃干将也,莫邪何不复至?虽然天生神

---

① 箧(qiè)——箱子。
② 雊(gòu)——雉鸣。

物,终当合耳。"因以华阴土一斤致焕。焕更以拭剑,倍益精神。张华既诛,剑失所在,并不见踪。焕亦卒,其子雷烨为州从事,持剑行经延平津,忽于腰间其剑跃起堕水。即使从人没水取之,不见剑,但见两龙各长数丈,蟠萦有文,没者惧而返。须臾光彩照水,波浪惊沸,于是失剑。烨叹曰:"先君化去之言,张公终合之论,此其验乎!"张华博物如此类甚多,不可详载。华著《博物志》十篇,及文章并行于世。先是华与赵王司马伦有隙,司马伦故乘此诛华。华死,年六十九岁,朝野莫不悲恸。

赵王司马伦执权

却说赵王司马伦既废贾后,及诛张华等,乃自专国政,总握兵权,自为相国,以孙秀为侍中。时百官俱听命于伦,而伦素庸下,无智策,复受制于秀,于是孙秀威权震于朝廷,天下皆事秀而无求于伦。

却说孙秀乃琅邪小史,累官于赵国,以谄媚自达。秀既执机衡,遂恣其奸谋,多杀忠良,以逞私欲。于是京邑君子不乐其生。秀之诸党皆登卿相,并列大封。其余同谋者,皆超阶越次,不可胜记,至于奴卒厮役,亦加以爵位。每朝会,貂蝉盈坐,时人为之谚曰:"貂不足,狗尾续。"而秀以苟且之惠取悦人情,府库之储不充于赐,金银冶铸不给于印,故有白版之侯,君子耻服其章,百姓亦知其不终矣。

孙秀既立非常之事,司马伦愈敬重焉。当孙秀入见赵王伦曰:"斩草不除根,萌芽依旧发。今贾后虽废为庶人,犹在金墉,若不除,后必有患。殿下可速矫诏诛之。"赵王伦曰:"卿计正合孤心,你可密地使人持诏杀之。"于是孙秀使人以矫诏赏金屑酒来金墉杀贾后。使者领命到金墉,入内请贾后跪听读诏,贾后不听,使王全亦读其诏曰:

贾后专权,废弑皇太后,无妇之道;谋杀皇太子,无母之慈。祸乱国家,淫恶昭著。至忠之臣,见遭诛戮;谀佞之辈,反授权委。致使天下人人谤朕不君,实天地所厌,人神共怒。今赐以金屑酒一壶,赐其自尽,勿得推故。

贾后虽不肯跪,然耳听其读诏。听讫,大骂赵王司马伦逆贼,将酒饮之而死。王全收敛,方始还都,报知赵王司马伦,伦大悦,重赏王全。

淮赵二王相攻害

秋八月,却说赵王伦以淮南王司马允为骠骑将军、领中护军。司马允性沉毅,宿卫将士皆畏服之。知赵王伦、孙秀有异志,欲谋讨之。伦、秀密知议计,即转司马允为太尉,外示优崇其爵,内实夺其兵权。淮南王司马允乃大怒,遂帅国兵数百人直出,大呼曰:"赵王与孙秀谋反,我今讨之,肯从者左袒。"于是从者甚众。司马允以其兵遂围相府,赵王伦亦引兵数千人,出与淮南王允战。两军相交,战不五合,赵王伦败死者数百人,伦走入府内,坚壁不出。允乃结阵于承华门前。中书令陈淮欲应允,言于帝曰:"今日淮南王司马允与赵王司马伦为争权,各以兵相战,望陛下委臣禁兵前去解和,不然必有一伤,而乱及中。"惠帝曰:"卿不可去,朕使别将去。"于是帝遣殿前将军伏胤以兵三百,持白幡前去解斗。在相府前过,赵王伦长子汝阴王司马虔,在门下省见胤以兵过,即出,阴与胤誓曰:"君能为我,富贵当共之。"胤答曰:"殿下息言,吾乘此幡,入内杀之。"言讫,胤即驰至承华门,诈言曰:"臣奉诏以兵来解和,殿下火速开阵,与吾进之。"淮南王允以为是实,不之觉,令开阵门受诏。伏胤直入,将淮南工允杀之,收其兵来见赵王伦,伦大喜,拜伏胤为大将军。即入朝奏惠帝,言淮南王允谋反,夷灭允族数千人。

孙秀害潘岳石崇

却说潘岳字安仁,荥阳人也。少以才颖见称,乡邑号为奇童,谓是终贾之俦也。先是武帝时,武帝躬籍田,潘安仁作赋以美其事,曰:

五路鸣銮,九旗扬旆。① 有邑老田父,或进而称曰:"盖损益随时,理有常然。高以下为基,人以食为天。正其末者端其本,善其后者慎其先。今圣上图匮于丰,防俭于逸,展三时之弘务,

---

① 旆(pèi)——泛指旌旗。

致仓廪于盈溢,固尧、汤之用心,而存救之要术也。"
潘岳因此才名冠世,为众所嫉,遂栖迟十年。出为河阳令,自负其才,郁郁不得志。后迁为给事黄门侍郎。

岳性轻躁,趋世利,与石崇等谄事贾谧,每候谧出,与石崇辄望尘而拜。构悯怀文,岳之辞也。谧二十四友,岳为其首。谧《晋书》限断,亦岳之辞也。其母数诮之曰:"尔当知足,而乾没不已乎?"岳终不能改。既仕宦不达,乃自作《闲居赋》,其赋曰:

岳读《汲黯传》至司马安四至九卿,而良史书之,题以巧宦之目,未尝不慨然废书而叹也。曰:"嗟乎!巧诚有之,拙亦宜然。"仆自弱冠涉于知命之年,八徙官而一进阶,再免,一除名,一不拜职,迁者三而已矣。虽通塞有遇,抑亦拙者之效也。昔通人和长舆之论余也,固曰"拙于用多"。称多者,吾岂敢;言拙,则信而有征。方今俊乂在官,百工唯时,拙者可以绝意乎宠荣之事矣。太夫人在堂,有羸老之疾,尚何能违膝下色养,而屑屑从斗筲①之役乎?于是览止足之分,舒浮云之志,筑室种树,逍遥自得。池沼足以渔钓,春税足以代耕。灌园鬻蔬,供朝夕之膳;牧羊酤酪,俟伏腊②之费。孔子曰:"孝乎,唯孝友于兄弟。"此亦拙者之为政也。

潘岳美姿容,少时常挟弹出洛阳道游,妇人遇之者,皆连手萦绕,投之以果,遂满车而归。时张载生甚丑陋,每行遇小儿,以瓦石掷之,委顿而返。

岳先事贾谧,谧荐为黄门侍郎。而岳常轻孙秀,因此构隙。秀既得志,每有杀岳之心,未得其便。至是贾谧被诛,赵王司马伦专权,孙秀秉政。闻石崇家有婢,名曰绿珠,美色而艳,又善吹笛。秀使人来崇家求之。此时石崇正与绿珠在金谷园别馆,方登凉亭,临清流,集群妇在侧。使人直入凉台,见崇曰:"孙侍中闻足下家有美妾,极善歌舞,使其求一,足下意允否?"崇曰:"有。"乃尽出其妇数十人以示之,皆蕴兰麝,披罗縠③。

---

① 斗筲(shāo)——才识短浅。
② 伏腊——伏日、腊日都是节日,合称伏腊。
③ 縠(hú)——绉纱一类的丝织品。

崇谓使人曰:"子所择佳者,即以奉承。"使人曰:"君侯服御,丽则丽矣,然吾受侍中之命,只索绿珠,不识谁是?"石崇勃然曰:"绿珠乃吾所爱,不可得也。"使人曰:"君侯博古通今,察远照迩,侍中之暴,君侯已知,愿加三思,勿使噬脐①无及。"崇曰:"不必多言!"使者出而又返,崇竟不许。于是使人回报孙秀,说崇推不肯。孙秀大怒,入见赵王司马伦曰:"昨闻石崇与潘岳二人密谋,要与淮南王允等报仇。若不早除,将至乱矣。"司马伦曰:"岳、崇有异,卿可诛之。"秀既得命,即出府堂,矫诏使介士二百人,收石崇与潘岳二家。时石崇正与绿珠宴于楼上。介士到曰:"奉诏收君,火速下楼。"石崇大惊,哭谓绿珠曰:"我今为汝得罪,不知税驾②何所?"绿珠亦泣曰:"君侯为妾得罪,妾当效死君前,岂敢奉事二姓,为君羞耶!"言讫,自投于楼下而死。介士逼崇急行,崇曰:"吾不过流徙交广,何相逼耶?"言讫与行。及执至东市,方知处斩。石崇大哭,叹曰:"奴辈利吾家财耳。"收者答曰:"知财能为祸,何不早散之?"崇默然。不一时,介士执潘岳至,崇谓之曰:"安仁,卿何亦复尔耶!"岳泪曰:"可谓'白首同所归'矣。"岳先题崇《金谷诗》云:"投分寄石友,白首同所归。"今果应其谶,故潘岳言之。俄而监斩官到,将二人并家属尽斩之,籍没崇之家财焉。

却说河内太守刘颂见政出群下,付托非人,乃草具所陈于惠帝曰:

顾唯万载之事,理在二端。天下大器,一安难倾,一倾难正。

故虑经后世者,必精下之政,使万世赖耳。

表上及陈政要,休付与人,宜亲万机。惠帝曰:"不能行矣。"因此朝野不安,天下乱焉。

赵廞③起兵据蜀城

冬十一月,赵王伦以齐王司马冏有废贾后之功,升为游击将军。齐王冏大怒曰:"废贾后,吾戮力共成,汝为相国,吾当游击!"心甚不平。孙秀

---

① 噬脐——后悔。
② 税(tuō)驾——原指休止,停宿。此处指归宿。
③ 廞(xīn)。

闻知，惧其有变，乃计使赵王伦，出齐王冏为平东将军，令其镇许昌。齐王冏意亦不满。次旦，赵王伦使孙秀议废贾后之功。孙秀乃集众在朝堂，议加赵王伦九锡。吏部尚书刘颂曰："昔汉之锡魏，魏之锡晋，皆一时之用，非可通行。周勃、霍光，其功至大，不闻九锡之命也。"张林欲杀之，孙秀曰："杀张、裴已伤时望，不可复杀颂。"乃止。百官看见张林欲杀颂，惧不敢逆，俱各从议，奏帝下诏，加赵王伦九锡之礼，复加其子司马荟及孙秀、张林等官，并居显要。赵王伦及诸子顽鄙，无有识见。而孙秀狡黠贪淫，所与共事者，皆邪佞之士，唯竞荣利，而无有深谋远略，志趣乖异，互相憎嫉。孙秀子孙会形貌短陋，如奴仆之下者。秀乞帝女河东公主而为驸马，众为耻之。时贾后已诛，后宫久虚，孙秀奏过惠帝，以其党尚书郎羊玄之女羊氏，立为皇后。

　　却说赵王伦欲篡位，恐贾氏之亲在外为变，矫诏征益州刺史赵廞为大长秋，以成都内史耿滕代之。赵廞乃贾后姻亲，闻朝廷征甚惧，恐入朝见害，心下自思晋衰乱，阴有据蜀之志。乃为一计，即倾仓廪以赈流民，厚遇李特兄弟，以为爪牙。特等恃势，聚众为盗。耿滕密使人上表道："流民刚剽，蜀人软弱，主不能制客，必为乱阶，宜使还本地。"廞闻之大怒，屡欲攻滕。会朝诏至，以滕代已为刺史，乃乘此以计，使益州文武千余人，迎滕于少城，待至杀之。时滕守成都少城，廞守益州大城，益州文武千余人至小城迎滕，滕欲趣装去。功曹陈恂谏曰："今使君与刺史构怨已深，彼还在未离，岂可即去？不如留少城，以睹其变，然后檄诸县合村堡，以备秦氏，方可为行也。不然，死期且至矣！"滕不从，收拾本部起行，至益州，赵廞遣兵五千伏城内，滕入无备，被杀之，余众尽降。于是赵廞就以滕兵来攻西夷校尉陈总，总甚忧，主簿赵模曰："彼兵未至，今当速行招众，助顺讨逆，谁敢动者？"总缘道停留，比至鱼涪津，军已至，廞只隔一百余里。模又曰："事急迫，火速散财募兵以拒，不然我寡敌众，难以决战。"总又不听，众遂自溃。廞兵大至，总出马与战，未十合，被斩于马下，招集其众，遂降。于是赵廞始勒兵还益州，自称为益州牧，置僚属，易守令。李庠等亦以四十骑归之，赵廞委以心膂，使其招合六郡壮勇二万余人，以断北道。

　　却说散骑常侍张轨以时方多艰，阴有据河西之志，因见赵王伦曰："西凉盗贼生发，屡屡攻陷诸郡，臣请为将去讨，不日平之。"赵王伦从之，即以张轨为凉州刺史，令其去讨。于是张轨即出朝，以宋泹瑗为谋主，以军二万人来凉州,与鲜卑寇狼交战。当日狼自与轨对敌,不十合,轨斩狼于马下,其众尽降。轨与宋汜瑗等,引军入据凉州,招集军马,粮草堆山,因此威名震于西土。

司马伦废帝自立

辛酉,永宁元年,却说赵王司马伦召侍中孙秀入谓曰:"吾为废帝自立,如何?"孙秀曰:"今朝廷至弱,权在殿下,不就此时行事,迟则有变矣。来日殿下可于府堂,聚合百官商议其事,若有不从者立斩之。则昔指鹿①之谋,宜在今日。"司马伦大喜,便教大排筵会于府堂,次日,请百官饮宴。是旦,飞骑往来于城中,遍请公卿,公卿皆惧司马伦势,谁敢不到。司马伦见百官到了,令各入席,自亦徐徐带剑入席。各讲礼讫,伦令从人执盏劝酒,酒行数巡,司马伦自举杯,劝诸大臣饮酒毕,令停酒止乐。伦曰:"今日大事,众官听察。"于是众官起身。伦曰:"天子为万人之主,以治天下,今帝戆骏而无威仪,不可以奉宗庙社稷。况先帝有密诏,言惠帝昏愚,未可为君。吾欲以帝为太上皇,吾自权监国,候有德者居之,其事若何?"当百官立于筵前曰:"殿下所见差矣。昔商朝太甲不明,伊尹放之于桐宫②;昌邑王登位,方二十七日,造罪三千余条,霍光告太庙而废之。今上皇帝虽昏,无有罪过,莫非不可。"司马伦大怒曰:"天下乃吾家之天下,汝等何得逆吾!若顺者生,如忤之诛!"群臣莫敢再言。于是百官自出还第。

次早,赵王司马伦使孙秀领兵列于朝门外,自仗剑带甲士数百人直入殿上,群臣皆惧。司马伦请帝升殿,大会文武,示有不到者斩。是日,大臣皆列班次。司马伦掣剑在手曰:"惠帝昏庸,不堪掌理天下。今告太庙,以惠帝为太上皇,令其徙居金墉。今有交天策诏,群臣静听。"言讫,令孙秀披读其诏曰:

昔武帝不幸崩世,孝惠嗣位承绍,海内仰望太平。而惠帝昏蒙,政出后宫。废皇太后,不孝于母;害皇太子,不慈于亲。凶德

---

① 指鹿——即指鹿为马。
② 桐宫——商汤墓地,建有宫室。

彰露,昏庸发暗,似此岂堪继其大统?今公卿大臣孙秀等,请告太庙,以惠帝为太上皇,限日下迁徙,不许迟延。赵王司马伦素有仁德之风,成周①之亲,朝野仰识,天下共知,宜登大位,以任社稷。是斯诏示群众,各宜应天顺人,以慰生灵之望。知悉。

孙秀读诏讫,命左右扶惠帝下龙座,解其玺绶,令其北面而立。惠帝号哭,群臣发悲。孙秀自扶赵王司马伦登位,群臣拜舞,皆呼万岁。君臣礼毕,赵王伦谓惠帝曰:"废一帝,立一帝,古来有之。汝虽不德,朕念至亲,必不加害于卿。汝速徙金墉,非宣呼不许入朝。"谕讫,命介士至,取车仗,护送惠帝并宫妃人等于金墉城居止,改金墉为永昌宫,月给粮食而与供膳。

赵王司马伦既登帝位,孙秀专政,总领内外兵权,由然赵王伦益重孙秀,凡下诏令,秀辄改革,有所予夺。自书青纸为诏,或朝行夕改者数四,百官转易如流。赵王既登大位,吏在职者皆封侯,因府库之储,不足以供应,侯铸印不结②,或以白版③封之。

五王会兵讨赵王

三月,齐王司马冏因废贾后得权,见赵王司马伦篡位,乃密召偏将军王义入内而谓曰:"今司马伦篡位,吾欲起兵讨伦,返正车驾,汝等有何高谋,复安天下?"王义曰:"若举大义,可传檄召河间王司马颙、成都王司马颖、常山王司马乂及新野公司马歆并匈奴左贤王刘元海,令其纠率诸侯,同讨篡逆。若诸侯王领兵至阙下,声赵王司马伦篡位之罪,中外夹攻,可诛其党,复迎惠帝返位,桓、文之勋矣。"司马冏曰:"汝谋正应我意。"于是冏乃使人持檄往各诸王侯处,命各以兵讨伦。其檄曰:

逆臣孙秀迷误赵王,当共讨之。有不从命者,诛及三族。

齐王司马冏即发檄往各处去求兵。

---

① 成周——指周武王之弟周公辅佐周成王(周武王之子)。

② 结——结具。

③ 白版——授官以板书,而无印章。

却说成都王颖得檄书，使人召邺令卢志入内问曰："孙秀构逆，使赵王篡位。今齐王传檄诸镇，欲以兵讨秀，孤疑恐兵少不及济，此事如何？"志曰："伏顺讨逆，百姓必不召而自至，宜从之。"于是成都王颖立起招军旗，远近皆应，至期众集至十余万，然成都王颖心中犹豫不敢发，嬖人王绥曰："今殿下起兵讨伦，而赵王亲而且强，齐王疏而尤弱，依臣之谋，不如助赵攻齐。"当参军孙询大言曰："赵王凶逆，天下当共诛之，何亲疏强弱之有耶？汝等小人，何进谗言！"于是成都王颖即发兵，应齐王共讨赵王。

却说河间王颙与齐王冏有隙，虽传檄至，反遣张方拥兵去助赵王。忽探事军人回说："齐王冏与成都王颖兵威大盛，至四十万众。"河间王颙即召张方还内曰："今成、齐二王军盛，你莫助赵，且以兵去应齐王。"于是张方以兵五万来应齐王。常山王司马乂及新野公司马歆、左贤王刘元海，亦各以兵来应。因是齐王兵威大振，号为一百万众，俱各至都下安营。赵王伦闻知大惊，急召孙秀问之。秀曰："军来将对，水来土掩，何须惊恐，宜遣将迎之。"于是赵王伦遣孙辅、张泓、司马雅率兵十万拒齐王；遣孙会、士猗、许超率兵十万拒成都王。兵已分拨，出城去迎。

却说张泓出阵与齐王冏交战，未十合，张泓大败，退走三十余里，损兵四万五千。司马雅谓张泓曰："敌众我寡，战则不胜。今日彼胜，必然无备，不若今夜以兵去劫其营，可以获冏。"泓曰："然。"于是一更造饭，二更以兵来攻。齐王司马冏引得胜兵还营，谓诸将佐曰："今日虽赢他一阵，彼必谓我今夜不备，必来攻我营。你等各以兵二万人埋伏营外左右，待吾放号炮一响，各出接应。"计排已定。三更前后，张泓领兵至齐王营前，见内外肃静，以为中计，乃大喊鼓噪杀入寨来。寨中并无一人，泓大惊，急回身杀出时，四下号炮响，左右齐兵合出，围住张泓在中，两下混战至天明，张泓在中，无门杀出，忽司马雅以生力兵万人来接，泓方得出，同雅领残兵而逃。齐王冏以兵连追，杀死张泓等兵甚众。司马雅等见势头不利，折去大兵九万人，乃领残兵退还。

却说成都王颖前锋至黄桥，正遇孙秀子孙会、士猗等兵至。两下交战，卢志出马与许超交锋，未五合，卢志敌不住超，因此大败，连走四十里下营。成都王颖曰："敌兵甚盛，不知归镇。"卢志曰："胜败乃兵家常事，安可以一负为惊！今日我军失利，敌有破我之心，不若更选精兵，星行倍道，出敌不备，此用兵之奇也。"成都王颖从之。志选精兵一万人，星夜从小路抄赵兵之前，埋伏洭①水之侧讫。"

却说赵王伦闻孙会得胜，遣人以节封会、猗、超等为大将军，赍②银二百斤，赏黄桥之功。因此会、猗、超皆持节，由是军政不一，且恃胜不设备。旦日，成都王颖引军直攻其营，会、猗兵未得食，闻敌至，皆慌而溃，成都王挥军一击，大破之。会、猗、超等引兵急退至洭水之上，卢志以精兵出截，两下夹攻，杀得赵兵损去七万余人。孙会、士猗领众走退，成都王乘胜追至城下，下营。

朝廷将士百官闻齐王冏起兵，皆欲诛赵王伦及孙秀，及知河北军败，左卫将军王舆率营兵五千人入宫，时三部司马为内应，即共来攻中书省，执孙秀斩之。王舆、王催率营兵五千，开四城门，尽纳五王军马，冏自部甲骑十万，收执赵王司马伦。

却说王舆等已开城门，成都王颖等五王率兵入城屯扎。时齐王司马冏动兵共执赵王伦等入殿，与河间王等相见，各讲礼毕。依尊卑坐次朝堂，使王舆等尽收孙秀三族及恶党，斩于市曹。大会文武百官，废赵王司马伦为庶人，使王催即押囚于金墉别宫。齐王司马冏、成都王司马颖、河间王司马颙、左贤王刘元海等，同百官出迎惠帝回洛阳。次日设朝，群臣皆集，顿首谢罪。惠帝曰："非卿等之过，乃赵王之逆也。"言讫，赦大臣群下数百人，命赐平身，凡百官为赵拜者皆斥免。

齐王擅权拒众谋

次日，惠帝以四王等有反正之功，以齐王司马冏为大司马，加九锡，备物典策，如宣、景、文、武辅魏故事；以成都王司马颖为大将军，都督中外诸军事，假黄钺、录尚书事，加九锡；以河间王司马颙为侍中、太尉；以常山王司马乂为抚军大将军；进新野公司马歆为王。齐、成都、河间王府，各置椽属四十人，武号森列，文官备员而已。

却说新野王司马歆说齐王冏曰："窃见成都王兵权太重，若有变，难

---

① 洭(jú)。
② 赍(jī)——把东西送给人。

以制之，不如早削，免虑后患。"齐王冏曰："然，容以谋夺之。"时常山王乂说成都王颖曰："齐王专政，必不容亲，不若早图，免致后悔。"成都王颖以其语问卢志，志曰："大王径前济河，功无与二。然两雄不俱立，不如因大王太妃微疾，求还定省，委重齐王，以收四海之心，待其有罪而讨之，则大功可成。"于是成都王颖上表，称颂齐王功德，宜委以万机，乃自辞归邺。由是颖之德誉，天下皆闻。

齐王既执权，辟刘殷为军咨祭酒，曹摅为记室，江统、荀晞为参军事，张翰、孙惠为掾，顾荣、王豹为主簿，何勖①为中领军，董艾典枢机。又封其将佐者葛旟②等为县公，委以心腹，号曰"五公"。

却说成都王还邺，让九锡殊礼。表论兴义功臣，乞运河北邸阁米以赈阳翟饥民。敛祭黄桥战士，旌显其家。皆卢志之谋，令成都王得成其美誉也。

次早朝会，帝谓齐王冏曰："司马伦谋叛大逆，罪不容诛。卿可明正其罪，以彰律法，庶使臣下不敢互相仿效，而乱朝廷。"齐王冏曰："司马伦罪应赐死。陛下宜下诏，送金屑苦酒，令其自尽。"于是惠帝使袁敞持诏，以金屑苦酒来金墉，赐与司马伦自死。敞既奉命，侍诏即来金墉，入宫见司马伦曰："臣奉圣旨，赍持金屑苦酒，请殿下自裁。圣旨至紧，望赐早决，与吾回复，休累小臣责限不便。"伦大哭曰："孙秀误我！孙秀误我！"连道数声，执金屑苦酒在手，徘徊数四，流泪满面，一饮而尽，以巾覆面，又曰："孙秀误我！"言讫而死。袁敞方始驰还京都去讫。诗曰：

赵王司马伦，奸邪素下慵。有谋诛贾后，无义篡晋君。

不慕周公德，专凭孙秀凶。今日金墉死，徒恨嬖人终。

顾荣诈酒远齐王

却说齐王司马冏即得志，选举不公，任用嬖佞。忠谋者远，直谏者诛，仗义之功，反成罪衅。因是中外失望，士不倾心。时齐王冏初征顾荣为大

---

① 勖(xù)。

② 旟(yú)。

司马主簿，辟张翰为大司马东曹掾，二人皆应命而至。

史说，顾荣字彦先，吴国人也。因就职见齐王冏擅权骄恣，恐失势祸延及己，于是终日酣醉，不综府事。因上言谏齐王司马冏曰："臣忝在治下，不敢不告。窃闻古人有言曰：'谦受益，满招损。'又曰：'汝唯不矜，天下莫与汝争能；汝唯不伐，天下莫与汝争功。'今殿下举动之间骄恣，势压群下，此岂君子之盛节也？如以学业骄人与，则仲尼曰：'如有周公之才之美，使骄且吝，其余不足观也已。'如以富贵骄人与，则子方曰：'贫贱者骄人耳，富贵者安敢骄人乎？'伏望殿下居谦有终，永保令誉，勿使马援之笑子阳也①。"又曰："且势有时而尽，势尽则倾，如扬雄所谓旦握兵权而为卿相，夕失势则为匹夫者。转眼宠辱，反掌荣枯，岂不畏哉。唯殿下安分见几，平易自处，则鬼神亦将害盈而福谦矣。臣以此故，不避斧钺之诛，以献逆耳之言也。"齐王怒而不纳。顾荣忧患，来造友人冯熊。熊闻荣朝夕饮酒，不理政事，乃见其至，以言谏曰："兹蒙足下过爱，以献药语，切莫见怪。夫酒之为物，固可合欢，亦能丧性。故古人比之狂药，非佳味也。古今以嗜酒致祸者，往往可鉴。此刘伶②荷锸自随，毕卓③盗酿被缚，君子所以不取也。今闻足下湛④于曲蘖，日夜衔杯，此非贤君子之所好者。愿足下察古善恶，自示劝惩，勤于听事，休败骏德也。"荣答曰："予读一卷儒书，知得千古遗事，岂不识酒之为祸败德也。子知其一，不知其他。今齐王冏骄恣擅权，不久必败，败则吾在其府主事，诚恐'城门失火，殃及池鱼，楚国亡猿，祸延林木'。是以放性酣醉，以消忧患耳。"熊曰："既若此，吾有脱君之计，不必忧虑。"荣曰："何计？"熊乃即于荣耳畔言不数句，语未一时，只见顾荣曰："妙矣。"因语毕各散。数日，冯熊因见齐王长史葛旟曰："顾荣好酒，不综府事。王府大事，固非酒客所能办，君何不言之齐

---

① 马援之笑子阳也——马援，东汉初扶风茂陵（今陕西兴平东北）人。末，为汉中太守，后依附割据陇西的隗嚣。子阳，公孙述。公孙述亦东汉初扶风茂陵人，新莽时，为蜀州太守，后据益州称帝。公孙述称帝于蜀时，隗嚣派马援前去探看。马援回来后对隗嚣笑话公孙述，说子阳是井底蛙，妄自尊大。

② 刘伶——晋"竹林七贤"之一，纵酒放达。

③ 毕卓——晋太兴末年为吏部郎，常饮酒废职。邻宅酿熟，卓至其瓮间盗饮被缚。

④ 湛——沉湎。

王迁其外耳,免误政务。"䄂曰:"吾正欲言,幸卿先施。"因此葛䄂入府,以其事告与齐王冏,冏曰:"吾重其名,以故用之。今既如此,便宜迁之。"因是以顾荣改授中书侍郎。顾荣用冯熊之计,出为中书侍郎,在职廉能,不复饮酒。葛䄂因见问曰:"君何前醉而后醒耶?"荣恐事觉,怕齐王疑诈以罪,又复更饮。因与州里杨彦明曰:"吾为齐王主簿,怕虑祸及,见刀与绳,每欲自杀,但人不知耳。"

史说,张翰字季鹰,乃吴下人也。见齐王司马冏专制骄奢,擅用小人,故遇同郡顾荣曰:"今齐王自用,不纳忠谏,久必为祸败。吾欲求去,故来造乱执事,且日定行矣。"荣见其说,执翰手怆然曰:"吾亦欲与子采南山之蕨,饮三江之水耳。"言讫,因见秋风起,乃思吴中菰①菜、莼②羹、鲈鱼脍③,叹曰:"人生贵得适志,何能羁宦数千里,以要名爵乎?"语毕,二人过数日,相邀命驾而归。

却说齐王司马冏宴会群臣,议军国之事。酒行三巡,董艾言于齐王曰:"侍中嵇绍善于丝竹,殿下可使其为一操,以助欢乐。"齐王冏促命左右进琴,命绍品操。嵇绍推而不受,冏曰:"今日为欢,卿何若此?"绍进对曰:"明公匡复社稷,当轨物作则,垂之于后。绍虽虚鄙,忝备常伯,腰绂冠冕,鸣玉殿省,岂可操执丝竹,以为伶人之事!若释公服从私宴,所不敢辞也。"由是齐王冏不敢强命其弹,尽令大臣畅饮至夜方散。

李特造反攻巴蜀

却说李庠骁勇,而得众心,赵廞深忌之,欲杀而无罪。会庠劝廞称尊号,廞乘此以庠为大逆,命斩之,以其兄李特为督将。特大怒,遂以其兵入攻,执赵廞而斩之。乃遣使诣洛阳上表,陈赵廞违诏杀耿滕之罪状,特故诛之,请以令调吏守益州。

初,梁州刺史罗尚闻廞谋反,上表称:"廞素非雄才,不须以讨,败亡可

---

① 菰(gū)。
② 莼(chún)。
③ 脍(kuài)。

待。"以此朝廷不曾致讨。庢被诛，朝廷以罗尚为益州刺史。诏去讫，罗尚即以家属往任益州。李特使弟李骧以珍宝金银迎罗尚，尚受之，以骧为骑督。使人请李特二人并郡守等会筵于成都。时广汉太守辛冉入蜀，因说尚曰："李特兄弟为盗贼，后必有异，宜因此会而斩之，不然后必为患。"尚先受其赂，故不从。

初，朝廷以兵符下秦雍，令其召还流民，又遣御史冯该督之。李特兄弟辅等始至蜀，言："中国方乱，不足复还。"李特然之，乃造阁式诣罗尚，求权流民延至秋。李特使式催罗尚，尚以其言白与冯该，该许之。以玺书下益州，条列六郡流民与特同讨赵庢有功，该奏朝廷，欲加功赏。辛冉欲以为己功，不以实上，众咸怨之。至是，冉等与李特兄弟构怨。

当罗尚督流民，七月初起行，而流民布在梁、益州间，为人佣力。闻州郡逼遣，人人愁怨。且水潦方盛，年谷未登，无以为行资，特复求停，至冬而行。辛冉及犍为太守李苾以为不可。冉性贪暴，欲杀流民首领，取其资货，乃与李苾曰："罗尚设关搜索，特为流民请留，流民皆感，而特之思想帅归。特今不以行，久则有变，宜先讨特。"苾然之，曰："可出榜招募构①特兄弟者以重赏，必有人执来诛之。"于是辛冉写榜，使人各处分挂。李特密知，使人私取以归，与弟李骧改之为"募六郡豪杰侯王，得流民一首者，赏帛百匹"。于是流民大惧，皆归特，旬日间至二万人。特复遣阁式去求罗尚申期，尚许之。式还谓特曰："罗尚威刑不立，冉等各拥强兵，与我等不睦，必怀害我之心。一旦为变，非尚所能制，宜为自备。"特从之。与弟李流以兵分二营，缮甲治兵，以待冉等至。

时冉闻李特分兵以备，乃与李苾帅步骑二万，至夜来袭李特营。特放炮，发二营伏兵出击之。冉、苾之军，死者甚众。于是流民推特行镇北大将军，承制封拜李流及兄弟李辅并弟李骧，皆号将军。攻辛冉于广汉。次日，辛冉以兵出城，大骂："流贼焉敢谋反！"李特大怒，骂曰："吾尽忠于国，汝何无故加兵夜攻？"于是二下各拍马持刀，掩杀不十合，冉大败而逃奔德阳城。李特以兵入据广汉郡。居数日，进兵攻冉都，与蜀民约法三章，施舍赈贷，礼贤拔滞②，军政肃然，蜀民大悦。

---

① 构——构陷。
② 拔滞——提携怀才不遇的人。

却说辛冉与李苾大败,来见罗尚曰:"使君以李特兄弟为心膂,今日如何?"尚曰:"特本无反意,因卿等促劫流民,推其为乱。事既成,宜火速攻讨。一面使人求救于梁州及南蛮校尉。"冉曰:"然。"于是罗尚自将兵围郫水,作营连延七百里,与特相拒。

太安元年,夏,河间王司马颙闻流民李特兄弟为乱,即遣督护衙博前来讨特。衙博以军至梓潼,李特探知,使其子李荡以兵五千来迎,两军皆遇于德阳。次日,两下结阵交战,李荡出马与衙博交锋,未三合,博败走,其众悉降。李特乃自称为大将军、益州牧,招军以攻罗尚。

却说齐王司马冏久欲专政,以惠帝子孙俱尽,大将军颖有次立之势;清河王司马覃,武帝孙也,年方八岁,冏乃上表请立为皇太子。惠帝从之,以齐王冏为太师,东海王越为司空,尽领中书监。

至八月,闻蜀李特谋反,复以张征为广汉太守,令其起兵讨特。张征既受诏,即以军至德阳,抄小径来攻李特大营。被李荡闻知,以兵塞截中隘,张征兵不得出,尽被李兵上山以石木滚下,征兵皆死之。李特使李骧进兵攻成都之北,又使李流进兵攻成都之南,约会合兵共击罗尚。时罗尚闻张征被陷,令辛冉率精兵二万人,前来攻李骧。时骧前驱已到成都之北,辛冉即以兵迎战,与李骧交锋。连战十数合,胜负未分。又战间,忽东南征尘起处,一彪人马飞至。冉起颈视,旗上写得分明,乃李流之兵,急欲以兵拒敌,前兵已至。骧见流兵到,大驱兵众来战,两下夹攻,冉措手不及,拨马自逃,余兵尽被杀死,得遁还者十一二耳。因此骧、流进攻成都。

十二月,齐王冏骄奢擅权,起府第与西宫等,中外失望。侍中嵇绍上疏曰:

存不忘亡,《易》之善义也。臣愿陛下无忘金墉,大司马无忘颍上,大将军无忘黄桥,则祸乱之萌,无由而兆矣。

惠帝弗能用。齐王冏耽于宴乐,不入朝见;坐拜百官,符敕三台①;选举不均,嬖宠用事。南阳处士郑方上书谏曰:

大王安不虑危,燕乐过度,一失也;宗室骨肉,互相疑贰,二失也;蛮夷不静,不以为意,三失也;百姓困穷,不闻谋救,四失也;义兵有功,久未论赏,五失也。有此五失,若不早救,诚恐家

---

① 三台——指三公,即太师、太傅、太保。

国难保厥①终矣。

齐王冏不能用之。当孙惠亦上书曰：

> 天下有五难、四不可，明公皆居之。冒犯锋刃，一难也；聚致英豪，二难也；与将士均劳苦，三难也；以弱胜强，四难也；兴复皇业，五难也。大名不可久荷，大功不可久任，大权不可久执，大威不可久居。大王行其难，而不以为难；处其不可，而谓之可，惠窃所不安也。明公宜思功成身退之道，委二王长揖归藩，则太伯、子臧不专美于前矣。

齐王冏不能用，孙惠辞疾而去。冏谓曹摅②曰："孙惠劝吾委权还国，何如？"摅曰："物禁太甚，大王诚能居高虑危，褰裳去之，斯善之善者也。"冏不听。王豹亦致笺于冏曰：

> 河间、成都、新野三王以方刚之年，并典戎马，处要害之地，而明公挟震主之威，独据京都，专执大权，未见其福也。请悉遣王侯之国，依周、召之法，以成都王为北州伯，治邺；河间王为南州伯，治宛；分河为界，各统王侯，以夹辅天子可也。

时长沙王乂见豹持笺，因见谓冏曰："小子离间骨肉，何不铜驼下打杀！"冏乃鞭杀之。豹将死曰："可悬吾头大司马门，见各兵之攻齐也！"言讫而死。

长沙王杀齐王冏

却说河间王颙亦恨齐王冏久专大权，欲以兵攻，恐力不效，当长史李含因说颙曰："成都王至亲有大功，推逊还藩，甚得众心。齐王越亲而专政，朝廷侧目。今檄长沙王使其讨齐，齐王必诛长沙，吾因以为齐罪而讨之。去齐立成都，除疏建亲，以安社稷，大勋也。"颙曰："然。"于是颙遣使入朝，上表陈齐王冏罪恶，请长沙王乂废冏，以成都王颖辅政。使人去讫，遂举兵。遣李含、张方以军趋洛阳。

---

① 厥——其。
② 摅（shū）。

十二月,颙表至京师,齐王冏见大惧,忙会百官议之。尚书令王戎曰:"二王兵盛,不可当也。若以王就第,委权崇让,庶可求安。"言未毕,冏从事中郎葛旟怒曰:"汉魏以来,王侯就第,宁有得保妻子者耶?议者可斩之!"冏震栗。王戎伪疾发堕厕,得免而出。时李含以兵屯阴盘,张方军屯新安。使人持河间王檄与长沙王乂,乂见檄,即遣董艾袭之。乂自将左右百余人驰入宫,闭诸门,奉迎天子攻大司马府,齐王冏亦持府左右兵众出战。是日,城内大战,惠帝惊得面如土色,亲幸东门,矢集御前,群臣死者相枕。连战三日,齐王冏与长沙王乂交锋,未经一合,大败而逃,余皆溃。冏被乂执而斩之。挥兵入府,收其党并夷其三族。令李含、张方等,以兵还长安,长沙王乂奉天子还宫,自执朝政。然乂虽在朝廷,事无巨细,皆使人诣邺,咨成都王颖。

罗尚以军讨李特

二年,春二月,却说李特以兵潜渡江击罗尚,水上之军皆散走。蜀郡太守以小城降,李特入据之。唯取马以供军,余无侵掠百姓,赦境内,自号建初元年。蜀民见两下交兵,恐兵人扰乱乡村,咸相聚为坞,以保二境。因见李特杀马为食及赦境,不干于民,诸坞皆送牛酒款于李特。特恐粮食不敷,分流民于诸坞就食。李流大惊,急入谓特曰:"诸坞新附,宜执其大姓子弟,聚兵自守,以备不虞①,何故散兵就食于坞?"而特怒曰:"大事已定,但当安民,何为更逆加疑忌,使之离叛乎!"

时朝廷已知李特占去州郡,遣荆州刺史宗岱等帅水军三万来救罗尚。军势稍盛,况诸坞闻尚军益振,皆有二志。参军任睿献计于尚曰:"李特散众就食诸坞,骄怠无备,此天亡之时也。宜遣人密约诸坞,克期同发,内外击之,破之必矣!"尚从之,使人说诸坞,诸坞大姓皆愿应之。罗尚至二月,始发兵三万来攻特营,李特急召诸坞,诸坞起兵返应罗尚,共击李特。特兵大败五十里,罗尚自引五千人马出益州来迎敌军。李特先自怯战,又值初春阴云布合,雪花乱飞,军马皆冒风雪。罗尚骤马提刀出阵,与李特

---

① 不虞——不测。

打话,特曰:"汝何人,到此缘何不降?"尚大怒,纵马向前,李特挺枪来迎。两骑相交,尚拨回马斜刺便走,李特赶来,转过山坡,尚回马大喝一声,舞刀直取李特,特早拦截不住,却拨回马走。尚右手倒提宝刀,左手将套索把李特勒拖下鞍,横担马上回本阵。两军呐声喊,特军便走,尚军赶上,夺得百十匹马,其余走脱。尚交休赶,绑缚特回益州,押在厅下。尚大怒骂曰:"吾待汝不薄,命汝权督流民,汝何谋叛!今日被执,有何言说?"特无言对。尚怒,命左右牵出斩之,传首洛阳。

李流、李荡、李雄收集余众,还保赤祖。李流自称为益州牧,守东营。李荡、李雄守北营。罗尚使督护何冲以兵二万,来攻南北二营。李流驱流兵出战,交马只三合,李流之众大败而走。何冲乘胜以军进抵成都,流入,闭城自守。查点部下,李荡中矛而死,雄等皆哭伤情,要与兄荡报仇。

时李流虽是坚守,甚惧宗岱军至,难以拒迎,心下欲主降尚。因与李骧等商议,李雄等迭谏休降,流勿听。李雄乃诱流民曰:"今李益州欲降,若降,汝等何得全生?辛冉恨汝,必被坑之。不若火速从我,尽力一战,杀退罗尚等军,可安性命。"流民踊跃答曰:"生死愿从将军之命。"于是李雄即大呼流民,各执兵器出城,与何冲交锋。大战十余合,杀退何冲,诸军连退一百余里。方还,闻宗岱起军至半路而卒,其众无主退还。李流甚惭,因谓李雄曰:"吾前日议降,今得汝杀退敌军,甚是壮健,凡百①后事,可与子谋。"由是李流奇雄之才,凡军事悉以任之。流又说使李雄取郫城,汶山太守以军拒迎,被雄杀之。李流徙军屯郫城,蜀民皆保险结坞以防之。时南入宁州,东下荆州,先被李特劫掠,城邑皆空,野无烟火,李流之众皆饥乏无食。唯涪陵千余家依青城山处士范长生,据之,流不敢攻。平西参军徐轝②献计罗尚曰:"某虽不才,望使君委以守汶山,邀结范长生共讨李流,不日可平。"罗尚不许,轝大怒,去降李流,流使轝说长生以粮应给其军。长生从之,因此李流之兵复振。

---

① 凡百——一切。
② 轝(yù)——古时一种车辆。

张昌攻杀新野王

　　五月，却说新野王歆都督荆州，为政严急，失蛮夷心。因此义阳蛮张昌聚党五千人欲为乱，会荆州以诏发武勇兵讨李流。兵民惮远征，皆不欲行，诏书督逼。

　　却说张昌初得石冰以兵五千降，以其为前部，来寇扬州。刺史陈徽调兵出战皆败走，于是陈徽引腹心数百逃遁。因是诸郡尽没，江州、武陵、零陵、豫章、武昌皆陷之，皆为张昌所据。昌更置牧守，皆桀盗小人，专以劫掠为务。刘弘大惊，急使陶侃等领军三万，去击张昌。侃引军至竟陵，驱军出战，张昌以众拒迎，两下各自结阵。侃自将出阵前大骂："张昌逆夷，何敢谋反！"张昌大怒，舞刀便砍。侃以枪便迎。二人在阵斗至二十余合，张昌气力不加，勒马便走。陶侃挥军追杀，杀得张昌大败，逃于下隽山而屯，其众悉降陶侃，唯石冰尚据临淮。

　　却说陶侃初少孤贫，为郡督邮。长沙太守万嗣见而异之，命其子与结交。后举孝廉，至洛阳，郎中令杨晫荐之于顾荣，侃由是知名。既克张昌，刘弘谓曰："吾昔为羊公参军，谓吾后当居其处。今观卿，必继于老夫矣。"

　　时荆部守宰多阙，弘请补选，朝廷诏许之。弘叙功铨德，随才授任，人皆服其公，当上表以皮初为襄阳太守，朝廷议以初望浅，更用弘婿夏侯陟补。弘下教曰："夫治一国者，宜以一国为心，必若姻亲然后可用，则荆州十郡，安得十女婿然后为政哉！"乃复表："姻亲旧制，不得相监；皮初之勋，宜先酬之。"朝廷诏听之。于是劝课农桑，宽刑省赋，公私给之，百姓爱悦。

桓穆二帝并诸国

　　却说北魏神元帝自太子沙漠汗死后，宠爱诸子，思慕沙漠汗成疾，于是年崩，享国共五十八年，寿一百单四岁。神元既崩，诸部大人乃立文帝少子弗政为帝。帝刑政宽简，百姓怀服，在位一年而崩。诸部大人又立神元帝少子禄官为昭帝。禄官既承天位，选日朝会百部大人，时诸部大人皆至，俱各拜起立两边。昭帝与诸部大人议曰："我欲分国为三部：一居上谷北，濡源西，东接宇文部，我自统之。一居代郡之参合陂北，使文帝长子猗㐌①统之。一居定襄之盛乐城，使文帝少子猗卢统之。其议如何？"诸部大人曰："大王所为，无可无不可也。"于是昭帝即降诏，封猗㐌为桓帝，封猗卢为穆帝，各授以兵五万人，命其部领诸部大人往一处去讫。先是神元与晋和好，并不刀兵。

却说穆帝猗卢引所部军马出并州，迁杂胡去北，自徙都云中五原朔方城。其地乃是匈奴乌丸国王所统，被穆帝引众霸居之，匈奴主乌丸国王闻知，乃引所部大兵十万，前来争夺。穆帝猗卢亦领兵五万出迎。乌丸国王兵分两路掩至，猗卢身先出阵，来杀匈奴之兵。诸部大人见穆帝当先向前，众领军尽力击之。乌丸国王兵大败，诸部连追一百余里。乌丸国王势孤力寡，引残兵走回国去了。猗卢追赶至杏城之北八十里，迄长城，与晋分界而还本国。招军畜马，积草聚粮。

却说桓帝猗㐌所部皆行，人马度漠北，占两路为都，分军守住险隘。其地乃乌弋国王所统，乌弋国王闻知猗㐌占据西地，心中大怒。乃引所部人马及兵十万前来攻讨。猗㐌王大惊，遂唤曾供、余光先带一万人马守西关。临行嘱供、光曰："如十日内失了关防，必斩你二人；十日外失了关，不干你二人事。我亲率大军，随后便至也。"二人领了将令，星夜便行。曾仁进曰："兄弟曾供性躁，恐误大事，某当代往。"猗㐌王曰："你与我押送粮草，随后也起。"

却说曾供、余光到关上坚守关隘，只不出战。乌弋国王选军人能言快语者，来关下大骂猗㐌王，毁辱太甚。曾供大怒，要提兵下关厮杀。余光谏曰："此是乌弋国王见我军不出，故来相激，将军不可出战，待主公大队军马来时，自有主意。"因此止住。乌弋国使军人日夜轮流数番来骂，曾供大怒，只要厮杀，被余光苦苦哀告。当时已过九日了，曾供在关上看时，乌弋军都下了马，坐在关前草地上骂。曾供见了，教备马，点起五千军马，开关杀将下来。余光闻知，恐供有失，领兵随后接应。乌弋军弃马抛戈而

① 㐌(yí)。

走,曾供得胜,迤逦赶去。余光急骤人马来赶,请供回。乌弋大队军杀来,曾供抵挡不住,折军大半,杀出重围。曾供、余光急奔关上,回时山背后两军截住,左是乌弋王,右是西水王。曾供等见腹背合击,不能复关,乃弃关引众而走。乌弋王等引兵随后追赶。其时,桓帝猗㺾拘集各处军马已齐,次日起行,曾仁为前锋。军行之际,正遇曾供、余光败回,曾仁方知失了西关。乃下住营寨,与曾供、余光于路接文,行两程,迎着桓帝猗㺾,道失了西关。猗㺾慌忙下住帝寨,唤曾供、余光问曰:"与你十日限,缘何九日失了关防?"供曰:"乌弋军无般不罵,某等因见彼军懈怠,乘胜赶去,不想中贼机关。"猗㺾曰:"曾供年幼躁暴,余光你须晓事!"光曰:"我累谏不听。当日光在关东点视粮草,比及知道小将军已自下关去了,光恐有失,因此亦引兵接应。"猗㺾大怒,喝斩曾供,一班儿诸将皆跪下告饶。猗㺾方曰:"权且记罪,后有功可准,如无功必诛。"因此曾供服罪而退。

猗㺾次日传令进兵,直叩西关。曾仁曰:"可先下定寨栅,然后打关未迟。"猗㺾方始交军斫砍树木,立起排栅,分做三寨。左寨曾仁,右寨夏渊,中寨自领。

次日,西军哨马直到寨前,猗㺾并三寨大小将校,赶迫西军哨马。未上十数里,西军全队亦到,两边各自布阵。猗㺾自出,立于门旗下,看西兵人人勇健,个个英雄,各执长枪,排列阵脚。门旗开处,中间涌出一员大将,红袍银铠,白马大刀,生得面如傅漆,唇若涂朱,腰细膀阔,声雄力猛,乃即乌弋国王。上首乃西水国王,下首代山国王。一见猗㺾在阵前,高声大叫曰:"汝何故侵占我之国土?此仇必与汝贼势不两立!"言讫,三人各舞大刀,杀过阵来。猗㺾欲出迎敌,背后王示出曰:"杀鸡焉用牛刀,大王请还,小将出战。"王示拍马持枪出迎,与乌弋国王两骑交锋。战不数合,王兵大败,曾供等杀出助战,皆敌不住,被西军赶杀,却得曾供引一军,死拒定寨栅,西军方退。猗㺾传令固守,乱动者斩。诸将告曰:"西兵甚是强壮,尽使长枪,若非选择前锋以迎之,则难挡也。"猗㺾曰:"战与不战,皆在于我,虽有长枪,安能便刺汝等也!诸将但坚壁观之,贼自退矣。"诸将退而言曰:"主人自来征战,勇敢当先,如今一败乌弋,何如此弱也!"因是各不知其主意。

次早,细作报来:"西关昨日又添十七个国王,共合兵七万相助乌弋,乃是羌胡部落人也。"猗㺾大喜。至日映时,细作又报入中军来说:"乌弋添十三个国王,共兵六万相助。"猗㐌在帐大笑,置酒作贺。诸将问曰:"乌弋添兵,大王欢喜何也?"猗㐌曰:"待吾破了,却对汝说。"诸将皆暗笑之。自此相持三个月。忽一日,猗㐌集诸部将佐至帐下,谓曾仁曰:"今乌弋盛兵皆在西关上,此去西陇,必无准备,是贼之无谋也。卿等领二万人,从北径渡岭西,直入陇中截之。吾自与部佐,穿西关左路烧其粮草。夏渊先引五万大军,打关搦战①,待其出战,举火为号。三下进兵,可破西军矣。"计议已定,诸将各依计而行。是夜,曾仁、曾供以军二万,渡岭西去了。猗㐌自以兵亦穿关左,去烧粮屯。

次日,夏渊以兵五万,杀上西关。乌弋王与西水王、代山王见军至,各点起大兵出战。未及交锋,夏渊便走,乌弋国王率诸国王驱兵追赶,未上十里之程,追兵传报:"猗㐌引军抄左路上关,放火烧了粮蓄。"乌弋王心中正欲回兵,又报到称说:"曾仁兄弟阴入西陇,截我归路。"乌弋大惊,急引诸王杀还关上。比及至关,已被猗㐌横拦接住相杀。乌弋王传令,教休要恋战,退复西陇。于是诸国王各尽力冲过西关。猗㐌与夏渊合兵后追。乌弋王大兵至西陇,被曾仁以军敌住,不能前进。乌弋国王乃自引本部兵,穿阴谷而逃,走还本国。西水十余国见乌弋王走了,急欲奔逃,已被截住归路。欲杀取关外,后有追兵。无奈只得弃戈卸甲,伏道投降。猗㐌一见,命起身同还大寨。猗㐌置酒款待三十余国诸王,皆以善言抚慰其心,令其各还本国去讫。诸部问曰:"前日乌弋王添兵,大王何如喜也?"猗㐌王曰:"前日乌弋王添兵,兵无纪律,兵多心必不一,吾用火计,焚其粮料,食绝难备,众心不同也。其三十余国,若一一从头去征,非十年安可服也?今全集在此,一计破之,功成一旦,吾故喜也。"于是诸将曰:"大王天资高远,智量宏深,我等不及也。"猗㐌王曰:"非吾之能,皆赖卿等之力也。"言讫,传令班师还国。猗㐌王人物生得英杰魁伟,马不能胜其坐,乘车驾大牛而行。

---

① 搦(nuò)战——挑战。

西晋卷之三

起自晋惠帝太安二年癸亥岁九月，止于晋怀帝永嘉五年辛未岁六月，首尾共九年事实。

二王兵攻长沙王

九月，却说河间王颙初用李含计，欲俟齐王冏杀长沙王，因而讨之，遂废帝，立成都王颖，以己为相。既而不如所谋，心甚不乐。颖亦恃功，骄奢恣侈，百度废弛，嫌乂在内，不得逞其欲，欲与颙共攻乂。卢志谏曰："明公委权辞宠，时望美矣。今宜顿兵关外，文服入朝，此伯王之事也。"颖不听。参军邵续谏曰："人有兄弟，如左右手。今明公欲当天下之敌，而先废一手，可乎？"颖亦不听。乃使人会河间王颙，一同上表，道长沙王乂论功不平，与仆射羊玄之、将军皇甫商专权朝政，请遣乂还国，及诛玄之等，如不从，即举兵。使人以书来见颙，颙大喜曰："吾久欲为此矣，惧力不加。"即回书与颖共上表，后各起兵，使人去讫，于是二王同遣人上表于朝。惠帝览之大怒，即颁诏与使回曰："颖、颙敢举兵向阙，吾将亲率六军以讨之！"因是以长沙王乂为太尉，都督中外诸军事，令其点军，预防守城。

却说使人回以手诏示颙。颙大怒，以张方为都督，将精兵七万人，东趋洛阳。颖引兵屯朝歌，以陆机为前锋都督，督王粹、牵秀、石超等军二十余万向洛阳。机以羁旅事颖，一旦居诸将之右，粹等心皆不服。孙惠劝机让都督于粹，机曰："彼将谓机首鼠两端①，所以速祸也。"因此不听。

惠帝闻二王兵至，即召长沙王乂督六军。帝自亲征，军至十三万。乂使皇甫商将一万军拒张方，两军会于宜阳。时皇甫商出阵，与张方交战十数合，商不能敌方，因此大败而走。惠帝得卫兵保，走于芒山。羊玄之忧

---

① 首鼠两端——犹豫不决。

惧而卒。帝无食,投一庄安下。其庄上一太公,出接入内,以酒食款待,又以粮给军饷。惠帝问其姓名,太公道:"臣姓緱,祖居在此。年已六十余,无嗣,只生一女,年纪十八,能通十八般武艺,未曾许聘他人。"帝悦之,命女见。緱公即唤女儿出来,山呼拜讫,帝命平身。緱氏曰:"陛下在上,臣妾不敢。"帝见緱氏生得美容妍嫩,因与緱公曰:"朕自才人谢氏被贾后害后,未曾选聘,朕欲以汝女为才人,卿意云何?"緱公曰:"恐不堪幸。"帝曰:"朕意已悦,卿勿容辞。"于是緱公命女儿与帝成亲,因留帝在庄歇数日。时牵秀闻知帝在此庄,乃引兵五千,前来围住庄院。帝大惊,緱氏曰:"陛下勿惧,臣妾自能退兵。"帝稍心安。緱氏亲自披挂,带庄客五百人,各持兵器出战。牵秀以兵排开,与緱氏交锋,军器并举,一战二十余合,緱氏颜容不变,气力愈强,牵秀恰好遮拦得住,不能取胜。二人又战数合,牵秀气力不加,拨开军器,勒转马头,望本阵便走,被緱氏驱庄客一击,杀得秀兵大败而逃。

却说张方既杀败皇甫商,引兵杀入京城,纵兵大掠,城内百姓死者万计。长沙王乂在自宜阳战败,不知帝之下落,使人探知在緱家庄,遂引军寻至庄上,君臣相见,俱各流涕。乂请帝还宫,惠帝与緱氏一同回至建春门。会成都王颖遣将军马咸,助陆机攻城,正遇帝军回,咸以兵拦住归路。长沙王乂急使司马王瑚以五千精兵出突。咸举刀拍马,直取王瑚,王瑚持戟出迎,两马相交,兵器并刺,刀来戟拨,戟去刀闪,二人约斗十合,咸被王瑚一戟刺于马下,众军勇突向前,将咸斩之。长沙王乂谓瑚曰:"兵贵神速,汝即以此得胜之军,去攻陆机,吾保圣上回宫。"瑚然之,大喊一声,乘胜杀入大营,引五千军来攻机营。机令坚壁,妄动者斩。孟迢不听,以兵出迎,与王瑚战,被杀之。机措手不及,被王瑚以精兵一冲一突,攻入大营。机兵莫能抵敌,大败而逃。赴七里涧,被瑚军赶上,又杀一阵,死者如积草,涧水为之不流。

初,宦人孟玖有宠于成都王颖,玖自请于颖,欲用其父为邯郸令,陆机固执不许,曰:"此县公府掾资,岂有黄门父居之耶!"玖深恨之。玖弟超,是机小督,未战,纵兵大掠,机录其主者欲斩之。超将铁骑直入麾而夺之,顾谓机曰:"貉奴能作督否!"机司马孙拯劝机杀之,机不能用。及王瑚来攻,超不受节度,轻兵独战,败死于阵。及此孟玖疑超被机杀之,因潜于成都王颖曰:"陆机有二心于长沙,宜早为之。"颖未信,牵秀、王粹等素诣事于玖,相与证之,曰:"机怀二意。"于是颖大怒,使秀将兵收机。

却说陆机闻牵秀至,释戎衣,着白帢①,与秀相见,为笺辞颖,既而叹曰:"华亭鹤唳,可复闻乎②?"秀遂杀之。颖令收陆云及孙拯下狱。记室江统、蔡克等流涕固请,颖恻然有宥③云之色。玖扶颖入内,催令杀之,夷其三族。又使狱吏究拷孙拯招二陆二心之谋。狱吏掠孙拯数百,两踝骨见,终言机冤屈。吏知拯义烈,谓曰:"二陆之枉,谁不知之,君何不爱身乎?"拯仰天叹曰:"陆君兄弟,世之奇才,吾蒙知爱;今既不能救其死,忍复从而诬之乎!"狱吏对玖言,孙拯不肯招认二陆二心之谋。玖等令狱吏诈为拯招之辞,进颖,亦夷三族。拯门人费慈、宰意诣狱明拯冤屈,拯譬遣之曰:"吾义不负二陆,死自吾分,卿何为尔耶?"慈、宰曰:"君既不负二陆,仆又安可负君!"固言拯冤。玖怒,将同杀之。天下人人皆为含冤。

十一月,长沙王乂奉帝以六军过张方营,时方兵见帝乘舆至,而退出城,不敢交锋,方遂大败,退五十余里。众惧,欲夜遁,方急谓众曰:"胜负乃兵家之常事,今虽一败,不足为惊,况善用兵者,因败为成。今我更前作垒,出其不意,此奇策也。"于是乃夜以兵渐进逼洛城七里,筑垒数重,外引廪谷以足军食而守之,意待城内粮尽入攻之,必克洛阳也。乂既战胜,以为方不足忧,及闻方垒成,遣军攻之,不利。成都王颖兵进逼京师,公私穷蹙④,米一石值万钱。诏命所行,一城而已。犹豫之际,骠骑主簿祖逖言计于乂曰:"臣举一计,可退方兵。"乂曰:"何计?"祖逖曰:"雍州刺史刘沈,忠义果毅,其兵力足制河间,宜启圣上,命沈举兵袭河间王颙。颙窘急,必召张方以自救,此孙子围魏救赵之良策也。"乂从之,即以其计奏惠帝,使人持诏令刘沈发兵去攻河间。刘沈奉诏,合七郡之众,二万余人,促攻长安。

十二月,却说议郎周玘⑤等起兵江东,欲讨石冰,未有主将,乃推前吴

---

① 白帢——白帽。
② 华亭鹤唳句——三国时吴国封陆逊(陆机祖父)为华亭侯。鹤唳,鹤叫。故乡的鹤叫声还能再听见吗?后用以表示徒然怀念故土而悔恨莫及、伤痛不已。
③ 宥(yòu)——原谅,宽恕。
④ 蹙(cù)——同"蹙",紧迫。
⑤ 玘(qǐ)。

兴太守顾秘为扬州都督，传檄州郡，命杀石冰所署将吏。于是前侍御史贺循、庐江内史华谭及丹阳尹葛洪、甘卓皆起兵以应。顾秘兵势大振，来攻冰，冰大惊，乃使部将黄仁，以兵二万五千拒战，与周玘交锋。未三合，被玘斩于马下，余兵溃走，玘以军长进。石冰见闻黄仁被斩，乃退兵，促攻寿春。征东将军刘准闻知冰至，大惧不知所为。广陵度支陈敏统众在寿春，谓准曰："此等小人，以不乐远成，因朝廷逼迫，成贼为群。乌合之众，其势易离。将军何必忧虑，请为公破之。"准大悦曰："如卿所言，贼无难制。更调五千人，益卿为前锋，去拒讨之。"于是益敏军五千人出拒石冰。

李雄攻尚夺成都

闰十二月，却说李流偶然染疾将笃，因谓诸将曰："李雄英武天所相，可共受事，宜尽忠仕之。"言讫而卒。诸将即请李雄为益州牧，代流以领其众。将李流营葬毕，雄以其众入据郫城。屯数日，李雄以其众攻成都。罗尚以军出战，亲与李雄对阵，俱各射住阵脚。罗尚拍马出阵前大骂："流贼，朝廷有何负汝，无故大逆？"李雄亦骂："吾父遭你所害，誓不与你同天地共日月！"言讫，驱兵交战。不三合，罗尚大败，即走入城。恐寡不敌众，乃与陈坚商议，领家属百余人走回许都。李雄领众入据成都。

却说罗尚被李雄杀败，逃至江阳，遣使上表奏失益州之事。惠帝颁诏，令罗尚权统巴东、巴郡、涪陵，以供军赋。尚虽得三郡，粮草不给，即遣别驾李兴诣荆州刘弘借粮。弘以三万斛①给之，尚赖此以存。李兴见刘弘兵盛粮多，乃言于弘曰："兴虽不才，愿留为帐下一参军，使君肯容乎？"弘夺其手板而遣曰："罗公孤军狼狈，无人戮力讨贼，安敢夺卿，火速回去！"于是李兴满面羞惭而回去讫。于是流民在荆州者十余万户，羁旅贫乏，各为盗贼，弘大给其田，与之耕种，擢其贤才，随资叙用，流民遂安，不为盗矣。

却说幽州都督王浚，即王沈之子也。浚以天下方乱，欲结援夷狄，乃以一女妻务勿尘；一女妻宇文苏恕延。又表以辽西郡封务勿尘，朝廷许

---

① 斛（hú）——旧时量器。

之。于是王浚与夷狄树党而立,以观天下。

张方炙杀长沙王

　　永兴元年(是岁,僭国号二:汉高祖刘渊,元熙元年;成太宗李雄,建兴元年),却说长沙王乂屡破颖兵,而未尝亏奉惠帝之礼。城中粮食日窘,士卒无有离心。张方以为洛阳未可克,欲引兵还长安。

　　却说东海王司马越亦妒嫉长沙王乂执政,恨力不及,见成都、河间二王起兵,围城日久,意欲内应杀乂,闻张方欲退兵,虑事不济,潜谓殿中诸将士曰:"今成都、河间二王,各以强兵外攻,非为圣上,乃恨长沙王乂为政不均,故来讨之。今城里内无粮草,外无救兵,不久皆为擒矣。何不今夜卿等护我收长沙王乂,则二王之兵不战而自去,可保国家无危。"诸将士闻言从之。于是退与诸将士,至一更集五百人,驰入营中,将乂执之。次早,入朝奏帝曰:"今成都、河间二王谋反,皆为长沙王之故,起兵至关。目今粮草日尽,救军无诣,臣等请废长沙乂为庶人,二王始肯退兵,不然社稷将危。望陛下火速降诏,以安众心。"帝曰:"长沙忠于寡人,不有过舛①,岂可废之?"越与将士皆奏曰:"长沙虽无罪,宁可废一人以安社稷,不可因一人以害苍生。"帝被越并诸将士所逼,不得已,下诏免长沙王入宫,令其徙居金墉城,改年永康,大赦满城百姓。命开城门,放成都王颖入城。

　　时诸将士既开城门,见外兵不盛,心甚悔之,欲更谋劫出长沙王乂为将,以拒成都王颖。东海王越大惧,连忙遣心腹人密告张方,使其将长沙王乂杀之。方得其语,即令军士攻入金墉,将乂缚至军前。张方命左右斩之,乂曰:"吾无罪,况乃金枝玉叶,谁敢杀我?"方大怒,命左右将乂绑于柱上,四围以火炙杀之。方之军士见之,亦为之流涕。成都王颖既入京师,朝见惠帝,自为丞相,以东海王越为尚书令,乃以颖众复还镇于邺城,遣石超率兵屯十二城门。殿中宿卫将士,颖所忌者,皆令杀之,悉代去宿卫之兵,以布其腹心。

---

　　① 过舛(chuǎn)——过错。

刘沈战死于长安

却说河间王颙顿兵于郑邑,为东军声援,闻刘沈兵起,急退入长安,急使人召张方回军。方闻知,掠洛中官私奴婢万余人而回,沈军已渡渭水。颙急领兵出城,与沈交战。二十余合,颙兵大败,走入长安。沈使衙博、皇甫澹,以精兵五千漏夜①追袭。颙兵大半入城。衙博等混战已入城门,后军未至。颙将张辅见其大军未至,急令闭城门,四下涌战。衙博、皇甫澹独力难敌,措手不及,被张辅杀之。乃领得胜之兵出城,正遇沈军来,辅勇为身先,沈军望后便退,被辅挥兵一击,杀得沈军十死其七,各自溃散。刘沈犹自死战,与张辅交锋三十余合,寡不敌众,被辅获之,余众各自逃散。

却说刘沈被辅获之,押在河间王颙帐前,颙招其降。沈犹谓颙曰:"知己之惠轻,君臣之义重,沈不可违天子之诏,量强弱以苟全。投袂②之日,期之必死,菹醢③之戮,其甘如荠。"颙大怒,命左右斩之。新平太守张光数为沈划计攻颙,颙使人执至,诘之曰:"汝与刘沈设计攻我,今日何如?"光曰:"雍州不用鄙计,故令大王得有今日。"颙壮之,乃表为右司马。

不说张光归顺于颙,且说成都王颖使张方以兵废皇后羊氏,并太子司马覃于元城,因此朝野失望,民心骚动。

却说广陵度支陈敏及周玘,以兵合攻石冰。兵至建康,冰犹未降,以军拒战。当日陈敏出马,与冰相杀,二人战未十合,东北周玘一彪人马抢风般来。正欲分军,西南一路贺循一彪人马先至军前,冰措手不及,被陈敏冲突入阵斩之,余众尽伏地而降。于是扬、徐二州平静,周玘、贺循等,皆散众还家,不言功赏。朝廷以陈敏为广陵相。

---

① 漏夜——深夜。
② 投袂——拂动衣袖,形容决绝奋发。
③ 菹醢(zūhǎi)——古代的一种酷刑,把人剁成肉酱。

成都王独执权政

却说河间王颙使人上表,推成都王颖为皇太弟,自为太宰、雍州牧。惠帝下诏从之。秋七月,成都王既为皇太弟,僭侈日甚,嬖小人用事,大失众望。东海王司马越怒之,因谓右卫将军陈眕[①]曰:"今成都王颖废皇后、太子,自为太弟,后必有废立之心。若不讨之。其谋反成矣!卿可助我一臂之力,杀此跋扈。"眕曰:"殿下肯主,臣愿效力。"于是东海王越与陈眕勒军入云龙门奏帝,以诏三公百僚戒严讨颖。颖、石超闻知,奔走还邺去讫。越乃复皇后羊氏,太子司马覃监国,请帝自上銮驾,诏集百官皆戎装,以六军起行。前侍中嵇绍随驾欲行,侍中秦准谓绍曰:"今往安危不测,卿有佳马乎?"绍正色曰:"臣子扈从乘舆,死生以之,佳马何为?"言讫即行。

东海王奉驾讨颖

时东海王越遣人檄召四方之兵,比至安阳,众至十余万人。军未至,太弟颖闻知甚忧,急会群僚问计。东安王司马繇曰:"天子亲征,宜释甲缟素,出迎请罪。"颖不从,乃使石超率兵五万,出城拒战。陈眕弟陈昭在颖部下,闻帝亲征,其兄为将,乃私自逃回,归降东海王越。因问邺中虚实,言邺中军闻圣上亲诣,俱各离散。由是东海王越不甚设备,以为颖可为擒。大军至荡阴县,忽然石超五万兵掩至,越等措手不及,急令点军,超兵已驰突入中阵,矢石如雨,众军溃散,越亦逃窜,越军大败。惠帝颊中三矢,百官侍御皆散,唯嵇绍朝服登辇,以身卫帝。兵人引绍斩之,帝曰:"此忠臣也,卿等勿杀!"众兵对曰:"奉太弟令,唯不犯陛下一人耳,余者不留。"遂杀之。绍血溅帝衣服,帝亦堕于草中,众乱争扶,亡失六颗玉玺,急诏跟寻,无存。

---

① 眕(zhēn)。

于是石超奉帝车驾幸其营,帝饥馁甚,求食于下,超进水,左右进秋桃。时颖闻超得胜,杀败东海王越,乃自领众僚佐,迎帝入邺城,以酒食拜奉,改元建武元年。左右侍臣见帝龙服有血,请脱浣①之,帝流涕曰:"此忠臣嵇侍中之血,勿得浣也。"

颖既败越,执天子在邺,不与还宫。陈眕、上官已乃集残兵,回奉太子覃守洛阳。越自以残军还东海,孙惠谓越曰:"殿下今虽大败,尚可复振。"越曰:"用何计?"惠曰:"宜邀结藩镇,同奖王室,候再共举,可保无危。"越从之,以惠为记室参军。

王浚起兵讨司马颖

却说东海王越用孙惠计,遣人结党幽州都督王浚及其弟州刺史、东瀛公司马腾等,各起兵讨颖。二人得越檄,俱各募兵候应。先是齐王冏、成都王颖、河间王颙等募兵共讨赵王伦时,王浚拥众挟两端,所部士民不得赴三王招募,颖深恨之,欲图害不克。至是又诈称诏,征浚入邺来害之。浚已料知,乃遂遣人会鲜卑段务勿尘、乌桓、羯朱及并州刺史东瀛公腾,同起兵二十余万,前来讨颖。

却说颖在邺,人报王浚结遣乌丸国王及鲜卑段务勿尘等,起大军前来攻邺都,可紧急拒敌。颖急聚文武议事。时王戎上言曰:"对乌丸、鲜卑,不可轻敌,只宜求和。"颖问众谋士曰:"战与和,二者孰利?"石超曰:"王浚等无用之辈耳,何必求和!"戎曰:"将军错矣!吾观王浚任用贤才,更兼士广兵强。田坚、田许乃智谋之士,为之谋主。藩己、逢纪尽忠臣也,任其军事。贡良、宋丑勇冠三军,何以为无用之人也?"石超笑曰:"公知其一,未知其二。浚兵虽多,立法不整。田坚刚而犯上,田许贪而不治,藩己专而无谋,逢纪果而无用者,势不相容,必生内变。贡良、宋丑匹夫之勇,一战而可擒矣。其余碌碌等辈,纵有数百,何足道哉!是以知王浚无用矣。"戎默然。颖曰:"皆不出石君之所料耳!唤前后两营军官听令,差前将军刘伐、后将军田忠领兵五万,打吾旗号,出北以防王浚,当吩咐田忠不

---

① 浣(huàn)——洗。

可轻进。吾自引十万大军,出城拒敌,待我杀退,方勒兵来破王浚。"刘伐、田忠领兵去了。

却说颖领兵离都,两军隔八十里、各深沟高垒而守之。次日,颖遣石超领兵五万,去击王浚。超得令,领众即行。

八月,颖恨东安王繇前议令彼释甲请罪之仇,乃命左右执繇斩之。繇兄子琅邪王司马睿,沉敏有度量,现为左将军,与东海参军王导善。导识量清远,以朝廷多故,每劝睿令之①国。及繇被杀,时睿从帝在邺,恐祸及己,自将逃归。颖先敕关津,但有贵宦过者,无得放出。睿私逃至河阳,为津吏所止,从者宋典自后来,以鞭佯拂睿而笑曰:"舍长!官禁贵人,汝亦被拘耶?"吏被诈,以为果是庶民,听与去之。于是睿是宋典以计瞒守吏,得至洛阳,迎太妃夏侯氏归国去讫。张方勒兵复入京城,废皇太后羊氏并太子覃而自守之。

却说惠帝在邺城,以公府为宫室。一日,颖闻五部寇边,即入内伏地奏曰:"今朔方匈奴之外,五部数十余国不服王化,屡屡掳掠边境,杀害军民。今有刘渊者,乃匈奴冒顿②之后,汉朝之甥,现为冠军将军。有次子刘聪,骁勇绝人,博涉经史,又善属文,能拔三百斤弓,文武皆通,现为积弩将军。此父子二人,有万夫不当之勇,可封他为左贤王,令其总摄诸部,则五部不敢再犯矣。望陛下圣鉴。"帝从之。当群臣议曰:"不可。彼夷狄之人,人面兽心,见利则弃君亲,临财则亡仁义。投之遐远,犹惧外侵;处以封畿,窥我中原。昔幽后不纲,胡尘暗于戏水③;襄王失御,戎马④生于关洛⑤。至于示强弱,妙兵权,体兴衰,知利害,于我中华,未可量也。况元海乃人杰,必致青云之上;许以殊才,不居庸劣之下。今委之以兵,令之归国,若策马鸿骞,乘机豹变,非为我用,乃为我患也。以臣等鄙见,实为未可。"太弟颖曰:"现今东瀛公腾等二子为乱,况且朝廷兵衰将老,若不封增此人为敌,谁人能讨二子乎?"时帝曰:"卿从便而行,不必再议。既

---

① 之——去,往。
② 冒顿(mòdú)——汉初匈奴族一个单于的名字。
③ 戏水——出骊山鸿谷北。公元前771年,周幽王为犬戎所败,被杀于此。
④ 戎马——此指兵马、战争。
⑤ 关洛——指关中、洛阳一带。

如此，即以刘渊为左贤王，令其统领诸部。"言讫，颖谢恩。即宣刘渊至，封为左贤王，渊即谢恩出朝。群臣曰："乱天下者，此人也。"珠帘放下，文武退班。

匈奴元海称汉王

史说，前赵先号汉王，刘渊字元海，乃匈奴人。名犯高祖庙讳，故称其字焉。初，汉高祖以宗女为公主，以妻冒顿，约为兄弟，故其子孙遂冒姓刘。元海父名豹，为左贤王，然皆居于晋阳、汾、涧之滨。妻呼延氏，无嗣，乃备牲酒至龙门祈子。祝讫，俄而有一大鱼，顶有二角，轩①鬐朱须，跃鳞浮至祭所，久之乃去。巫觋②皆异之，皆贺曰："此乃嘉祥，必生贵子。"及回，其夜梦其所见之鱼，变为一人，左手把一物，大如半鸡子，光景非常，授与呼延氏，曰："此是日精，服之生贵子。"呼延氏服之，寤而告刘豹，豹曰："此乃吉征也。"果有孕，十三月，生元海，左手文有其名，遂以名焉。幼好学，尤好《左传》、《孙吴兵法》，略皆诵之；《史》、《汉》诸子，无不综览。尝谓同门生曰："吾每观书传，尝鄙随、陆③无武，绛、灌④无文。道由人弘，一物之不知者，固君子之所耻也。"于是遂学武事，妙绝于众。猿臂善射，膂力过人。仪伟，人皆敬之。

渊既为左贤王，聚集宗室饮宴，当从祖刘宣指刘渊谓众族人曰："自汉亡以来，我单于徒有虚号，无复尺土，自诸王侯，降同编户。今吾众虽衰，犹不减二万，奈何敛手受杀，奄⑤过百年！今左贤王英武超世，天不欲苟兴匈奴，必不虚生此人也。今司马氏骨肉相残，四海鼎沸，复呼韩邪之业，此其时也。"众昆侄曰："谨听约束。"于是刘宣乃相与谋推刘渊为大单于。宣又曰："今议已定，不能还国，其事若何？"班部中转出一人，姓呼延

---

① 轩——高。
② 觋（chān）——窥测，观测。
③ 随、陆——指汉初随何、陆贾，皆有辩才。
④ 绛、灌——汉初两个武将绛侯周勃和灌婴。
⑤ 奄——突然。

名攸,言如瓶泻,口若悬河,言曰:"某愿见皇太弟司马颖,以三寸不烂之舌,说其令大王归国,如何?"宣曰:"得君高论,说得还乡,大事济矣。论将安出?"攸遂近宣,附耳低言数句。宣大喜曰:"妙矣!"言讫,使攸来见皇太弟颖。颖正坐府堂,忽呼延攸至,拜讫,立在一边。其时正值王浚、东瀛公腾起兵攻颖,颖即遣将拒战,皆败而还。当攸将此为由,入说曰:"今闻王浚、东瀛公腾二子在外为乱,屡次与战不利。今左贤王祖在匈奴已故,今欲回国奔丧,命臣告知殿下,请为殿下还国,就说匈奴五部国王以兵来赴国难,同讨二子,则二竖之首,可指日而悬邺门也。不知殿下意思如何?"颖闻其说大悦,乃诺曰:"吾就拜他左贤王为北单于、参丞相军事。你可令他速去速回,不必面君,吾自奏知。"于是攸归告刘渊。渊次日辞颖,因说颖曰:"今二镇跋扈,恐非宿卫及近郡士众所能御也。臣请还国说五部来救国难,可克二贼。"颖曰:"吾欲奉乘舆还洛阳,传檄天下,以逆顺制之何如?"渊曰:"殿下武皇帝之子,有大勋于王室,恩威远著。王浚竖子,东瀛疏属,岂能与殿下争衡耶!但殿下一发邺宫,示弱于人,洛阳不可得至。虽至洛阳,威权不复在殿下也。愿抚勉士众,靖以镇之,渊为殿下以五部可讨二人也。"颖大悦,乃拜渊为北单于,参丞相军事。

因是渊辞颖,与攸召集宗人所部,即忙起行。至左国城,刘宣与众立渊为大单于,招军买马,积草聚粮。二旬之间,得胡晋之兵一十余万。当宣谓群臣曰:"昔汉有天下世长,恩结于民。吾汉氏之甥,约为兄弟,今兄亡弟绍①,不亦可乎?不如建号大汉,汝等道之何如?"群臣曰:"大善。"于是乃建国号曰汉,推左贤王为汉王,改元元熙元年。追尊汉安乐公为孝怀皇帝,设庙四时祭之。以右贤王刘宣为丞相,崔游为御史,阵元达为黄门,以族子刘曜为建武将军,招集军马,以候大举,不在话下。

河间奉帝还洛阳

却说石超以兵来击王浚,兵至平棘,正遇浚军。两下交战二十余合,后军忽然喊起,兵众各各逃溃。超急欲回马,一军抢近,前视之,乃东瀛公

---

① 绍——继承。

腾至。超见两下夹攻，心慌不敢恋战，乃冲出垓心①，退至邺城下屯住。

次日，王浚与腾合军追赶，赶至邺城，两下交兵大战。是日，石超领兵出阵，王浚以乌桓遣西土大人引兵出战，与石超相斗。斗一十余合，石超抵敌不住，拨开军器，走回本阵，被乌桓王见，亲领大兵，漫山塞野，泼乱杀来，杀得晋兵抛戈弃鼓，大败而逃。乌桓恐诈，乃收兵回营。是时，成都王颖见石超迎敌不住，慌走入城，令三军坚守城门，不与交战。即入见帝，同众文武商议，当司徒王戎曰："今建邺城不坚固，粮食又少，倘乌桓诸部围城，里无粮草，外无救兵，必被所困。不如乘此胡人未逼城下，走还洛阳，调天下之兵迎敌，方退得兵。"帝曰："其计大善。"于是令王妃人等各出宫门，与百官开城门，望洛阳而走。其时颖等与百官五千骑，保帝南奔。浚、腾暴至，众各惊慌而走，仓促无赀，只有中黄门布被囊中赍私钱三千，帝诏贷之，将于道中买饭，食以瓦盆。至温，而行至先武帝之陵，帝自下辇车，谒武帝陵。帝先因乱中，丧履赤足，乃纳从者之履着之，下拜先陵，流涕哭迷在地，百官扶起复行。

张方劫驾入长安

河间王颙闻晋王车驾还洛阳，聚众谋士商议，将到洛阳。李含进曰："昔晋文公纳周襄王，而诸侯影从。汉高帝为义帝缟素，而天下归正。近自天子蒙尘，将军首兴义兵，徒以河间扰乱，未遑②远赴。銮舆旋转，建都榛芜。诚因此时奉主上以从人望，大顺也；秉至公以服天下，大略也；迎其主入长安，以致英俊，大功也。四方虽有逆节，其何能为？若不早走，使英雄生心，后虽为虑，亦无及矣。"颙乃大喜，收军起程。忽仆射荀藩自外入来，颙便请问朝廷其事若何，藩曰："殿下兴义兵以除暴乱，入朝天子，辅翼王室，此五霸之功也。以下诸将人殊志异，未必服从。今留匡弼，事势不便，唯有移驾去长安。然朝廷播越，新还旧京，远近观望，冀得安生。今复移驾，不厌众心。夫行非常之事，乃有非常之功，愿算其多者行之。"颙

---

① 垓（gāi）心——战场的中心。

② 未遑——来不及。

执其手大笑曰："此孤之本志也。"又曰："王浚在北,大臣在朝,事节若何?"藩曰："易也。以书与浚,且安其心,大臣闻之,则曰:'洛阳无粮,欲车驾暂幸长安,转运粮食稍易,可无缺乏悬隔之忧。'大臣闻此,皆欣然也。"颙大喜曰："愿公早晚相从,有不可行者教之,自当拜谢。"颙意决,命张方率五千骑先去。临行嘱咐其计,方答曰："臣自能之。"于是方迎至帝前。帝问曰:"卿何来?"方奏曰:"臣奉河间王命,闻乌桓国王攻邺,使臣引兵五千,前来保驾,自随后引大兵来迎。"帝曰:"河间王是朕之亲,可为社稷之臣也。"言讫,保帝还洛阳宫。奔众复还,百官复集。

却说王浚与腾见颖劫帝走还洛阳,乃引众入邺,暴掠一空,复各回镇。时刘渊闻颖去邺,叹曰:"不用吾言,逆自奔溃,真无才也!然吾与之有言矣,不可不救。"因此渊欲发兵击鲜卑、乌桓。刘宣等谏曰:"晋人奴隶御我,今其骨肉相残,是天弃彼,而使我复呼韩邪之旧业。鲜卑、乌桓,我之气类,可以为援,奈何击之!"渊曰:"善!大丈夫当为汉高、魏武,呼韩邪何足效哉!"宣等稽首曰:"非所及也。"自是渊发兵救颖。

李雄自称成都王

却说李雄自杀败罗尚之后,威名日著。雄以范长生有名德,为蜀人所重,欲迎以为君,长生不肯受。其部将杨褒等推雄为成都王。雄乃约法七章,简刑爱民,于是蜀中望风降附,成都大治,百姓安堵①,国富兵强。雄既即大位,国号建兴元年。以世子李期为太子,以叔父李骧为太傅,以兄李始为太保,以李离为太尉,李国为太宰,杨褒为大将军。李国、李离二人有智,雄谋事必咨而行,然国、离事雄弥谨矣。自此蜀地悉被李雄所据。

十一月,张方先授颙迁都之计,来洛阳既久,剽掠百姓殆竭,军粮不敷,恐难住坐,乃集将士商议,劫驾回长安。将士皆从之。于是乃引兵入,因奏曰:"洛阳废弛已久,不可修葺,更兼转运粮米甚艰,臣料长安地面城郭宫室、钱粮民物足备,可以幸銮舆。臣排办已定,请陛下登辇。"群臣皆惧方之势,莫敢言不可者,即日驾起。方分拨军马,尽载百官迁都而行。

---

① 安堵——安定地生活。

帝不肯行，方命诸军以乘车入内，逼帝上车。帝垂泪从之，谓方曰："卿宜讨车载宫人、宝物同行。"于是诸兵因掳掠后宫宫人为妻，分争府库，割流苏、武帐为马帴①，魏、晋留积珍宝，扫地无遗。

张方以拥帝并皇太弟颖、豫章王炽等趋长安。驾至新安，天下大雪，寒冷之甚。帝身冻，忽堕于车下，伤了右足，众官急救登辇，不胜悲惨。来到灞上，以征西府为宫权歇。次日，入长安。河间王引文武百官出廓迎接。入城，以公府为朝堂，文武百官皆称贺。帝以河间王颙为录尚书事，以张方为司隶。自此大权尽归张方，自为行事。唯使仆射荀藩及司隶刘暾等，在洛阳为留台，承制行事。复称永安年号，复立羊后，号东西台。

河间王专执朝权

十二月，河间王颙自专朝政，奏帝以诏废太弟司马颖，更立豫章王炽为皇太弟。帝准奏，诏贬皇太弟颖还第，更立豫章王司马炽为皇太弟。初惠帝兄弟二十五人，时存者唯颖、炽及吴王晏。晏才庸下，而炽冲素好学，故颙立之，诏颖还第。帝乃以颙自都督中外诸军事，以东海司马越为太傅，与颙夹辅帝室。王戎参录朝政，王衍为左仆射，张方为参军录尚书事。又下令州郡蠲除②苛政，爱民务本，清通之后，当还东京。颙以四方乖离，祸乱不已，故下此诏和解之，冀获稍安，而越上表辞太傅不受。

却说汉王刘渊遣刘曜寇太原郡，取泫氏县，又遣乔晞寇西河，取介休邑。二将领命，俱各以兵一万，前去取二邑。时乔晞以兵攻破介休，执其介休令贾浑，晞招其降，浑不从，晞命斩之。见浑妾生得美貌，逼纳为室，其妻宗氏骂晞而哭，晞又杀之。汉王渊闻之大怒曰："彼乃忠臣，何如诛之？使天道有知，乔晞望其种乎！"遣人追还晞，降秩四等，命收浑等尸葬之。

---

① 帴(jiàn)——垫席。
② 蠲(juān)除——免除。

东海王檄讨张方

二年,四月,张方复废皇后羊氏。东海中尉刘洽,以张方劫迁车驾,复废皇后,心甚不平,因见东海王越曰:"张方劫迁车驾,二废皇后,罪恶弥天。休道先帝之灵不可,天下人神共怒,明公如何不檄天下讨之,以迎天子复回旧都,而坐视其逆耶!"越曰:"恨力不及,恐难讨之。"洽曰:"东平王楙①现督徐州,兵精粮足。若得徐州,可为大事。今有一人姓王名修,现为徐州长史,极能舌辩。明公召来,使其说东平王楙以徐州授明公,则大事成矣。"越从之。即使人召王修至,说与其事。修诺领命,即来说东平王楙:"东海王欲举义,檄山东之兵讨张方,迎天子还旧都。恨力不及,欲借大王徐州都督诸军,以率义山东,大王意下云何?"东平王曰:"彼既为国为民,吾安敢不从!"楙慨然从修之说,即使人请越至,以徐州授越,楙自为兖州刺史。于是越以司空领徐州都督,纠率义兵,欲起兵去讨张方。

史说,范阳王司马虓②字武会,少好学驰誉,研考经史,言论清新,官拜散骑常侍。闻知惠帝被河间王颙令张方劫驾迁都长安,心甚不忿。长史冯嵩知其意,恩谓虓曰:"今河间王司马颙使张方劫帝入长安,废成都王颖,久必篡逆。殿下若肯与令兄平昌公起义兵,保驾还洛阳,其功可比周公,勋业必成。"虓曰:"吾在宗室之末,眼前无有可为者。"嵩曰:"东海王司马越有英雄之志,可为命世之英。不如推东海王为盟主,聚义起兵。大事可成。"虓曰:"君言正应我心。"于是范阳王虓使人会东海王越议起义之事。越欣然从之,引兵而至。次日,虓大排筵会,平昌公马模、长史冯嵩等,刑白马祭天地,歃血而盟,推东海王越为盟主,扯起招军旗。不旬日,得兵二万人,出屯西河,商议进兵。当冯嵩言曰:"今我聚义之兵,乌合之众,难以出战。今见豫州刺史刘乔部下多有精兵,可使人持节招其来降,同起义兵,方可得安。"越曰:"然。"于是使人持节,来招刘乔。刘乔不

---

① 楙(mào)。

② 虓(xiāo)。

受节度，返又起兵来并。使人见刘乔起兵，急忙回报东海王越。越拜虓为都督河北诸军事、骠骑大将军、领豫州刺史，令其引兵讨乔。

却说成都王颖既废，河北人多怜之，其故将公师藩等，因而自称为将军，起兵赵、魏，众至数万人。

初，上党武乡羯人石勒，有胆力，善骑射。并州大饥，东瀛公腾执诸胡于山东，卖充军实。勒亦被掠，卖为茌平人师欢为奴，欢奇其壮貌而免之。勒乃与牧师汲桑结壮士为群盗。及闻藩起，桑与勒帅数百骑赴之。桑始命勒以石为姓，以勒为名矣。藩既得桑、勒为副将，攻陷州郡县堡坞，无敢迎敌，又来攻邺城。东海王越与范阳王虓使部将苟晞，领二万军去击藩。藩闻苟晞来，大惧，更又兵皆溃去，于是藩不敢交锋，领其众走之。晞以军还，东海王越大会诸将，期日兴师。是日，诸将士皆集，筵罢，越调拨诸将，乃留琅邪王睿为平东将军，监徐州军事，守下邳。睿领命曰："请参军王导为司马，与吾同理军事。"越从与之，自率甲兵三万，西屯萧县，使范阳王虓自许屯于荥阳。时越承制，使人以豫州刺史刘乔为冀州刺史，使虓领豫州。刘乔以虓非天子命，亦不肯发兵。虓闻细作回报刘乔以兵拒命，虓大怒，即忙整点军马，大驱前进。

初，虓以刘琨为司马，越以刘藩为淮北护军，刘舆为颍川太守。刘乔闻舆兄弟党越为逆，心甚恨之，于是遣人封上见帝，道刘舆兄弟罪恶于尚书省。乃令其子刘佑，以兵二万人，屯于灵璧县以拒虓，自引兵夹攻许城以讨舆。分拨已定，各以兵行。

却说东平王楙在兖州，征求不已，郡县百姓不堪命。虓闻知，遣苟晞还兖州，徙楙于青州。晞领命来兖州，白之于虓，虓不受命，曰："吾以徐州授东海，方成大事。今日负吾，又欲易之，彼何不足耶！若要易，除以徐州还我，方让兖州！"晞见不肯，乃还之。因此楙阴使人结刘乔，合兵攻虓。时楙闻知山东兵起，心中大惧，即入朝上表奏帝曰："山东大乱，百姓不安。望陛下诏复成都王颖都督河北诸军事，以镇于邺，可保山东。"帝从之。遣人持诏往邺，以颖都督河北诸军事。颖得诏，复集旧将士，镇于邺城。楙已知越、虓起军，无计可施，乃奏帝以诏往山东，命越、虓等各以兵就国，毋许为乱。越、虓等不从。会刘乔封上事，称刘舆兄弟协虓造逆。

棥即入内,奏过惠帝,诏其令镇南将军刘弘、征东将军刘准起兵,与乔戮力①,先讨刘舆。又以张方为都督,率兵五万共会许昌,诛舆兄弟。又遣人持书,使成都王颖与石超等,以众据河桥,为刘乔继援。

却说刘弘既得诏,使人遗乔及越书,使解纷释兵,各还归镇,同奖王室,乔、越皆不听。弘乃遣使入朝上表曰:

> 顷自兵戈纷乱,构于群王,翩其反而,互为戎首。载籍以来,骨肉之祸,未有如今者也!万一四夷乘虚为变,此亦猛虎交斗自效于卞庄②者也。谓宜速诏越等,令两释猜疑,各保分局。自今有擅兴兵马者,天下共伐之,以此为示,谁敢勿从也。

帝览表犹豫。颙方拒关,东倚刘乔为助,故不纳,奏帝曰:"陛下先曾有诏,令越、虓各就国,尚且未听,今诏彼岂肯从,不若讨之。"帝从其奏。

却说刘乔闻朝廷遣张方以兵助己,乃集诸将士商议进兵,长史刘荣曰:"张方大兵,计日将至许昌。今刘舆兄弟与范阳王在许昌五十里外下营拒方。彼谓我孤军坚壁,无敢出境,料其必无准备。此去不远,使君亲持甲卒五千,星夜抄小路驰去攻许,指期得矣。彼既失穴,安能恋战?必走回镇。张方激于前,使君攻其后,不独得许,而虓亦可为擒矣!"乔大善其计,即引五千甲卒,漏夜至许昌,果无务。乔乘虚袭许,破之,分军定成。使人打书回报。张方人军将至虓营,因此乔以四千甲卒,挟攻虓营。虓闻许都城陷,更又张方兵至,腹背受敌,恐难拒战,乃与刘舆兄弟领兵俱奔河北。张方见虓等走,亦不追之,乃引众入屯许昌,令刘乔还豫。张方出军无律,群下残掠百姓,民不堪命,众心俱离,不乐其屯。时刘弘见张方残暴,知颖等必败,乃帅诸军受越节度,不听方命。

十一月,将军周权矫诏立羊后,于是颙矫诏敕留台赐后死。司隶校尉刘暾上奏,固执得免。颙恨之,欲收暾。暾奔青州去讫,被颙将周权追及诛之。

---

① 戮(lù)力——合力。
② 卞庄——卞庄子,鲁大夫,以勇著名。

司马虓击斩石超

十二月,颖以兵据洛阳。时范阳王虓与刘琨等走至冀州,无处安身。刘琨曰:"冀州刺史温羡与某有半面之交,吾请命入说其人,以冀州让与殿下,权且屯扎,以候再举。"虓曰:"卿去宜紧慢说之,如不从,可速还,别作一计。"于是琨即入冀州,拜见温羡。羡见其来,握手欢若平生,胜如至亲,以酒相待。半酣,问琨何来。琨以实对,说:"范阳王虓兴义兵,欲清朝野,共讨张方。被刘乔乘虚攻陷许昌,无处安身,今避至此。范阳王意请足下一同举义,故使某入拜,未审尊意何如?"羡曰:"张方劫驾,暴掠百姓,孰不思醢其肉,何况范阳王乎?吾欲讨久矣,恨力不及。既范阳王至,吾让此州,共讨跋扈,卿出去请进。"

于是琨出邀虓入冀州,刺史温羡让位与虓,同发兵。又使刘琨结连王浚,命浚领兵击成都王颖,取洛阳,迎回车驾。刘琨即以书见浚,浚即发兵济河,至荥阳。颖使石超引兵三万拒迎。是日,石超与浚交锋,战上十余合,超兵大败,浚挥军一击,杀得超兵尸横遍野,血滚如流。超势穷而入一山寨,被浚追及斩之,以军进逼洛阳。东海王越闻王浚击石超,乃以二万军进击刘佑。时佑在谯县屯扎无备,被越军驰至,佑惊溃,被越执而杀之。刘乔闻知其子佑被杀,引残兵逃走。东海王越引军进屯阳武,王浚遣别将祁弘将三万兵助越,自以众攻洛阳。

陶侃为将讨陈敏

却说陈敏初以兵讨克石冰,自谓勇略无敌,遂据历阳以叛。吴王常侍甘卓,弃官归养。敏闻卓有一女,未许他人,乃使人为媒说之,娶卓女与子陈景为妻。卓许以与成亲。于是敏谋使卓假称皇太弟令,拜敏为扬州刺史。敏乘此发兵,使钱端以兵南略江州,使弟陈斌东略诸郡,遂据江东。以顾荣为右将军,以贺循为丹阳内史,周玘为安封太守,豪杰名士,咸加收礼。循佯狂得免,周玘称疾不来。敏疑诸名士不为己用,欲尽诛之。顾荣曰："将军神武不世，若能信任君子，散芥蒂之怀，塞谗诌之口，则上方数州，传檄而定。不然，终不济也！"敏乃止。敏既谋叛，朝廷闻知，河间王颙以张光为顺阳太守，命其率步骑三万，前来讨敏，军马即日起行。

刘弘亦知陈敏造反，谓江夏太守陶侃曰："今陈敏大逆，使钱端寇掠本境，众心未附，卿宜乘此时击之，不然养成大祸。"陶侃然之，乃引兵五万出屯河口。弘又使南平太守应詹督水军二万以继之。陶侃与陈敏同郡，又同岁，左右谓刘弘曰："今日明公以陶侃为将讨敏，然侃与敏同乡，侃设有异志，则荆州无东门矣。"弘曰："侃之忠能，吾得之已久，必无是也。"早有人报侃，侃遣其子陶洪为执①以自固，弘引为参军，资而遣还，曰："匹夫之交，尚不负心，况大丈夫乎！"侃见洪还，问之。洪以弘语俱白与侃，侃大悦，无生异心。陈敏闻侃以军来，乃遣陈恢引兵二万寇武昌，侃已知。时侃皆是步骑，无有战船，忽运粮船至，侃即以运粮船为战船。左右以为不可，侃曰："用官船击官贼，何为不可！"言讫，领步骑尽上运船，与恢交战。侃身先矢石，士卒争锋，于是大胜。恢兵大败，死者不计其数，被侃追杀，恢等乘船而走。侃即以军前来会张光。光初合兵屯于长岐，时钱端兵至，张光以军出迎，两下交战十数合，钱端败走，其众尽降于光。于是张光率众还顺阳，侃亦还江夏，使人报知刘弘。左右或说弘曰："张光乃司马颙腹心，明公今既与东海合义，宜斩张光以明向背也。"弘曰："公辅得失，岂张光之罪！危人自安，君子弗为也。"乃遣人上表，称张光杀破钱端之勋，乞加迁擢。

司马颙谋杀张方

光熙元年（汉元熙三年，成晏平元年），却说东海王越初起兵时，使人说司马颙，令奉帝还洛阳，约与分陕为伯，即便回兵。颙欲从之，张方自思罪重，恐为诛首，乃谓颙曰："今大王据形胜之地，国富兵强，奉天子以号令，谁敢不从，奈何拱手受制于人！"颙乃止。及闻刘乔败，颙心下大惧，欲罢兵，恐方不从，乃密召方帐下督郅辅至，诱之曰："东海王等起兵之

---

① 执——同"质"，人质。

故，非我之过，乃恨张方劫帝来长安，并废皇后、太子之罪，故来讨也。今山东军盛，难以抵敌。今东海王使人入朝上奏道，杀张方，奉驾还洛阳，即罢兵。今圣上有密诏在此，有能诛张方之首，解得山东之兵者，封万户侯。我故召卿议之，杀方非卿不可也。"郅辅曰："既圣上有诏，吾即斩之，送首前去与东海王，说其解兵。"颙曰："卿若斩得张方，退得此兵，吾保奏汝为万户侯。"郅辅从之，领其谋回。至夜，引心腹五十余人入宫中，将张方杀之，取其首级，漏夜送与东海王越，请和罢兵。越不肯，遣祁弘等领军兵西迎车驾，弘引兵去讫。

却说王浚与宋胄等攻洛阳，成都王颖见石超死了，去其右臂，不敢出战，乃点卫兵开西门，走奔长安，胄等入城屯扎。

李毅女秀破五夷

三月，宁州刺史李毅病，五苓夷以兵围宁州，夷兵强盛，莫敢出敌，李毅疾笃①。毅生有一女，名李秀娘；一子李钊，年幼。秀娘亦通韬略，有父风。毅唤女秀娘入卧前，嘱曰："今五苓夷大逆，无人出敌，汝弟年幼，眼见得吾命死在旦夕。吾死，汝共保家属走回郪②城。"秀娘曰："大人宽心养病，吾自差人坚壁守城，候其稍息，吾亲出击之。"言未尽，毅点头气绝身死。秀娘大哭，使人收敛，停柩于公厅，涓曰③葬之。丧事毕，诸将士推秀娘领州事，秀娘奖励战士，婴④城固守。时五苓夷攻城紧急，城中粮尽，秀娘令炙鼠拔草而食之。五苓夷闻李毅死了，不以为意，因大会酋长，赏劳兵卒。众因大醉。秀娘在城上见其稍息，乃即自披挂，引军大开城门掩击。五苓夷皆醉，莫能拒战，大败溃散，被秀娘驱军赶杀，杀得五苓夷片甲不回，只留其主及百余骑而逃远去。于是秀娘自领守州。

---

① 疾笃（dǔ）——病危。
② 郪（qī）。
③ 涓曰——过了几天。
④ 婴——绕。

祁弘奉驾还洛阳

四月,颙闻祁弘以兵来攻长安,遣将林成以兵五万出迎。兵至湘西,与弘军相接,两下各自立住阵脚。弘执大刀出阵,大骂:"河间王谋劫圣驾,专政害民。火速献其首级,免吾动手。半声不允,玉石俱焚!"成亦大骂:"祁弘逆贼,国家有何负汝,助越谋反!"持枪便刺。弘以刀便接,两下斗上二十余合,成气力不加,跑马走回本阵,被弘挥军一掩,杀死成众大半。祁弘以军乘势遂西入关。

时颙闻知林成大败,自以兵三万前来接应。兵至霸水,会弘军亦至。两下各自安营下寨。次日,颙亲自披挂与弘交锋,战不十合,颙兵大败,被弘驱军一掩,杀得颙兵十亡其九。颙见弘军势大,更兼鲜卑军又至,不敢归长安,乃单骑逃入太白山。

于是祁弘以众入长安,所部鲜卑大掠,杀长安三万余人,百官奔散,入山中拾橡实食之。弘等入内奏曰:"臣等奉东海王命,引兵至此,迎请陛下车驾还洛阳旧都。"帝曰:"游子思故乡,朕欲还洛久矣。卿等既来保朕,目下即行。"于是惠帝诏集百官,文武皆起行。山径又狭,不堪车驾,帝乃乘牛车而行,百官步走,跋涉艰难。当东海王越引群臣左道拜迎,帝车驾入洛阳,还宫,命王虓葺①宫室殿宇,复太庙社稷占省。六月,立皇后羊氏,以东海王越为太傅、录尚书事;以范阳王虓为司空,命其镇邺城。帝辄与群臣论众务,考经籍。

晋室悠悠百二秋,何事干戈战未休?
只因骨肉相残害,致使胡人窃位羞。

却说李雄占据益州,国富兵强,群臣劝进大位。于是雄即帝位,国号大成,追尊父李特曰景皇帝。时范长生至成都,雄感前恩,门迎执板入内,拜为丞相,尊之曰范贤。至是以为天地太师。时诸将恃恩,互争班位。尚书令阎式请考汉晋故事,立百官制度,雄从之。

---

① 葺(qì)——修理房屋。

司马越执权秉政

自此关中皆服于越,河间王颙保长安而已。东海王越既为太傅,以颍川人庾恺为军咨祭酒,以泰山人胡毋辅之为从事中郎,以河南郭象为太傅主簿,以陈留人阮修为行军参军,以阳夏人谢鲲为掾。数人皆尚虚玄,不以世务摄其心,清言放诞。越以其名重,故辟①之。

八月,荆州都督新城刘弘卒。时天下大乱,弘专督江汉,威行南服。事成,则曰某人之功;如败,则曰老夫之罪。每有兴废,手书守相,叮咛款密,人皆感悦,争赴之。咸曰:"得刘公一纸书,贤为十部从事也。"辛冉说弘以纵横之事,弘怒斩之。至是卒,谥曰元。

太弟司马炽登位

九月,却说初,祁弘人关,成都王颖自武关奔新野。会刘弘卒,司马郭劢②作乱,欲奉颖为主,不克被诛。颖遂北济河,收故将士,欲赴公师藩,被顿丘太守冯嵩引兵围之,执而使人送入邺,范阳王虓将颖幽之。其故将公师藩欲以兵来救,虓将苟晞领军出袭破之。藩众大溃,只得以残骑交锋,战未三合,藩被苟晞斩之,余众尽降,晞分军戍镇,自以兵还邺。

时范阳王虓已病卒,长史刘舆以颖素为邺人所附,恐其有变,伪称诏,以药酒赐颖死。颖官属闻知,皆先逃散。唯卢志不去,至是颖饮药酒而死,志流涕哭泣,收而殡之。太傅越闻虓先卒,颖亦死,心中大悦,乃使人召卢志为军咨祭酒,志赴领职。又将召刘舆,左右曰:"舆犹腻③也,近则污人。"越虽不听,使人召至,而疏未用之。舆密视天下兵簿及仓库、牛马、器械、水陆之形,皆默识之。每越会僚佐同议是事,舆应机辩划,无不

---

① 辟(bì)——帝王召见并授予官职。
② 劢(mài)。
③ 腻——积污,污垢。

符合于理。于是越倾膝酬接,即以为左长史,军国之务,悉以委之。

十一月,太傅越意在立炽,而帝尚在,乃金赂帝左右,以毒置饼中而上,惠帝食之,中毒而崩。时年四十八岁,在位十七年。百官举哀发丧,葬于太阳陵。

却说惠帝先为太子时,朝廷咸知帝不堪政事,武帝亦自疑焉,悉召东宫官属,使以尚书事,令太子决之,帝不能对。贾妃遣左右代对,令多引古书。给事张泓曰:"太子所学,圣上所知。臣代对,宜事断,不可引书也。"妃从之。泓代对以草令,帝书之,上与武帝,武帝览之大悦,太子遂安。及居大位,政出群下,纲纪大坏,货赂公行,忠贤路绝,谗谀得志,更相荐举,天下谓之"互市"焉。

却说惠帝既崩,羊后自以于太弟炽为嫂,恐不得为太后,将立清河王覃。侍中华琨露板①驰告太傅越,越即入宫集百官,即使人请太弟炽入宫即位。炽固辞不受道:"清河王覃,本太子也,可宜立之,孤不敢当。"当典令修肃曰:"太子幼冲多疾,不堪摄政。令殿下固辞,必欲立之,若立,政出臣下,倘有异乱,殿下何安?不如因文武之心受之,则祖宗之祚可保万年矣!"炽方诺曰:"卿乃吾之宋昌也。"乃即出,与太傅越入宫,即皇帝大位,改元永嘉。岁在丁卯。尊羊后为惠皇后,居弘训宫;立妃梁氏为皇后;越复为太傅,总摄朝政。按《鉴》,晋孝怀皇帝名炽,字丰度,武帝二十五子,惠帝立为太弟。因东海王司马越立之,在位六年。为汉将执归杀之,寿三十,谥怀。帝既立位,始遵旧制,于东堂听政。每至宴会,辄与群臣论众务,考经籍。黄门侍郎傅宣叹曰:"今日复见武帝之世矣!"

五马渡江一化龙

东海王越既复为太傅,总摄朝政,恐诸王在内有异,复以司马睿为琅邪王,以司马羕为西阳王,以司马佑为汝南王,以司马宗为南顿王,以司马纮为彭城王,诏各就国。于是五王不敢停留,各领家眷,同舟渡江之国去讫。越又恐河间王颙在外为乱,奏帝诏征颙为司徒,颙就征。南阳王司马

---

① 板——古时官府文件、记录都记在板上。

模闻征颙至，时模在许昌，闻朝廷征颙为司徒，恐颙再预政，不利于己，即遣将梁臣以千人半路邀杀之。时朝廷已知颙被模杀，以颙罪重，故不责模。

时越大会谋臣，计议北藩之事，当长史刘舆曰："东燕王腾守并地，今北州饥馑，人民离散，更兼胡寇连年入掠，深为可忧。明公欲为静天下之计，宜令一能将替镇之，不然并州非复国家之有。"越曰："谁人可去镇之？"舆曰："刘琨智勇双全，使之就镇，可寄北面之重。"于是越即遣人使刘琨镇并州，以为北面之重。而进东燕王腾为新蔡王镇邺。琨至上党，腾即自井陉东下。时并州饥馑，数为胡寇所侵掠。吏民万余人，悉随腾就谷冀州，号为"乞活"。所余户不满二万，寇贼纵横，道路既塞。琨募兵上党，得五百人，战斗而前。至晋阳，府寺焚毁，邑野萧条。琨抚循劳徕①，流民稍集，并州稍安。

顾荣周玘杀陈敏

孝怀皇帝永嘉元年二月，初，玄县县令刘柏根反，王浚以兵讨斩之。其长史王弥遂为群盗，集众来寇青、徐，杀东莱太守，劫掠府库一空。

却说陈敏刑政无章，子弟凶暴，顾荣、周玘等忧之。庐江内史华谭亦以陈敏为忧，遣人持书与友人顾荣等，其书曰：

陈敏盗据吴、会，命危朝露。今皇舆东返，俊彦盈朝，将举六师以清建业，诸贤何颜复见中州之士耶！

顾荣素有图敏之心，及见其书甚惭，乃密遣人报征东将军刘准，使发兵临江，愿为内应，乃剪发为信。

刘准得其信息，即遣扬州刺史刘机等起军二万，前来讨敏。敏大忧，问荣，荣曰："可遣明公弟陈昶②将兵屯乌江，陈宏将兵屯牛渚而拒之。"敏从之，分兵与二弟去了。兵及行，周玘密嘱昶、司马钱广曰："今立新君，贤俊满朝，故遣刘机来讨陈敏，而敏刑政无律，不久必败。若败，吾与君等

---

① 抚循劳徕——安抚、劝勉。
② 昶（chǎng）。

皆陷。不若杀邪归正，免自取臭于万年。今日敏以君与其弟昶将兵屯乌江，君可乘此杀昶，勒兵还来攻敏，共图归正。"广曰："吾亦有心，恨力未备。今既如此，吾即谨领号令。"于是钱广即出，与陈昶将兵起行，至夜安营，广使左右将昶杀之，因勒兵朱雀桥东屯扎。敏闻广杀其弟，即遣甘卓以兵三千讨钱广。

时顾荣与陈宏将兵去牛渚，虑敏疑之，故即还见敏说："钱广大逆之事，宜讨之。"敏曰："卿当四出镇卫，岂得就我耶！"荣乃出，密来与周玘说甘卓曰："敏即常才，政令反复，其败必矣。而吾等安然受其官禄，事败之日，使江西诸军函首送洛阳，题曰'逆贼顾荣、甘卓之首'，此万世之辱也！不若早决。"卓曰："君言必欲诛敏，正合我心。"于是卓称疾不行，使人迎女回家，断桥，收船南岸，与周玘、顾荣、幻瞻等共攻陈敏。敏闻荣、玘、卓、瞻等变乱，即自率一万五千人来讨卓等。卓使军人隔水语众将士曰："本所以戮力陈公，正以顾丹阳、周安丰。今皆异矣，汝等何为！"敏众狐疑未决，荣以白羽扇麾之曰："陈敏反背，朝廷大怒，故使刘机讨之。旦日，大军继到。我等亦奉密诏诛敏。汝等何如不去，自取灭族之患哉！"言讫，众皆溃去。敏见众离，单骑而走，被荣等驱兵追执斩之，夷其三族，使人传首京师。怀帝大悦，乃诏顾荣为侍中，纪瞻为尚书郎。太傅越辟周玘为参军。荣等至徐州，闻北方愈乱，乃逃归。

却说怀帝诏立清河王覃弟司马诠为太子，使居东宫。时怀帝亲览大政，留心庶事。太傅越不悦，奏帝固求出藩去镇许昌。帝从之。越即出许昌，诏以南阳王模都督秦、雍军事。

琅邪王收用贤俊

七月，怀帝遣诏以琅邪王司马睿为安东将军、都督扬州诸军事，令其镇建业。睿受诏镇建业，以安东司马王导为谋主，令其招纳俊杰，延揽英雄，委以腹心，政事谋之。睿名论素轻，吴人不附，居久之，士大夫莫有至者,甚患之。其时乃三月上巳,皆当祭祓①鬼神主,睿自出观禊②,导见之曰:"今殿下招贤纳士,皆不肯至,臣有一策:殿下自坐乘舆,多具威仪,部从与导骏骑并从而行,则吴士观之,道殿下爱士,则吴中豪杰皆来恐后矣。"睿从之。出祭回来,果有高士顾荣、贺循等见之惊异,谓众说睿礼贤,乃相率拜于道左迎之,扶而送之。导急下马,因与睿曰:"古之王者,莫不宾礼故老,存问风俗,虚己倾心,以招俊乂。况天下丧乱,九州分裂,大业之兴,急于得人,始此数人,皆吴人之所望,宜引之以结人心。二子若至,则士无不来至。"睿大悦归府,乃使人造请顾荣、贺循二人,二人皆应命而至,睿拜贺循为吴国内史,顾荣为军师兼散骑常侍,凡军府政事,皆与谋之。又以纪瞻为三军祭酒,卞壶为从事。导又说琅邪王曰:"谦可以接士,俭可以富国,宜以清静为政,抚绥新旧,则天下归心焉。"睿纳之,故江东百姓归心附之。睿颇好酒废事,导以为言,睿遂命将酒瓿覆之,于是绝不饮酒。

史说,琅邪王司马睿字景文,宣帝曾孙,琅邪恭王司马觐之子也。生于洛阳,有神光之异,一室尽明。及长,白毫生于目角之上,隆准③龙颜,目有精曜,顾盼炜如也。年十五,位琅邪王。幼有令誉,侍中嵇绍谓人曰:"琅邪王毛骨非常,殆非人臣之相也。"后果为晋帝。

五月,先公师藩既死,其党汲桑逃还苑中,聚众声言为成都王报仇。以石勒为前驱先锋,所向辄克,遂进攻邺城。时邺中空竭,而新蔡王腾资用甚饶,性吝啬,无所赈惠,临急,乃赐将士米各数升,帛各丈尺,以是人不为用。因是桑等遂攻入邺,杀腾烧宫,大掠而去,南击兖州。越闻腾被杀,乃遣将军苟晞,以军三万去讨。晞军行数日到兖,与桑交战五十余合,胜负未分,自此相持数月,大小二十余战,互有胜负,亦各安营相持。

---

① 祭祓(fú)——古时一种迷信习俗。
② 禊(xì)——古代于春秋两季在水边举行的一种祭礼。
③ 隆准——高额。

苟晞火攻汲桑众

却说苟晞与汲桑相持数月，互各胜负。苟晞心甚大忧，夙夜无寐，思生一计，谓诸将佐曰："贼人与我相持日久，今分八垒，依林避暑，其意怠也。汝等亦宜分做八队，至夜各持火炬烧林而攻之，则贼可破也。"众然之。是夜风清月朗，各分队伍。二更时分，晞以火炬至其营垒放之，须臾火起，八垒皆灼，如同白日。汲桑之众急起，无有斗志，俱各乱窜奔走。苟晞驱军追击，杀得汲桑之众十去其九，尸积肉山，血染红土。汲桑单骑奔马牧，为众所杀。石勒走奔乐平去讫。

自是苟晞威名大振，朝廷诏加苟晞都督青、兖诸军事。晞屡破强寇，雄名甚盛，善治繁剧，用法严峻。其从母依之，奉养甚厚，其子求为将，晞不许，曰："吾不以王法贷人，将无后悔耶！"固求之，乃以其子为督护。后犯法，晞杖节斩之。从母扣头救之，不听。既而素服哭之曰："杀卿者，兖州刺史也；哭弟者，苟道将也。"因此人皆怕犯其法，各效忠心，为之用也。

时胡部大人张匐①督等，拥众壁②于上党郡，石勒既走乐平，无处投奔，乃往见张匐督，请降汉。张匐督从其说，即引勒去见汉王刘渊。渊奇其壮貌，以勒为辅汉将军、平晋王。勒大悦，志得行焉。

十一月，帝以王衍为司徒。衍既为司徒，乃思自全之计，因说太傅司马越曰："朝廷危乱，当赖方伯，宜得文武兼资以任之。今王澄、王敦二人，智勇俱备，明公何不委之二方，可保国家、明公后安也。"越从之，以王衍弟王澄为荆州都督，以王衍族弟王敦为青州刺史。二人领职临行，王衍语之曰："荆州有江、汉之固，青州有负海之险。卿二人在外，而吾居中，足以为三窟矣。若其有不测，可以为救耳。"二弟然之而去。王澄至镇，日夜纵酒，不理庶务，虽寇戍交警，不以为怀，民甚忧之。

史说，王衍字夷甫，乃王戎之从弟也。衍生得神清目秀，丰姿端雅。尝造山涛，涛嗟叹良久。既去，目而送之曰："何物老妪，生此宁馨儿！然

---

① 匐(bèi)。
② 壁——驻军。

误苍生者,未必非此人也。"武帝时闻其名,问戎曰:"夷甫当世谁比?"戎曰:"未见其比,当从古人中求之耳!"帝因是以为元城令,后入为黄门侍郎。至此太傅越秉政,以为司徒焉。

却说太傅越初与苟晞亲善,引晞升堂,结为兄弟。至是晞威名日盛,司马潘滔说越曰:"兖州冲要,魏武以创业。晞有大志,非纯臣也。若迁之于青州,明公自牧兖州,经纬诸夏,藩卫本朝,此所谓为之未乱者也。"越以为然,乃自领兖州牧,改为苟晞为征东大将军、青州刺史。晞虽受诏去青州,而心不悦,由是越、晞有隙。晞至青州,以严刻立威,日行斩戮,州人谓之"屠伯"。

却说王弥及其党刘灵,因乱招集亡众,劫掠青、徐,众弱不能自立,恐藩众来攻,乃引其众俱降于汉。刘渊以二人为左右将军。而刘灵少贫贱,力制奔牛,走及奔马,时人虽异之,莫能举也。灵抚膺叹曰:"天乎!何当乱也。"及公师藩起,灵亦起,自称为将军,寇掠赵、魏,与王弥俱降汉。刘渊复以为将,亦命寇赵、魏。

石勒以兵下赵魏

戊辰,二年,正月朔,日食。汉王渊遣辅汉将军石勒领兵五万下赵、魏。幽州都督王浚心甚忧之,朝廷亦知,遣使诏王浚讨之。王浚既受诏,恐力不及,即忙使人往朔方穆帝处借兵同讨。当穆帝得浚书,与诸部大人商议,回书与使人还,随即点兵起行,亦至赵郡。王浚闻朔方兵至,即忙发军,亦至赵地。次日间,忽见尘头蔽日,军马漫山塞野而来。浚视之,乃五原穆帝之兵。浚大喜,直至中军,下道拜迎。穆帝亦下马答之。浚说前日乞师之事,帝曰:"君休烦恼,吾兄弟代你雪耻。"言讫,下令安营,以酒相待。穆帝言曰:"吾托将军为前部,吾自引大兵至后应。"浚曰:"谨听尊命。"言讫,即辞出,收拾军马,迤逦前行。

却说石勒军至上党,忽听得狼烟炮响,阵后喊起,使高贡探之。北军杀到,当先一将,豹头环眼,燕额虎须,乃朔方西乡人也,姓许名诸,持刀杀来。高贡战不利,退入阵内。北将冲入阵来,呼延攸大怒,来斗许诸。正斗之间,阵外喊声起,大军来到。攸倒拖画戟,引军东走,北军两下杀来,人困马乏。又一彪军来当头拦路,乃王浚也,横刀跃马,截住去路。攸与浚交锋,背后张目赶上,攸冲开走路,慌忙奔走。石勒引军接至,走入上党城中。王浚与穆帝直追至城下,高叫石勒打话。勒令坚壁四门,自上城头。王浚在马上以鞭指勒,勒以手答之。浚曰:"近闻卿降汉掠赵,故领兵至此。若能倒戈投降,共扶晋室,不失封侯之爵,若复愚迷不省,打破城池,玉石俱焚,悔之晚矣!"勒曰:"汝且暂退,尚容商议。"穆帝曰:"限汝三日,不降,以兵攻城。"言讫,退兵下寨。当石勒亦退归内,与呼延攸、高贡等议曰:"不如乘其下寨未定,冲出走回至国城去。若在此,里无粮草,外无救兵,必被所擒耳!"攸等曰:"即今日便行。"石勒曰:"今日乃凶神之日,不可出城,待来日戌亥之时,可以上马,领兵开西门走。"计议已定,各各准备走路。次日传令,约束行李、器械。至夜,令呼延攸为前部,自领后军,开西门大喊杀出。呼延攸当先,听得一声鼓响,一将当先,拦住去路,大叫:"休要走了石勒!"攸视之,乃许诸。攸与战十数合,乃冲开血路而逃。石勒亦领后兵杀出,遇许诸拦路,无心恋战,冲路而走。许诸乃引兵赶杀。石勒引兵赶着王弥,一处同走,又遇王浚,杀一阵,冲开血路,奔走回国去讫。王浚、穆帝见勒兵去远,亦不追赶,鸣金收军,各自安营。次日,王浚以牛酒犒劳代兵,以金帛拜谢穆帝,穆帝乃引兵还国去讫。王浚亦收军还镇。

三月,太傅越奏怀帝废清河王覃,帝不敢阻,群臣无不嗟咨。

王弥集兵寇洛阳

五月,汉王刘渊闻勒、弥败回,复遣王弥引兵二万寇洛阳。王弥得令,收集亡散,兵复大振。分遣诸将,攻陷郡县,遂入许昌屯扎。

却说凉州刺史张轨,乃安定乌氏人,汉赵王张耳十七世孙。闻汉王遣王弥入寇洛阳,乃使督护北宫纯将三万人,入卫京师。时王弥入轘①辕关,与北宫纯军会战于伊水。北宫纯败走,王弥引兵遂至洛阳,怀帝大惊,急聚文武商议。群臣皆曰:"宜司徒亲督诸军,可退弥兵。"于是怀帝以王

---

① 轘(huàn)。

衍为都督,督诸军出战。时王衍即出殿点集三军,未及出城,王弥军马攻城,放火烧建春门。北宫纯自伊水一败,乃募勇士五百人,继后突杀王弥后阵。城中王衍望见弥后军自乱,亦引军使左卫将军王秉为前锋,杀出城来。两下夹攻,弥兵大败,望风远窜。王秉以军追至七里涧,又杀一阵,弥兵无心恋战,大败而走,奔归平阳,不敢归国。北宫纯亦引兵还洛阳。汉王渊闻弥败羞不敢归。渊使侍中郊迎,令曰:"胜败兵家常事,卿有何耻?孤亲行将军之馆,拂席洗爵,敬待将军,如何逗留!"于是王弥入见,甚称惭愧。汉王渊乃拜弥为司隶校尉。

却说王衍得张轨遣督护北宫纯以兵来解洛阳之围,杀败王弥,乃入奏朝廷。怀帝遣使持诏去西凉,封张轨为西平郡公。轨辞不受。时诸郡之使,莫有至者,唯轨独贡献不绝,因是朝廷重之。

七月,汉王刘渊与群僚商议,迁都于蒲子城中。平阳渔人在汾水打鱼,拾得玉玺一颗,献与汉王刘渊。渊大悦,重赏渔人,以为祥瑞。乃集百官即皇帝大位,国号大汉,改元永凤元年。以其子刘聪为大将军,总领诸军;以族子刘曜为龙骧大将军,领北兵,威振单于;遣石勒与刘灵寇魏、汲、顿丘三郡。石勒、刘灵率众来寇三郡,百姓望风降附者五十余垒。勒皆假垒主将军都尉印绶,简①其强壮五万为军士,其老弱者安堵如故。

却说蜀成尚书令杨褒卒,成王李雄深痛惜之。杨褒好直言,成王雄初得蜀,用度不足,诸将有以金银得官者,褒谏曰:"陛下设官爵,常网罗天下英豪,何有以官买金耶!"雄谢之。由此天不知名耳。

己巳,永嘉三年,正月朔,荧惑犯紫微。汉太史令宣于修之,以星变言于汉王渊曰:"今元荧日,荧惑犯紫微,应不出三年,必克洛阳。今蒲子崎岖,难以久安,平阳气象方昌,请陛下徙而都之。"渊即从其请,领百官迁都平阳城。

三月,晋帝诏以山简都督荆、襄等州诸军事。简乃山涛之子也,嗜酒,不恤政事。初,荆州寇盗不禁,诏起刘弘子刘璠为顺阳内史,江汉翕然归之。简恨之,使人上表称璠得众心。恐百姓劫以为主,为乱不浅。于是朝廷又诏征璠为越骑校尉,南州由是遂乱,父老莫不追思刘弘。

---

① 简——选择。

何曾一日食万钱

　　却说太傅司马越集诸将士商议国事,当刘舆、潘滔因说越曰:"散骑常侍王延、尚书何绥、太史令高堂冲并参机密,公若不早除之,后必有谋明公之心。"越曰:"此数人皆无罪,何计杀之?"舆、滔曰:"若不诬人之谋反,何以诛之?"越曰:"然。"于是越引一班儿谋士并甲士三千回朝。越既入京师,中书监王敦谓所亲曰:"太傅越专执威权,而选用表请,尚书犹以旧制裁之,今来必有所诛。初,帝为太弟也,与缪播善,及即位,委以心膂。帝舅王延、尚书何绥、太史高堂冲等,帝皆亲用之。此数人量必难保。"越及至,果遣甲士三千入宫,执播、延、绥等十余人于帝侧。帝问越:"何以收此数人?"越答:"此十余人谋反,故来诛之。"言讫,越命将播、延十余人付廷尉,明正其罪而杀之。帝叹息流涕而已,莫敢谁何。

　　绥乃何曾之孙也。初,何曾侍武帝宴,退谓诸子曰:"主上开创大业,吾每宴见,未尝闻经国远图,唯说平生常事,非贻厥孙谋之道也。及身而已,后嗣其殆乎!汝辈犹可以免。"指诸孙曰:"此属必死于难。"及绥死,其兄嵩哭之曰:"我祖殆圣乎!"曾日食万钱,犹云无下箸处。子邵,日食二万。绥及弟机、羡,汰侈尤甚。与人书疏,词理简傲。王尼见绥书,谓人曰:"伯蔚居乱世而矜豪乃尔,其能免乎!"人曰:"伯蔚闻卿言,必相危害。"尼曰:"伯蔚比闻我言,自已死矣。"伯蔚者,乃绥之字也,及此果死耳。

　　却说太尉刘寔见朝廷危乱连年,请老,朝廷不许。刘坦言:"古之养老,以不事为优,不以吏之为重,宜听寔所守。"于是帝下诏寔以侯就第,复以王衍为太尉。太傅越以顷来与事,多由殿省,乃奏宿卫有侯爵者皆罢,帝只得从之。于是越更使将军何伦、王秉引东海国兵数百人宿卫,以防内变。

　　却说汉主渊又遣刘景将兵五万,入寇黎阳县,县令王堪引军拒之,大败而逃,走奔延津,于是景以众入城。怒百姓不开门纳其大兵,乃令诸兵将黎阳男女三万余人沉之于河,皆淹死之。汉王渊闻知,大怒曰:"刘景何面目来见朕耶!且天道岂能容乎!吾所欲除者司马氏也,细民何罪,而故黜之也?"由此刘景未敢归国焉。

石勒寇巨鹿常山

史说,石勒字世龙,其先匈奴别部羌渠之胄①。勒生时,亦光满室,白气自天属于中庭,见者咸异之。年十四,家贫,乃随邑人行贩洛阳,倚啸上东门之柱,忽司徒王衍过,见而异之,顾谓左右曰:"向者胡雏,吾观其声视有奇志,恐将为天下之患,不如杀之,免其后乱。"言讫,驰遣人收之,会勒已去了,人还说走去了。使人回去,勒后回家。年长,而壮健有胆力,雄武好骑射。里中父老相之,皆曰:"此胡状貌奇异,态度非常,其终不可量也。"因劝邑人厚遇敬之。时人多嗤笑,不听其说。唯邬人郭敬、阳曲宁驱以为信然,并加资赡赠。勒感其恩,与其人作田,常在田中,每闻鞞铎②之声,以为有患,走归以告其母,母曰:"汝作劳耳鸣,非不祥也。"于是勒心少安。

太安中,并州饥乱,刺史东瀛公腾无措,恐军变乱,计执诸胡人于山东发卖,以充军实。当勒在其中,亦被卖与平原人师欢为奴,见忽有一老父谓勒曰:"君鱼龙发际上四道已成,当贵为人主。"勒曰:"若如公言,不敢忘德。"忽然不见。每与家奴数人耕作于野,常闻鼓角之声,及归,勒与诸奴说,诸奴归以告与欢,欢奇其状貌,遂免之,不取卖身之钱,纵之与还。勒无盘缠不行,有师欢邻居为马牧之官,姓率名汲桑,勒与之往来。勒言能相马,汲桑收之家,使其佣田于武安临水。忽一队游军过,怪勒不回避,随执囚而行。忽有一群白鹿经过,游军忙撇下勒,相竞逐鹿去之,勒乃得走脱。俄而又见一父老谓勒曰:"向群鹿者乃我也,君应为中州王,故相救耳。后自宜保重。"勒拜而受命曰:"多感指迷。"言未了,父老不见。时天下起兵为乱,汲桑始命勒姓石名勒。与马牧数百人,乘苑马以赴之。后汲桑去与战败,石勒乃归降刘元海。元海见其奇伟,乃以为辅汉将军,数有功,令其攻巨鹿、常山二郡,始得志焉。

---

① 胄(zhòu)——后代人。
② 鞞(pí)铎——军中乐器鞞鼓金铎。

却说汉王渊大宴将士于平阳，报石勒寇魏、汲、顿丘归来，渊唤勒至，拜于殿下，问劳已毕，便令饮宴。原来石勒自降之后，居左国，礼贤纳士，惜民养军，数四出征，无有不胜。因此汉王甚爱之，常叹曰："使吾有子如此，即死复何恨！"因此以勒为辅汉将军，先使引兵去伐流部大人，得胜而回。复使寇魏、汲、顿丘，又得胜而回。

当席散，勒归营寨，心中转闷。是夜月明，勒自思如此英雄，不能独霸一方，今日倒居于人下，因放声大哭。忽一人自外入帐，大笑曰："世龙何故如此，今日有何不快之事，何不与我商议，而自苦也！"视之，其人姓张名敬。勒请坐而问之，勒曰："所哭者，恨不能继先人志也。"敬曰："公何不问汉王乞兵征巨鹿、常山，从中取其大业。居人之下，非大丈夫之志也！"正商议间，又六人倏然而入曰："公等所谋，吾等已知之。吾手下自有精壮之人百余，暂助将军一马之力。"勒大喜，请坐而问之，乃夔安、孔苌、支雄、呼延莫等。勒大喜，八人共议。敬曰："只恐汉王不肯动兵。"勒曰："吾自代他征讨，如何不肯？"于是次日入见汉王，拜于阶下。渊问其故，勒曰："吾欲借兵攻巨鹿、常山二郡，取钱粮回来，以报大王知遇之恩，未审圣意如何？"汉王渊曰："卿若肯出力，如何不从，且目今正缺粮草。"于是渊即以精兵三万，马千余匹，封勒为征东将军、并州刺史、汲郡公，命其攻巨鹿、常山二郡。勒领命，谢恩毕，即出，领兵速行。以刁膺为股肱，及张敬、夔安、孔苌、桃豹、逯明为爪牙，并州诸胡羯多从之。

史说，张宾字孟孙，赵郡中丘人。博涉经史，不为章句，胸次阔达有大节，好智多谋，有大志，机不虚发，算无遗策。常自谓："不后子房，但不遇高祖耳！"闻勒动兵攻巨鹿，因谓所亲曰："吾历观诸将，无如此胡将军者！可与共成大业。"言讫，乃提剑诣勒军门，大呼请见。勒闻叫，即请入，亦未之奇也。宾数以策上，勒由是奇之，引为谋主。

时勒众至十余万，集衣冠人物别为君子营。于是勒威大振。次日起行，来攻巨鹿、常山二郡。刘宠闻知，以军来迎。次日，石勒引大队军马来到，刘宠引军出迎。两阵完处，石勒自于阵前，令众军大叫："何不早降！"刘宠令军士杀进，两阵呐喊，这边夸能，那边道胜。支雄出马，搦刘宠决胜负，定输赢，宠当先出马。张英曰："不须主公劳力，吾自擒之。"英出到阵前，支雄曰："汝非是敌手，只交刘宠出马。"张英大怒，挺矛直取支雄，两马相交十余合，刘宠急鸣金收军。张英曰："我正欲擒收贼将，何故收兵?"宠曰:"吾闻张宾引军袭取本城,有一人乃松江人也,姓吴名豫,内应石勒。入去吾家,城已失,不可久留,宜速还城,会薛礼军马急来接应。"张英跟着刘宠还寨。石勒不赶,收住军马。长史孔苌曰:"张公已取巨鹿,彼军无战心,今夜正可劫寨。"勒然之。当夜分兵,长驱大进。刘宠军兵大败,众皆四分五落,张英独力难加,引数十骑,连夜投别处去了。刘宠与谋士诸子亦走陵城去了。

石勒连夜进兵至巨鹿。时城被张宾诈称刘宠军马败回,诱开城门,接勒入城坐定,出榜安民。勒取数万之众于巨鹿,安民惜众,投者无数。巨鹿之民初闻兵至,老幼皆失魂丧魄,官吏尽弃城郭,逃避山野。及勒至,治军士,军士奉命,并无一人敢出掳掠,鸡犬果木分毫不动,民心大悦,竟送牛酒到寨劳军,勒以金帛答之,欢声遍野。其有刘宠等旧军,愿从军者,并除门户;不愿为军者,赍发粮米,尽自归家生理。四方之民闻勒清政,谁不仰羡?由是形势大振。

勒使逯明守本郡,自领兵进取常山。太守程晟令严兴出战,交兵于枫桥。兴横刀立马于桥上,勒军望见,报到中军,勒便欲出,张宾谏曰:"夫主将乃筹谋之所主,不可自出;三军之所系命,不宜轻出。愿明公重天授之资,副①四海之望,无令国内上下危惧。"勒谢曰:"先生之言如金玉,但恐将士不用命当先耳。"随遣王阳出马,比及骤马桥下时节,支雄、桃豹各从河内早杀过桥里去了。乱箭射到岸上,军士飞身上岸,严兴退走。支雄引军直杀到城门下,贼退入城中去了。王阳大兵并进,围住常山,一围三日。勒引众将到城门外招谕。城上一个裨将左手执定护梁,右手指着城下骂。王阳在马上拈弓搭箭道:"看我射这厮左手。"一箭去,正透手背,钉手在护梁上。城上下见者,无不喝彩。群贼救了人去,见程晟说,城外有一人如此神箭。晟大惊,商议求和。次日,使严兴出城,来见石勒。勒请入寨中,同坐饮酒。酒酣,勒拔剑欲砍严兴所坐之席,兴惊倒在地。勒笑曰:"聊做戏耳,勿惊!"问兴曰:"汝主求和,欲何如也?"兴曰:"欲与将军平分常山。"勒大怒曰:"鼠贼怎敢与吾等辈也。"兴急起,勒掷剑砍之,应手而倒,割头,令从者送回城中。程晟料敌不过,弃城而走。勒进兵追袭,势如劈竹,生擒程晟,领众入城。

---

① 副——符合。

是时,石勒取得巨鹿、常山等三十余城,及并州诸胡羯之众来附者,共聚兵三十余万,战将一千余员,威声大振。石勒聚众宴会,问众将相曰:"吾得群贤辅佐,攻必取,战必胜,又得降兵二十余万,意欲回国,其事如何?"当张宾出曰:"重寄者不归,功多者不赏。今明公威名,天下所知,不如因此自立一方,亦不逆汉王之命,结为兄弟,横行四海,谁敢不遵乎?"于是勒意乃决,与众商议进兵攻讨襄阳城。次日,石勒谓将士曰:"吾始受命于汉,安可就背?"于是使人还国报捷,请益粮兵。至次日,使人入汉报捷,汉主渊大悦,又遣楚王刘聪与王弥来,共石勒去攻洛阳,命勒为前锋都督。军至壶关,壶关守将见其势大,莫敢当锋,引众退还。时刘琨闻汉军至,即遣兵来救援,不克,勒军已入关了。群臣急奏,怀帝大惊,请太傅越商议。越奏曰:"不须圣虑,臣等与百官调将拒之。"于是越即出朝入公府,遣河南内史王旷、将军施融,以兵五万出拒之。时旷兵济河,欲长驱而前,融曰:"彼乘险间出,且当阻水为固,以量形势而拒之。"旷怒曰:"胡寇入关,主上卧不安席,今委我等击之,恨不得一战擒掳。君欲阻众耶!"言讫,遂以兵逾太行山,与汉军相遇于长平。刘聪见有敌兵,乃自拍马便出,与战不数合,晋兵大败,王旷等皆战死于乱军之中,败众尽降于汉。

垣延诈降败刘聪

八月,汉刘聪军将至洛阳,晋将军曹武引兵拒之。刘聪亦自出马,与武交战。未经三合,武兵大败各散。武见自众逃溃,乃单骑走还洛阳。汉军长驱至,攻洛阳,刘聪连胜数阵,息不设备。时弘农太守垣延以兵五千拒聪,恐寡不敌众,乃设计诈降于聪,聪以为实,至次夜以牛酒劳军,军士皆醉歇息。半夜,垣延乃与自众散去各营放火,大叫:"晋兵全队在此!"汉军因醉,见火冲天,乃各持刀,自相残杀。及至天明,聪军死其大半。垣延以兵击杀,汉军大败而逃二十里屯住,招集残军。至十月,又以其众来攻洛阳,屯军于西明门。卫将军北宫纯谓诸将士曰:"敌众我寡,难于拒战。今彼远至,有劳无逸,宜乘其劳未定而击之,可以取胜。"众然之。至夜,北宫纯亲自帅勇士三千人攻汉壁。时汉兵初至,行路辛苦,闻晋兵至,皆自奔溃,无敢当锋。汉将军呼延颢连忙跨马出拒,已被北宫纯驰至,大喝一声："休走！"抡刀当头便砍，呼延颢遂死于非命。刘聪见晋兵甚盛，乃收众屯于洛水，计点诸将，始知呼延颢被杀，大司空呼延翼亦为晋兵杀之。刘聪势穷，连忙遣使回国，取救兵。汉王渊欲发兵前来，当宣于修之上言曰："岁在辛未，乃克洛阳。今晋气犹盛，大军不归必败，不如召还。"汉王渊曰："然。"于是遣人乃召楚王刘聪回国。聪闻召还军，乃引众归平阳，使王弥以军出辕辕关。流民之在颖川、襄城、汝南、南阳、河南者数万家，素为居民所苦，皆杀长史，以应王弥。

四年（汉刘聪光兴元年），正月，却说琅邪王睿以周玘有三定江南之功，拜玘为吴兴太守，玘奉命受职。汉王渊又遣曹嶷为将，寇东平、琅邪，又使刘灵寇幽州。四月，汉刘灵以二万众来寇幽州，王浚急忙点军，分二队，埋伏险津两畔，灵兵直过险津，被伏军出截，正欲交锋，浚大军又至，三下夹攻，灵死于乱军之中，杀余兵，俱各走还。

刘聪杀兄为汉主

却说汉主刘渊寝疾，以陈留王欢乐为太宰；楚王聪为大司马、大单于，并录尚书事；安昌王刘盛、安邑王刘钦、西阳王刘璿分典禁兵。初，盛少时，不好读书，唯诵《孝经》、《论语》，曰："诵此能行足矣，安用多诵而不行乎？"李喜见而叹之曰："望之如可易，及至肃而严，君可谓君子矣！"渊以其忠笃，故临终付以要任。渊既卒，众臣立太子刘和即位。和性猜忌无恩，宗正呼延攸、侍中刘秉、西昌王锐说和曰："先帝不唯轻重之势，使大司马拥十万众，屯于近郊，陛下今便为寄座耳，宜早为之计。"和信之，至夜召刘盛、刘钦告之。盛曰："陛下勿信谗言，以疑兄弟。兄弟尚不可信也，人谁足信哉？"攸、锐闻知大怒，命左右将二人杀之，遂将兵五千攻聪于单于台。聪听知攸、锐为乱，命即起兵出台，与呼延攸、刘锐等交战。攸、锐等大败，走入南宫。聪前锋诸军随追入南宫，遇汉王和，和大喝："休得无礼！"诸军将和杀之。入内执住呼延攸、刘锐、刘秉等，皆杀之。遂出迎大司马刘聪入内即位。以北海王刘乂乃刘渊之子也，聪以位让之，刘乂涕泣固请，聪遂即位。以乂为皇太弟，领大单于；以子刘粲为河内王，都督中外诸军事；以石勒为并州刺史；又立妻呼延氏为皇后；以刘殷为太保,李弘为大鸿胪;其下群臣,皆有封赠。

史说,刘聪字玄明,乃刘渊第四子也。母张氏,初孕聪之时,梦日入怀,寤而告渊,渊曰:"此乃吉祥也,慎之勿言。"至十五个月而生聪。年十四,究通经史,兼综百家之言及孙吴兵法,无不诵之。既杀兄自立,后在位八年,改元者四。

却说皇太后单氏生得姿色绝美,聪爱其丽,故立为皇太后。每退朝幸其宫,与通。后事露,被其子刘乂以为言,谓其"不正可污"。单氏惭愧。诗叹曰:

> 堪叹胡人专恃强,杀兄自立做君王。
> 孰知七八年间事,孤子由然亦被伤。

却说氐酋蒲洪骁勇多权略,群氐皆畏服之。汉主聪遣人拜为平远将军,不受,乃自称为秦州刺史、略阳公。史说,蒲洪家池中蒲生,长五丈,五节如竹形,时人咸谓之蒲家,因为氏焉。先是,陇右大雨,谣曰:"雨若不止,洪水必起。"因名洪。后以晋穆帝永和间谶文有"草付应王",又以其孙坚背有"草付"字,遂改苻氏矣。

却说雍州流民因难逃避在南阳,朝廷闻知,遣使持诏书来南阳,遣流民还乡里。流民以关中荒残,皆不愿归。荆州都督山简见流民不肯归,遣兵五千促发其还。京兆王如潜结壮士二千余人,夜袭简兵大破之,攻城镇,杀令长,众至四五万,乃自号为大将军,使人称藩于汉。

猗卢大破铁弗氏

初,匈奴刘猛死,刘虎代领其众,居新兴,号铁弗氏,与白部鲜卑皆附于汉。并州刺史刘琨将讨之,恨力不加。

史说,刘琨字越石,中山魏昌人。少得隽朗之目,自负志气,有纵横之才,而颇浮夸。与范阳祖逖为友,俱以雄豪著名。永嘉元年,惠帝以为并州刺史。至是白部、铁弗为乱,意甚忧之。

却说北胡白部大人结连铁弗刘虎,共计狄兵十万人,大掠边城。刘琨闻知白部大人并铁弗氏刘虎为乱,连兵扰境,急忙写表,令人升奏朝廷。晋怀帝闻知,发诏回并州,令刘琨随便起军征讨。琨大恐寡不敌众,与王平商议。平曰："今北魏穆帝拓跋氏部下有雄兵百万,战将千员,与本朝和亲,不如割西河之地与北魏穆帝,他必然起兵前来助战,里应外合,可擒白部大人矣。"琨曰："恐他不肯动兵。"平曰："可使使君公子刘导与质,彼自肯动兵。"琨曰："既如此,事急矣。我就作书,你与公子导即行。"言讫,即唤刘导出,道："今白部大人统兵犯境甚急,你可同王平去北魏处为质,借兵征讨,候杀退白部,我即将西河之地换汝而还,汝宜小心。"导垂泪,与王平便行。不数日,到北五原,呈上文书。代主看讫,即留刘导为质,回书与王平回去。乃聚集文武,计议起兵五万,乃使太弟之子郁律为将,出并州助战。

却说郁律姿质雄壮,甚有威略,后号为平文帝。郁律以蒋琰为参军,又用江夏津为长史,差赵延为大将,总督军马,用西渠为副将,又用北将数十员,不及一一载名,共起两部甲兵,总计十万,前往并州起发。大队人马各依队伍,夜住晓行,所过之地,秋毫无犯。

却说白部听知平文自引兵来,与铁弗商议,分兵二路迎敌。铁弗取左路,白部居右路,共有五六万军马。且说铁弗一军前来迎敌,为头先锋姓郎名焕,生得身长九尺,面貌丑恶,使用大戟,有万夫不当之勇。离了大寨,前来拒敌北兵。

却说平文大兵已到境界,第一前部大将西渠、副将张延前入界分,早与焕军马相列成阵。张延出马,与焕交锋,战到数合,延诈败,焕随后赶来。走不数里,张延、王兴齐出,绝其后路,延复回,三将齐出,生擒郎焕,解至大寨,来见平文,平文交斩。

却说铁弗刘虎见部将被捉,大惊,急来与白部大人商议进兵。当白部大人领金单、花奴、阿会三大人各领兵五万,分三路迎敌平文军马。三人得令,即出营寨。金单大人领兵取左路进;花奴大人以兵取中路进;阿会大人以兵取右路进。各带五万胡兵,分路而进。

却说平文军行五十里下寨,三路左右中,各有报马报胡兵三路而来迎敌。平文在帐中见说,唤赵延至帐前,却待吩咐,故不开言。又唤西渠至帐前吩咐,又不开言。却又唤王平、伯恭至,即吩咐曰："今胡兵分三路而来,吾欲使赵延、西渠二人去敌,为此二人不识地理,吾不敢用。王平汝可往左路迎敌,伯恭可往右路迎敌,吾令赵延、西渠随后接应。汝二人今整顿了军马,来日平明进兵。"王平、伯恭听令去了。又唤张疑吩咐："你领一支军马取中路,却敌胡兵。今日整顿了军马,来日平明约会左路王平、右路伯恭,一齐进兵。赵延、西渠随后接应。"皆听令去了。赵延二人面有怒色,平文曰:"吾非不用汝二人,恐失锐气也。"赵延曰:"倘我等识得地理如何?"平文曰:"若如此,吾用汝为大将。"赵延二人辞退。平文随即唤回吩咐曰:"你二人是中年人物,休被胡兵所算,自宜小心。"赵延二人到自己寨中,商议曰:"吾二人是中年人,不用我等为先锋,却用后辈!言吾二人不知路径,因此羞辱于我辈,真可气也。"西渠曰:"我二人各人上马,亲自去探路,拿住土人,叫他引路。"赵延从其言。二人上马,径取中路而来。行不数里,远远望见尘头起,二人策马上山坡看时,早见胡兵哨马数十骑来往巡哨。赵延、西渠分为两路冲出,胡兵见了,大惊而走。赵延、西渠各生擒一人回寨,问其路径。胡兵曰:"前面是金单元帅大寨,正在山口。寨边东、西两路,却通五溪元帅花奴寨并诸洞使阿会寨之后。"赵延二人听知这话,当晚点起五万精兵,交擒来二人引路。二更左侧①,明月当空,赵延二人同去劫寨。来到金单寨时,已及四更,诸胡方起造饭,准备日间厮杀。赵延、西渠两路杀入,胡兵大乱,延直到中军,正遇金单,交马只一合,刺杀金单于马下,割了首级,余军溃散。赵延便分一半军与西渠,抄东路花奴寨,自领一半军投西路抄阿会寨。赵延二人却从胡兵寨后杀出,比及到寨时,天色微明。

却说西渠杀奔花奴寨,花奴已自知了,引军出寨后拒敌,只听前寨门大喊,原来王平军马已到。两下夹攻,胡兵大败,花奴冲两条路走脱,背后西渠赶不着。

却说赵延杀到阿会寨时,伯恭引军先到,内外攻击,胡兵乱窜,阿会死战得脱。白部知三路败亡,随引本部兵迎敌,北兵四下围裹将来,左右冲突。白部、铁弗又逢刘琨引大兵拦住去路。后兵赶着白部大人、铁弗刘虎,众将一发齐上,生擒押赴大寨,来见主平文。兵降者无数,平文尽收之,命将白部大人、铁弗刘虎尽斩之。次日,并州刺史刘琨引一班儿将官,以牛酒粮米来北寨谢平文,犒劳北军。平文大悦,留坐,备酒相待,要索西河之地。琨答曰:"大王暂且引兵还国,吾写表奏过晋帝,降诏前来交割其地,必然有丹诏来国封赠殿下矣。"平文曰:"君言亦是,吾来日退兵还

---

① 左侧——左右。

国,不可失信。"于是送刘琨还州。次日,自领众还国,朝见穆帝去讫。

刘琨归州,即时使人上表入朝,奏与晋怀帝,称拓跋助国大破白部大人,及陷铁弗刘虎之功。怀帝大悦,使使奉诏入北,进穆帝为代公,封为大单于国,割西河五县马邑、阴馆、楼烦、畴崞、陉南与北单于。穆帝大喜,置酒相待来使,就请刘导同饮。次日,各以珍宝贡贺晋帝,又使刘导与使归还并州。因此穆帝又得其地,东接代郡,西连西河、朔方,地方数千里,其时与白部争战,五县人民逃散,猗卢乃徙人十万家充之,于是大霸匈奴之地。时北地属幽州王浚管,穆帝遣将来守代郡,王浚方知刘琨表以其北封猗卢。浚由是与琨有隙,深恨之。乃以兵出拒猗卢之众,被猗卢杀败,走归幽州,不敢复出。

猗卢即得志,以封邑去国悬远,民不相接,乃帅部落万余家,自云中入雁国,从琨求陉北之地。琨不能制,且欲倚之为援,以其地与之。由此猗卢益盛。琨遣使入朝,言于太傅越,请兵共讨刘聪。越忌苟晞为后患,遗①书不许。

时京师饥困日甚,太傅越遣使以羽檄征天下之兵,入援京师。怀帝亲谓使者曰:"为我诏诸征镇,今日尚可救,后则无及矣。"使人去了,卒无至者,只有荆州都护将军王万以兵五千入援,又被汉王如杀败走还,王如遂大掠沔、汉,进逼襄阳。时怀帝大惊,急问文武,文武皆议迁都,以避其难。王衍以为不可,乃令卖车牛以定众心。汉石勒以兵击并州,王如以兵寇襄阳。

十一月,太傅越见胡寇益盛,内不自安,乃戎服入内,见帝曰:"今石勒以胡寇占去州郡日甚,臣请出讨石勒!"帝曰:"今胡虏进逼郊畿,公岂可远去,以孤根本?"越对曰:"臣出幸而破贼,则国可振,犹强于坐待困穷也!"言讫乃出,帅甲士四万向许昌,留何伦防察宫省,以行台自随,用王衍为军司,朝贤素望,悉为佐史,名将劲卒,咸入其府。于是宫省无复守徼②,饥死日甚,盗贼公行,府寺营署,并掘堑自守。越既出,东屯项城,自领豫州牧。

初,李毅死,其子李钊自洛往宁,州人奉之,以为主州事,遣使诣京师,

---

① 遗(wèi)——赠,送。
② 徼(jiào)——巡察。

求为刺史,朝廷不许,乃以王逊为宁州刺史。逊奉诏至宁州,复表以李钊为朱提太守,朝廷许之。时宁州外逼于成,内有夷寇,城邑丘墟,逊乃自恶衣菜食,招集离散,劳来不倦。数年之间,州境复安,又诛豪右不奉法者十余家,于是州境大治。乃点部兵三万余,出击五苓夷,五苓夷无备,被王逊率众,入其营垒,尽族灭之,因此内外震服,宁州始安。

却说汉主聪自以越次而立,忌其兄恭为乱,乃密使人杀之。时单皇太后年少有美色,汉主聪烝①焉。太弟刘乂屡以为言,单后惭愧,至是而死,刘乂之宠由是渐衰。呼延后言于聪曰:"父死子继,古今常道,太弟何为者哉?陛下百年后,粲兄弟必无种矣!"聪心然之。刘乂舅冲谓乂曰:"疏不间亲,而主上有意于河内王矣,殿下何不避之。"乂曰:"天下者,高祖之天下,兄终弟及,何为不可?粲等既壮,犹今日也。且子弟之间,亲疏距几,主上宁有此意乎?"遂不听。

五年(汉嘉平元年,成玉衡元年),正月,汉曹嶷以兵五万寇青州,苟晞以六万人出拒险隘,曹嶷不能入境,乃退归汉,被晞出追杀,嶷大败走还去讫。

石勒寇江夏,江夏吏民闻风皆逃,被其陷之。勒意初欲保据江、汉,张宾以为不可,会军中饥死者大半,乃渡沔,寇江夏守之。

却说谯周之子居巴西,为成太守马脱所杀。其子谯登逃诣刘弘,请兵复仇。弘乃表登为梓潼内史,使其自募民兵去讨。于是谯登募巴蜀流民得二千人,西上攻宕渠。马脱无备,被登攻陷而获之,遂斩马脱,哭祭其父,而食其肝,遂据涪城。成主李雄闻知,遣王节以兵一万人来攻涪城,屡为登所败。至是连围三年,登食尽援绝,士民熏鼠食之,饥死甚众,无一人离叛者。及是成兵攻陷其城,登被成兵获之,来见成主雄,雄欲宥之,登词气不屈,遂被杀。

却说巴蜀流民在荆、湘间,为土民所困苦,湘州参军冯素与蜀人汝班有隙,言于刺史苟眺,欲尽诛流民。流民大惧,四五万家一时俱反,以醴陵令杜弢为湘州刺史,以领其众以拒苟眺。

却说扬州都督周馥以洛阳孤危,表请迁都寿春,太傅越恨馥不先白己,大怒,使人召馥,馥惧不行。太傅越密使人命琅邪王睿攻之,于是睿遂

---

① 烝(zhèng)——以下淫上。

引兵攻馥，馥大败而走。琅邪王睿以王敦为扬州刺史，都督征讨诸军事。

三月，苟晞恨太傅越易其镇，移檄诸州，陈越罪状。怀帝亦恶越专权违命，所留何伦等抄掠公卿，逼辱公主，密遣人赐晞诏，使讨之。晞由此兴兵，欲来讨越，越亦知其檄罪状。晞遣兵攻越，先令骑兵收越党尚书刘曾、侍中程延斩之，越忧愤成疾，乃召集诸将士王衍等到卧所，谓曰："吾自起兵讨颙、颙至今，得卿等戮力，攻战必克。今为强汉所困，无能解救，是以忧虑成疾，量必不起，汝等各效忠义之心，毋怀懈怠之意，杀退汉兵，保辅少帝。"言讫，泪下如雨，遂以后事付王衍，而次日卒。越既卒，收剑讫，众将士共推王衍为元帅，衍不敢当，奉越丧欲还葬东海。何伦闻知越卒，以裴妃及世子司马毗自洛阳东走，城中民争随之，来奔越丧。怀帝亦知越卒，乃追贬越为县王，诏以苟晞为大将军，都督青、徐、兖、豫、荆、扬诸军事，晞得志焉。

勒责王衍乱天下

四月，太傅越卒，王衍保丧还国。石勒使孔苌率轻骑追至苦县，东郡将军钱端出与孔苌交战，十余合，钱端被苌杀于马下。苌挥骑围而射之，十万晋兵无一免者，皆被射杀。将司徒王衍并东海王棺椁，皆擒执回寨见石勒。石勒坐幕下，孔苌押王衍跪在地下，勒问衍曰："晋之国事，虚实君知，可为我言之。"衍曰："城内虚实，祸败之由，计不在我。今将军威名日振，天下归心，不如乘此立尊号，三分天下，谁敢阻并？且衍少无宦情，不与世事，未觉其因。晋国虚实，明公已知，何须用问？"勒曰："君少壮登朝，名盖四海，身居重任，何得言无宦情？不晓动静，破害天下，非君而有谁人？"当勒意留其降，故谓孔苌曰："吾行天下多矣，未尝见如此之人，当可活不？"苌曰："彼乃晋之三公，必不为我尽力。"勒曰："既不可留，加以锋刃。"言讫，叫左右牵衍出斩。衍临刑言曰："呜呼！吾曹虽不如古人，向若不祖尚①浮虚，戮力以匡天下，犹可不至今日矣！"勒令氐人排墙杀之。又令剖越柩，焚其尸，曰："乱天下者，此人也，吾为天下报之。"其世

---

① 祖尚——效法崇尚的意思。

子毗及宗室四十八王,皆没于勒。惟裴妃为人所掠卖,久之渡江。初,琅邪王睿之镇建业,裴妃意也,故睿德之,及闻裴妃被人掠卖渡江,寻至,厚加存抚,以其子冲,继越之后。

史臣断八王曰:"昔高辛①抚运,衅起参商;宗周嗣历,祸缠管蔡②。详观曩册③,递④听前古,乱臣贼子,昭鉴在焉。有晋郁兴,载崇藩翰,分茅锡瑞,道光恒典;仪合饰衮,礼备彝章。汝南以纯和之姿,失于无断;楚隐习果锐之性,遂成凶狠。或位居朝右,或职参近禁,俱为女子所诈,相次受诛,虽曰自贻,良可哀也!伦实庸锁,见欺孙秀,潜构异图,煽成奸慝⑤。乃使元良构怨酷,上宰陷诛夷,乾耀以之暂倾,皇纲于焉中圮⑥。遂裂冠毁冕,幸百六之会;绾玺扬纛,窥九五之尊。夫神器焉可偷安,鸿名岂容妄假!而欲托兹淫祀,享彼天年,凶暗之极,未之有也。同名父之子,唱义勤王,摧伪业于既成,拯皇图于已坠,策勋考绩,良足可称。然而临祸忘忧,逞心纵欲,曾不知乐不可极,盈难持久,笑古人之未工,忘已事之已拙。向若来王豹之奇策,纳孙惠之嘉谋,高谢衮章,永表东海,虽古之伊、霍,何以加焉!长沙才力绝人,忠概迈俗。投弓披门,落落标壮夫之气;驰车魏阙,懔懔怀烈士之风。虽复阳九⑦数屯,在三⑧之情无夺,抚其遗节,终始可观。颖既入总大权,出居重镇,中台借以成务,东夏资其宅心,乃协契河间,共图进取。而颙任李含之狙诈,杖张方之陵虐,遂使武闵丧元,长沙授首,逞其无君之志,矜其不义之强。銮驾北巡,异乎有征无战;乘舆西幸,非由望秩观风。若火燎原,犹如扑灭,矧兹安忍,能无及乎!东海纠合同盟,创为义举,匡复之功未立,

---

① 高辛——上古帝喾(kù)之号。
② 管蔡——管叔鲜与蔡叔度,周武王之弟,叛臣。
③ 曩册——前朝典籍。
④ 逖(tì 音惕)——远。
⑤ 慝(tè)——邪恶。
⑥ 圮(pǐ)——毁坏倒塌。
⑦ 阳九——指灾年厄运。
⑧ 在三——执敬如事父、师、君。

陵暴之衅已彰，罄彼车徒，固求出镇。即而帝京寡弱，狡寇凭陵，遂令神器劫迁，宗社倾覆。数十万众，并垂饵于豺狼；三十六王，咸殒身于锋刃。祸难之极，振古未闻，虽及焚如，犹如幸也。自惠皇失政，祸起萧墙，骨肉相残，黎民涂炭，胡尘惊而天地闭，戎兵接而宫庙隳，支属肇其祸端，戎羯乘其间隙，悲夫！《诗》所谓"谁生厉阶①，至今为梗"，其八王之谓矣。

石勒引兵攻襄阳

却说石勒引兵来攻襄阳，襄阳守将李德闻知勒起军马来取襄阳，慌引军出。两军完阵，李德出马见勒曰："汝何故起兵？"张宾曰："我奉天命，来诛贼也！"李德曰："汝乃胡人，与人做奴，今始得志，便来相吞！"言讫，支雄曰："环眼贼汉，何敢辱我主人！"言讫，亦挺戟骤马与其大战。两个酣战一百余合，未分胜负。李德见胡军四面渐渐围裹将来，恐有疏失，急急鸣金收军入城。张宾分兵四面围定。德谓众曰："今胡兵围城甚急，如何是好？"众议曰："不若弃城走还洛阳，此为上策。"德曰："谁可杀开此围？"小将陈仁曰："某愿当先。"于是德令仁领兵在前，自保家小在后，当夜三更乘月明，大开西门，正遇支雄，杀开血路，保着家小，走奔洛阳。石勒见李德带家小走了，命诸将休赶。次日平明，引众入城安民谕讫，命逯明守镇，自领诸将，带兵来攻江西。江西险隘，余营尽被张宾用计破之。江西郡守等官，闻其兵威势大，不敢迎敌，皆自溃逃。只有军民举众投降，是以得踞江西。张宾劝勒还北，勒意欲有雄据江、汉之志，弗从。由是封张宾为参军都尉，领记室，专居中总事。

城陷怀帝被汉掳

却说汉主聪设朝，谓群臣曰："自辅汉将军征南，积岁不还，未知胜负

---

① 厉阶——祸端。

如何？"群臣奏曰："前日有表来奏说大捷，连得臣鹿、常山、江西等郡，目今军屯洛阳，未曾轻进。"汉主曰："朕欲另差一将，领军前去助辅汉将军石勒攻洛阳。谁敢代朕此行？"言未毕，一人出班奏曰："小弟愿往。"聪视之，乃其父养子刘曜也。

史说，刘曜字永明，刘元海之族子也。少无父母，刘元海养之为子。曜幼聪慧，有奇度。年八岁，从元海猎于西山，遇雨止树下，迅雷震树，傍人莫不颠仆，曜神色自若，不动。元海异之曰："此吾家千里驹也。"及长，为人性磊落亮宽，与众不群，雄武过人。铁厚一寸，他以铁胎弓立射之而洞入，时人号神射。尤好读兵书，略皆暗诵。常轻侮吴、邓①，而自比乐毅、萧、曹②。时人轻之，莫之许也，而刘聪每曰："永明，乃世祖、魏武之流，何数公足道哉！"尝隐迹管涔山，以琴书为事。夜闲居，忽二童入跪曰："管涔王使小臣奉谒赵皇帝，就献宝剑二把，与皇帝留出军用。"言讫，置前地再拜而去。曜惊以烛照，其剑长二尺，光华非常，赤玉为鞘，背上有铭云："神剑御，除众毒。"曜出拜谢神人。遂佩之。剑随四时而变为五色，可以出阵，无不胜也。

当曜出班肯去，汉主聪以兵五万，使曜去与石勒攻洛阳。曜既得军马，即出朝门。次日，领军就行，来至南地，入见石勒。石勒闻知，出来迎接入府，置酒洗尘。及曜叙汉王差某同君共攻洛阳之事，勒大喜曰："殿下同力，南可图矣！"言讫，又饮酒至晚，方送刘曜下营。勒来曜营商议，次日平明，分做二队而行。石勒自为前部，刘曜为后部，乃长驱大军，来攻洛阳城。其时是正月，汉刘曜与石勒领大兵二十万至城下围住。晋怀帝大惊，急聚文武商议，使军民上城，日夜守护。勒、曜攻打月余不下，石勒乃请始安王刘曜到营相见，以酒宴相待。礼讫，勒开言曰："今攻洛阳未下，可使人回国，请添兵再来攻之必克。况且目今缺少粮草，不如退兵，殿下可去攻三台城，某自打邯郸城，取二邑钱粮，以资军急。待来年春暖，主上军至，却又复攻洛阳。殿下主意何如？"曜曰："君言正合我心，不如分兵退攻三台、邯郸二城屯扎，此计大善。"于是曜即使使回国起兵。次日，

---

① 吴、邓——当指吴汉、邓禹，皆东汉光武帝的将军。
② 乐毅、萧、曹——乐毅是春秋战国时燕国军事家，萧、曹指汉时萧何、曹参，皆刘邦手下重臣。

拔寨起行，领军来打邺、三台，离城三十里下寨，屯扎三军。石勒领部下大兵来襄国城，离城五十里安营，商议攻城。

　　却说大单于、汉主聪设朝，太保刘殷奏曰："始安王昨日表到，奏请添兵益将，攻打洛阳，陛下圣意若何？"汉主问曰："谁可领兵征南？"当大将呼延晏出曰："臣请行。"汉主曰："得卿引兵即行，朕甚喜悦，来日即行。"于是呼延晏领精兵二万七千来攻洛阳，军马尽至城下，人说石勒、始安王分兵攻三台、襄国城去，晏即传令不安营，限五日攻下洛阳，如不下者，斩众部长。于是三军齐心攻打，晋帝大惊，急使前将军张进急领御林军出城迎敌。张进出马，呼延晏来迎，两将于阵前斗到四五十合，不分胜负。北军曹奇愤怒挥刀，纵马直出。南军高见挺枪来迎，四员将未见输赢。晋军阵内夏洪引一军出冲。北军阵潘仁在将台上见晋军来，交军中放起号炮，两下弩手齐发，中军弓箭手都涌出前面乱射，晋军如何抵挡，望城中急入去。晏驱兵掩杀，晋兵大败，尽走入城，坚守不出。晏移军径近城下寨。潘仁言曰："可拨兵去城下近边筑起土山，令军人上视城中放箭，下头令军攻城，可得洛阳。"晏从之。于是各寨内选调生力军人，用铁锹土担，皆来城下垒土成山，周围筑二十余里，限旬日完成，如迟即斩。晋军见北军垒土为山，张进等皆要出战，被潘仁以弓弩手挡住要路，不能前进。十日之内，筑成土山五十座，上立马橹，即云梯也。分一半弓弩手于其上乱射之，晋军大惧，皆顶牌遮箭守御。一声梆子响处，矢下如雨。晋军皆蒙楮①伏地。楮，即遮箭牌也。城中乱窜，城外北军呐喊而笑。晋军见皆心慌。侍中王俊入内奏帝曰："可作急造发石车以破之。"帝令俊造样，连夜造发石车数百乘，分布城门内，正对土山。候土山上云梯排列，弓弩手皆上放箭时，城内一齐按动炮车，车势大，炮石飞空击打云梯，人无躲处。击碎其梯，弓弩手死者无数。北军皆号其车为"霹雳"也。潘仁又献一计，令军人用铁锹打地道，直透城内，号为"穿地道"而入。于是又掘土坑。俊见奏帝曰："此是北军明不能攻，故暗掘地道，必透城而入。"帝曰："何以御之？"俊曰："绕城内可掘长堑，使百姓守之，则伏道无用也。"帝令俊差军连夜掘堑，使百姓守之，伏道将至堑边，听见有人守之，遂不敢入。空费了多少军力，不能得入也。

---

① 楮（chǔ）。

自是,相持一个月余,城中粮尽,百姓饿死一半。帝曰:"城中粮尽,百姓皆饿死了,如之奈何?"王俊又曰:"前日苟晞有表,请陛下迁都仓垣以避之。"怀帝曰:"然。"帝将欲从之,公卿犹豫不果。况城中饥困,人民相食,百官流亡者十八九。帝将行,而卫从皆散,又无车舆,乃自步出西掖门,至铜驼街,为盗所掠,不得进。时度支魏浚帅流民数百家,保河阴之硖石,掠得麦谷甚多,见帝至无食,乃献供给之,送帝还宫。

时刘曜、石勒、王弥闻知洛阳将陷,乃会兵皆至城下安营。次日,呼延晏见各人皆至,乃集部下三万余人,飞马身先攻破平昌门,遂放火焚其府寺,司空荀藩及光禄大夫荀组,皆奔辕辕去讫。次日,王弥见晏克平昌门,乃引部下军同来攻宣阳门。时汉兵齐心,并力大喊,以弩箭射杀守门军士,骁勇争先,攻破宣阳门。呼延晏、王弥诸军皆入,城中大乱。

先是,怀帝自知城不能守,与庾珉、王俊等于洛水备舟数百,欲走长安。俄而城陷,被呼延晏至洛水,见船无数,命军士放火焚之,不留一个。当晋帝与庾珉、王俊闻北军杀入,帝走入洛水,其船已被烧毁,只得走还。入得宫中,北军涌入午门,帝急走华林园,欲出奔长安,被汉兵赶入,追执之,押来见呼延晏。其时,晏入居金銮殿,传令鸣金收军,屯于城内,见众军押晋帝、庾珉、王俊等来,晏命左右监之。至次日,晏将后宫金宝、珠玉、库藏,一应收拾,装载上车,传令将怀帝、大臣庾珉、王俊等尽监上车,领兵还国而去。其时洛阳只存虚城,所有怀帝及大臣、金宝,尽被呼延晏俘掠归左城去了。

先是,晏使人会始安王曜并王弥、石勒,皆未曾至,晏只得以二万七千人,与晋兵交战于河南,连胜一十二阵,杀死晋兵三万余人。及陷城,只走了镇东将军顺荣,前太子洗马卫玠等,逃入长安,其余尽被掳还左城。

却说刘曜自西明门入,杀太子司马诠等,士民死者三万余人,遂又遣人发掘晋帝诸陵,焚其宫庙,见羊后美容,纳之为妃。石勒乃自引兵出屯许昌。

却说刘曜恨王弥不待己至,自先入洛阳,心甚怨之。当王弥闻曜至,出迎入内,说曜曰:"洛阳天下之中,山河四塞,城池宫室不假修营,殿下宜请皇上,自平阳徙来都之。"曜曰:"天下未定,洛阳四面受敌,何能守也?"于是不用弥策,命诸军放火焚其宫殿。弥见曜不听其策,乃骂曰:"屠各子,岂有帝王之意耶!"由是弥与曜有隙,乃自引兵东屯项关。当刘暾说弥曰:"将军建不世之功,又与始安王相失,将何以自容?不如东据本州,徐观天下之势,上可以混一四海,下不失鼎峙之业。"弥遂从之。

却说左城国汉主刘聪登朝,聚集文武,正问南征之事,忽呼延晏领军还国,押晋怀帝、庾珉、王俊等入朝,拜见汉王聪。聪大喜,就以晏为镇南大将军。晏谢恩起立一旁。聪命押晋帝及大臣庾珉、王俊等至,令放其缚,赐其平身,而谓曰:"朕父与汝先帝有恩,故不加刃,恕汝在部下为臣,休得走。"晋帝听见,只得与臣下谢恩。汉命有司讨宅子与住,使兵外监之,于是晋帝不得复还。聪又使使以书来南,遣始安王刘曜等以军攻长安。加曜为车骑大将军,取镇长安。曜得命,领军前去攻长安。

石勒以军据襄国

却说石勒既屯许昌,集诸谋士商议,欲攻三台以据之。遂与众将商议,当张宾急进曰:"夫得地者昌,失地者亡。邯郸、襄国,乃赵之旧都,依山凭险,形势之国,使君可择此上邑而都之。然后命将授以奇略,唯亡固存,兼弱攻昧,则群凶可除,王业可图矣!"勒谢曰:"右侯之计是也。"右侯,张宾之号也。于是勒即从之。

司空荀藩因洛阳陷,乃逃在阳城,得汝阴太守李矩输给之。藩乃建行台于密,传檄四方,推琅邪王司马睿为盟主,以李矩为荥阳太守,集众以图兴复晋室。

却说豫章王司马端,乃太子司马诠之弟也,洛阳既陷,乃奔仓坦。荀晞使人迎之,奉为皇太子,置行台,徙众屯于蒙城,招集散亡将士。

却说秦王司马业,乃吴孝王司马晏之子,荀藩之甥也。年十二岁,闻荀藩在密,乃南奔至密,来见母舅荀。藩奉之为主,欲趣许昌、天水。阎鼎聚西州士民五千人于密,欲还乡里。藩见鼎有才而拥众,用鼎为豫州刺史,以安成人周顗[①]为参佐,同佐秦王业,欲讨群胡。

---

① 顗(yǐ)。

西晋卷之四

起自晋怀帝永嘉五年辛未岁七月,止于东晋中宗元皇帝建武元年丙子,首尾共六年事实。

司马睿招百六掾

是时,海内大乱,独江东地面差安,中国士民避乱者多南渡江,从之琅邪王睿。值镇东司马王导说之曰:"今天下大乱,殿下宜收其贤俊,与之共事,可御群凶也。"睿曰:"然。"于是从之,招纳忠贤,得辟掾属百余人,故时人谓之"百六掾"。刁协字玄亮,渤海人也。少好经籍,博闻强记,琅邪王睿以为长史。卞壸字望之,济阴人也。壸弱冠有名誉,转迁御史中丞,睿以为司马。庾亮字元规,美姿容,善谈论,睿以为西曹掾。贺循字彦先,会稽山阴人也。言行进止军,与兵一千二百,令其屯于浔阳。又得陈烦、陶侃、甘卓数十人,皆相附焉。

睿既承荀藩之檄,承制署置,独江州刺史华轶及豫州刺史裴宪二人不从其命。睿大怒,使人命王敦、甘卓、周访合兵去击裴宪、华轶。宪、轶闻王敦、甘卓等来,二人乃合兵来迎。次日,两军相遇,大战三十余合,轶、宪之众大败而走。华轶被周访追及斩之。裴宪单骑逃走幽州,其众尽被王敦杀散。三将收军入城屯住,遣人报知琅邪王睿。于是睿大喜,以甘卓为湘州刺史,以周访为浔阳太守,又以陶侃为武昌太守,命王敦总督其军。

七月,大司马王浚在幽州设坛告类,立皇太子,称受中诏,承制封拜,备置百官,列署征镇,自领尚书令。告类如泰誓。武王伐商,王制言:天子将出。皆告类于上帝也。

刘曜攻模入长安

却说南阳王司马模闻汉遣刘曜来寇长安，急遣牙门将赵染以二万人出戍蒲坂，以防汉兵。染见汉军甚盛，不敢交锋，乃以众降于曜。曜即使染为前锋，来攻长安。司马模闻赵染降汉，乃自以兵三万，出拒潼关，与赵染交战。模大败，走回长安，于是刘曜、刘粲与赵染合军，长驱下邽城。时凉州将军北宫纯在长安，见模败归，亦引凉兵降刘曜，曜以为将，共攻长安。时长安仓库虚竭，士卒离散。司马模恐不能守，乃诣刘曜营投降，被粲杀之。

时关西饥馑，白骨蔽野，士民存者百无一二。刘曜等既克长安，使人报知汉主。聪大悦，使使以曜为雍州牧，封中山王，命其守长安。

却说南阳王模被害，世子司马保走据上邽城，都尉陈安见模遇害，乃率众入上邽而归，保遂据有泰州。寻称大司马，承制署，陇右氐羌皆从之，保众稍振矣。

石勒陷蒙执苟晞

却说石勒以军来攻蒙城，时苟晞在蒙城，骄奢苛暴。前辽西太守阎亨谏曰："明公居乱世，欲效中兴，不可奢暴，使天下有归也。"晞怒，命左右杀之。时从事明预有疾，闻亨谏被杀，亦使家人备舆，自入谏曰："阎亨所谏，乃天下之公，亦明公之福也。何以杀之以失士望！"晞怒曰："我杀阎亨，何关汝事，而竟来骂我！"预曰："明公以礼待预，故预以礼自尽。今明公怒预，其如远近怒明何！桀为天子，以骄暴而亡，况人臣乎！愿明公且置是怒，思预之言。"晞不从，由是众心离怨，加以疾疫饥馑，城内虚困。石勒军到攻城，将士离散，无人守把。勒军攻入城，如入虚境。石勒既入内，将苟晞、豫章王瑞皆执之。勒招晞降，晞不从，勒以铁锁锁晞颈，晞方从之，以晞为左司马。

石勒诱王弥杀之

却说汉大将军王弥与石勒外相亲而内相忌,会其将徐邈叛去,弥兵渐衰,闻石勒擒苟晞,心甚恶之,佯以书贺勒曰:

公获苟晞而用之,何其神也!使晞为公左,弥为公右,天下不足定也。

勒见书,以示张宾曰:"王公位重而言卑,其意图我,此事如何?"张宾曰:"王弥与明公外亲内忌,不若乘其小衰,诱而取之。不然,终为明公之患。"勒然之。时王弥与刘瑞相持,会徐邈叛去,弥众遂衰,屡战不利,使人请救于勒。勒未之许,张宾密谓勒曰:"明公常恨不得杀王公之便,今天以王公授我矣,如何不听?"于是勒命使人还,乃自以军来救王弥。刘瑞乃撇王弥而与石勒交战,不五合,被勒斩之。以众来见王弥,弥大喜,心谓勒实亲己,不复疑也,遂排宴待之。次日,石勒与张宾用计复请王弥,弥不之疑,而诣其营。勒迎入,宴酒半酣,将弥执住。张宾使将士出,将王弥斩之,数王弥之罪,以并其众,尽归石勒,军威大振。

却说汉主闻石勒杀王弥及并其众,大怒,欲讨之。当陈元达曰:"不可!勒虽杀王弥,必有他故。况此用人之际,若讨之,彼必归晋,则天下何年可定?不如加其爵秩,以慰其心。让其不理,以禁后令。"聪听之,遣使加勒为镇东大将军,而让勒曰:"卿何专害公辅,有无君之心。"勒惭愧称谢于汉,而受其职。

却说苟晞欲谋叛,被石勒杀之。讫,勒乃引大众掠豫州诸郡,临江而还归,屯于葛陂。

初,石勒幼年未遂时,被东瀛公司马腾卖与平阳师欢为奴,遂与母相失。先是,刘琨闻石勒得志,乃收其母王氏并从弟石虎,在府养之。至此闻勒威名日振,四方威从,乃遣张儒送其母王氏、并其弟石虎于勒,请其归附晋室。张儒奉命送王氏并子至见勒,勒大喜,请母入内,拆琨书,读书曰:

将军用兵如神,所以周流天下,而无容足之地者,盖得主则为义兵,附逆则为贼众故也。成败之数,有似呼吸,吹之则寒,嘘之则温。今相受侍中、领护匈奴中郎将,将军其受之!"勒读毕,谓张儒曰:"你还代拜于主,道我言:'吾本羯人,今仕于汉,岂敢二心。'"言讫,以名马、珍宝厚礼并回书与儒,使谢刘琨而绝之。其书曰:

　　事功殊途,非腐儒所知。君当逞节本朝,吾自夷,难为效。

琨得其书,亦不相逼。

　　却说石虎年十七,残忍无度,勒入内白知母王氏,欲除之。母曰:"快牛为犊,多能破车,汝小忍之。"及长,便弓马,勇冠当时。每屠城邑,鲜有遗类。然御众严而不烦,莫敢犯者,指授攻讨,所向无前,由是勒遂宠用之。

贾疋①复晋取长安

　　却说安定太守贾疋与冯翊太守索綝、安夷护军麹②允尽散家财,招募义兵,谋复晋室。旬日间,募得义兵五万,来取长安。时雍州刺史麹特闻索綝兴义兵,亦率众十万会之,同攻长安。刘曜大惊,急使刘粲以兵五万屯新丰,自以大众出黄丘,正遇索綝之军至。两下各立阵脚。兵阵中綝允出马,阵前大骂:"戎犬当吾者死,避吾者生!"恼得刘曜性发,亲自持刀,拍马走出阵前。更不打话,直取麹允。二人交战十数合,被麹特拍马出,夹攻刘曜。双拳难敌四手,孤身怎当两人。刘曜拨开兵器,勒马走回本阵,被索綝驱军一击,杀死汉兵大半。刘曜亏输,大败而逃。刘粲在新丰闻曜败,引兵来救,又被麹特、允等杀败而逃。粲兵亦损去大半而还。因此义兵之势大振,关西胡晋之兵翕然响应。阎鼎在密,听知索綝在长安谋复晋室,乃奉秦王业入关,来据长安,以号令四方,共讨刘聪。荀藩、周顗等,皆山东人,不欲西行,至中途逃散,周顗逃奔江东。独鼎与众与秦王业至蓝田,遣人告贾疋,疋遣兵五千迎之。入于雍城,使梁综以兵一万卫之。疋复自同綝等攻长安。

---

① 疋(pǐ)——同"匹",量词。此作人名。
② 麹(qū)——姓。

彝指王导管夷吾

　　却说司徒掾周𫖮字伯仁,乃安东将军周浚之子也。因洛阳陷,晋帝被掳,秦王西行,闻琅邪王睿招贤,乃来投奔于睿。是日,睿正与王导等文武同议兴复之事,忽门吏报司徒掾周𫖮来投。睿即令请入,𫖮即入府堂,拜见琅邪王曰:"臣为帝被北掳,故来投奔殿下,同谋兴复。"睿大喜曰:"吾正商议起兵,今得卿为戮力,其事成矣。"言讫,以𫖮为军咨祭酒、前车骑都尉。言未毕,门吏又报谯国桓彝来投。睿命入,拜见讫,睿以为安东将军。桓彝字茂伦,性通朗,早获盛名,亦因避乱,过江来投。见睿微弱,忧惧不乐,而谓周𫖮曰:"我以中州多故,来此求全。今见主上单弱如此,将何以济?"正论间,忽见王导劝睿曰:"殿下谋兴复之计,宜急收其贤人君子,与之图事。荆、扬晏安,户口殷实,为政务在清静,克己励节,匡主宁邦。于是情好日隆,朝野倾心,天下可图,大业必成矣。"睿从容谓导曰:"卿乃吾之萧何也。"于是号王导为"仲父",加为辅国将军。导又上笺曰:

　　　　今者临郡,不问贤愚豪贱,皆加重号,辄有鼓盖,动见相准。时有不得者,或为耻辱。大官混杂,朝望颓毁。导忝荷重任,不能崇浚山海,而开导乱源,叨窃①名位,取紊彝典②,谨送鼓盖加崇之物,请从导始。庶令雅俗区别,群望无惑矣。

睿观之曰:"从卿所云。"须臾,又上言十数条,皆立国安邦之策。桓彝见其言大喜,复谓周𫖮曰:"向见管夷吾,无复忧矣!"

导指流涕似楚囚

　　次日,琅邪王睿作新亭,始大排筵席,会集诸多贤士同饮。至晚,又命设灯烛来饮,至半醉,忽司徒周𫖮举杯欷歔而言曰:"风景不殊,举目有江

---

① 叨窃——客套话,谓沾光。
② 彝典——法典。

河之异!"言讫,潸然泪下。诸名士曰:"足下何故发悲?"颛曰:"吾泪者为晋天下也。今遭单于,毒流中国,残害百姓,吾等朝夕难保。想着先帝降吴灭蜀,定有天下,子孙相承数十余年,不想今日丧于单于,圣主被掳,不能复仇。吾等欲舍此七尺无用之躯,与胡人死战雪耻,诚恐孤力不加,无益于国,犹然发悲耳!"诸多旧臣名士,皆掩面大哭。座中一人愀然变色曰:"诸公所哭,还能哭得胡兵退邪?否也!汝等当共戮力王室,克复神州,何至作楚囚对泣耶!"众视之,乃仲父王导,各收泪羞愧而言曰:"承君良言也。"于是席散。

次日,陈颛①遗王导书曰:

中华所以委敝者,正以取才失所,先名望而后实事,浮竞驱驰,互相贡荐。加有老、庄之俗,倾惑朝野,养望者为弘雅,政事者为俗人。夫欲制远,先由近始。今宜改张,明赏信罚,拔卓茂于密县,显朱邑于桐乡,然后大业可举,中兴可冀耳!

王导览之,竟不能从。

慕容廆破木丸部

却说辽东附塞鲜卑素喜连、木丸津攻陷诸县,屡败郡兵。东夷校尉封释病不能讨,民皆失业,而归慕容廆者甚众。廆少子慕容翰言于廆曰:"自古有为之君,莫不尊天子以从民望,得成大业,今连、津寇暴不已,不若数其罪而讨之,上则兴复辽邦,下则并合二部,忠义彰于本朝,私利归于我国,此霸王之基也。"廆笑曰:"孺子乃能及此乎?"遂使翰为前锋,自便接应,来讨连、木丸津二部。连、木丸津以兵迎敌,与翰交战一阵,被翰斩之,二部之众尽降于廆。

时东夷校尉封释疾病,得慕容廆以除连、津二部,心中大喜,遂使人请廆入城,排宴待之,谓曰:"释屡遭二部寇患,未能殄灭②,今得将军绝之,无恩可酬。释今病笃,料不能起,倘吾死后,吾孙封奕颇谙武艺,望将军收

---

① 颛(yūn)。
② 殄(tiǎn)灭——灭绝。

留之!"言讫,叫奕拜虓,虓亦还半礼。虓曰:"足下善养贵恙,不必虑后,吾即回兵。"释将金宝谢虓,虓受之。还镇后,释卒,虓闻知,乃遣人召封奕至,与语终日不倦,应对如流。虓说之曰:"此乃奇士也。"称为小都督。释又有二子,封浚、封柚,闻父卒,亦奔丧。虓亦召见之,曰:"此家抎抎①千斤犍也。"以道不通,皆留之。以浚为参军,以柚为长史。

六年(汉嘉平二年),正月,汉王聪闻太保刘殷二女美色,欲纳之为贵嫔。当太弟刘乂固谏曰:"刘殷与陛下同姓,与先帝有连枝之派。今此二女,与陛下有兄妹之亲,不可立也。"聪谓乂曰:"此女辈姿色绝世,淑德冠时。且太保于朕,自有不同,卿意何固谏耶!"乂曰:"五百年中共一家,安可乱伦乎!"当李弘议曰:"太保胤自有周,与圣源实别,殿下何以同姓为碍?且魏司空王基,当世大儒,岂不达礼乎!为子纳司空王沉女为妻,以其姓同而源异,故尔谐耳,今何必拘此也。"刘乂又谏。聪问太宰,延年对曰:"太保自云刘康公之后,与陛下殊源,纳之何害?"于是太弟乂无对。聪大悦,赐金六十斤,曰:"卿当以此意论道与子弟辈耳!"于是命李弘以玺册立刘殷二女为左右贵嫔,又纳刘殷孙女四人为贵人,因此六刘之宠,冠于后宫。聪恋色,稀出设朝,百官奏政事,皆由黄门决之。

忽一日,汉王聪朝会,谓怀帝曰:"卿昔为豫章王,朕与王武子造卿,卿赠朕拓弓银研,卿颇记否?"怀帝曰:"臣安敢忘之!但恨尔日不早识龙颜。"聪曰:"卿家骨肉,何相残如此?"帝曰:"大汉将应天受命,故为陛下自相驱除,此殆天意,非人事也。且臣家若能奉武帝之业,九族敦睦,陛下何由得之?"聪大喜,以小刘贵人妻帝曰:"此名公之孙也,卿善遇之。"

却说故新野王牙门将胡元聚众于竟陵郡,以杜曾为竟陵太守,曾能披甲游于水中不溺,人莫能获。凡出军交战,胜则追掩,败则入水。以此人皆畏服,勇冠三军。与胡元寇掠荆土,招集亡众,威名益振。

琅邪遣将讨石勒

二月,石勒筑垒于葛陂,课农造舟,将攻建业。琅邪王睿大惊,急集江

---

① 抎(yǔn)抎——亡失。

南之众将士于寿春,商议讨勒。乃以纪瞻为扬威将军,领兵五万去讨之。瞻既领兵欲行,会大雨三个月日不止。石勒军中饥疫,军士死者大半,闻江南兵至,集将士议之。刁膺进曰:"司马睿据有长江之固,更且贤士归为之用,民心附,兵粮足,今若与其战,难以求胜。不若送款于睿,求扫平河朔以自赎,候其军退,徐图之可也。"勒愀然长啸。孔苌曰:"明公何思何虑,请以兵五万,委臣分道,夜攻寿春。据其城,食其城粟,江南今年,必能定也。"勒笑曰:"是勇将之计也!"顾谓张宾曰:"于君意何如?"宾进曰:"将军攻陷京师,囚执天子,杀害王公,掳掠妃主,擢将军之发,不足以数将军之罪,奈何复相臣奉乎!今天降霖雨于数百里中,示将军不应留此也。邺有三台之固,西接平阳,山河西塞,宜北徙据之,以营河北,河北既定,天下无处将军之右者矣!宜使辎重①从北道先发,将军引大兵向寿春,辎重既远,大兵徐还,何忧进退无地乎!"勒攘臂鼓掌曰:"张君计是也。"于是黜膺,擢宾为右长史,号曰"右侯"。于是勒引兵退,遣石虎以兵五千向寿春。

却说纪瞻闻石虎引兵来,会将士听计曰:"石虎既引兵至,吾料胡人好掠而贪财。汝等各以兵埋伏船内,傍岸上面皆放粮草于上,装做粮船,得其上船来抢,汝等尽力而拒之。吾自上岸埋伏,以待接应,放炮为号,两下夹攻,可以擒石虎也。"众各领计去,准备船只而行,瞻引军上岸埋伏。

次日午后,石虎兵至,见江边一个个皆是运船,又见粮草在上,虎兵饥久,见粮如何不抢,众各争上运船抢粮,石虎不能禁止。须臾一声炮响,江边两岸战船俱进,岸上纪瞻军杀至,两下夹击,石虎措手不及,被纪瞻杀死一半,大败而逃。赶上石勒前军。勒见虎败,即抽回兵,结阵以待之。纪瞻追至,见石勒大众在彼,不敢交战,只令众军安营以持之。

却说主簿马鲂说刺史张轨曰:"今晋室破坏,琅邪王司马睿为盟主,檄天下之兵,共讨石勒、刘曜,明公安可坐视,从其自定!依某之见,宜命将出师,翼戴帝室,即遣使驰檄关中,共尊辅秦王。且言今遣前锋宋配率步骑二万,径趋长安。诸军络绎继发,乘兹集兵,上可不失封侯之位,下可以保凉州。"轨从之,驰檄关中,发兵二万人来长安,会众讨曜。

却说汉王聪以鱼蟹不足供给宫廷,乃斩其左都水使者襄陵王摅,又做

---

① 辎(zī)重——行军时随军运输的物资。

温明、徽光二殿未成,斩将作大匠望都公靳陵。观鱼于汾水,昏夜不归。王彰入谏曰:"今愚民归汉之志未专,思晋之心犹盛。刘琨咫尺,刺客纵横。帝王轻出,一夫敌耳。"聪大怒,命将彰斩之。时彰女为上夫人在边,即叩头乞哀,始乃囚之。太后张氏闻知,以聪刑罚过差,三日不食。太弟刘乂大单于粲舆榇切谏。聪怒曰:"吾岂桀、纣,而汝辈生来哭人耶!"太保刘殷等百余人皆免冠涕泣而谏,聪慨然曰:"朕昨太醉,非其本心,微公等言之,朕不闻过。"各赐帛百匹,使侍中持节,赦王彰,进封为定襄郡公。于是群臣谢恩而起。

却说雍州刺史贾疋以大众来攻长安,刘曜闻知大惊,急聚众将商议。曜曰:"贾疋、索綝聚各处军马,直抵城下,众将有何妙策?"王直挺身言曰:"大王勿虑,吾见贾疋之兵众多,诸卒如草芥耳。小将提狼虎之师,定斩其首,悬于军门,直之愿也。"曜大喜曰:"吾有王君,高枕无忧矣。"言未绝,王直后一人高声而出曰:"割鸡焉用牛刀,不必将军有劳虎威。吾观斩晋诸兵之首,如探囊取物耳!"曜视之,其人身长九尺,面如噀血,虎体狼腰,豹头猿臂。关西人也,姓华名权,是帐前一员骁将。曜听其言大喜,加为骁骑校尉,拨马步军五万,一同李轸、赵本连夜飞奔出城来。

却说众晋兵有胡忠先将马步军三千,径抄小路,直到搦战。华权引骁骑五白,飞出大喝:"贼将休走!"胡忠手起刀落,斩权于马下,生擒将校极多,将华权首级,直来大寨显功。疋喜,重赏胡忠,又与铁甲马军三千前来攻城。刘曜见斩了权等,乃引众开城门,走离长安。贾疋传令诸军勿追,迎接秦王业入长安屯住,招纳四方之兵。

汉太保刘殷卒。殷不为犯颜忤旨,然因事进规,补益甚多。汉主聪每与群臣议事,殷无所是非,群臣出,殷独留,为聪敷畅条理,商榷事宜,聪未尝不从之。殷尝戒诸子孙曰:"事君当务几谏。凡人尚不可面斥其过,况万乘乎!夫几谏之功,无异犯颜,但不彰君之赤,所以为优耳。"殷在公卿间,常恂恂有卑让之色,故能处骄暴之国,保其富贵,不失令名,所以考终寿也。

却说刘琨亦招集军马以伺大举,时琨长于招怀,而短于抚御。一日之中,虽归者数千,而去者亦相继。于是琨使刘希往中山郡去招军买马。希从命来中山郡,招集民兵一万余人,又买马数千匹。时中山属幽州所统,代郡、上谷、广宁之民多归希,由此将集三万人。王浚闻知大怒,即令胡矩以书邀段疾陆眷称曰："刘希没理，何得越境招军？中山乃吾之所统，汝何得专，公可将五万人同去袭之。"矩等会段疾陆眷兵驰至中山，希不之备，被矩与段疾陆眷两人分兵夜攻之。希措手不及，被矩杀死，大掠其众而还。琨闻知希死，心甚忧之，又恐石勒取三台并邺，乃令兄子刘演以兵五万镇邺。石勒大众济河，刘演以兵出保三台，勒诸将欲攻之，张宾曰："攻之未易猝拔，舍之彼将自溃。方今王彭祖、刘越石，公之大敌也，宜先取之，演不足顾也。且天下饥乱，明公拥兵羁旅，人无定志，非所以保万全，制四六也。不若择便地而据之，广聚粮储，西禀平阳以固幽、并，此霸王之业。"勒从之，乃以众进据襄国。分布诸将，攻冀州郡县，运谷以输襄国。汉王闻勒在襄国，乃使使以勒为冀州牧。

却说刘曜自长安一败，无处屯扎，以众走回平阳。时刘琨移檄州郡，期十月会兵平阳击汉，未及行。而琨索奢豪，喜声色，徐润以音律得幸，骄恣干预政事。护军令狐盛数以为言，固谏之。琨大怒，令人收盛杀之。琨母曰："汝不能驾御豪杰以恢远略，而专除胜己，祸必及我！"琨不能改。令狐盛子令狐泥乃私走奔平阳降汉，具言晋阳虚实。汉主聪大喜，封泥为将，即以书遣刘粲与刘曜将兵来寇并州，以泥为向导使。刘琨闻之，急东出，收兵于常山，一面使人来求救于代公猗卢。琨既东出收兵，晋阳空虚，被刘粲与曜用令狐泥引路，抄小路袭破晋阳而据之。琨闻之，急以兵还救晋阳，城已陷，乃率众复奔常山。琨之父母被泥杀之矣。

九月，贾疋奉秦王业为皇太子，建行台，登坛告类，建宗庙社稷。

代公大破刘曜众

十月，代公猗卢得刘琨书，发兵来救晋阳。猗卢以其子六修率军十万为前锋，自帅二十万为继后。刘琨知代动兵，乃随路迎接代公猗卢，甚称惭愧失镇之因。猗卢亦以善言以慰其心，就令刘琨收散卒为向导，特进晋阳。刘曜亦引兵屯于汾东拒之。次日交战十数合，刘曜莫能挡抵，大败坠马，身中七枪。曜见代军雄盛，乃夜以众逾蒙山逃归，被猗卢催军追之，战于蓝谷，汉兵大败，被代公杀得伏尸数百里。刘曜及粲只余二千余人，走还去讫。猗卢因大猎寿阳等山，陈阅皮肉，山为之赤。刘琨自营门步入拜谢,固请进军讨汉。猗卢曰:"吾远来,士马疲弊。况百年之寇,未可尽除,且待后举,而刘聪未可即灭也。留大将戍晋阳,吾暂还国。"言讫,留其将箕澹等戍晋阳,自回去讫。刘琨乃自徙居阳曲屯扎。

十二月,却说初,贾疋入关,杀汉梁州刺史彭仲荡,至是其子彭天护率群胡前来报仇,疋以兵与护战三合,中间被天护杀之而去。疋既死,其众推麹允为雍州刺史。

王浚遣军攻襄国

却说王浚遣督护王昌以五万众,会段疾陆眷与弟匹䃅文鸯、从弟末柸①等一十五万众,来攻襄国。石勒闻知,遣将领兵去拒,皆败而还。勒大惊,召将佐曰:"吾欲悉众出战,何如?"诸将皆曰:"不如坚守,俟其退而击之。"张宾、孔苌曰:"鲜卑段氏最为勇悍,而末柸尤甚,其锐卒皆属焉。今闻克日来攻此城,必谓我孤弱,不敢出战,意必懈堕,宜且勿出,示之以怯。凿北城为突门二十余道,俟其来至,列守未定,出其不意,直冲末柸,彼必震骇,不暇为计,破之必矣。末柸败,则其余不攻自溃矣。"勒从其计,传令诸军,密凿突门于北城二十余处,又遣军埋伏其突门处。计排已定,段疾陆眷等兵果至,见北城崩突二十余处,以兵北屯城下,欲攻北面,见其城上皆无守卫军士,心疑之,传计令军外士卒诈懈以试城内动静,待其军出而击之。时石勒见段疾陆眷兵至,乃登城望之,见其将士皆释伏而寝,石勒即命孔苌督锐卒五千,从突门出击之,被段疾陆眷从中军杀出,苌大败而退,从突门走入。末柸不知是计,杀得性发,引兵从突门逐苌杀入,被众伏兵一拥而至,获住末柸。孔苌乘胜分门杀出,追击段疾陆眷等兵,死者枕尸三十余里,苌方收军入城。段疾陆眷走脱,招集亡众,使人以铠马金银五千斤献勒,求赎其弟末柸,永为其藩,再不敢犯。勒从之,将放末柸还,诸将劝勒杀之,以除后患,石勒曰:"辽西鲜卑,健国也,与我素无仇雠②,为王浚所使耳。今杀一人而结一国之怨,非计也。归之必深德我,

---

① 柸(pī)。
② 仇雠(chóu)——本指仇敌,此指仇怨。

不复为浚用矣。"言讫,乃遣石虎出与段疾陆眷盟于渚阳,结为兄弟。段疾陆眷大喜,引兵还国。王昌见段疾陆眷归盟附勒,乃引兵亦走还蓟。石勒、段疾陆眷退兵,乃召末杯出,与之宴饮,誓为父子,令人送其还国。由此段氏专心附勒,王浚之势遂衰矣。

却说王澄少与兄王衍名冠海内,刘琨谓澄曰:"卿形虽散朗,而内实动侠,以此处世,难得其死。"及在荆州,屡为杜弢所败,望实俱损,犹傲然自得,与内史王机日夜纵酒博弈,上下离心。故山简参军王冲拥众自称刺史。澄惧,徙治沓中。琅邪王睿闻之,使人召澄为军咨祭酒,以周顗代之。王敦以兵方讨杜弢。进屯豫章,澄过之,自以名声当出敦右,犹以旧意侮敦。敦怒,诬其与杜弢通信,遂杀之。

却说羌酋姚弋仲,乃南安赤亭羌也。集众东徙榆眉,戎夏襁负随之者数万,因而自称扶风郡公,招集羌众,大霸其地,威名日甚。

孝愍皇帝建兴元年,汉嘉平三年,正月朔,汉王刘聪大会文武宴于光极殿,使晋怀帝着青衣行酒,劝其群臣。当晋臣庾珉、王隽等亦随帝掳在此,见帝着青衣劝酒,不胜悲愤,因相谓曰:"主忧臣辱,主辱臣死,吾等不能杀此胡狗,安用全生观此耻乎!"言讫,大骂汉主,号啕大哭。汉主聪大怒,命左右牵晋帝与庾珉、王隽十余人出外,尽皆杀之。

晋朝庾珉十余臣,同君俘陷在胡庭。

当时不哭主辱死,忠义安留万古名。

是时,只有侍中辛勉因疾未曾赴宴,不曾被害。当汉王聪使人以印绶拜为光禄大夫。使人得旨,以是语诱之,令降汉。勉固辞不受,唯愿死节,无怀二心。使得其言,复回见汉王聪,道其不降无异之志。聪欲爱其降,吩咐黄门乔度曰:"你将此鸩酒逼他来降,不可与他饮之,只可逼之。"因此黄门乔度赍药酒来见勉,逼之曰:"若降,贵不可言;若逆,可饮此鸩。请君自裁,随便而行。"辛勉曰:"大丈夫岂以数年之命而亏高节,如事二姓,何面目下世见晋武皇帝哉!"言讫,持药酒欲饮,乔度遽止之曰:"主上相试耳,君真高士也!"于是叹息而还,俱以勉言回奏于汉王。聪大喜,嘉其贞节,深敬异之,使人为筑室于平阳西山,月奉酒米供给,勉亦辞而不受。后年八十,卒于平阳。有诗曰:

司马君王遭此擒,侍中辛勉亦随行。

甘偕国难随君主,不辞身害逆胡鳞。

愿饮药鸩为晋鬼,岂贪美禄作刘臣。
遍观晋史忠贞士,如君高节几何人?

元达锁腰谏汉王

三月,汉王刘聪立其贵嫔刘娥为后,欲起凰仪殿与居。廷尉陈元达切谏曰:"天生民而树之君,使司牧之,非以残兆民之命,穷一人之欲也。是以先帝身衣大布,居无重茵,后妃不衣锦绮,乘舆马不食粟。陛下践阼以来,已作殿观四十余所,加之军旅数兴,馈运不息,饥馑、疾疫,死亡日继,而益思营缮,岂为民父母之意乎!"聪大怒曰:"朕为天子,营一殿,何关汝鼠子乎,不杀此奴,沮乱朕心,此殿何能得成!"即命左右曳出斩之,并其妻子枭首东市。时聪在逍遥园李中堂,元达先锁腰而入,即以锁锁堂下树,呼曰:"臣所言者,社稷之计,而陛下杀臣。朱云有言:'臣得与龙逢、比干游于地下足矣!'"聪喝左右曳出,左右曳之不能动。大司徒任颉等叩头出血曰:"元达为先帝所知,尽忠竭虑,知无不言。臣等每见之,未尝不发愧。今言虽狂直,愿陛下容之。"聪默然。刘后闻之,密敕左右停刑,即忙作手疏一言曰:

今宫室已备,无烦更营。四海未一,宜爱民力。廷尉之言,社稷之福也,宜加封赏,而更诛之,四海谓陛下何如哉!夫忠臣进谏者,固不顾其身也;而人主拒谏者,亦不顾其身也。陛下为妾营殿,而杀谏臣,使忠良结舌者由妾,远近怨怒者由妾,公私困弊者由妾,社稷阽危①者由妾,天下之罪皆萃于妾,妾何以当之!妾观自古败国丧家,未始不由妇人,心常疾之。不意今日身自为之,使后世视妾,由妾之视昔人也!妾诚无面目自奉巾栉②,愿赐死此堂,以免后议也!

聪览之大悦,请后归,命任颉等冠履就坐,引元达以表示之曰:"外辅如

---

① 阽(diàn,音电)危——临近危险。
② 奉巾栉(zhì)——做妻子的谦辞。巾以拭手,栉以梳发,古时妻子侍奉丈夫梳洗。

卿，内辅如后，朕复何忧！"乃更命逍遥园为纳贤园，李中堂为愧贤堂。聪谓元达曰："卿当畏朕，而反使朕畏卿耶！"

怀帝被害立愍帝

四月，怀帝被害，凶闻至长安，皇太子业与百官举哀。索綝等请太子业加元服而即帝位。太子既即大位，改号为建兴元年。以梁芬为司徒，麹允、索綝为仆射。

是时，长安城中户不盈百，蒿荆成林，公私有车四乘，百官无章服、印绶，惟桑版署号而已。寻以索綝为卫将军、领太尉，军国之事，悉以资之。史说，索綝字巨秀，敦煌人也，少有逸群之量。其父索靖每曰："綝廊庙之才，非简札之用，州郡吏不足污吾儿也。"至是，果应其言。

孝愍帝名业字彦旗，吴王晏之子，武帝之孙也。初，封秦王，及怀帝遇害，大臣立以为帝。在位四年，后为汉将执而弑之，寿四十八。按谥法，在国遭忧曰愍。

石虎引兵陷邺台

却说辅汉将军石勒以从弟石虎为先锋，领兵十万，来攻邺都三台城。兵至城下，团团围绕，水泄不通。

史说，石虎字季龙，乃勒之从子也，名犯太祖庙讳，故称字焉。勒父朱幼而子季龙，故或称勒弟焉。季龙性残忍，好驰猎，尤善弹，数以弹打死人命，军中以为毒患。勒白母王氏，欲将杀之。王氏谏曰："快牛为犊子时，多能破车，汝当小忍之。"于是留之。年十八，稍折节，勇冠三军，当时将佐亲戚，莫不敬惮。勒始嘉之，为娶将军郭荣之妹为妻。季龙攻讨，所向无前，故勒宠之，得以专征伐之任耳。

此时季龙攻三台城，三台军民皆溃，大将军谢胥势穷，乃率三台流人诣石勒处投降乞活。勒欲准其降，偏将李恽上曰："南人奸诈多般，倘若有变，吾等无类矣！"勒深然其言，即命将谢胥斩之，自上马出来，欲坑其降卒,忽见郭敬在内,勒认识之,乃恩人郭季子,即问曰:"汝莫非郭季子乎?"敬叩头曰:"是也。"勒忙跳下马,执其手而泣曰:"今日相遇,岂非天耶!"赐其衣服车马,署敬为上将军,悉免降者以配之,与敬统领。昔勒幼贫,得郭敬资给,是故报之耳。于是勒领众入邺,问于右侯张宾曰:"邺城乃魏之旧都,吾将营建,须贤望以绥之,谁可信也?"宾曰:"晋故东莱太守赵彭忠亮笃敏,有佐时良干,若任之,必能允副神规。"勒从之,使人征彭,署为魏郡太守。彭至,入见勒,泣辞曰:"臣往策名晋室,食其禄矣。犬马恋主,切不可忘,诚知晋之宗庙鞠为茂草,亦犹洪川东逝,往而不返。明公应符受命,可谓攀龙之会。但受人之荣,复事二姓,臣志所不为,恐明公之所不许,若赐臣余年,全臣一介之愿者,明公大造之惠也。"勒默然。张宾进曰:"自将军神旗所经,衣冠之士靡不变节,未有能以大义进退者。至如此贤,以将军为高祖,自拟为四皓①,所谓君臣相知,亦足成将军不世之高,何必使之?"勒大悦曰:"右侯之言,得孤心矣。"于是赐安车驷马,养以卿禄,令其还宅,乃辟其子赵明为参军。命石季龙为魏郡太守,镇邺三台,勒自领兵还屯襄国。

却说华谭尝在寿春依周馥,及闻琅邪王霸有江东,乃来从之。至是,琅邪王睿问谭曰:"周祖宣(周馥之字)何故反?"谭曰:"周馥虽死,天下尚有直言之士。馥见寇贼滋蔓,欲移都以靖国难,执政不悦,兴兵讨,馥死未逾时而洛阳沦没。若谓之反,不亦诬乎!"睿曰:"馥位为征镇,召之不入,危而不持,亦天下之罪人也。"谭曰:"然,危而不持,当与天下共受其责,非但馥也。"睿无以对,乃以谭为军咨祭酒。

时睿参佐多有避事自逸,参军陈频言于睿曰:"洛中承平之时,朝士以小心恭恪为凡俗,偃蹇倨肆②为优雅,流风相染,以致败国。今僚属皆承西台余弊,养望自高,是前车已覆,而后车又将随之也。请自今临使称疾者,皆免官。"睿不从。以三王之诛赵王伦也,制《己亥格》以赏功,自是循而用之。频又曰:"昔赵王篡逆,惠皇失位,三王讨之,故厚赏以怀向义之心。今功无大小,皆以格断,乃至金紫佩士卒之身,符策委仆隶之门,非所以重名器,正纪纲也,请一切停之!"频出寒微,数为正论,府中僚佐多

---

① 四皓——汉时商山四个隐士,须眉皆白,称四皓,高祖召,不应。
② 偃蹇倨肆——骄傲。

恶之,于是睿以颛出为谯郡太守。

却说吴兴太守周玘宗族强盛,琅邪王睿颇疑惮之。睿左右用事者,多中州亡官失守之士,驾御吴人,吴人颇怨。玘自以失职,又为刁协所轻,阴与其党谋诛执政,以南士代之。事泄,忧愤而卒。将死,谓其子勰曰:"杀我者,诸伧子也;能复之,乃吾子也。"言讫而卒。时镇东将军顾荣、太子洗马卫玠皆卒。

史说,顾荣字彦先,吴国人也。荣机神朗悟,祖姓吴,丞相雍之后也。吴平,与陆机兄弟同入洛,时人谓之"三俊"。奉例拜为郎中,历尚书郎、廷尉正。恒纵酒酣畅,常谓友人张翰曰:"唯酒可以忘忧,但无如作病何耳!"初,荣与同僚宴饮,见从人执炙①食者状貌不凡,其人有爱炙食之色。荣即割其炙食,与从人啖②之。坐者问其故,荣曰:"岂有终日执之,而不知其味者也!"及赵王伦败,荣为伦长史,亦被执,将诛,而前执炙食者幸为督率,救之,得免。后仕琅邪王睿,以为散骑常侍,年五十七卒。

史说,卫玠字叔宝,年五岁,丰神秀异。祖父瓘曰:"此儿有异于众,顾吾已老,不能见其长成耳!"总角乘羊车入市,见者皆以为玉人。骠骑将军王济,玠之舅也,俊爽有丰姿,每见玠,辄叹曰:"珠玉在侧,觉我形秽。"又尝语人曰:"与玠同游,炯若明珠之在侧,朗然照人耳。"及长,好言玄理。时王澄有高名,每闻玠言,辄叹息绝倒。故时人为之语曰:"卫玠谈道,平子绝倒。"澄及王玄、王济并有盛名,皆出玠下。世人云:"王家三子,不如卫家一儿。"玠妻父乐广,有海内重名,议者以为妇公冰清,女婿玉润。久之拜为太子洗马。玠以天下大乱,移家南行,转至江夏,妻先亡。征南将军山简见之,甚相钦重。玠知其有女淑德,使人说亲。简欣然曰:"昔戴叔鸾嫁女,唯贤是与,不问贵贱,何况卫氏权贵门户,令望之人乎!"于是以女妻焉。成亲遂进豫章。其时王敦镇豫章,长史谢鲲先重玠,见玠欣然,言论弥日。敦谓鲲曰:"昔王辅嗣吐金声于中朝,此子复玉振于江表,微言之绪,绝而复续。不意永嘉之末,复闻正始③之音,何平叔若在,当复绝倒矣!"由然人士皆相重之,年二十七岁,卒于南昌,晋王睿闻知,

---

① 炙——烤熟的肉。
② 啖(dàn)——吃。
③ 正始——三国末魏年号。

不胜之悲。

慕容廆大霸棘城

却说慕容廆字弈洛瓌,棘城鲜卑人。其先有熊氏之苗裔,世居北夷,邑于紫蒙之野,号曰东胡。秦、汉之际,为匈奴所败,分保鲜卑山,因以为号。曾祖莫护跋,魏初帅其诸部,入居辽西,从司马宣帝伐公孙氏有功,拜为率义王,始建国棘城之北。时燕代多戴步摇冠,莫护跋见而好之,乃敛发袭冠,诸部因呼之为步摇,其后音讹,遂为慕容焉。或云慕二仪之德,继三光之容,遂以慕容为氏,始以为姓。慕容廆幼而魁梧,美姿貌,雄杰有大度。安北将军张华雅有知人之鉴,廆童冠时尝谒之,华甚叹异,谓曰:"君至长,必为命世之器,匡济时难者也。"因以所服簪帻遗廆,结纳殷勤而别。

至元康四年,廆以大棘城乃帝颛顼①之旧墟,乃与父涉归徙居,教民以农桑,法制同于上国。其时镇北将军王浚政法不立,不能存抚士民,避乱来奔者,往复去之。闻慕容廆政事修明,爱重人物,故士民多来归之。廆举其英俊,随才授任,众至十数万,威名日盛,大霸棘城。

西戎吐谷浑,乃慕容廆之庶长兄也。其父慕容涉归存时,分部落一千七百家以隶之,后不料涉归死了,慕容廆嗣其大位。廆既即位,聚集诸部议事,忽马奴来报,称说御马出浴于河,因见吐谷浑所乘之马,各相狠斗,御马反输踅,请大王令人医之。廆听见其说,大怒。谓吐谷浑曰:"先公分封有别,奈何不相远离而令斗马!"吐谷浑曰:"马为畜,斗者其常性也,何怒于人?"廆转怒曰:"远别甚易,当去汝于千里之外矣。"吐谷浑闻言曰:"远别甚易,恐后会为难!"言讫,愤气即出外,领家属遂西行。廆怒不息,忽长史楼冯入内问廆曰:"大王何怒? 大公子吐谷浑,今领所属诸部西行矣。"廆以马斗之事言之,楼冯曰:"兄弟者,手足也。且与人相斗,去其右手,安必胜乎? 夫弃兄弟而不亲,而天下其谁亲之? 安可以马斗而远疏至亲之骨肉耶!"廆心悔之,急曰:"卿可速去追请吾兄还之!"于是楼冯

---

① 颛顼(zhuānxū)——传说中上古帝王名。

即出追着,言:"大王令小臣请殿下还国,不可远离!"吐谷浑勒住马曰:"先公称卜筮之言,当有二子克昌,祚流后裔。我卑庶也,理无并大,今因马为弟所怒而别,殆天所启乎?诸君若请吾还,诚驱我马令东,马若还东,我当相随还耳,若西,不归矣。"言未毕,楼冯即遣从人拥马东去,数百步,马辄悲鸣,复西走不去。吐谷浑对楼冯曰:"我不归耳!"冯跪下曰:"此天意,非人事也。"于是吐谷浑策马西去。楼冯回见廆,以吐谷浑之言不归之意说知。廆心悔念,思兄吐谷浑谓为阿干,乃自作《阿干之歌》,岁暮穷思,常歌之,悲涕不胜。

吐谷浑西至阴山,就居其地。据有西零、西极、白兰数千里,戎人多附之。时吐谷浑卒,有子六十人,长子吐延嗣雄姿魁杰,羌虏诸部戎人尽皆惮之,号曰此乃项羽复生。而吐延性倜傥不群,常慷慨,忽一日闲坐,谓其左右曰:"大丈夫生不在中国,当高、光①之世,当与韩、彭、吴、邓②并驱中原,定天下雌雄,使名垂竹帛,而窜处穷山,隔在殊俗,虽偷观日月,独不愧于心乎!"于是羌人咸服其言。只有羌酋姜聪心嫉其能,每欲起害吐延之意,而吐延性虽猜忌,而自负其智,不之防耳。因一日饮酒大醉,与从人数十出猎至阴山小谷,被姜聪伏草中,背标一枪,正中后心,落马身死。左右从人各持兵刀搜山,捕得姜聪,即斩之,取首级,抬吐延尸首归府,见其夫人燕氏。燕氏痛哭,哀号终日,命安葬。命将姜聪首级,砍为肉酱,狗食之。时吐延之子叶延年十岁,见父遭姜聪所害,缚草为人,作姜聪之像,大哭以箭射之,中之则号泣,不胜悲哀;不中则瞋目大呼骂,又射之。其母燕氏入后园见之如此作为,哭谓叶延曰:"姜聪逆贼,诸将已屠鲙之矣,汝何为如此耶!"叶延泣曰:"父母之仇,不同天地,逆贼虽死,我恨难消,诚知射草人不益于先仇,以申罔极③之志耳!"言讫,母子相抱而哭。

初,中国士民避乱者多依王浚,浚政法不立,往往去之。段氏兄弟专武勇,不礼士大夫,唯廆政事修明,爱重人物,故归之。廆以裴嶷、阳耽为

---

① 高、光——汉高祖、汉光武帝。
② 韩、彭、吴、邓——韩信、彭越是汉高祖的名将,吴汉、邓禹是汉光武帝的名将。
③ 罔极——无穷尽,常以父母之恩为罔极之恩。

谋主,游邃、逢羡、封柚、裴开为股肱①,宋该、皇甫岌、岌弟皇甫真及封弈、封裕典机要。

裴嶷清方有干略,兄武为玄菟太守,卒。初,嶷与武子开以其丧归,过谒廆,廆敬礼之。行及辽西,道不通,嶷欲还从廆,开曰:"且等流寓,段氏强,慕容氏弱,何必去此而就彼也?"嶷曰:"欲求托足之处,岂可不慎择其人。汝观诸段,岂有远略且能待国士乎!慕容公修仁义,有霸王之志,加以国富民安,今往从之,高可以立功名,下可以庇宗族,汝何拒焉!"言讫,复还就廆。廆大悦,以为谋主。

初,游邃尝避地于蓟,后归廆,王浚屡以手书招其兄游畅,畅欲赴之,邃曰:"彭祖②必不能久,且宜盘桓以俟之。"畅曰:"彭祖忍而多疑,今手书殷勤,而稽留不往,将累及卿,且乱世宗族宜分,以冀遗种。"邃从之,卒与王浚复殁。五月,愍帝设朝,群臣奏请以诏封琅邪王睿为左丞相、南阳王保为右丞相,分督陕东西诸军,去讨刘聪。帝从之,诏曰:

> 今当扫除鲸鲵,奉迎梓宫。令幽、并两州勒卒三十万,直造平阳。右丞相宜帅秦、梁、凉、雍之师,径诣邺中。左丞相所领精兵造洛阳。同赴大限,克成元勋。

又诏睿以时进军,与乘舆会除中原。

琅邪王睿集僚佐商议。谋臣以方平定江东,未暇北伐,宜推故却之。于是睿以表辞而不行,乃以刁协为丞相左长吏,以刘隗③为司直。隗雅习文史,善伺候睿意,故特亲爱之。时主簿熊远以睿以下法律久废,乃上书于睿曰:

> 军兴以来,处事不用律令,用者不敢任法,每辄关咨,非为政之体。愚谓凡为驳议者,皆当引律令、经传,不得直以情言,无所依准,以亏旧典。若开塞随宜,权道制物,此人君之所得行,非臣子所宜用也。

睿览之,不能从。

---

① 股肱(gōng)——喻左右辅助得力的人。
② 彭祖——指王浚。
③ 隗(kuí)。

祖逖击楫取中原

史说，祖逖字士稚，范阳遒人。世吏二千石，为北州旧姓。逖性豁荡，不修仪检。年十四五，犹未知书，诸兄每忧之。后乃博览书记，该涉古今，往来京师，见者谓逖有赞世之才。先与友人刘琨俱为司州主簿，情好绸缪，共被同寝，中夜闻荒鸡鸣，蹴琨觉曰："此非恶声。"因起舞焉。逖、琨二人并有英气，每语世事，或中宵起坐，相谓曰："若四海鼎沸，豪杰并起，吾与足下当相避于中原耳！"及京师大乱，乃率亲党百余人来江南，投奔琅邪王睿。时睿正与刁协、卞壶、陈颢、庾亮、甘卓、周访、陶侃一班儿文武议事，忽左右人说门外有范阳逖特来相投，睿命进来，祖逖入见，行礼毕，睿曰："君来戮力，必有见教于吾乎！"祖逖言曰："诚恐鄙言，大王不听。臣思晋室之乱，非上无道而下怨叛也。由宗室争权，自相鱼肉，遂使戎狄乘隙，毒流中土。今遗民既遭残贼，人思自奋，大王诚能命将出师，使如逖者统之，以复中原，郡国豪杰必有望风响应者矣，何患中兴不在此时耶！"睿大喜曰："孤本无北伐之志，得君之壮，令人有意中原矣。孤就拜卿为奋威将军、豫州刺史，廪千斛、布三千匹与卿招募兵，渡江北进。"逖欣然拜领，出招募兵，得三千余人。次日，引众登舟渡江，至中流击楫而誓曰："祖逖不能清中原而复济此者，有如大江！"辞色壮烈，众人皆慷慨。次日，行至淮阴，铸器械甲胄，又募得二千余人，进屯豫州，安民阅武，大兴攻讨，北地士民，皆来归之，于是北地遂平，由是黄河以南尽为晋土矣。逖使人去见琅邪王睿报捷，睿大喜，复使使拜祖逖为镇西大将军，自此逖威名远播，胡人不敢窥兵矣。

史说，并州刺史刘琨，闻知友人祖逖为豫州刺史，转升镇西大将军，心忧自不能先，乃移书临家遗其亲故，曰："吾枕戈待旦，志枭逆虏，常恐祖生先吾着鞭，未审何如耳！"

却说周颢以兵屯浔水城，被杜弢围之。陶侃闻知，即遣将军朱伺领军二万来救。弢已闻知朱伺来，乃退兵保泠口。侃又使人令伺逆击之，伺得令引军至泠口，弢以兵拒战。次日交锋，大战不数合，弢败走，被朱伺驱军追击，大破之。弢势孤遁归长沙，伺引军还。王敦使人上表奏侃之功，朝廷以侃为荆州刺史，命屯沔江城。侃既受诏，屯沔江招集士众，商议去击杜弢。

张光视死如登仙

十月，羌氐杨茂搜之子杨难敌，遣养子贩易于梁州，被梁州刺史张光杀之。及光与王如余党杨虎相攻，光不能胜，使人求救于杨茂搜。茂搜遣难敌以兵来救光，被杨虎窃知，密使人持金宝厚赂难敌，返与虎夹击，张光大败，婴城自守，愤激成疾。僚属劝光退据魏兴，光按剑曰："吾受国重任，不能讨贼，今得死如登仙，何谓退也！"声绝而卒。难敌知光死了，城中无主，驱兵攻拔梁州，入屯扎之。

却说陶侃既受荆州刺史屯沔江，与诸将谋，兴兵来长沙，击杜弢。杜弢亦引军出迎，两下交战不十合，弢又败，被侃挥兵大破之，弢逃入城，坚守不出。

刘曜阴入攻长安

却说刘曜与麹允相持数月，乃阴使赵染帅精兵三万，密来袭长安，自为后应。染得令，漏夜驰至，攻入外城。内城军民鼎沸惊奔，愍帝大惊，奔射雁楼。染骑至龙尾坡，使人尽放火烧晋诸营，见内坚闭不出，恐有埋伏，亦不敢进，乃勒众退屯逍遥园。次日天明，将军麹鉴率兵二万来救长安，与曜众遇战于灵武，鉴兵大败。曜恃胜不为防备，与赵染合兵而屯。麹鉴败归，麹允曰："汉既胜，谓我不敢再至，必无准备，正可袭之。"言讫，传令三军尽起，来袭曜营。曜果未设备，被允军袭之，汉兵大败。刘曜见势头不好，引腹心弃营先逃，只有一将乔智明以众出拒战，被麹允杀之，其众大败，损去大半。刘曜既走脱大难，招集残兵，复归平阳去讫。

石勒奉表于王浚

　　十二月，幽州都督王浚自谓英雄无比，豪杰无二，欲反晋，自称尊号，当刘亮、高柔切谏，皆被杀之。时燕国霍原志节清高，屡辞征辟①。浚使人召至，以尊号事问之。原不答，浚诬以罪杀之，而枭其首。于是士民骇怨，而浚矜豪日甚，不亲政事，所任皆苛刻小人。枣嵩、朱硕贪横尤甚，北州谣曰："府中赫赫朱丘伯，十囊五囊入枣郎。"石勒闻知，乃集军将士商议欲袭之。未知虚实，将遣使觇之。当参佐刁膺等，请用羊祜、陆抗故事，致书于浚。勒以问张宾，宾曰："浚名为晋臣，实欲废晋自立，但患四海英雄莫之从耳。将军名震天下，今折节事之，犹惧不信，况为羊、陆之亢敌乎！夫谋人而使人觉，其情难以得志矣！"勒曰："善，子之言，正合孤心。"于是勒遣舍人王子春奉表于浚。浚大悦，览之曰：

　　　　勒本小胡，遭世饥乱，流离屯危，窜命冀州，窃相保聚，以救性命。今晋祚沦夷，中原无主，为帝王者，非公复谁？愿殿下应天顺人，早登皇祚。勒奉戴殿下，如天地父母，殿下察勒微心，亦当视之为子也！

浚读罢甚喜，谓子春曰："石公可信乎？"子春曰："殿下中州胄望，威行夷夏。自古胡人为辅佐名臣则有矣，未有为帝王者也。石将军非恶帝王不为而让于殿下，顾以帝王自有历数，非智力之所取故也，又何怪乎？"浚大悦，遣使以重礼报聘于勒，勒受之。时游纶兄游统为浚将，镇范阳城，遣使私附于勒，勒斩其使，遣人以其书及使人首级送与浚，浚虽不罪统，益信勒之忠诚，无复疑矣。

　　二年（汉嘉平四年），正月，有日陨于地，又有三日相承东行。又有流星陨于平阳北，化为肉，人视之，则长三十步，广二十七步，臭息闻于平阳。肉傍常有哭声，昼夜不止。汉王聪闻知，心甚恶之，以问公卿，陈元达曰："陛下女宠太盛，此应为亡国之征，宜修省之。"聪曰："此乃阴阳之理，何关人事！"言讫，忽后宫宫人奏："皇后刘氏产下一条大蛇，一只猛兽，在宫

---

①　征辟——征召来未仕的士人为官。

中伤人。"聪急使人捕之。军人即带兵刃去捕蛇兽,蛇兽飞走不见,寻之不得。军人急出奏知汉王聪,聪正烦恼,出榜去寻,忽群臣奏说:"百姓道其蛇兽飞走在前陨肉之旁,如今其陨肉、蛇兽不知何处去了,哭声亦止。"正论间,忽后宫宫人来奏:"皇后刘氏死了。"聪流泪入宫去讫,文武退班。刘聪入宫举哀,敛葬毕,自此之后,嬖宠进御无序矣。

却说王浚遣使者送玉麈尾与石勒,勒在襄国,闻浚使至,尽匿其劲卒、精甲,以羸师虚府以示之,北面拜使者而受书。浚送勒麈尾,勒不敢执,悬之于壁,朝夕拜之,曰:"我不得见王公,见其所赐,如见王公也。"使人见勒如此殷勤,以为是实。时勒复遣董肇奉表同使人去见王浚,期以三月中旬亲诣幽州,奉上尊号。又修笺将金帛送与枣嵩,求并州牧。枣嵩受勒赂,甚称勒德于浚,浚又得勒表,心中大悦。又问使人虚实动静之事,使人俱以勒形势寡弱款诚无二及言拜麈尾之语语浚,浚亦以为实,中心不疑,不为设备矣。

却说石勒问浚于王子春虚实何如,子春曰:"幽州去岁大水,人不粒食。浚积粟百万,不能赈赡,刑政苛酷,赋役殷烦,忠贤内离,夷狄外叛。人皆知其将亡。浚意气自若,曾无惧心,方更置台阁,布列百官,自谓汉高、魏武不足比也。"勒抚几笑曰:"王彭祖真可擒也。"

却说汉嘉、涪陵、汉中之地,皆为成有。成主李雄虚己好贤,随才授任。命太傅李骧养民于内,李凤等招怀于外。刑政宽简,狱无滞囚。兴学校,置史官。其赋,民男丁十岁谷三斛,女丁半之,疾病又半之;户调,绢不过数丈,绵数两。事少役稀,民多富实,新附者给复除。是时天下大乱,而蜀独无事,年谷屡熟,乃至闾门不闭,路不拾遗。然朝无仪品,爵位滥溢;吏无禄秩,取给于民;军无部伍,号令不肃,此其所短也。时梁州张咸闻知,乃与民众谋集五万人,欲逐杨难敌,以州来降于成。难敌见兵起,亦不敢战,引兵退还。于是张咸以梁州降于成,成主李雄封咸为将,就镇梁州。

石勒袭蓟杀王浚

三月,石勒欲袭王浚而未敢发,而惧刘琨、乌桓为后之患,张宾曰:

"明公欲图王浚趑趄①,岂非畏刘琨及鲜卑、乌桓为吾后患乎?"勒曰:"然。"宾曰:"彼三方智勇,皆不及明公。明公虽远出,彼必不敢轻动,且彼不谓明公便能悬军千里取幽州也。轻车往返,不出二旬,假使彼有是心,比其谋议出师,吾已还矣。刘琨、王浚虽同名晋臣,实为仇敌。若修笺于琨,送质请和,琨必喜我之服,而快浚之亡,终不救浚而袭我也。用兵贵神速,勿后时也。"勒曰:"吾所未了,右侯已了之。"遂遣使奉笺于刘琨,自陈罪恧②,请讨浚自效。琨大喜,移檄州郡,言勒已降,当袭平阳,以除僭逆。军未及发,三月,勒军达易水。浚督护孙纬见勒兵驰至,遣人白浚,自以兵拒之。游统禁之,勿拒。王浚闻纬遣人说石勒至;遂传令勿拒,与其来见。浚将佐曰:"胡人贪而无信,必有诡计,请击之。"浚怒曰:"石公来,正欲奉戴我,自前日表至,约在此时,岂有诈乎!敢言击者斩!"言讫,令诸将设飨以待之。勒次晨至蓟,叱守门者开门,犹疑有伏兵,先驱牛羊马千头,声言上礼,实欲塞诸街巷,使兵不得发。浚始悔。时勒诸将已升其听事堂,王浚出,与勒相见,被勒叱令执之于前。浚骂曰:"胡奴调乃公,何凶逆如此!"勒曰:"公位冠元台,手握强兵,坐观本朝倾覆,曾不之救,乃欲自尊为天子,非凶逆乎!"言讫,传令左右即监送还襄国斩之。浚之将佐皆至勒军门谢罪。前尚书裴宪、从事中郎荀绰独不至,勒使人召而让之,宪、绰对曰:"宪等世家晋朝,荷其荣禄,浚虽凶粗,犹是晋之藩臣,故从之,不敢有二。明公苟不修德义,专事威刑,则宪等死自其分,请就死。"不拜而出。勒谢之,待以客礼。勒数朱硕、枣嵩等以纳贿乱政,责游统以不忠所事,皆令斩之。籍③浚将佐、亲戚家,资皆巨万,唯宪、绰只有书百余卷,盐米各十余斛而已。勒曰:"吾不喜得幽州,喜得二子耳。"于是以宪为从事中郎,绰为参军。分遣流民,各还乡里。勒停蓟二日,焚浚宫殿,以故尚书刘翰行幽州刺史,戍蓟,置守宰而还。

孙纬闻知王浚被害,以军拦住石勒归路,勒众与战不利,退寻别路而归,得还襄国。遣使奉王浚首,献捷于汉,汉主聪大悦,使使以勒为东单于。刘琨闻知勒杀王浚,献首于汉,方知勒无降意,遣使请兵于代公,会击

---

① 趑趄(zījū)——想前进又不敢前进。

② 罪恧(nǜ)——罪过。

③ 籍——登记(并没收)。

平阳。代公拓跋猗卢得琨书,即起兵。其所部杂胡欲谋应勒,猗卢密知,悉诛之。因此迟滞,不果赴约。琨见北兵不至,亦未敢行。却说刘翰见勒军退还襄国,驱边戍守之,乃以蓟城归段匹䃅①,匹䃅引众入据蓟城讫。

邵续弃子归晋室

却说王浚所署乐陵太守邵续,因王浚死而附石勒,勒以其子邵乂为督护。渤海太守刘胤闻浚被杀,乃弃郡依续,谓续曰:"君晋之忠臣,奈何从贼以自污乎?"言未讫,会段匹䃅使人以书邀续同归江东,续从之,回书使人还去。左右曰:"君归江东,其如令嗣邵乂何?"续泣曰:"我岂肯顾子而为叛臣乎!"因杀异议者数人。石勒闻知邵续归江东,乃杀邵乂,于是续已知,决意,使刘胤来江东,见左丞相睿,具说归晋之事。睿大悦,以刘胤为参军,遣使拜邵续为平原太守。石勒见邵续归江东,自率众来围续。续遣人求救于段匹䃅,匹䃅自以五万军来救,勒乃引兵退还襄国。续出城谢段匹䃅,及犒劳其卒,匹䃅亦还蓟讫。时襄国大饥,谷二升值银一斤,石勒甚忧之。

五月,太尉凉州牧西平公张轨寝疾,集义武将佐于卧内,吩咐曰:"吾将不豫②,汝等文武将佐,可尽忠辅吾世子张寔,务安百姓,上思报国,下以宁家。"言讫而卒。长史张玺主丧事讫,乃使使入朝,表世子张寔摄父之位。愍帝诏寔为都督刺史、西平公,谥轨曰武穆。

刘曜赵染寇长安

六月,汉王聪使大司马刘曜、赵染以兵十万,来寇长安。却说汉始安王刘曜使将军赵染寇新丰城。晋愍帝设朝,近臣奏知,帝遣卫将军索綝领兵五万出迎。索綝得诏,点军即行。却说赵染出战常胜,累建大功。闻索

---

① 䃅(dī)。
② 不豫——天子有病的讳称。

綝领兵来迎,有轻綝之色。当长史鲁徽谏曰:"晋之君臣,自知强弱不敌,将致死于我。索綝若来,将军勿轻之,其智略多般,武艺亦不在将军之下,宜坚壁勿战,观彼动静,然后出奇兵胜之。故兵法曰'知彼知己,百战百胜'耳!"染大怒曰:"以司马模之强,吾取之如拉朽;索綝小竖,岂能污吾马蹄刀刃耶!"次日,率轻骑数千逆之曰:"要当获綝而后食。"索綝见赵染在阵前搦战,令精兵出前,以箭射住阵脚。急唤偏将王文至曰:"你可与王武二人速退,各引守寨之兵,伏于三十里西北屏山谷内,待吾败回,彼必赶来,候彼军入谷,你二人杀出截住,吾复杀回,两下夹攻,可擒赵染。"王文二人得计退去,领兵埋伏讫。索綝亲自披挂,持刀出阵前大骂:"胡贼焉敢入境!"染大怒,执枪杀过阵,索綝与交锋,斗上十合,綝佯败便走。染不知是计,引兵赶来。未上五里之程,忽听得一声鼓响,伏兵四起,前有索綝拦路,后有王文、王武杀来,杀得汉兵十去其七,大败奔溃。赵染死战得脱而归,悔曰:"吾不用徽言至此,何面目见之!"先命斩徽,徽大怒曰:"将军愚愎以取败,乃复忌前害胜!犹有天地,其得死于枕席乎!"言讫自杀。后染攻北地,中弩而死。此是后话。

冬,汉王聪以子刘粲为相国。粲少有隽才,自为丞相,骄奢专恣,远贤亲佞,严刻愎谏,国人始恶之。

三年(汉建兴元年),正月,周勰以其父遗言,因吴人之怨,谋作乱。使吴兴功曹徐馥,矫称勰叔父周札之命,收合徒众,以讨王导、刁协。豪杰翕然附之。是月,馥杀吴兴太守袁琇①,欲奉札为王。周札闻之大惊,以告义兴太守孔侃。勰知札意不同,不敢发。馥党惧事不成,乃攻馥,杀之。札子周续亦聚兵应馥,闻馥死,亦退不发。左丞相睿闻续为乱,集诸将议发兵讨之。王导曰:"今若少发兵,则不足以平寇,多发兵,则根本空虚。续族弟黄门侍郎周莚②,忠果有谋,请独使莚往,足以诛续,何必纷纷起兵劳民乎!"睿从之,即使莚去同孔侃诛逆。莚得命,兼行至义兴郡,将入府,遇周续于门,莚逼续与俱诣府与侃相见。礼毕,分列而坐,莚指续谓侃曰:"府中何以置贼在坐!"续即出衣中刀逼莚,莚叱令傅教格杀之。因令收集周勰至,谓曰:"汝等何如谋叛,累我宗族?吾奉左丞相命,敬来同孔

---

① 琇(xiù)。

② 莚(yán)。

府君诛汝！"觊曰："非干我事，乃兄周邵命觊用徐馥之谋，徐馥虽已死，邵还在宅。"于是莛引百余人，令收邵诛之。莛不归家省母，遂长驱而去，报左丞相相睿，睿大悦，以札为吴兴太守，以莛为太子右卫率。睿以周氏吴之豪望，故不穷究，觊如旧矣。

却说愍帝聚集文武，商议中兴之策，群臣奏曰："臣等闻单于平阳拓跋猗卢聚有雄兵百万，猛将千员，与先帝有恩，不如命使封其为王，命藩屏救应，可保国家无危，不惧胡兵也。"帝曰："卿等所奏，正合朕心。"于是使使赍诏来平阳，封猗卢为代王。

却说猗卢与诸部大人商议边庭之事，闻中国愍帝有诏至封王，即命左右排香案跪听。宣读毕，方知封他为代王，谢恩讫，受其印绶，排宴款待使人，以金宝回贡晋王，赏赐使人回朝去讫。

猗卢既为代王，乃置官属，分君臣之礼。其时国俗宽简，人皆不畏，至是代王明刑峻法，以示群下。诸部人多以违命得罪，代王升殿复集文武谓曰："今吾以法示，何如故违？再有违命者，皆举部戮之，决不恕免。"群臣曰："自后再不敢干。"于是中外肃然，无有再犯。

三月，晋愍帝发二使，以左丞相睿为丞相，都督中外诸军事；以南阳王保为相国，以刘琨为司空。

却说代王闻并州从事莫含贤，乃遣人至并州见刘琨，求臭含为长史，刘琨从之。莫含不欲去，琨谓曰："以并州单弱，吾之不才，而能自存于胡、羯之间者，代王之力也。吾倾身竭资，以长子为质而奉之者，庶几为朝廷雪大耻也。卿欲为忠臣，奈何惜共事之小诚，而忘徇国之大节乎！往事代王，为之腹心，乃一州之所赖也。"于是含遂来见猗卢，猗卢甚重之，常与参大计。猗卢用法严苛，一人犯法者，举部就诛，老幼相携而行，人问："何之？"答曰："往就死。"无一敢逃匿者。

周访击斩贼张彦

三月，却说王敦遣陶侃等讨杜弢。侃既以兵出讨杜弢，前后数十战皆胜，弢将士多死。于是弢使使来江东请降于丞相睿，睿受其降，遣人以弢为巴东监军。弢既受睿命为东监，陶侃攻之不已。弢不胜愤怒，复反，遣其将张彦攻陷豫章郡。

周访以军来击张彦，彦即出城拒迎，与访交战不十合，彦被周访拍马冲阵而斩之，彦众遂降于访，访遂入屯豫章。

时平阳血雨三日于汉东宫延明殿，太弟刘乂心甚恶之，太子太傅崔玮、太子太保许遐说乂曰："今相国威重，逾于东宫，殿下非徒不得立也，朝夕且有不测之危，不如早为之计。"乂弗从。舍人出告于汉主聪，聪大怒，即选一人诛之，使将军卜抽将兵五千，监守东宫。乂大惊，急遣人上表乞为庶人，且请以刘粲为嗣。卜抽监住弗为出通。

时汉青州刺史曹嶷尽得齐、鲁间郡县，自镇临淄，有众十余万，临河置戍。石勒闻之，使人入平阳，称曹嶷有专据东方之志，请为讨之。汉主聪与近臣议，恐勒灭嶷不可复制，因此弗许，勒遂不敢行。

却说汉主刘聪纳中护军靳准二女月光、月华，立月光为上皇后，以刘贵妃与月华为左右皇后。当陈元达知立三后，入内极谏曰："自三皇五帝以至于今，未有一国而立三后，非为礼也。今陛下不思求贤，专宠女色，诚恐社稷危矣。"汉主怒而不听，元达又奏："月光有秽行。"聪不听，不发之。月光知元达所奏，惭恚自杀。聪以是恨元达，乃迁元达为御史大夫，喝令即出。元达满面恚惭而出曰："忠言逆耳，庸君不纳。"于是闷闷回第去讫。

陶侃击破杜弢死

却说陶侃与杜弢相攻，弢屡败。是日，弢使王贡出挑战，侃亦领军出阵前，遥谓王贡曰："弢为益州小吏，盗用库钱，父死不奔丧。卿本佳人，何为随之？天下宁有白头贼耶！"贡听见，遂弃戈投降，侃与并马而还，以酒相待。次日，用贡为前部，自为合后，以军来击杜弢，弢众不战自溃，弢不能敌，乃单骑逃走，至湘州，因发愤恚死于道中。陶侃以军进克长沙，湘州悉平。

于是丞相睿进王敦为镇东大将军，都督江、扬、荆、襄、交、广六州诸军事，江州刺史。敦始自选置刺史，刺史以下寝益骄横。

初，王如之降也，敦从弟王棱爱如骁勇，请敦将如配己麾下，敦从之，棱甚加宠遇。如数与敦诸将角射争斗,棱杖之数十下,因此如深以为耻。及敦潜畜异志,棱每谏之,王敦大怒,密使人激如杀棱,如果恨杖己之怨,乃夜持刀入内杀之。敦闻之,暗喜而佯惊,亦使人捕如诛之。

王敦意欲害陶侃

初,朝廷以第五①猗为荆州刺史,杜曾迎猗于襄阳,聚兵万人,与猗分据汉、沔。时侃既破杜弢,乘胜进击杜曾,而侃有轻曾之志,反为曾所败,死者数百人,遂以兵屯住不战。时荆州都督荀崧屯宛城,杜曾乃撇侃,以兵来围宛城。时崧军少食尽,恐不能敌,欲求援于故吏襄城太守石览,无人敢往,心内大忧。当崧小女荀灌娘年十三岁,有胆志,见父烦恼,进曰:"父亲大人休忧,小女愿往石太守处,求取救兵,来解此围。"崧执不与行,灌娘只管率勇士五十余人,逾城突围夜出,与曾交战,且战且前,冲出重围,直至襄阳拜见石览,说求救之事。览曰:"荀使君被困,下官理宜发兵,奈治下兵少粮稀,无将领兵。今既令媛自诣,其困甚危,汝且休忧,吾兵虽少,亦只得行。吾有友人周访,吾作书与汝去周访请借兵,彼必能同吾救之。"于是写书令灌娘持见周访,访得览书视之,即命其子周抚率军二万,来与览同救襄阳。杜曾闻二处救兵至,乃引众遁去。抚、览之军闻曾走去,亦引兵还。杜曾无城可据,恐无倚凭,使人于荀崧处求自效。崧恐其再攻,故许之。陶侃闻知,遗崧书曰:

  杜曾凶狡,所谓鸱枭②食母之物。此人不死,州土未宁。足下当识吾言,早为之计。崧自思兵少,籍为外援,不从侃言。杜曾过数月果反,复帅流亡二千余人,来围襄阳。崧坚壁不出,相持月余,曾量不能克襄阳,引众而还。

却说王敦手下嬖人钱凤,嫉陶侃之功,屡毁之不止。因此侃久沉在外,不得录用。侃遂亲自来见王敦,陈上功勋。敦留不遣,以侃左转广州

---

① 第五——复姓。
② 鸱枭(chīxiāo)——鸟类的一科,猫头鹰等属此。

刺史,以其弟王廙①为荆州刺史。侃所统荆州将吏郑攀等诣敦留侃复刺史荆州,敦留侃不许。于是郑攀等众情愤怒,遂迎杜曾、第五猗以拒王廙。廙不敢入荆州,乃遁还。王敦意郑攀等必承陶侃风旨始叛,乃自披甲持矛将杀侃,出而复还者数四。陶侃在外正色曰:"郑攀等来见使君,吾尽未知,亦不曾一会。今虽谋反迎曾,非吾所知,使君雄断,当裁天下,何处不决乎!"敦始解甲如厕。参军梅陶即入言于敦曰:"周访与侃亲姻如左右手,安有断人左手,而右手不应者乎!"敦意解,即出,转怒为欢,乃设盛馔以饯之曰:"今日是吾不明,显有小失,卿勿为恨。谨陈薄酌,代卿送行,来日卿可速往广州赴任。"侃拜谢,饮醉即出。至夜,领自部属驰入广州。时王机盗据广州,侃至始兴,州人皆言宜观察形势,且停数月而去,侃不听,直至广州。侃既入广州,安民阅武,分守戍边,又遣督护将军郑正以军二千去讨王机。机闻知,遂逃去,广州遂平。

　　史说,陶侃字士行,本鄱阳人,吴平,徙家庐江之浔阳。故父陶丹娉②妾生侃,嫡母湛氏。侃贫贱,其母湛氏每纺绩资给之,使子侃交结朋友,胜己者为从。侃少为浔阳县吏,奉官差,尝监鱼梁,尝以一坩鲊③使人送归与母湛氏,湛氏不受,即封鲊寓书责侃曰:"汝为吏,以官物遗我,非惟不能益吾,乃以增吾忧矣!"侃得书自觉愧怍,不能立身扬名以显父母,悒悒而怅。复鱼于雷泽,因网得一织梭,归至宅,以挂于壁。有顷,雷雨大作,其梭自化为龙而去,侃又闷闷不已。是夜,梦身生八翼,飞而上天,见天门九重,比登八重,唯一门不得入,被阍者④以杖击之,因坠地折其左翼。及寤,左腋觉痛。次日,思想其梦恐不祥,因出外行走,遇相者师圭,侃请其相,师圭相侃至左手,因谓曰:"君中指有竖理,当为公。若更彻于上,贵不可言。"侃拜谢归家,以针决之,见血洒壁而为"公"字,以纸裹手,"公"字愈明矣。侃自是益喜。因与友人鄱阳孝廉范逵归家,留逵宿歇,贫无所

---

①　廙(yì)。
②　娉(pīng)——美。
③　坩鲊(zhǎ)——坩,盛物容器;鲊,腌制的鱼。
④　阍(hūn)者——看门人。

措,侃入与母说留逵之事,其母湛氏乃撤卧所新荐①,自剉②给养其马,又自密截发,卖与邻人,买酒,供淆馔。逵闻之叹息曰:"非此母不生此儿也。"称赞不已。次日,逵辞去。侃从送百余里,逵问曰:"卿欲仕郡乎?"侃曰:"困于无津耳。"言讫,二人相辞而别。后范逵过庐江,入探太守张夔共话,逵称奖湛氏之德、陶侃之贤,赞美不已。夔大喜,送逵出府,即使人召陶侃至,以为督邮,又迁主簿。偶张夔妻某氏有疾,夔出堂,闻鄱阳郑医者用药如神,即问:"谁人肯去鄱阳请医?"此时天飘大雪,寒不可当,况庐江到鄱阳百余之程,诸官吏皆不答。侃独应声而出曰:"资于事父以事君,小君犹母也。安有父母之疾而不尽心乎?某请行。"言讫即去,请医人至,疗夔妻疾愈,由然众服其义,夔举侃以为孝廉,举至洛阳。时郎中令羊晫③与侃同州里人也,侃谒之。晫闻其贤,甚敬之,曰:"《易》称'贞固足以干事',陶士行是也。"于是与侃同乘来见中书郎顾荣。荣亦素知其贤,甚奇之,荐于朝廷,因此知名。先时与羊晫同乘而行,有吏部郎温雅谓晫曰:"君何与小人共载?"晫曰:"此人非凡器,乃国之柱石也。"后母死,即卸职回家居忧,朝夕涕哭,庐于墓侧。忽有二客来吊,不哭而退,化为双鹤,冲天而去。人皆异其孝感天地,无不敬之,因此孝名闻于州里。

陶侃既在广州,无事,辄朝运百甓④于斋外,暮运百甓于斋内,人问其故,侃曰:"吾方致力中原,过尔优游,恐不堪事,故习劳耳。"人皆尚之。

十月,汉刘曜以兵五万寇北地,进拔冯翊。麹允军于灵武,以兵弱不敢进。愍帝大惊,屡征兵于相国司马保,保左右皆曰:"蝮蛇螫手,壮士解腕,今胡寇方盛,且宜断陇道以观其变。"从事中郎裴诜⑤曰:"今蛇已螫头,头可断乎。"于是保以胡崧为行前锋都督,须诸军集乃发。愍帝见保军不至,心中大惧,麹允与索綝商议,欲奉帝往就保,綝曰:"保得天子,必逞其私志。"允意遂止。于是自长安以西,不复贡奉,百官饥乏,采稆⑥以

---

① 荐——草席。
② 剉(cuò)——折。
③ 晫(zhuó)。
④ 甓(pì)——砖。
⑤ 诜(shēn)。
⑥ 稆(lǚ)——谷物等不种自生的。

自存。

却说凉州军士捡得玉玺,文曰"皇帝行玺",献与张寔,僚属皆贺。寔曰:"是非人臣所得留。"遂献之于国。

汉杀陈休等七人

四年(汉麟嘉元年),二月,汉中常侍王沈、郭猗等宠幸用事,汉主聪游宴后宫,或百日不出,政事一委相国粲,唯生杀除拜,乃使沈、猗入白之,沈等多以私意决之。而郭猗有怨于太弟乂,谓刘粲曰:"太弟与大将军谋,因上巳大宴作乱,今祸期将近,宜早图之。殿下如不信臣言,可召大将军从事王皮、刘惇,许其归首以问之,必可知。"粲许之。猗密出谓皮、惇曰:"二王反状,主上及相国具知之矣,卿闻之乎?"二人惊曰:"无之。"猗曰:"兹事已决,吾怜卿亲旧必并见族耳!"因佯为歔欷流涕。二人大惊,叩头求救。猗曰:"倘相国问卿,卿但云有之,无事惊惶。"惇许诺。次日,粲召王皮、刘惇入问之,言皆同时而其辞若一,粲以为信然,靳准复说粲曰:"人告太弟为变,主上必不信。宜缓东宫之禁,使宾客得往来。太弟雅好待士,必不以此为意,轻薄小人不能无迎合为之谋者。然后下官为殿下露表其罪,收其宾客拷问之,狱辞既具,则主上无不信之理也。"粲然之,乃命卜抽引兵离东宫去讫。

时东府少府陈休、左卫将军卜崇,为人忠直,王沈深疾之。侍中卜干密知其事,因谓休、崇曰:"沈等势力足以回天地,卿辈自料亲贤孰与窦武、陈蕃①?"休、崇曰:"吾辈年逾五十,职位已崇,唯欠一死耳!死为忠义,乃为得所,安能俯首低眉以事阉竖乎!"至是靳准表太弟与东宫佐属谋欲为乱,汉王聪大怒,令收休、崇及特进綦毋达等七人诛之。此七人皆群宦所恶,故使汉王诛之。卜干泣谏,王沈叱之曰:"卿莫不同谋乎?"汉王聪亦怒,免为庶人。河间王刘易及陈元达等谏曰:"今遗晋未殄,巴、蜀不宾,石勒谋据赵、魏,曹嶷欲王全齐,陛下心腹四肢何处无患!乃复以王

---

① 窦武、陈蕃——东汉人,拥立汉灵帝,谋诛中常侍曹节等,事败被害。

沈等助乱,诛巫咸①,戮扁鹊②,臣恐遂成膏肓之疾,虽救之不可及矣。"又上表曰:

> 臣伏唯天下所以有逆不正者,皆由黄门。常侍王沈侮慢天常,窃权承宠,浊乱海内,擅握王命。父子兄弟据州郡,一至出门,便获大赏。京畿诸郡,数百万膏腴美田,皆沈等所据。致使怨气上蒸,盗贼蜂起。士民皆言先诛阉宦,以诛民害。从台阁求乞,资直臣随尉抚,以至新安。臣闻扬汤止沸,不如去薪,溃痈虽痛,胜如发毒。临溺呼船,悔之无及。臣谓诛沈等,则社稷幸甚,天下幸甚矣!

时汉主聪在上秋阁见表,反以表示沈等,笑曰:"群儿为元达所引,益成痴也。"聪问沈于粲,粲盛称其忠清。聪大悦,封沈等为列侯。刘易又上疏极谏,聪大怒,手裂其疏,易忿恚而卒。刘易素忠直,元达倚之为援,得尽谏诤。及卒,元达哭之恸,曰:"'人之云亡,邦国殄瘁。'吾既不复能言,安用此默默苟生乎!"归宅遂自杀而死。士民闻者,莫不悲叹。

史说,陈元达字长宏,后部人。本姓高,以生月妨父,故改云姓陈。自幼孤贫,躬耕诵书,年至四十,不与人交通。先,刘元海为左贤王时,闻名而召之,元达不答。及元海僭号,征为黄门郎。既至引见,元海曰:"卿若早来,岂为郎官而已!"元达曰:"臣唯性之有分,盈分者颠。臣若早叩天门者,恐陛下赐处于九卿、纳言之间,此则非臣之分,是以抑情盘桓,待分而至。大王无过授之谤,小臣免招寇之祸,不亦可乎!"元海大悦。元达在朝忠謇③,屡进谠言④。退而焚草稿,子弟莫有知者。汉王聪常谓元达曰:"卿当畏朕,反使朕畏卿乎!"元达叩头谢之。及其死也,人人冤之。

陈元达已死,汉王聪大宴群臣,传旨引太弟刘乂同宴。见乂憔悴而涕泣陈谢,甚称被诬之事,聪亦大哭,待之如初。

---

① 巫咸——古代传说中的神巫。
② 扁鹊——古代传说中的名医。
③ 忠謇(jiǎn)——忠诚、正直。
④ 谠(dǎng)言——正直的言论。

代王兴命讨六修

却说代王猗卢先爱其少子比延，欲以为嗣，使长子六修出居小平城，而黜①其母。是岁六修来朝，猗卢以比延为嗣，使六修拜比延，六修不从而去。猗卢大怒曰："吾行法律以制群下，何敢逆之！"即唤西渠、赵延二部大人，各领兵十万，为左右先锋。代王自领羽林军五千为合后，杀奔小平城而来。六修有人打探，知得备细，回报六修，说代王亲征。六修在小平城，先分曹屯以兵守西陵，以为掎角之势，深沟高垒，却不出战。忽人报代兵已渡江，必须迎之。修曰："但坚守勿战为上。"骁将朱金愤然而进曰："代兵临城而不出战，是怯也。况吾军新旺，若不重仗锐气，军皆惰矣！愿借五千军士，某愿决一死敌。"修从之，令朱金点马步军五千，出城迎敌。两阵对圆，朱金出马，与西渠更不打话，将战四五合，西渠败走。朱金引五千军一发赶入阵去，被赵延指麾五千兵马一裹，围朱金于阵中。左右冲突，不能得出。六修在城上望见朱金困于垓心，急使左右备马。长史陈僖谏曰："殿下保重，不可自出军。今朱金不听约束，妄自出战，致败如此。假使便弃此数百人，何将军轻出而救乎！"修曰："不然。若朱金一失，小平则不可保也。"遂披甲上马，引手下壮士数千骑出城，陈侨于城上助喊摇鼓。修引军隔代军百余步，通于一沟之上。陈侨将为六修只就那里扎住，遥与朱金为声势，只见六修大呼一声，骤马飞渡浅沟，众皆奋力而过。修独当先执刀，杀入代阵，代兵迎之不能挡而走。修直至垓心，救出朱金，回顾阵中，尚有数十骑不能得出。修复回突入重围，所到莫敢阻拦，遂救出这一彪人。又遇赵延拦路，被修奋武冲散代兵，朱金助威，代兵大乱。修将曹屯亦引兵出，大杀代兵一阵，缓缓而回。陈侨举杯迎门出接，赞修曰："殿下真天人也！"言讫，调兵坚守四门，不出与战。

却说赵延兵败，伤折太多，回见代王。代王大怒，欲斩西渠、赵延，数部大人告免，方免二人。代王自此烦恼得病，渐渐加重。将危，诸部大人入见，言于代王曰："今大王病重，况又屡战失利，不如退兵还都，待大王

---

① 黜（chù）——黜免，罢免。

疾瘴,再来征讨未迟。"代王曰:"既卿等所劝,暂且回兵,来春再举。"言讫,传令部众引兵即还北都。代王由是发愤成病而卒。众部以比延年幼,故不立,遂推猗迤子普根为主将,率军五万,来攻六修。次日,交战十数合,六修被普根斩于马下,尽收其众归国。会将军卫雄、箕澹与刘琨质子刘遵谋归,帅晋人及乌桓三万军马、牛羊十万头,归于刘琨,琨兵因此复振。普根忧恨成疾而卒。国人与诸部乃立郁律为王,袭晋爵为代王,总摄诸部,威名复振矣。

却说西平公张寔下令,所部吏民有能举其过者,赏以布帛羊豕。当时曹佐隗瑾曰:"明公为政,事无巨细,皆自决之。群下畏威,受成而已。如此虽赏千金,终不敢言也。明公宜稍损聪明,延访群下,使各尽所怀,然后采而行之,则嘉言自至,何必赏也!"寔悦而从之,增隗瑾之位三等。又遣将军王该率步骑五千人,入援长安,又送诸郡贡税入朝。索綝奏愍帝降诏,拜张寔为都督陕西诸军事。

却说石勒引兵攻廪丘,刘演恐寡不敌众,乃弃城而走段匹䃅去讫。因此石勒又得廪丘城,使人戍之。

梁纬夫妻死恩义

七月,汉刘曜攻围北地郡,以兵进至泾阳,麴允欲以军救之,被刘曜计使百姓于道,反间绐允曰:"郡城已陷,往无及也!"因此允逗留,众惧而溃,被曜引众来追,允军寡弱,大败而还。曜复集将士万人来取北地郡。允性仁厚,无威权,专以爵位悦人。诸郡太守皆领征镇,村坞主帅小者犹假银青将军之号。然恩不及下,故诸将军骄恣,而士卒离怨。

于是刘曜进至泾阳,河北诸城悉溃,如入无人之境。忽诸将获晋将军鲁充、梁纬至,曜命释其缚,与酒饮之曰:"吾得子,天下不足定也!"充曰:"身为晋将,国家丧败,不敢求生。若蒙公恩,速死为幸!"曜曰:"忠义士也。吾不杀汝。"因赐剑与其自裁。鲁充、梁纬二人接剑皆自杀而死。曜深惜之,嗟叹不已。诸将又获梁纬妻辛氏至,曜见辛氏美色,欲以为妻。辛氏不从,哭之曰:"妾夫已死,义不独生。且一妇人而事二夫,明公又安用之?"曜曰:"此贞女,亦听其自裁。"辛氏亦求剑自杀,曜悲哀不已,皆以礼葬之。

却说汉主聪立故张皇后侍婢樊氏为上皇后,三后之外,佩皇后玺绶者复七人。嬖宠用事,刑赏紊乱。大将军刘敷数涕泣切谏,聪怒曰:"汝欲乃公速死耶?何以朝夕生来哭人!"敷归忧愤而卒。汉大蝗,民流殍①者十五六。石勒闻知,遣将屯并州,招纳流民,归之者二十万户。聪觉,遣使让②之,勒不受命。

愍帝出降于刘曜

汉刘曜既陷北地诸郡,乃集大众来攻长安。时安定太守焦嵩、新平太守竺恢引兵来救长安,皆畏汉兵强盛,不敢进兵。相国司马保遣胡崧以二万人入援长安。至灵台,正遇汉兵至,两下交锋,连战五十余合,被崧出奇兵冲阵,汉兵大败,十伤其六。刘曜不敢恋战,引众冲入长安。胡崧既胜,破曜之众,恐国复振,则麹、索势盛,乃引兵退还槐里,坐观胜败。

刘曜引兵寇长安,胡崧如何不救观。

其时借得龙泉剑,将此奸臣不义剜。

刘曜闻胡崧退去,乃驱兵攻陷长安外城。麹允、索綝引军退守小城,内外断绝,城中饥甚,百姓将士亡逃不可制,唯凉州义众千人守死不移。太仓有麹数十饼,允屑之为粥以进,至是愍帝泣谓允曰:"今穷厄如此,外无救援,当忍耻出降,以活士民。"因叹曰:"误我者,麹、索二公也。"近臣奏曰:"长安军民扶老挈幼,哭声震动天地,各自逃生溃去。目今兵微将寡,难以逆敌。若投降,可保百姓。"言未了,御屏风后转出一人,乃愍帝太子湛,官封北地王。帝生子五人,皆懦,唯湛自幼英气过人,当出殿前大喝曰:"偷生腐儒,岂敢妄议社稷大事,自古岂有降天子哉!可斩此人。臣请出战!"帝曰:"今大臣议皆可降,汝仗血气之勇,欲令满城流血耶!"湛曰:"昔先未尝见其干预政事,今妄起乱言,甚非其理。臣窃料长安之兵有数万,琅邪王全师皆在江南,若有人去召,必来解救。内外夹攻,可获全

---

① 殍(piǎo)——饿死的人。

② 让——以辞相责。

胜。岂听腐儒之言,轻弃先君之基业乎!"帝叱之曰:"汝小儿岂识天时也。"湛叩头大哭曰:"若理穷力极,祸败必至,便当父子背城一战,同死社稷,以报先君可也。"帝令拖下殿阶,湛叩头大哭曰:"吾祖翁不容易得社稷,一旦弃之,吾宁死不降也。"

愍帝庸才信浅谋,不思守国欲降仇。
当时若听太子语,未必山河扫地休。

愍帝令推湛出宫门,便令作降书,使侍中宗敞送降书于曜。索𬘭闻知潜留敞在府,密使其子去说曜曰:"殿下若许索𬘭以车骑、仪同、万户郡公者,请以城降。"曜即斩其子,使人送之曰:"帝王之师,以义行也。孤将兵十五年,未尝以诡计败人,必穷兵极势,然后取之。今𬘭所言如此,天下之恶一也,辄相为戮之。"𬘭大惊,遂放敞见曜,曜受之降。次日,愍帝自乘羊车,肉袒衔璧舆榇①出降。群臣号泣攀车,帝亦悲不自胜。御史中丞吉朗叹曰:"吾智不能谋,勇不能死,何忍君臣相随,北面事贼虏乎!"言讫,乃自杀。帝亦哭,与辛宾出东门,诣大司马曜军前投降。其时曜知晋王降,领兵入城,至东门道傍,见愍帝与群臣伏道请降,曜下马扶起晋王,令左右焚榇受璧,迁晋帝及公卿于其营,令兵卫之,自入长安,屯扎三军。次日,令中将军李益送愍帝及公卿并库藏宝贝玉璧来平阳见汉王聪。聪大喜,临光极殿,愍帝稽首寸前。麴允伏地恸哭,聪大怒,命囚之。允大哭一场,乃自杀。聪叹悔不及,以愍帝为光禄大夫,封怀安侯。以刘曜为太宰、假黄钺、督陕西诸军事,封秦王。赠麴允车骑将军,谥节愍侯。将索𬘭斩于市曹。聪赐晋帝与公卿居馆驿,使军卫之,月给俸米。

史说愍怀太子妃王氏,乃太尉王衍之女也,字惠风,贞婉有志节。先与愍怀太子为妻,后太子既废,惠风与父王衍居于金墉,其父王衍因太子废,请绝婚,惠风不肯,道:"忠臣不事二君,烈女不嫁二夫。"即对乘舆号哭而归为太子行,行路人皆为之流涕,称其烈女。其时汉刘曜既得长安,又领兵来攻洛阳。洛阳吏士军民闻风奔溃,无人守城。汉刘曜入洛阳,尽收晋之宗室,悉行诛戮。因见王氏惠风有貌,曜不忍杀之,以惠风赐其部将乔属为妻。属大喜,拜谢,领惠风归帐,命左右整备筵席,要与成亲。因携惠风手同坐,惠风拔其所佩剑在手,拒属曰:"吾乃晋太尉公之女,皇太

---

① 榇(chèn)——棺材。

子之妃。生为晋妇,死作晋鬼,安肯从汝胡狗为妻!"言讫,以剑刺乔属。乔属大怒,取左右利刀,将惠风杀之。可怜忠烈女,到此一命休。有诗叹曰:

晋亡宗室尽遭擒,堪叹王妃贞烈行。
朝中徒有许多士,岂及金墉一妇人。

干宝断曰:晋之亡也,树立失权,托付非人,四维不张,而苟且之政多也。夫基广则难倾,根深则难拔,理节则不乱,胶结则不迁。昔之有天下者,所以能长久,用此道也。今晋之兴也,创基立本,固异于先代矣。而本朝寡纯德之人,乡乏不二之老,风俗淫僻,耻尚失所。学者以庄、老为宗,而黜《六经》;谈者以虚荡为辨,而贱名检。持身者以放浊为通,而狭节信;进仕者以苟得为贵,而鄙居正;当官者以望空为高,而笑勤恪。是以刘颂屡言治道,傅咸每纠邪正,皆谓之俗吏;其倚仗虚旷,依阿无心者,皆名重海内。礼法刑政,如此大坏,国之将亡,本必先颠,其此之谓乎!故观阮籍之行,而觉礼教崩弛之所由;察庚纯、贾充之争,而见师尹之多辟;考平吴之功,而知将帅之不让;思郭钦之谋,而寤戎狄之有衅;览傅玄、刘毅之言,而得百官之邪;核傅咸之奏、《钱神》之论,而睹宠赂之彰。民风国势如此,虽以中庸之君,守文之主治之,犹惧致乱,况惠帝以放荡之德临之哉!怀帝承乱得位,羁以强臣;愍帝奔播之后,徒守虚名。天下之势既去,非命世之雄才,不能复取之矣!

《历年图》曰:武帝既迁魏祚,席卷全吴,缵禹旧服。恃其治安,荒于酒色,以开基之始,不为远图,崇尚浮华,败弃礼法。惠帝昏愚,不辨菽麦。譬之万金之宝,委之中衢,无人守之,安得不为他人有乎!祸生于闺闼,成于宗室,骨肉相残,胡、羯、氐、羌、鲜卑争承其敝,剖裂中原,齑盐①生民,积骸似丘,流血成渊,凡三百年,岂不哀哉!

西晋始武帝乙酉,篡魏自立,终愍帝丙子。四帝,共五十二年,为五胡刘聪所灭。

---

① 齑(jī)盐——齑粉,细粉,这里指压榨(生民)。

刘琨失据奔蓟州

却说石勒以五万之众围乐平,乐平太守韩据使人请救于刘琨。琨新得猗卢之众,欲因其锐气以讨勒。箕澹谏曰:"此虽晋民,久沦异域,未习明公恩信,恐其难用。不若闭关守险,务农息兵,岂可远出与战!"琨不从,命澹速行。澹不得已,率骑二万前驱。琨以军屯广牧,为之声援。

却说石勒闻刘琨使箕澹将兵来救,与张宾商议先据险要,设疑兵于山上,使支雄、刁膺各以军五千出与澹交战,佯为不胜而走。澹不知是计,纵兵追之,至伏兵之处,勒引军杀回,刁膺在左手下冲出,支雄在右手下冲出,三下来攻,澹兵大败,伤其大半。澹拼死走出奔代郡。韩据见救兵大败,亦弃城而逃,并州震骇。

十二月,刘琨长史李弘见勒兵雄盛,刘琨势弱,乃以并州降勒,勒又得并州。刘琨进退失据,段匹䃅闻知,遣人以信邀之曰:"足下进退若难,可来同义,以图再复之计。"于是琨恐勒来攻,率众奔蓟,投附匹䃅。匹䃅甚相亲重,与之结婚,约为兄弟。而勒既得并州,遣孔苌持兵二万攻贼帅冯睹①,久而不克。时流民数万户在辽西,迭相招引,民不安业,勒遂问计于张宾,宾曰:"冯睹本非公仇,流民亦皆恋本。为今之计,宜班师振旅,选良牧守使招怀之,则幽、蓟之寇,可不日而清,辽西流民将相率而至矣。"于是勒然之,使人召孔苌归。以李回为高阳太守,睹率其众来降,流民归者相继于道。

丞相睿移檄北征

却说丞相司马睿闻长安不守,急集诸谋士,商议出师。躬擐甲胄,移檄四方,克日北征。以漕运稽期②,传令斩督运令史淳于伯。刑者以刀拭

---

① 睹(zhū)。
② 稽期——误期。

柱,血逆流上至柱末二丈余而下。观者咸以为冤。同直刘隗上谏:"淳于伯罪不至死,请免从事中郎周莚等官。"于是王导等引咎,请解职。睿曰:"刑政失中,皆吾暗塞所致,一无所问。"时刘隗性刚讦①,当时名士多被弹劾,睿率皆容贷,由是众怨归之。中郎将王含,王敦之兄也,以族望位高,骄傲自恣。隗劾奏含,文致甚苦,事虽被寝,而王氏深忌之。是时,丞相睿以邵续为冀州刺史,以续女婿刘遐为平原内史,命二人各以众前去守据城池。

中宗元皇帝建武元年(汉麟嘉二年,凉元公实称建兴五年。旧大国一,并成小国一,新小国一,凡三僭国),正月,黄门郎史淑自长安奔凉州,称愍帝出降前一日,使淑赍诏赐寔,拜凉州牧,承制行事,且曰:"朕已诏琅邪王统摄大位,君其协赞,共济多难。"淑至姑臧,张寔大临三日,辞官不受。

初,张寔叔父张肃为西海太守,闻长安被汉危逼,请为先锋入援,寔以老弗许。及是闻长安失陷,悲愤而卒。寔等哀痛不已,即遣司马韩璞等帅步骑一万,东击汉境,使人遗相国司马保书曰:

> 王室有事,不忘投驱。前遣贾骞,瞻公举动。中被符命,敕骞还军。会闻朝廷倾覆,为忠不遂,愤恸之深,死有余责。今遣璞等,唯公命是从。

相国保得书,惭愧而已。韩璞等以兵出击,汉有准备,卒不能进,其众悉还西凉。先是长安小儿有谣言曰:"秦川中,血没腕,唯有凉州倚柱观。"至是果汉兵覆关中,氐、羌掠陇右,雍秦之民死者十八九,独凉州安全。

二月,汉主聪使刘畅率兵三万,攻荥阳。太守李矩未及为备,乃与众议,以计诈降。畅信之,不复设备,以兵退五里屯住,候矩来降。时李矩见汉兵退去讫,急集将士,欲乘其无备,至夜袭之。士卒皆疑惧,矩遣其将郭诵备祭仪祷于子产祠,诵祷讫还府,子产显灵,使巫扬言于矩诸将士卒曰:"子产有教,汝等今夜火速进兵,吾当遣神兵相助。"于是士卒踊跃争进,掩击畅营,杀死畅兵二万人,存者唯刘畅,仅以身免。因此汉主不敢复兵来寇荥阳。

---

① 讦(jié)——斥责他人过失。

丞相睿即晋王位

　　史说,东晋元帝讳睿,字景文,宣帝曾孙,琅邪恭王司马觐之子也。咸宁二年,生于洛阳,有神光之异,一室尽明,所籍藁如始刈①。及长,白毫生于日角②之左,隆准龙颜,目有精曜,顾眄炜如也。年十五,嗣位琅邪王。幼有令誉。侍中嵇绍谓人曰:"琅邪王毛骨非常,殆非人臣之相也。"永嘉初,用王导计,始镇建邺。愍帝即位,进位丞相、大都督中外诸军事。其时琅邪王睿自知愍帝被掳,朝夕涕泣,与王导商议起兵复仇。导曰:"可移檄四方,征天下之兵,方可进计。"睿从其计,使使移檄天下各处之兵,进讨胡人。

　　于时有玉册见于临安,白玉麒麟神玺出于江宁,其文曰"长寿万年",日有重晕,皆以为中兴之象。民人拾得玉册、神玺,知琅邪王有德,将来呈上与睿。睿受而赏之。时西阳王司马羕以祥瑞,遂见军师王导。导曰:"吾意已定夺了也。"乃设座灵殿,遂引诸将入见琅邪王。王导曰:"方今晋室倾弱,胡贼专权,天下百姓无主。主公年过半百,德及四海,东除西荡,奄有金陵,可以应天顺人,法尧禅舜,即皇帝位,名正言顺,以讨国贼。此合天理,事不宜迟,便请择日。"琅邪王曰:"军师言者差矣。睿虽然忝居皇族,实乃臣下,未为二帝报仇,安敢为此!"王导曰:"方今天下分崩,英雄并起,各霸一方。四海有才德之士,同声相应,同气相求,舍死忘生而事其主,非为名即为利也。今主公苟避嫌疑,守义不举,手下之士皆无所望,其心皆惮,不久自去矣。愿主公熟思之。"琅邪王曰:"僭居尊位,吾实不敢。"慨然流涕曰:"二帝之仇不能克报,孤本罪人也。唯持节守义,以雪天下耻,庶赎铁钺③之诛。吾本琅邪王,诸贤见逼不已,当归琅邪耳。"言讫,欲命驾返国,诸将留之。会弘农郡太守哲为汉所攻,弃郡奔建康,称受愍帝诏,令丞相睿统摄万机。睿因即素服出次,举哀三日,未肯登位。

---

①　所籍藁如始刈(yì)——所铺垫的草像新割下的一样。
②　日角——额骨中央。
③　铁钺(fū yuè)——兵器。

诸将官属又集议，请睿上尊号，睿又固执。王导乃谓众曰："主公平生以义为重，安肯便居尊位？请依魏晋故事，推为晋王，以安百姓。"于是睿乃许之，遂即晋王位，改元建武。置百官，立宗庙社稷。有司请立太子，睿爱次子宣城公司马裒①，欲立之，谓王导曰："立子当以德。"导曰："宣城公虽有朗俊之美，而世子年长。主器者，莫若长子矣。"晋王从之，立世子司马绍为王太子，封裒为琅邪王，嗣泰恭王之后，镇广陵。以西阳王司马羕为太保，封谯王司马逊之子司马承为谯王。王敦为大将军；王导为扬州刺史，领中书事。以刁协为仆射，周𫖮为吏部尚书，贺循为太常。时承丧乱之后，江东草创，协久宦中朝，谙练旧事；循为世儒宗，明习礼学，凡有疑议，皆取决焉。

　　却说刘琨与段匹䃅相与歃血同盟，翼戴晋室。于是琨檄告华夷。遣右司马温峤，奉表诣建康，劝晋王进尊位。峤临行，琨谓曰："晋祚虽衰，天命未改，吾当立功河朔，使卿即奉表南行矣，勉之！"峤诺，至建康，奉表劝进，晋王睿受表，亦不肯登大位。王导、周𫖮、庾亮皆爱峤有才，争与之交，峤遂留在建康。

　　时晋王与百官议，降诏以慕容廆为龙骧将军、大单于、昌黎公。使人奉诏去见，廆辞不受。处士高诩曰："霸王之资非义不济，今晋室虽微，人心犹附之。明公宜遣使江东，示有所尊。然后仗大义以征诸部，不患无辞矣。"廆大悦，从之。乃遣长史王济浮海诣建康，见晋王劝进尊号，晋王亦不从。

汉主刘聪杀太弟

　　四月，却说汉主聪子刘粲欲杀太弟刘乂无计，因与左右计议，使太弟党谓乂曰："适奉中诏，云京师将有变，宜裹甲以备。"乂信之，命宫臣皆裹甲，粲以其计告靳准、王沈二人。次早白汉主聪曰："太弟将为乱，自与宫臣皆裹甲矣。"聪大惊，使人探观东宫宫臣，果皆裹甲，因此信之，大怒，命靳准持军诛东宫官属，坑士卒万五千余人，废刘乂为北部王，刘粲寻使靳

---

① 裒（póu）。

准杀之。乂形神秀爽，宽仁有器度，故士心多附之。汉主聪闻其死，哭之恸曰："吾兄弟只余二人而不相容，安得使天下知吾心耶！"言讫，命厚葬之。

六月，豫州牧荀组及冀州刺史邵续、青州曹嶷、宁州王逊等，皆上表劝进尊号，晋王不许。

祖逖取谯击石虎

初，流民张平、樊雅各聚众在谯城，为坞主。晋王先为丞相，遣行参军桓宣去说而下之。及祖逖屯庐州，使参军殷乂诣谯城，说张平、樊雅。殷乂意轻张平，视其屋曰："可做马厩。"见大镬曰："可铸铁器。"平曰："此乃帝王镬，天下清平方用之。"乂曰："卿未能保其头，而爱镬耶！"张平大怒，命人将乂斩之，勒兵固守谯城。因此逖攻之，岁余不下。逖乃诱其部将至，使杀之。雅、平犹据谯城，逖攻之不克。南中郎将王含闻逖攻谯经岁不下，乃遣桓宣将兵五千前来助逖，逖待宣甚厚，因谓宣曰："雅众被困穷极，卿信义已著于彼，今复为我说雅，雅必能从降。"宣欣然领诺，单马从两人诣谯城下，叫开门，入内，说雅曰："祖豫州方欲平荡刘、石，倚卿为援。前殷乂薄卿，非豫州之意，卿能降，可保无危也。"雅从之，即开城门与宣诣逖营请降。逖受之，乃引众入谯城屯住，桓宣以兵还去。石勒闻知，遣其子石虎以兵五万来围谯城，王含复遣桓宣以兵五千来救，与祖逖约会夹攻。石虎大惧，以兵解去。祖逖使使表宣为谯国内史，晋王从之。晋王又遣使传檄天下，称"石虎敢帅犬羊，渡河纵毒，今遣琅邪王裒等，水陆四道，径造贼场，受祖逖节度"。寻复召裒还建康，数月而卒。晋王恸哀不已。

七月，汉王聪与群臣议，立子相国刘粲为太子，命入东宫。

却说段匹䃅与众推刘琨为大都督，传檄其兄辽西公疾陆眷及叔父涉复辰，并弟末柸等共讨石勒。兵皆会集欲行，其弟末柸不服其兄匹䃅，乃说复辰、陆眷曰："今匹䃅不与叔父兄弟等同议，而与他人盟讨贼。今父兄而从子弟调遣，可不耻也！不若罢兵而还。"众默然。来日，眷、辰、柸各引兵还去。匹䃅见叔父兄弟各解去，不能独留，亦还蓟城讫。

周访扬口破杜曾

却说郑攀等因王敦留陶侃，乃与杜曾诸将拒王廙，众心不一，攀惧请降。于是攀、曾降王廙，请以兵击第五猗以自赎罪。廙从之，自将赴荆州，留长史镇扬口垒。竟陵内史朱伺谓廙曰："杜曾猾贼也，外示屈服。宜以大部分，未可便西。"廙矜厉自用，以伺为老怯，遂行而去。荆州杜曾果还攻陷扬口，乘胜径造沔口。晋王睿闻知，使豫章太守周访击之。访集众八千，进至沌阳，使将军李桓督左甄①，许朝督右甄，自领中军。次日交战，杜曾以众先攻左右甄，访自阵后射雉，以安众心。传令其众曰："一甄败，鸣三鼓；二甄败，鸣六鼓。"曾与二甄战，自旦至申，两甄皆败。访始选精锐八百人，自行酒与众饮之，敕不得妄动，闻鼓音乃进。杜曾之兵未至三十步，访遂亲鸣鼓，将兵皆腾跃奔出。八百精锐踊出冲阵，曾众大溃，访追击之。曾兵大败，十伤其七。访追杀至夜，诸将请待明日。访曰："杜曾骁勇能战，向者吾以计使彼劳我逸，故克之，若待来日，安得胜也！宜及其衰乘之，可灭也。"言讫，鼓行而进，遂定汉沔。杜曾走保武当县而据之。王廙始得至荆州，以功表知晋王。晋王迁访为梁州刺史，命其屯襄阳。又遣使以刘琨为太尉。

十一月，征南将军司戴邈上疏，请立太学，其疏曰：

丧乱以来，庠序②隳废。议者或谓平世尚文，遭乱尚武，此言似之，而实不然。今王业肇建，万物权舆，谓宜笃道崇儒，以励风化耳。

晋王览之犹豫。王导亦上曰："宜设庠序，择臣子弟，并入于学，选博学修礼之士而为之师，化成俗定莫尚于斯。"晋王睿始纳之。令设太学，命宿儒师之。

史说，郭璞字景纯，河东人也。好经术，博学有高才，而讷于言论，词赋为中原冠。好古文奇字，妙于阴阳算历。有郭公者，客居河东，精于卜

---

① 甄——军队左右两翼。
② 庠序——学校。

筮,璞从之受业。公以《青囊中书》九卷与之,由是遂洞五行、天文、卜筮之术,禳灾转福,通致无方,虽京房①、管辂②,不能过也。璞门人赵载尝窃《青囊书》,未及读,而为火所焚。

璞既精通天文及卜筮之术,见惠帝时政出群下,乃与筮之,知难将作,于是避地东南未闻。抵将军赵固,因死所乘良马,惜之,忧闷不出府堂。璞善能法活,乃至门下,唤门吏入报。吏曰:"赵将军因死良马,心忧不乐,岂遑迎接宾客乎!足下暂退,来日相见。"璞曰:"敬为此事而来,你可通报,我能活马耳!"吏惊人通报赵固曰:"门外有一先生要见将军,我道将军死马,心下烦恼,你可来日相见。其先生道,他能令此马再活。"固曰:"既有此人,与吾请进。"吏即出曰:"将军在堂上,请先生入见。"璞进与固相见,礼毕,固问曰:"先生高姓贵表,愿闻大名。"璞曰:"学生姓郭名璞,乃河东人也。闻将军良马已死,特来医治。"固曰:"马已死了,何以能活?"璞曰:"须得健夫二三十人,皆持长竹竿,往东行三十里,有一丘林,社庙者处其中,有一神物似兽在于中林巢树,使众人持竿打拍,必得此物,将归,能救此马即活。"赵固曰:"若还活得此马,重酬先生。"言讫,使三十余人依璞所言,各持长竿至丘林打拍,果获一兽似猴,将归,放马尸边。此兽一见死马,便嘘吸其鼻。顷之马起,奋迅嘶鸣,食亦如常。其兽忽然不见。因此赵固奇之,将银十锭酬谢,欲留之,璞不从,受其酬礼,复出游行。来至庐江汪吉家,借宿开店卜筮。见吉家有一少婢,生得娇美,心甚爱之,无由而得,乃私取小豆三斗,至夜绕吉宅前后撒之,不知念甚咒文。次日,汪吉早晨出来开门,见赤衣人数千围其屋,吉急入内,取兵器与众出来,奄忽不见,心甚恶之。乃请璞卜卦,璞投卦曰:"君家不宜畜此少婢,其婢主招邪耳!可令人将于东南二十里卖之,慎勿争价,吾代君书符去捉,则妖怪可除也。"吉从之,令人将婢去东南发卖,璞密使从人将银去买之。时璞与吉书符投于井中,数千赤衣人皆反自缚,投于井中,遂不见之。吉大悦,以钱酬谢郭璞。璞出东南,取其婢为妾。始渡江南来谒王导。导素闻其名,深重敬之,引为参己军事。次日,王导令其筮江南之事,所言皆验,如眼亲见。因入内荐于晋王曰:"有一贤士,自北而来,姓郭名璞,乃河东

---

① 京房——西汉易学家。
② 管辂(lù)——三国时易学家。

人也。通圣好术,博学多才,上晓天文,下识地理,诸子百家、阴阳历数、卜筮术数,无所不晓。现在臣家,望大王可重用之。"晋王曰:"既有此人,何不召来见吾!"导即使从人召郭璞至,朝见晋王。晋王曰:"孤闻王导谈足下之德,敬召以问德政得失何如。"时阴阳错谬,刑狱繁兴,璞上疏曰:

夫寅畏①所以享福,怠傲所以招祸,宜荡除瑕衅,赞阳布德,则士民仰戴归心矣!

晋王纳之,以璞为尚书郎,其后璞数言便宜,多所匡益。而璞性轻易,不修威仪,嗜酒好色,时或过度。友人干宝,常诫之曰:"君贪杯好淫,此非适性之道也。"璞曰:"吾所受有本限,用之常恐不得尽,卿乃忧酒色之为害乎!"

愍帝平阳城遇害

十二月,汉主聪设朝,下诏命排銮驾,出畋②平阳。汉主自坐车驾,又使愍帝行车骑将军,戎服执戟前导。出平阳门,百姓聚观,内有认得愍帝者,因指之曰:"此故长安天子也。"由是百姓争前而观之,父老皆垂泪,无不恋涕者。汉主聪出猎罢回宫,太子刘粲言于聪曰:"昔周武王岂乐杀纣乎,正恐同恶相求,为患故也。今日出猎,百姓见晋王前导,各有思泪,意尚附晋也。不若早除之,免贻后患。"聪曰:"前杀庾珉辈,而民心犹如是,吾未忍也。宜少观之。"次日,聪命排宴于光极殿,大会文武百官。酒行三巡,汉主又使愍帝劝酒,帝眼中垂泪,只得劝完。汉主又使愍帝洗爵③,亦只得洗爵。污了服,欲推更衣而出,汉主不与出外。又使之执盖,愍帝泣而执之。当晋臣多被擒在此者,尽皆涕泣。有尚书郎辛宾抱住愍帝大哭曰:"臣不能杀贼保国,使陛下遭辱,臣非贪生!"言讫,夺帝所执盖来撞汉主,汉主大怒,命武士牵辛宾出殿外斩之。平阳百姓无不嗟叹。

晋君忍耻在平阳,可惜辛宾尚书郎。

---

① 寅畏——恭敬、戒惧。
② 畋(tián)——打猎。
③ 爵——古时饮酒器皿。

樽前抱主因身死,提起教人痛断肠。

时洛阳守将赵固、河内太守郭默,皆引兵侵汉,扬言曰:"要当生缚刘粲,以赎天子。"刘粲大惊,言于汉主聪。命将愍帝弑之,因此晋帝遇害于平阳,谥曰孝愍。

晋王睿亲课督农工,二千石长吏以入谷多少为殿最①,诸军各自佃作,即以为廪。

大兴元年(汉主刘曜光初元年),春,辽西公段疾陆眷卒,子幼,叔父涉复辰自立。末柸深恨之,乃诈奔丧,乘虚以众入内,袭杀复辰。复辰无备被害。于是末柸自称为单于,以统大众。

晋王睿即皇帝位

三月,愍帝凶闻至建康。晋王睿自斩缞②居庐。百官请上尊号,不许。纪瞻曰:"晋氏统绝,于今二年。今两都燔荡③,宗庙无主,刘聪窃号于西北,而陛下高让于东南,北所谓揖让而救火也。"晋王犹不许,使殿中将军韩绩撤去御座。绩欲卜殿,纪瞻叱之曰:"帝座上应列星,敢妄动者斩!"绩不敢上,反退入班,晋王为之改容,欲奉朝请,周嵩上疏曰:

古之王者,义全而后取,让成而后得,是以享世长久。今梓宫未返,旧京未清,宜开延嘉谋,训卒厉兵,先雪大耻,副四海之心,则神器将安适哉!

晋王览毕,将从之。百官恨其忤旨,乃出嵩为新安太守。嵩乃周顗之弟也。

次日,晋王大会文武,去讨汉刘聪,以雪大耻。百官诸将不肯行,晋王望北而哭,情动万民。王导、刁协一班文武又表请即帝位,表曰:

臣导等上言:迩者刘聪掳弑愍帝,天下无主,万民咸思司马晋氏。今上无天子,海内惶惶,靡所仰戴,致各处守吏上书者五

---

① 殿最——古代考核军功或政绩时,以上等为最,下等为殿。
② 斩缞(cuī)——着丧服。斩,丧服不缝扣子和下边。
③ 燔荡——烧毁。

百余人，咸称符瑞图谶，名应大王。玉玺见于临安，神玺出于江宁。其文曰"长寿万年"，日有重晕。又闻童谣云："五马浮渡江，一马化为龙。"此天命大王，以符中兴。武帝定有天下，国号大晋，到此不幸，遭胡所灭。惟大王乃宣帝琅邪王觐之胄，仁高德广，天下咸闻，民皆仰焉。伏望大王应天顺人，早登大位，以承宗庙，昭布天下，祚流万年，祖宗幸甚。

晋王览表，大惊曰："汝等皆欲陷孤为不忠不孝之人耶！"王导曰："非也。刘聪竖子尚自可立，何况君王乃大晋之苗裔乎？"晋王勃然作色曰："况愍帝被害，有服在身，吾岂能效逆贼之所为耶！"大怒而起，入于后宫，众官皆散。

后三日，王导又约百官，候晋王出皆拜于前。太傅卞壸曰："天子已被刘聪所弑，主上不即帝位而兴师讨贼，是不忠不孝也。今天下之民皆欲主上为君，与先帝雪仇。今主上不行，是失民望也。愿大王熟思之。"晋王曰："吾虽先帝之孙，今普天率土之滨，并不曾有半分德泽以及万民。今立为帝是篡逆也。愿死，誓不为不忠不孝之事。汝等欲陷孤万世骂名乎！"王导苦谏，又不听。次后，凡奏请立位，晋王并无半分应允。因此王导计，托病不出。晋王听知王导病，乃自驾到王导府，下车直至卧榻，问曰："军师所感何疾？"导答曰："忧心如火焚，恐命不久矣。"晋王曰："军师所忧何事？"导推托几次不肯言。晋王坚执请问，导喟然叹曰："导自得遇主上，相从到今，言听计从。幸主上有建业之地，不负夙昔也。今文武数百员，皆欲主上为君，共图爵禄，以耀祖宗。不期主上坚执如是，则文武皆有怨心，不久皆当散去矣。文武若散，戎人来攻，建业休矣，导安得不忧也！"晋王曰："非是推阻，但恐惹天下之议论耳！"导曰："圣人有云：'名不正，则言不顺；言不顺，则事不成。'今主上名正言顺，有何不可？岂不闻'天与不取，反受其咎'？"晋王曰："待军师病起，行之未迟。"王导把屏风一击，外面一班儿大臣皆入拜曰："大王既允，便请择日以受大位。"晋王曰："陷吾骂名者，皆汝等也！"王导奋然曰："大事已定，来日即位。"言讫各散。次日，百官具龙旗恭辂，整仗銮驾，迎请晋王登位祭天地。侍臣刁协于殿上读其文曰：

晋王睿即皇帝位

维大兴戊寅元年,四月丙辰,皇帝睿敢用玄牡①,敬昭告于皇天上帝、后土神祇:晋有天下,历数无疆。于胡人篡盗,俘害二帝,社稷幸存。今刘聪兴兵,戮害生民,罪恶充积。群臣将士,以为社稷隳废,睿宜修之,嗣我二帝,代天行罚。睿以不惠,惧忝帝位,询于庶民,外及蛮夷,佥②曰:"天命不可以不答,祖宗不可以久替,四海不可以无主,率土咸望予一人。畏天之明命,又惧晋室将湮,于是谨择元日,与百僚登坛,受皇帝玺绶,循燔遍告类于天神,唯神享祚于晋,永绥四方。

晋王既受玺绶,捧于四面让之曰:"睿无才德,请有德者立。"王导曰:"王上平定天下,功德昭于四海,况是大晋嫡派,宜即正位,复何让焉?"于是百官皆呼万岁,拜舞已毕,改年为大兴元年,因号东晋。以其子司马绍为皇太子,以王导为司徒,以导兄王敦为大将军,其余大臣各有加封。

---

① 玄牡——祭祀用的黑色公牛或公马。
② 佥——众,都。

东晋卷之一

起自东晋建武元年四月丁丑岁，止于东晋太宁元年八月甲申年，首尾共八年事实。

元帝颁诏赦天下

却说晋中宗元皇帝司马睿字景文，乃宣帝曾孙，琅邪王司马觐之子。初，为安东将军，因愍帝被伪汉刘聪所弑，诸将固劝，乃即大位于建业，国号东晋，改元建武元年。在位十六年，寿四十六。

昔魏文帝篡汉，任司马氏为相，世执魏政。魏明帝时，宝石负图，有石马七及牺牛之像，时又有"牛继马后"之谣。按司马懿启封于晋，至愍帝方及七代，应七马数也。怀、愍二帝，值五胡乱华，为贼刘聪所掳。帝乃琅邪王也，同西阳王羕等五王同渡江，父老裹粮而归之，遂据有建业而为都焉，是为东晋元帝。故有"五马渡江，一马化为龙"之说。其帝实非司马氏也，乃琅邪恭王妃夏后氏因与小吏牛氏通所生，而冒司马姓，实牛姓是也，是应"牛继马后"之谶也。

元帝既即大位，乃大赦天下，其余文武增二等。帝与文武商议，欲赐诸吏投刺①劝进者加位一等，民投刺者皆除吏，凡二十余万人。散骑常侍熊远曰："陛下应天继统，率土归戴，岂独近者情重远者轻！不若依汉法，遍赐天下爵，于恩为普，且可以息检核之烦，塞巧伪之端也。"帝不从。群臣又请更立太子司马绍为皇太子，帝从之。绍仁孝，喜文辞，善武艺，好贤礼士，容受规谏，与庾亮、温峤等，为布衣之交。亮丰格峻整，善谈老、庄，帝器重之，聘亮妹为绍妃，使亮侍讲东宫。帝好刑名家，以《韩非》书赐太子绍。亮谏曰："申、韩刻薄伤化，不足留圣心。"太子纳之。

史说，刘隗字大连，彭城人。少有文翰，因避乱渡江，帝以为从事中

---

① 投刺——递名片求见。

郎。帝既即位,委以重任,深器重之。时庐江太守梁龛①,明日该除②妇服,今日请客奏伎。当丞相长史周顗等数十余人,知龛有丧服未满而宴会非礼,乃会刘隗入见元帝,奏龛慢服之愆③,因上曰:"夫嫡妻长子皆杖居庐,故周景王有三年之丧。既除而宴,《春秋》犹讥。况龛匹夫,暮宴朝祥,慢服之愆,宜肃纪律,请免龛之官。"帝纳之,减龛俸一月。于是群臣无不惮之。

邓伯道弃子留侄

史说,邓攸字伯道,平阳人。祖父邓殷尝为淮南太守,梦行水边,见一女子,猛兽自后断其盘囊。请人圆梦,占者曰:"水边有女,汝字也;断盘囊者,新兽头代故兽头也。子不作汝阴,当作汝南也。"后果应其梦,迁为汝阴太守。及至攸,父早丧,少孤,与弟同居,镇军将军贾混甚厚遇之。攸尝诣镇军将军贾混府,以人讼之事示攸,因谓曰:"卿能为我一决乎?"攸不视,曰:"孔子称:'听讼吾犹人也,必也使无讼乎!'"混因此奇之,以女妻攸。至是石勒兵至,百姓皆逃。时邓攸以牛马负妻子而遁,被勒兵掠去牛马,只得步走。以箩自担其儿及弟之子邓绥而行。攸自度盘缠稀少,恐不得两全,乃谓妻贾氏曰:"路途遥远,盘缠稀少,宜减一口,方可保全到南。"贾氏曰:"可弃绥也。"攸曰:"吾弟早亡,唯有一息,理不可绝,只应弃我儿耳。幸而得存,我与你年纪未老,后当有子矣。"妻泣曰:"恩不及如夫妇,亲不及如父子,君何舍子而留侄耶!"攸曰:"今事急矣,不得不弃。若留子弃侄,弟必绝嗣,傍人谓我不义。"由是妻大哭,而从攸说,乃放子于路,抱绥同走。其子朝弃暮赶,及明日,攸以绳缚其子于树而去。来至江东,元帝闻其义,以攸为太子中庶子。时吴郡阙太守,人多欲之,元帝以授攸。攸至载米之郡,俸禄无所受,唯饮吴水而已。在郡刑政清明,百姓欢悦,为中兴良守,因称疾辞职归家。郡有常例,凡守辞致者,送迎钱数百

---

① 龛(kān)。
② 除——除去丧礼之服。
③ 愆(qiān)——罪过。

万,因此吏民以其钱送攸,攸不受一钱。于是百姓数千人不忍其去,乃留牵攸船,船不得行,攸乃稍停,至夜中密发遁去。故吴人歌之曰:"纵如打五鼓,鸡鸣天欲曙。邓侯挽不留,谢令推不去。"攸归家,思自弃子之后,妻子不复孕,乃纳妾,甚宠之。讯其家属,妾说是北人遭乱,流落至此。因道父母名姓,乃攸之甥。攸遂嫁之,不复畜妾,因以无嗣。时人义而哀之,为之语曰:"天道无知,使邓伯道无儿。"

时晋帝遣使,以慕容廆为龙骧将军、大单于。廆既受其爵,以游邃为龙骧长史,以刘翔为主簿,命邃创朝仪。裴嶷曰:"晋室衰微,介居江表,中原之乱,非明公不能拯也。今诸部虽各拥兵,然皆顽愚相聚,宜以渐并取,为西讨之资,未可便尊以撰朝仪。"廆悦之,以嶷为长史,委以军务之谋。诸部弱小者稍稍击取之,皆嶷之力也。

李矩遣将夺汉营

却说荥阳太守李矩,闻洛阳太守赵固率兵攻汉,被汉太子粲等所败,乃遣将军郭默、郭诵领军一万来救赵固。诵等既领兵出,谓部将耿稚曰:"今汉太子刘粲屡胜赵固,必不设备,更谓困穷无救,无知我等动兵。你可引精骑八千,夜行晓伏,去到汉营,待夜举火烧其积垒,击鼓呐喊,你道'晋兵百万在此劫营',彼必自相残杀。乘乱而入,可得汉营。彼必逃散,若得其险要,则刘粲可擒。"稚得令即出,引精骑八千,依计而行,来到汉营,果无准备。至夜,耿稚令诸军放火,鸣鼓呐喊。汉太子刘粲闻知晋兵劫寨,乃引腹心,逾营先走,奔据阳乡。汉兵无主,俱各不知是计,以为晋兵已杀入营,更又夜黑,并不相认,俱各自相残杀,乱窜逃溃。稚等乘势杀散其众,入据其营,救灭其火。于是稚等获汉器械军资,不可胜数。汉王聪闻知大惊,急使太尉范隆率骑二万,来助太子刘粲,合兵攻围其营。稚见救兵不至,令诸军杀其所获牛马而食之,放火焚其军资,以兵突围而出,奔虎牢关屯住。于是赵固得此一军为救,随之而退屯住。朝廷闻知李矩遣将大破汉太子刘粲之兵,遣人持诏,以矩都督河南三郡诸军事。

却说都尉陈安举兵逼上邦县,相国司马保使使告急于张寔,寔遣步骑二万赴之。军至新阳,闻愍帝崩,司马保欲谋称尊号。破羌都尉张诜知而言于寔曰:"南阳王保忘大体,而亟欲自尊,不能成功。晋王近亲,且有名德,当帅天下以奉之。"寔从之,遣牙门将军蔡忠奉表诣建康。及至,晋王已即帝位,重赏蔡忠而还。然寔竟不用江东年号,犹称建兴。

四月,帝加王导骠骑大将军、开府仪同三司。于是导遣从事顾和等行扬州郡国。从事去而复返,各言二千石官长得失,独顾和无言。导问之,和曰:"明公作辅,宁使网漏吞舟,何缘采听风闻,以明察为政耶!"导咨嗟称善。

时汉螽斯则百堂火灾,烧杀刘聪之子二十一人。聪痛哭不已,百官亦与伤悲。

汉以王沈婢为后

中常侍王沈养女有美色,汉王刘聪闻之,立以为其皇后。当尚书令王鉴、中书监崔懿之、令曹恂上书曰:

> 臣闻王者之立后也,将以上配乾坤之性,象二仪敷育之义。生承宗庙,母临天下;亡配后土,执馈皇姑。必择世德名媛,幽娴淑令,副四海之望,称神祇之心。是故周文造舟,姒氏以兴,《关雎》之化,缘祚百世。孝成①任心纵欲,以婢为后,使皇统亡绝,社稷沦倾。有周之隆,既如彼矣;大汉之祸,又如此矣。奈何一旦以婢主之,臣恐无福于国家也。

汉王不纳。鉴等又谏曰:"借使沈之弟女,刑余小丑,犹不可以尘污椒房,况其家婢耶!"聪大怒,命王沈收鉴等三人诛之。鉴等临刑,沈以杖叩之曰:"庸奴,复能为恶乎!"鉴瞋目叱之曰:"竖子!灭大汉者,正坐汝鼠辈与靳准耳!"懿之亦谓准曰:"汝心枭獍②,必为国患。汝既食人,人亦当食汝!"言讫而死。朝臣无不嗟叹。

---

① 孝成——指汉成帝,他立赵飞燕为皇后。赵飞燕,善歌舞,因体轻故称"飞燕"。成帝时入宫,为婕妤(妃嫔的称号)。后立为皇后。

② 枭獍——喻不孝与忘恩负义之人。

匹碑杀太尉刘琨

却说刘琨世子刘群为段末柸所得。末柸厚礼之，许以琨为幽州刺史，欲与袭兄匹䃅，密遣使赍群书，请琨为内应。使人为匹䃅逻骑所获，将其书来见匹䃅。匹䃅以其书示琨曰："吾意亦不疑公，因之以白公耳。"琨曰："吾与公同盟，庶雪国家之耻。若儿书密达，亦终不以一子之故，负公而忘义也，公可察之。"匹䃅初无害琨之意，将听其还屯。其弟叔浑谏之曰："刘琨虽无谋害之心，必定决谋归之意。若听其一面之虚词，放还其屯，决不可制矣！不若留之。"匹䃅遂留琨，不与还屯。会代郡太守辟闾嵩潜谋欲袭匹䃅而取刘琨，事泄，匹䃅令人收刘琨缢杀之。刘琨从事卢谌等闻琨被匹䃅所害，帅琨余众来依末柸，末柸受之。朝廷已知，以匹䃅尚强，冀其能守河朔，乃不为琨举丧，及让匹䃅之过。温峤闻琨被害，上表称："刘琨尽忠帝室，家破身亡，宜在褒恤。"后䃅死，帝方加赠太尉，谥曰愍。于是夷、晋之人，皆不附匹䃅。

初，温峤奉刘琨命诣建康也，其母崔氏固止之，峤绝裾而去。既至，屡求返命，朝廷不许。会琨死，帝除①峤为散骑侍郎。峤闻母亡，阻乱不得奔丧，固让不拜，苦请北归。诏曰：

今桀逆未枭，诸军奉迎梓宫犹未得进，峤可以私难而不从王命邪！

峤不得已，受拜为散骑侍郎。

六月，帝以刁协为尚书令，协性刚悍，与物多忤，与侍中刘隗俱为帝所宠任，欲矫时弊，每崇上抑下，排沮豪族，为王氏所疾。诸刻碎之政，皆云隗、协所建。协又侵毁公卿，见者皆侧目。

---

① 除——授、拜（官职）。

代王郁律破刘虎

七月,却说铁弗国刘虎,一名刘武。因先与猗卢在并州结仇,走回国去,聚得数万之众,前来复仇。其兵杀至北部,北部大人连忙使人告急于代王郁律,郁律尽起本部军兵,杀奔西部。虎知代兵来,亦引军出。二军会合于盘河之上。虎军于盘河布阵。代王引军于桥西布阵,横槊立马于桥上,大呼曰:"背主之徒,如何不见!"虎亦乘马至桥边,指代王曰:"你先助刘琨杀吾,我今自复仇耳!"代王曰:"昔日先帝以汝无忠无义之人,助桀为暴,故要杀你。今又狼心狗肺,尚欲来侵吾地耶!"刘虎大怒,策马挺枪直杀上桥。代王使东部大人交锋,战到十合,虎抵挡不住,拨回马便走。东部大人乘势追赶过桥,虎走入阵,东部大人跑马径入阵中,军不敢当,如入无人之境,往来在阵中追赶。虎手下健将四员齐战,被东部一枪刺一将下马,二将奔走,东部追刘虎透出阵后。虎望山谷而逃,东部骤马在后,厉声高叫:"快疾下马受降!"虎弓箭尽落,头盔坠地,披发纵马逃走,远出塞外,其部落尽降于代王。于是郁律有西域乌孙故地,东兼勿吉以西土,士马精强,雄十北方。

刘约死去复还魂

却说汉主聪子刘约死,只一指犹暖,遂不敢殡殓。忽然苏醒,对宫人言见祖公刘元海于不周山,经五日,复从至昆仑山,三日而返于不周山,见诸王公卿将相死者悉在宫室,宫室甚宏壮丽,号曰蒙珠离国。当元海谓约曰:"东北有遮须夷国,无主久,待汝父为之主耳。汝父后三年当来,来后中国大乱。汝且还,后年当来,见汝不久。"约拜辞而归,道过一国,曰猗尼渠余国,国王引约入宫,与约皮囊一枚,曰:"与吾遗汉皇帝。"因谓约曰:"刘郎后年来必见过,当以小女相妻。"约归,置皮囊于机上。俄而苏起,使左右去机上取皮囊开之,有一方白玉,题文曰:"猗尼渠余国天王敬信遮须夷国天王,岁在摄提,当相见也。"刘约驰将此玉呈上聪看,及见元海之言,一一奏上。汉王聪听此说,大悦曰:"吾不惧死矣。"后聪死,果将此玉同葬之。

时东宫鬼哭,赤虹经天,南有一歧①,三日并照,客星历紫宫入于天狱而灭。太史令次日奏汉王曰:"臣夜观天象,赤虹经天,天下当为三分。愿陛下早为之所。"汉王弗听,怒入后宫,闷闷不已,遂成寝疾。使使征刘曜、石勒受遗诏辅政。二人皆固辞不至。于是聪乃以刘曜为丞相,领雍州牧;石勒为大将军,领幽冀牧;上洛王刘景、济南王刘骥,并录尚书事;以靳准为大司空,皆迭奏事。次日将危,召太子刘粲并靳准入卧所,流泪满面,嘱以后事。准亦涕泣道:"陛下善保龙体,不须烦恼。"聪曰:"朕今不豫,以太子托卿,卿宜尽忠王室,休怀二心。"准叩头曰:"臣安敢不竭股肱之力,效忠贞之志。陛下将息龙体,臣等必尽犬马之报。"是夜聪崩世,在位九年,改元者三。

宫人报知太子,太子与百官举哀发丧,已毕,靳准与群臣扶太子刘粲登位、为汉王,俱各山呼万岁,君臣礼毕,国号大汉。汉主封靳准为大将军、录尚书事,一应军国之事,皆决于靳准。汉主粲晨夜烝淫奸宿刘聪之后靳氏、宣氏、樊氏、王氏等,此五皇后皆年未满二十,并有国色,故粲贪烝,不出理政。当靳准见汉王粲淫乱无道,阴有异志,私谓粲曰:"迩闻上洛、济南诸王欲行伊、霍②之事,陛下宜早图之。"粲信之,使人收刘景、刘骥杀之。游宴后宫,军国之事一决于准。

靳准谋灭汉王粲

八月,靳准与弟靳术商议曰:"今汉王粲无道,烝乱宫室,不理朝政,吾欲勒兵诛之,取其天下,你可助我一臂之力,共享富贵。"术曰:"愿从兄命。来日兄与吾二人勒兵入宫,尽诛刘氏,百官自从。"计会已定,次日,靳准、靳术兄弟各披坚执锐,领甲兵二万人。术引兵突入宫廷,但见阉官

---

① 歧——岔。
② 伊、霍——伊尹,商汤臣,汤死后,孙太甲破坏商汤法制,被伊放逐,后迎复位。霍光,汉昭帝时受遗诏辅政,昭帝崩,迎立昌邑王,后又废之,立宣帝。

不论大小,尽皆杀了。靳准斩关而入,樊陵、许相出殿来呼:"不得无礼!"术立斩二人,以下尽皆奔走。赵广、夏胜二个赶在翠华楼上放火,谁跳下楼,就楼前剁做肉泥。宫中火焰烧天,汉王粲同五皇后并内省官属,复从走北宫。靳准正在宫中,环甲持戟,立于阁下,望见汉王拥五后过来,大呼:"烝贼休走!"喝众军向前,将汉王粲并五后擒住,又令军士入宫,将汉王宗室、刘氏男女少长,尽皆杀之。准自出坐殿上。靳术领甲兵环立四边,命手下军呼集百官至殿下,谓曰:"今汉王粲不亲政事,淫乱太后,吾故杀之,自代其位。汝诸大臣,顺者高官,逆者必诛。汝等心下何如?"群臣皆不敢逆,只得山呼万岁。毕,准自谓曰:"吾自称为大将军、汉天王也。"又谓胡嵩曰:"自古无胡人为天子者,今以传国玺付汝,还如晋家。"嵩不敢受,准怒杀之。又命武士将汉王粲并五皇后、宗室男女,少长三百余人斩于东市。又使人发掘元海、刘聪墓,取出棺椁焚之,烧其宗庙,尽皆灭之。

靳准既即天王位,以弟为丞相,总督中外诸军事。又遣使告司州刺史李矩曰:"刘渊屠各小丑,矫称天命,使二帝幽没。卿等辄率众服侍梓宫以还,请以上闻。"李矩得其语,驰遣人上表,奏闻晋帝。帝大悦,诏遣太常韩胤等前去奉迎梓宫。靳准欲以王延为左光禄大夫,延骂曰:"屠各逆奴,何不速杀我,以吾左目置西阳门,观相国之入也;以吾右目置建春门,观大将军之入也!"准怒,杀之。

却说相国刘曜闻平阳大乱,每日涕哭,自长安发兵赴之。石勒闻知,亦率精骑五万以讨靳准,据襄陵北原。靳准探知二处动兵,亦引兵十万来挑战,勒坚壁以挫之。

十一月,呼延晏私奔来报相国刘曜。时曜兵至赤壁,呼延晏迎着,哭说靳准谋逆之事。相国曜大哭,昏倒在地,众将急曰:"死者不可复生,痛之无益。"曜停哀,命将士各举哀数日。晏入内曰:"今少帝遭贼所弑,殿下宜即大位,以安众心。"曜从之,乃即皇帝位于赤壁,改元戊寅为光初元年,使使以石勒为大司马,加九锡,晋爵为赵公。于是勒始进兵攻准于平阳,巴及羌、羯降者十余万落,勒皆徙于所部。

刘曜石勒讨靳准

却说靳准自料不能迎敌石勒，使侍中卜泰送乘舆服御，请和于石勒。勒大怒，将卜泰囚之，使人送与汉主曜。曜释之，谓泰曰："先帝末年，实乱大伦，司空行伊、霍之权，使朕及此，其功大矣。若早迎大驾者，当悉以政事相委，况免死乎。汝可回与白之。"卜泰还以曜语与言之，靳准不从。将军乔泰等见准不从，率兵入阵，将准诛之，推靳明为主，又遣卜泰奉传国玉玺降汉。石勒大怒，进军攻靳明。次日，靳明亲率精骑，出与勒战，大败回城，不敢复出。

时十一月，日夜出，高三丈。晋帝以王敦为荆州刺史，又诏群卿各陈得失。御史中丞熊远上疏曰：

胡贼猾夏，梓宫未还，而不能遣军进讨，一失也。群官不以仇贼未报为耻，务在调戏、酒食而已，二失也。选官用人，不料实德，唯在门第，不求才干，唯事请托，当官者以治事为俗吏，奉法为苛刻，尽礼为谄谀，从容为高妙，放荡为达士，骄蹇为简雅，三失也。世所恶者，陆沉①泥滓；时所善者，翔翔云霄。是以万机未整，风俗伪薄。朝廷以从顺为善，相违见贬，安得朝有辩争之臣，士无禄仕之志乎！古之取士，敷奏以言；今光禄②不试，甚违古义。又举贤不出世族，用法不及权贵，是以才不济务，奸无所惩。若此道不改，求以救乱难矣！

先是，帝欲慰悦人心，州郡秀、孝，至者不试，皆署吏。尚书陈颓亦上言："宜循旧制，试以经策。"帝从之，仍诏："不中科者，刺史、太守免官。"于是秀、孝皆不敢行，其有到者，亦托疾，比三年无就试者。帝欲特除孝廉已到者官，尚书郎孔坦以为："近郡惧累君父，皆不敢行；远郡冀于不试，冒昧来赴。若加除署，是为谨身者失分，侥幸者得官，颓风伤教，恐从此始。不若一切罢之，而为之延期，使得就学，则法均而令信矣。"帝从之，

---

① 优童——娈童。美好的男子。旧时亦指被当作女性玩弄的美貌男子。
② 光禄——光禄大夫，官名。

听至七年乃试。

却说晋司马焕乃郑夫人所生之子,时年二岁矣,沾疾将危,晋帝甚爱之,封琅邪王而卒。帝命备吉凶仪服,营起园陵,功费甚广。右常侍孙霄谏曰:"古者凶荒杀礼,况今丧乱,宪章旧制,犹宜节省,而礼典所无,顾崇饰如是乎!竭已罢之民,营无益之事,殚已困之财,修无用之费,此臣之所不安也。"帝不从。正欲退殿,忽闻报彭城内史周抚叛降石勒。帝大怒,即诏下邳内史刘遐、泰山太守徐龛二人引兵讨之。

却说石勒见靳明不出,亲驱大众攻平阳甚急。靳明遣使求救于刘曜,曜佯许之,使人以一万军迎之,明不知是计,以为是实况。石勒攻得甚紧,明乃率平阳士女一万五千人弃城奔汉,来降刘曜,被曜赚去,收靳氏男女二百人皆诛之。石勒见靳明奔曜,乃引众入平阳,焚其宫室,修其故陵,收粲以下百余口葬之,拨守置戍而归襄国去讫。

大兴二年(汉改号赵光初二年,后赵高祖石勒元年。旧大国一,成新小国二,新大国一,凡四僭国),二月,刘遐、徐龛各以兵二万,来击周抚,相持月余,互各胜负。初,掖人苏峻屡被汉兵搅扰,不能得安,乃率乡里结垒自保,远近之人多来附之,众至二万余人。曹嶷恶其强盛,将发兵攻之。峻惧,率众浮海来助刘遐,共击周抚。是日交战,苏峻骤马与周抚交锋,不内合,抚杀败被除,龛等各收兵还镇。刘遐表苏峻讨抚之功,晋帝降诏,以峻为淮陵内史、鹰扬将军,峻自是归晋。

石勒献捷于刘曜

却说石勒既克平阳,遣左长史王修持书,献捷于汉。汉王曜大悦,遣使授勒太宰,晋爵赵王,加殊礼,称警跸①。使人去讫,王修亦还。先,王修同舍人曹平乐来汉,刘曜留之为常侍,因此平乐为汉私言于曜曰:"勒使王修来献捷,实觇陛下强弱,俟其复命,将袭乘舆。今陛下宜防之。"时汉兵疲敝,曜听其言,乃使武士追及,斩王修于市。探听人回报石勒,称曜将王修斩讫。勒大怒,曰:"今事刘氏,于人臣之职有加矣。彼之基业,皆

---

① 警跸(bì)——帝王出巡称警跸。

孤所为；彼既得志，将欲相图。赵王、赵帝，孤自为之，何侍于彼耶！"自此勒不受汉之用命矣。

时三月，该祭天地，南郊未曾建立，晋元帝集令群臣议郊祀。刁协等以为宜待还洛阳祭之，今且罢之。司徒荀组等曰："汉献帝都许，即行郊祀，何必洛邑！"元帝从之。立郊丘于建康城之南地，帝亲祀之，以未有北郊，并地祇合祭之。元帝诏："琅邪恭王宜称皇考。"贺循曰："按礼，子不敢以己爵加于父。"帝既而罢之。

四月，初，蓬陂坞主陈川自称陈留太守。先，祖逖攻樊雅也，陈川遣其将李头助之。头力战有功，逖厚遇之。头既还，每叹曰："得此人为主，吾死无恨。"川闻之，以头背己与逖有谋，将头杀之，遂大掠豫州诸郡县。祖逖大怒，自将兵来击陈川，川以众与战，被逖破之，川大败，只余一千余人，恐不能敌，乃以浚仪叛，使人降于石勒。勒受其降，拜为将军。

却说先徐龛与刘遐共讨周抚，周抚被苏峻杀败而走，徐龛部将追及斩之。朝廷论功，刘遐为先，徐龛居次。因此徐龛大怒，以泰山郡叛，亦降于石勒。勒受之，加龛秩位一等。

刘曜即位于长安

汉刘曜既即大位，徙都长安，立妃羊氏为皇后，立世子刘熙为太子，立宗庙、社稷、南郊、北郊，改国号为赵。以冒顿配天，光文配上帝，始是称为赵也。羊后讳献容，乃惠帝后也。遭奸人之废立，怀帝即位，羊氏为惠帝皇后。后洛阳败没于曜，执以为妻。曜既僭位，立为皇后，政事皆与决之。因问后曰："吾何如司马家儿？"后曰："胡可并言！陛下，开天之圣主，彼，亡国之暗夫。有一妇、一子及身三耳，不能庇之。贵为帝王，而妻子辱于凡庶之手。妾尔时实不思生，何图复有今日。妾生于高门，常谓世间男子皆然。自司巾栉以来，始知天下有丈夫耳。"因此言赵王曜甚宠爱之，每旦宴饮，不思远图之计。

却说南阳王司马保自称为晋王。保既称王，改元建康，置百官。陈安先谋叛，保遣兵击之，使使告急于张寔，寔亦遣韩璞，以兵五千助之。陈安恐独力不敌，乃使人降于成王李雄，雄纳之，遣兵来助。于是陈安以众来逼上邽,保坚守不出。会城中大饥,又为安所困,会张寔遣韩璞引兵来救,因此城中得其消息,保出兵来应,两下夹攻,杀败陈安。陈安势穷,乃退上邽,百姓方才得安。

时江东亦大饥,元帝诏百官各言时事。益州刺史应詹上疏曰:

元康以来,贱经尚道,以玄虚宏放为夷达,以儒术清俭为鄙俗,宜崇奖儒官,以新俗化也。

元帝纳之,诏命崇儒。

祖逖兴兵讨陈川

却说祖逖帅五万步骑,攻陈川于蓬关,石勒闻知,遣石虎、桃豹将兵三万来救,祖逖始退屯淮南。石虎既至蓬关,令除川率众徙居襄国,留桃豹守陈川故城,自勒兵与川退还襄国去讫。却说石勒又得陈川之众,遂率兵五万来寇幽州,幽州无备,被攻陷之。段匹䃅在蓟城闻幽州失守,心下大惧,恐来攻蓟,乃率众奔乐陵县而据之。

却说梁州刺史周访率众击杜曾,曾勒众拒战。两下交锋,战上十五合,曾揩手不及,被访斩之,其众尽降。初,王敦患杜曾,因谓周访曰:"足下若擒得杜曾,当相论为荆州。"至是访破斩杜曾回,而敦不用。而王廙在荆州,多杀陶侃将佐,士民怨怒。朝廷已知,元帝征廙为散骑常侍,而以周访代之。王敦忌访威名难制,从事郭舒亦说敦曰:"荆州虽荒敝,乃用武之国,不可以假人,宜自领之,访为梁州足矣。"敦从之,乃加周访安南将军,余如故。访闻大怒,敦手书譬解,并玉环、玉碗遗之。访抵之于地曰:"吾岂贾竖,可以宝悦耶!"因此访去襄阳,务农训兵,有图敦之志,守宰有缺辄补,然后言上,王敦不能制。

却说徐龛既降石勒,以众寇掠济、岱诸境。近臣奏知元帝,深忧之,问群臣谁去讨之。王导奏以太子左卫率羊鉴,乃龛之州里冠族,必能制之,令其率军五万去讨。元帝从之,封羊鉴为都督,令率军讨之。羊鉴深辞曰:"臣才非将帅,恐不克效,望陛下另选良将。"郗鉴亦上表羊鉴不可使。王导不从,以羊鉴为征讨都督,督徐州刺史蔡豹及临淮太守刘遐、鲜卑段文鸯等讨之。于是鉴不得已,领旨出朝,点过精兵五万,涓日起行。

石勒自称后赵王

却说石虎与张宾等上言于勒曰:"今刘曜僭大位,弃汉自号赵,是逆宗统,荒淫不理政事,是无德也。吾等观其久必自败,定为人所擒。王侯本无植,帝王岂有根!明公宜加尊号,以安百姓,以绝刘曜耳。"石勒曰:"孤本氐人,得诸君相扶,侥幸至此。天下未定,何敢为之!"张宾又曰:"今有内十二郡、赵国十二郡,合有二十四郡为赵国,准《禹贡》,魏武复冀州之境,地方数千里,将佐数百员。主公若登大位,命将佐出讨,何坚不破,何敌不灭。主公再执不行,将士解体,民各生心,晋氏复起,谁人肯用命乎!不如主公且登后赵王位,以安众心,可保万全之计。"于是勒始从之。石勒既即王位,称元年为后赵元年。以将军支雄等主胡人词讼,禁胡人不得凌侮华族,号胡人为国人。遣使循行州郡,劝课农桑。朝会始用天子礼乐。加张宾为大执法,总朝政。以石虎为骠骑将军,都督诸军,赐爵中山公。时张宾既遇优显,群臣莫及,而谦虚敬慎,开怀下士,屏绝阿私,以身率众,入则尽规,出则归美。勒甚重之,每朝,常为之正容貌,简辞令,称曰右侯而不敢名。

勒既以天子礼乐飨群臣,威仪冠冕,从容可观矣。勒宫殿及诸门始就制,法令甚严,讳"胡"尤峻。时有醉胡出入止车门,勒大怒,即召宫门小执法冯翥①至,责其不弹白之故。翥惶惧忘讳,因对曰:"有醉胡乘马驰,某呵御之,而又不可与语。"勒突曰:"胡人正自难与言。"因是怒而不罪翥耳。

宇文氏攻慕容廆

十二月,却说平州刺史崔毖,以士民多归慕容廆,心甚不平,乃密遣人阴说高句丽、段氏、宇文氏,约使共攻之。毖所亲高瞻力谏曰:"慕容氏部

---

① 翥(zhù)。

下军多将广,智足谋深,更兼霸地千里,粮料积山,攻之难克,退之结怨。莫若含忍以候其变,然后可为之。"悫不从,发使去二国讫。不旬日皆执兵而至,于是宰牛杀马,犒劳二氏之兵讫。三国合兵共五十五万。

次日起行,来伐慕容廆。兵至城下,廆诸将请击之,廆曰:"彼为崔悫所诱,欲邀一切之利。军势初合,其锋甚锐,不能与战,当固守以挫之。彼乌合而来,未相归服,久必携贰,然后击之,破之必矣。"诸将默然。于是三国进兵攻棘城,廆令将士闭门自守,并不出战。过数日,计以牛酒使人独劳宇文氏,请和退兵,宇文氏受之。崔悫、段氏二国果疑宇文氏与廆有谋,各引兵归。

时宇文氏士卒三十余万,连营四十里,甘大人悉独官曰:"二国虽归,吾独取之。"因是进兵。慕容廆遣人召使其子慕容翰,将兵入屯于徒河。翰归入城内,见父廆曰:"彼众我寡,难以独胜。儿欲为奇兵于外,伺其间而击之,若并兵为一,彼得专意攻城,非策之得也。"廆从之。翰选精兵三千骑,屯于五十里之外,悉独官闻之曰:"翰远归而不入城,或能为患,当先取之。"于是分遣五万骑击翰,翰设计以三千精兵伏于暗谷,又使人假为段氏使者,逆于道,诈说大路有伏兵,不可行。宇文兵信之,引兵从小路进。兵至翰设伏之处,将过大半,一声鼓响,伏兵从谷中杀出,翰自以兵出邀,塞住去路。宇义氏兵被翰杀死,十停去其七停①,余者尽被获之。翰忙遣人入城报廆,使出兵击其前,又使部将乘胜径进袭其后,自于中间接应前后。于是廆始知翰乘胜进兵,乃自披挂,率众出城大战,前锋始交,后兵接战,两下夹攻,杀伤其众。战至十五合,翰帅二千骑从旁直入其营,纵火焚之,风起火发,宇文之兵烧死大半,宇文之众大败,折去三十万人,悉独官仅以自免而还。廆尽俘其众,获皇帝玉玺三纽。崔悫闻知,惧奔高丽。廆入平州,不忍绝其类,返以其子崔仁镇辽东,官府、市里,安堵如故。

廆以高瞻为将军,瞻称疾不就。廆数临其家候之,抚其心曰:"君之疾在此,不在他也。今晋室丧乱,孤欲与诸君共清世难,翼戴帝室,奈何以华夷之异,介然疏之哉!夫立功立事,唯问志如何耳!"瞻犹不起,廆颇不平。瞻以忧卒。于是廆引众还镇,使裴嶷奉表,并得玉玺,诣建康献之。

---

① 十停去其七停——指损失达百分之七十。

末柸以兵攻匹䃿

三年（赵光初三年，后赵二年，凉张茂先永元年），二月，段末柸疾兄匹䃿仕晋，以十万兵来攻兄。段匹䃿以军五万出迎。两下交战，不三合，匹䃿大败而逃，被末柸追杀，伤去大半，不敢入城。走至冀州城下，谓冀州刺史邵续曰："吾本夷狄，以慕义为晋破家。君不忘久要，请相与共击末柸。"续闻言，遂帅三万生力军出城助匹䃿，与末柸相战。未十合，末柸大败，匹䃿与邵续追击大破之。匹䃿因胜，与弟文鸯率众来攻蓟城。邵续收屯军兵回冀州。后赵王勒探知邵续势孤，况匹䃿自去攻蓟，冀州空虚，乃遣石虎将兵五万来攻冀州。石虎既为将，率兵将至冀州，分一万人埋伏于青山谷内，自将兵去攻城。邵续自出击虎，交战二十余合，石虎佯败，落荒而逃。邵续以兵追赶，赶过伏兵之所，被伏兵断出其后，石虎杀回，两下夹击，邵续遂被石虎执之，押至城下，令其招城上出降。续大呼兄子邵竺等曰："吾志欲报国，不幸至此。汝等努力奉匹䃿为主，勿有二心！"时匹䃿闻石虎攻续，率众来助冀州，匹䃿杀入城，与续子邵缉等固守冀州。石虎见城不下，使人送续还襄国，白之后赵王勒，以续为忠臣，释而礼之。因下令："自今克敌，获士，必生致之。"

初时，吏部郎刘胤闻邵续被石虎所攻，乃入内言于元帝曰："北方藩镇唯余邵续，如使为虎陷之，孤义士之心，宜发兵救之。"帝不从。及是闻续已殁，乃使人持诏，以续任位以授其子邵缉。于是缉领冀州刺史矣。

赵将尹安降李矩

却说赵将尹安及宋始四军屯洛阳，乃以城降于青州刺史李矩。矩使颍川太守郭默将兵入洛阳。后赵石生闻知，率众虏守将宋始一军，北渡河而去。于是河南之民皆相率归矩，洛阳遂空。

二月，却说裴嶷至建康，呈上表及玉玺。元帝大悦，因问廆之行状，嶷甚称廆之威德，贤俊皆为之用，朝廷始重之。帝欲留嶷在朝，嶷曰："臣少蒙国恩，出入省闼，若得复奉辇毂，臣之至荣。但以旧京沦没，山陵穿毁，虽名臣宿将，莫能雪耻，独龙骧竭忠王室，故使臣万里归诚。今臣不返，必谓朝廷以其僻陋而弃之，孤其向义之心，使懈于讨贼，此臣之所甚惜也。故不敢从。"帝然之。遣使随巍去拜廆为安北将军、平州刺史。廆受命，极是欢悦。

五月，上邽诸将谋杀晋王保，保不能抚众任人，故遇害。保乃司马模之世子，体重八百斤，喜睡，好读书，而暗弱无断，是以及于难耳。先，司马故将陈安降于成，闻保已死，乃自据陇右，聚众五万余人，降于赵，赵王刘曜以陈安为秦州刺史。

羊鉴有罪以除名

却说王导举羊鉴为将，讨徐龛。鉴率众顿①兵于下邳，不敢进。独徐州刺史蔡豹得命，率骑兵二万来击龛，龛引众拒，迎战不十合，龛大败，遣使求救于后赵王。石勒遣其将王伏都率兵一万来救之。时王伏都淫暴，不进助战，龛疑其来袭己，请来赴宴而斩之，令使人来后赵，称伏都罪状，请别为救。后赵王怒而不受。朝廷敕鉴进兵，鉴犹疑惮不敢进，于是刁协劾鉴之罪。元帝从其说，除名，诏以蔡豹代领其兵。王导自惭以失举，奏帝乞自贬。元帝不许。

却说京兆人刘弘客居凉州，以妖术惑众。张寔左右皆信而事之。弘自言："天与我神玺，应王凉州。"张寔帐下阎涉等欲谋杀寔而奉之。初，寔弟张茂密知其谋，告之，寔大怒，遣兵五百去收弘，未及至，阎涉等已夜入杀寔。寔已死，前遣五百之兵已入天梯山，将刘弘执之而还。寔已被害，其众将弘辗之，诛其党阎涉等数百人。左司马阴元等以寔子张骏尚幼，推其弟张茂为凉州刺史。茂以寔子骏为世子，茂代领其众，安抚凉州。

---

① 顿——停。

子远狱谏赵王曜

却说赵将解虎、尹车谋反,请巴酋句徐、库彭等至,以酒相结,酒至半酣,车与库彭言曰:"今主上不思远图,专宠女色,不久必败。吾欲统所部之兵,出屯平阳,别作良图。恐独力难为,今请阁下同去兴义,公意若何?"库彭曰:"吾熟思久矣,无人戮力,故沉至今。既将军亦有此谋,我等愿做前驱。"车曰:"既阁下肯相护持,正月元宵夜,同引兵遁去。"言讫二人又饮,饮得大醉,至三更始散。其时尹车、库彭饮得大醉,言来语去,说胜道强,早有察事人窃知,来报赵王曜。曜大怒。次早设朝,文武皆集,君臣礼毕,赵王命武士将尹车、库彭擒下,大骂曰:"朕何负汝,汝今二人谋反!"喝武士执尹车斩之。又令太保呼延晏领御林军杀其部五千人,又欲杀库彭。光禄大夫游子远告赦,不听,又将句徐、库彭等部下五千人囚于阿房。过数日,赵王使人领兵欲去杀库彭五千人。游子远固谏:"圣王用刑,唯诛元恶,不宜多杀。巴酋句徐、库彭虽然得罪,宜赦之,削其兵权。若杀之,其党必然谋反,关外之地,非复国家之有。"赵王不听。子远叩头流血苦谏,赵王大怒曰:"你亦同谋,故相救耳!"使武士执子远幽于天牢,命御林军去尽杀句徐、库彭五千人。于是巴酋、氐人闻知尽叛,关中应之者三十余万。因此,关中大乱,城门尽闭,人不敢行。子远在狱不知库彭已杀,又使人上表苦谏道:"若杀库彭,非安社稷之计,巴酋、氐人必然为乱。"赵王愈怒,呼左右曰:"速与朕入狱,将子远杀之。"中书刘雅、朱纪、呼延晏等谏曰:"子远幽而尚谏者,所谓忠于社稷。陛下纵弗能用,奈何杀之!若子远朝诛,臣等亦暮死,以彰陛下过差之咎。天下之人皆当去陛下蹈西海而死耳,陛下复与谁居乎!"赵王意乃解,赦出子远,封子远为车骑大将军,都督雍、秦征讨诸军事。大赦境内。赵王曜欲将讨之,子远又谏曰:"彼非有大志,欲图非望也,直畏刑欲逃死耳。莫若大赦与之更始,其罪人者毕纵遣之,使相招引,听其复业。彼得生路,何为不降?若其自知罪重,屯结不散者,愿假臣弱兵五千,必为陛下枭之。"曜大悦,从之。即日大赦,使子远领兵征讨巴酋、氐人,大军至雍城城下屯住。次日,二军相迎,子远单骑出阵,谓氐人部长曰:"前日句徐、库彭大逆,故赵王诛之。

君等何如起兵？若肯倒戈投降，不致灭族之患。若拒逆命，必点倾国之兵，使汝氐人无种类矣。吾不与战，汝等三思回言。"言未尽，氐人即下马投降。唯句氏宗党保于阴密县不降，子远率众陷其城，尽执而灭之，于是关外悉平。子远振旅还都，徙氐、羌二十余万于长安。子远入见赵王曜，曜大悦，以子远为大司徒，录尚书事。子远请立太学，赵王曜从之。立太学，选民之可教者千百五人，择儒以教之。

赵王曜作酆明观及西宫、陵霄台，又营寿陵。侍中乔豫、和苞谏曰："前营酆明，市道细民咸曰：'以一观之功，足以平凉州矣！'今又欲拟阿房而建西宫，法琼台而起陵霄，其为费亿万酆明。若以给军，则可以兼吴、蜀而一齐、魏。又营寿陵，周圆四里，铜椁金饰，其深三十五丈，殆非国内之所能办也。自古无不亡之国、不掘之墓，故圣人之俭葬，乃深远之虑也。"赵王曜大悦，下诏曰："二侍中恳恳有古人之风，可谓社稷之臣矣。其悉罢诸役。寿陵制度，一遵霸陵之法。"以豫、苞二人领谏议大夫，又省酆水囿以与贫民矣。

祖逖计运土为粮

七月，却说祖逖以将韩潜与后赵将桃豹分据陈川故城。潜与豹相守四旬，逖军粮尽，恐豹视虚来攻，逖计以布囊盛土，使千余人运以馈潜。又使数十人担米，歇息于道，待豹兵逐之，即弃之而走。与其同时，豹兵亦粮尽，士卒久饥，见逖运粮，千余人过去了，后又数十人担米至，豹兵逐而获之，是米，将来见豹。豹果以为逖士众丰饱，因是大惧，连忙使人回襄国运粮。使人去了，运得粮米将至。祖逖闻知，又遣人密使韩潜率精骑五千，从小径邀之。运粮军人见兵至，皆弃粮车而逃。潜尽获其粮米，回以馈三军。桃豹粮尽数日，运来的粮，又被韩潜夺回，恐士卒散去，令众至晚遁走去讫。逖使韩潜回，率兵进屯封丘以逼之。逖自以众镇雍丘。于是后赵镇戍归逖者甚多。

先是，李矩、郭默等互相攻击，逖驰使人和解，示以祸福，二人遂皆受逖之节度。于是朝廷诏加逖镇西将军。逖与将士同甘苦，约己务施，劝课农桑，抚纳新附，虽疏贱者皆结以恩礼。河上诸坞，先有任子在后赵者，皆听两属,时遣游军伪抄之,明其未附。坞主皆感恩,后赵有异谋,辄相以告,由是多所克获,自河以南,多叛后赵归晋。逖练兵积谷,为取河北之计。后赵王勒闻知边境戍守之人反己附逖,心甚患之。

张宾计修祖逖墓

勒问计张宾曰:"边戍之人,近皆附逖,将奈之何?"宾曰:"祖逖乃范阳人,极有勇略,若与战,未得全胜。臣闻祖逖父母葬在吾成皋县东,大王使成皋县官吏修祖逖父母之坟墓,立起祠堂,使家人居之,代其四时享祭,彼必感吾之德,而不为边患矣。"后赵王勒大喜,使人以书来成皋见县令,示以其言。县令得其书曰:

祖逖屡为边患。逖北州士望也,倘有首丘①之思,其下幽州,可代修其祖氏坟墓,为置祠祭茔冢,彼必感恩,不扰其境矣。宜速施行。

成皋县官吏见其书,即与祖逖修其坟墓,立起祠堂,四时致祭,使人守墓。早有人来报祖逖,祖逖闻知,感恩不已。

时逖牙门童建因与蔡内史周密有仇,至夜杀蔡内史周密。逖闻知,欲拘童建治罪,童建乃逃来降后赵王勒。勒审知是祖逖部下之兵,即令斩之,修书一封,使人持童建首级并书,来报祖逖。逖大喜,拆其书看曰:

叛臣逃吏,吾之深仇,将军之恶,犹吾之恶也。故不容而戮,使人呈之。外将军祖氏之墓,虽在吾界,即吾父母之茔,已令人营祠,守而祭之矣。

逖见书大喜,重赏使人,回书与去。自此以后,后赵有人来降者,逖皆不纳,始抽回境上之兵。于是后赵之民,边境之间,稍得休息。

八月,梁州刺史周访卒,朝廷知之,使使诏以甘卓代之。访字士达,汝南人也,少沉毅,谦而能让。周穷振乏,家无余财。及元帝渡江,命访参镇东将军事,智勇过人,讨贼屡建大功。每入朝见帝,未尝论功,同僚问曰:"人有小善,鲜不自称,卿功勋如此,初无一言,何也?"访曰:"朝廷威灵,

---

① 首丘——不忘故土。

将士用命,访何功之有?"因此朝野之士,皆重之。而访善于抚纳,士众皆为致死。知王敦有不臣之心,私常切齿,敦由是终访之世,未敢为逆。及卒,敦遣敦舒监其军,元帝以甘卓镇襄阳,征舒为左丞,敦留不遣。

却说徐龛战败,遂来降后赵,后赵王受之。后赵王勒用法严峻,使张宾定九品。命公卿及州郡岁举秀才、至孝、廉清、贤良、直言、武勇之士各一人。

司马承为湘刺史

十二月,却说元帝之始镇江东,王敦与从弟王导同心翼戴,元帝亦推心任之,敦总征讨,导专机政,群从子弟布列显要,时人为之语曰:"王与马,共天下。"后敦恃功骄恣,元帝畏而恶之,乃引刘隗、刁协等以为腹心,稍抑损王氏之权,导亦渐见疏,请中书郎孔愉陈导忠贤,有佐命之勋,宜加委任,元帝出愉为长史。导能任真,淡如也,而敦益怀不平。其参军沈充、钱凤皆巧谄凶狡,知敦有异志,阴画策王敦,敦宠信之。而敦上疏为导讼屈,词语怨望。佐军谯王司马承,忠厚有志行,元帝亲信之。帝得敦疏,夜召承入内,以敦表示之。承曰:"王敦权重心异,久则为患。今观其疏,词意怨望不逊,陛下宜早防之。"刘隗为言曰:"敦疏谓陛下推腹心于我,其意将以我为名为乱也。不若委臣权而招义兵,待其显而讨之。"元帝不从,因是二人在宫未出。次日,会王敦使人表沈充为湘州刺史,元帝谓承曰:"敦奸逆已著,朕为惠帝,其势不远。湘州据上流,控三州之会,敦欲以充居之为乱,何能抵乎?朕且逆其欲,以叔父居之,何如?"承曰:"臣奉诏命,唯力是视,何敢有辞!然湘州经蜀寇之余,民物凋敝,若及三年,乃可即戎。苟未及此,虽灭身无益也。"帝然之,诏以承为湘州刺史。承领诏命而行。过武昌,王敦闻知,只得出迎入内,以宴待之。酒半酣,因谓承曰:"大王雅素佳士,恐非将帅才也。湘州久叛,地面恐致之难!"承曰:"公未见之耳,铅刀岂无一割之用耶!孤虽不才,且看吾之治湘耳!"敦毋敢对,听其自去,送承离了。入谓钱凤曰:"彼不知惧而学壮语,无能为也。且等后之如何。"谯王承即至湘州,时湘土荒残,公私困弊,承躬自俭约,倾心绥抚,湘地稍安,甚有能名。

四年（赵光初四年，后赵三年），正月，徐龛复使人入朝降晋，帝受之。三月，日中有黑子，元帝甚忧。著作佐郎郭璞上疏曰：

阴阳错谬，皆繁刑所致。赦不欲数，然子产如铸刑书非政之善，不得不作者，须以救弊故也。今之宜赦，理亦如之。

帝从之，发诏大赦境内。

段匹䃅死于忠义

却说后赵王勒使石虎以军五万，攻匹䃅于厌次。又使孔苌以军三万，攻其统内诸城，诸城悉拔之。虎兵至厌次围之，匹䃅使弟文鸯归兵出拒，与虎交战。自夕至夜，连战一百合，鸯力尽，被虎执之。鸯尤骂贼不已，虎使兵人监之。次日，又攻城，匹䃅见弟文鸯被执，已去右臂，心下大惧，集诸将商议，欲自单骑归晋。邵续之弟邵洎①主降不听，复欲执朝廷使人送虎请降。匹䃅正色谓之曰："卿不能遵兄之志，逼吾不得归朝，亦已甚矣，复欲执天子使者，我虽夷狄，所未闻也！"邵洎与缉竺等不听其语，乃使人立降旗，开城门，迎石虎之军而入。虎入城，召匹䃅见，䃅曰："我受晋恩，志在灭汝，不幸至此，不能为汝敬也。"虎先素与匹䃅结为兄弟，见匹䃅至，即起迎之，及见其语，令人送匹䃅、文鸯、邵洎、缉竺等还襄国去。于是幽、冀、并三州皆入于后赵。匹䃅等既至后赵，后赵王勒以匹䃅忠义，故不害之。而匹䃅见勒不为礼，常着朝服，持晋节。久之，勒怒，乃将匹䃅、文鸯、邵洎皆杀之。

帝以戴渊拒王敦

七月，元帝见王敦凶逆，将显为乱，与刁协计议，以戴渊为征西将军，都督司、豫六州军事，以镇合肥；以刘隗为镇北将军，都督青、徐四州诸军事，以镇淮阴。皆假节领兵，名为征胡，实备王敦也。隗虽在淮阴，朝廷机

---

① 洎（jì）。

帝以戴渊拒王敦

事,进退士大夫,帝皆与之密谋。敦闻隗领兵镇淮阴,使人遗隗书言:"欲与之戮力王室,共靖海内。"隗亦遣人答曰:"'鱼相忘于江湖,人相忘于道术。'竭股肱之力,效之以忠贞,吾之志也。"敦见其书,甚怒之。元帝知敦有异,故以王导为司空、录尚书事,而实疏忌之。当御史中丞周嵩上疏以为:"不宜听佞臣之言,放逐旧德,亏既往之恩,招将来之患。"帝颇感悟,导由是得全。

史说,戴渊字若思,广陵人也。有丰仪,性闲爽,少好游侠,不拘操行。常至洛为劫盗,因遇陆机赴洛,若思见其船装甚盛,遂与帮徒掠之。若思自登岸,据胡床,指挥同伴取物,皆得其宜。机察之,知非常人,在舫屋上遥谓之曰:"卿才器如此,乃复劫耶!"若思感悟,因流涕投剑,还其行李而就之。机与言,深知赏异,遂与结交焉。后若思改举孝廉,入洛阳,机荐之于赵王伦曰:"戴若思诚东南之遗宝,朝堂之奇璞也,何不用之?"因是伦乃辟之为主簿。及伦败,始过江归元帝。帝深信之,由然有此重任焉。

却说豫州刺史祖逖闻朝廷以戴渊都督六州,逖以戴渊吴士,虽有才望,无私致远识,且已剪荆棘,收河南地,而渊雍容①,一旦来统之,意甚怏怏。又闻王敦与刘、刁构隙,将有内难,知大功不成,遂感激发病。至九月,卒于雍丘。豫州士女若丧父母,无不号涕,皆为立祠而祭之。其弟祖约发丧申奏朝廷。至十月,元帝闻奏祖逖身死,恐羯人犯境,乃使人奉诏,以逖弟祖约为平西将军、豫州刺史,代领其众。

初,有妖星见于豫州之分,历阳陈训谓人曰:"今年西北大将当死。"逖亦见星,曰:"为我矣!方平河北,而天欲杀我,此乃天不佑国也。"俄卒于雍丘。故史臣议:祖士稚慷慨忠义,有智略以行之,岂唯晋臣,亦自古难得之才也。惜其未闻道也。

王敦闻祖逖死,益无所惮,专意谋贰。逖弟祖约既领其众,无绥御之才,不为士卒所附。范阳李产避乱依逖,至是见约志趣异常,乃率子弟十余人,间行归乡里。

---

① 雍容——文雅大方,从容不迫。

石勒召封仇人爵

却说后赵王勒,乃上党武乡羯人。思欲归以省亲,张宾谏之,乃止。勒乃使人悉召武乡耆老诸人赴襄国,耆老诸人皆至。后赵王勒大排筵会,自与耆老论年齿而坐欢饮,语及平生,无不快活。先,赵王勒未遂时,与邻居李阳居,岁常争麻池,迭相殴击,至是李阳不敢来见。勒因谓父老曰:"李阳,壮士也,何以不来?沤麻,是吾布衣之恨,孤方崇信于天下,宁仇一匹夫乎?"即又使人去召李阳。李阳乃至,拜伏在地请罪。勒喜扶起,与其酣谑,引阳臂而笑曰:"孤昔厌卿老拳,卿亦饱孤毒手。"言讫,赐甲第一区,拜阳为参军都尉。又与众曰:"武乡吾之丰、沛①,万岁之后,魂灵当游之耳!"复以资帛给赏父老,以武乡比丰、沛,复之三世。

时后赵王勒以民始复业,资储未丰,乃重禁酿,郊祀宗庙,皆用醴酒行之。于是数年无复酿者。

慕容廆闻中国无主,使使过海入建康,劝元帝即位。元帝既登大位,以廆忠慎,始遣谒者去大棘城,以慕容廆为督幽、平二州诸军事,封辽东公。谒者得诏前来棘城封公,廆闻知,使人迎接入城,排香案跪听披读诏书,受其迎绶,望南谢恩讫,大排宴会,款待谒者。次日,以金宝名马与谒者还朝,以作进贡之物。廆乃始立郡,以统流亡。准冀州人为冀阳郡,豫州人为成周郡,青州人为营丘郡,并州人为唐国郡。于是推举贤才,委以庶政,廆始承制除官府、置僚属,立子皝为世子,作东黉②,使皝与诸生同受业,廆览政之暇,亲临教之。皝雄毅多权略,喜经术,国人称之。因是廆徙子慕容翰镇辽东,以慕容仁镇平郭,而翰抚安民夷,甚有威惠。

---

① 丰、沛——汉高祖刘邦故乡。
② 黉(hóng)——古代的学校。

代贺傉①谋弑其君

却说代王郁律大会群臣,闻探事人回报:"中华晋愍帝被刘聪弑害。聪亦死,粲即位,亦被靳准所绝。今刘曜僭位,都于长安,石勒称主于襄国,晋元帝立于江南,天下大乱。"代王见说,大悦曰:"今中原无主,天其资我乎!"言未毕,近臣奏:"前赵王刘曜遣使至,请和结为唇齿之邦。"不一时,近臣又奏:"后赵王石勒亦遣使至,乞和结为兄弟之国。"代王曰:"吾正欲取中原,岂与汝和?"背命不纳,斩其使而绝之。自此代王郁律讲武练兵,欲平南复。有拓跋猗㐌之妻惟氏,忌代王郁律之强,恐不利其子,乃令其子拓跋贺傉阴结代王郁律左右将佐,至夜入内,执律杀之,而自立为代王,尽领其众。郁律既被害,其次子什翼犍幼在襁褓,其母王氏知变,乃将什翼犍匿裤中而出逃,因祝之曰:"天苟存汝,汝则勿啼。"久之不啼,因此私自逃奔外家,乃得免其大难,后长成人。

王敦举兵谋逆叛

永昌元年(赵光初五年,后赵四年),正月,王敦举兵谋叛。史说,王敦字处仲,乃司徒王导从父兄也。敦少有奇人之目。先,王恺、石崇以豪侈相尚,恺尝置酒会客,王敦与导俱在席,恺令女伎吹笛,小失声韵,恺便殴杀之,一座人咸改容,敦神色自若。恺又使美人行酒,吩咐道:"劝客饮不尽,辄杀汝。"美人行酒至敦、导面前,敦故不肯饮,美人悲惧失色,而敦傲然不视。导素不能饮,恐行酒美人得罪,遂勉强尽觞饮之。王导还,叹曰:"处仲心怀刚忍,非令终也。"洗马潘岳见敦而目之曰:"处仲蜂目已露,但豺声未振,若不噬人,亦必为人所噬。"

先时,王敦初事元帝,兀自矫厉,雅尚清谈,口不言财色。既素有重

---

① 傉(nù)。

望,专任阃外①,控强兵,遂欲专制朝廷,而有问鼎之心。因是元帝畏而恶之,乃引刘隗、刁协等以为心膂②。敦益不能平,于是嫌隙始构矣。酒后辄咏魏武帝乐府歌曰:"老骥伏枥,志在千里。烈士暮年,壮心不已。"以如意打唾壶为节,壶边尽缺。由然敦几欲怀异。

敦既与朝廷乖离,乃羁录朝中有时望者置己幕府,以羊曼、谢鲲为长史。鲲终日酣醉,故不委以事。时敦欲作乱,因谓鲲曰:"刘隗奸邪,将危社稷,吾欲除君侧之恶,卿意如何?"鲲曰:"隗诚始祸,然城狐社鼠,岂能为患耶!"敦怒曰:"君庸才,岂达大体!"遂不听之。

史说,王充之字深猷,父王舒,丞相王导之从弟也。充之少最知名,总角来从伯王敦,敦甚爱之,谓之似己,恒以相随,出则同舆,入则共寝。其时王敦与钱凤、沈充及充之在帐中夜饮,充之佯醉,辞曰:"侄已醉,欲先卧耳。"敦曰:"你快帐后床上去睡,吾欲说话,一时间来。"于是充之就帐后凉床上卧。王敦以充之睡了,乃谓钱凤曰:"吾欲以兵入建康,杀天子、诛大臣,自取大位,其事何如?"凤曰:"今天下汹汹,人怀异望,欲得晋鼎。明公若不首谋,吾恐天下英雄先有此心。若他人先起,则鹿走未定。今夕之策,宜早为之,则大业必成。"敦曰:"然。过旬日,可与吾调兵。"计议已定,钱凤辞去。王敦欲来同充之宿歇。先时,王敦与钱凤所议谋叛之时,充之已醒,悉闻其言,充之恐敦见疑,乃诈醉,便于卧处大吐,衣服并污。时敦果疑充之听见,乃以灯烛入,照视充之,见吐于卧处,遂以充之为大醉,不复疑之。至次日,充之辞敦曰:"侄来此日久,欲回视亲。"敦曰:"你既要回,吾使人送你回去。"言讫,唤十数军人送王充之还建康。

却说充之还家,以伯王敦与钱凤谋反之议,报知父舒。王舒惊曰:"吾兄何如行此灭族之事!"舒忙说与从兄司徒王导,王导曰:"可速奏与主上,以做准备,免吾一族之众被其连累。"于是王导、王舒二人入朝,具以王充之所言王敦与钱凤谋反之议,奏知晋帝。晋帝曰:"既王敦谋反,可兴兵讨之。"王导曰:"只且准备,守护防之,未可动兵劳民耳!"因此帝令诸将调兵守护城池,日夜巡视。

却说王敦叛谋计定,乃使诸葛瑶、周抚等领兵为前锋,自与钱凤为后,

---

① 阃(kǔn)外——统兵在外。
② 心膂(lǚ)——亲信。

共率兵二十余万。次日,前驱大进,当吴兴太守沈充亦引兵来应,迎着王敦曰:"明公兴兵入建康,先用正名,然后可以起行,故兵法曰:'兵出无名,所以不胜。'故诸侯起兵,宜先以正名。可先使人上疏,称刘隗不臣,臣故起兵。则上可以昧群臣,下可以慰百姓。"敦曰:"卿谋正合我心。"敦自武昌举兵,先遣人入建康,上疏称曰:

> 刘隗佞邪奸贼,威福自由。臣辄进军致讨,隗首朝悬,诸军夕退。昔太甲不能遵明汤典,颠覆厥度,幸纳伊尹之忠,殷道复昌。愿陛下深垂三思,则四海乂安①,社稷永固矣。

元帝览之大怒,忙调兵守御建康。敦兵至芜湖,又上表罪状刁协。元帝见表,愈加大怒,下诏曰:

> 王敦凭恃宠灵,敢肆狂逆,方朕太甲,欲见幽囚。是可忍也,孰不可忍也!今朕亲率六军,以诛大逆,有杀敦者,封五千户侯。

降诏遍视百官讫,即使使往合肥,召大将军戴若思领兵入卫建康。

却说春陵令易雄字兴长,乃长沙浏阳人。闻王敦作逆,朝廷有诏,有诛敦者封五千户侯。雄闻知,恨无兵力,寡不能去,乃自作檄书,数王敦罪恶,使人驰报远近起兵。时王敦闻探事人报知,大怒曰:"竖子安敢无知!"即使将军魏义,以兵五千来攻,春陵城陷,易雄被义所执,送至敦营。敦以檄白示雄,叱之曰:"汝乃一邑小令,何敢妄诬大臣罪憝②!今日见我,有何分辨?"雄曰:"此实有之,惜雄位微力弱,不能救国之难。王室如有他日之事,雄安用生?请为即戮,得作忠鬼,乃所愿矣。"敦闻其言直,乃释之。

时太子中庶子温峤谓仆射周颛曰:"大将军此举似有所在,当无乃滥耶?"颛曰:"人主自非尧、舜,何能无失,安可举兵以胁之!举动如此,岂得云非乱乎!"

却说敦初举兵,遣使告梁州刺史甘卓,约与俱下,卓许之。后更狐疑不赴,诸将问之,卓曰:"且伪许敦,待至都下而讨之。"众问其故,卓曰:"昔陈敏之乱,吾先顺而后图之,论者谓吾惧逼而思变,心常愧之。今若复尔,何以自明!"

---

① 乂安——太平无事。
② 憝(duì)——罪恶。

敦见卓军不至,乃遣参军桓罴去说谯王司马承,请为己军,承不从,怒曰:"得死忠义,夫复何求!"承闻长沙虞悝贤而多才,使人持檄召长沙虞悝为长史,会悝遭母丧,不至。承亲往吊之,曰:"王室方危,金革之事,古人所不辞,将何以教之?"悝曰:"鄙州荒敝,难以进讨,宜且收众固守,传檄四方。四方兵动,其势必分,分而图之,庶几可捷也。"承谢之而回。即囚桓罴,以悝为长史、以其弟虞望为司马,移檄远近,列敦罪恶,州郡内皆应之。唯敦姊夫郑澹为湘东太守,不从命。承使望率众五千人攻陷湘东,执澹斩之,以徇四境。悝曰:"必须得辩士入梁州说甘卓同举,可济大事。眼前无可往者。"承曰:"主簿郑骞有辩才,可往之。"悝又遣主簿郑骞往梁州说甘卓曰:"刘大连(刘隗字)虽骄蹇失众心,非有害于天下。大将军敦以私憾,称兵向阙,此忠臣义士竭节之时。公受任方伯,奉辞伐罪,乃桓、文之功。今谯王举义讨敦,邀明公共行,此事何如也?"卓欲从之,卓参军李梁谓卓曰:"昔隗嚣跋扈,窦融保西河以奉光武,卒受其福。今但当按兵坐待,敦事若捷,必委将军以方面;不捷,朝廷必以将军代之。何忧不富贵,而释此庙胜,决存亡于一战耶?"骞即向前言曰:"光武当创业之初,故隗、窦可以从容顾望。今将军之于本朝,非窦融之比也。襄阳之于太府,非河西之固也。使敦克刘隗,还武昌,增石城之戍,绝荆湘之粟,将军将安归乎?势在人手,而曰我处庙胜,未之闻也。且为人臣,国家有难,坐视不救,于义安乎!以将军之威名,杖节鸣鼓以顺讨之,举武昌若摧枯拉朽①耳!武昌既定,据其军实,招怀士卒,使还者如归,此吕蒙之所以克关羽也。"卓从之曰:"非先生之见教,则孤失其妙算也。"未及发,敦闻之,恐卓于后为变,又遣参军乐道融往邀之,道融愤其悖逆,来梁州反说卓曰:"王敦使某邀使君同讨刘、刁,而王敦背恩肆逆,举兵向阙②。君受国厚恩,而与之同,生为逆臣,死为愚鬼,不亦惜乎!为君之计,莫若伪许应命,而驰袭武昌,必不战而自溃矣。"卓意始决,遂露檄数敦逆状,率所统大兵十万致讨。卓又遣参军至广州,约陶侃同攻武昌。侃遣参军高宝率兵一万北下。时武昌城中传卓军至,人皆奔散。

敦闻谯王承檄卓、侃攻彼,大怒,乃遣魏义率兵二万来攻长沙。时长

---

① 摧枯拉朽——比喻迅速摧毁。
② 阙——指朝廷。

沙城池不完,资储又阙,人情震恐。诸将说承曰:"今城郭不完,兵甲不坚,粮草不敷,人心不固,何以迎敌?不若去投陶侃,或退据零桂为上也。若沉吟,死无葬身之地矣!"承曰:"吾之志欲死忠义,岂可贪生苟免,为奔败之将乎!事之不济,令百姓知吾心耳!"乃婴城固守。魏义攻城,虞望率众出战,大败而死,城中甚急。甘卓知之,使人遗承书,观之固守,当以兵出沔口,截敦归路,则湘围自解矣。承即复书与卓曰:

> 足下能卷甲电赴,犹有所及;若其狐疑,则求我于枯鱼之肆矣。

卓不能从之,承只得固守湘东耳。

元帝封子司马昱为琅邪王,命其领兵出守城池。

却说赵王刘曜自以兵十万,去击杨难敌。难敌率众拒迎,与曜逆战,不胜,乃退保仇池。曜绝难敌粮道。难敌只得遣使称藩于赵。赵王曜许之,以杨难敌为武都王,难敌自此归赵。于是曜令退兵还长安。

却说赵秦州刺史陈安率众入长安,求朝于曜。曜恐其入为乱,乃辞以疾不与入见。安大怒,大掠而归。陇上氐、羌皆附之,有众十余万,自称凉王。赵王曜使呼延晏及鲁凭二人,引兵出追,被陈安获之,安招其降,二人不屈,安叱左右斩之。

王导待罪于阙下

元帝闻王敦兵将至,使人征戴渊、刘隗领兵入卫建康,二将皆应命而至。帝使百官出迎于道,刘隗岸帻①大言,意气自若,与百官、刁协入朝元帝。君臣礼足,隗、协平身。帝曰:"王敦作逆,故召卿等还迎王敦。"是时刘隗、刁协大惊,急奏曰:"王敦作逆,其弟王导并家属数百人,今在建康城内,若敦兵至此,导必为内应,不如先诛王导等族众,然后以兵去迎。"帝曰:"容朕三思后行。"隗、协见帝不许,心中愈惊。

当司空王导闻兄王敦作乱,见刘隗、刁协奏请尽诛王氏,心中大恐,乃率其从弟中领军王邃、左卫将军士廙、侍中王侃、王彬及宗族群从、昆弟子

---

① 岸帻(zé)——推起头巾,露出前额。

侄二十余人，每旦诣阙待罪。值仆射周顗入朝，导呼仆射谓曰："伯仁，吾以百口累卿，望胥救耳！"顗直入不顾。既见帝奏曰："司空王导闻兄王敦谋逆，今领兄弟宗族二十余人，阙下待罪。臣见王导平素忠诚，必无叛心。如与王敦私有异志，安肯身留建康自陷也？望陛下看先草创之功，以赦如今无贰之愆。"帝曰："朕亦思王导无叛之意，不二之心。"遂纳其言而赦之。周顗先是饮酒而入，及出辞，还未醒。当周顗见纳其奏即出，王导犹在阙前待罪，见顗出，又呼问之。顗不与言，而顾左右曰："今年杀诸贼奴，取金印如斗大，系肘后。"言讫即出，又使人上表明导无罪，言甚切至。而王导不之知，心甚恨之。

元帝又见周顗上表，乃下赦，赦王导等二十余人无罪，赐朝报，召入见之。导稽首奏帝曰："贼臣逆子，何代无之，不意今者近出臣族！"帝下殿执导手曰："茂弘，朕方寄卿以百里之命，是何言耶！"于是君臣惠爱复初。

三月，帝以王导为前锋大都督，以戴若思为骠骑大将军，诏曰："王导以大义灭亲，可以吾为安东时节假之将军。"又以周顗为尚书左仆射，王邃为右仆射。次日，帝乃命刁协、刘隗、戴若思等领军去迎。将军周札素矜险好利，帝使刘隗领军屯金城，使周札屯石头。二人领诏去讫。

时敦军至石头，欲先攻刘隗，杜弘谓敦曰："刘隗死士多，未易可克。周札少恩，兵不为用，攻之必败。札若败，则隗走矣。"敦从之，使弘为前锋将军，以军二万先攻石头。札军果开石头纳弘，弘军一涌而入，于城屯住。于是王敦入据石头，叹曰："吾不复得为盛德事矣！"谢鲲曰："何为其然也！但使自今已往，日忘日去耳。"

元帝闻石头失守，诏命刁协、刘隗、戴渊、王导、周顗等分道出战，于是协、隗、渊等领兵来石头挑战。王敦闻探事人回报："王导为都督、骠骑大将军，总领诸军事；又令刁协、刘隗、戴若思领兵两万，前来迎敌，目今军马将到石头。"敦唤周抚、邓岳二人整军马去战。于是二人以军出城排阵，是日两军相遇。刘隗出马大骂王敦："朝廷有何负你，竟敢谋反！"周抚大怒，拍马出战，更不打话，挺枪便刺。刘隗以刀来迎，二人交战，战上二十余合，隗敌周抚不住，走回本阵。戴若思忙持刀，接住周抚交战，战三十余合，不分胜负。邓岳见周抚赢不得若思，亦拍马轮斧冲出阵，帮护周抚。三人在垓心交战，战不过五合，若思敌不过二人，勒马便走回阵，被王敦挥兵一击，杀得晋兵大败，抛戈弃鼓，倒旗失金，乱溃奔走，各自逃命。王敦等连追一十余里,方始下令收军还城。

当刘隗、刁协得若思保护,走还建康,入太极殿见元帝,道:"王敦势大,难以迎敌,因此大败而归。"是时刘隗、刁协二人,在帝前流涕,帝亦执二人手垂泪,因谓隗、协二人曰:"今王敦怀逆,为汝二人,汝二人乘其未逼,可引本属,朕给与兵符避祸,免遭其难。"刁协泣曰:"臣当守死,不敢有避。"元帝曰:"事逼矣,安可不行!"乃命有司给兵符人马与二人,二人流涕,拜辞元帝各出,领家属带人马出城而逃。后刘隗走至淮阴,为刘选所击,乃携妻子二百人降于后赵,官至太子太傅而卒。刁协年老,不堪骑乘,素无恩惜下,逃至江,遂为人所杀。元帝见二人去了,心中忧闷,无人去退敦兵。当太子司马绍欲自率将士决战,温峤执鞚①谏曰:"殿下国之储副,奈何以身轻天下!"抽剑斩鞚,乃止。

敦虽知刘、刁走了,仍拥兵不朝,放士卒劫掠,宫省奔散,唯将军刘超按兵直卫,及侍中二人侍帝侧。元帝遣使谓敦曰:"刘、刁二人皆奔外国去讫。公若不忘本朝,于此息兵,则天下尚可共安。如其不然,朕当归琅邪以避贤路。"敦部下禁军未肯退。当司空王导奏曰:"陛下不须烦恼,臣请诏加王敦爵位,吾与百官去说其罢兵,彼自退矣。"元帝从之。

王敦杀周颢戴渊

于是帝令王导与百官俱至石头见敦,讲礼讫,导说:"朝廷诏兄罢兵。"敦许之。时王敦谓戴渊曰:"前日之战,有余力乎!"渊对曰:"岂敢有余,但力不足耳。"敦曰:"吾今此举,天下以为何如?"渊曰:"见形者谓之逆,体诚者谓之忠。"敦笑曰:"卿可谓能言。"又谓周颢曰:"伯仁,卿负我!"渊曰:"公戎车犯顺,下官亲率六军,不能其事,使王旅奔败,以此负公!"敦不答,心下以太子有勇略,为朝野所向,欲诬其不孝而废之。次日,大会百官,敦问温峤曰:"皇太子以何德称?"声色俱厉。峤曰:"钧深致远,盖非浅局所量。以礼观之,可谓孝义。"众皆以为信然,敦谋遂沮。

元帝召周颢谓曰:"近日卿见王敦大事,二宫无恙,诸人平安,大将军

---

① 鞚(kòng)——马笼头。

固副所望耶？"颛曰："二宫自如明诏，臣等尚未可知。"元帝曰："王敦怀逆，必然害卿，卿远避之。"颛曰："吾备位大臣，朝廷丧败，宁肯草间求活，投胡越耶！"当敦参军吕猗素以奸谄，为渊所恶，因说敦曰："周、戴皆有高名，足以惑众，近者之言，曾无怍色，公不除之，恐有再举之忧。敦然之，以问王导曰："周、戴南北之望，当登三司无疑也。"导不答。敦又曰："只应令仆耶？"导又不答。敦曰："若不尔，正当诛尔！"敦遂遣部将收之。部将领五千兵，收周颛、戴渊二人回。路经太庙门首，颛大言曰："贼臣王敦，倾覆社稷，枉杀忠臣，神祇有灵，当速诛之！"收人以戟伤颛口，血流至踵，容止自若，观者皆为流涕。敦命押入市曹，并渊杀之。

元帝使敦弟王彬以牛酒劳敦，而彬素与颛善，闻颛被杀，先往哭之，然后见敦。敦怪其容惨而问之，彬曰："因哭伯仁，情不得已。"敦怒曰："伯仁自致刑戮，且凡人遇汝，汝何哀而哭之？"彬勃然数之曰："兄抗旌犯顺，杀戮忠良，图为不轨，祸及门户矣！"词气慷慨，声泪俱下。敦大怒曰："尔以吾为不能杀汝耶！"导劝彬起谢。彬曰："脚痛不能，且此复何谢！"敦曰："脚痛孰若颈痛？"彬殊无惧色，由是王导劝散去讫。

王导执表涕周颛

自此王导复预朝政，后因入中书省，行检中书故事，忽见周颛救己之表，殷勤款至，词意恳切。导执表流涕，归告其诸子曰："吾虽不杀伯仁，伯仁由我而死。幽冥之中，负此良友也。"言讫，诸子弟人人皆泪，个个皆涕矣。

史说，周颛好酒多失，元帝初，中兴建，补吏部尚书。顷之，以醉酒为有司所纠，白衣领职。太兴初，转尚书左仆射。庾亮尝谓颛曰："诸人咸以君方乐广①。"颛曰："何乃刻画无盐②。唐突西施也。"帝宴群公于西堂，帝酒酣，从容谓各官曰："今日名臣共集，何如尧、舜时耶？"颛因醉厉

---

① 乐广——字彦辅，晋南阳人，官太子舍人，尚书令，善清谈。
② 无盐——传说故事人物，姓钟离，名春，因系齐国无盐邑人而得名，世称无盐女。其状貌丑陋无比。

声曰:"今虽同人主,何得复比圣世!"帝大怒,诏付廷尉,将加戮,累日方赦之。

初,颛以雅望获海内盛名,后颇以酒失,为仆射,略无醒日,时人号为"三日仆射"。庾亮曰:"周侯末年,所谓凤德之衰也。"颛在中朝时,时饮酒一石,及过江,虽日醉,每称无对。偶有旧识从北来,颛遇之欣然,乃出二石酒共饮,各大醉。及颛醒,使人视客,已腐胁而死。而颛性宽裕而友爱过人,其弟嵩尝因酒瞋目谓颛曰:"君才不及弟,何乃横得重名!"以所燃蜡烛投之。颛色无忤,徐曰:"阿奴火攻,固出下策耳。"先,王导甚重之,尝枕膝而指其腹曰:"卿此中何所有也?"颛答曰:"此中空洞无物,然足容卿辈数百人。"导亦不以为忤。而王敦素惮颛,每见颛辄面热,虽复冬月,扇面手不得休。敦使缪坦籍颛家,收得素簏①数枚,盛故絮而已,及酒五瓮,米数石,在位者服其清约。颛被害时年五十四岁,人人尽叹息之。

史说,祖纳字士言,乃祖逖之兄也。幼有操行,能清言,文义可观。性至孝,少孤贫,常自炊爨②以养母。时王敦闻之,乃使人遗其二婢,代奉养母。辟为从事中郎。时人戏之曰:"奴价倍婢。"纳应之曰:"百里奚③何必轻五羖羊皮耶!"时敦既为相,以为军咨祭酒。时纳好与人弈棋,王隐谓之曰:"禹惜寸阴,不闻数棋。"纳对曰:"我以忘忧耳!"隐曰:"古人遭逢,则以功达其道;若其不遇,则以言达其道。君少长五部,游宦四方,华裔成败,皆当闻见,胡不记述而有裁成,何必围棋而后忘忧也!"于是纳不复下棋。旦日入朝,乃奏于帝曰:"自古小国犹有史官,况于中华,安可不置?"帝纳之,使纳修晋史。其弟平西将军祖约,领军镇守豫州,不能御众,边地多叛。闻长城人戴洋善风角④,有才识,使人召至,以为中典军。是时,乃永昌元年,四月庚辰,有大风起自东南,飞沙折木,洋出闻之,入谓约曰:"今年十月,必有贼到谯城,将军宜防。"约未应,当主簿王振诉曰:"天道高远,岂人先知。今戴洋妄造妖言,煽惑民心,宜以洋收狱治罪。"约从之,乃命左右执戴洋收狱,不得与食,待其自死。因是左右执洋

---

① 簏——竹篓。
② 爨(cuàn)——烧火做饭。
③ 百里奚——春秋秦穆公贤相。曾为楚人所执,穆公用五羖羊皮赎之。
④ 风角——古代占候之术。

入狱中，一连绝食五十日不死。左右与说话，言语如昔。左右人报知祖约，约曰："吾知其有神术，安能害之？"乃赦其出，即骂王振曰："你进说言，险害神人。"传令左右，执振斩之。洋急救曰："不可，若杀此人，臣请归山。"约曰："振往日曾诉于你，君何以救之？"洋曰："振不识风角，非有风嫌。振往时垂饥死，洋养活之，振犹尚遗忘。夫处富贵而不弃贫贱者，其难有矣。"约义而释之。

却说王敦在石头闻甘卓起兵，大惧。时卓兄子甘卬为敦参军，敦乃遣卬归说卓使旋军。卓虽慕忠义，而多疑少决。及卬至说，犹豫逗留。比闻周顗、戴渊死，流涕谓卬曰："吾之所忧，正为今日。若径据武昌，敦势逼必劫天子，以绝四海之望。不如更思后图。吾据敦上流，敦亦不敢复危社稷也。"于是即令旋军。乐道融曰："今分兵断彭泽，使敦上下不得相赴，其众自然离散，可一战擒敦也。将军起义兵而中止，窃为将军不取也。"卓不从，道融忧愤而死。卓本宽和，忽更强塞，径还襄阳，意气骚扰，识者知其将死也。

王敦既得志，改易百官及诸军镇，唯意所欲。将还武昌，谢鲲曰："公若朝天子，使君臣释然，则物情皆悦服矣。"敦竟不朝而去。四月，敦还武昌。

湘州谯王死忠义

却说魏义攻湘州，百日拔之。义兵入城，执谯王司马承，囚之，又执虞悝等子弟于市曹。子弟对之号泣，悝曰："人生会当有死，今合门为忠义之鬼，亦复何恨！"言讫，被杀。义既得湘州，遣人以槛车载承送武昌。主簿桓雄、书佐韩阶、从事武延，皆毁服为僮从承，不离左右。义见雄恣貌举止非凡，惮而杀之。时王敦闻魏义执承送武昌，乃使弟王廙先候于道，将承杀之，不与入武昌，恐人议论。承既被害，韩阶、武延二人收敛，送承丧至都葬之而去。

五月，却说甘卓既班军还镇，悉散佃作，其家人皆劝曰："王敦贼臣，意在图谋社稷，而忌公居上流，故不敢行也。既还武昌，必有害公之心，岂可散兵释戎而不为备也。宜三思之，免累及族。"卓不从。王敦还武昌，深恨甘卓，阴使人持书命襄阳太守周虑攻卓。虑承敦指，密地点兵三万，来袭甘卓。卓无备,措手不及,被袭杀之。使人传首于敦,敦大喜,重赏来使,以从事代卓镇沔中。敦既得志,暴慢滋甚,四方贡献多入其府,将率岳牧①皆出其门。以沈充、钱凤为谋主,二人所谮,无不死者。

却说郗鉴在邹山三年,有众数万。战争不息,百姓饥馑。为后赵王勒不时遣将率兵相逼,于是引众退屯合淝。仆射纪瞻,以鉴雅望清德,宜从容台阁,上疏请帝征之。于是元帝使使征鉴,拜为尚书,鉴始入朝。徐、兖间诸坞多降于赵王,赵王置守宰而抚之。

十月,却说祖逖既卒,后赵屡遣支雄、桃豹寇河南,拔襄城,城拔,又率众围谯城。祖约不能御,退屯寿春。雄、豹等遂取陈留,梁、郑之间复骚然矣。初,戴洋以风角占十月当有寇至,至是果然,约等始信洋占通神耳。

元帝崩太子即位

元帝因王敦作逆,忧愤成病,将笃,乃召司空王导入内,受遗诏辅政。王导入内,嘱曰:"朕自琅邪得遇卿,至此不幸病笃,料已难逃天命。朕闻神尧以一旅取天下,吾以天下不能讨五胡而雪三帝之仇,朕所恨在此,愧见先帝于九泉之下耳!"言讫而昏,徐徐又醒,谓王导曰:"太子笃厚,恭谨可任大事。汝等宜辅佐之,各尽忠义之心,以图灭胡之计,勿稍忘焉!"言讫而崩。帝年四十七岁,在位十六年而崩。帝性简俭冲素,容纳直言。初镇江东,颇以酒废事,王导深以为言,帝命酌,引觞覆之,于此遂绝不饮。有司尝奏太极殿广室宜施绛帐,帝曰:"汉文集上书皂囊为帷。"遂令冬施青布,夏施青练帷帐。将拜贵人,有司请市雀钗,帝以烦费不许。所幸郑夫人,衣无文彩耳。

始先,秦时有望气者云:"五百年后金陵有天子气。"故始皇东游以厌之,改其地曰秣陵,堑北山以绝其势。及孙权之称号,自谓当之。孙盛以为始皇逮于孙氏四百三十七载,考其历数,犹为未及。元帝之渡江也,乃五百二十六年,真人之应在于此矣。天意人事,又符中兴之兆。太安之际,童谣云:"五马浮渡江,一马化为龙。"识者以为吴越当兴王者。是岁,

---

① 岳牧——封疆大吏的泛称。

帝与四王司马氏共渡江，帝竟登大位焉。初，《玄石图》有"牛继马后"之说，故宣帝深忌牛氏，遂为二榼①，共一口，以贮酒。帝先饮佳者，而以毒酒鸩其将牛金。而恭王妃夏后氏竟通小吏牛氏而生元帝，亦有符云矣。

元帝既崩，司空王导与百官举哀，发葬于建平。丧事毕，乃扶太子司马绍登基于太极殿，百官山呼万岁。礼足，分列两班，改年号为太宁，百官上尊号肃宗明皇帝。群臣皆上贺。帝命光禄司排宴赏群臣，加封王导为郡公，进位太保，剑佩上殿，入朝不趋，赞拜不名。导受职谢恩，尽忠王室，竭力辅政太子即位。尊所生母荀氏为建安君。

史说，明帝讳绍字道畿，乃元帝长子，在位三年，寿二十七岁。幼而聪哲，为元帝所宠异。年幼时，帝坐置膝前，适长安有使来，元帝因问明帝曰："汝谓日与长安孰远？"对曰："长安近。不闻人从日边来，居然可知也。"元帝异之。明日，宴群臣，又问之，明帝对曰："日近。"元帝失色曰："何乃异前者之言？"明帝又对曰："举目则见日，不见长安。"由是益奇之。元帝为晋王，立为王太子。及即大位，立为皇太子。帝性至孝，有文武才。时王敦欲诬以不孝而废焉，大会百官而问中庶子温峤曰："皇太子以何德称？"声色俱厉，必欲使有言。峤对曰："钩深致远，盖非浅局所量。以礼观之，可称为孝矣。"敦谋遂止。今元帝崩，乃即帝位。

郭璞葬致天子问

却说尚书郎郭璞因母死，居忧去职在家，将母枢榇卜葬于暨阳，近河漫水百许步。当友人王用谓璞曰："君何葬母近河，他日洪水漂荡，则母将为鱼矣。"璞曰："卿何我忧，不久当即为陆矣。"用不信，后因洪水走推别处，反沙涨，去墓十里皆为桑田，于是用深敬之。用自父棺未埋，亦请郭璞代他择地安葬。璞与择地葬其父于廓外东陵龙耳上埋讫。私谓王用曰："其地甚吉，不出三年，当致天子亲问也。"时明帝闻知郭璞尝与人择葬，吉效为神，由未深信，乃有微服装做庶人，引从者私出宫门，来观其所葬之地如何。恰好来至东陵，遇王用扫坟，帝问曰："此坟谁替你择葬？"

---

① 榼（kē）——古时盛酒的器具。

用曰:"乃是郭璞。"帝佯吓谓用曰:"何以葬龙角①,此法当灭族。既是,璞择葬,有何吉应?"用曰:"郭璞道,此葬龙耳,不出三年,当致天子也。"帝曰:"出天子耶?"用曰:"能致天子问耳。"帝异其效,乃归宫。次日,诏郭璞,起复以为尚书郎,凡事皆与议之。

璞素与桓彝友善,彝常造之,或璞在厕间,便入相见。时值岁除,璞襆灯,知来年有大难,至正月欲行掩法,怕人窥见,正在厕间祷祝。彝又至,璞曰:"卿来他处自可,但不可厕上相寻耳。必客主有殃。"彝笑辞归。旦日,璞正在厕行掩法,彝饮得大醉,谓璞家数寻不见,至厕,正遇璞在厕掩法,彝窃而观之,见璞裸身披发,口衔刀设酻②,高首,忽见彝在,抚心大惊,出见曰:"此天命不可逃也。吾每嘱卿在厕勿来,反更如是,非但祸吾,卿亦有殃,不能免。"彝听言被吓,酒已半醒,因曰:"我被酒误矣。"二人歔欷一回,各别去。是岁,璞因王敦反,被害。后彝因苏峻反,亦死。

史说,璞撰前后筮验六十余事,名为《洞林》。又抄京、费③诸家要最,更撰《新林》十篇、《卜韵》一篇。注释《尔雅》,又注《三苍》、《方言》、《穆天子传》、《三海经》、《楚辞》。所作诗、赋、诔、颂,亦数万言,皆传于后世。

却说后赵右长史张宾卒,后赵王勒哭之恸,曰:"天不欲成吾事耶?何夺吾右侯之早也!"因谓文武曰:"张宾阔达大节,谋无不中,算无余策,成吾业者,宾之勋也。虽子房、萧何,不过其才耳。况卿辈年齿,与朕等辈,惟右侯年少,吾欲托以后事,不期如此夭灭,使朕心腹崩裂矣。"言讫,又泪如雨,亲往吊祭而哭之归。以程遐代为右长史。勒每与遐谋议有所不合,辄叹曰:"右侯舍我而去,岂非酷乎!"因是流涕弥日矣。

肃宗明皇帝太宁甲申元年(赵光初元年,后赵五年),三月,后赵王勒使桃豹、孔苌等寇彭城、下邳,徐州刺吏卞敦退保盱眙④。

四月,王敦欲谋篡,使人讽朝廷征己,明帝果手诏征之。敦遂移镇姑孰,屯芜湖,以王导为司徒,自领扬州牧。敦欲为逆,弟王彬谏之甚苦。敦变色,目左右,将收之。彬正色曰:"君昔岁杀兄,今又杀弟耶!"敦乃止之。

---

① 龙角——星宿名,这里指东陵龙耳。
② 酻(zhuì)——祭奠。
③ 京、费——指汉代易者京房、费直。
④ 盱眙(xū yí)。

王逊怒甚冠裂卒

却说成主李雄使李骧率兵五万,来攻宁州。刺史王逊已知,遣将军姚岳领军三万拒战。次日,二军相遇,交战不十合,成兵大败。岳催军追至泸水而还,回见王逊。逊以岳不穷追李骧,乃大怒,鞭岳怒甚,冠裂而卒。逊在州十四年,威行殊俗,士民得安。于是朝廷已知其卒,诏以其子王坚为宁州刺史,代领其众。

平先以众击陈安

十月,却说赵王曜占据陇城,遣将军平先率劲骑十万,前来陇右讨陈安。军至陇右,陈安引兵来迎。其时安身骑高头骏马,左手奋七尺钢刀,右手执丈八蛇矛屯阵,平先亦身骑瓜黄马,手持点钢长枪,与陈安捕战,三交,胜负未分。次日,二人又战,当平先与陈安一来一往,无有胜败,三番四复,没有输赢。看看战上五十合,陈安以丈八矛用力刺着平先左胁,被平先用手一接,夺住一扯,把陈安扯落下马。平先见安落马,便执其矛来刺。安弃马步走,走至涧曲,被平先拍马追着,斩之。杀散余兵,方令鸣金收军,回长安去讫。

其时,赵王曜不抚士众,专与嬖臣饮博;陈安在陇右,爱惜士卒,法令严明,故陇上作歌痛之曰:

陇上壮士有陈安,躯干虽小腹中宽,爱养军士同心肝,䯄骢交马铁锻鞍。七尺钢刀奋如湍,丈八蛇矛左右盘,十荡十决无敢前。战始三交失蛇矛,弃我䯄骢窜岩幽,为我外援而悬头。西流之水东流河,一去不还争奈何。

平先既斩陈安,回见赵王曜,以陇上之人作歌词奏知,曜闻之哀伤,因而命乐府歌之。安既死,氐、羌皆送任请降于晋。晋明帝以赤亭羌酋姚戈仲为平西将军,封平襄公,使其领之。

八月,明帝畏王敦之逼,以郗鉴领兵为外援,使镇合淝。王敦忌之,乃使人上表，表鉴为尚书令。明帝不得已而从之，诏鉴还台。郗鉴既还，过姑孰，入见王敦，敦待之。饮罢，与论西朝人士，敦曰："乐彦辅①，短才耳，考其实，岂胜满武秋②耶！"鉴曰："彦辅道韵平淡，悯怀之废，柔而能正。武秋失节之士，安能拟之！"敦曰："当时危机交急。"鉴曰："丈夫当死生以之。"敦恶其言，遂入内，不复出见。鉴亦不辞而归。时敦手下将士入劝敦杀鉴，敦不从，曰："若杀鉴，则失朝士心。"鉴始得还台。次日入朝，遂与明帝道："王敦原谋欲起，宜早图之。"帝默然。

却说后赵石勒遣石虎率步骑四万击青州，郡县多降，遂进兵围广固。广固粮尽，曹嶷出降，被虎杀之，坑其众三万。虎欲尽杀其众，刺史刘征曰："今留征，使牧民也。无民焉牧，征将归耳！"于是虎乃留男女七百口，配征，使镇广固。

赵击凉州张茂降

却说赵王曜自陇上得胜，乃以其众西击凉州，戎卒二十八万，号为五十万。是日启行，凉州士民大震。参军马岌劝张茂亲出拒战，长史氾祎清斩之以降。岌谓茂曰："氾公糟粕书生，不思大计。明公父子欲为朝廷诛曜有年矣，今曜自至，远近观公此举，当立信勇之验以副秦陇之望，力虽不敌，势不可以不出。"茂曰："善。"乃率众出屯石头，乃问计于参军陈珍。陈珍曰："曜兵虽多，乃氐、羌乌聚之众，恩信未结，且有山东之危，安能旷日持久，与我争河西耶！若二旬不退，珍请得弊卒数千，为明公擒之。"茂沉吟。

时曜众至河西，诸将争欲济河。曜曰："吾军疲困，其实难用。今但按甲勿动，以威声震之，若出中旬，茂表不至者，吾为负卿矣。"至是茂果疑寡不敌众，密使人上表，称藩于曜。曜大悦，遣使拜茂为太师，封凉王，加九锡。茂使人贡财物劳兵。曜始振旅还军。

却说杨难敌闻陈安死，大惧，赵王曜来攻己，乃自请降于成主雄。李

---

① 乐彦辅——名广，字彦辅。
② 满武秋——汉人，名昌。

雄未允，难敌以金百斤，赂将军李稚。李稚与成主说之，方受其降，遣其还武都。难敌既还，闻赵王曜兵已退，遂差兵据险，不服于成。李稚自悔失计，亟请成主率兵讨之。于是成主遣稚同其兄李玱击难敌，稚、玱率兵长驱至下辨。难敌闻知，计遣部将引兵一万断玱、稚路，自将兵分三阵出迎，玱、稚深入难继，被难敌三面击之，大败而还。又被难敌先遣部将断住归路，不能出进。难敌四下夹攻，玱、稚皆被难敌所杀，其众悉降。

赵封世子永安王

却说初，赵王曜世子刘胤，年十岁，长七尺五寸。既长，多力善射，骁捷如风。靳准之乱，胤逃于黑匿郁鞠部。陈安既败，乃自言于郁鞠，郁鞠礼而使人送还于曜。曜悲喜，谓群臣曰："义孙，故世子也，才气过人，且涉历艰难。吾欲法周文王、汉光武，以固社稷，而安义光，何如？"左光禄大夫卜泰进曰："文王定嗣于未立之先，则可。光武以母失恩而废其子，岂足为法！向以东海为嗣，未必不如明帝也。胤文武才略，诚高绝于世，然太子孝友仁慈，亦足为承平贤主。况东宫民、神所系，岂可轻动！臣等有死而已，不敢奉诏。"曜默然。胤进曰："父之于子，当爱之如一。今黜熙而立胤，臣何敢自安！苟以臣颇堪驱策，岂不能辅熙以承圣业乎！臣请效死于此，不敢闻命。"曜亦以熙羊后所生，后已卒，不忍废也。卜泰即胤之舅也，曜嘉其公忠，以泰为光禄大夫，领太子太傅。而封胤为永安王，都督二宫禁卫、录尚书事。命熙尽家人之礼而见胤。

却说赵凉王张茂筑大城姑臧，兴役修灵钧台以备寇。别驾吴绍谏曰："明公所以筑城修台者，盖惩既往之患耳。愚以为苟恩未洽于人心，虽处层台，亦无所益，适足以疑群下之志，示怯弱之形。"张茂曰："亡兄一旦失身于物，岂无忠臣义士欲尽节者哉！顾祸生不意，虽有智勇无所恃耳。王公设险，勇夫重闭，古之道也。"言讫，大兴工役，卒为成之。

十一月，王敦欲谋反，先强宗族，故徙其兄王玱都督江西诸军事，以王舒为荆州刺史，以王彬为江州刺史，各执重兵。

甲申，二年（赵光初七年，后赵六年），正月，王敦欲反，忌周氏宗族强盛。周氏一门五侯，况周嵩以兄周𫖮被敦所杀，心常愤愤，敦甚恶之。会道士李脱以妖术惑众，敦诬周嵩、周札、周莚等与脱同谋，收而杀之，于是从事周嵩、周莚皆遇害。唯札在会稽，敦又使沈充持兵一万，去袭会稽。札闻知，领兵出城交战，札军少，大败，战死于阵。因此充等收兵还镇，遂起霸鼎之心。

成立兄子为太子

却说成主雄后任氏无子，有妾子十余人，雄不立为嗣，乃立兄李荡子班为太子，使任后母之。群臣固谏不可，请立诸子，雄曰："吾兄，先帝之嫡统，有奇才大功，事垂克而早亡，朕常悼之。且班仁孝好学，必能负荷先烈。"当太傅李骧谏曰："先王立嗣必子者，所以明定分而防篡夺也。宋宣公、吴余祭，足以观矣！"雄不听。骧退而流涕曰："乱自此始矣！"李班为人谦恭下士，动遵礼法，雄每有大议，辄令豫之。

五月，赵凉王张茂疾病，执其子张骏手而泣曰："吾家世以孝友恭顺著称，晋室虽微，汝奉承之，不可失也。"且下令曰："吾官非王命，苟以集事。死之日，当以白袷入棺，勿以朝服殓也。"言讫而卒。茂既死，赵王曜遣使立其子骏为凉州牧，封为凉王。

王敦举兵逆谋反

六月，王敦谋反，以沈充、钱凤为谋士，邓岳、周抚为左右先锋，统兵二十万准备待行。王敦偶发疾，传令屯住三军。时王敦无子，养兄王含之子王应为嗣。敦疾甚，乃与钱凤商议，矫诏拜王应为武卫将军，以代敦权领三军；以兄王含为骠骑大将军，令其笃战。当钱凤谓敦曰："今丞相疾甚，脱有不讳，便当以后事付应耶？"敦曰："非常之事，非常人所能为。且应年少，岂堪大事！我死之后，吾有三计，君等宜行之：莫若释兵散众，归身朝廷，保全门户，此第一上计也；退还武昌，收兵自守，贡献不废，此第二中计也；及吾尚存，悉众而下，万一侥幸，此下计也。"凤欲作乱，乃谓其党曰："今丞相下计，乃上策也。汝等各宜尽忠，休怀二心。"

明帝私视王敦营

明帝在宫,密闻近侍报道:"王敦复作乱,兵至湖。"帝不与百官商议,自密乘巴滇骏马,微行至于湖,阴探察王敦营垒。正观之际,敦营中有军士出,见帝单骑窥觑营寨。而军士见帝颜貌不俗,疑非常人,即入报王敦。时王敦病,正昼寝,梦红日环其营城,敦惊起,曰:"此必黄须鲜卑奴来也。"帝母荀氏乃燕代人,帝状类外氏,须黄,故敦谓黄须鲜卑奴也。正欲使人出察访捉,忽军士入报:"适间有一人单骑黄须在营外窥视,至今未去。"敦曰:"正是鲜卑奴耳!"急唤傅玩至,说与帝状,令其出领五骑,"各带利刃追着杀之,取得首级来,封千户侯与你"。玩得计即出,骑骏马,带长枪利刃,领五骑来追明帝。明帝见营内纷纭,想有人追,乃急驰走。时马有遗粪在地,帝恐追人察冷热追着不便,辄取水灌之为冷。见逆旅卖食老妪在门首立,以赶马七宝鞭与妪曰:"吾将此宝物送与婆婆,倘后有骑马人来追者,可以此示之,道吾去远也。"老妪接鞭在手,明帝忙拍马走去。俄而傅玩五骑追至,问老妪曰:"适有一黄须后生,年纪二十余岁,骑一大马在此过么?"老妪以七宝鞭示之曰:"去得好远,失落此鞭在地,被我拾得。"傅玩辨认之,乃帝之七宝鞭也。因此傅玩在此稽留遂久,心犹不信,因见马粪在地,以手试之,粪已冷矣,遂信老妪之说去远而止,不追,勒马而归。明帝仅得免其大难,自回归宫去讫。傅玩引五骑回营,报说明帝去远,追之不及。王敦闻知,病转加增。时钱凤与沈充定谋,以宿卫尚多,使人上表,奏令三番休二①。

时明帝已归宫,亲以温峤为中书令,议讨王敦。王敦使人探知,心甚恶之,恐其为明帝谋己,乃使人请温峤为左司马。峤不敢辞,乃朝拜明帝辞别。帝欲阻之,峤曰:"陛下休留臣,臣自能复返,就观动静耳。"峤即行事敦,敦悦之。峤乃缪为勤敬,综其府事,时进密谋以附其欲。结钱凤,为之声誉,每曰:"钱世仪精神满腹。"峤素有藻鉴②之名,凤甚悦,深欲结好。

---

① 三番休二——三番二次,多次。
② 藻鉴——品评鉴别,引申为掌管铨选。

会丹阳尹缺,峤言于敦曰:"京尹咽喉之地,公宜自选。"敦然之,问谁可者。温峤荐钱凤可,钱凤荐温峤可,峤伪辞,敦不听,遂使人表用峤,使觇伺朝廷消息。时王敦行事,不待朝廷应允,表入即除,朝廷亦不敢逆。敦遂使温峤为京尹。峤恐既去,而凤后间之,乃因王敦作宴,款峤饯别,酒至凤,凤未即饮,峤佯醉,以手版击凤帻坠地,作色曰:"钱凤何人,温太真行酒乃敢不饮!"凤意不乐,敦以峤为醉,两释之。峤将别,拜敦,佯为涕泗横流,出阁复入者再三,似不忍离去之状而行。后凤果谓敦曰:"温峤为朝廷甚密,而与庾亮深交。今此去,未可信也。"敦曰:"太真昨醉,小加声色,卿何得便尔相逸耶!"言罢不听。温峤既得脱身,至建康,尽以逆谋告知明帝,又与庾亮划计讨之。王敦闻知峤泄己之谋,大怒曰:"吾乃为小物所欺!"因遣人与弟王导书曰:

太真别来几日,做如此事。当募人擒致之,自拔其舌,方息吾丹田一点火耳!

导以是书见明帝,帝乃加导为大都督,领扬州刺史。又使温峤与将军卞敦应援郗鉴,分督诸军讨敦。鉴奏请曰:"臣等出讨,望陛下诏临淮太守苏峻、兖州刺史刘遐等,率军入卫京廷。"帝然之,诏峻、遐率兵入城。明帝自领禁兵屯于中堂。

王导计气王敦死

其时,朝野将士皆惮王敦,不肯向前去战,是以相推。当时王导复密谓帝曰:"今敦在,将士畏惮,不敢向前。今闻敦疾甚,其性极急,陛下可作诏书,使人送去见敦,暴敦罪恶。彼心受气,不死将次九分。臣归家,率子弟称敦见诏气死,代其发哀挂孝,然后下诏只讨钱凤、王含,休书王敦,则将士说王敦已死,必然奋志向前,可讨王敦。彼之将士,亦自散矣。"帝大喜,用其计。即使人持诏去暴王敦之罪。敦得书,果怄气病增,卧床不起,使人催王含进兵。王导归家数日,率子弟举家挂孝发哀,称说王敦死了。兵以为王敦已死,咸有奋志。于是尚书省誊诏,遣人送下敦府曰:

敦辄立兄息以自承代,不由王命,顽凶相奖,以窥神器。天不长奸,敦已陨毙。凤承凶宄①,弥复煽逆。今遣司徒导等讨之。诸为敦所授用者,一无所问。敦之将士,从敦弥年,违离家室,朕甚悯之。其单丁遣归,终身不调。余皆与假三年,休讫还台,当与宿卫同例三番。

使人持诏下敦府。敦见诏大怒,而病愈笃,欲即起兵,使郭璞筮之。璞曰:"无成。"敦疑璞助温峤,欲杀之,恐人议论。敦又问曰:"吾寿几何?"璞曰:"明公起事,祸必不久,若在武昌,寿不可测。"敦大怒曰:"卿寿几何?"璞曰:"命尽今日日中。"敦怒甚,收璞杀之。乃即召兄王含及钱凤入内,曰:"吾今疾笃,难以御众。汝等可与邓岳、周抚率众五万,先向京师,吾自后随应。"凤问曰:"事克之日,天子云何?"敦曰:"尚未南郊②,何称天子!便尽卿兵势,但可保获东海王、裴妃而已。"

七月,王含水陆五万掩至江宁南岸,人情汹涌。峤恐其兵过,放火烧了朱雀桥,以挫其锋。明帝欲尽将兵击含,闻朱雀桥已绝,大怒于峤。峤曰:"今宿卫寡弱,征兵未至,若贼豕突,危及社稷,且恐宗庙不保,何爱一桥乎!"明帝方息怒,命峤等同屯于桥岸矣。

司徒王导遣使遗兄王含书曰:

> 承大将军已不讳,兄之此举,谓可如昔年之事乎?昔年佞臣乱朝,人怀不忿,如导之徒,心思外济。今则不然,大将军未屯于湖,渐失人心。临终之日,委重安期。诸有耳者,皆知将为禅代,非人臣之事也。先帝中兴,遗爱在民;圣主聪明,德洽朝野。兄乃欲妄萌逆节,凡在人臣,谁不愤叹!导门户小大,受国厚恩,今日之事,明目张胆,为六军之首,宁为忠臣而死,不为无赖而生矣。

含见书,怒而不答。

明帝集诸将商议,诸将曰:"王含、钱凤众力百倍,苑城小而不固,宜及军势未成,大驾自出拒战。"郗鉴曰:"群逆纵逸,势不可挡,可以谋屈,难以力竞。且含等号令不一,抄盗相寻,旷延持久,必启义士之心。今决

---

① 宄(guǐ)——奸宄,坏人。
② 南郊——封建帝王祭天在南郊。

胜负于一朝,万一蹉跌,虽有申胥①之徒,何补既往哉!"明帝从之。

明帝乃率诸军出屯南皇堂。癸酉夜,募壮士,使将军段秀等率千余人渡水,掩其无备。秀等领计,率一千二百人夜渡河。平旦,与含军相遇于越城,两下交锋,战未十合,含大败而逃,被段秀大破之而还。段秀乃匹䃔弟也。

王含既败,领残兵退屯别所。王敦闻知大怒,曰:"我兄,老婢耳。门户衰,世事去矣!我当力行。"因作势而起,困乏复卧,乃谓其子王应曰:"我死,汝便即位,先立朝廷百官,然后营葬。"应拜受其言。至夜,王敦心中愤惋而死。诸葛瑶谓王应曰:"今丞相归天,不可发丧,若三军闻知,则在外将士不肯尽心出战。不如秘之,将铺席裹尸,埋于厅中。只管饮酒,调将去攻建康,待取得京师,然后发丧。"应曰:"其计大妙。"于是使近侍将王敦尸以席蜡涂其外,埋于厅事中。每日与诸葛瑶饮酒淫乐,不理军事。

明帝虽胜一阵,心中犹疑寡众不敌,乃使人说沈充降,许以司空。充不奉诏,遂举兵与王含合兵来攻建康。当司马顾飏说充曰:"今举大事,而天子已扼其咽喉,锋摧气沮,持久必败。若决破栅塘,因湖水以灌京邑,纵舟师以攻之,此上策也。借初至之锐,并东、西军之力,十道俱进,众寡过倍,理必摧陷,此中策也。转祸为福,召钱凤入计事,因而斩之以降,此下策也。"充不能用。

刘遐、苏峻得诏,率精兵二万人至。次日,沈充、钱凤分兵出战,两下交锋,充、凤大败,被遐、峻大破之。

时浔阳太守周光率千余人赴敦营,求见王敦。王应辞以疾重,不能出见。光明知敦死,乃退谓兄周抚曰:"王公已死,兄何为与钱凤做贼耶!"众愕然。抚方以实告光,光遂出,佯以为发兵助凤,因而入斩钱凤,付抚诣阙,自赎其罪。沈充为故将吴儒所杀,传首建康。王含见事不成,与王应烧营夜遁。次日,明帝闻沈充、钱凤已死,王含烧营而逃,方始收军还宫。

却说王含欲奔荆州,其子王应曰:"不如投江州叔父彬。"含曰:"大将军平素与江州不睦,何如欲归之?"应曰:"此乃所以宜归也。江州当人强盛时,能立同异,此非常人所及。今睹困厄,必有悯恻之心。荆州叔父舒

---

① 申胥——即申包胥,春秋时楚国大夫,曾哭秦廷七日夜,使秦出兵败吴救楚。

守文,岂能意外行事乎!"含不从,遂与应奔荆州。荆州刺史王舒遣军迎之,恐朝廷见罪,乃以酒款待王含父子。含父子二人饮得大醉,王舒使人执缚,沉其父子于江死之。遣使奉表入朝。

却说江州刺史王彬闻应大败,当来奔己,密具舟待,不至,深以为恨而退。

于是敦党悉平。有司奏明帝,使人发敦瘗①,焚其衣冠,跽②而斩之,与充、凤之首,同悬于南桁③。百姓观者,莫不称庆。郗鉴曰:"前朝诛杨骏等,皆先极官刑,后听私殡。臣以为王诛加于上,私义行于下,宜听敦家收葬。"明帝许之。敦家人乃收敦尸首葬之。王导等皆以讨敦功受封赏。有司奏王彬等当诛,明帝下诏曰:"司徒导以大义灭亲,犹当百世宥之,况彬等皆其亲近乎!"悉无所问。帝诏:"敦纲纪除名,参佐禁锢。"温峤上疏曰:

敦刚愎不仁,忍行杀戮,处其朝者,恒惧危亡,原其私心,岂遑晏处!其赞导凶悖,自当正以典刑。如其枉入奸党,宜施之宽宥。

明帝览之,未及问,郗鉴曰:"先王立君臣之教,贵于伏节死义。王敦佐吏虽多逼迫,然进不能止其逆谋,退不能脱身远遁,准之前训,宜节义责。"明帝不从,乃听峤议而行矣。

---

① 瘗(yì)——墓葬。
② 跽——双膝着地,上身挺直。
③ 桁(héng)——悬梁。

东晋卷之二

起自东晋明帝乙酉三年,止于东晋成帝辛丑七年,首尾共十七年事实。

陶侃劝人惜分阴

乙酉,三年(赵光初八年,后赵七年),二月,明帝设朝,君臣礼毕,诏故谯王司马承、戴渊、周顗、甘卓、虞望、郭璞等赠官有差,因王敦谋逆,承等死于国难,故皆赠谥其官。时周札亦死国难,未蒙诏录,因是周札故吏上表为札讼冤。尚书卞壸议:"札开门迎寇,不当赠谥。"王导上议曰:"往年之事,敦奸逆未彰,自臣等有识以上,皆所未悟,与札无异。既悟其奸,札便以身许国,寻取枭夷。臣谓宜与周、戴同例。"郗鉴曰:"周、戴死节,周札延寇,事异赏均,何以劝惩?如司徒议,则谯王、周、戴皆应受责,何赠谥之有!今三臣既褒,则札宜贬,明矣!"导曰:"札与谯王、周、戴虽所见有异同,皆人臣之节也!"鉴曰:"敦之逆谋,履霜日久,若以往年之举,义同桓、文①,则先帝可为幽、厉②耶!"诸臣虽各议不合,明帝卒用导议,诏札与周、戴同例有差。当群臣请立太子司马衍为皇太子,明帝大悦,从之。

五月,诏以陶侃都督荆、襄、雍、梁四州诸军事、荆州刺史,于是陶侃复领荆州。次日,率众去镇。其时,荆州士女闻陶侃来镇,各各欢悦,以香花迎接。

侃既至荆州,恭勤,终日敛膝危坐,军府众事,检摄无遗,未尝稍停。尝语人曰:"大禹圣人,乃惜寸阴,至于众人,当惜分阴。岂但逸游荒醉,生无益于时,死无闻于后,是自弃也!"又尝造船,其木屑、竹头,侃皆令人

---

① 桓、文——指春秋霸主秦桓公、晋文公,皆贤君。
② 幽、厉——指周幽王、周厉王,皆暴君。

上籍①而掌之，不许失落，人咸不解所以。后正会积雪初晴，厅事前余雪犹湿，乃令人以木屑布地。及桓温伐蜀，以侃所贮竹头作钉钉船。其综理微密，人皆不知也。

初，侃参佐有博戏废事者，侃命取其酒器、蒱博②之具，悉投之于江，将吏则加鞭扑，曰："樗蒱，牧猪奴戏耳！《老》、《庄》浮华，非先王之法言，不益实用。君子当正其威仪，何可蓬头跣③足，自谓宏达耶！"有奉馈者，必问其所由，若力作所致，虽微必喜，慰赐参倍；若非理得之，则切厉诃辱，还其所馈。侃尝出游，见人持一把未熟稻，侃曰："用之何如？"其人云："行道所见，聊取之耳。"侃大怒曰："汝懒不佃，而贼人稻！"执而鞭之。是以百姓勤于农作，家给人足矣。

戴洋风角占通神

却说司徒王导有病，经月不愈。长史李仁因视导疾，因说曰："近闻长城有一人，姓戴名洋，字国流。年十二，遇病死，五日而苏，说死时天使其为酒藏吏，授符箓，给吏从、幡麾，将上蓬莱、昆仑、积石、太室、恒、庐、衡等诸山。既而遣归，逢一老父，谓之曰：'汝后当得道，为贵人所识。'及长，遂善风角。为人短陋无风望，然妙解占候卜数，无不应验，天下人人敬之为神。司徒何不使人召来，问卜吉凶？"导曰："既有此人，烦卿召来。"于是李仁去请戴洋来见王导。参拜讫，导问疾之因，戴洋曰："君侯本命在申，金为土使之主，而为申上石头立冶，火光照天，此为金火相烁，水火相煎，以故受疾耳！若能迁乔，疾即瘥耳。"导即移居东府，病瘥，遂重赏戴洋。

却说后赵王勒遣将军石生率众三万，寇掠河南，青州刺史李矩、颍川太守郭默领兵拒战，数败于生。矩、默乃使人持书降于赵，赵王曜使刘岳、呼延谟率兵五万，围石生于金墉城。生被困，遣人回襄国求救。后赵王勒

---

① 上籍——登记造册。
② 蒱博——祦（chū，同"樗"）蒱，赌具。以掷骰决胜负。
③ 跣（xiǎn）——光着脚。

使石虎率二万精骑来救石生。虎兵至金墉与刘岳交锋,大战五十余合,岳大败而退。呼延谟又出战,不十合被虎斩之。赵王曜闻呼延谟被杀,自率禁兵二万,前来救岳。与虎交战未三合,曜军无故惊溃,曜亦败,遂归长安。刘岳被虎执而杀之,曜因此愤恚成疾。郭默南奔建康,李矩亦率众南归,卒于鲁阳。于是青、豫、徐、兖之地,率皆入于后赵,以淮为境矣。

却说代王猗㐌始亲国政,以诸部多未服,乃弃城于东木根山自徙居之。

明帝托孤与王导

闰七月,明帝疾,召右卫将军虞胤、左卫将军南顷王司马宗至。明帝亲任典禁兵,值殿内,多聚勇士以为羽翼。王导、庾亮入内视疾,颇以为言,帝待之愈厚,宫门管钥,皆委之宗等。时帝寝疾,庾亮夜有所表,使人从司马宗求钥,宗不与,叱亮使人曰:"此汝家门户耶!何故夜深而得入宫?"使人回白与庾亮,亮益愤之。

及次日,帝疾笃,群臣无得进者。亮疑宗、胤二人有异谋,拉王导等排闼①入见明帝,请黜宗、胤。帝不纳。

是夜,召引太宰、西阳王司马羕,司徒王导,及尚书令卞壸,将军郗鉴、庾亮、陆晔、丹阳尹温峤,并受遗诏辅太子。王导、庾亮、卞壸等入宫内卧所,帝嘱咐曰:"朕欲与卿等平复天下,扫清海内,不幸遇斯疾厄。今太子年幼,不得不召卿等托之,以致事也。"言讫,泪满交颐。王导亦涕泣曰:"愿陛下万岁,以副天下之望,将息龙体,臣等稍尽犬马之劳。"帝又曰:"卿等早晚管觑幼子,勿负朕言。"乃执太子手,付与王导曰:"可念朕躬,勿效王敦。"导汗流遍体,手足无措,泣拜于地,以头叩地流血,曰:"臣等安敢不竭尽忠之心,效元节之志,继之以死,难报今日托付之重耳!"帝命太子扶起王导,又谓庾亮、卞壸等曰:"吾死之后,褒进大臣。"又曰:"诸大臣,朕不能一一嘱咐,皆当保爱。"言讫而崩。在位三年,寿二十七,谥曰明帝。帝敏有机,故能以弱制强,剪除逆臣,克复大业,规模宏远。明帝已崩,卞壸等率百官收殓,举哀发丧。孝事毕,葬于武平陵。

---

① 排闼(tà)——推开门。

时太子司马衍生五年矣。群臣扶其即位，请太后临朝称制。是日，群臣进玉玺，司徒王导辞疾不至，卞壸正色于朝曰："王公非社稷之臣，大行在殡，嗣皇未立，岂人臣辞疾之时耶！"导闻之，乃即舆疾而至，上玺。

太后临朝，以导录尚书事，与卞壸、庾亮参辅朝政，然大事要决于亮。尚书郎乐广子乐谟为郡中正，庾珉族子庾怡为廷尉评，二人各称父命不就。卞壸曰："人非无父而生，职非无事而立；有父而有命，居职必有悔。若父各私其子，则王者无民，而君臣之道废矣。广、珉受宠圣世，身非已有，况后嗣哉！"谟、怡不得已就职。太子衍既即大位，乃大赦天下，改元咸和，号显宗。史说，显宗成皇帝名衍，字世根，乃明帝长子，在位十七年。

史说，葛洪字稚川，丹阳句容人也。少好学，家贫，躬自伐薪以货纸墨，夜辄写书诵习，以儒学知名。性寡欲，无所爱玩，不知棋局几道，樗蒲齿名。为人谨讷，不好荣利，闭门却俗，未尝交游。时或寻书问义，不远数千里，崎岖跋涉，期于必得，遂览究典籍，尤好神仙导养之法。先吴时，从祖玄，学道得仙，号曰葛仙公，以其炼丹秘术授弟子郑隐，洪就隐学，悉得其法焉。

先，司徒王导知其儒名，召补州主簿，亦有节政。时导又选入朝，为散骑常侍，领大著作。葛洪至入朝，朝见帝，固辞曰："臣今年老不堪重用，欲炼丹以祈遐寿。闻交阯句漏县有丹，臣请出为其令。"帝见洪姿高质异，而曰："交阯远隔，虽有奇宝，朕不舍卿远行。"洪曰："臣此行非欲为荣，以其有丹，故求出耳！"帝见其恳辞，始从之。洪遂出，将子侄俱行。行至广州，广州刺史邓岳闻知其至，欲往交阯，使人留之，意欲受学其炼丹之术，洪不听而去。到句漏县，入罗浮山炼丹积年，优游闲养，著述不辍，乃著内、外经一百一十六篇，作序曰：

  洪体乏进趣之才，偶好无为之业。假令奋翅则能凌厉玄霄，骋足则能追风蹑景，犹欲戢劲翮①于鹪鹩②之群，藏逸迹于跛驴之伍，岂况大块③禀我以寻常之短羽，造化假我以至驽之寒足？自卜者审，不能者止，又岂敢力苍蝇而慕冲天之举，策跛鳖而追

---

① 翮（hé）——鸟的翅膀。
② 鹪鹩——指鹪鹩、鹩雀，都是小鸟。
③ 大块——大自然。

飞兔之轨哉！是以绝望于荣华之途，而志安乎穷圮之域；藜藿有八珍之甘，蓬荜有藻棁①之乐也。世儒徒知服膺周孔，莫信神仙之书，不但大而笑之，又将谤毁真正。故余所著之言黄白之事，名曰《内篇》，其余驳难通释，名曰《外篇》，大凡内、外经一百一十六篇。虽不足藏诸名山，且欲缄之金匮，以示识者。

自号抱朴子，因以名书。

洪博闻深洽，江左绝伦。著述篇章富于班、马②，又精辨玄赜③，析理入微。年八十一，自知天命该返，乃使人召广州刺史邓岳，授以丹法，与岳疏云："若求神仙之术，当远行寻师，克期便发，若缓恐不相见耳！"而岳得疏，狼狈往别，久延，洪坐至日中，兀然若睡而卒，及岳行至，遂不得见。因此未曾授得丹法。视其颜色如生，体亦柔软，岳使其子弟殓殡，举尸入棺甚轻，如空而已，世人皆谓尸解，是谓得仙矣。邓岳来迟，莫得其传，叹息而去耳。

却说段氏自务勿尘以来，日益强盛。其处地西接渔阳，东界辽水，所统胡晋三万余尸，控弦四五万骑。末柸先卒，其子段牙代立。至是疾陆眷之孙辽自聚众一万五千人，来攻段牙，牙率诸将亲出与战，被辽杀之，尽收其所统，而代之为主矣。其时北代王贺傉卒，其百官立其弟拓跋纥那嗣为主。

亮征苏峻为司农

晋显宗成皇帝咸和元年（赵光初九，后赵八年），六月，成帝设朝，以郗鉴领徐州刺史，于是郗鉴次日启行。时司徒王导称疾不朝，而私送郗鉴。卞壸闻之，是日入朝奏导亏法从私，无大臣之节，请免官。成帝不听。壸奏虽寝④不行，举朝惮之。壸俭素廉洁，裁断切直，当官干实，性不弘

---

① 藻棁（zhuō）——梁上有彩画的短柱。
② 班、马——汉代文学家班固、司马迁。
③ 玄赜（zé）——幽微深密。
④ 寝——停，搁置。

裕,不肯苟同时好,故为诸士所少。阮孚谓壸曰:"卿常无闲泰,如含瓦石,不亦劳乎!"壸曰:"诸君子以道德恢弘,风流相尚,执鄙吝者,非壸而谁!"时贵游子弟多慕王澄、谢鲲为放达,壸厉色于朝曰:"悖礼伤教,罪莫大焉;中朝倾覆,实由于此。"欲奏推之,王导与庾亮不听,乃止。

八月,初,王导以宽和得众,及庾亮用事,任法裁物,颇失人心。祖约自以名辈不后郗、卞,而不预顾命,遗诏褒进大臣,又不及。约与陶侃二人皆疑庾亮删之。

史说,历阳内史苏峻,字子高,长广掖人。少为书生,有才学,年十八举孝廉。永嘉之乱,百姓流亡,所在屯聚,峻乃纠合数千家结垒于本县。元帝时闻之,假峻为安集将军,后峻率其所部数百家泛海南渡。既到广陵,朝廷嘉其远至,转为鹰扬将军。后讨王敦有功,进使持节、冠军将军、历阳内史、封为广陵公,令其出屯历阳。峻本单家①,聚众于扰攘之际,归顺之后,志在立功,既而有功于国,威望渐著。至是有锐卒万人,器械甚精,而峻潜在异志,抚纳亡命,众力日多,皆仰食县官,运漕者相属,稍有不如意,便肆愤言。是时庾亮秉政,恐苏峻在历阳终为祸乱,欲下诏征之,乃访司徒王导曰:"今苏峻握兵屯于历阳,不肯归兵于朝廷,恐为后患。欲以大司农征峻入朝,稍削其权。司徒意以云何?"导曰:"苏峻骄溢,必不奉诏,不若且包而容之。"亮问群臣,群臣皆以为不可,亮不听。时亮既疑峻、约,又畏侃之得众,乃奏成帝,以温峤为都督,督江州诸军事,镇于武昌,以王舒为会稽内史而守会稽,以广声援;又修石头城以备之。当丹阳尹阮孚谓所亲曰:"江东创业尚浅,主幼时艰。庾亮年少,德信未孚。以吾观之,祸将及矣。"次日,入朝奏帝,遂求出为广州刺史,成帝从之。孚遂刺于广州矣。

十月,却说南顿王司马宗自以失职怨望,又素与苏峻善,庾亮欲诛之,无罪,不敢行,而宗亦欲废执政亮等。中丞钟雅劾宗谋叛,亮乘之遣人收宗杀之,降其兄太宰西阳王羕为弋阳县王。宗,帝室近属,羕,乃先帝保傅,亮一旦翦黜,由是愈失远近之心。宗之死也,成帝不知,久之,成帝以朝问亮曰:"当日白头公何在?"亮对曰:"因谋反伏诛。"帝泣曰:"舅言人做贼,便杀之;人言舅做贼,当何如?"亮惧,变色而退朝。

---

① 单家——孤寒人家。

却说后赵王勒用程遐之谋,营邺宫,使养子石虎镇之,守邺城。石虎自以多功,无去邺之意,及修三台,迁其家室而居之,虎由是怨望。

十一月,后赵王勒使石聪率二万骑攻寿春,祖约坚守不出,使人屡表请救,朝廷不为出兵。聪遂进寇阜陵,建康士民大震。苏峻闻知,直遣将韩晃领三万骑来拒战。石聪闻救兵至,乃走之。朝廷欲作涂塘以遏胡寇,祖约闻知曰:"朝廷为此,是充我也!"益怀愤恚。

二年(赵光初十年,后赵九年),五月朔,日食。却说张骏闻赵兵为石氏所败,乃去官爵,复称晋大将军、凉州牧,遣辛岩领军二万,攻赵秦州。赵王曜大怒,遣刘胤将兵五万,出击辛岩。二军交锋,战未数合,辛岩大败而走。胤乘胜追奔,济河,拔令居,据振武,因此河西大骇,金城、枹罕降之,骏遂失河南之地。

苏峻祖约举兵反

却说庾亮以苏峻在历阳,终为祸乱,欲下诏征之。司徒王导执之曰:"以吾见必不奉诏,且包容之。"亮曰:"今纵不顺命,为祸犹浅,若复经年,不可复制,犹七国①之于汉也。"卞壸曰:"峻拥强兵,逼近京邑,路不终朝,一旦有变,易为蹉跌,宜深思之。"亮勿听。时温峤在江州闻知此事,使人以书来止亮,亮犹不听。亮又与群臣议征苏峻,举朝文武以为不可征,亮皆不听。

时苏峻在历阳,亦闻之,遣司马诣亮府固辞,亮不许,乃命有司书诏,使人征苏峻为大司农,以其弟苏逸代领部曲。使人既持诏至历阳,苏峻待之于府,遣人上表固辞,亮俱不许。峻遂不应命,举兵谋反。温峤闻之,即欲率众下卫建康,三吴亦欲起义兵讨峻。亮见峻不肯应命,温峤即欲率众下卫建康,亮使人报温峤书曰:"吾忧西陲过于历阳,无过雷池一步也。"峤始未动。

亮知峻起兵,使人以书谕峻,峻回书云:"台下云峻欲反,岂得活耶!我宁山头望廷尉,不能廷尉望山头。"使人得是书回见亮。亮不惧,预备

---

① 七国——西汉时七王之乱。

拒敌。

却说苏峻竟欲谋反,乃与副将刘仁商议曰:"今吾不受诏命,疑吾谋反。吾欲起兵,此事若何?"仁曰:"闻豫州祖约亦与庾亮不睦,怨望朝廷。祖约部下兵精粮足,明公遣人持书,推崇为盟主,同讨庾亮,共除君侧之恶,则大事可成。"峻曰:"此计大善。"于是峻使人持书请约共讨庾亮。祖约大喜,回书与来人归,约在目下起兵相应,使人去了。谯国内史桓宣谏曰:"不可!使君欲为雄霸,助国讨峻,则威名自举。今乃与俱反,安得久乎!"约不从,宣遂绝之,后不与相见。因此祖约遣兄子祖沛、祖涣、女婿许柳以兵二万,前来会峻。峻使人迎沛、涣等入城,排宴款待。次日,峻与沛、涣合兵五万人,来袭姑孰。

是时十二月,峻兵长驱而行,朝廷已知。庾亮集文武于朝堂议之,当尚书左丞孔坦、司空司马陶回言于司徒王导曰:"请及峻未至,急断阜陵,守江西当利诸口,彼少我众,一战决矣。今不先往,而峻先至,则人心危骇,难与战矣。"导然之,庾亮不从。至是峻遣其将韩晃袭陷姑孰,取其盐米,以给诸军。亮始悔,使左将军司马流将兵三万,据慈湖以拒之。

时宣城内史桓彝欲起兵赴朝廷,长史裨惠曰:"郡兵寡弱,山民易扰,且宜按甲以待之也。"彝厉色曰:"'见无礼于其君者,若鹰鹯①之逐鸟雀。'今社稷危逼,义无宴安,何敢坐视也!"乃慷慨流涕,将兵遂进屯芜湖。峻将韩晃将兵前往,至芜湖,与彝交战。彝兵寡弱,不三合,大败而还,退回宣城。晃乘之因攻宣城,彝不敌,又退保广德。时徐州刺史郗鉴欲率所镇之兵赴国难,朝廷知之,恐北寇入扰,下诏不许动兵,于是鉴未敢行。

卞壶父子死忠孝

戊子,三年(赵光初十一年,后赵太和元年),温峤欲救建康,以军集屯于城外。峻将韩晃兵至慈湖,司马流素懦怯,闻峻兵至,将出战,食饭不知口处,慌忙驱兵出阵,未及两战,兵溃大败而死。

---

① 鹰鹯(zhān)——一种猛禽。

卞壶父子死忠孝

时苏峻自将兵横江而济,亮兵出拒屡败。陶回谓庾亮曰:"苏峻颇达兵机,知石头有重戍,不敢直下,必向小丹阳南道步来,宜伏兵邀之,可一战擒也。"亮又不从。时峻果惧石头有重戍,不敢下,乃令诸军弃舟,从小丹阳步行,夜迷失道,无复部分,至天明,方寻路径而来,整列队伍,至青溪栅,屯住传餐。早有人探知回报,亮始悔之曰:"吾不听陶回之计,果中贼人之谋。"言讫,以兵列于宜阳门内待战。

时朝士多遣家人入东避难,唯左卫将军刘超独迁妻孥入居宫内,以安上心。成帝大惊,急诏卞壶大纵诸军出战。壶忙集诸军,出西陵与峻交战,壶兵大败,峻兵攻青溪栅,壶又拒击之。峻因风纵火,烧台省诸营皆尽。卞壶背痈新愈,疮犹未合,听诏即起出军拒战,至是力疾苦战,与峻交锋,斗上十合,背上疮发而死。其二子卞眕①、卞盱闻父战死,领部从赴敌交战亦死。眕母裴氏使人寻还三尸,抚尸哭曰:"父为忠臣,子为孝子,夫何恨乎!"当征士翟阳闻之,叹曰:"父死于君,子死于父,忠孝之道,萃于一门。"

> 苏峻奸臣乱建康,唯有卞壶是忠良。
> 单身为国为民死,二子俱同忠孝亡。
> 英名烈烈扬中国,赤胆乾乾烛上苍。
> 可怜一家殉主难,教人怎不泪汪汪。

时苏峻既害卞壶父子,引兵杀入城来。庾亮见峻兵混杀入城,急令军士排开待战,未及成列,士众见峻兵势大,皆弃戈溃走。亮见军士逃散,料不能敌,乃引腹心数百人奔走浔阳。将行,顾谓侍中钟雅曰:"吾之此去,后事深以相委。"雅曰:"栋折榱②崩,谁之咎也!"亮曰:"今日之事,不容复言。卿当期克复之效耳!"雅曰:"想足下不愧荀林父③耳!"言讫,亮去。雅入内宫,成帝大惊。左卫将军钟雅与右卫将军刘超尽侍帝左右,有黄门李义欲逃,私谓钟雅曰:"见可而进,知难而退,古之道也。今苏峻入乱,何不随时之宜,与吾同去,而在此坐待其毙也!"雅曰:"国难不能救,君危不能济,若逊遁以求免,吾惧董狐执简而尽矣。"遂不行。时丹阳尹

---

① 眕(zhěn)。
② 榱(cuī)——椽子。
③ 荀林父——春秋晋文公中军主将。

羊曼、黄门侍郎周导、庐江太守陶瞻(乃陶侃之子也),仍力战峻而死。

峻兵入台城,司徒王导谓侍中褚翜①曰:"至尊当御正殿。"翜即入抱成帝登太极前殿,导及光禄大夫陆晔、荀崧、尚书张闿共登御床卫帝。刘超、钟雅及翜皆率百官侍立左右。太常孔愉朝服守宗庙。峻兵既入,叱翜令下。翜呵之曰:"苏冠军来觐至尊,军人岂得侵逼!"于是诸兵不敢上殿,突入后宫,宫人皆见掠夺。驱役百官,裸剥士女。宫有布二十万匹,金银五千斤,钱亿万,绢数万匹,峻尽费之。

苏峻领甲士数百至太极殿前,司徒王导喝曰:"圣上在此,不得无礼!"苏峻与军士同呼万岁。当成帝问曰:"卿兵不候宣调,辄入京师,欲何为也?"峻奏曰:"中书令庾亮为政不均,赏罚不明,苦虐百姓,欲杀小臣。臣今起兵,亦为社稷之计,岂敢叛乱朝廷!"帝:"今庾亮逃不在朝,卿等何不退兵?"峻曰:"臣今入朝,辅政陛下,未曾封爵,故不退兵。"帝曰:"卿欲何授,自择奏请。"峻曰:"司徒王导德望于民,宜先复职。祖约廉能,可为侍中太尉、尚书令。臣为骠骑将军、录尚书事。其余百官守旧爵,独庾亮兄弟不许原例。"于是帝从之。

祖约、苏峻把握朝政,极暴残酷,驱役百官,光禄勋王彬等皆被棰挞,逼令担泥负土登筑蒋山。裸剥士女,皆以坏席苫草自障,坐地以土自覆,以此哀号之声震动内外。弋阳王司马羕先被庾亮废,至是诣峻,称峻功德,峻复以为太宰、西阳王。

却说庾亮被苏峻杀败,无处安身,乃引从人来浔阳,投奔友人温峤。

史说,温峤字太真,性聪敏,有识量,能属文。风仪秀整,善于谈论,见者皆爱悦之。平北大将军刘琨举为参军。元帝初,镇江左,琨诚系王室,遣峤将命。既至引见,帝器而嘉焉。于是江左草创,纲维未举,峤殊以为忧。及见王导共谈,欢然曰:"自有管夷吾,复何虑!"会琨死,除峤为散骑常侍。初,峤奉将命来江左,辞母崔氏。崔氏以老固止之,峤绝裾而离。其后母亡,峤阻乱不获归葬,由是固让不拜,苦请北归葬母。诏不许,峤不得已,乃受命。明帝即位,拜侍中,机密大谋皆所参综,诏命文翰亦悉预焉。咸和初,代应詹为江州刺史、持节都督平南将军,镇武昌,甚有惠政。在镇见王敦画像而曰:"敦大逆,宜加斫棺之戮,受崔杼之刑。古人合棺

---

① 翜(sà)。

而定谥,《春秋》大居正,崇王父之命,未有受戮于天子,而图形于群下。"命削去之。

先,峤与庾亮同为侍讲东宫,因为布衣之交。是时,亮败无处投奔,来浔阳见温峤曰:"苏峻与祖约谋叛,攻陷建康,京师倾覆。吾奉太后明诏,以卿为骠骑将军、开府仪同三司,檄兴义兵共讨逆峻。"峤闻之,号恸曰:"汝今离建康,主上幼弱,倘被贼害,何有所凭?太后虽诏,为今之计,当以灭贼为急。吾未功而先拜,何以示天下?吾未敢当!"言讫,因与庾亮相对悲哭,士人闻之者,莫不流涕。温峤素重亮,亮虽奔败至此,峤愈推奉,分兵给之。

三月,皇太后庾氏因庾亮违众议,生厉阶,及为元帅,兵败身窜,恐祸及族,忧虑而崩。百官举哀葬之,谥曰明穆皇后。苏峻恐诸镇起兵,自率众南屯于湖,深虑后变。

亮峤推侃为盟主

夏四月,温峤将兴兵讨峻,而不知建康声闻。会范汪至,言"二宫无事,而峻政令不一,贪暴纵横,虽强易弱,宜时进讨"。峤深纳之。庾亮辟范汪参护军事。次日,庾亮来推峤为盟主,请兴义兵讨峻。峤不敢当,推及于亮。二人互相推让。当峤从弟温充曰:"今汝二公相推,谁肯为之主盟,恐不敌峻也。吾闻征西大将军陶侃,位重兵强,宜共推之,可济大事。"于是二人皆从之。乃遣督护王愆期至荆州,推奉陶侃为盟主,请其兴兵,同赴国难。王愆期奉命诣荆州入见陶侃,称说:"温平南同庾公推明公为盟主,同讨峻、约之事。"言讫,呈书封。侃观其书曰:

> 峻、约跋扈,欺天谋逆,入乱宫廷,鞭挞百官,贪暴纵横,人不忍言,朝野士民,岂乐其生哉!峤今集兵送马,欲为扫清帝室,恨力不及,未敢轻举。公乃仁者,忠义慨然,素为江左士望,请为盟主,望乞兴兵,同赴国难,兵讨不义。如有驱使,即当奉行。

侃见书,犹以先帝不预顾命为恨,答王愆期曰:"你见温平南,说吾疆场外将,不敢越局以兴大兵。"愆期领其言语,回报温峤,称说陶侃不肯兴兵之事。庾亮听之曰:"今主上有燃眉之急,社稷有倒悬之忧,彼不肯为,吾与卿当自兴兵,不然幼主何安耶?"峤曰:"既如此,吾一面使人起请兴兵,吾与公先行。"乃又吩咐使人去见陶侃曰:"仁公且守,仆当先下。"使人得其语,行二日,参军毛宝闻之,入见峤曰:"闻公使诣陶侃,称自先行,大不可也。师克在和,不宜异同。假令可疑,犹当外示不觉,公可急遣人追使改书,言必俱进。若不及,则更遣使可也。"峤始遣人星夜追回先使,改书称与俱进。于是侃得催书,遣督护龚登率兵一万诣峤。峤自率众七千人,与庾亮、龚登等起行。先使人列上尚书,陈峻、约罪状,移告征镇,共发讨峻。峤既登舟,泣涕谕众欲行,陶侃使人追龚登引众还镇,峤苦留之,又使王愆期去与侃书曰:

> 行军有进而无退,可增而不可减。近已移檄远近,言于盟府,唯须仁公军至,便齐进耳!今乃返退还,疑惑远近,成败之由,将在于此。假令此州不守,则荆楚将来之危,乃当甚于此州之今日。仁公进当为大晋之忠臣,参桓、文之业;退当以慈父之情,雪爱子之痛。且峻、约无道,人皆切齿。今之进讨,如石投卵,若复召兵还,是为败于几成。而或者遂谓仁公缓于讨贼,虽悔难追,愿深察之。

侃得书犹豫,愆期上言曰:"峻,豺狼也,如得遂志,公宁有容身之地耶!依吾之言,明公火速自行,则诸镇同赴,大功可成!"于是侃感悟,即戎服登舟,起兵而行。时侃子瞻,因与峻战死,家人收骸敛棺送还荆州,是日至荆州,侃遂不顾,兼道而进。

郗鉴王舒赴国难

史说,郗鉴字道徽,高平人。少孤贫,博览经籍,躬耕陇亩,吟咏不倦,以儒雅著名。初,鉴值永嘉之乱,在乡里,贫甚饥馁。乡人黄长者以鉴名德,传请供饴之。时兄子迈、外甥周翼并小,鉴常携之就食。黄长者曰:"今各自饥馑,吾以君贤,欲供相济耳,恐不能兼有所存。"于是鉴后独往食,食讫,以饭著两颊边还家,吐与二儿食,因此养得二人复存。后同过江,迈位至护军,翼位至剡县令。

鉴投事元帝,帝以为广陵太守。其时,鉴任广陵,城孤粮少,逼近胡寇,人无固志,俱各散心。忽得檄书至,即流涕谓众曰:"今主上幼小,被苏贼叛逆,污乱朝廷。吾欲起兵,以死报国,汝等尽忠,同赴国难,不得推延。"于是将士争奋向前。因是遣将军夏侯长等间行谓峤曰:"或闻贼欲挟天子,东入会稽,当先立营垒,屯据要害,既防其越逸,又断贼粮,然后清野坚壁以待贼。贼攻城不拔,野无所掠,必自溃矣。"峤闻其计,深以为然。

五月,陶侃自将兵至浔阳。温峤同庾亮商议出兵,当诸将谓峤曰:"陶公此来,必诛庾公以谢天下,然后讨峻。庾公宜且避之。"亮闻其言大惊,欲往别镇,峤止之曰:"不可。公可负荆自责见侃,侃必不伤于公。今若去,反构成怨。"于是亮用峤计出迎,诣侃拜谢。侃惊,止曰:"庾元规乃拜陶士行耶!昔君侯修石头以拟老子,今日反求见耶!"亮引咎自责曰:"主上遗诏托辅,司徒王导及中书令卞壸等,诸大臣亲自所见,岂敢裁除?修筑石头,以防诸有,岂疑于君?若有此,天地不容!"言讫泪下。侃乃释然曰:"前言戏之耳!"因此温峤亦来相见会议。次日,三人遂同起军趣建康,共率兵四万,旌旗七百余里。

峻已知,恐建康不固,乃自姑孰还朝。次日,入内集百官谓曰:"今陶侃起兵,要劫天子,必伤百姓。今建康兵甲未精,城郭不固,难以坚持,不如暂徙石头,候太平还都。"王导出曰:"建康虽则兵城未备,乃兴王之所。况太庙诸陵在迩,岂可一旦离之!石头虽固,宫省台司全无可居,甚不可移!"苏峻要徙,王导固争不从。峻曰:"吾意已决,逆令者斩!"于是百官不敢吐声,成帝哀泣从之。次日,峻备车请帝升车。时大雨泥泞,刘超、钟雅步侍左右,峻给马与之,二人皆不肯乘,而悲哀慷慨,峻心恶之。帝与群臣既至石头,峻以仓屋为帝宫室,与成帝居之。峻党日肆丑言,当超、雅与荀崧、华桓、卞潭等常侍,不离帝侧。时饥馑米贵,峻问遗,超一无所受。缱绻朝夕,臣节愈恭,虽居忧厄之中,犹启成帝,授《孝经》、《论语》。

王导见峻逆众而劫上迁都,乃密令张闿①以太后诏谕三吴,使起义兵,会稽内史王舒得太后诏,使督护庾冰将兵一万西渡浙江,前来讨峻。于是吴兴太守虞潭、吴国内史蔡谟、义兴太守顾众等,皆起兵应之。虞潭母孙氏性聪敏,识鉴过人,闻各处起兵讨峻,乃谓潭曰:"主上受困于石

---

① 闿(kǎi)。

头,汝当舍生取义,勿以吾老为虑,火速起兵讨峻。"言讫,乃尽遣家僮从军,鬻①其环珮以给军费。苏峻闻之大惊,忙遣部将管商等,引兵五千拒之。

侃峤会兵讨苏峻

时侃、峤军至茄子浦,峤以南兵习水,峻兵便步,传令:"军中将士不许上岸,有逆者死!"时苏峻遣人送米一万斛馈祖约,峤参军毛宝闻之,乃告其众曰:"兵法,'军令有所不从',温公虽令将兵无得上岸,人有送米与祖约拒吾,又无大将护卫,岂可视其可击而不上岸击之耶!"言讫,乃引兵大喊上岸,往袭取之。峻送米军人见宝兵至,乃尽掷轻重粮食而逃,宝获之以济二军。祖约由是饥乏。温峤录宝之功,遣人表毛宝为庐江太守。陶侃亦遣人表王舒、虞潭监浙东西军事,郗鉴都督扬州八郡军事,朝廷从之。于是郗鉴遂率众渡江,与侃、峤等会,舟师直诣石头。

苏峻望侃、峤、亮、鉴等兵大至,面有惧色。乃令其弟苏逸守城,自执兵五万出城屯住,以为犄角②。陶侃既大集各路军马皆至石头,侃部将李相请筑白石垒,使人上岸守之。于是侃传令三军筑垒于白石,使庾亮将军一万守之。苏峻屡遣将攻白石垒,不克而退。峻心下大忧,急集诸将士商议。当参军匡孝曰:"今侃筑白石垒,甚得其宜,进能攻我,退可为居。虽得其计,然白石南寨其将赵胤守其寨,势孤,易为克之。今夜我引一军,抄小路去袭寨后,明公可使公子硕以兵攻其前,两下夹击,胤便成禽矣。若克南小寨垒,白石易破耳。"峻然之。至夜,匡孝率三千士卒,抄小路而去。峻使其子硕率五千人,去攻其寨前。硕兵至半夜,鼓噪直进,胤慌忙披挂上马,正遇苏硕,两马相斗,不到数合,寨后匡孝军已至,大放火。赵胤军人四下乱窜,拨马回走四十里,喊声不绝。众军相杀,只有祖茂跟定王舒骑突围而走。背后匡孝赶来,胤勒马又战十余合,胤连放两箭,被匡孝躲过,尽力放第三箭,力气太猛,折了箭与弓,弃弓纵马,穿林而走。去

---

① 鬻(yù)——卖。
② 以为犄(jī)角——指分兵驻扎,以成策应之势。

侃峤会兵讨苏峻

远,匡孝始放火烧其营寨,苏硕鸣金收军而还。苏峻大喜,重赏二人。

温峤见南寨有失,救之未及,于是使王愆期领战船一百、军五千人出战,峻使匡孝来迎,与愆期交战。战上二十余合,愆期大败,损去战船三十只,折去水军千余人。

赵胤等失南寨,到晚来见陶侃,侃甚忧之。侃将孔坦曰:"本不须召郗公,遂使东门无限,今宜遣还京口,虽晚犹胜也。"侃然之,乃令郗鉴率部下还据京口,立大业、曲阿、陵亭三垒,以分峻兵势,鉴从其计。苏峻果疑之,分兵去攻三垒,又使人持书命祖约攻之。祖约得书,遣祖涣、桓抚率七千兵袭湓口。涣、抚兵卒至,毛宝急令民兵共三千人,与涣、抚交战。毛宝中矢出血,流髀①彻鞍,宝忍痛,急使人蹋鞍拔箭,血流满靴,又复出战,勇敢当先。于是士卒尽力一击,涣、抚大败走还。毛宝追数十里,杀伤其众五千余人,方始收军还屯。

史说,王育字伯春,少孤贫,每过小学,必歔欷流涕。尝为人牧羊,时有暇,即折蒲学书,忘而失羊,为羊主所责。育将鬻己以偿之。同郡许子章,敏达之士也,闻而嘉之,以钱代育偿羊,给其衣食,使与子同学,遂博通经史。子章以兄之女妻之,为立别宅,分之资业。因是本州太守杜宣命为主簿。俄而杜宣左迁万年令,有杜令王攸过诣宣邑,宣不迎之,攸见怒曰:"卿往为二千石,吾所敬也。今吾侪耳,何故不见出迎?欲以小雀遇我,使我畏死鹞乎!"王育在边,执刀叱攸曰:"我府君以非罪黜降,如日月之蚀耳,小县令敢轻辱吾君乎!"以刀欲前杀之。杜宣惧,跪下抱育,乃止。自此知名。后迁为武阳令。为政清约,宿盗逃奔他郡。又迁并州督护,后征讨有功,朝廷复以为破虏将军。闻知苏峻作逆,温峤奉檄起兵,王育遂率所部兵五千人,来会温峤等讨峻,峤以为前锋。

却说苏峻使韩晃率兵攻宣城,内史桓彝闻之,以军进屯泾县,方知京城不守,被峻所破,心中烦恼,朝夕忧国。时长史裨惠劝桓彝曰:"苏峻势大,朝廷莫能制之,今吾孤军在此,焉能拒战?不如使君遣人以书伪与通和,以纾交至之祸,可保军民耳!"彝曰:"吾受国恩,义在致死,焉能忍垢蒙羞与苏贼相通!如其不济,此乃命也。"言讫,即遣副将军俞纵以兵三千出屯兰石,以拒峻军。时韩晃以兵五千来追桓彝,兵至兰石,正遇俞纵

---

① 髀(bì)——大腿。

军至，两军大喊，二将交锋，战上二十余合，俞纵大败，退守兰石，不敢出战。晃军不知地理，亦未敢前。当俞纵左右劝纵曰："今韩晃之兵十分精锐，与战不胜，不如退回宣城，另作良图。"纵以刀砍案曰："吾受桓侯大恩，本以死报。吾之不可负桓侯，犹桓侯之不可负国也。若有再言退兵，定按军法！"言讫，即出驱兵出战，纵亲与韩晃力战五十余合，纵力怯，被韩晃斩于马下。晃挥军大进，来攻宣城。彝调兵守护城池，并不出战，与晃相持卒岁，粮尽城中自乱。韩晃探知城内备细，大驱人马攻城，城陷，桓彝被晃所害。彝妻刘氏，次子温、冲五人逃走外家，得免其难。晃既克宣城，使人戍之，自以兵还归石头。

七月，却说祖约部下诸将，阴与后赵通谋，许为内应。后赵王勒遣将军石聪引兵二万人济淮，攻寿春。祖约闻知，急勒兵众回战，大溃。于是祖约领家属，奔走历阳。

石虎率众击前赵

八月，后赵王勒遣石虎率众四万击赵。石虎军至蒲坂，赵王曜闻知，自为将，领十万余人来迎。石虎大惧而退，曜催军追及，与虎交战，大破之，斩其将石瞻，横尸二百余里。虎奔朝歌，曜以众回攻石生于金墉，石生坚闭固守，不出与战，使人回国，取兵来救。使人去了。曜见生不出，计令诸军决千金堨①，引水而灌之，于是荥阳、野王诸城皆降，襄国大震。

侃峤诛峻于石头

九月，却说苏峻腹心路永、贾宁二人，劝峻尽诛朝中诸大臣，更树腹心，而峻雅敬司徒王导，故不许之。于是永、宁二人以峻不听其计，更贰于峻，及有离峻之心。王导窃知之，使袁耽诱永、宁曰："卿二人忠事苏公，苏公无重于卿，故卿虽进忠言，反见逆耳！今天下兵集，岂能拒之，不久必

---

① 堨（jié）。

败。卿为其党,将安归乎?依吾虑见,不若早投西军,则身安而家可保也!"永、宁二人默然。至晚,皆奔白石西军而降,温峤受之。峤与峻久相持不决,而峤军食尽,见贷于陶侃,侃怒曰:"若屡战失机,粮草又尽,焉可以决胜负?吾虽有粮草,留应自军,若少,更假于谁?君既食尽,暂且罢兵,吾自西归,任君何如。"峤曰:"凡师克在和,古之善教也。光武之济昆阳,曹公之拔官渡,以寡敌众,仗义故也。峻、约小竖,凶逆滔天,何忧不灭!仁公奈何舍垂立之功,设进退之计乎!且天子幽逼,社稷危殆,乃臣子肝脑涂地之日。峤与公尽受国恩,事若克济,则臣主俱存;如其不捷,当隳身以报先帝耳!今之事势,义无旋踵①,譬骑虎,安可中下哉!公若违众西返,人心必沮,沮众必败事,义旗将回指于公矣。"毛宝亦说侃曰:"军政有进无退,非直整齐三军,示众必死而已,亦谓退无所据,终至灭亡。可试与宝兵断贼资粮,若不立效,然后公去,人心不恨矣。"侃然其说,委兵五千,遣之去断峻贼粮道。宝既引兵去了,竟陵太守李阳说侃曰:"温公贷粮,仁公执不假与,设若大事不济,仁公虽有粟,安得而食诸!"侃然之,乃分粟五万石,以饷峤军。峤军得食,众心始安。

却说毛宝引兵五千,使人探知峻军粮草,皆聚积句容、姑孰,宝引兵背道追入句容、姑孰等处,放火烧之。于是峻军乏食,侃遂不去。

时苏峻使韩晃领兵二万,急攻大业垒。郗鉴参军曹纳曰:"大业,京口之捍蔽②也,一旦不守,则贼兵至矣。请还广陵,以俟后举。"鉴大怒,会僚佐,责纳,将欲斩之,纳久哀告,众请得释。因然众心固守。鉴使人求救于侃,侃将分兵救大业,长史殷羡曰:"吾兵不习步战,不如急攻石头,峻必抽回其军,则大业自解。"侃从之,于是侃督水军二万攻石头。庾亮、温峤见侃向石头,亦率步兵一万从白石南上,攻峻旱寨。峻见亮、峤步兵南上,自将同匡孝引兵二万来迎。时侃将赵胤当先掩至,峻令匡孝出战。两马相交,未上十合,赵胤败走回阵。峻见匡孝杀败赵胤,言曰:"孝能破贼,我更不如邪!"时峻先未出阵,饮酒大醉,及见孝得胜,乃亲自拍马持刀,将八千人迎战,乘醉突阵,三冲不得入,忙跑马趋至白木陂,马蹶,被侃牙门将军彭世、李千等见着,率步兵三千追及,斩之。众军皆称万岁,余众

---

① 义无旋踵——义无反顾。
② 捍(hàn)蔽——屏障。

大溃。世、千等既斩苏峻,碎割之,以焚其骨。世、千持首级来见陶侃,侃令号令军门。

峻既死,其部下司马任让等立峻弟苏逸为主,听其自守。峻虽已死,其众犹强,温峤乃创建行台,广设坛场,布告远近,凡故吏二千石以下,皆令赴台告祭皇天、后土及武帝之灵,以期三军要得石头,于是至者云集。峤与侃、亮等祭讫,声气激扬,流涕回复,情动三军,皆欷歔愿以死战。

佛图澄起死回生

却说后赵王石勒爱子石斌暴病身死,勒悲涕不息,连日不出宫门。当大臣程遐等入内,见其泣涕,因问曰:"大王何故发悲?"勒曰:"昨日不幸,爱子石斌暴病而死,因此伤恸。"将欲葬之,遐等曰:"近闻有一异人,姓帛氏,名佛图澄,乃天竺人也。少学道,通玄术,今来洛阳。自言百有余岁,常服气自养,能积日不食。善诵神咒,能役使鬼神。佛图澄腹上有一孔,大如酒杯,常以絮塞之,每夜读书,则拔去孔中之絮,则孔中出光,能烛一室如昼。又尝朔望斋时,平旦致流水于腹侧,从腹孔中引出五脏六腑洗之,讫,还内腹中。人人皆说道此人能起死还生。既殿下病死,何不使人召来救之,或可活也。"勒曰:"此人现在何处?"遐曰:"现在城外云游。"勒即使人召至,问曰:"闻卿乃当世神仙,必有奇术,有何妙法,请试一观。"佛图澄曰:"贫僧无法,聊作一戏耳。"言讫,取出钵盂一片,盛水一盏,焚香诵咒。须臾,钵盂内生出青莲花一朵,光色耀目。勒信之,曰:"卿乃活佛耳!昨日爱子石斌暴病身死,将殡葬之。朕闻虢太子死,扁鹊能生之,今此子亡,大和尚能救之乎?"图澄曰:"大王莫忧,能令即生,可抬尸来。"勒即令人抬石斌尸至。澄取杨柳枝沾水洒而咒之,执斌手喝曰:"可起矣!"顷之,斌随手遂苏。因此勒敬重佛图澄,使石斌及宫中诸子拜谢图澄,又命有司起造寺观与图澄居之。及以诸子在澄寺中养之。凡有机事,必咨于澄而后行之。

石勒既得图澄救活石斌,心中大欢喜。次日,出狩近郊,主簿程琅谏曰:"目今禾苗栖亩,农夫甚艰。今大王出狩,人马纷纭,践踏田殖,百姓何堪!况此山谷,崖岩峻漏,恐不吉。"勒不纳,领百官拥行。行至郊谷,忽远见群鹿衔花前过,勒令放猎犬逐之,犬畏不往,乃令左右赶御马去逐之,左右大驱御马,奔得猖狂,触岩而死。勒见大悔,乃曰:"吾不用忠臣言,而有此咎,吾之过也。"乃赐琅朝服,封为关内侯,领众还都。于是朝臣谒见,忠言竞进。

后赵王勒获刘曜

冬十二月,后赵王石勒欲自将兵去救石生、石虎。程遐等谏曰:"大王乃一国之主,不可擅离,宜命将救之。"勒大怒,按剑叱遐等书诏,谓记室参军徐光曰:"庸人之情皆谓刘曜锋不可挡。昔曜为将时带甲十万,攻一城而百日不克,师老卒怠。以我初锐击之,一战而擒也。若洛阳不守,曜必自河以北席卷而来,吾事左矣。卿以为何如?"徐光曰:"刘曜乘高候之势而不能进临襄国,更守金墉,此其无能为。悬军三时,亡攻战之利。以大王威略临之,彼必望旗奔败。今此机会,所谓天授,授而弗应,祸之攸集。平定天下,在今一举矣!"勒笑曰:"光言是吾志也。"勒又问于佛图澄,佛图澄曰:"大军若出,必擒刘曜,何必问也!"

于是勒乃使内外戒严,命石堪等会荥阳,石虎进据石门,勒自统步卒四万,济自大堨。谓徐光曰:"刘曜盛兵于成皋关上,上策也;阻洛水,其次也;坐守洛阳,此成擒耳。"大堨先是流澌①风猛,人皆难渡,及勒军至冰泮②,风停浪息。勒军过毕,流澌大至,狂风亦起。勒乃大喜,以为神灵之助,乃改其地名灵昌津,领兵复行至成皋。勒见赵无守兵,大喜,举手加额曰:"天助吾也!"传令士卒卷甲衔枚,诡道兼行,出于巩、訾之间。

时赵王刘曜专与嬖臣饮博,不抚士卒,左右或谏,曜以为妖言,斩之。俄而洛水侯者与后赵前锋交战,擒羯送之。曜闻之,知勒自来,色变,使摄金墉之围,陈于洛西,众十余万,南北十余里。勒望见曰:"可以贺我矣!"率步骑四万入洛阳,令石虎引步卒一万攻赵中军,石堪以精骑二万击其前锋,勒自将后应。次日,曜见洛阳城内兵出,料必来战,大惊,急使平先领

---

① 澌——解冻时随水流动的冰块。
② 泮——冰融解。

兵二万为前锋，自统大众后应。平先与石堪大战于西阳门，石勒亦自贯甲胄，引兵五千，出闾阖门夹击之。曜闻之，乃自饮酒数斗，率步兵一万至西阳门。两军呐喊交锋。忽山背后一彪军出，门旗两路分开，一队马出，打龙凤日月旗、四斗五方旌旆、金爪银钺、黄钺、白旄，黄罗绡金凉伞盖下石勒浑身金甲，腕悬宝刀，立马阵前，骂曜："弑君逆贼，背主家奴！"曜大怒，挺戟向前来杀石勒，副将李丰挺枪纵马出迎，战不三合，曜伤其手，弃戟而走。曜从少淫酒，末年尤甚，是日交战，又饮酒而出，因此昏醉，大败奔逃，走至石渠，醉堕冰上，被石堪追及执之。当石勒见执了刘曜，乃急下令曰："吾所擒者刘曜耳，今已获之，其余降众，随纵其归命之路。"于是其众尽降。前赵王曜太子刘熙见父被执，乃率百官，领家属余兵，开城门奔走上邽去讫。勒鸣金收军，将刘曜监归襄国，使严兵围守。勒使刘曜与其太子刘熙书，谕其来降。曜不听，但敕熙与诸大臣匡维社稷，勿以吾易意。勒大怒，乃命左右杀之。

己丑，四年（赵光初十二年，后赵太和二年。是岁，赵亡，大一小二，凡三僭国），正月，先苏峻反时，逼居民聚之后苑，使其将匡术守之。至是光禄大夫陆晔及弟玩说术，以苑城附于西军，百官皆赴。钟雅谋奉帝出赴西军，事泄，苏逸使任让将兵入宫，收刘超、钟雅。成帝抱持悲泣曰："还我侍中、右卫！"让夺而杀之。因此帝不能出。

却说祖约闻峻已死，备据历阳。温峤使冠军将军赵胤率一万众，攻拔历阳，约势穷，乃走奔后赵，降于石勒。

却说赵刘曜已死，其太子刘熙恐勒再至，乃与南阳王胤商议，走保泰州。当尚书胡勋曰："今虽丧君，境土尚完，将士不叛，当并力拒之，不能拒，走未晚也。"胤以胡勋为阻众谋，激太子斩之。遂领百官奔上邽，关中大乱。右卫将军蒋英拥众十万据长安，遣使降于后赵王勒，勒使石生率众赴之。

诸军讨苏逸诛之

二月，陶侃、温峤、庾亮、郗鉴等诸军攻石头，连三日不下。建威长史滕含募健卒五千人，在城中东击苏逸，与任让交战。让大败，其众自溃。

含兵获苏逸及韩晃,斩之。大开城门,引诸军入城。含引将士入保后妃、公卿百官。含步将曹据抱成帝奔温峤船,请侃、亮、鉴等以兵卫之。成帝既登温峤舟,侃、亮诸大臣皆顿首号泣,请罪曰:"臣等不能早发义兵,使陛下为贼所困。"帝泣曰:"若非卿等尽忠,朕安得复见今日。"言讫,君臣皆喜。时滕含执任让及西阳王羕至,帝命杀之。陶侃与任让有旧,为请其死。成帝曰:"是杀吾侍中刘、钟右卫者,不可赦也。"于是乃杀之。司徒王导等请成帝入城。百官随。王导既接帝入城,令取故节,陶侃笑曰:"苏武节似不如是。"导有惭色,心甚不悦。

即日,成帝与百官还建康,时宫阙被峻烧为灰烬,帝以建平园为宫。当温峤谓群臣曰:"今宫阙为峻贼烧为灰烬,若将营造,民皆贫乏,库无余积,国以不足。吾欲奉銮驾西迁都于豫章,公等以为何如?"三吴之豪皆请都于会稽。司徒王导出曰:"夫建康古之金陵,旧为帝里。孙仲谋、刘玄德俱言'王者之宅'。古之帝王不必以丰俭移都,苟务本节用,何忧雕弊!若农事不修,则乐土为墟矣。且北寇游魂,伺我之隙,一旦示弱,窜于蛮越,求之望实,惧非良计。今宜镇之以静,群情自安。"群臣皆曰:"司徒见者是也。"由是不复徙都,而以褚翜为丹阳尹。翜收集散亡,京邑遂安。

三月,成帝宴会群臣,论平苏峻功,以陶侃为太尉,郗鉴为司空,温峤为骠骑将军、开府仪同三司,庾亮为豫州刺史,侃、鉴、峤以下封拜有差。谥卞壶曰忠贞,其二子眕、盱及桓彝、刘超、钟雅、羊曼、陶瞻,皆加赠谥。又以滕含为襄阳太守。路永、匡休、贾宁皆峻党,先归朝廷,司徒王导奏欲赏永。峤曰:"不可。永等首为乱阶,晚虽悔悟,未足赎罪,得全首领,为幸多矣!"于是乃止。

侃以江陵偏远,移镇巴陵,朝廷从之。时温峤欲还江陵,群臣朝议留峤辅政,峤以王导先帝所任,固辞之,又以京邑荒残,留资蓄,具器用,而后还藩。庾亮顿首谢罪,欲阖门投窜山海,成帝以手诏谕曰:"此社稷之难,非舅之责也。"因是亮入内奏曰:"前臣误及国难,今幸复平,而不臣罪。臣愿出镇武昌,抚其士民,积草聚粮,以伺北征,当前驱效死,以报今日。"成帝从之。于是亮领豫州刺史,出镇武昌。亮出朝,陶侃谓曰:"公与侃戮力破贼,同起共功,何故辞之?夫赏罚黜陟①,国之大信,公何独为矫

———
① 黜陟(zhì)——罢免升迁。

然?"亮曰:"此功乃元率指挥,武臣效命,亮何功之有!因然愿出一方耳。"于是亮出镇武昌,拜殷浩为参军。

史说,殷浩字深源,陈郡长平人。浩识度清远,善于谈论,人或问曰:"将莅①官而梦棺尸,将得财而梦粪土,何也?"浩曰:"官本臭腐,故将莅官而梦尸。钱本粪土,故将得财而梦秽。"时人以为名言。年四十,府辟皆不就,屏居墓所,将十年余,时人拟之管葛②。长山令王濛、江夏相谢尚犹伺其出处,以卜江左兴亡之事。因相与省之,知浩有确然之志。既返,相谓曰:"深源不起,当如苍生何!"是时亮知其名,召至,当浩见亮所乘的驴马,告亮曰:"使君所乘之马,乃的卢也,不利于主,可卖之耳。"亮曰:"岂有己之不安,而移之于人,大不义耳!吾不为也。"浩惭,退之而不出。

时庾亮染病,闻戴洋善风角卜候,乃使人召至而问曰:"吾初镇武昌,闻卿善于风角,敬召卿至,以卜吉凶,切莫隐谜,幸直言之。"洋曰:"武昌土地,有山无林,政可图始,不可居终。山作八字,数不及九。昔吴用壬寅来上,创立宫城,至己酉,还下秣陵。陶公亦涉八年。土地盛衰有数,人心去就有期,不可移也。公宜更择吉处,武昌不宜久住。"亮曰:"卿言极甚有理,吾今疾作,代吾卜之。"洋观风讫,便道曰:"昔苏峻乱时,公于白石祠中祈福,许赛其牛,愿至今未解,故为此鬼所考,宜急还之。"亮曰:"君是神人也,其愿果有,未曾酬之。"言讫,使人以牛酒去白石祠中解愿,解后,亮病果瘥,更敬重于洋矣。

却说初侃之讨峻也,独湘中刺史卞敦拥兵不赴,又不给军粮。侃奏曰:"请槛车收赴廷尉。"司徒导曰:"丧乱之后,宜加宽宥。"乃以敦为广州刺史。敦自知过,乃忧愧而卒。

时库藏空竭,无有支给,只存练③帛三千端。导命将数匹鬻之,民皆不售。导因计谓百官曰:"今库藏空乏,无有支给,只存练帛三千端。吾使人出鬻,民皆不愿,来日诸贤俱各要制练帛单衣着之,则练必有人增倍而买。"于是百官朝贤即散,各归家做练帛单衣而着。因此士庶看见,翕

---

① 莅(lì)——到。

② 管葛——管仲、诸葛亮,皆古之名相。

③ 练(shū)。

然①竞买服之。练遂踊贵。导使人将库内练帛三千端出卖,每一端卖得金五两,共卖一万五千两,易银八万余两,以充国用,而修葺宫殿始完。

四月,始安公峤既受江州刺史之职,领军还藩,行至牛渚矶,自登舟行,令军人践水过去,左右禀曰:"其下多怪异,水深不可测,人难以渡。"峤不信,遂毁犀角而照之,须臾见水族覆火,现奇形异状,有乘马车着赤衣者而过。峤见,遂令军人讨舟而渡。其夜,梦一人谓己曰:"与君幽明道别,则何意相照也?"醒觉齿痛,心甚恶之,因拔其齿,而中风,至江州一旬而死。江州士庶闻之,莫不相顾而泣。峤卒时,年四十二,朝廷谥曰忠武。

峤既卒,王导奏以刘胤为江州刺史,胤乃峤军师也。侃、鉴出曰:"刘胤恐非方伯才,不若易之。"导不从。其子悦谓父导曰:"自江陵至于建康,三千余里,流民万余,布在江州。江州,国之南藩,要害之地,而胤以忲侈②之性,卧而对之,不有外变,必有内患矣。"导不听。

八月,赵南阳王刘胤闻石生入据长安,乃自率众十万,自上邽至长安,陇东戎、夏皆应之。胤众至长安,石生撄城自守。石虎闻之,领步骑二万来救,与刘胤交战。胤大败,被虎大破之,乘胜追击,枕尸千里。虎追至上邽,上邽军民皆弃城,大溃。虎遂入城,执赵太子刘熙,及南阳王刘胤等三千余人,皆杀之,徙其台省文武、关东流民、秦雍大族于襄国,秦、陇悉平。蒲洪、姚弋仲俱降于虎,虎表洪监六夷军事,弋仲为六夷左都督。徙氐、夷十五万落于司、冀州。前赵王曜在位十年而败,自汉元海至曜三世共二十载,没于后赵。

十二月,却说晋刘胤既领江州刺史,矜豪纵酒,不恤政事。时郭默被征为右军将军,求资于胤,胤不与。会有司奏:"朝廷空竭,百官无禄,惟资江州运漕,而胤商旅继路,以私废公。"于是成帝诏免胤官。胤方自申理,默诬胤大逆,领部众袭斩之,遣使传首京师。招引谯国内史桓宣为党,宣固守不从。

却说初,代王郁律被贺傉所害,其长子拓跋翳槐出奔别部,招集勇士数万,至是来取大位。代王纥那闻知,乃出奔宇文部去。百官复迎翳槐,立为代王,以统朔方。兵威复振,诸部来应之。

---

① 翕(xī)然——言行一致,这里当作踊跃讲。
② 忲(tài)侈——奢侈。

陶侃兴兵讨郭默

庚寅,五年(赵建平元年),正月,时郭默使人传刘胤首至建康。王导明知郭默诬害刘胤,而以默骁勇难制,乃枭胤首于大航,以默为江州刺史。陶侃闻知,投袂起曰:"此必诈也。"即自将兵讨之。上表言罪状,日与司徒导书曰:"默杀方州,即用为方州;害宰相,便为宰相乎?"导乃收胤首,答侃书曰:"默据上流之势,加以船舰成资,故包容以伺足下,岂非遵养时晦以定大事者耶!"侃得书叹曰:"是乃遵养时贼也!"侃兵至江州,默部下将缚默以降,侃命斩之,收兵还镇。

二月,后赵群臣请勒即皇帝位。勒乃称大赵天王,行皇帝事;立妃刘氏为王后,世子弘为太子,子宏为大单于;中山公虎为太尉,晋爵为王。虎怒,私谓其子邃曰:"吾躬当矢石,二十余年以成大赵之业,大单于当以授我。乃与黄吻婢儿,念之令人气塞,不能寝食,待主上晏驾后,不足复留种也。"

赵诛祖约夷其族

却说祖约被赵胤攻陷历阳,无处安身,乃奔襄国降于赵王勒,勒容纳之。时仆射程遐言于勒曰:"天下初定,当显明逆顺,故汉高祖赦季布①,斩丁公②,以正律法。今祖约犹存,臣窃惑之。"姚弋仲上书亦以为言。勒始命族诛。

初,祖逖有胡奴曰王安,甚爱之。在雍丘,逖谓安曰:"石勒是汝种类,汝宜奔之,必有荣显。"于是厚资遣之,王安出奔,仕后赵为左卫将军。至是诛约,安叹曰:"岂可使祖士稚无后乎?"乃往观刑,窃取逖庶子道重匿之,养大成人,后及石氏亡,复归江南。

---

① 季布——项羽手下大将,刘邦灭项羽之后,赦季布,召拜为郎中。
② 丁公——季布之母弟,项羽手下大将,后被刘邦处斩。

五月,朝廷诏太尉陶侃兼督江州,侃遂移镇武昌。六月,张骏因前赵之亡,复收河南地,至于狄道,立五屯护军,与赵分境。赵王勒遣使拜骏为凉州牧,骏不受命。后赵王勒大怒,遣徐光以兵攻破休屠王羌,骏始惧,乃使人称臣入贡。

九月,赵群臣又劝勒始称皇帝尊号,大宴群臣。宴讫,郭敬率兵五万去寇襄阳。南中郎将周抚率众拒之,敬退兵屯于樊城。计令偃藏旗帜,寂若无人,见侦者则告之曰:"汝宜自爱坚守,后七八日,大骑将至,相禁不复得走矣。"使人浴马于津,周而复始,昼夜不绝。侦者还告抚,以为赵自兵大至,抚惧,奔许昌,敬遂得入,毁襄阳,迁其民于沔北,城樊城以戍之。朝廷闻之,抚坐免官。

辛卯,六年(赵建平二年),三月,赵王勒令公卿以下岁举贤良、方正,仍令举人更得相荐引,以广求贤之路。又起明堂、辟雍、灵台于襄国城西。

九月,初,赵王勒如①邺,将营新宫,廷尉续咸苦谏不可。勒大怒,敕御史冯翥执咸去斩。中书令徐光曰:"咸言不可用,亦当容之,奈何一旦以直言斩列卿乎!"勒回怒作喜而叹曰:"为人君不得自专如是!岂不识此言之忠乎?向戏之耳。匹夫家资满百匹,尚欲市别宅,况富有天下万乘之尊乎!此宫终当营之,且敕停作,以成吾直臣之气也。"因赐咸绢百匹,至是复营邺宫,以洛阳为南都,置行台。闻参军樊坦清贫有才,用擢授章武内史,坦入辞,勒见坦衣冠弊坏,大惊曰:"樊参军何贫之甚耶?"坦唯诚朴,率然而对曰:"顷被羯贼,资财荡尽。"勒知其敦笃,不之怪也,乃笑曰:"羯贼乃尔暴掠耶?今当相赏耳!"坦知语失,大惧,叩头泣谢。勒曰:"孤律自防俗士,不关卿辈老书生也。"反赐车马、衣服、钱三百万,以励贪俗。

冬,成帝蒸祭于太庙,诏归胙②于司徒导,且命无拜,导辞疾不敢当。初,帝即位冲幼,每见导必拜,与导手诏则云"惶恐言",中书作诏则曰:"敬问。"有司议:"元会日,帝应敬导否?"博士郭熙曰:"为礼,无拜臣之文。"侍中冯怀曰:"为天子,临辟雍,拜三老,况先帝师傅,谓宜尽敬。"侍中荀奕曰:"三朝之首,宜明君臣之礼。他日小会,自可尽礼。"诏从之。

却说慕容廆僚属会议,共表进廆官爵。参军韩恒驳曰:"立功者患信

---

① 如——到,往。
② 胙(zuò)——古代祭祀时供的肉。

义不著,不患名位不高。宜缮甲兵,除凶逆,功成之后,九锡自至。比于邀君以求宠,不亦荣乎!"庾不听。于是遣使与陶侃笺,劝以兴兵北伐,共清中原。而东夷校尉封抽等疏上侃府,请封庾为燕王。侃复回书曰:

夫功成晋爵,古之成规也。车骑虽未能为国摧勒,然忠义竭诚。今誊笺上听,可不迟速,断在天台也。

石勒自问古何主

七年(赵建平三年),赵王勒大飨群臣及高句丽、宇文屋孤使,酒至酣,谓徐光曰:"朕方自古帝王何等主也?"光对曰:"陛下英勇,筹略迈于汉高,雄艺卓荦超于魏祖。自三王以来,无可比也!其轩辕之亚乎。"勒笑曰:"人岂不自知,卿言亦太过。若遇汉高祖,当北面而事之,与韩、彭竞鞭而争先耳!若遇光武,当并驱于中原,未知鹿死谁手。大丈夫行事,宜磊磊落落,如日月皎然,终不效曹孟德、司马仲达,欺人孤儿、寡妇,以取天下也。朕在二刘之间耳。轩辕岂所拟乎!"言未毕,群臣顿首呼万岁,曰:"陛下神武,虽二刘不及也。"勒虽不学,然常使儒生读史书而听之,每以其意论古帝王善恶。尝使人读《汉书》,至闻郦食其劝立六国后,大惊曰:"此法当失,何得遂成天下?"至闻留侯谏止,乃曰:"赖有此耳。"

却说赵太子石弘好属文,亲敬儒生。勒谓中书令徐光曰:"大雅愔愔①,殊不似将家子。"大雅,弘之字也。光曰:"汉祖以马上取天下,孝文以玄默守之,圣人之后,必有胜残去杀者,天之道也。"勒甚悦,光因说曰:"中山王虎雄暴多诈,陛下一旦不讳,臣恐社稷非太子所有也。宜渐夺其权,使太子早参朝政。"程遐亦曰:"中山王勇悍残忍,威震中外,诸子皆典兵权,志愿无极,若不除之,臣见宗庙不血食矣。"勒皆不听。徐光他日承间言曰:"今国家无事,而陛下若有不怡,何也?"勒曰:"吴蜀未平,恐后世不以吾为受命之主。"光曰:"陛下包括二都,平荡八州,帝王之统不在陛下,复当在谁!且陛下不忧腹心之疾,而更忧四肢乎!中山王资性不仁,见利忘义,父子并据权位,而耿耿常有不满之心。近于东宫侍宴,有轻慢

---

① 愔(yīn)愔——形容安静和悦。

太子之色。臣恐陛下万年,亦不可复制也。"勒默然,始命太子省可尚书奏事,以中常侍严震参综可否,唯征伐断斩大事乃奏之。于是震权过于主相,虎之门可设雀罗矣。虎愈怏怏。

却说郭敬既克襄阳,使人戍之。乃引兵南掠江西,太尉陶侃使人探知,谓桓宣曰:"郭敬为寇陷襄阳而掠江西,樊城必虚。卿以一军先拔樊城,敬闻失窠,还救不及,敬众必溃,然后乘胜而击之,可复襄阳也。"桓宣然之。于是侃乃遣中郎将桓宣率众一万,乘虚去攻樊城。宣得命引一万兵诣樊城,果无备,遂攻拔其城,悉俘其众。郭敬闻知,抽兵回救不及,城已破矣。敬遂挑战,宣即领所部人马出迎。两军会战涅水之上,敬众自溃,被宣大破之。敬惧遁而去,宣乘胜复拔襄阳而守之。

宣使人持书报侃,侃复命桓宣镇之。宣招怀初附,简刑罚,略威仪,劝课农桑,或载钼耒于轺轩①,亲率民耘获。在襄阳十余年,赵再攻之,宣以寡弱拒守,赵不能攻而去。时人以为亚于祖逖、周访。

却说赵凉州牧张骏僚佐皆劝骏称凉王,置百官。骏曰:"要待朝廷之命,此非人臣所宜言也。敢言此者,罪不数赦!"然境内皆称之为凉王。骏乃立重华为世子。

癸巳,八年(赵建平四年),春、赵王勒遣使来修好,成帝大怒,诏焚币②,使人被辱而还。

五月,辽东公慕容廆病危,召其子慕容皝等至榻前,谓曰:"吾今疾重不可复事,听吾嘱咐:狱者,人命之所悬也,不可以不慎。贤人君子,国家之基,不可以不敬。稼穑者,国之本也,不可以不急。酒色便佞,乱德之基也,不可以不戒。吾死之后,休忘其告。"言讫而死。百僚举哀,葬讫,乃立慕容皝为辽东公。史说,慕容皝字元真,廆之第三子也。龙颜版齿,雄毅多权略,尚经学,善天文。廆既卒,而嗣其位焉。

却说赵王勒正服于东堂,召百官问曰:"朕昨收得西河郡守表章,大雹起西河介山,大如鸡子,平地深三尺,洿③下深丈余,行人被打,禽兽死者万余数,不知主甚吉凶?"当侍中徐光对曰:"周、汉、魏、晋皆有之,虽天

---

① 轺(yáo)轩——古时一种轻便的车。
② 币——这里指使者带来的赠礼。
③ 洿(wū)——低池。

地之常事,然明主未始不为变,所以敬天之怒也。去年陛下禁寒食,介子推,帝乡之神也,历代所尊,或者以为未宜替也。然介山左右,晋文之所封也,宜任与百姓奉之。"时黄门郎韦谀①驳上言曰:"按《春秋》,藏冰失道,阴气发泄为雹。自子推以前,雹者复何所致?此自阴阳乖错所为耳。今虽为冰室,惧所藏之冰不在固阴冱寒②之地,多在川池之侧,气泄为雹也。以子推忠贤,令绵、介之间奉之为允,于天下则不通矣。"勒曰:"汝二公所言,亦各有理。"于是使人迁冰室于冱寒之所,令并州复寒食之节。

赵王勒卒太子立

自此赵王勒寝疾,中山王石虎入侍,矫诏,群臣亲戚皆不得入。时秦王石宏、彭城王石堪将兵在外,虎恐其拥兵在外,不能行事,乃计皆召使独还。勒疾小瘳③,见宏,惊曰:"吾使王处藩镇,正备今日。有召王者耶?何在此耶?"虎惧,前奏曰:"秦王思慕陛下,暂还视疾耳,今遣还之。"宏出内,虎仍留之不遣。至是勒疾笃,遗命曰:"大雅兄弟,宜善相保,司马氏,汝曹前车也。中山王宜深思周、霍,勿为将来口实。"勒言讫卒,年六十岁,在位十五年,改元者二:太和、建平。勒未卒时,天静无风,而塔上一铃独鸣,佛图澄谓众曰:"铃音云:国有大丧,不出今年。"至是果应其言。大臣徐光等领百官举哀发丧,将勒灵柩行于东阳山谷,未及安葬。是夜,潜瘗④忽不见,莫知何去,意者以其为神。因是光等复备其仪卫文物,虚葬于高平陵。

却说石虎欺勒已死,乃与子邃谋劫太子弘,使人收程遐、徐光,下廷尉,召其子邃使将兵入宿卫。弘大惧,急让位于虎。虎曰:"汝休辞让,且登其位。汝若不堪重任,天下自有大义,何足预论!"弘乃即位,改元延熙元年。时虎即杀程遐、徐光,自为丞相、魏王、大单于,加九锡。

---

① 谀(xiǎo)。
② 冱(hù)寒——冻寒。
③ 瘳(chōu)——病愈。
④ 瘗(yì)——掩埋。

石虎杀刘后石堪

　　石虎既自为相,以旧臣皆补散任,虎之亲党者皆居要职。勒太后刘氏谓彭城王石堪曰:"先帝甫晏驾未冬,而丞相遽相陵藉如此。将若之何?"堪曰:"宫省之内,无可为者,请奔兖州,举兵诛之。"言讫,辞太后,微服轻骑,以随兵百人袭兖,不克,乃南奔谯城。石虎闻之,遣将军林因率兵五千,追而获之,解还襄国。虎大怒,执太后刘氏并石堪杀之。文武暗嗟,莫敢谁何。太后刘氏有胆略,佐勒建功业,有吕后之风。

　　时石生镇关中,石朗镇洛阳,闻勒死,石虎为变,杀太后及彭城王,各举兵二万讨虎。石生遣使降晋,而蒲洪西附张骏。石虎乃自率兵攻朗,朗与虎交锋,被执斩之。虎乘胜向长安,来攻石生。石生麾下将吏叛,斩生降虎。关中既平,虎遣麻秋领其兵去讨蒲洪,洪惧来降虎,说虎徙关中豪杰及氐羌以实东方。虎从之,徙十余万户于关东。以洪为龙骧将军、流民都督,居枋头;以弋仲为奋武将军、西羌大都督,居渷①头。虎自还,建魏台,如魏武辅汉故事。

　　却说慕容皝初嗣位,用法严峻,国人不安,主簿皇甫真切谏,不听。皝之兄翰、母弟仁,皆有勇略,屡立战功,得士心,有宠于廆。皝忌之,遂有相图之意。翰知,乃与其子出奔段氏。段辽素闻其才,甚爱重之。仁据平郭,皝遣兵去讨,大败而还,于是仁尽有辽东之地。段辽及鲜卑皆应之,皝无奈其何。追思真言,以真为平州别驾。

　　却说段辽得慕容翰,甚爱重之,翰亦倾心吐胆,说皝国中虚实,因是段辽遣其弟段兰与慕容翰,将兵二万共攻柳城。二人领命,引兵起行,来攻柳城。慕容皝闻之,遣慕容汗为将,点军一万来救。与兰兵相遇交战,汗军大败而逃。兰欲乘胜穷追,慕容翰恐遂灭弟国,止之曰:"吾与受命之日,只求此捷。若贪进取败,何以颜面!不若罢之。"兰曰:"此追则汗已成擒矣。卿时虑遂灭弟之国耳。"翰曰:"吾投身相依,无复还理,国之存亡,于我何有?但欲为大国计!"乃命所部欲独还。兰不得已从之,回兵

---

①　渷(shè)。

来见段辽。段辽大喜，重赏二人。

张淳假道通建康

却说张骏欲假道于成，以通表建康，使人求问成主。成主李雄不许，骏乃遣治中从事张淳称藩于成，以假道去建康。雄与百官计议，欲伪许之，将诈使盗覆诸东峡杀淳。计议已定，次日淳入见成主，说称藩假道之事。雄曰："汝主既称藩于吾，任从卿去而返。诚恐有盗覆诸东峡，阻卿不前。"淳闻言，知其有谋，乃谓雄曰："寡君使小臣行无迹之地，通诚于建康者，以陛下嘉尚忠义，能成人之美故也。若欲杀臣，当斩之都市，宣示众曰：'凉州不忘旧德，通使琅邪，主圣臣明，发觉杀之。'如此，则义声远播，天下畏威。今使盗杀之江中，威刑不显，何足以示天下乎！"雄大惊曰："安身此耶，前言戏之耳！"于是罢其计矣。当司隶景骞言于成主曰："张淳壮士，请留仁成。"雄曰："壮士安肯留！且试以卿意观之。"骞谓淳曰："卿体丰大，天热，可且停，遣下吏先往，待凉而行。"淳曰："寡君以皇舆播荡，梓宫未返，生民涂炭，莫之赈救，故遣淳通诚上都。所论事机，非下吏所能传。使下吏可，则淳亦不来矣。虽火山汤海，犹将赴之，岂寒暑之足惮哉！"雄亦谓淳曰："贵主英名盖世，土险兵强，何不称帝，自娱一方？"淳曰："寡君祖考以来，世笃忠贞，以仇耻未雪，枕戈待旦，何自娱之有！"雄甚惭，厚为礼而遣之。淳至半路卒，下吏遂致命于建康。

甲午，九年（赵石弘延熙元年），正月，仇池杨难敌卒，其子杨毅嗣位，遣使称藩于建康，成帝从之。

时二月，张淳下使奉表诣建康，朝见成帝，及奏淳之假道，与途卒之事。成帝叹息不已，重赏下使，复以张骏为大将军，命使之国。自是，使者每岁往来建康。

六月，太尉、长沙公陶侃卒。侃晚年深以满盈自惧，不预朝权，屡欲告老归国，佐使等苦留之。至是疾笃，上表逊位。奉送所假节、麾、幢、曲盖、侍中貂蝉、太尉章、八州刺史印传、棨戟，军资、器仗、牛马、舟船，皆有定簿，封印仓库，自加管钥。以后事付右司马王愆期，舆车就船，将归长沙，顾谓愆期曰："老子婆娑，正坐诸君！"及薨，谥曰桓。侃在军四十一年，明毅善断,识察纤密,人不能欺。自南陵迄于白帝,数千里中,路不拾遗。尚书梅陶尝谓人曰:"陶公机神明鉴似魏武,忠顺勤劳似孔明,陆抗诸人不能及也。"谢安每言:"陶公虽用法,而尤得法外意。"安,鲲之从子也。

成主卒李班即位

却说成主李雄生疡①于头,身素多金创,及病,旧痕皆脓溃,诸子恶而远之。独太子班昼夜侍侧,不脱衣冠,亲为吮脓。雄自料不起,召建宁王寿受遗诏辅政,谓寿曰:"卿乃朕之至亲,国之元忠,今我将归,托汝后事。吾闻传国以嗣,嗣不肖以德。今诸子皆非鼎器,故不立,而立班。班有仁孝,可以为君,卿善事之,勿负朕言。"言讫,又谓班曰:"建宁王忠智有余,卿可举国委之。"言毕而卒。李班治丧讫,居数日,寿等扶班即位,而政事皆委于寿及司徒何点、尚书令王瑰。时班居中行丧礼,一无所预。百官备礼,举哀发丧。

却说李雄在位三十一年,雄性宽厚,简刑约法,时海内大乱,而蜀独无事,百姓多实,闾门不闭。雄尝无事出外行游,忽见丞相杨褒于后持矛驰马过,雄怪问之:"何如做作?"褒对曰:"夫统天下之重,如臣所乘恶马而持矛也,急之则虑自伤,缓之则惧其失,是以马驰而不制也。"雄悟,即还,而不复出。

班既立为后蜀成都王,李雄庶子李越先出屯江阳,闻雄死,乃奔丧至成都,与其弟李期欲谋作乱。成主班弟李玝②窃知,密告于班,劝遣越还江阳,免其在此为患。又以期为梁州刺史,使往镇,庶无内变。成主班以雄未葬,不忍推心待之,而曰:"既二人为谋,卿可待吾领兵五万,出屯涪城,彼必不敢为变。"于是玝领兵出屯于涪。是时,李越谓李期曰:"蜀地,乃吾家天下也。今班嗣立,你有何计将班杀之?我虽居长,愿让位与汝,汝心下何云?"期曰:"吾有此意久矣。明早待班来殡宫朝哭父王,吾与兄领心腹二十余人,各藏利刃,伏而杀之,而后取其大位。其计可么?"越

---

① 疡(yáng)——疮。
② 玝(wǔ)。

曰:"此计虽善,恐百官不服。"期曰:"易耳,只诬班谋弑君父,自夺大位,吾故杀之,谁敢忤耶!"二人计议已定。

次日平旦,越、期二人领心腹二十余人,各藏利刃入殡宫埋伏。不一时,班果至,望灵柩拜哭在地,被李越一刀砍在地下。左右欲持兵器向前,被李期大喝曰:"不得无礼!李班谋弑吾父,速夺大位。吾等受太后诏故杀之,其余人等皆尽赦免。"于是众随宫人各散。李越即出前殿,聚集文武百官,谓曰:"李班欲速得位,谋弑君父,我故杀之。我弟李期有仁有德,可以登基,汝等群臣速行君臣之礼。有不愿者,以班为例!"言讫,扶李期上座,期推让再四,方上龙座。越率群臣山呼万岁。期既即位,改号为玉恒元年。以兄越为相国加大将军,李寿为大都督,皆录尚书事。寿,乃李骧之子也。

却说成帝设朝,遣使加庾亮为征西将军、假节钺,督江、荆、豫、益、梁、雍六州诸军事。亮在武昌得诏旨,受征西将军印绶节钺,重赏使人还都,以殷浩为记室参军,以褚裒为豫章太守,杜乂为丹阳丞。

史说,褚裒字季野,少有简贵之风。昔谯国桓彝因见尝谓之曰:"季野有皮里《春秋》。"言其外无臧否①,而内有褒贬也。时谢安亦推重之,恒曰:"裒虽不言,而四时之气备矣。"初,裒总角谒亮,亮使郭璞筮之。卦成,璞骇然,亮曰:"莫非不祥乎?"璞曰:"此非人臣卦,不知此少年何以得表斯祥?此乃大贵之卦,二十年外,吾言方验。"后其女为康皇后,乃拜侍中、录尚书事,其卦果验。杜乂字弘理,性纯和,美姿容,有盛名于江左。王羲之见而目之曰:"肤若凝脂,眼如点漆,此神仙中人也。"昔桓彝亦曰:"卫玠神清,杜乂形清。"殷浩,乃陈郡长平人,羡之子也。褚裒,阳翟人也。杜乂,桂陵人,预之孙也。此三子皆以识度清远,善谈《老》《易》,擅名江东。而浩尤为风流所宗,故庾亮录用而重之。

石虎弑主自即位

十一月,赵丞相石虎欲篡位,乃集百官于朝堂,谓曰:"孤自受将略以

---

① 臧否(zāng pǐ)——褒贬,评论。

来,南征北讨,东荡西除,百战而有千伤,十死侥幸一生。论吾之勋,足高一时,成大赵之业者,乃我也。若无吾一人,安得至于今日耶!今圣人晏驾,不遗诏立我,而立弱弘,倘外窥兵,谁能当之?吾欲废之,汝诸大臣,其意如何?"其时石弘懦弱,石虎强盛,党多,更兼父子并执大权,群臣皆畏其势,乃对曰:"臣等正欲上请废立,未敢发言。丞相言者,无不可也。"虎见百官听从,乃退还府。赵王石弘闻知其议,恐祸灭种,乃自赍玺绶步诣魏宫,请禅其位与虎。虎曰:"帝王大业,天下自当有议,何为自论耶!"不受玺绶。弘见推却,乃流涕还宫,谓太后程氏曰:"石虎欲谋大位,先帝种真无复遗矣!"言讫,母子对泣。于是尚书省奏魏台请依唐、虞禅让之事。虎曰:"弘愚暗昧,居丧无礼,不可以君万国,便当废之,何禅让也!"言讫,即领府兵入内,命武士扶赵王弘下殿曰:"汝素居丧无礼,不谙政事,难奉宗庙,是以废。"弘并不辞,乃下阶立于臣列,于是丞相虎自登御座,百官与弘同拜山呼。虎以弘为海阳王,自称居摄赵天王,改号建武。

时尚方令做司南车成,构思精微,虎赐其爵关内侯。时众役繁兴,军旅不息,加以久旱,因此谷贵,金二斤买米二斗。虎闻长乐卫国有田畴未辟,桑业不修,下诏贬其守宰。

虎既即大位已定,阴使人弑程太后及石弘一家,不留一人,由然勒种无遗。姚弋仲闻之,称疾不贺,虎累使召之乃至,正色谓虎曰:"弋仲常谓大王命世英雄,奈何把臂受托,而返夺之耶!"虎心虽不平,然察其诚实,亦不之罪矣。

却说慕容仁反据辽东,慕容皝亲率三军去讨。军至辽东城,仁亦率兵出迎。两下会战,仁大败,乃入城引家属出奔别处。皝遂领众入城,欲悉坑辽东之民,高诩谏曰:"今元恶犹存,始克此城,遽加夷灭,则未下之城,无归善之路,不若赦之为安矣。"皝犹然疑之。

乙未,成康元年(赵太祖石虎建武元年,成主李期玉恒元年),正月朔,成帝加冠,群臣朝贺。

三月,司徒王导羸疾,不堪朝会,帝与群臣幸其府,导排宴待帝与群臣于内室,帝拜导及其妻曹氏。侍中孔坦密谏曰:"陛下初加元服,劲宜顾礼。"时帝方委政于导,坦复言曰:"陛下春秋已长,圣敬日跻,宜博纳朝臣,咨询善道。"而导恶之,即出坦为廷尉。坦明知,即辞以疾,去职还第,于是罢之。成帝还宫。

时桓景谄巧,导亲爱之。会荧惑守南斗经旬,导谓将军陶回曰:"荧惑犯南斗,而南斗乃扬州分野。今妖孽处之,吾当逊位,以厌天遣。"回曰:"明公以明德作辅,与桓景造膝,使荧惑何以退舍!"导深愧之,略疏桓景,使人辟太原王濛为掾吏,王述为中兵属。

史说,王述字怀祖,年三十,尚未知名,人或谓之痴。时导以门第辟为中兵属。及见,导无他言,唯问江东米价如何。述张目不答。导曰:"王掾不痴,人何言痴也!"尝见导每发言,一座莫不赞美,述正色曰:"人非尧、舜,安能每事尽善!"导改容谢之。

王濛字仲祖,善隶书,美姿容,尝览镜自照,称其父字曰:"王文开生如此儿耶!"居贫,帽败,自入市买,妪悦其貌美,遗以新帽,不问取价,时人以为达。与沛国刘惔①齐名友善,惔常称濛性至通,而自然有节,濛每云:"刘君知我,胜我自知。"当司徒王导闻二子之名而辟之。

四月,赵王石虎亲领六军及百官南游,临江而还。有游骑十余至历阳,太守袁耽大惊,以为石虎必来为寇,忙使人入建康上表称:"虎军至近,不言多少,宜速为救。"朝廷震惧,成帝即加司徒王导为大司马、都督征讨诸军事,令其备拒赵兵。是日,帝自观兵广莫门,分命诸将去救历阳,及分兵戍慈湖、牛渚。郗鉴闻知,亦使广陵相陈光将兵五千入卫朝廷。俄闻赵骑至少,又已去了,成帝遂解严,导亦解大司马。诏坐耽轻妄免官。

九月,赵王石虎与百官商议,乃迁都于邺城。

却说初,赵王石勒以天竺僧佛图澄预言成败,数有验,敬事之。及虎即位,奉之尤谨,衣以绫锦,乘以雕辇。朝会之日,太子、诸公扶翼上殿,国人化之,争造寺庙,削发出家。至是百姓或避赋役为奸究,诏中书曰:"佛,国所奉,里闾小人无爵秩者,应得事否?"著作郎王度等议上言曰:"王者祭祀,典礼俱存。佛,外国之神,非天子所应祠也。汉魏唯听西域人立寺都邑,汉人皆不得出家。今宜禁公卿以下毋得诣寺烧香礼拜,其赵人为沙门者,皆返初服。"虎不听,反诏曰:

  朕生自边鄙,忝君诸夏,至于飨祀,应从本俗。其夷赵百姓乐事佛者,特听之尔。

于是百姓争入寺出家。

---

① 惔(tán)。

却说成太子李班之舅罗演等欲谋杀成主期，复立班之子。事觉，期遂收演等及班母罗氏杀之。期自得志，轻旧臣，信任景骞、姚华、田褒、中常侍许涪①等，刑赏大政，皆决于数人。褒无他才，先尝劝雄立期为太子，故此有宠。由是朝纲隳紊，雄业衰矣。

却说代王纥那先入宇文部，招集亡散五万人，复来争位。翳槐闻之，莫敢当其锋，乃引众奔赵去讫。于是纥那复占朔方。

张骏上疏请北伐

初，张轨及二子寔、茂，保据河右，军旅之事无岁不之。及骏即位，境内渐平。骏勤修庶政，总御文武，咸得其用，民庶兵强，远近称为贤君。骏遣将伐龟兹、鄯善，于是西域诸国皆诣姑臧朝贡。而骏有意兼秦、雍之志，乃遣使特入建康，上疏曰：

勒、雄既死，虎、期继逆，先老消落，后生不识，慕恋之心，日远日忘。乞敕司空鉴、征西亮等泛舟江、沔，首尾齐举，则大业获以大兴矣。

丙申，二年（赵建武二年），成帝与群臣议而未行，骏疏由然浸②矣。

却说慕容皝欲讨其弟慕容仁，与百官议之。当司马高翔出曰："仁叛弃君亲，民神共怒。前此海未尝冻，自仁叛以来，冰冻者三矣。天其或者欲使吾乘冰以袭之也，夫王宜速应天讨也。"皝曰："卿言正合孤心。"于是皝从之，自将兵五万，从昌黎东践冰而进，凡三百余里。至历林口，舍辎重，轻兵趣平郭，去城七里屯下。候骑见皝兵至，乃驰入城以报仁。仁忙整军出击，被皝令大将高翔伏兵于路，诈败获之。皝驱兵入城，先收仁党斩之，后赐药与仁自裁。仁因怒饮药而死，皝始分兵戍守，自勒兵还国。

二月，晋成帝立皇后杜氏，帝自临轩遣使，备六礼迎之。群臣毕贺，帝宴之。杜后乃杜预孙女也。

却说前廷尉孔坦疾笃，庾冰省之流涕。坦慨然曰："大丈夫将终，不

---

① 涪（wú）。
② 浸——浸没，搁置。

问以济国安民之术,乃为儿女子相哭耶!"冰谢之而问曰:"吾见使君疾重,未敢轻触。君百岁后,中原可复否?相中谁可为将尔?"坦曰:"勒、雄虽死,余党更强,二都急未可得。莫若爱民养兵,分戍险要,屯田讲武,待十年后,可议北矣。"冰曰:"承此金石之言,铭刻肺腑。"言毕,谢之而去。坦叹数声而卒。

赵作太武东西宫

却说赵王石虎兴工,作太武殿于襄国,又作东、西宫于邺。皆砌以文石,以漆灌瓦,金铛银楹,珠帘玉璧,穷极技巧。选士民之女以实之,服珠玉、被绮縠者万余人。教宫人占星云气、马步射。以女骑千人为卤簿,皆著紫纶巾、蜀锦裤,执羽仪,鸣鼓吹打,游宴以自随。于是境内大旱,粟二斗值金一斤,百姓骚然。而虎用兵不息,百役并兴。徙洛阳钟虡①、九龙、翁仲、铜驼、飞廉于邺。又于邺南投石于河,以作飞桥,工费数千万亿,竟不能成。其时白虹出自太社凤阳门,虎大惊,下书曰:

盖古明王之理天下也,政以均平为首,化以仁义为本,故能允协人和,缉熙神物。朕以渺薄,君临万邦,台辅百官,其各上封事,极言无隐。

书虽下示,人无敢言。

丁酉,三年(赵建武三年),赵王虎自称赵天王。初,赵左校令成公段做庭燎盘炙人,虎试而悦之。至是五百余人入上尊号,庭燎油灌下盘,死者二十余人。虎恶之,腰斩成公段。

却说晋国子祭酒袁环、太常冯怀,以江左寝安,入朝请兴学校,成帝从,而立太学,征集生徒。而士大夫习尚《老》、《庄》,儒术终不能用。

---

① 虡(jù)。

赵王虎杀太子邃

却说太子邃,赵王虎爱之,常谓君臣曰:"司马氏兄弟自相残灭,故使朕得如此。如朕有杀阿铁理否?"阿铁乃太子邃小字,群臣皆默而不言。既而邃骄而残忍,好装饰美姬,斩其首与宾客传观,又烹其肉共食之。时虎亦荒耽酒色,喜怒不常,因使邃省可尚书事,诮责笞捶,月至再三。邃私谓中庶子李颜等曰:"官家难称,吾欲行冒顿之事,卿从我乎?"颜等伏不敢对。邃遂称疾不视事。虎欲去视邃疾,佛图澄谓曰:"陛下不宜往东宫。"虎问之,澄故不答。虎思其东宫有谋,乃自还宫,命所亲信女尚书亲为己往视察之。邃以虎至,抽剑击之。虎知大怒,收颜等诘问,颜具言状。虎遂杀颜三十余人,即诏废邃,杀之,并其男女二十六人同埋一坑。虎于是召次子石宣,立为东宫。

燕王称藩于赵国

却说慕容皝威名日盛,当镇军左长史封弈等说曰:"今雄杰并起,天下分争,大王以千里之乡,当五胡之劲,抚剑顾盼,亦足以为人豪,而反受制于人,不自称尊号乎?"皝从之,乃涓吉集僚佐于殿堂,乃自称为燕王,封弈为相国,乃谓群臣曰:"吾欲伐段氏,汝等有何高见?"封弈出曰:"段氏数侵赵边,虎必恶之,大王若能称藩于赵,赵必纳之。然后使人乞师讨辽,赵必从吾,可破必矣。"皝然之,乃修书遣人称藩于赵。赵王虎大悦,厚加慰答,期以明年大举。

却说代王翳槐因纥那入侵,乃逃,遣使降赵。赵王纳其降,以兵助之。纥那闻之,奔燕,因此翳槐复立于代。

却说杨毅难敌族兄初杀毅,自称仇池公,降于赵,赵王纳之。

四年(赵建武四年,成改号李寿汉兴元年,代高祖什翼犍建元元年),春正月,赵王石虎欲攻段辽,使桃豹等将舟十万出漂渝津,与支雄等将步骑十万为前锋。燕王皝闻知赵动兵,亦引兵五万,攻掠令支城之北。段辽集诸将商议以兵追之,当慕容翰曰:"今赵兵在南,当并力御之。而更与燕国斗,万一失利,何以御南敌乎!"段兰怒曰:"吾前为卿所误,以成今日之患,今不复堕卿计中矣。"言讫,乃悉众追之,被虩设伏邀击,大破之,掠五千户而归。段兰始悔不听慕容翰之言。赵王虎兵进屯金台,与支雄军长驱入蓟,辽所署渔阳、上谷、代郡宋将皆降,因是虎取四十余城。时北平相阳裕帅数千家登燕山以自固。诸将恐其为后患,欲攻之。虎曰:"裕儒生,矜惜名节,耻于迎降,无能为也。可速进兵,且勿攻之。"诸将遂引兵直过燕山,段辽亦不敢复战,弃令支,奔密云山。慕容翰乘乱奔走,投降宇文氏去讫。于是虎得入令支宫,徙其民二万余户于司、雍、兖、豫四州。其士大夫之有才行者,虎皆擢叙之。虎分定署守,振旅还都,其署城尽被虩取而戍之。

李寿杀其主李期

四月,成主期骄虐日甚,多所诛杀,大臣皆不自安。而期忌李寿威名,使其出屯涪城。寿惧不免,每当入朝,常诈为边书,辞以警急。既而使出屯涪,乃起装即行。

却说李寿字武考,乃李骧之子也。官封车骑将军,因成主期疑忌其威名,使出屯涪,心甚怨望,于是欲自立,恐力不及,而问长史任调曰:"主上托孤与我,以期不堪嗣国,是以班为东宫,嘱吾立之。今期弑班代之,骄虐残杀,果应主上易箦①之言。吾欲废此残主,自取天下,其事若何?"任调言曰:"李期逆父弑主,骄虐残害百姓,明公若兴义兵讨之,孰不来应?"寿曰:"吾恐谋事不成,反招其咎。"任调曰:"可使卜者占之。"寿曰:"然。"于是遣使出府,召卜者入内筮之。卜者投卦成曰:"乾卦。"因贺曰:"将军主有数年天子之分,恐后不延。"任调曰:"一日尚为足,而况数年乎!"寿曰:"'朝闻道,夕死可矣。'任侯之言,策之上也。"因此每日论策划策,商议自立之计,而犹豫未发。

初,巴西处士龚壮,父、叔皆为李特所杀,欲报仇,积年不除丧。寿闻

---

① 易箦(zé)——变换寝席,谓将死。

其贤,数以礼辟之,而壮不应。其时,闻期刑政紊乱,而来见寿。寿问自安之策,壮曰:"蜀民本皆晋臣,足下若能发兵,西取成都,称藩于晋,不但自安,则福流子孙,名垂不朽,岂徒脱今日之祸而已哉。"寿然之。次日,领兵五万来袭成都。时寿世子李势为翊军校尉,闻父起兵至,乃率众开门纳寿,遂克成都,屯兵宫门,奏杀大臣数人,纵兵大掠,数日乃定。用任调计,矫太后任氏令,废期为县公,幽之,期愧自缢而卒。当罗恒、解思明等劝寿如壮策而立,寿遂用任调等言,自称为帝,改国号曰汉兴元年。追尊父骧帝号,更以旧庙为大成庙。尽杀成主李雄诸子,不留一人。以李势为王太子,以任调为大将军。以安车束帛征龚壮为太师,壮不至,誓不出仕。寿见其不诣,又以厚赠,壮一无所受。

赵王虎伐慕容皝

却说赵王虎以燕慕容皝不会而攻段辽,而自专其利,使赵览为左将军,候招为右将军,遣使四征,招诱民夷二十万,分为二队,来击辽东。时燕辽东诸郡县,返应赵者三十六城,因此赵兵不血刃,直抵棘城城下屯扎,分兵四面进攻。时慕容皝大惊,欲逃往东胡避之,急吩咐其子慕容恪带兵保护家小先走。其父慕容廆遗有骏马一匹,色赭白,有奇相逸力。时皝避难,欲乘其马,其马悲鸣踶①啮,皝不能近。皝意决,乃曰:"此马见异先朝,孤尝杖之,得济大难;今不欲孤骑者,盖是先君之意不许吾出也。"言讫即出。将军慕容根闻皝欲出奔,忙谏曰:"彼强我弱,大王一举足,奔走之气势遂成,不可复振矣。今固守坚城,其势百倍,事之不济,不失于走。奈何望风委去,为必亡之理乎!"皝曰:"孤方欲取天下,何有出去?"皝遂止,然犹惧形于色。玄兔太守刘佩曰:"事之安危,系于一人。大王当自强以厉将士,不宜示弱。事急矣,臣请出击之,纵无大捷,足以安众。"皝从之。佩将敢死骑七百人出冲赵兵,所向披靡,斩获二百余人而还,于是士气百倍。皝意乃安。佩等昼夜力战,凡十余日,赵兵不能克而退。皝唤其子慕容恪,谓曰:"汝可领军追之。"又曰:"国家安危,在此一举。若一

---

① 踶(dì)——踏。

不捷,则吾等无种类矣。火速用心。"于是恪帅五千精骑追击之,赵兵大败,斩获三万余级而归。赵兵皆溃,惟游击将军石闵一军独全。闵本姓冉,虎养以为子,骁勇善战,多策略。虎爱之,比诸孙。虎既败还邺,以功拜苻洪为都督六夷诸军事,闵言于虎曰:"洪雄略,得将士死力,诸子皆有非常之才,且握强兵据近畿,宜密除之,以安社稷。"虎曰:"吾方倚其父子以取吴、蜀,奈何杀之!"待之愈厚。

却说慕容皝使子恪追杀石虎之兵远去讫,乃自整兵讨诸叛城,皆下之,诛灭甚众。虎闻之,遣曹伏将青州之众戍海岛,运粮三十万斛以给之。又以船三百艘运谷诣高句丽,使王典率众万余屯田海滨。又令青州造船千艘,谋复击燕。时赵冀州八郡大蝗,司隶奏请坐罪守宰。赵王虎曰:"此朕失政所致,而欲委咎守宰,岂罪己之意耶!司隶不进谠言①,佐朕不逮,而欲妄陷无辜,汝可白衣领职!"司隶满面羞惭而退。

庾亮欲攻王导止

却说成帝以司徒王导为太傅,都督中外诸军事,郄鉴为太尉,庾亮为司空。六月,更以导为丞相,罢司徒官。而导性宽厚,委任诸将赵胤、贾宁等,多不奉法,大臣患之。庾亮闻知,欲率众入朝黜导,先使人奉笺会郄鉴,同起其书曰:

主上自八九岁以及成人,入则在宫人之手,出则唯武官、小人,读书无从受章句,顾问未尝遇君子。秦政欲愚其黔首②,天下犹知不可,况欲愚其主哉!人主春秋既盛,不稽首归政,甫居师傅之尊,多养无益之士,公与下官并荷托付之重,大奸不扫,何以见先帝于地下乎!

鉴得书,知亮欲共起兵废导,乃不听,急使人奉书止亮曰:

闻公率众黜导,仆以为不可。何也?昔王敦入讨刘隗,天下以为谋反;苏峻嫉公,事却亦然。此二者公亲见,非远闻也。公

---

① 谠(dǎng)言——正直的言论。
② 黔(qián)首——百姓。

宜罢之。

亮得其书,犹未止。鉴急来劝导,密为之备。导曰:"吾与元规休戚是同,悠悠之谈,宜绝智者之口。则如君言,吾便角巾还第,复何备哉!"因此二人不成大隙,而亮常有欲黜导之意,孙盛谏曰:"主公尝有世外之怀,岂肯为凡人之事耶!此必佞邪之徒欲间内外耳。"亮始止。是时,亮虽居外镇,而遥执朝权。既处上流,拥强兵,趋势者多归之。然导内不能平,尝遇西风尘起,举扇自蔽,徐曰:"元规尘污人!"元规乃庾亮字也。

却说王导为丞相,以李充为掾。充以时俗崇尚浮虚,尝以老子"绝仁弃义",盖患乎精仁义者寡,而利仁义者众耳!而凡人见形逐迹,离本逾远,乃作《学箴》曰:

名之攸①彰,道之攸废,及损所隆,乃崇所替。非仁无以长物,非义无以齐耻,仁义固不可远,去其害仁义者而已。

由然士大夫亦不能改其前俗。

龚壮上封得失事

却说秋,汉霖雨百日,百姓饥疫。汉主寿命群臣极言得失。龚壮因上封事曰:

陛下起兵之初,上指星辰,昭告天地,歃血盟众,举国称藩,天应人悦,大功克集,而论者未谕,权宜称制。今淫雨百日,饥疫并臻,天其或者将以监示陛下。故愚谓宜遵前盟,推奉晋室,彼必不爱高爵以报大功,虽降阶一等,而子孙无穷,永保福祚,不亦休哉!

汉主寿省书内惭,秘而不宣。

十月,晋光禄勋颜含以年老逊位,致仕在家。时论者以王导帝之师傅,百僚宜为降礼。太常冯怀敬以问含,含曰:"王公虽贵重,礼无偏敬。降礼之言,或是诸君事宜,鄙人老矣,不识时务。"怀诺诺而出。人问其故,何不答之,含告之曰:"吾闻伐国不问仁人,向冯祖思问礼于我,以岂

---

① 攸——所。

有邪德乎!"初,郭璞尝欲为之筮,含曰:"年在天,位在人。修己而天不与者,命也;守道而人不知者,性也。自有性命,无劳蓍龟。"因不与筮。含致仕二十余年,九十三岁而卒。

翳槐卒立什翼犍

却说代王翳槐之弟什翼犍因先被纥那来攻,与翳槐俱奔投赵,槐以什翼犍质于赵,请师击走纥那,而复北代,方得归国。至此翳槐疾病,召各部大人入卧内受顾托曰:"朕今疾笃,恐未能起,召卿嘱之。朕弟什翼犍丰骨不常,才智高度,若亡后可立此人,则社稷乃安耳。今幸质在于赵,卿等可使人召之。"言讫而卒。诸部大人以什翼犍在远,来未可必,谋立次弟孤。孤度不可,乃自诣邺见赵王虎,己身晋为质,替兄什翼犍归国领众。赵王虎悦其仁心,义而俱遣之归。兄弟二人归国,诸部各集,立什翼犍为代王,即位于繁畤①北,分国之半与弟孤也。

却说什翼犍生而奇伟,宽仁大度,身长八尺,隆准龙颜,立发委地,卧则乳垂至席。什翼犍既立,乃改号建国,始置百官,分掌众职。初,代王猗卢卒,国内多难,部落离散。什翼犍雄勇有智略,修祖业,以代人燕凤为长史,许谦为郎中令。制反逆、杀人、奸盗之法,号令明白,政事清明,无鞭招连逮之烦,百姓安之。于是东自秽貊②,西及破落那,南距阴山,北尽沙漠,率皆归服,有众数十万人。

十二月,却说段辽自败与燕、赵,逃入密云山,不能归故地,惧燕来攻,乃遣使降于赵,使人去讫,既而又悔,复遣使降于燕。燕王皝自将兵迎辽,未及行,赵王虎先得其降状,乃遣将军麻秋率众三万迎之。秋将行,虎敕秋曰:"卿去受降如受敌,不可轻也!"秋诺而去。段辽探知燕、赵皆来相迎,乃暗遣人与燕谋覆赵军。于是皝遣慕容恪伏精骑五千于密云山。麻秋不知有谋,未为备防,引众而入,被恪指挥伏骑齐出,秋措手不及,大败而逃,获其司马阳裕,尽得辽众而还。段辽既归燕,燕王皝待以上宾之礼,

---

① 畤(zhì)。
② 貊(mò)。

以裕为郎中令。后辽谋叛,鯱觉斩之,此后事也。

己亥,五年(赵建武五年),三月,庾亮与僚佐商议,欲开复中原,遣使上表,以桓宣镇襄阳,弟怿①镇魏兴,翼镇江陵,毛宝、樊峻戍邾城。又上疏,欲率大众十万移镇石城,遣诸军罗布江、沔为伐赵之规。帝下其议,丞相导请许之。太尉鉴议,以为"资用未备,不可大举"。太常蔡谟议曰:

时有否泰,道有屈伸,苟不计强弱而轻动,则亡不终日,何功之有!为今之计,莫若养威以候时。时之可否,系胡之强弱,胡之强弱,系虎之能否。自石勒举事,虎骁为爪牙,百战百胜,遂定中原。勒死之后,虎挟嗣君,诛将相,内难既平,剪削外寇,四境之内,不失尺土。以是观之,虎为能乎,将不能也?今征西欲率大军席卷河南,虎必亲率其众来决胜负。欲与之战,何如石生?若欲城守,何如金墉?欲阻沔水,何如大江?欲拒石虎,何如苏峻?石生猛将,关中精兵,征西之战殆不能胜也!金墉险固,刘曜兵数十万众不能拔,征西之守殆不能胜也!又当是时,兖州、洛阳、关中皆举兵击虎,今此三镇反为其用,方之于前,倍半之势也。石生不能敌其半,而征西乃欲当其倍,愚所疑也。苏峻之强不及石虎,沔水之险不及大江,大江不能御苏峻,而欲以沔水御石虎,又所疑也。昔祖士稚在谯,佃于城北界,预置军屯以御其外。谷熟胡至,丁夫战于外,老弱获于内,多持炬火,急则烧谷而走。如此数年,竟不获利。当是时,胡唯据沔北,方之于今,四分之一耳。士稚不能捍其一,而征西欲以御其四,又所疑也。然此但论征西既至之后耳,尚未论道路之虑也。自沔以西,水急岸高,鱼贯溯流②,首尾百里。若胡无宋襄③之义,及我未阵而击之,将如之何?今王土与胡,水陆异势,便习不同,胡若送死,则敌之有余。若弃江远进,以我所短,击彼所长,惧非庙胜④之算也。

---

① 怿(yì)。
② 溯(sù)流——逆流向上。
③ 宋襄——宋襄公,愚仁之主,与敌对阵,敌过半水不击,遭败。
④ 庙胜——由朝廷制定的胜敌谋略。

帝览表默然，而问群臣，朝议与谟皆同。于是帝使人持诏止之，而亮不听，乃移镇石城。

却说代王什翼犍会集诸大人商议，欲迁都湿源川，其母王氏曰："吾自先世以来，以迁徙为业。今国家多难，若城廓而居，一旦寇来，无所避之。"因此乃止。时什翼犍初质于赵，未曾婚娶，至是使人求婚于燕王，燕王皝以其妹与妻之，由此两国通婚，结为唇齿。

何充庾冰参政事

七月，丞相、始兴公王导卒，以何充为护军将军，庾冰为中书监、扬州刺史，参录尚书事。却说王导先卧病在床，上疏荐妹之子丹阳尹何充于帝曰：

何充器局方概，有万夫之望，必能总录朝端，为老臣之副。
臣死之日，愿引充内侍，则外誉唯缉，而社稷无虞矣。

成帝览疏从之。即以何充为侍中，使人诏充至，以为侍中。充谢恩领之。导于是月而薨，年六十四。导简素寡欲，善因事就功，虽无日用之益，而岁计有余。辅相三世，仓无储谷，衣无重帛。

王导既卒，帝不胜哀感，诏丧葬祭，用天子之礼。谥文献，以其长子为中书侍郎。遣使征征西将军庾亮为丞相，亮固辞不诣，始以充及亮弟庾冰为参录尚书事。冰经营时务，不舍昼夜，尊礼朝贤，升擢后进，于是朝野翕然称为贤相。初，导辅政，每从宽恕，至冰颇为威刑，丹阳尹殷融谏之曰："前相之贤，犹不堪其弘，况如吾者哉！"范汪谓冰曰："顷天文错度，宜尽消御之道。"冰曰："玄象岂吾所测，正当勤人事尔。"又隐实户口，料出无名万余人，以充军实。冰好为纠察，近于繁细，后益矫违，复存宽纵，疏密自由，律令无用矣。

八月，改丞相为司徒。太尉南昌公郗鉴疾笃，上疏曰：

臣所统错杂，率多北人，迁徙新附，皆有归本之心。臣宣国恩，示以好恶，处与田宅，渐得稍安。闻臣疾笃，众情骇动，若当北复，必启寇心。太常臣蔡谟，平简贞正，素望所归，可为徐州牧。

成帝览疏，问使人病躯若何，奏已薨矣。帝伤悼不已，敕命葬之，拭泪，以蔡谟代鉴都督徐、兖军事。

时左卫将军陈光上疏请伐赵，帝遣攻寿阳，蔡谟上疏曰：

寿阳城坚而固，又王师在路五十余日，前驱未至，声息久闻，贼河北之骑，足以来赴。况停船水渚，引兵造城，前对坚敌，顾临归路，此兵法之所诫也。今光所将皆殿中精兵，以国之爪牙击寇之下邑，得之则利薄而不足损敌，失之则害重而足以益寇，非长策也。

帝省之，诏止。

赵人入寇陷邘郏

九月，赵王虎将军夔安率兵七万，来攻沔南及郏城。初，陶侃在武昌，议者以江北有邘城，宜分戍之。侃每不答，而言者不已。侃乃渡水猎，引将佐语之曰："我所以御寇者，长江耳。邘城隔在江北，内无所倚，外接群夷。夷中利深，晋人贪利，夷不堪命，必引虏入寇。此乃致祸之由也。若羯虏有可乘之会，又不资于此矣。"众服其言。至是庾亮欲伐赵，使毛宝、樊峻戍之。虎果使夔安等将兵来攻。

毛宝遣将陈忠五人，率众五千出拒。军至江北岸畔，忽然尘头起处，一军挡住，为头首将夔安挺枪跃马而出，与陈忠不相通话，便互交战，三十余合，未分胜负。忽然东南角上喊声大振，桃豹引军冲突而来，忠急分兵未及，又与雄一军冲横而来。忠与四将共五人，尽力死战，不能挡抵，大败而逃。忠等五将被三路军马包围而来，皆被杀死，余兵无主，尽皆逃溃。夔安得胜，将二万轻骑来攻邘城。毛宝闻前军已陷，不敢出战，急遣人求救于庾亮，亮不即时遣将去救，因此被安等攻陷邘城。毛宝、樊峻二人突围出城，赵兵后追，前无船渡，皆赴江而死。夔安既陷邘城，率众进寇江夏，义阳一城皆降。安等又进围石城，竟陵太守李阳以兵七千人拒击，大败乃退。时庾亮犹欲迁镇，闻邘城陷，乃止。

却说赵王贵戚豪恣，石虎患之，知李臣忠直，不惮豪恶，虎擢臣为御史中丞，由是内外肃然。虎曰："朕闻良臣为猛虎，高步旷野而豺狼避路，今得中丞,信然!"

十月,却说燕王皝自以称王,未受晋命,遂遣长史刘翔来建康献捷论功,且言权假王位之意,更请克期大举,共平中原。晋帝从之。时燕王皝又遣子慕容恪、慕容霸击宇文别部。霸年十三,勇冠三军,所向无敌。

丁亥,六年(赵建武六年),正月,司空庾亮疾笃,召弟庾翼至卧所,嘱翼曰:"吾历年官至司空,人臣之位极矣。吾死之后,汝善事主上,勿生异心,负我清名也。此兵权交付与汝,其柄不可移许他人,自取祸戾。"言讫而卒。

史说,庾翼字稚恭,乃庾亮弟也。丰仪秀逸,少有经纶大略,因是庾亮临死以权付彼。翼既代兄亮领其众,举哀收敛,殡葬于武昌定金山。此时友人何充闻知亮死已葬,郗歔叹曰:"埋玉树于地中,使人情何能已。"亮既卒,成帝即以何充为中书令,庾翼都督江、荆等州军事。时人疑翼年少,不能继其兄。翼悉心为治,戎政严明,数年之间,公私充实,人皆称其才。

却说慕容翰自密云山外,入宇文部,降于逸豆归。豆归忌翰才名,欲害之。翰佯狂乞食,举国贱之,不复省录,以故得往来自遂,山川形胜,皆默记之。时燕王皝以翰因猜嫌出奔,虽在他国,常潜为燕计,乃遣商人王车通市于宇文部,因而得入宇文部见翰,称说:"燕王使车迎殿下归国。"翰与王车遂窃逸豆归名马,携其二子逃归。皝大喜,厚遇之,翰亦无二志矣。

三月,却说赵王虎遣使遗汉王寿书,欲连兵入寇于晋,中分江南。寿大喜,即回书赏使,约定大举,使使去讫。寿集士卒为舟师,大阅于成都。龚壮谏曰:"陛下与胡通,孰若与晋通?胡,豺狼也。既灭晋,不得北面事之。若与争天下,则强弱不敌,危亡之势也。"群臣亦皆叩头泣谏,寿乃止。

龚壮以为人之行,莫大于忠孝。既报叔、父之仇,又欲使寿仕晋。寿不从,乃诈称病,辞归。以文籍自娱,终身不复至成都矣。

赵王发兵伐燕国

却说赵王虎恨燕与段辽在密云击败其将麻秋,乃合兵五十万,具船一万艘,自河通海,运谷千一百万斛于乐安城。徙辽西、北平、渔阳万余户于兖、豫、雍、洛城。自幽州以东至白狼山,大兴屯田。括取民马,敢匿者腰斩,凡得四万匹。率众大阅于宛阳,欲击燕。

燕王皝闻知大惊,集僚佐商议拒虎之计,而谓其子慕容恪曰:"石虎自以乐安城防守重护,蓟城南北必不设备,汝宜率众诡路出其不意,去烧其积聚,屠其城池,可尽破也。"恪然之,即出。密统一万人,入自蠮螉①塞,直抵蓟城。破武遂津,入高阳,所至焚烧积,略三万余家而去。石虎闻之大惊,恐失巢穴,果勒兵退还,伐燕之谋始停。

虎既归国,又命太子石宣及以次子石韬为太尉,与宣迭相省可尚书奏事,不复启旨。司徒申钟谏曰:"庆赏刑威,后皇攸执,名器实重,不可以假人,庶可以防奸杜渐,以示轨仪。太子职在视膳,不当预政,庶人邃覆车未远也。且二政分权,鲜不阶祸。爱之不以道,适所以害之也。"虎不听。中谒者令申扁有宠于虎,宣亦昵之,使典机密。虎既不省事,而宣、韬皆好酣饮畋猎,由是除拜生杀之权,皆决于扁。自九卿以下,望尘而拜。

初,汉主寿致书于后赵王虎,署曰:"赵王石君。"虎不悦,中书监王波曰:"寿既僭大号,今以制诏与之,彼必酬返,不若复为书与之。今把娄国献楛②矢、石砮③于陛下,何不以之遗汉,使其知我能服远方也。"虎然之。遣汉亡将李闳④以书物持归报。闳至成都,寿下诏曰:"羯使使庭,贡其砮矢,赏其来使。"使人归,告虎,虎闻之,大怒,黜波以白衣领职。

刘翔代求封燕王

却说燕使刘翔至建康,晋帝命黄门引见,问慕容镇军平安。翔对曰:"臣受遣之日,朝服拜章,未闻其若。"翔因就启为皝求大将军、燕王章玺之事。帝命群臣参博,群臣朝议曰:"先王故事:大将军不处边,异姓不封

---

① 蠮螉(yīwēng)。
② 楛(hù)——荆类植物,茎可制箭杆。
③ 砮(nǔ)——可做箭镞的石头。
④ 闳(hóng)。

王。其实不可。"翔对曰:"自刘、石备乱,长江以北,剪为戎薮,未闻中华公卿之胄有能摧破凶逆者也。独慕容镇军,心存本朝,屡殄强敌,使石虎畏惧,戚国千里。功烈如此,而惜海北之地不以为封邑,何哉?吾非苟尊所事,窃惜圣朝疏忠义之国,使四海无所劝慕耳。"

尚书诸葛恢乃翔之姊夫也,独主异议,以为夷狄相攻,中国之利,惟器与名,不可轻许。乃谓翔曰:"借使慕容镇军能除一石虎,复得一石虎也,朝廷何赖焉?"翔曰:"嫠妇①犹知恤宗周之陨。今晋室阽危,君位侔元凯②,曾无忧国之心?慕容镇军枕戈待旦,心恒念之,而君更倡邪惑之言,四海所以不一,良由君辈耳!"因此朝命未下。翔留岁余,众议终不决。会燕王皝复遣人上表,罪庾氏兄弟,又与冰书,责其当国不能雪耻。冰惧,乃与何充奏从其请,以皝为大将军、幽州牧、大单于、燕王,备物典策皆从殊礼。以翔为代郡太守,翔固辞不受。

翔疾江南士大夫以骄贵酗纵相尚,尝因宴集,谓何充等曰:"四海板荡,奄逾三纪,宗社为墟,黎民涂炭,斯乃庙堂焦虑之时,忠臣毕命之秋也。而诸君宴安江左,肆情纵欲,以奢靡为荣,以傲诞为贤,謇谔之言不闻,征伐之功不立,其何以尊主济民乎!"充等甚惭。乃奏帝遣使持节册命,与翔偕北封燕。公卿饯之,翔曰:"昔少康③资一旅以灭有穷,勾践凭会稽以报强吴。蔓草犹宜剪除,况寇仇乎!今石虎、李寿志相吞并,王师纵未能澄清北方,且当从事巴、蜀。一旦虎先入举事,并寿而有之,据形便之地以临东南,虽有智者,不能善其后矣。"中护军谢广曰:"是吾心也!吾当奏王为之,君率兵来应,共成大功。"翔语毕而行。

成修宫室杀仆射

翔归燕,呈上玺绶,百官朝贺。皝大悦。燕王皝既受封为王,乃以子恪为度辽将军,率一万五千人去镇平郭。恪既受命至镇,抚旧怀新,屡破

---

① 嫠(lí)妇——寡妇。
② 元凯——辅佐皇帝的大臣。
③ 少康——夏王相之子,相被有穷国王之子所杀,后少康灭有穷复夏。

高丽之兵。高丽畏之,不敢入境。自此边地安静,民皆乐业。

却说初,成主雄以俭约宽惠得蜀人心。及李闳还,盛称邺中繁庶,宫殿壮丽。又言赵主虎以刑杀御下,故能控制境内。寿慕之,亦大修宫室。人有小过,辄杀以立威。当仆射蔡兴、李嶷谏之,皆坐直谏而死。因是民疲于赋役,思乱者众矣。

东晋卷之三

起自东晋康帝壬寅八年,止于东晋穆帝丙辰十二年,首尾共十五年事实。

成帝崩立琅邪王

康帝壬寅,八年(赵建武八年),正月朔,日食。豫州刺史庾怿与江州刺史王允之有隙,会允之回朝,因过豫州,怿以毒酒送王允之,允之觉其毒,以其酒与犬,饮即毙。允之即归朝,密奏其过恶,成帝怒曰:"大舅已乱天下,小舅复欲尔耶!"怿使人窃听闻之,恐帝加罪,乃自鸩而卒。六月,成帝不豫①。时帝有二子,丕、奕,皆在襁褓。帝自幼冲②嗣位,既长颇有勤俭之意。至是疾笃,或诈为尚书符敕宫门,无得内人。宰相庾冰、何充等入内视疾,至宫见此符敕,皆不敢入。庾冰曰:"此必诈也。"急遣人先入,推问果然。众僚始入卧前,庾冰问曰:"陛下龙体若何?"帝曰:"朕想旦日必归,正欲召卿托以后事。朕今崩后,丕、奕幼冲,难以临朝,欲遗诏,诏太后垂帘,卿宜尽心辅政,休负朕言。"冰半晌未答,自思帝二子皆在襁褓,恐上易世之后,亲属愈疏,为人所间。乃对曰:"目今石氏在赵,甚是猖狂,李寿居蜀,屡怀不仁,天下未安,西海纷纭,若立幼冲,恐非社稷之计。先圣有云:'国有强敌,宜立长君。'今陛下之弟琅邪王岳,有仁德之风,不若立其为嗣,天下万幸也。"帝曰:"卿言至当。"何充曰:"父子相传,先王旧典,且今将如孺子何!"于是帝诏冰、充并武陵王晞、会稽王昱、尚书令诸葛恢,并受顾命而崩。冰代为举哀发表,立帝同母弟琅邪王岳为康帝,改号建元。

孝康皇帝名岳字世同,乃成帝同母弟也。初,封琅邪王,在位二年。

---

① 豫——欢喜;快乐。
② 冲——幼小。

岳既即皇帝大位,谅阴①不言,委政于冰、充二人,而谓曰:"朕嗣洪业,乃二公之举也!"充对曰:"陛下龙飞,臣冰之力也;若如臣议,不睹升平之世。"帝觉惭色,退归后宫。帝时年二十二,颇留心万机,务在简约。雄武之度,虽有愧于前王;勤俭之德,足追踪于往烈矣。何充出朝,谓庾冰曰:"公劝先帝嗣康帝,果应郭璞之谶云。"冰曰:"郭璞云何?"充曰:"先璞有言曰:'立始之际,丘山倾立。'立者,建也,始者,元也,丘山,主上讳也!然倾者恐不吉。"冰遽然②叹曰:"如有吉凶,岂改易所能救乎!君可勿露。"二人言罢而散。七月,康帝封成帝子丕为琅邪王,奕为东海王。就葬成帝于兴平陵,康帝自徒行送丧至阊阖门,始坐素舆,既葬毕,方自归宫。

十月,燕王皝乃领百官带家属迁都于龙城,时有黑龙、白龙各一,见于龙山。近侍奏知燕王,既皝亲率群臣观之,备仪以太牢祀之于山下,须臾二龙交首嬉翔,解角而去。皝大悦归宫,号新宫曰"和龙宫"。又命建造佛寺于山上,名曰"龙翔寺"。赐大臣子弟为官,又立东庠于旧宫,以行乡饮之礼。皝常亲临东庠考试学生,其有经通秀异者,擢充近侍。是岁,始不用晋年号,自称十二年。

慕容皝击高句丽

时高句丽犯境。慕容翰言于燕王皝曰:"宇文屡为国患,今逸豆归篡窃得国,群情不附,加之庸暗,将用非才,国无防卫,军无部伍。臣久在其国,悉其地形,今若击之,百举百克。然高句丽去国密迩③,必乘虚掩吾不备。此心腹之患也,宜先除之,还取宇文,如反手耳。二国既平,利尽东海,国富兵强,无返顾之忧,然后中原可图也。"皝大喜曰:"卿谋至善。然高句丽有二道,北道平阔,南道险狭,从何可往?"众将曰:"宜从北道。"翰曰:"不可。虏必重北而轻南,宜率锐兵从南道击之,出其不意,丸都不足

---

① 谅阴——皇帝居丧。
② 遽然(jù)——突然。
③ 迩——近。

定也。别遣偏将出北道，纵有蹉跌，其腹心已溃，四肢无能为也。"皝从之。自将精兵四万出南道，以翰及慕容霸为前锋。别遣长史王寓等，将兵一万五千，出北道以伐高句丽。其主王钊闻知燕兵犯境，果遣弟武率精兵五万拒北道，自率羸兵五万备南道。时慕容翰已先至，与钊合战，未分胜负。燕王慕容皝大兵继至，高句丽兵不敢交锋，望风而溃，因此大败。翰、霸诸将乘胜，兵不血刃，直入丸都。高句丽王钊单骑走遁山谷。燕王皝入丸都城，获其主王钊母、妻，使人去探北道之兵，回报王寓与王武战于北道，尽皆败没，武今勒兵还救丸都。皝大惊，命诸军休追王钊，使人去招其降。钊不出，皝欲穷追获钊。韩寿言曰："高句丽之地，不可戍守，今其主亡民散，潜伏山谷，大军既去，必复纠集，收其余烬，犹足为患。不若发其墓，取其父尸，及生母妻子而归，俟其束身来降，然后返之，抚以恩信，策之上也。"皝从之。使人发钊父墓取其尸，及母妻子载归。又虏其男女五万余口，毁丸都城，振旅而还国矣。

十二月，晋康帝立皇后褚氏，就遣使征后父豫章太守褚裒为侍中，裒以后父不愿居任事，康帝除江州刺史命镇半州，裒始就镇。

却说赵王虎无道，苦虐晋民，做台观四十余所于邺，又营长安、洛阳二宫，工作者四十余万人。又敕境内治南伐、西讨、东征之计，皆三五①发卒，造甲者五十余万人，船夫十七万人。公侯、牧宰，竞营私利，因是百姓失业。贝丘人李弘，因众怨，欲谋作乱，事发被虎诛之，连坐者数千家矣。时近侍奏："济南平陵城北石虎忽一夕移于城东南，有狼狐千余迹随之，迹皆成蹊。"赵王虎喜曰："石虎者，朕也。自西北徙而东南，天意欲使朕平荡江南也。"于是虎敕诸州兵"明年悉集，朕当亲董六师，以奉天命"。群臣皆贺，上《皇德颂》者，一百单七人。因制："征士五人，出车一乘、牛二头、米十五斛、绢十匹，不办者斩。"民皆鬻子以供，犹不能给，自经②于道树，死者相望。

---

① 三五——十五岁，指年轻人。
② 自经——自缢。

拟深源如管葛

　　癸卯,康皇帝建元元年(赵建武九年),二月,高句丽王钊见燕军退,复还丸都。备礼朝贡于燕,燕王皝大悦,抚以善语,还其父尸,留其母为质,命其归丸都,永为高句丽主。钊拜谢而去,其母后数年亦还之。

　　七月,晋康帝设朝,诏群臣议经略中原,会庾翼遣人上表,遣梁州刺史桓宣伐赵,帝许之。却说翼在武昌,数有妖怪,欲移镇乐乡。王述闻知,使人与庾冰笺。笺曰:

　　　　乐乡去武昌千有余里,数万之众一旦移徙,兴立门壁,公私劳扰。又江州当溯流数千,供给力役增倍。且武昌实江东镇戍之中,非但捍御上流而已。缓急赴告,骏奔不难。若移乐乡,远徙西陲,一朝江州有虞①,不相接救。方岳重将,固当居要害之地,为内外形势,使窥觎之心不知所向。昔秦忌"亡胡"之谶,卒为刘、项之资;周恶檿弧②之谣,而成褒姒之乱。是以达人君子,直道而行,禳避之道,皆所不取。且当择人事之胜理,社稷之长计耳。

冰得述笺,转付庾翼,移镇之事乃止。翼为人沉毅,喜功名,不尚浮华。

　　琅邪内史桓温字元子,彝之子也。尚南康长公主,豪爽有风概,初生未期岁,太原温峤见之曰:"此儿有奇骨,可试使啼。"及闻其声,而贺彝曰:"真英物也!此郎必大贵,吾等不及也。"彝以其赏叹,名之曰温。温峤曰:"果尔,后将易吾姓也。"后温长成豪爽,姿貌奇伟,面有七星。少与沛国刘惔善,惔尝称之曰:"温眼如紫石棱,须作猬毛磔,孙仲谋、晋宣王之流亚也。"自此知名,袭父爵为琅邪内史,与庾翼甚善。翼上疏荐温于康帝曰:"温有英雄之才,愿陛下勿以常吏遇之,宜寄以方、召③之任,必有弘济艰难之勋也。"帝纳之,以温为荆州刺史。

---

① 虞——不测。
② 檿(yǎn)弧——山桑所制的弓。周宣王时有童谣曰:檿胡箕服,实亡周国。
③ 方、召——辅佐周宣王中兴的大臣方叔、召虎。

时杜乂、殷浩并才名冠世,翼独弗之重也,左右或问之,翼曰:"此辈宜束之高阁,俟天下太平,然后徐议其任耳。"朝廷知浩,数下征书,浩累辞不就。屏居十年,时人拟之管、葛。谢尚、王濛尝伺其出处,以卜江左兴亡,尝相与省之,知浩有确然之志,既退,相谓曰:"深源不起,当如苍生何!"当翼请浩为司马,朝廷诏除为侍中、安西军司,浩不应。翼使人遗浩书曰:

  王夷甫立名非真,虽云谈道,实长华竞。明德君子,遇会处际,宁可然乎?

浩犹不起。

  浩父羡为长沙相,在郡贪残,庾冰与翼书属之。翼报书曰:

  殷君骄豪,亦似由有佳儿,弟故小令物情容之。大较江东之政,以妪煦①豪强,常为民蠹②,时有行法,辄施之寒劣。如往年偷石头仓米数百万斛,皆是豪将军辈,而杀仓督监以塞责。山遐为余姚长,为官出豪强所藏二千户,而众共驱之,令不得安席。虽皆前宰愍谬,江东事去,实此之由。兄弟不幸,横陷此内,不能拔足于风尘之外,当共明目而治之。荆州所统二十余郡,唯长沙最恶,恶而不黜,与杀督监者又何异哉!

时翼以灭胡取蜀为己任,亦遣使约燕凉克期大举。康帝集群臣商榷,朝议多以为难,唯冰意与之同,而桓温、谯王无忌二人,皆赞成之。至是帝诏翼经略中原。翼欲悉众北伐,表桓宣督诸军于丹水,桓温为前锋小督,率众入临淮,并发所统六州奴及车骡驴马,因此百姓嗟怨。

  八月,却说庾翼欲移镇襄阳,恐朝廷不许,乃遣使奏移镇安陆。帝使人譬止之。翼勿听,违诏北行,至夏口,复表求镇襄阳。时翼有众四万,康帝以庾翼都督征讨诸军事,遣兵出镇武昌,以为继援。征何充辅政,又征褚裒为卫将军,领中书令。唯充应命,而裒以近戚畏嫌,寻复督充镇金城。

  甲辰,二年(赵建武十年,汉主李势太和元年),正月,赵王虎宴群臣于太武殿,有白雁百余只,集马道之南,时诸州贡集者百余万欲南侵。太史令赵览奏曰:"白雁集庭,宫室将空之象,不宜南行。"虎乃临宣武观,大

---

① 妪煦——生养抚育。

② 蠹(dù)——原指咬器物的虫子,引申指坏人。

阅而罢兵。

燕王击灭宇文部

却说燕王皝与左司马高诩，谋伐宇文逸豆归。诩曰："伐之必克，然不利为将。"皝即召集诸将，率兵起行。诩出告人曰："吾此往，必不能返，然忠臣不避也。"于是率兵与慕容翰为前锋，长驱而进。宇文逸豆归闻知燕王率众犯境，即遣南罗大涉夜干将兵二万迎战。皝素闻涉夜干之勇名，犹自失色，谓兄翰曰："涉夜干勇冠三军，不可轻敌，宜小避之。"翰曰："涉夜干素有勇名，一国所赖，今吾克之，其国不攻自溃矣。然吾熟知其人，虽有虚名，实易敌耳，不宜避之，以挫吾兵锐气。"皝曰："既如此，兄可与战。"于是翰与高诩等驱兵出战。涉夜干亦挥军出阵，两下交战。涉夜干持枪跃马，出阵搦战。慕容翰同高诩各舞刀迎战，未十合，涉夜干佯输而走。高诩拍马追赶，不过三十步，被涉夜干伏流弩于阵内，一时俱发，诩中流矢而退，翰亦中其流矢而退还阵。涉夜干随后追杀入燕阵，被翰躲过一傍，涉夜干马急，抢先至中，被翰提刀斩之，尸横落马。宇文士卒见涉夜干已死，不战而溃。燕兵大胜逐之，遂克其都城。逸豆归走，死于漠北，宇文氏由此散亡。皝徙其部众于昌黎，得地千余里。高诩因先中流矢，至是而卒。燕王皝有胜伤悼，命厚殓葬之。诩善天文，皝尝谓曰："卿有佳书而不见与，何以为忠。"诩曰："臣闻人君执要，人臣执职。执要者逸，执职者劳。是以后稷播谷，尧不与焉。占候天文，晨夜甚苦，非至尊之所宜亲，殿下将安用之。"皝默然。皝灭宇文氏，振旅还都。

时荧惑守房心，赵太子宣怒领军王朗，会荧惑守房心，使太史令赵揽诉于赵王虎曰："今荧惑为怪，宜以贵臣王姓者当之，可禳国家之患。"虎曰："谁可者？"揽曰："无有贵于王领军。"虎曰："次更谁可？"揽无以对。虎因曰："唯王波耳！"即下诏追罪波前议楛矢事，腰斩王波。群臣奏其无罪，虎悯之，追赠司空。

孝宗穆帝即龙位

却说桓宣率众五万伐赵,军至丹水,赵王虎遣将李罴,以兵三万拒之。次日交战,桓宣为罴所败而退,惭愤而卒。庾翼闻宣已死,恐诸军亡散,急遣其子庾方之去代领宣兵而屯之。因此两下相持,坚守不战。

九月,康帝疾笃,召集诸大臣入宫,议立后嗣。庾冰、庾翼欲立会稽王昱为嗣,何充建议立皇子聃为皇太子,帝从之,乃立子聃为皇太子讫。康帝崩,年二十三岁。何充等代为丧事毕,奉太子聃即大位。聃年方二岁,尊皇后褚氏为皇太后,请皇太后临朝称制;加何充为侍中、录尚书事,总摄朝政。由是庾冰、庾翼深恨何充。却说充荐后父褚衰宜总朝政,衰固辞,请居藩镇。于是改调衰都督徐、兖,使镇京口。尚书奏衰见太后在公庭则如臣礼,在私室则严父。后从之。时皇太后设白纱帐于太极殿,抱穆帝垂帘。孝宗穆皇帝名聃字彭子,康帝之子也。在位十七年,寿十九岁而崩。

十月,荆江都督庾冰卒,庾翼闻兄冰已死,乃留子方之戍襄阳,自还镇夏口。朝廷诏翼复督江州。翼既督江州,缮修军器,大佃积谷,以图后举伐赵。

乙巳,孝宗穆皇帝永和元年(赵建武十一年,燕十二年),正月,赵王虎发诸州四十余万人,治长安未央宫,造猎车千乘,克期校猎。自灵昌津南至荥阳,数千里为猎场,若人犯其禽兽者,罪至死。虎又增置女官二十四等,大发民女三万余人以配之。由是郡县媚其旨,务择美淑之女,因是夺人妇者九千余人。百姓妻有美色,豪势遂胁之,卒多自杀,十州军民俱有怨声。石宣及诸公,又私令采发美女,亦有一万余人,总会邺宫。虎与百官共阅简第诸女,虎大悦,封使者十二人,皆为列侯。光禄大夫逯明切谏曰:"内作色荒,外作禽荒,酣酒嗜音,峻宇雕墙,有一于此,未或不亡。今天下未定,而大王淫乐若此,犯先圣之模范,恐非国家之久计也。"季龙大怒,遣龙腾侯招执明杀之。自是朝臣杜口,为禄仕而已。时虎贪而无礼,有十州之地,金帛珠玉及外国珍奇异货,不可胜计,而犹以为不足;又使军人发掘历代帝王及先贤陵寝,取其宝货入内,由然大失民心。

燕罢苑囿给新民

却说燕王皝以牛假贫民,使苑中税其十之八,自有牛者税其七。记室参军封裕谏曰:"古者十一而税,天下之中正也,降及魏、晋,仁政衰薄,犹不取其七八也。今殿下拓地三千里,增民十万户,其无田者,十有三四。是宜悉罢苑囿,以赋新民,无牛者官假之牛,不当更收重税也。今官司猥多,皆宜澄汰;工商末利,宜立常员;学生三年无成,当令为农。参军王宪、大夫刘明近以言忤旨,免官禁锢。长史宋该阿媚苟容,轻诉良士,不忠之甚也。此数事,皆关国家之利害,若明证法律,管取身安,国家可保也。"皝默然,乃即下令悉从其言。仍赐裕钱五万,宣示忠良,欲陈过失者,勿有所讳。

却说皇太后褚氏称制,以会稽王司马昱为抚军大将军、录尚书六条事,又诏征后父褚衮辅政。衮欲卸政归镇,眼前无可托者。当尚书刘遐说之曰:"会稽王昱令德雅望,足下宜以大政授之。"于是衮固辞与昱,而自归藩。昱清虚寡欲,尤善玄言,常以刘惔、王濛、韩伯为谈客,郗超、谢万为掾属。超乃郗鉴之孙也,少卓荦①不羁,父习悭,简默冲退,而啬于财,积钱至数千万,常开库任超所취,超散施亲故,一日都尽。谢万乃安之弟也,清旷秀迈,亦有时名。十月,江州都督庾翼病笃,遣人表桓温为荆州刺史,委以后任。及是翼卒,朝廷已知,时朝议以诸庾世在西藩,人情所安,欲从其请,以温代之。何充出曰:"荆楚,国之西门,户口百万,北带强胡,西邻劲蜀。得人则中原可定,失人则社稷可忧,陆抗所谓存则吴存,亡则吴亡者也。岂可以白面少年当之哉!"会稽王昱曰:"桓温英略过人,有文武器干,西夏之任,无出于温者。"当丹阳尹刘惔,亦奇温才,然知其有不臣之志,谓会稽王昱曰:"温不可使居形胜之地,其位号常宜抑之,明公宜自镇上流,以惔为军司,可保社稷无后日之忧。"昱不听,使人以温代翼;又以惔监沔中军,以代庾方之。

---

① 卓荦(luò)——明显,外露。

汉王杀其弟李广

汉自李寿于癸卯岁卒，群臣立其太子李势为汉王。其时，势弟李广以势无子，求为太弟，势不许。当解思明谏曰："陛下兄弟不多，若复有所废，将益孤危，固请许之。"势疑其与广有谋，收斩之。袭广于涪城，广遂自杀。思明被收，叹曰："国之不亡，以我数人在也，今其殆矣！"思明有智略，敢谏诤，素得民心，及其死，士民无不哀之。

却说姚弋仲清俭耿直，不治威仪，言无畏避。赵王石虎甚重之，以为冠军大将军。

丙午，二年（赵建武十二年，汉嘉宁元年，张重华永乐元年），正月，扬州刺史、都乡侯何充卒。充有器局，临朝正色，以社稷为己任，所选用皆以功效，不私亲旧。及卒，朝廷惜之，谥曰文穆。

却说燕王皝率众二万袭夫余，夫余国王玄以兵扼之，被皝用伏军计邀战，虏其王玄以归，灭其国为郡。

三月，后父褚裒表荐顾和、殷浩于朝廷，朝廷诏以和为尚书令，以浩为扬州刺史。和有母丧，固辞不起，亲属劝之起，和谓所亲曰："古人有释縗绖从王事，以其才足干时故也，如和者，正足以亏孝道伤风俗耳。"浩亦固辞，会稽王昱遣人以书与浩曰：

> 属当厄运，危弊理极。足下沉识淹长，足以经济。若复深存挹退，苟遂本怀，恐天下之事，于此去矣。足下去就，即时之兴废也，国家不易，宜深思之。

浩得是书，乃就职，领扬州刺史。

史说，前凉张轨，安定乌氏人也，汉赵王张耳十七世孙。晋惠帝永宁元年，为凉州刺史，因据之，安帝拜其为凉州牧、西平公。后轨生寔，寔生茂，茂生骏，骏于是年四月卒，僚佐立其子重华为凉州牧、西平公、假凉王。

凉州谢艾破赵兵

却说赵黄门严生恶朱轨,会久雨,因见赵王,潜轨不修道路,谤讪朝政。赵王虎囚之。薄洪谏曰:

> 陛下德政不修,天降淫雨,七旬乃霁。霁方二日,虽有鬼兵百万,未能去道路之涂潦,而况于人乎!愿止作乐,罢苑囿,出宫女,赦朱轨,以副人望。

虎虽不悦,亦不之罪,为之罢长安、洛阳作役,而竟诛轨。又立私论朝政之法,听吏告其君,奴告其主。公卿以下朝觐以目,不敢相遇谈话。

是时,虎欺凉州张骏卒,重华新立,乃遣将军王擢、麻秋领兵三万,出击凉州。大兵起行,至界,张重华已知,悉发境内兵,使裴恒为将御之,久而不战。当司马张耽上言曰:

> 国之存亡在兵,兵之胜败在将。今议举将,多推宿旧。夫韩信之举,非旧德也。盖才之所堪,则授之以事。主簿谢艾,兼资文武,可用也。殿下若用,必克赵兵也。

于是重华召艾,问以方略。艾曰:"愿请兵七千人,必破赵而后言。"华拜艾为中坚将军,给步骑五千与行,艾遂引兵出郭。夜有二枭鸣于牙中①,诸军皆以为凶。艾曰:"六博得枭者胜,今枭鸣牙中,克敌之兆也。汝等何疑!"次日,率众身先出与赵交战,未上十合,大破之。王擢却军二百里。

却说麻秋以一军攻陷金城,获其县令车济,秋招其降,济不从,伏剑而死。又遣人以书致宛城都尉守李矩来降,矩曰:"为人臣,功既不就,唯有死节耳。"先杀妻子而后自刎。秋叹息曰:"义士也!"命人收而葬之。

---

① 牙中——牙中军,即亲军及卫队。

李奕举兵攻成都

十月,却说汉王势骄淫不恤国事,罕接公卿,信任左右,谗说并进,刑罚苛滥,于是中外离心。太保李奕自晋寿举兵反,众至十万围绕成都。汉王势自率禁兵登城拒战。李奕见势自登城上,亲自披挂至城下,数势之罪,被势拽弓射之,中奕项而死。汉兵见射死奕,乃开城门出击,大败奕众退。自巴西至犍为、梓潼,布满山谷,十余万落,掳掠四野,不可禁制,大为民患,加以饥馑,四境萧条。

桓温率师入伐蜀

十一月,桓温召诸将商议伐汉,诸将佐皆以为不可。唯江夏相袁乔曰:"夫经略大事,固非常情所及,智者了于胸中,不必待众言皆合也。今为天下患,胡、蜀二寇而已。蜀虽险固,比胡为弱,将欲除之,宜先其易者。李势无道,臣民不附,且恃险远,不修战备。宜以精兵万人轻赍疾趋,比其觉之,我已出其险要,可一战擒也。蜀地富饶,户口繁庶,诸葛武侯用之抗衡中原,若得而有之,国家之大利也。"温曰:"论者恐大军既西,胡必窥觎。"乔曰:"此似是而非。胡闻我万里远征,以为内有重兵,必不敢动。纵有侵轶,沿江诸军,足以拒守,必无忧也。"温大悦曰:"君谋乃吾志也。"戒严旦日,不待朝命,拜表即行。委长史范汪以留事。朝廷得表,闻温伐汉,皆以蜀道险远,温众少而深入,多以为忧。唯刘惔以为必克。众问其故,惔曰:"以博①知之。温,善博者也,不必得则不为。但恐克蜀之后,专制朝廷耳。"众服其论。

---

① 博——以赌具预卜。

汉主面缚舆梓降

丁未,三年(赵建武十三年),三月,晋兵前望夔关不远。桓温在马上观看,见前面沿江傍山一阵杀气腾起。温勒马不进,言曰:"三军不得前进,前面必有埋伏。"随即把军倒退十余里外地势空阔处摆开,以备战敌,使战马十余骑前去哨探,回报无军。桓温不信,下马登高观望,杀气从地而起。温又使人仔细观望,回报江边只有乱石七八十块堆着,内无军马。桓温大疑,寻土人问之。须臾寻到数人,温问乱石作堆何故,土人告曰:"吾听得老者说,此石乃诸葛丞相入蜀之时,特来此处,运石垒成阵势于沙滩之上,常常气从内起。此处地名鱼腹浦是也。"温听罢,上马引数十骑来看,乱石乃立正于山坡上下,四面八方,皆有门户,其石皆八行,行相去二丈。时诸将皆不识,不识者笑曰:"此惑军之术耳,有何异哉!"唯桓温曰:"此乃八阵图,按常山蛇势,何特陆逊不因此也。"遂引从骑下山坡,直入石阵中观看。看时日且将坠,但见怪石嵯峨似剑,重叠如墙,江涛汹涌,却似战鼓之声。桓温观罢,赞叹不已,引兵直出。史官有诗赞八阵图曰:

孔明施妙用,布阵向沙堤。已许桓温识,先教陆逊迷。江声喧鼓角,山景吐云霓。庙貌今犹在,应须不用疑。

却说温军至青衣县,汉主势闻知大惊,遣将军昝①坚大发兵趋合水以拒之。诸将进计曰:"今晋兵大来,地理必疏,宜设伏兵于江南,待其过半击之,则温成擒矣。"昝坚曰:"桓温能博,彼必料伏,安能破之?不如引兵向犍为,先处以抗之,可保万全。"于是引众向犍为。

温军先至彭模。桓温闻汉以坚为将向犍为,集诸将商议,时诸将议欲分两军,两道俱进,以分汉兵之势。袁乔曰:"不可。今悬军深入,当合势力,以取一战之捷。万一偏败,大事去矣。不如全军而进,弃去釜甑,持三日粮,以示士卒无还之心,胜可必也。"温从之,依计而行,留后军孙盛将羸兵二千守辎重,共步卒二万,直指成都。进遇汉将李权,温大骂:"无端

---

① 昝(zǎn)——姓。

匹夫！今吾大兵百万，战将千员，已入窠①穴，为何不降，犹敢抗拒？"权与温将袁乔战，乔佯败而走，权追五里，炮声响，伏兵齐出，权兵大败，望山路而走。桓温催军追赶，三战三捷，汉兵走散。昝坚兵至犍为，方知为温军从异道至成都之十里陌矣。昝坚急领兵还，坚众自溃，不敢交锋。汉主势见温军至近，乃悉集将军出战。两下皆至笮②桥，二军合战。温前锋不利，石矢至及温马首，众惧欲退，而鼓吏惊慌，误鸣进鼓。袁乔拔剑亲督卒，士卒力战十余合，大破之，汉兵溃走，李势勒马走回归。桓温乘胜长驱至成都，纵火烧其城门。汉人惶惧无复斗志。李势知不能拒，集文武舆榇面缚，诣温军门投降。温遂引众入城，差人送汉主势于建康面君。朝廷诏封李势为归义侯。温既克蜀，引汉司空谯献之等以为参佐，举贤旌善，蜀人悦之。温留成都三十日，始振旅还江陵。蜀自李特至势，凡四十六年，至是灭之。

却说晋后垂帘，论平蜀之功，欲以豫章郡封桓温。左丞陶猊言："温若复平河洛，将何以赏之？"于是乃加温为征西大将军、开府仪同三司，封临贺郡公。温既灭蜀，威名大振，朝廷惮之。而温自平蜀之后，雄姿丰气，自谓其是宣帝、刘琨之俦。诸将将为王敦之比，温意甚不平，而恨诸将。诸将设一计，使一老妇伪作刘琨妓女，入访桓温，一见温潸然而泣。温问："汝乃何处妇人，敢来此发悲？"老妇答曰："吾乃刘司空琨之妾也。昨见郡公游街，甚似刘司空，因来访见，果似无比，令人见鞍思马，睹物伤情，而致泣耳。"温闻老妇说其貌似刘琨，心中大悦，即入内再整衣冠，又呼老妇问曰："吾与刘司空何如？"老妇曰："面甚似，恨薄；眼甚似，恨小；须甚似，恨赤；形甚似，恨短；声甚似，恨雌。"温微闷，喝退老妇，于是入内解带，昏然而睡，不怡者数日。

温既灭势，朝廷惮之。晋后亦惮其威，遂问群臣曰："睹桓温掌握重兵，恐有异志，何以制之？"当会稽王司马昱曰："今有扬州刺史殷浩，天姿英杰，智识高明，时人号为'管葛'，天下闻名，朝野推服。陛下降诏，宣其入朝，使之都督内外诸军，参综朝权，足以抗温。"后然之，于是使人以诏，诏扬州刺史殷浩入朝，以浩为中军将军，假节钺，都督中外诸军事，总领六

---

① 窠（kē）。

② 笮（zuó）——竹篾拧成的绳索。

军。昱引为心膂,参综朝权,欲以抗温,由是与温常相疑贰。浩以王羲之为护军将军,羲之以为内外和协,然后国家可安,劝浩不宜与温构隙,浩不从。

却说赵将麻秋既克金城,率众来攻枹①罕。晋昌太守郎坦欲弃外城,武城太守张悛②曰:"弃外城,则动众心,大事去矣,宜固守之。"于是旦夕守御。秋率众八万,围堑数重,云梯地突,百道皆进,城中以死御之,秋众死伤数万,料不能克,退保大夏。郎坦使人求救于凉主张重华,重华遣谢艾率步骑三万,进军临河。艾自乘轺车,戴白帢③,鸣鼓而行,秋望见,怒曰:"艾年少书生,冠服如此,是轻我也。"即命黑矟龙骧三千人,驰击之。艾左右惊慌大扰。艾据胡床④,指挥处分,使张瑁以三千人从间道截赵军之后。赵人见艾端坐不动,以为有伏兵,惧不敢进。相持半日,张瑁兵出赵兵之后,赵军忙退,艾乘势进击,大破之。麻秋坚守大夏,不敢轻出,即使人报知赵王虎。虎大怒,即遣将军孙伏都率步骑三万,会秋军马,长驱济河。谢艾埋伏弩手二千于谷左右,日将交战,诈败,伏都与秋追及谷口,弩矢如雨,赵兵稍退,艾身先率精骑杀出,乘退一击,杀得赵兵十去其七,伏都等引残兵退还本境,艾亦屯住险以持之。赵王虎闻知伏都兵败,叹曰:"吾以偏师定九州,今以九州之力困于枹罕,彼有人焉,未可图也。"有沙门⑤吴进言于虎曰:"胡运将衰,晋当复兴,大王宜益营建工役,劳苦晋人,以厌其气,方保国昌。"虎从之,下诏使尚书张群发近郡男女九十六万、车十万乘,运土筑华林园及筑长墙于邺北,广长数千里,燃烛而作,暴风大雨,死者数万人。当御史赵揽切谏曰:"今王初迁诣邺,不施仁惠于百姓,而行残虐于万民,营建无益之园墙,大兴有劳之民力,诚恐祸起萧墙之内,徒筑万里之城。"虎大怒曰:"墙朝成夕没,吾无恨矣,汝何多言!"于是不听。

时扬州太守进黄鹄雏五只,颈长一丈,其鸣声闻十里之外,虎命泛之

---

① 枹(fú)。
② 悛(quān)。
③ 帢(qià)——帽子。
④ 胡床——一种可折叠的轻便坐具。
⑤ 沙门——佛教用语,指依照戒律出家修道的人。

于玄武池，以为祥物。又命石宣祈谢于山川，因使其游猎，乘大辂①、羽葆、华盖，建天子旌旗，十有六军，戎卒十八万，自金明门出，虎自登云霄楼观望，笑曰："季龙父子如是，自非天崩地陷，世人安能害我？从今高枕而卧，当复何愁，但抱子弄孙日为乐耳！"石宣引戎卒十八万，所过三州十五郡之地，供给以后，资储靡有孑遗，宣游过复还朝。虎又命秦公石韬亦如之，乘大辂、羽葆、华盖，建天子旌旗，领六军，戎卒十八万出游。韬辞虎出，引众游于秦雍。宣怒其与己均敌。宦官赵生曰："殿下要嗣大位，宜早除韬，不然后患继至矣！"宣深然之。

十一月，朝廷闻张重华屡破赵兵，遣侍御史俞归去凉封重华为西平公。归领旨，至凉封公。重华欲称凉王，未肯受诏，使所亲私谓归曰："主公奕世为晋忠臣，今曾不如鲜卑，何也？"归曰："吾子②失言，昔三代之王也，爵之贵者，莫如上公。及周之衰，吴、楚始僭号王，而诸侯不之非，盖以蛮夷畜之也。借使齐、鲁称王，诸侯岂不四面攻之乎！汉高封韩、彭，寻皆诛灭，盖权时之宜，非厚之也。主上以贵公忠贤，故爵以上公任以方任，宠荣极矣，岂鲜卑、夷狄所可比哉！且吾闻之，功有大小，赏有重轻，今贵公始继世而为王，若率河右之众，东平胡羯，修复陵庙，迎天子返洛阳，将何以加之乎？"所亲以归云告重华，重华乃受公封。是时，雍州杨初闻晋封凉西平公，亦遣使人入建康称藩。朝廷君臣议以诏封初雍州刺史、仇池公。杨初自此归晋矣。

石宣谋父不遂诛

戊申，四年（赵建武十四年），八月，赵王虎次子秦公石韬，有宠于虎，常欲立之，以太子宣居长，犹豫未决。宣知虎意欲立韬，乃谓左右杨杯、赵生曰："今上欲立韬，汝能为我杀韬，吾当以韬国邑分封汝等。韬死，主上必临丧，吾因行大事，蔑③不济矣。"杯、生诺出，各藏利刃，闻韬出游龙华

① 辂（lù）——古时的一种大车。
② 子——古时对男子的敬称。
③ 蔑——没有。

寺佛舍中,杯、生随入,将韬杀之而逃。亲随人各无寸兵,不敢追捕,即收殓其尸,回朝奏知赵王虎。虎大哭,哀惊气绝,久之方苏。欲自临观其丧,司空李农谏曰:"害秦公者未知何人,銮舆未宜轻出。"既而乃止,使人出访其事,方知是太子石宣谋杀之。虎即出殿集文武,囚宣杀之。积柴邺北,使韬所亲宦者纵火焚讫,虎登中台观之,取灰分置诸门交道中。杀其妻子九人。宣幼子才数岁,虎素爱之,抱之而泣。虎欲赦之,大臣李农等不肯,取杀之,儿挽虎衣,大叫至于绝带。虎因此发病。东宫卫士高力等十余万人皆谪戍①凉州。

却说燕王慕容皝庶兄慕容翰,性雄豪,多权略,猿臂工射,膂力过人。皝深忌之,先因廆崩世,皝嗣位,翰乃奔投段氏,后又奔宇文归。为思家乡,与商人王车而逃,宇文归闻知,乃使劲骑百余,追促慕容翰。翰见后有追兵,急遥谓追兵曰:"吾之弓矢,汝曹足知,莫来相逼,自取死也。不然,汝可立于百步之外竖刀,看吾射中刀镮,汝便宜返;如不中刀,可来前也。"追兵乃立百步之外,以刀竖起,翰便以左手按弓,右手搭箭,一发三矢,皆中刀镮,追兵惊异,乃散走回去。因是翰得逃命归国,来见燕王皝。皝大喜,以为右卫将军。因伐宇文部为流矢所中,卧病数月,后便瘥,因在家试马演刀,被人密告燕王皝,称翰在家演武,将欲为变。皝虽借翰勇略,然心终忌之,因是诬其谋逆,使人以鸩酒赐死。翰曰:"吾负罪出奔,既而复还,死已晚矣!然羯贼跨据中原,吾不自量,欲为国家荡一区夏,此志不遂,殁有遗恨。"言讫,饮药而卒。可怜有志士,遭害抱恨亡。是时,翰饮药酒而死,国人尽冤之。

时燕王慕容皝引兵出畋于西鄙山,至济河,忽见二父老,身着朱衣,乘坐白马,立于其前,举手挥皝曰:"此非猎所,王宜还也。"言讫,奄忽不见。皝秘之在心,不与众言,遂过济河,连日大获走兽。又见一白兔走过,皝驰射之,忽马失脚,身翻跌落崖下。众官救起,身带重伤,方对文武诉说前见父老指挥之事。文武曰:"既如此,火速还朝。"言讫,即时换马归宫,因此得病,十分沉重,唤太子慕容俊入内,嘱之曰:"吾闻'人之将死,其言也善,鸟之将死,其鸣也哀'。故以语汝,今中原未平,方资俊杰以经世务,智勇兼济,才堪任重,汝其委之。阳士秋志高行洁,忠干贞固,可托大事

---

① 谪(zhé)戍——因罪遣送边地守卫。

也。尚其切记吾言,不可忽忘,汝善待之!"嘱讫,徐徐气绝身亡。百官举哀发丧,立俊为燕王。

史说,慕容俊字宣英,皝之第二子也。初,廆尝言:"吾积福累仁,子孙当有中原。"既而皝生慕容俊,廆一见曰:"此儿骨相不恒,吾家得之,必有兴王者矣。"俊姿貌魁伟,博览图书,有文武干略。及皝身死,众臣立之,僭即燕王之位,谥父皝曰文明。

赵立子世为太子

却说赵王虎大集群臣于中殿,议立太子。太尉张举曰:"燕公有武略,彭城公博有文德,唯陛下所择者。"虎之拔上邽也,将军张豺获前赵王刘曜幼女,有殊色,纳于虎。虎嬖之,生齐公世。张豺乃说虎曰:"陛下再立太子,其母皆贱,故祸乱相寻。今宜择母贵子孝者立之。"虎纳其言,令公卿上疏请之,大司农曹莫不肯署名。虎问其故,莫顿首曰:"天下重器,不宜立少,故不署。"虎称其忠,而不能用,遂立世为太子,以刘昭仪为皇后。

十二月,晋后以蔡谟为司徒,谟上疏固让,谓所亲曰:"我若为司徒,将为后代所哂,义不敢拜也。"

弋仲以兵讨梁犊

己酉五年(赵太宁元年),赵王虎自称皇帝,虎既即大位,大赦境内,故东宫高力等万余人谪戍梁州,行达雍城,不在赦例。高力督梁犊率众作乱,攻拔下辨城,掠民财,梁犊出战,执斧施一丈柯,攻战若神,所向崩溃,人无敢拒。因长驱而东,北至长安,众已十万。乐平王石苞领众五万拒之,一战而败。犊遂以众杀入洛阳。赵王虎急遣李农率步骑十万来讨之,与犊交锋,战未一合,犊持长斧,横扫冲阵,杀人如同割韭,斩将似若切葱,人迎人死,马当马亡,杀得农兵十损其七,大败而逃。李农既败回,虎惊大惧,即以其子燕王斌为大都督,统姚弋仲、蒲洪、石闵等,率大兵二十万去讨之。

时姚弋仲闻虎有命讨犊，率本镇兵八千余人，至邺求见赵王虎。虎未出见，使宦官引内赐食，弋仲怒曰："主上召我击贼，当面授方略，我岂为食来耶！且主上不见我，我何以知其存亡？"虎忙力疾见之。弋仲让虎曰："儿死愁耶，何为而病？儿初时不择善人教之，使至于为逆，既诛之，又何愁焉！且汝久病，而立幼儿，汝若不愈，天下必乱，当先忧此，勿忧贼也！彼等穷固思归，相聚为盗，何所能制！老羌为汝一举了之。"弋仲性狷直①，人无贵贱皆敬之。虎虽被其面抑，亦不之责，反赐铠马与之。弋仲曰："汝看老羌堪破贼否？"言讫，乃披铠跨马于殿中，因策马南驰，不辞而去，遂与斌、洪、闵等，领众至荥阳。次日，弋仲手持铁鞭，亲出前锋，与梁犊交战，不二合，斩犊于马下。杀入犊阵，斩获万计。贼众大溃，被蒲洪等驱众一掩，贼众各亡散讫。于是梁州安宁。虎闻之，遣使命弋仲剑履上殿，入朝不趋，封平西郡公；以蒲洪为雍州刺史，封略阳郡公。

图澄葬石归天竺

却说赵王虎倾心事佛及重佛图澄，百姓因澄，故多奉佛，相竞出家，真伪混淆，多生过恣。时著作郎王度奏曰："佛乃外国之神，非中华所应其有奉祠，请除年禁。"季龙弗听。当佛图澄知石氏将灭，乃自启茔墓于邺西紫陌，因焚香静坐，唤弟子法祚至而谓曰："石氏当灭，吾及其未乱，先从化矣，吾死之后，可将吾棺葬于吾建墓所也。"言讫而卒。法祚举哀吊孝，收澄入棺，殡葬于邺西紫陌茔墓。过六十日满，变服奏赵王季龙。季龙心甚烦恼，忽有一沙门从雍州入，闻赵王奉佛好施，因而见赵王季龙。季龙不悦而谓曰："朕自佛图澄升天之后，不胜悲怆，欲求再会，不能一见，正此思忆。你可暂退，再日设素来请。"沙门曰："吾从雍州来，见佛图澄西入关去，何故言死？"赵王季龙大惊，即令僧人退，使人去邺西紫陌，掘开茔墓视之，唯有一石，而无棺尸。使人以其事回奏赵王虎，虎心甚恶之，曰："石者朕也，葬我而去，吾将死矣！"果然疾重。四月，虎疾甚，以子

---

① 狷（juàn）直——性情正直，不同流合污。

彭城王石遵镇关右,以燕王石斌为丞相,张豺为镇卫大将军,并受遗诏辅政。刘太后恐斌为相,不利于太子,矫诏免斌归第。石遵在幽州闻诏命镇关右,即归邺,欲入宫省疾。刘后诈敕命朝堂受拜遣之,遵涕泣而去。虎扶病坐西阁,龙腾中郎三百余人列拜于前曰:"圣体不安,宜令燕王入宿,卫典兵马。"虎曰:"燕王不在内耶?可召来。"然虎不知刘后已废丞相斌了,故命人去召。而左右皆刘后之用人,当左右对曰:"燕王酒病不能入。"虎曰:"汝等速驰辇迎之,当付玺绶。"亦竟无行者。虎再四命人去召斌,左右只得行,先报与刘后。刘后令张豺矫虎诏在内,待斌入杀之。于是豺从后计,在内至昏,使左右人召斌来,豺矫称虎诏,诬斌之罪,执而杀之。斌遇害,虎亦卒。张豺扶太子石世即位,刘氏临朝称制。

时石遵已到河内,闻父石虎已丧,世即大位,及杀石斌之事,朝夕痛泣。会姚弋仲、蒲洪及征虏将军石闵等讨灭梁犊还,遇石遵于季城,因相见共说其事。石闵等曰:"殿下长而且贤,先帝亦有意以为嗣,末年惛惑,为豺所误。今若声豺之罪,鼓行而讨之,其谁不开门倒戈以迎殿下者!"遵从之,曰:"汝能努力,事成以尔为太子,以承大统。"闵诺,遂与姚弋仲等率众还邺,称暴张豺之罪。率众将欲攻城,城中耆旧羯士皆开门出迎之。豺亦惶怖出迎,遵命执之,擐甲耀兵,入升前殿,躃踊①尽哀,斩豺于市,夷其三族。计假刘氏令以遵嗣位。封世为谯王,废刘氏为太妃,寻皆杀之。遵既即大位,以石闵为都督中外诸军事。于是邺中暴风拔树,震雷,雨雹大如盂升。太武、晖华等殿,皆为雹打折破而毁。灾及诸门观阁,荡然无余,金石皆尽。

时沛王石冲镇蓟州,闻石遵弑刘后太子而自立,乃起兵讨遵。遵即使石闵等讨之,于是闵率兵十万,去讨石冲。两军会战于蓟县之西五十里,及交锋,冲士卒不敢进,被闵追及入阵,获冲杀之,又得士卒三万人,领众还都。次日,入见遵曰:"冲反,吾已获杀之,而蒲洪人杰也,今镇关中,恐秦雍之地,非复国家所有,宜改图之。"遵从之,罢洪都督。洪大怒,领家属私归枋头,遣人入建康降晋,朝议许之。

---

① 躃(bì)踊——哭天抢地的样子。

晋燕率师伐赵国

却说慕容霸上书于燕王俊曰:"石虎穷凶极暴,天之所弃,余烬仅存,自相鱼肉。今中国倒悬,企观仁恤,若大军一振,势必投戈弃甲而走。"俊曰:"卿言至当,吾国不幸,新遭大丧,恐有不利孝将,莫若渐待来春,会晋大举。"霸曰:"难得而易失者,时也。万一石氏复兴,或有英豪,据其成资,岂唯失此大利,亦恐更为后患矣!"俊犹豫未决,将军封奕、慕容根曰:"用兵之道,敌强用智,敌弱则用势。今中国之民,困于石氏之乱,人咸思易主,以救汤火之灾,此千载一时,不可失也。自我宣王以来,而招贤养民,务农训兵,正俟今日,若复顾虑,岂天意未欲使海内平定耶?将大王不欲取天下耶?"俊从之,遂以慕容恪、慕容评、阳骛为三辅将军,慕容霸为前军都督,选精兵二十五万,讲武戒严,为进取之计。

七月,桓温亦闻赵乱,率众十万,出屯安陆,遣诸将自营北方。赵将扬州刺史王浃举寿春来降,朝廷纳之。使西军中郎将陈逵,进据寿春。征北大将军褚裒上表请伐赵,朝廷许之,裒即日戒严,率军直指泗口。时朝议以裒事任贵重,不宜深入,宜先遣偏帅前进。裒又奏言:"前已遣前锋王颐之等引兵径造彭城,后又遣督护糜嶷进据下邳,今宜速发以成声势。"于是朝廷加裒为大征讨大都督。裒率众五万,径赴彭城。北方士民降附者,日以千计。朝野皆以中原指期可复,惟蔡谟谓所亲曰:"胡灭诚为大庆,然恐复贻朝廷之忧。"其人曰:"何谓也?"谟曰:"夫能顺天乘时,济群生于艰难者,上圣英雄乃能为也。其余则莫若度德量力。观今日之事,殆非时贤所能及,必将经营分表,疲民以逞。既而才略疏不能副心,财殚力竭,智勇俱困,安得不忧及朝廷乎!"

却说鲁郡民五百余家起兵附晋,遣人求援于裒,裒遣部将王龛将骁卒五千迎之。时赵王遵闻晋兵扰境,使李农引兵二万来拒。兵至代陂,遇王龛兵至,两下交战,晋兵大败,王龛被害,余兵尽殁无还。裒闻王龛败没,率众退屯广陵。陈逵知裒已退,恐独力难拒,亦焚寿春积聚,毁城遁还。因此裒领诸将还镇京口,解征讨都督。时河北大乱,赵民二十余万口渡河欲来归附,会裒已还,威势不振,皆不能自救,死亡略尽。

九月,张重华自称为凉王,而重华屡以钱帛赐左右,又喜博弈,颇废政事。索振谏曰:

先王勤俭,以实府库,正以仇耻未雪,志平海内故也。今蓄积已虚,外难方兴,军旅之符,屡年不息。臣恐国家不给,支用未敷,况今急而寇仇尚在,岂可轻有耗散,以与无功之人乎!汉光武躬亲万机,章奏诣阙,报不终日,故能隆中兴之业。今章奏停滞,下情不得上达,沉冤困于囹圄①,殆非明主之事。

重华谢之,始俭赐揽政改德。

却说赵乐平王石苞谋率关右之众攻邺,而苞贪而无谋,雍州豪杰知其无成,并遣使告请晋梁州刺史司马勋率众赴之。勋遂从其请,率兵出骆谷,破赵长城戍,壁于悬钩,隔长安二百里。三辅②豪杰多杀守令以应之。赵王遵闻知,与文武议,遣王朗率精兵二万,以拒勋为名,而实讨苞,苞不备,王朗因过其地,驰入获苞送邺而赦之。司马勋兵少不敢进,因攻拔宛城,杀赵南阳太守而还。

石鉴杀遵而自立

十一月,昔赵王遵之发李城也,谓石闵曰:"汝努力事我,获大位,以汝为太子。"既定而立其子衍为太子,闵犹未以为恨。而闵素骁勇,屡立战功,既总内外兵权,乃抚循殿中将士。中书令孟准劝遵诛之,先除后患。遵见闵权重,眼前无与计者,密召义阳王石鉴等入宫,于郑太后前商议诛闵。太后曰:"不可。石闵屡有大功,国之所赖,更兼未有过恶,若诛之,晋、燕必来干境。"遵犹豫,令鉴且退,容再计议。石鉴出内,石闵闻遵召鉴入宫,乃自诣宫外等候。鉴果出,闵问:"主上与君所议何事?"鉴不敢瞒,以实告闵。闵大怒曰:"吾以德立汝,汝以怨报我!"即归第,使人召李农至,谓曰:"今主上无道,欲杀我与卿,吾欲废立,请卿议之。"农曰:"明公何得其语耶?"闵曰:"今日主上召义阳王入宫,议欲诛我及卿,义阳王

---

① 囹圄(líng yǔ)——牢狱。
② 三辅——西汉时治理京畿地区的三个职官。长安近畿亦谓三辅。

告我。"农曰："经目之事,犹恐未真；背后之言,岂足深信。明公息怒,容某试问之。"闵曰："其事是实,不必去问。"农欲出,闵劫之不与出第。于是李农只得与闵同谋,使将军苏彦、周成率甲士五千人,先入宫执赵王石遵及太子衍弑之。后李农与石闵率百官入殿,推义阳王石鉴即位。鉴既登大位,以石闵为大将军,李农为大司马,并录尚书事。时遵在位一百八十日,俄而被害。

却说流民相率西归,路由枋头经过,闻蒲洪为赵王所废,其流民入推蒲洪为王。洪纳之,于是洪威名大振,众至十数万。赵王鉴闻知,惧其逼邺,与百官朝议,以计遣之,于是乃遣使以洪为雍州牧,令其往镇。洪得鉴命,会官属议,当主簿程朴请曰："使君权且与赵连和,分境而治,然后图之。"洪怒曰："吾不堪为天子耶！"引朴斩之,不受赵命。

十二月,却说褚裒伐赵不克,还至京口,每闻哭声甚多,以问左右。左右对曰："皆代陂死者之家也。"裒惭愤,发疾而卒。僚佐奏闻朝廷,褚后哀哭。尔因朝廷以荀羡代监徐、兖军事,羡时年二十八岁,中兴方伯,未有如羡之年少者也。

冉闵监主杀胡羯

却说赵王石鉴既即大位,其兵权尽属石闵、李农二人,而鉴立坐不安,乃密谓乐平王石苞曰："闵、农二人欺朕太甚,庆赏刑律,皆非朕意。卿若能率部下讨之,必以其职附卿。"苞诺而出,即点部下五百人,各持兵器,密夜攻闵府。石闵已知,使府内卫兵坚闭不出。苞欲放火焚烧,恐延及宫殿,攻不克而退。赵王鉴惧,伪若不知者,反欲杀苞,召将军孙伏都、刘铢等入,曰："闵、农二人甚实猖狂,朕欲讨之,故使乐平王苞去攻。卿等若怀忠义,亦宜戮力讨之。"伏都、铢等曰："臣等亦结有羯士三千,欲诛闵、农久矣,未得尊旨,莫敢自行。既陛下欲诛此跋扈,吾即讨之。"鉴曰："卿好为之,勿虑无报也。"于是伏都等出宫,率二千人来攻闵、农。其时石闵被石苞所攻,不克而去,已知石鉴之谋。又遣孙伏都、刘铢来攻,乃急漏夜召集诸将士卒,各披挂俟候。而谓李农曰："今石鉴遣孙伏都、石苞等攻我,不得不下手为强。奈六军大半羌、胡、羯人,怎肯从吾。君有何谋,可急施之。"农曰："大权在明公掌握,孰敢不从?可遣偏将军王简,领甲士五千,先入宫围住石鉴,不与其出入,亦不许百官入朝,下令于城中曰:'孙、刘构逆,反党杀诛,良善一无预也。今日以后,与官同心者留,不同者各任所之。'敕城门不禁去者,任其所之。愿者引同讨灭石氏,然后尽诛羯氏,明公自取鼎业,有何不可。"闵曰:"将军之策,符合我心。"于是二人计议已定,吩咐王简诸将,各领计而行。计排已定,孙伏都、刘铢率羯士三千人来攻,石闵大开府门,驱甲士一击,杀死羯士三千,不留一人,伏都、刘铢亦被闵斩之。孙、刘既死,王简领兵入宫围住赵王石鉴。鉴私逃入御龙观,王简亦率众守鉴于御龙观,石闵悬食给之。乃下令于城中曰:"羯贼纵暴戕刈①百姓,今将灭之,愿同心者留,不从者任从其行。"于是赵人百里内悉入城,胡、羯去者填门竞出。闵、农知胡之不为己用,遂率赵人诛胡、羯,无贵贱、妇女、少长皆斩之,死者二十余万。其有屯戍四方者,闵皆命赵人为将帅诛之。其有高鼻多须滥死者,又何止十万余人。

却说燕王俊闻石氏内乱,乃遣人来见凉王张重华,约会击赵,重华许之。

冉闵弑鉴改号魏

庚戌,永和六年(赵王石祗②永宁元年,魏王冉闵永兴元年),闰正月,冉闵欲灭去石氏之迹,托以谶文有"继赵李",更国号曰魏,易姓李氏。时新兴王石祗镇襄国,赵之公侯、卿校,皆出奔从祗,祗咸抚纳之一万余人。祗始知冉闵之谋,欲招集胡、羯,将欲讨之,恐寡不敌,未能速进。赵之诸将张沈、张贺度等拥众各数万,亦皆别屯,不附于闵。汝阴王石琨闻闵幽其主鉴,率兵二万前来伐邺,闵即率三军出城北拒迎。两军相遇,交锋大战,不数合,琨兵大败,离城五十里下营。时鉴被王简监在御龙观,闻汝阴王琨兵至,密召张沈入观,私谓曰:"卿乃社稷之臣,先君亦曾德汝。今冉闵囚朕,必有害我之意,愁坐卿等,故未敢行。今闻汝阴王率众来讨,闵出

---

① 戕刈(qiāngyì)——杀害。
② 祗(zhī)。

外迎,卿若能灭邪返正,乘虚袭邺,救朕脱斯罗网,誓与卿等子孙同荣。"张沈曰:"屡有不平之鸣,欲诛此贼,恨未有便。今出城外拒战未回,臣即点军,明旦闭门先剿绝其友党,后获石闵,以报陛下知遇之恩。"言讫即出,与张贺度等商议。早有随鉴宦者私告闵。闵大惊,忙入城内,与李农定计。次早,即入御龙观,废赵王石鉴,杀之。又杀赵王石虎三十八孙,尽灭石氏之族。时百官皆惊,士民骇异。当司徒上尊号于闵,闵以让李农,农固辞不受。闵谓农等曰:"君既不受,吾等故晋人也,请与君分割州郡,各镇牧守,共侯迎天子还都洛阳,何如?"尚书胡睦曰:"陛下圣德,应天宜登大位。晋氏衰微,远窜江表,岂能总驭英雄,混一四海乎?"闵大悦曰:"尚书可谓识机知命矣。"于是闵即皇帝大位,国号大魏,改元永兴元年,以李农为大将军、都督诸军事。

　　按石鉴在位一百零三日,被石虎养子冉闵杀之。始于石勒以晋大兴二年僭位,二主四子,凡三十一年,至此而灭。

　　史说,冉闵字永曾,小字棘奴,乃石虎之养孙也。父冉瞻,字弘武,魏郡内黄人。闵幼而果锐,季龙抚之为孙。至是,杀鉴而立为魏。

　　却说朝廷因中原大乱,褚后命郡臣复谋进取。朝议以浩为中军将军,督扬、豫、徐、兖、青州诸军事;遣使以蒲洪为征北大将军,督河北诸军事,诏各道进兵。时姚弋仲、蒲洪各有据关右之志,弋仲遣其子姚襄率众三万来击蒲洪。洪已知其来,亦引军二万出迎。两下交兵合战,襄失地利大败,死者过半而还。洪击破姚襄,威名愈震,乃自称为大都督、大将军、大单于、三秦王。始改姓苻氏,以雷弱儿、梁楞、鱼遵、段陵为将相,各执兵分讨不降。

燕王击赵拔蓟城

　　却说燕王慕容俊与慕容霸、慕容舆将兵二十万,分三道出塞以伐赵,赵守将皆走。俊遂拔蓟城,集诸将,欲悉坑其士卒。慕容霸谏曰:"坑之不可。赵为暴虐,王兴师伐之,将以拯民于涂炭,而抚有中州也。今方始得蓟,而坑其士卒,恐不可以为王师之先声,而求大功之首务。"俊乃释之,迁徙其都于蓟城。时中州士女相继而至,俊抚纳之。次日,又催军至范阳,太守李产欲率兵为石氏拒燕,而众兵莫为其用,燕率军入城,令长出降。俊纳之,悉置幽州郡县守宰,乃引兵还蓟。却说魏王石冉先以谶文改姓李氏,至是复改自姓冉氏。因以李农为太宰,录尚书事,遣使持节,敕诸军屯,以为己用,诸军皆不从。

却说初,赵故将麻秋为苻洪所获,以为军师将军。秋说洪曰:"冉闵、石祇方相持,中原未可平也,不如先收关中,基业已固,然后东争天下。"洪深然之。麻秋身虽归洪,而心欲自立,乃思谋以鸩匿馔与酒中,请洪赴宴饮食之,待洪死以并其众。谋排已定,令人请苻洪。洪果至,因饮酒中毒而归,将死,急呼其子苻健入卧榻前,嘱之曰:"吾今日因麻秋所请赴宴,饮酒中毒,想必难起。吾所以未入关者,以为中州可定。今不幸为竖子所困,中州非汝兄弟所能办。我死,汝急率众入关。"言终而卒。健大哭,收葬其父,使人收麻秋斩之,以祭父魂。健代统其众,乃去王号,称晋征北大将军官爵,遣使入建康告丧请命。

却说新兴王石祇镇襄国,赵之旧臣、公侯、伯尉,因闵坑灭胡、羯,皆逃奔襄国,劝石祇即位。于是祇即皇帝大位,改元永宁,以姚弋仲为右丞相,待以殊礼。弋仲子襄,雄略多才,祇以为骠骑大将军。又遣使以苻健为镇南大将军。祇既称帝,诸夷据州郡拥兵者皆应之。

却说魏王冉闵既登大位,士民未附,乃谋将李农杀之,遣使持首临江告晋曰:"逆胡乱中原,今已诛之。能共讨者,可遣军来也。"朝廷莫辨真伪,不应。

六月,却说王朗闻赵乱,乃自率众离长安,以赴洛阳。其司马杜洪反,即称晋征北将军,以据长安。时西夷夏众皆应之。当苻健欲取之,未暇,乃先治宫室于枋头,课民种麦,示无西意。既而自称征西大将军,都督关中诸军事、雍州刺史。与诸将议谋悉众而西,以鱼遵为前锋,引兵五千,为浮梁以济孟津;又遣弟辅国将军苻雄率众五千,自潼关入;遣兄子苻菁率众七千,自轵关入。临别,健谓菁曰:"若汝不捷,汝死河北,我死河南,不复相见。既济,汝可焚桥,吾自率大众随苻雄而进。"言讫,菁引众相辞而去,健亦起兵而行。却说鱼遵既为前锋,率众伐木,起造各处浮桥,苻雄以五千众打破潼关。时杜洪闻苻健使雄自潼关来,急遣张先领五千军来潼关迎战。两军会战于潼关之北,张先失地利,大败走还长安。杜洪大惧,分兵固守长安,不敢复出。

常侍辛谧不食卒

却说赵故将张贺度等闻冉闵杀太宰李农,乃会兵于昌城,将攻邺。魏王闵已知,乃自将兵二十万出击之。二军相遇,战于苍亭,度兵稀少,未及三合,大败而去。闵尽俘其众而归。有戎卒三十余万,旌旗钟鼓蔽鸣百余里,虽石氏之盛无以过也。闵既归国,闻陇西故晋散骑常侍辛谧有高名,遣使备礼征谧为太常侍,使人诣谧,固辞弗去,因回书与使人遗闵云:

物极则反,致至则危。君王功已成矣,宜因兹大捷,归身晋朝,必有由①夷②之廉,以享松、乔之寿。

使人以其书与闵,闵观之竟不从其议而寝。谧闻闵不从其请,恐其再逼,因不食而卒。

九月,初,渤海人贾坚少尚气节,仕赵为殿中督,及赵亡,坚还乡里,拥部曲数千家,以保据卿邦。时燕慕容评徇冀州至渤海,使人招坚降,坚不从,率兵拒抗。评大怒,亦引军与战。两下交战,不十合,坚大败,被评获之。贾坚被擒,只得投降。评大喜,以坚为乐平太守。十一月,苻健见杜洪不出,乃长驱军马,杀入长安。杜洪自知不能敌,乃率众夜开城门,引家属走出。苻健遂得长安居之。健以民心思晋,乃遣参军杜山伯奉表入建康朝帝献捷。又健使奉书修好于桓温,于是秦雍夷夏皆附之。

十二月,晋穆帝临轩,遣侍中黄门复征蔡谟为司徒,谟陈疾笃,自旦至申,使者十余返,谟不至,辞愈切。谟除司徒,三年不就职,诏书屡下其第,终不受。于是帝始临轩复征,不见其来。帝年方八岁,自旦至申,待之甚倦,问左右曰:"所召人,何以至今不至?临轩何时当竟?"太后见其固辞不至,乃诏罢朝。会稽王昱令曹曰:"蔡公违圣上命,无人臣之礼。若人主卑屈于上,大义不行于下,不知所以为政矣。"于是公卿乃奏穆帝,请将谟送廷尉。帝未下诏,谟已知,大惧,乃率子弟素服诣阙稽颡,自到廷尉待罪。殷浩与众朝臣议,欲加谟大辟。会荀羡入朝闻其议,即语浩曰:"蔡

---

① 由——许由,尧让帝王不受,让他做九州长官亦不受。
② 夷——指伯夷,殷贤臣,叔齐让位而不受。

公今日事危,明日必有桓、文之举矣。"浩乃止,奏请诏免谟为庶人。

辛亥,七年(赵永宁二年,魏永兴二年,秦王苻健皇始元年),正月,鲜卑段龛使使以青州来降。晋帝与群臣议,以龛为镇北将军,封齐公。初,段兰死于令支山,龛领其众,因石氏之乱,乃率众南徙广固,至是来降。

却说苻健集诸将佐议征进之策,左长史贾玄硕等谓健曰:"天下悬倒,豪杰各有霸王之意。今将军功盖四海,地有三秦,宜依刘备称汉中王故事,遣人入建康上表,表将军为都督关中诸军,为大单于、秦王,如何?"健怒曰:"吾岂堪为秦王邪!且晋使未返,我之官爵,非汝曹所知也。"于是诸将佐各散。健心悔,密使梁安讽玄硕等上尊号,玄硕不知其意,乃从之。次日,引将佐只上号为秦天王、大单于。健遂即王位,心中不悦,宴会群臣上贺,国号大秦。

魏王冉闵围赵王

二月,魏王冉闵亲率大军二十万,围赵王石祇于襄国。赵王祇大惊,调兵固守城池。闵连驱士卒,攻百余日不下。祇危急,乃去帝号称王,遣太尉张举乞师于燕,许送传国玺于俊。张举去讫,又遣将军张春求救于姚弋仲。春奉命见弋仲,称赵王求救之事。弋仲从之,遣子姚襄执兵一万五千,去救襄城。临行,弋仲戒曰:"冉闵弃仁背义,屠灭石氏。我受人厚遇,当为复仇,老病不能自行,故命汝去。汝才十倍于闵,若不能枭擒,必不复见我也!"襄拜领其言,即领兵前去。

却说张举至蓟城,次日,入见燕王俊,称石祇说乞师退魏兵及许送传国玉玺之事。俊大喜,即使悦绾将兵一万,去救襄国。魏王闵闻知大惊,亦使中郎常炜至燕见俊,请抽兵勿救于赵,亦许送玺。俊乃使封裕诘玺所在。裕问炜曰:"前日赵使张举至,说玉玺在襄国,今子至,又道玉玺在汝邺,子言诈乎?"炜曰:"玺实在邺,公能奏过燕王抽兵,吾回即将送至。"燕王俊曰:"张举言在襄国,何也?"炜曰:"彼求救,妄诞之辞也,大王岂可信之也!"俊乃又使裕私诱炜,炜词不变。左右文武请杀之。俊曰:"彼不惮杀身以救其主,忠臣也。"使人引出,就馆安下。又使其乡人往劳之,且曰:"君何以不实言玺之所在?燕王怒,欲处君于辽远之地,奈何!"炜曰:

"吾结发以来,尚不欺布衣,况人主乎!曲意苟合,性所不能;直情尽言,虽投东海,不敢避也。"遂向壁不复言。俊闻其言,乃囚之于龙城,后既知张举之妄,乃杀举而释常炜之囚。

三月,姚襄及赵汝阴王石琨各引兵东救襄国,二处之兵长驱而进。魏王冉闵闻知有救兵至,大惊,即忙遣将军胡睦引兵一万出长芦,拒姚襄;孙威引兵一万出黄丘,拒石琨。胡睦至长芦,被姚襄用火攻,杀败而回。孙威至黄丘,被石琨用伏兵计,杀败而还。魏王闵见二将败还,大怒喝退,欲自出击之。卫将军王泰谏曰:"今襄国未下,外救兵云集,若我出战,必腹背受敌,此危道也。不若固垒以挫其锐,徐观其衅而击之可也。"言未毕,忽道士法饶进曰:"太白入昴①,当杀胡王。大王若出,百战百克,不可失也。"闵信其说,攘袂大言曰:"吾战决矣,敢阻众者斩!"言讫,乃悉众出战。时襄、琨合兵来攻,次日,二下交兵大战,未见胜负。忽燕悦绾适以燕兵至,闻二处交战,乃驱士卒于魏兵阵后,隔数里,疏布骑卒,曳柴扬尘,以恐魏兵。魏兵望之,疑有伏兵,惶惧欲退。襄、琨挥军追战,悦绾以军拦击。赵王石祗见救兵到,亦引兵出城后冲之。因是魏兵大败,闵与十余骑出垓心,走还邺城。魏之将士死者十万余人。赵王得三处救兵至,得解其危,即备牛酒劳军,及重赏二将而去。留汝阴王石琨同保襄国。

却说姚襄还,入见父弋仲。弋仲问获得冉闵否,襄告闵走回邺城。弋仲大怒其不擒冉闵,喝左右将襄杖一百,襄被责微闷而退。

却说闵之为赵相也,所徙青、雍、幽、荆之民,及氐、羌、胡、蛮数百万口,以赵法禁不行,各还本土,道路交错,互相杀掠,其能达者十有二三。中原大乱,因以饥疫,人人相食,无复耕者。赵王祗闻之,遣其将刘显率兵七万人攻邺。兵未至邺,魏王闵已使人探知,乃集诸将,悉众出屯城外,用埋伏步卒五千人于谷中,以待显至。刘显自恃志意,不以闵为意,驱士卒直抵城外,只隔十里之程。闵见其兵,谓众曰:"今刘显远来,必来传食②,以我逸之众,而击彼劳之兵,可获刘显,料必无难。"诸将踊跃称善,遂扬声播鼓,耀武驱兵出战。显果无备,被闵一击,大败而退五里,伏兵大起,被闵击斩首三万余级。显走还,又被谷中埋伏之兵出拦,回拒恐又不能,

---

① 昴(mǎo)。
② 传食——辗转受人供养。

心中大惧，乃密使腹心人去请降，闵不允。显又使去求杀赵王祗以自效。闵始从之，乃引兵还邺，遣人抽回伏兵与归，显方得脱，引残兵回赵去讫。

却说秦王健分遣使者问民疾苦，搜罗俊异，宽重敛之税，弛离宫之禁，罢无用之器，去侈靡之服，凡赵之重刑，不便民之政，皆除之。四月，杜洪遣使，会梁州刺史司马勋起兵击秦，使人直至梁州告勋。勋大悦，即率步骑三万赴之。秦王健已知，乃遣梁安领军五万，御之于五丈原。两军交战，勋不能胜，相持十数日，勋屡败，乃退归南郑。秦王健恨长史贾玄硕始者不上尊号，衔之，至此，计使人告玄硕与勋通谋，收而杀之。

却说刘显自攻邺败还归赵，与部伍谋，以兵夜攻入内，弑其赵王石祗而自立为赵王，以统其众。是以魏徐、兖、荆、洛诸州，复归于晋室。

桓温移军驻武昌

却说慕容恪既取得中山，迁其将帅土豪数千家诣荆城，余皆安堵，军令严明，秋毫不犯。却说姚弋仲遣子襄败冉闵之后，使使来江东降晋。穆帝命群臣议，遣人诏以弋仲为车骑大将军、六夷大都督，以其子襄为平北将军，督并州。

时桓温先闻石氏内乱，上疏请出师经略中原，事久不委其行。温使人入朝探知，闻朝廷仗殷浩以抗己，温甚愤之，因谓诸将曰："浩之抗我，吾不惮之。少时吾与浩共骑竹马，我弃去，浩辄取之，故当出我下也。"又谓郗超曰："浩有德有言，向使作令仆，足以仪刑百揆①，朝廷用违其才耳。"因此相持弥年，虽有君臣之迹。羁縻②而已，八州士众资调，殆不为国家之用，乃自收入府。又使人上书求出北伐，帝降诏不许。至十二月，温见诏书不从，乃拜表即行，率众五万人顺流而下，军至武昌，入城屯扎。晋帝设朝，近臣奏曰："征西大将军桓温，屡上表求出北伐，见陛下不听，今引大军十万，顺流而下，屯于武昌，不知何意为也？"穆帝大惧，急问会稽王昱求计。昱曰："可调兵守卫建康、石头二处，任其所往可也。"殷浩亦知，

① 百揆（kuí）——各样政务。
② 縻——系住。

奏帝曰:"桓温此举,却乃嫉臣位重于彼,岂可以臣一人误国家,而苦天下元元也。臣愿辞位避职,以保社稷。"帝未许。群臣议曰:"桓温久怀不臣,不若令侍中黄门以驺虞幡驻温之军,则温无敢为也。"朝臣纷纷,议不能决。当吏部尚书王彪之,乃琅邪人,见朝廷所决犹豫,乃言于会稽王昱曰:"诸臣所议,皆非奇策。若浩去职,人情离骇,必有任其责者,非殿下而谁乎!"又谓浩曰:"彼若抗表问罪,卿为之首,欲做匹夫,岂有全地耶!依吾肤见,自当静以待之。令相王与手书,示以款诚,为陈成败,彼必旋师;若不从,则遣中诏;又不从,乃当以正议相裁。奈何无故偬偬,先自狼猘乎!"浩鼓掌悦曰:"决大事正自难,顷日来使人闷。今闻卿此谋,意始得了。"会稽王昱即命抚军司马崧草书,使人送去武昌与桓温。温得书拆读,其书曰:

寇难宜平,时会宜接,此实为国远图,经略大算,能弘斯会,非足下而谁!然异常之举,众之所骇,游声噂喈①,想足下亦少闻之。苟或望风振扰,一时崩散。则望实并丧,社稷之事去矣。吾与足下,虽职有内外,安社稷,保国家,其致一也。当先思宁国家,而后可以攘外。区区诚怀,岂可顾嫌而不尽哉!

桓温读其书,中心有惧色,即上疏惶恐致谢,乃回军还镇去讫。上其疏曰:

臣窃睹赵之自乱,欲乘厥衅而伐之,由然下驻武昌,以诏待行,非有异为,乃安社稷,讵有外望?陛下既不委臣,即戎臣亦何敢攸往,领众还镇,以待罪耳。

穆帝得疏,复遣人以诏谕温,以安其心。

壬子八年(魏永兴三年,秦皇始二年,燕元玺元年),秦王苻健集群臣议,乃自称皇帝,即帝位,改元皇始,以苻苌为太子。时健既即大位,以单于统一百蛮,非天子所宜领,以授太子苌领之。

却说杜洪与司马勋既败,洪与张琚屯宜秋城,洪自以右族②轻琚,琚谋与众遂杀洪而自立。却说魏王冉闵闻刘显弑其主祗于襄国,乃率兵五万来攻破襄城,获刘显斩之,迁其民于邺。赵汝阴王石琨见闵杀显,恐不能敌,乃引残众来投降晋,晋穆帝怒其祖父凶毒天下,故诏斩之,因此石氏

---

① 噂喈——议论纷纷。

② 右族——豪门贵族。

遂绝。于是殷浩使督统谢尚、荀羡以兵进屯寿春,上疏请出师许、洛,穆帝从之。当有左丞孔严见浩与桓温不和,而欲自将北伐,因言浩曰:"观温妒忌之情,良可寒心,不知使君将何以镇之?愚谓宜明授任以方任,韩、彭专征伐,萧、曹守管龠①,深思廉、蔺屈身之义②,平、勃③交欢之谋,必穆然无间,然后可以保大定功。观近日趋附之徒,皆人面兽心,恐难以义感也。"浩不从。时王羲之闻殷浩出师北伐,使人以书止之,浩亦不听。

史说,王羲之字逸少,乃司徒王导从子也。极善草隶,论者称其笔势,以为飘若浮云,矫若惊龙。未出仕时,与谢士安同学,常集于会稽山阴之兰亭,羲之自为之序,其文多不录。羲之性最好鹅。会稽有姥养一鹅善鸣,羲之求市不得,乃携亲友往观,姥闻羲之至,遂烹以待之。羲之叹息弥日。又山阴有道士养一好鹅,羲之闻而往观之,果好,意甚悦,固求市之,道士曰:"先生肯为写《道德经》,当举鹅相赠,若市,不肯耳。"羲之欣然代写,写《道德经》毕,遂笼鹅而归。又在蕺④山见一老姥,持六角竹扇出卖。羲之讨其扇,著书各五字。姥有愠色,羲之因谓姥曰:"你但言王右军书以求百钱,必有人买。"姥持扇去,如其言,人竞买之。他日姥又持扇来求写,羲之笑而不书。每自称"我书比钟繇,当抗衡;比张芝草,犹当雁行也"。曾与人书云:"张芝临池学书,池水尽黑,使人耽之若是,未必后之也。"羲之书初不胜庾⑤翼,及暮年方妙。尝以章草答庾亮,而翼因见深叹服,因与羲之书云:"吾昔有伯英章草十纸,过江亡失,常叹妙迹永绝。忽见足下答家兄书,焕若神明,赖还旧观耳。"因此朝廷知名,以为右将军。时浩不听羲之所陈,引兵便行。却说谢尚、荀羡二人进屯寿春,时魏豫州牧张遇初以本州来降,至是尚等不能抚慰,反加轻慢。遇怒据许昌叛,降于秦。由是浩军不能进,浩命羡以军镇下邳。

三月,姚弋仲有子四十二人,及病将危,谓诸子曰:"石氏待吾甚厚,本欲为之尽力,今已灭矣。中原无主,自古以来未有戎狄做天子者。我

---

① 管龠(yuè)——谓内政。
② 蔺屈身之义——指蔺相如委屈以求同廉颇和好。
③ 平、勃——汉高祖重臣陈平、周勃。
④ 蕺(jí)。
⑤ 庾(yǔ)。

死,汝曹自归于晋,当执臣节,无为不义也!"言讫而卒。长子襄代领其众,将父灵柩安葬讫。率众来击秦,以报前仇。秦王健知备,引军与战,襄莫能取胜,遂率众归晋。穆帝诏襄,以其众权屯谯城。襄既至谯城,闻谢尚在寿春,乃单骑渡淮来探尚。尚闻其名,乃命去其仗卫,幅巾①待之,欢若平生。襄本善谈论,由然江东人士皆重之。

燕王兴兵执魏王

四月,魏王闵既克襄国,襄国大饥,因游食常山、中山诸郡。燕王俊遣将军慕容恪等,将兵三万来击之,闵知恪引兵来,乃率众急趋常山。恪以兵后追,魏王闵勒兵回与恪战,恪军大败,闵连十战皆胜,恪皆败。闵素有勇名,所将兵精锐,燕人惮之。恪见自己部下士卒惧闵,因而巡阵谕将士曰:"闵勇而无谋,一夫敌耳。其士卒饥病,甲兵虽精,其实难用,不难破也,汝众何惧之有!"谕讫,引众复追。闵所将多步卒,将趋林中,恪参军高开谓众曰:"吾骑兵利平地,若闵得入深林,不可复制,宜遣轻骑邀之。既合而阳走,诱至平地,然后可击也。"恪从之,即调兵邀击②。闵果引兵还驻,恪又以军分三部与战,因谓诸将曰:"闵性轻锐,又自以众少,必致死于我。我厚集中军之阵以待之,俟其合战,卿等从旁击之,无不克矣。"众诺其计。恪又择鲜卑善射者五千人,以铁锁连其马,为弓阵而前。魏闵乘千里马,号曰朱龙,左操双刀矛,右持钩戟,以击燕兵。燕将与战,皆莫能敌。闵斩燕人三百余级,燕兵不退。闵望见恪之大幢③,知其为中军,乃挥众直冲入,燕两旁之兵夹击之。闵一者兵少,二者夹攻,欲入中阵,箭发如雨;欲退,四围重厚,因是被燕兵大破之。闵料不能胜,乃溃围东走,行二十余里,其马忽毙。闵即弃马步走,不过百步,燕兵追及,至此被执。燕将恪将魏王冉闵押至蓟城,来见慕容俊。俊问闵曰:"汝奴仆之才,何自妄称天子?"闵曰:"天下大乱,尔曹夷狄,人面兽心,尚欲篡逆。我一时

---

① 幅巾——又称巾帻,或称帕头。古代男子以全幅细绢裹头。
② 邀击——在中途拦截出击。
③ 幢(chuáng)——旗子。

英雄,何为不可做帝王耶!"燕王俊大怒,使武士策金鞭之三百,犹未死。俊使人送于龙城遏陉山斩之。其山左六七里内,草木悉枯而死。五月至十二月,大旱无雨,郡守遣人奏知燕王俊。俊大惊,乃使人立祠于其山,备太牢祀之,谥曰悼武天王,是日方下大雪。燕王之遣慕容评率三万精骑攻邺右城,魏太子冉智已知魏王被害,朝夕涕泣,忽兵又来攻邺,心下大惧,急问诸将。大将军蒋干出曰:"燕兵势大,难以拒迎。城中粮草颇有,不若坚守,待其懈怠,然后击之。"太子智从其计,拒守城池。城外百姓皆已降燕。

五月,秦王健兴兵五万出击张琚,琚以二万众拒迎。次日交锋,各挥兵战,斧来戟对,枪去刀迎,战上二十余合,琚兵大败而逃,琚恋战不退,被秦兵斩之。于是秦王收兵还城。

却说魏太子智与慕容评相持数月,燕兵愈添,况又城中大饥,人民相食,故赵宫被食略尽。太子智大惊,蒋干谓太子曰:"事急矣!宜使使降晋,乞师来救,方且解得此围。"太子智从之。蒋干即遣侍中缪嵩奉表请降于晋,一面整备守城,又使人求救于晋谢尚。初,谢尚使戴施据枋头,施闻蒋干求救,奉表请降,乃率壮士百余人入邺,助守三台。因说干曰:"公言降晋,可速将传国玺与我,令人送入建康,见主上发大兵来救,方保此地,不然终为所擒。"干然之,问太子智求印与施。施使督护何融怀玺送与尚,宣言使督护何融迎粮,阴令怀玺送至枋头与尚。尚迎送至建康呈与帝。帝纳之,百僚俱贺,皆称万岁。却说谢尚遣姚襄共攻秦张遇,秦王健知,亦遣丞相、东海王雄等率兵二万人救之,战于颖水之诚桥,尚等大败,奔回淮南。殷浩闻知尚败,自许昌退屯寿春。雄徙张遇及陈、颖、许、洛之民五万余户于关中,以杨群为豫州刺史,令其领许昌。

八月,慕容评领兵攻邺都,时魏王冉闵已被慕容恪所擒,送至蓟州斩讫。评挥兵攻陷入城,收冉闵妻子家属及官僚文物宝贝,正欲遣人送来,正遇燕王亦领群僚迁都,将至建邺。评将冉闵妻子等送燕王俊,燕王已欲神其事业,言历运在己,乃诈称云:"闵妻献玉玺。"反赦之,赐号曰"奉玺君",置居后宫。因谓诸文武曰:"吾初入邺,得此玉玺,吾若不有中原之福,安得此祥。吾欲自即帝位,卿等云何?"时诸文武皆曰:"大王得此嘉瑞,可登九五,何必言论。"因是群臣下拜,皆呼万岁。

十一月,燕王慕容俊即皇帝大位,国号前燕。建元元玺元年,都于邺城。封慕容恪为大司马,慕容评为大司徒,其下文武各有加封。当时赵王石季龙之伐棘城也,俊父慕容皝欲乘骏马避难,其马悲鸣蹄啮,不肯从行,皝不能近,因此主意与战,击败季龙。皝亦奇爱之,至是四十九岁矣,骏逸不亏。燕王慕容俊复并奇之,比之鲍氏骢,因是命铸铜以为其像,亲为铭赞,勒于其旁,置之蓟城东掖门。是岁,像成而马已死,俊甚惜之。时燕太子晔死,燕王俊恸哭,惜之,乃立次子慕容晔为太子。

却说殷浩之北伐也,中军将军王羲之以书阻,不听,既而无功,复谋再举。羲之又遣人遗浩书曰:

> 今以区区江左,天下寒心,固已久矣,力争武功,非所当作。自顷处内外之分者,未有深谋远虑,而疲竭根本,各从所志,竟无一功可论,遂令天下将有土崩之势。任其事者,岂得辞四海之责哉!今军疲于外,资竭于内,保淮之志非所复及,莫若还保长江,督将各复旧镇,自长江以外,羁縻而已。引咎责躬,更为修治,省其赋役,与民更始,庶可以救倒悬之急也!若犹以前事为未工,复求之于分外,宇宙虽广,自容何所!此愚所不解也。

浩曰:"吾自有奇谋而进,汝岂识之。"因是不纳,遂又进兵。羲之见浩不听,又上会稽王昱笺曰:

> 今虽有可喜之会,内求诸己,而所忧乃重于所喜。功未可期,遗黎歼尽,以区区吴、越,经纬天下十分之九,不亡何待!而不度德量力,不弊不已,此封内所痛心叹悼者也。愿殿下先为不可胜之基,须根立势举,谋之未晚。

浩亦弗听,时浩进屯夏口,遣戴施据石门,刘遁戍仓垣,以候进取。

却说晋帝设朝,文武山呼讫。近臣奏知:"燕王俊取去关中之地,及报燕王俊今据邺城为郡,未知其意若何?陛下可使人赍诏旨前去,封其为燕王,看其如何。若受诏称藩,且置之度外;若拒诏旨,乘其未定,兴兵讨之。"帝然之,即遣使持诏旨来邺城,封慕容俊为燕王。俊果不受封,而谓使者曰:"汝还,白汝天子,我承人乏,为众所推,已为皇帝矣。"使人即归,以是言奏与晋帝。帝大怒,使人催殷浩进兵去讨。

却说姚襄字景国,弋仲第五子,因见父姚弋仲死了,恐孤不能自立,领其众降晋。晋帝大喜,封襄为右将军,使为前锋,同殷浩伐燕。

殷浩兴兵去伐燕

癸丑,九年(秦皇始三年,燕元玺二年),五月,姚襄领兵屯于襄城。次日,入参大将军殷浩,浩以酒相待,因与谈论时事,襄对答如流,部下诸将士见其善谈论,皆重之。唯浩见其勇略多能,心甚恶之。时襄酒醉辞归,因出军外歇。浩唤许敬至,谓曰:"今姚襄来降,吾观非真,必有诈耳。你可密地藏利刃,私入彼所寝刺之。你若杀得其人,吾自保奏朝廷,立汝为将。"许敬曰:"将军有令,吾请即行。"言讫即出,取利刃藏在身边,漏夜潜入姚襄军中。时姚襄未寝,正在中军燃灯读书。许敬从背后而入,正欲下手,姚襄抬头,观见有一人影,持刀近前。襄乃拍案大喝一声:"有贼!"帐外诸军抢入,将许敬擒住,押在案前。襄问曰:"谁人教汝刺吾,好好说来,我便饶你。"敬曰:"大将军殷浩嫉将军之能,使小人刺之。"襄大怒,将许敬杀之。襄心有忧惧,乃心恨殷浩,遂以兵退屯历阳,自疑燕秦方强,难以伐之,却按兵不动,令三军屯田,训厉将士。殷浩闻知,恐其有异,潜遣将军魏憬率众五千袭之。襄闻知,乃将兵分左右翼,埋伏山阴谷,待其过半击之。憬不知,将五千人入山阴,被放号炮,伏兵大起,获住魏憬,襄怒斩之,及并其众。浩知愈恶之,乃遣人入建康奏帝,迁襄蠡台,表授梁国内史,使至历阳。姚襄始知,谓诸将曰:"朝廷今以吾迁于蠡台,则吾大事去矣,此事如何?"权翼曰:"此必殷浩之谋。可使一能言者去参之,必知其详。"襄曰:"卿可与吾一行。"于是襄益疑惧,遣将军权翼来见浩,浩曰:"吾与姚平北共为王臣,平北每举动自专,甚失辅车之理。"翼曰:"平北英姿绝世,拥兵数万而远归晋室者,以朝廷有道,宰辅明哲故也。今将军轻信谗慝,与之有隙,谓猜嫌之端在此,而不在彼也。"浩曰:"平北生杀自由,又掠吾马,王臣之体固若是乎!"翼曰:"奸宄之人,亦王法所不容也,杀之何害?"浩曰:"然则掠马何也?"翼曰:"将军谓平北雄武难制,终将讨之,故取以自卫耳。"浩笑曰:"何至是也,令其莫疑。"翼参探是实,连忙归报姚襄。襄大怒曰:"吾以实心归晋,遭汝屡次谋害,吾必报之。"

却说殷浩阴遣人诱秦梁安、雷弱儿使杀秦王健,许以关右之任。弱儿等伪许之,且请兵应接。浩闻张遇作乱,以为安等事成,却自寿春率众七万北伐,欲进据洛阳,修复园陵。当王彪之闻知,乃以人上会稽王昱笺,以为容有诈伪,未可轻进。昱与浩议,浩不从。遣人会同姚襄起兵北伐,以襄为前锋。襄急集诸将议计曰:"今浩北伐,以吾为前锋。吾欲乘此攻浩,卿等有何高见?"权翼曰:"正可就此攻之,过后无计可乘。可速遣回书与浩,道吾起兵前行,明公火速以大兵接应。彼必为实,必自领众来,其来必从此路去。吾将三军伏诸险,待其过了后追击之,浩必败矣。"襄从其计,即遣人以回书见浩,道"吾以兵先起,火速令大兵接应"。殷浩果不疑,率大兵前来,过诸险,被襄伏兵四起攻击,殷浩之众大败溃乱。浩与诸将保会稽王昱,弃辎重走奔谯城,被襄挥兵一击,俘斩一万余人。襄见浩走,乃收兵尽得粮草资仗。令兄姚益以五千人守山桑,自率大众屯淮南。会稽王昱遗王彪之书曰:"君言无不中,张、陈①无以过也。"

江逌②献计破姚襄

却说殷浩自此威名日损,士民皆怨。浩耻其败,乃收集大军屯扎,乃谓诸将曰:"今被羌贼攻败,损去人马,何颜归见江东。"一人挺身而出曰:"今姚襄得胜,必然无备,正可乘此时以计攻之,可复前仇。"浩视之,乃长史江逌,字载道,乃陈留圉人也,博学多智。浩因问曰:"卿有何计教我,攻此羌贼?"逌曰:"今兵非不精,而众少于羌,且其堑栅甚固,难以较力,吾当以计破之。"浩曰:"何计破之?"逌至浩耳畔,如此如此。浩抚掌笑曰:"其计大妙。"浩即令江逌行计。逌即出,乃令军人捕野鸡数百,以长绳连之,又取核桃镂去中肉;以火药藏内对合,开一小孔入火心,外以铁绳缚之,系住鸡足上。安排已了,是夜传令,交军人全装披挂伺候。姚襄营中火起,以兵乘乱攻之。三军得令,各自准备厮杀。至二更时,逌使一百军人,将前野鸡各带火药,去姚襄大营前后左右,点起火心,把鸡一放,放入姚襄寨中。须臾火着,群鸡骇散,飞集襄营,栅内惹火,一时火发,营中大乱,自相残杀。比姚襄急起,与丁零寻马,杀出营来,正遇江逌,以军来

---

① 张、陈——当指汉高祖谋臣张良、陈平。
② 逌(yōu)。

战。襄与遒交马斗上十余合,襄见自军大乱,无心恋战,乃拍马杀出而走,丁零各自逃遁。遒以军与羌兵相杀,混战至天明,遒方自收军,杀死羌卒一万余人。姚襄与丁零收拾残兵三万余人,不敢追浩,入据关中。江遒兵少,不敢追赶,收军还寨。请浩南还,于是殷浩领军还镇谯城。

十月,凉西平公张重华有疾,次子曜灵才十岁,立为世子。重华庶兄张祚有勇力才干而倾巧善事内外,与嬖臣赵长等结为异姓兄弟。初,谢艾以枹罕之功,有宠于重华,左右谮之,出为酒泉太守。闻重华疾重,又令人上言:"权幸用事,公今至将危,乞听臣言,命臣入侍。"且言:"祚及长等将为乱,宜尽逐之。"重华疾甚,手书令人征艾辅政,祚、长等匿而不宣。重华卒,曜灵立,称凉州刺史、西平公。长等矫遗令以祚辅政,不征谢艾。曜灵立未三十日,被赵长等以言谓众将曰:"方今时难未夷,四方鼎沸,幼主焉能御众讨贼,宜立长君,可保境土。今西平庶子张祚,有文武才,不如废曜灵立之,乃西境之福也。"众将皆然之,于是乃废曜灵而立祚。祚既得志,恣为淫虐。重华妃裴氏及谢艾上书谏,而弗从,反将杀之。西土振动,民皆骇异,而祚自谓得志,乃自称凉王,改元和平元年,置百官,郊祀天地。尚书马岌切谏不可,坐免官。郎中丁琪复谏曰:"自武公以来,世守臣节,抱忠履谦,故能一州之众,抗举世之房,师旅岁起,民不告疲。今而自尊,则中外离心,安能以一隅之地,拒天下之强兵乎!"祚闻之,大怒曰:"吾意已定,汝何阻谏!"命武士斩之,以此士民解体。

十二月,姚襄与权翼议曰:"今军新败,倘建康晋帝闻知,浩又来攻,何以抵敌?"翼曰:"火急令人提表入建康见帝,说浩无故遣魏憬攻我,被我杀之。今又以兵袭我,退屯谯城,不思北伐,专欲攻害臣等。如此数浩之罪,然后将兵济淮,收集亡散,以候其来,必无虑矣。"襄然之,即作表遣人入建康见帝,于是襄济淮,屯盱眙,招纳流民,得众至七万,分置守宰,劝课农桑,遣使诣建康,数殷浩罪状,并自陈过责。

桓温率众出伐秦

甲寅,十年(秦皇始四年,燕元玺二年,凉王张祚和平元年),却说扬州刺史、大将军殷浩连年北伐,师徒屡败,粮械都尽,朝野生怨。

却说征西将军桓温少与殷浩齐名,及长,温素忌于浩,忽闻殷浩北伐被降人姚襄杀败山桑,乃遣人入朝上疏,数浩之罪。晋帝得疏,读曰:

按中将军殷浩过蒙朝恩叨窃①非据,以兵北伐,三年损折军将过其半,未曾取得尺寸之土。空竭国家,无余斗斛之存,致使华夏鼎沸,黎元殄悴②,社稷倾危之忧将及,若不加罪,则海内士民怨变。臣请废浩,江左始安。

却说晋帝看疏毕,不得已降诏,遣使免浩为庶人,徙之于东阳信安县;以王述为扬州刺史。

却说殷浩被帝遣使降诏,贬为庶人,徙来信安。浩虽被黜,谈咏不辍③,虽家人不见其有流放之戚。但终日书空作"咄咄怪事"四字而已。时浩外甥韩伯随至徙所,经岁辞归。浩送韩伯至渚侧,咏曹颜远诗云:"富贵他人合,贫贱亲戚离。"因而泣下,分手回归。

却说征西将军桓温谓掾郗超曰:"浩有德有言,向为令仆,足以仪刑百揆,朝廷用违其才耳。"桓温欲以浩为尚书令,遣人以书告之。浩得书大喜,欣然回书,写已了,虑谬误,闭开十数次,竟达空函与来人归。温见大怒,由是遂绝之。浩久不得温书,以为惑己,后忧而卒。

二月,桓温自黜殷浩之后,内外大权一握在手,事无巨细,要行即行,要止即止。朝中大臣各惧其势,凡有万机,皆先咨知。桓温既握重权,行事皆不奏帝。是时,桓温有平天下之志,遂问谋于参军孟嘉。史说,孟嘉字万年,江夏人也。先事庾亮,亮死桓温拜为参军,温甚重之。九月九日,温宴诸将于龙山,时僚佐毕集,军士尽着戎服,忽有大风至,吹落孟嘉头上之帽,嘉不之觉,诸官皆笑。温因命孙盛作文嘲嘉,嘉即答之,其文甚美。嘉好酣饮,愈多不乱。温因谓嘉曰:"酒有何好,而卿嗜之?"嘉曰:"公未得酒中趣耳。"时桓温问之曰:"孤今聚有豪杰之众,胸蕴文武之才,幸挟震主之威,意欲经营天下,愁有不赏之功,此事如何可以保全后世也?"嘉曰:"窃见晋室不可复业,胡人不可尽除,为将军计,不如挟天子而令诸侯,收三秦,取关中,如不克,即入蜀而据其地,且鼎足而立,以观天下之

---

① 叨(tāo)窃——不当得而得,谦辞。
② 殄(tiǎn)悴——困穷,困苦。
③ 辍(chuò)——停止。

岬。今者北方诚多务①,不如因其多务,剿除三秦,进伐苻氏,尽关中所极,据而有之。然后建号以图天下,此裔帝之业也。"温曰:"今尽力一方,冀以辅晋室耳,此言非所及也。"嘉曰:"人皆可以为尧、舜,但恐将军不肯为耳。"温大喜,披衣起谢曰:"承教诲,同享富贵也。"于是桓温意决,乃统步骑四万伐秦。使人上表,不待诏允,拜表即行。自以兵从襄阳入均口南乡,步兵自淅川趋武关,又命司马勋以军出子午道伐秦。军将至霸上,桓温遣司马勋以兵五千,倍道而进,攻上洛,比无备,被勋攻陷,获秦荆州刺史郭敬。又进击青泥,破之。

秦王健闻知大惧,乃遣太子苻苌等,率众五万拒温,战于蓝田,秦兵大败。温转战而前,进至灞上,苌等兵五千退屯城南。健与老弱六千,屯守长安小城,悉发精兵三万,遣大司马雷弱儿等,与苌合兵以拒温。温以精兵二万,分二翼而进,与秦兵相遇,复战于蓝田,雷弱儿大败,退五十里别屯。温大军进屯灞上,时三辅郡县,皆来降温。温抚谕居民,使安堵复业,民争持牛酒迎劳,男女夹路观之。耆老有垂泣者曰:"不图今日复睹官军矣。"

却说姚襄闻知桓温大败秦兵于蓝田,恐其攻己,乃遣人降燕。燕王慕容俊纳之,方知桓温败秦,与群臣议封诸王,以待拒晋。群臣皆奏可。于是燕王俊以恪为大司马、录尚书事,封太原王;评为司徒,封上庸王;霸为吴王;德为梁公;昑为中山王;阳骛为司空。初,燕王皝奇霸之才,故名之曰霸,将以为世子,群臣谏而止,然宠遇犹逾于世子。由是俊恶之,以其尝坠马折齿,更名曰缺,寻以其应谶文,更名曰垂,迁侍中,录留台事,徙镇龙城,垂大得东北之和,燕王俊愈恶之,遂召还京。

五月,却说江西流民郭敞等千余人,执陈留内史官刘仕降于姚襄。建康震骇,帝以尚书周闵为中军将军,以兵屯中堂。谢尚自历阳还,帝诏入卫京师,固江备守。

---

① 多务——多事。

王猛披褐①谒桓温

史说,王猛字景略,北海剧人。少贫贱,以鬻畚为业。尝货畚于洛阳,乃有一人贵买其畚,而云无银,自言"家去此行无远,可随我去取银与你"。猛利其贵而从之,行不觉路远,忽至深山,见一父老髭发皓然,据胡床而坐,左右十余人,其人引猛进,猛拜之。父老曰:"王公何缘拜也?"因此乃十倍赏其畚银,遣人送之。猛既出,返视之,乃嵩岳高山也,猛始知其人父老是嵩之神,称其王公,自晓后必当贵,由然自重也。猛丰姿俊伟,谨重严毅,器度雄远,尤善好学,倜②有大志,不屑细务,是以浮华之士,咸轻笑之。而猛悠然自得,隐于华阴山从师王佐先生,是以胸怀佐世之才,希遇龙颜之主,由然敛翼待时,候风云而起。时,猛忽闻桓温入关,而披褐谒之,直入中军,一见桓温,便谈当世之务,扪③虱而言,旁若无人。温异之而问曰:"吾奉天子之命,将锐卒十万,为百姓除残贼,而三秦豪杰未有至者,何也?"猛答曰:"公不远千里深入敌境,今长安咫尺而不渡灞水,百姓未知公心,所以不至也。"温听讫,默然无以应之。徐曰:"江东无卿比也!"于是温重猛,赐其车马,欲署猛为谋军祭酒。猛辞曰:"本欲扶佐明公,扫灭妖尘,奈本师年老,无人奉养,且今病重,待其百岁后,即来听教耳。"言讫,拜辞而去。温坚意留之不住,只得与回。时王猛辞桓温,回见师父王佐先生曰:"我谒桓温,桓温赐车马,拜我高官,吾以师父年老,力辞得还。"王佐曰:"你与桓温岂并世哉!不必怀忧,更在此间一年,必有人来聘你,富贵非轻,何用远涉而诣他人乎!"猛从其言。

却说桓温初起兵时,粮食不敷,诸将以为言之,温曰:"诸军勿忧,大军若到秦境,麦熟可取为粮,何必为虑乎。"诸将以为然。及至此而麦悉被秦人芟之,因此温军乏食。至六月,长史孟嘉上言曰:"三军无食,难以进兵,不如暂退,待年冬成熟,再整兵来与战。"温曰:"奈关中百姓相随归

---

① 褐——粗布衣衫。
② 倜(tì)——洒脱。
③ 扪(mén)——摸。

我，安忍弃之。"嘉曰："可令人遍告百姓，有愿相随，同行；不愿者留下。"于是使人城上高叫百姓曰："今秦兵不久至此，必行不仁，残害百姓。此处不可久守，百姓愿相随者便可同行，不愿者从便。"时关中百姓若老若幼，皆齐声应曰："我等就死，亦随将军还晋。"言讫，关中计有三千余户，皆号泣先行。次后，桓温下令三军拔寨起行。却说秦王健闻知桓温退，乃遣丞相苻雄等，率兵一万追温赶至，战于白鹿原。桓温兵思归，无心恋战，因是不利大败，死者万余人。初，温指望秦麦为粮，既而清野以待之，温军乏食，徙关中三千余户而归，又被秦太子苻苌等随后追击温至潼关，温军屡败，失亡以万数。时苻雄率兵方击司马勋，勋亦大败，并还汉中。昔温之屯灞上，顺阳太守薛珍劝温径进逼长安，温弗从，珍以偏师独济，颇有所获，及温退乃还，显言于众，自矜其勇，而咎温之持重。温闻知，杀之。秦太子苌追桓温中流矢死。

秦淮南王生，幼无一目，性粗暴，其祖蒲洪常戏之曰："吾闻瞎者无泪乎！"生怒，引佩刀自刺目出血，曰："此亦一泪也。"洪大惊，鞭之。生曰："性爱刀槊，不堪鞭扑！"洪谓健曰："此儿狂悖，宜早除之，不然必破人家，可将杀之。"健曰："儿自应改，何乃遽尔。"及长，力举千钧，手格猛兽，走及奔马，击刺骑射，冠绝一时。强后欲立太子晋王柳，秦王健以谶文有三羊五眼，至是乃立生为太子。

秦苻生妄杀大臣

十月，秦王健弟东海王苻雄卒。健哭之呕血，谓百官曰："天不欲吾平四海耶，何夺吾元才之速也！"雄以佐命元勋，位兼将相，权侔①人主，而谦恭泛爱，遵奉法度，故健重之，常曰："元才，吾之周公也。"雄既卒，乃以其子苻坚袭爵。坚性至孝，幼有志度，博学多能，交结英豪吕婆楼、强汪及略阳梁平老，皆与之善。其时秦国大饥，民皆饿死。

乙卯，十一年（秦王苻生寿光元年，燕元玺四年，凉去年号），春二月，秦大蝗，食百草无遗，牛马无食，皆相啖毛。却说秦王苻健勤于政事，数延

———————————
① 侔（móu）——相等。

公卿,咨讲治道。承赵人苛虐奢侈之后,易以宽简节俭,崇儒礼士,由是秦人悦之。至是寝疾,引太师鱼遵、丞相雷弱儿、司徒毛贵、司空王堕、尚书令梁楞、仆射梁安、段纯等,受遗诏辅政,谓太子生曰:"六夷酋帅及大臣执权者,若不从命,宜渐除之。"言讫卒。生即位,大赦。改元寿光。群臣奏曰:"君父新丧未逾年而改元,非礼也。"生怒,乃将议主纯杀之。

九月,有中书监胡文见天文屡变,乃言于秦王生曰:"北有孛星①于大角,荧惑入东井,不出三年,国有大丧,大臣戮死,愿陛下修德以禳之。"生曰:"皇后与朕对临天下,可以应大丧矣,毛太傅、梁车骑、梁仆射受遗诏辅政,可以应大臣矣。"文未及对。秦王生即召武士杀皇后及毛贵、梁楞、梁安等数十人。由此百官惧怕,内外惊骇。却说苻生是苻健第三子也,幼而无赖,健死僭即大位。生虽在谅阴,游饮自若,荒耽淫虐,杀戮无道。长安大风,发屋拔木,秦宫中惊扰,或称贼至,宫门尽闭,五日乃止。如此灾异迭见。强太后弟左光禄大夫强平谏曰:

  今天数示灾异,陛下初登大位,宜亲万机,揽行政事,何故荒于淫饮,而效无道之桀纣耶!若尊性不易,诚恐祸起萧墙,灾生嫔宫也。

秦王生大怒,曰:"汝何自妖言,以惑朕言也?"言讫,即令武士将强平凿其顶而杀之,强太后忧恨而卒。

自太后、强平死后,潼关以西,至于长安,虎狼大暴,昼则断道,夜则发屋,唯害人而不食六畜,人莫能捕,伤人殊甚,百姓皆逃入城而居,因此遂废农桑。群臣又奏秦王生曰:"今狼犬无故伤人,人不能制,此乃天灾所应,望陛下设醮禳之②!"苻生曰:"野兽饥则食人,饱当自止,何禳之有!天岂不予爱群生,正以百姓犯罪不已,专助朕而杀,以施刑教故耳。"复下诏曰:

  朕受天命,君临万邦,有何不善,而谤渎③之音扇满天下!杀不过千,而谓之残虐!行者比肩,未足为稀。方当峻刑极罚,复奈朕何!

---

① 孛(bèi)星——彗星的别称。
② 设醮(jiào)禳(ráng)之——设祭祈福消灾。
③ 渎(dú)——诽谤。

时有司天台太史令又奏曰:"臣夜观天象,见太白犯东井。东井,乃秦之分也;太白是罚星,必有暴兵起于京师。"苻生又曰:"星入井者,必将渴耳,何所怪乎!"又弗听。秦司徒王堕性刚峻,董荣及侍中强国皆以佞幸进,堕疾之如仇,会有天变,荣、国言于生曰:"今天星屡变,宜以贵臣应之。"生曰:"何人可当?"荣、国对曰:"贵臣无如王堕可。"生即将司徒王堕杀之。于是群臣战栗,民皆离心。

却说凉王张祚淫虐,上下怨愤。祚恶河州刺史张瓘之强,使索孚前去代之。孚来河州,入见瓘曰:"秦凉王命孚代公刺河州,请足下还京。"瓘大怒曰:"吾知凉王无道,淫虐百姓,今召我还,必有害我之心。"因令左右执孚斩之,遂起兵一万传檄州郡,称说祚罪,再立曜灵。会将军宋混合兵三万人,杀奔前来。凉王祚闻知,令卫兵五百,执曜灵杀之。混等闻知,为之发哀,情动三军。众至姑臧,张瓘弟张琚率众开门纳之,瓘众入城。当赵长惧罪,奔走入阁,呼张重华母冯氏立曜灵弟玄靓为王,以安众心。诸将不服,攻长杀之。时祚失众心,诸将莫肯为之斗者,反将祚杀之,枭首号令,城内咸称万岁。时张琚、宋混收兵内殿,上玄靓为大将军、西平公。复称建兴四十三年。时玄靓年始七岁,张瓘安抚百姓已了,乃入殿推玄靓为凉王,自为都督中外诸军事、尚书令,宋混为尚书仆射。

十月,却说秦丞相雷弱儿性刚直,以仆射赵韶、董荣乱政,每公言于朝,见之常切齿。韶、荣谮之于秦王生曰:"丞相弱儿接外国金多,欲使外国来攻,许为内应。"秦王生信之,遣卫兵五千,攻杀弱儿,及其九子、二十七孙。于是诸羌皆有离心,民皆嗟怨。生虽在谅阴,游酣自若,弯弓露刃以见朝臣,锤钳锯凿备置左右,即位未几,后妃、公卿下至仆隶,凡杀五百余人。

丙辰,十二年(秦寿光二年,燕元玺五年),正月,段龛遣人上书与燕王俊,语言无礼,燕王大怒,遣慕容恪去讨。恪即以大兵起发前来击段龛。兵将至近,当段龛弟罴骁,勇有智谋,言于龛曰:"慕容恪善用兵,加之众盛,若听其济河,进至城下,恐虽乞降,不可得也。请兄固守,罴帅精锐拒之于河,幸而战捷,兄率大众击之;若其不捷,不若早降,犹不失于千户侯也。"龛不从,罴固请不已。龛怒,将罴杀之。恪遂引兵济河,龛率众五千人拒战,恪大破之。龛友辟闾蔚被创,恪闻其贤,遣使求之,则已死矣。龛走还入城固守,恪进军围之。

负殊以舌下西凉

却说秦晋王苻柳遣参军阎负、梁殊使于梁,说张瓘以梁来降。二人受命来见之,瓘曰:"我,晋臣也,臣无境外之交,二君何以来辱?"负、殊说曰:"晋王与君藩邻,故来修好,君何怪焉!"瓘曰:"吾尽忠事晋,于今六世矣。若与征东通使,是上违先君之志,下隳士民之节,其可乎!"负、殊曰:"晋室衰微久矣,凉之先王,北面二赵,唯知机也。今大秦威德方盛,凉王若欲自帝河右,则非秦之敌;欲以小事大,则曷若舍晋事秦,长保福禄乎!"瓘曰:"中州好食言,向者石氏使车适返,而戎骑已至,吾不敢信也。"负、殊曰:"张先、阳初皆阻兵不服,先帝讨而擒之,赦其罪戾,宠以爵秩,固非石氏之比也。"瓘曰:"必如君言,秦之威德无敌,何不先取江南,天下尽为秦有,征东何辱命焉!"负、殊曰:"江南文身之俗,道洿先叛,化盛后服。主上以为江南必须兵服,河右可以义怀,故遣行人先申大好。若君不达天命,则江南得延数年之命,而河右恐非君之土也。"瓘曰:"我跨据三州,带甲十万,西苞葱岭,东距大河,伐人有余,况于自守,何畏于秦!"负、殊曰:"贵州山河之固,孰若崤、函?民物之饶,孰若秦、雍?杜洪、张琚因赵氏成资,有囊括关中、席卷四海之志,先帝戎旗西指,冰消雪散,旬月之间,不觉易主。主上若以贵州不服,赫然奋怒,控弦百万,鼓行而西,未知贵州将何以待之?"瓘笑曰:"兹事当决之于王,非身所了。"负、殊曰:"凉主虽英睿夙成,然年在幼冲,国家安危,系君一举耳。"瓘惧,乃以是言见玄靓。靓惧,乃以瓘之命,遣使称藩于秦,因以玄靓所称官爵而授之,因此北凉遂降于秦。

却说晋穆帝与群臣议,诏遣人封桓温为征讨大都督,督诸军讨姚襄,军未行,襄正攻洛阳。初,魏将周成降晋,反据洛阳,姚襄攻之,逾月不克。长史王亮谏曰:"今顿兵坚城之下,力屈威挫,或为他军所乘,此危道也!不如解此还屯。"襄不从。时桓温自江陵北伐,遣督护高武据鲁阳,将军戴施屯河上,自率大兵断后,与僚属登平乘楼望中原,慨然曰:"遂使神州陆沉,百年丘墟,王夷甫诸人不得不任其责!"记室袁宏曰:"运有兴废,岂必诸人之过!"温作色谓四座曰:"颇闻刘景升有千斤大牛,啖刍豆十倍于常牛,负重致远,曾不若一羸牸①,魏武入荆州杀以享军士。"温意以况宠,而座中皆失色。温从容作笑而谓袁宏曰:"闻卿长于赋,为我著《北征赋》而歌之。"宏即取笔思半晌,即为尽之而呈上与温。温令伏滔读其赋云:

云获麟于此野,诞灵物以瑞德,奚授体于虞者!疲尼父之洞泣,似实恸而非假。岂一性之足伤,乃致伤于天下。

温听之曰:"卿乃当今文章之美也。"于是各下楼而归。史说,袁宏字彦伯,有逸才,文章绝美,曾为咏史诗,是其风情所寄,人皆重之。

八月,桓温与众将议,计先取洛阳,乃复进兵至伊水。却说姚襄自杀败殷浩之后,欲图关中,闻桓温军至,下令三军,解洛阳之围拒之。时桓温闻姚襄拒住前路,乃亲自结阵而前,亲披甲执锐督战。当阳钦出马,与姚襄交战,战上二十余合,襄兵大败溃散。襄见自军溃乱,乃鸣金收数千骑,奔于北山之中而屯。桓温见姚军败走,亦不追赶,引兵入洛阳。时洛阳守将周成率众出降,温以军入城,屯于故太极殿前。先姚襄遣使谓温曰:"承亲率王师以来,襄今奉身归命,愿敕三军小却,当伏路左。"温曰:"我自开复中原,展敬山陵,无预军事,欲来便前,何烦使人?"襄拒水战,败奔北山。襄勇而爱人,虽战屡败,民知襄所在,辄扶老携幼,驰而赴之。温追之不及。弘农杨亮自襄所来降,温问襄之为人,亮曰:"神明器宇,孙策之俦,而雄武过之。"温点首应之。温移屯金墉,谒诸陵寝,修复毁坏,各置陵令。表谢尚镇洛阳,令颍川太守毛穆之等戍之。徙降民三千余家于江、汉之间。襄败奔平阳,秦并州刺史尹赤复以众降襄,襄遂据襄陵。

十一月,燕大司马慕容恪以兵五万围广固,段龛紧守其城,并不出战,燕诸将请急攻广固。恪曰:"用兵之势,有宜缓者,有宜急者,不可不察。若彼我势敌,外有强援,恐有腹背之患,则攻之不可不急。若我强彼弱,无援于外,当羁縻守之,以待其毙。兵法十围五攻,正谓此也。龛兵尚众,未有离心,今凭阻坚城,上下戮力,我尽锐攻之,计旬日可拔,然杀吾士卒必多矣。自有事中原,兵不暂息,吾每念之,夜而忘寐,奈何轻用其死乎!要在取之,不必求功之速也!"军中闻之,人人感悦。于是为高墙深堑以守之。龛婴城自守,樵采路绝,城中人相食。龛大惧,乃面缚出降,恪亲释其缚,以恩抚之。恪抚安新民,悉定齐地,遣人送龛见燕王俊。俊将龛斩之,又坑其从三千人。

---

① 牸(zì)——雌畜。

东晋卷之四

起自东晋穆帝升平元年丁巳岁,止于东晋孝武帝丁丑二年,首尾共二十一年事实。

太后归政与穆帝

丁巳,升平元年(秦王苻坚永兴元年,燕光寿元年),晋穆帝加冠设朝,太后归政,自徙居于崇德宫。文武百僚集贺,于是帝命排筵,宴赏群臣,不在重叙。

却说姚襄将图关中进兵屯杏城,羌、胡及秦民归之者,五万余户,遂据黄落。秦王生遣广平王苻黄眉、东海王苻坚二人,以兵讨之。襄坚壁不战,邓羌谓黄眉曰:"襄为桓温所败,锐气丧矣。然其为人强狠,若鼓噪扬旗,直压其垒,彼必愤怒而出,可一战擒也。"眉从之,率骑五千压其垒门而陈,扬武奋威,叫喊发骂,索襄出战。襄怒,以兵出战。羌阳败走,襄追至三原,东海王兵亦至,羌回骑击之,黄眉等以大众继战,襄兵大败。姚襄被擒而斩之,弟苌率其众降秦,求以郡公礼葬襄。秦王许之,于是黄眉等还长安,生不之赏,数众辱之。黄眉怒,欲谋弑生,生密知,反将黄眉诛之。

苻坚备仪聘王猛

却说秦王苻生夜梦大鱼食蒲,又闻长安谣言:"东海大鱼化为龙,男皆为王女为公。"生疑谣应鱼遵,将遵杀之,及夷其子孙十余人。时生饮酒无昼夜,多任杀戮,自以眇①目,讳言残、缺、偏、只、少、无、不具之类,误犯而死者,不可胜数。剥人面皮,使之歌舞以为乐。群臣得保一日,如度

---

① 眇(miǎo)——一只眼睛。

十年。时宗室及大臣、亲戚、忠良杀害略尽,死者不可胜记。

史说,东海王苻坚字永固,乃苻洪季子①,苻雄之子也。其母苟氏尝游漳水,祈子于西门豹祠,其夜梦与神交,因而有孕,十二月而生坚焉。生坚时,有神光自天烛其庭。坚背有赤文,隐起成字,曰:"草付臣又土王咸阳。"及长,臂垂过膝,目有紫光。祖洪奇而爱之。坚幼年七岁,聪敏好施,举措不失机。徐统遇之曰:"此儿有霸王之相。"又密谓之曰:"苻郎,你后当大贵。"坚曰:"诚如公言,不敢忘德。"八岁,请就家学。洪曰:"汝夷狄异类,世知饮酒,今乃求学耶!"欣然许之。初,健之入关也,梦天神遣使者送朱衣赤冠,命拜坚为龙骧将军,健至翌日就拜坚为龙骧将军。坚博学多艺,有经济大志,后封为东海王。与薛赞、权翼善。于时苻生为长夜之饮,诛杀大臣。当赞、翼二人密说坚曰:"主上猜忌暴虐,中外离心,方今秉主奉祀者,非殿下而谁!愿早为计,勿使他姓得之!"坚曰:"主上虽无道君也,若杀之自取,则成天下之骂耳!"赞、翼曰:"殿下执小义,后必噬脐无及。"坚犹豫,以问尚书吕婆楼曰:"主上无道,薛赞、权翼教孤自取其业,其事若何?"婆楼曰:"此事可行。仆刀镮上人耳,不足以办大事。仆里舍有一贤士,北海人也,姓王名猛,其人有王佐之才,谋略不世之出,征西大将军桓温屡请不起,现隐华阴山,殿下宜请而咨之。"坚曰:"吾备聘礼,卿可代我请之。"婆楼欣然领诺,于是坚备金帛之礼,作书使尚书吕婆楼往华阴山聘王猛。吕婆楼即出上马,带从人来华阴山,到庄门外下马扣门,问曰:"王先生在庄上否?"童子入去,不一时,王猛出迎入内,在草堂讲礼讫,呈上礼物而言:"今东海王苻坚久闻先生大名,无缘拜会,敬备薄礼,命予来聘,望乞就行。"猛曰:"山野狂夫,无甚奇才,何劳贵人亲降。若有下问,召仆趋至,甚令惶恐!"言讫,置酒相待,在庄上同宿一宵。

次日,王猛收拾琴书,与吕婆楼一同前来入见东海王苻坚。苻坚一见猛,遂握手相语,欢若平生,谈论稍顷,胜如旧识,邀入后堂讲礼,问寒温毕,苻坚下拜曰:"秦室鄙胄,单于愚人,久闻先生大名,如雷贯耳,是以昨日使尚书吕婆楼敬造仙庄,已呈贱名文几,未审览否?"王猛答礼曰:"北海田夫,触事疏慵,累蒙大人见召,下情不胜感激!现大王有爱民忧国之心,但恨猛年幼才疏,不堪治政,有误下问。"苻坚曰:"吕尚书之言,权参

---

① 季子——小儿子。

军之语,岂虚谬哉!望先生不弃鄙贱,曲赐见教。"王猛曰:"吕尚书世之高士,猛乃一村夫耳,安可以谈天下之事。二公差举,而大王舍美玉就顽石,此乃误矣!"苻坚曰:"夫古圣贤,学成文武之业,当立身行道,扬名于后世,以显父母,此谓孝矣!救民于水火之中,致君子尧舜之化,此谓忠矣!世人望先生久矣。坚愚鲁得赐教之,实为万幸也!"王猛笑曰:"大王慨然欲闻愚论,尽当剖露,愿闻其志。"苻坚乃屏去左右,起席而谢曰:"今主上无道,戮杀无辜,士民生怨,中外离心。孤不度德量力,欲伸大义于天下,诚恐不然。吾志在天下,而智术短浅,遂用猖獗,至于今日,志犹未已,请计将安出?"王猛答曰:"主上失德,吏民各怀二心,可早图之,免彼晋、燕来侵。若缓延之,久则乱生。"坚又曰:"吾欲经一六合,自赵末以来,豪杰并起,跨州连郡者,不可胜数。"猛曰:"桓温比于姚襄,则名齐而众寡。然温能克襄,以弱为强,非为天时,亦人谋也。今温已拥百万之众,挟天子而令诸侯,然诚不可与争锋。晋王连据有江东之地,已立数世,国俭而民富,贤能为之用,此可与援而不可图也。今邺城千里,为慕容俊所据,此乃用武之处,而其俊先立长子,有才而死之,今立次子慕容㬂为嗣。吾闻邺城人谈,㬂好游丝竹之乐,却无德略之声。慕容俊一死,彼必不能守,而其智能之士思得明君。大王既帝室之胄,信义著于四海,揽召英雄,思贤如渴,若跨有关中,保其险阻,外结晋王,内修政理,天下有变,则命一上将,将邺中之军,以向平城,大王举长安之众以出建康,百姓各箪食壶浆以迎大王,则北方之域尽为大王有也。诚如是,霸业可成,秦国大可兴矣!"坚离坐扳手而谢之曰:"先生之言,金石之论,使坚拨云雾而睹青天,恨见先生之晚矣。"又谓曰:"孤之遇卿,若刘玄德之遇孔明也。"苻坚自此重猛,食则同几,卧则同榻,终日议论天下之事。其时,王猛年三十二而出仕也。

当秦太史令康权言于秦王生曰:"昨夜三月并出,孛星入太微,连东井,自去月上旬,沉阴不雨,以至于今,将有下人谋上之祸。"生大怒曰:"汝以妖言惑朕!"令武士扑杀之。乃入宫饮酒,夜醉,谓宫女曰:"苻法兄弟,亦不可信,明日当除之。"苻法亦苻雄之子,苻坚之兄。是夜,苻坚身体困倦,屏几而卧,梦见神人告之说:"苻生明日必弑汝也。"惊寤而心悸之。忽宫女来报知苻法,法大惊,急出问梁平老,平老邀法同见苻坚。当梁平老等谓坚曰:"今主上失德,上下嗷嗷,人怀二志。目今燕、晋伺隙而动,臣恐祸发之日,家国俱亡。闻宫女报说,主上明日要杀皇兄苻法,今皇兄邀臣来见殿下,此殿下之家事也,宜早图之,否则必遭其害。"坚谓苻法曰:"你先引亲随之人,各执利刃入宫。吾后便来。"于是苻法与梁平老等率壮士三百人,潜入云龙门。苻坚亦率麾下兵三千人,鼓噪继进。时宿卫将士皆执兵器而立,见是苻坚,各舍杖归坚,同法入宫。苻生犹昏寐未寤,被坚令胄士执出杀之。苻生死年二十三岁,在位二年,至此被坚弑之。次日,王猛与吕婆楼等,立东海王苻坚为秦皇帝,坚让兄苻法,法不受曰:"汝嫡嗣且贤,吾何敢当!"于是坚去皇帝号,而为大秦天王,改号永兴元年。遣人尽诛佞臣赵韶、董荣等三十余人。以子苻先为皇太子,兄苻法为丞相,弟苻融为阳平公,次子丕为长乐公,王猛、薛赞为中书侍郎,权翼、吕婆楼为给事黄门侍郎,与猛、赞并掌机密。以梁平老为尚书郎,以李威为左仆射。威,苟太后之姑子也。秦王生屡欲杀坚,赖威营救得免。威知王猛之贤,常劝坚以国事任之。坚谓王猛曰:"李公知君,犹鲍叔牙之知管仲①也。"猛以兄事之。

却说坚母苟氏思苻法为坚之长,德而后贤,又甚得众心,惧后为变,乃遣人召入宫内,以鸩杀之。稍顷,坚入宫,见杀苻法在地,急问左右。左右具苟氏之言对之,坚哭涕泗滂沱,呕恸吐血。左右劝曰:"死者不能复生,何必哭之,以伤贵体。"坚拭泪而言曰:"吾兄贤明有德,何故弑之?"言讫,遂令收殓殡葬,谥曰哀王,又封其子阳为东海公。

秦王坚与文武出游,自临晋登龙门,顾指而谓群臣曰:"美哉,山河之固!娄敬有言,'关中四塞之国',真不虚也。"权翼、薛赞对曰:"吴起有言,'在德不在险',愿陛下追踪唐、虞,怀远以德,山河之固不足恃也。"坚大悦,乃领众还长安。十一月,秦王坚私行至尚书省率问诸政之事,丞相程卓无以为对,以是见其文案不治,次日免左丞相程卓,以王猛代之为左丞相。于是王猛亲宠愈密,朝政莫不由之。

戊午,二年,二月下旬,时王猛趋朝出来,因遇特进樊世,乃氐之豪杰也,先有大勋于苻氏,自负气倨傲,乃辱猛曰:"吾辈与先帝共兴事业,不预时权;君无汗马之劳,何敢专管大任?是为我耕稼,而君食之乎!"猛曰:"方当使君为宰夫,安直耕稼而已!"世大怒曰:"要当悬汝首于长安城

---

① 鲍叔牙之知管仲——春秋时鲍、管二人至交,鲍舍财让机遇给管,管有治国辅君之才。

门,不尔者,终不处于世也!"猛忍气回家,次日侵早先入朝,奏知樊世辱己之事与秦王坚。坚怒曰:"必须杀此老氏,然后百僚可整。"俄而世至,使与王猛争论于坚前,欲以牙笏击猛。秦王坚大怒曰:"击鼠须当避其器,我跟前尚如此逞强!"发命武士将世斩之。世被斩讫,传首至殿前,于是公卿以下无不惮猛。是日,又改甘露元年,又以王猛为中书令、京兆尹。猛与中丞邓羌协规齐志,数旬之间,有贵戚强豪者,被猛、羌按察其过,以罪诛死二十余人,于是豪右屏气,路不拾遗,风化大行,百姓安堵。坚始叹曰:"今日始知治天下之有法,天下之为尊也!"九月,秦境大旱,秦王坚自减膳撤乐,命后妃以下悉去罗纨。使守宰开山泽之利,公私共之,息兵养民,后旱不为灾矣。

燕王购虎尸鞭浸

十一月,燕王俊集百官会议徙都于邺城,百官皆言可。于是迁都于邺城,至夜,梦见故赵王石虎啮其臂,至天明,集百僚使人去发石虎墓,使人掘墓,不见虎尸,空棺而已。使人回报,燕王俊以百金购其尸,有人知其尸在东明观,直来报知。燕王俊又使人去东明观下掘浔其尸,僵而不腐,呈与燕王俊,数其残暴之罪,令武士鞭之三百,投于漳水浸之。燕王俊因是得疾,闷闷不悦。

戊午,二年(秦永兴二年,燕光寿二年),二月,却说故赵将冀州牧张平,据新兴、雁门、西河、太原、上党、上郡之地,壁垒三百余,夷、夏十余万户,赵既亡,先降燕,至是又降秦,燕王欲以兵攻,却又使人降燕。秦王坚闻知,自将兵五万,令邓羌为前部先锋,军至境上,张平大惊,急召养子张蚝①至曰:"今秦王苻坚自将兵来攻我,非小可之敌。吾儿火速领众御之,勿使彼临城难以解矣。"蚝曰:"大人休忧,小儿即退秦兵。"史说,蚝多力矫健,曳牛却走,超越高城,因此勇冠三军,人莫敢近。秦王坚亦知其名,因谓诸将曰:"张平之子张蚝,勇力绝人,卿若生擒得之,重赏不轻,则平自降。"邓羌曰:"主上如何长他人之志气,灭自己之威风?看某生致之。"

① 蚝(háo)。

言讫,即与诸将各持兵刃出阵,正遇张蚝,就战,连斗五十合,不分胜负。诸将见羌战蚝不下,各奔出阵,蚝全无惧怯,又战数十合。羌大喝一声齐进,诸将直奔蚝。蚝撇羌来敌诸将,被羌以红棉套索抛起,将蚝拖下马来,诸将擒之,缚来见秦王坚。坚大悦,赏邓羌,赦张蚝,令其归降。于是蚝降于秦王,坚以蚝为虎贲中郎将,常置左右。秦王坚曰:"吾得邓羌、张蚝二人,皆万人之敌,天下不足定也。"其时张平见蚝被擒,亦面缚出降。秦王坚命解其缚,拜平为右将军,收兵还都。

八月,会稽王昱欲以桓温弟云为豫州刺史,仆射王彪之曰:"温居上流已割天下之半,其弟复处西藩,兵权萃于一门,非深根固蒂之宜也。"于是昱乃更以谢万代之。王羲之与温笺曰:"谢万才通经济,使居廊庙,固是后来之秀。今以之俯顺荒余,则违才易务矣。"又遗万书曰:"以君迈往不屑之韵而俯同群碎,诚难为意也。然所谓通识,正当随事行藏耳。愿君每与士卒之下者,同甘共苦,则尽善矣。"万不能用。

却说晋泰山太守诸葛攸集军一万余人,攻拔燕东郡,入据武阳,燕王俊闻知,命大司马慕容恪率兵五千击之。兵至武阳,诸葛攸亦以兵出城,两下交战数十合,攸兵自溃,被恪催兵一击,攸兵大败,不能挡敌,于是攸败走还泰山。恪遂渡河略地,分置守宰而归。俊遂欲经营秦、晋,令州郡校实现丁,户留一丁,余悉发为兵,欲使步卒满一百五十万,期来春大集军马于各郡。刘贵上书,极陈"百姓凋敝,发兵非法,必致土崩之变"。俊善之,乃更令三五发兵,以来冬集邺。时燕调发繁数,官司各遣使者,道路旁午,郡县苦之。太尉封奕奏请:"非军期严急,不得遣使,其余赋发,皆责成州郡。"俊从之。

燕泰山太守贾坚以兵七百人屯于山茌①,晋荀羡引兵一万击之。坚所将才七百余人,羡兵十倍。贾坚叹曰:"吾自结发,志立功名,而每值穷厄,岂非命耶!与其屈辱而生,不若守节而死。"乃开门与兵直出。羡兵四集擒之,遂拔山茌。羡请坚曰:"君父祖世为晋臣,奈何背本不降?"贾坚曰:"晋自弃中华,非吾叛也。民既无主,强则托命。既已事人,安可改节!吾束脩自立,涉赵历燕,未尝易志,君何匆匆相谓降乎!"羡怒,执置雨中数日,坚愤惋而卒。燕青州刺史慕容尘遣司马悦明,以兵万余集泰

---

① 茌(chí)

山,羌与战,兵大败,燕复取山茌。燕王以坚子贾活为任城太守。荀羡疾笃,晋帝已知,遣使征之,以郗昙督徐、兖,以军镇下邳。

初,燕吴王慕容垂娶段末柸女,生子令、宝。段氏才高性烈,自以贵姓,不尊事可足浑后,后衔①之。中常侍涅皓希旨②,告段氏为巫蛊毒后,后觉,欲以连累垂,收下廷尉考验,段氏终无挠词③。故垂得免祸,而段氏竟死狱中。燕王俊贬垂为平州刺史,出镇辽东。垂以段氏女弟为继室,可足浑后黜之,以其妹妻垂,垂不悦,由然益恶之,出镇辽东。

己未,三年(秦甘露元年、燕光寿元年),四月,凉丞相张瓘猜忌苛虐,专以爱憎为赏罚。郎中殷郇谏之,瓘曰:"虎生三日,自能食肉,不须人教也。"由是人情不附。宋混性忠鲠,瓘惮之,欲杀混,因废凉王玄靓而自代之。混知,率壮士五百人,掩入南城,宣告诸营曰:"张瓘谋逆,受太后令,我以兵诛之。"乃率兵出战。张瓘亦以兵与混战,大败,与张琚皆自杀。混既弑瓘兄弟,请玄靓去王号,复称凉州牧,而降晋。

燕王托孤慕容恪

冬十月,诸葛攸复将水陆二万击燕,入自石门,屯于河渚。燕王俊使上庸王慕容评率步骑五万与战东阿,攸病,三军无主,因此大败。晋穆帝闻知,遣迎诏书前来,使谢万、郗昙去讨,万、昙复伐之。万矜豪傲物,但以啸咏自高,未尝抚众。兄安深忧之,谓万曰:"汝为元帅,宜数接对诸将,以悦其心,岂有傲诞如此而能济事也!"万乃召集诸将,一无所言,直以如意指四座云:"诸将皆劲卒。"诸将益恨之。安虑万不免,乃自队帅以下,无不亲造诸将,善言抚谕,厚相亲托。既而万不敢进,率众入涡、颍,以援洛阳。昙以病退屯彭城,万以为燕兵大盛,故昙退,即引兵还,众遂惊溃。万狼狈单骑归,军士欲图之,以安之故止。晋帝闻知,以诏废为庶人,降昙号建武将军,于是许昌、颍川、谯、沛诸城相次陷没,遂为燕所有。

---

① 衔——衔恨。
② 希旨——迎合在上者的旨意。
③ 挠词——屈服的话。

庚申,四年(秦甘露二年,燕幽帝慕容𬀩建熙元年),正月,燕王慕容俊宴群臣于蒲池阁,酒酣赋诗,因与群臣谈经史,语及周太子晋,潸然流涕,顾谓群臣曰:"昔魏武追痛仓舒,孙权悼登无已,孤尝谓二主缘爱称奇,无大雅之体。自晔亡以来,孤鬓发中白,始知二主有以而然。卿等言晔定何如也?孤今悼之,得无遗怪将来乎!"时长史李绩对曰:"献怀之在东宫,臣为中庶子,圣质志业,臣实不敢不知。先太子大德有八,未见有阙也。至孝自天,性与道合,此其一也;聪敏慧悟,机思若流,此其二也;沉毅好断,理诣无幽,此其三也;疾谀亮物,雅悦直言,此其四也;好学不辍,不耻下问,此其五也;英姿迈古,艺业超时,此其六也;虚襟恭让,尊师重道,此其七也;轻财好施,勤悉民隐,此其八也。有此八德,境内士民寔感慕无极。"燕王俊闻言,泣曰:"卿虽褒誉,然此儿若在,吾死无忧。今景茂幼冲,器艺未举,卿以为何如?"绩曰:"皇太子天资岐嶷①,圣敬日跻,而八德阒然②,二阙未补,雅好游畋,娱心丝竹,所以为损耳。"燕王俊顾谓太子𬀩曰:"伯阳之言,药石之惠,汝宜戢③之。"言毕,罢宴归宫。是夜,燕王俊寝疾,谓太原王恪曰:"今二方未平,景茂幼冲,社稷属汝,何如?"恪曰:"太子虽幼,胜残致治之主也,臣何敢干正统!"俊怒曰:"兄弟之间,岂虚饰耶!"恪曰:"陛下若以臣能荷天下之任者,岂不能辅少主乎!"俊喜曰:"汝能为周公,吾复何忧!李绩清迈忠亮,汝善遇之。"召吴王垂还邺,至是疾笃。召恪及司空阳骛、司徒评、将军慕舆根受遗诏辅政,谓曰:"朕欲与卿等平一天下,不幸到此难逃,此亦天命也。"又指太子与恪曰:"此子年幼,今托付与卿,卿宜以骨肉为重,以慕周公之德而辅之,则吾于九原之下,不忘贤弟。"言讫,泪下如雨。慕容恪曰:"陛下善保龙体,不可怀忧。太子虽幼,吾辅之岂待致祝耶?"俊点首而崩,寿四十二岁,在位十三年,改元者三。

却说慕容𬀩字景茂,慕容俊之第三子也,俊因长子慕容晔死之,故乃立为太子也。燕王俊既死,百官举哀,殓葬讫。大司马、太原王慕容恪率百官立太子慕容𬀩为燕王,即皇帝位,改元曰建熙元年。以慕容恪为太

---

① 岐嶷——形容幼年聪慧。
② 阒(qù)然——寂静。
③ 戢(jí)——收敛。此指采纳。

宰、录尚书事,行周公之事。晔既即大位,而庸弱,国事皆委之于恪耳。当恪奏少主曰:"李绩清方忠亮,堪任大事,先帝临终以为恪言,陛下可以绩为尚书右仆射,同辅朝政。"时燕王憾绩往在先帝之前辱己之言,不许而谓恪曰:"万机之事,委之叔父,伯阳一人,朕请独裁,何如再升?"时李绩闻少主之言,遂忧疾而死,临终谓家人曰:"吾不听先人之训,果有今日之故也。"言讫而卒。先是李绩之父李产,字子乔,初仕石氏,后始仕燕,历位尚书。前后固辞年老,不堪理剧。燕王俊不许,转拜太子太保。临终谓子绩曰:"以吾之才而至于此,始者之愿亦已过矣。我死之后,汝不可复以西夕之年①,取笑于来今也。"绩不能遵依是语而辞退,是以忧死也。

却说将军慕容根恃勋旧,有无上之心,乃私见太原王慕容恪而言曰:"主上幼冲,母后干政,权在大王,何不因其未定而取之,而甘在人下,非大丈夫之所为也。"慕容恪惊曰:"公醉乎?何言之悖也!昔曹臧、吴札并于家难之际,犹曰:'为君非吾节。'况今储君嗣统,四海无危,宰辅受遗,奈何便有私议!公忘先帝之言乎?"时根大惧,陈谢而退。慕容恪以慕容根言告吴王垂,垂曰:"何不诛之?"恪曰:"今新遭大丧,二邻观衅,而宰辅自相诛夷,恐乖远近之望,且可忍之。"时根私入宫,谬言于可足浑后,及燕王晔曰:"太宰、太傅将谋不轨,臣请率禁兵诛之。"后将从之,晔曰:"二公国之亲贤,先帝托以孤嫠,必不肯尔,安知非太师欲为乱也!"乃止。根又思恋旧土,谋欲还东。恪知潜己,乃密奏根罪状,燕王晔使恪诛根,并其党二十余人。时新遭大丧,诛夷狼藉,内外恟惧②,恪举止如常,人不见其有忧色,每出入,一人步从。或说以宜自严备,恪曰:"人情方惧,当安静以镇之,奈何复自惊扰!"恪虽综大任,而朝廷之礼,兢兢严重,每事必与司徒评议之,虚心待士,咨询善道,量才授任,人不逾位。朝臣或有过失,不显其状,随宜他叙,时人以为大愧,莫敢犯者。或有小过,自相责曰:"尔复欲望宰公迁官取耶?"燕所征郡国兵,去冬集邺,欲遣伐晋,以燕王俊病,大阅而罢。至是以燕朝多难,互相惊动,往往擅自散归,自邺以南,道路断塞。太宰恪大惊,急以吴王垂为征南将军,去镇蠡台;又令孙希、傅颜率骑二万,观兵河南,临淮而还。于是境内乃安。

---

① 西夕之年——暮年,晚年。
② 恟惧——恐惧。

却说匈奴刘卫辰遣使降秦,请田内地,春来秋返,秦王坚许之。夏,云中护军贾雍率百骑袭之,大获而还,奏知秦王坚。坚大怒曰:"朕方以恩信怀戎狄,而汝贪小利以败之,何也!"乃黜雍以白衣领职,遣使还其所获,慰抚之。卫辰大悦,于是入居塞内,贡献相寻①。时东胡独孤部及没奕于,各率众数万降秦,秦王苻坚处之塞内。阳平公融谏曰:"戎狄人面兽心,不知仁义。其稽颡内附,实贪地利,非怀德也!不敢犯边,实惮兵威,非感恩也。今与民杂居,彼窥郡县虚实,必为边患,不如徙之塞外。"坚从之。

却说桓温聚集文武商议天下之事,群佐皆曰:"今燕王慕容俊新丧,主幼才庸,若兴三军去伐,指期中原可得。"桓温曰:"慕容俊乃英特之主,临死必以其子托付太原王慕容恪,而慕容恪善抚国家,能为将兵,石季龙尚且被执,何况如今乎!慕容恪尚存,所忧方为大耳,何敢进之。"由是桓温未敢起兵。

史说,谢安字安石。年四岁时,桓彝见而叹曰:"此儿丰神秀彻,后当不减王东海。"及总角,神识沉敏,风宇条畅,善行书。弱冠时,诣王濛清言,既去,濛子王修问父曰:"向客何如大人?"濛曰:"此客亹亹②,为来逼人。"王导亦深器之。由是少有重名。寓居会稽,与王羲之及许询、桑门支遁游处,出则渔弋山水,入则言咏属文,无处世之意。除尚书郎、琅邪王司马丕辟,并不起。常往临安山中,坐石室,临浚谷,悠然叹曰:"此去伯夷何远乎!"然虽寓居会稽,以山水自娱;虽为布衣,时人皆以公辅期之。士大夫至相谓曰:"安石不出,当如苍生何!"安每游东山,常以妓女自随。时会稽王司马昱闻之,曰:"安石既与人同乐,必不得不与人同忧,召之必至。"安妻,刘惔之妹也,见家门贵盛,而安独静退,谓:"丈夫不如此也!"安掩鼻曰:"恐不免耳。"及弟万废黜,安始有仕进之志,安时年已四十。征西大将军桓温闻之,使人请拜为司马,安赴召即至。温大喜,拜为司马,深礼重之,凡有军国大事,悉皆咨之。

辛酉,五年(秦甘露三年,燕建熙二年。是岁,凉奉升平之号),燕守将吕护遣使来建康降晋,晋帝拜冀州刺史。护欲引晋兵以袭邺,燕太宰恪

---

① 相寻——不断。

② 亹(wěi)亹——勤勉不倦貌。

闻知,乃将兵二万讨之,护璎城自守。将军傅颜请恪急攻之,恪曰:"老贼经变多矣,观其守备,未易猝攻。然内无蓄积,外无救兵,我深沟高垒,坐而守之,休兵养士,离间其党,于我不劳,而贼势日蹙,不过十旬,取之必矣,何为多弑士卒,以求旦夕之功乎!"乃筑长围守之。

晋哀帝登龙即位

五月,晋穆帝因疾而崩,时年十九,而无嗣,在位十七年,庙号孝宗。百官举哀,葬于永平陵。是时孝宗无子,群臣立成帝子琅邪王司马丕为皇帝,立皇后王氏,尊何太后为穆皇后,改元隆和。

却说哀帝名丕字千龄,成帝长子。初,封为琅邪王,及穆帝崩,无嗣,大臣迎丕立之,在位四年,改元者二:曰隆和,曰兴宁。

史说,中书侍郎范宁字武子,少博学,多所通览。时以浮虚相扇,儒雅日替,宁以为其源始于王弼、何晏,二人之罪深于桀、纣,宁乃著论非之曰:

> 王、何蔑弃典文,幽沉仁义,游辞浮说,波荡后生。使缙绅之徒,翻然改辙,以至礼坏乐崩,中原倾覆,遗风余俗,至今为患。桀、纣纵暴一时,适足以丧身覆国,为后世戒,岂能回百姓之视听哉!故吾以为一世之祸轻,历代之患重;自丧之恶小,迷众之罪大也。

是以人皆以此论贬之太过,吾观贬之宜也。

十二月,却说秦王苻坚下诏,命牧伯守宰各举孝弟、廉直、文学、政事,察其所举,得人者赏之,非其人者罪。由是人人莫敢妄举,而请托不行。当是之时,内外文官,率皆称职;田畴修辟,仓库充实;路不拾遗,盗贼屏息。因是凤凰集于东阙,秦王苻坚大喜,平旦召王猛、苻融入露堂,悉屏去左右,密议大赦境内。王猛、苻融亲进纸笔,秦王坚自为赦文。正持笔间,忽有一大苍蝇自穿牖间而入,鸣声甚大,集于笔端,坚驱之复来,忽然去之。秦王坚在内为赦文,俄而长安城中街上有一黑衣小儿,大叫曰:"今日官家大赦天下!"须臾,小儿去了。因此街巷市里,人人相告曰:"官家有赦。"境内由然喧哄。有司闻知,入朝奏请问赦何事。秦王坚大惊,谓融、猛曰:"孤与卿为禁中,又无耳属之理,事从何泄也?"遂问群臣曰:"其闻赦事，何处得来？"群臣奏曰："长安城中士民，在城中传说官家有赦，不知何人先说也。"猛奏曰："可令武士出朝门外，执城中百姓入来，问之必知端的。"秦王坚曰："卿言是也。"坚即使武士出去捉之。不一时，武士拥得老者四五人，至殿下，秦王坚问百姓曰："谁人说道朕有赦出？你可从直说来。"老者咸曰："有一小人衣黑衣，大呼于市曰：'今官家有大赦！'须臾不见。"坚知神泄其事，于是遣老者还。秦王坚即遣使颁赦书去，大赦境内。时秦王坚谓群臣王猛等，叹曰："其向苍蝇声状非常，吾固恶之。谚曰：'欲人勿知，莫若勿为。'声无细而弗闻，事未形而必著者，其此之谓也。"于是秦王坚命广修学宫，召郡国学生通一经以上充之，公卿以下子孙，并遣入学受业。其有学为通儒、才堪干事、清修廉直、孝悌力田者，皆旌表之。于是天下号秦多士。

壬戌，隆和元年（秦甘露四年，燕建熙三年），正月，征西大将军桓温与长史孟嘉等议曰："吾欲威振朝廷，群臣不服，何计可施？"嘉曰："为明公计，可上表诈请迁都洛阳以试之，朝廷若从公请，不待立威，而群臣自服。若不允，百官逆异于公，正如昔日指鹿为马，以察百官也。"温曰："其计大善。"次日，使人入朝上疏曰：

> 江东自先帝立，今六十余年，气数已衰矣。洛阳旧都乃霸业之所，士民思之已久，请皇帝陛下百僚俱各促装，涓日北徙洛阳，以实河南，都之，则中原指日可得矣。

却说晋哀帝得桓温疏，读讫，大惊，谓群臣曰："今大将军桓温主意迁都，其事若何？"时群臣皆惧温势，不敢言异，人情疑惧，并知不可，莫敢先谏。唯有散骑常侍孙绰上疏曰：

> 昔中宗龙飞，非唯信顺协于天人，实赖万里长江画而守之耳。今自丧乱以来六十余年，河、洛丘墟，函夏萧条。士民播流江表已经数世，存者老子长孙，亡者丘陇成行。虽北风之思感其素心，目前之忧实为交切。植根江外数十年矣，一朝顿欲拔之，驱跂于空荒之地，提挈万里，逾险浮深，离坟墓，弃生业，田宅不可复售，舟车无从而得，舍安乐之国，适习乱之乡，国家之所宜深虑也！

晋帝览疏犹豫，当散骑常侍王述曰："陛下休忧，桓温欲以虚声威振朝廷耳，非实事也。但从之，自无至矣。"于是帝遣使人还说从之，涓吉起行。

却说使人即还，白知桓温道："帝与群臣皆乐从之，听将军之请，愿迁洛阳。"温大悦，问孟嘉曰："先生其计果奇，百官不敢拒意，而今朝廷要迁洛阳；倘若迁之，则秦、燕乘此起兵，而国家乱，吾等之务未备，事皆危矣。"嘉曰："此事易耳，将军可复使人入朝，再奏曰：'迁之宜矣，而关中残破，宜先使人修理，若移洛阳钟虡①权且暂停，候再择期。'"于是温从之，复使人入朝奏知其事，暂且停止。晋帝遂问常侍王述曰："其事如何计议回之？"王述曰："臣自作书回复，无劳圣意。"于是王述领使人出朝，归第作书，与使带回去复桓温。桓温得书，开读曰：

　　永嘉不竞，都督江左，方当荡平区宇，旋轸②旧京。若其不尔，宜改迁园陵，不应先事钟虡。

桓温读毕，谓众曰："朝廷大臣明知不可，而惧我莫敢言之，既如此权罢，迁都暂且停止。"

桓温戏星人王见

却说桓温既有异志，闻蜀人王见善知天文，乃使使召至，至夜，温执王见手问曰："闻卿善知天义，今国家祚运，修短若何？"见答曰："世祀方永，未必便终。"温不悦，次日召见入，送绢一匹，钱五千文，与之自归，因谓曰："卿可将此自裁。"王见受之即出，自思曰："桓温送我绢一匹，钱五千文，命我自裁。其绢使我自缢而死，其钱与我买棺材，奈我无亲在此，谁人收殓？"因哭思半日，闻襄阳习凿齿为温府主簿，仁厚济人，乃驰入，谒拜凿齿曰："吾乃蜀川星人，昨蒙大司马桓温召至，问天文国家之事。吾以实对，大司马怪吾，送绢一匹，钱五千文，命我自裁。我家在益州，被命远来，今此无亲，无由致其骸骨。闻君仁厚，故来相投，乞为标碣棺木收殓，吾在九泉之下，不忘大德也。"凿齿曰："君几误死耳！君尝闻干知星宿有不覆之义乎？此以绢戏君，以钱供道费之资，是听君自去也，何如寻死！桓公弑汝，岂待汝裁，君何不明也。"王见大喜，拜谢凿齿，曰："若不

---

① 虡——挂钟的木架。
② 旋轸——返还。

造先生,误丧残生。"于是王见次日入辞桓温还蜀。温问曰:"谁教汝还?"王见明以凿齿言答之。温大笑曰:"昨忧君误死,今是误活。汝徒然三十年看儒书,不如一诣习主簿矣。"因此王见得凿齿明以活归,桓温于是益重凿齿。

癸亥,兴宁元年(秦甘露五年,燕建熙四年),五月,晋帝设朝,文武班齐,君臣礼足,分两边。当群臣奏曰:"前者桓温所奏迁都之事,欲威朝野,贪功慕爵耳! 今事已寝,可加其重禄,则彼不生别志。"帝下诏,使人去加封桓温为大司马、都督中外诸军、录尚书事。桓温大喜受职。温又欲北伐,以王坦之为长史,以郗超为参军,以王珣为主簿,以谢玄为东曹掾,后改为参军。

史说,王坦之字文度,乃王述之子也。弱冠与郗超俱有重名,时人为之语曰:"盛德绝伦郗嘉宾,江东独步王文度。"郗超字景兴,小字嘉宾。少卓荦不羁,有旷世之度,人皆仰之。王珣字元琳,乃太尉王导之子也。先,珣尝梦人以大笔如椽与之,既觉语人云:"此当有大手笔事。"后孝武帝崩,哀册谥议皆珣所草。珣方弱冠,与谢玄为桓温掾,俱为温所敬重,谓之曰:"谢掾年四十,必拥旄杖节。王掾当做黑头公,皆未易才也。"史说,谢玄字幼度,少颖悟,与从兄谢朗俱为叔父谢安所器重。安尝戒约诸子侄曰:"子弟亦何预人事,正欲使其佳?"诸人莫有言者。独玄答曰:"譬如芝兰玉树,欲其生于庭阶耳。"由是安悦玄对,而益重之。时桓温每有事,必与王珣、谢玄二人谋之,因此其府中人为之语曰:"髯参军,短主簿,能令公喜,能令公怒。"

甲子,二年(秦甘露六年,燕建熙五年,凉西平公张天锡元年),春正月,晋帝以扬州刺史王述为尚书令。王述每授职,不为虚让,其有所辞,必于不受。及为尚书令,其子坦之谏述曰:"故事当让,何不让乎?"述曰:"汝谓我不堪耶?"坦之曰:"非也。但克让自美事耳。"述曰:"既谓堪之,何为复让耶! 以汝胜我,定不及也。"

却说哀帝雅好黄老,断谷,饵长生药,服食过多,遂中毒,不能理万机,崇德太后复临朝摄政。

却说初,宋混疾甚,张玄靓及其祖母马氏往省之,曰:"将军万一不幸,寡妇孤儿将何所托?"混曰:"臣弟澄政事愈于臣,但恐其儒缓,机事不称耳! 殿下策励而使之,可也。"混戒澄曰:"吾受国大恩,当以死报,无恃势位以骄人。"又见朝臣,皆戒之以忠贞。及卒,行路之人为之挥涕。玄靓以澄为领军将军,命其辅政。

天锡弑君而自立

凉自丞相宋混死后,张天锡专权执政,张玄靓庶母郭氏以张天锡专政,与大臣谋欲诛之,事泄,天锡反将郭氏皆杀之,遂弑玄靓,自称凉州牧、西平公,时年十六。遣司马奉章诣建康请命,晋帝从之,降诏封锡西平公。

却说匈奴刘卫辰以众作叛,代王什翼犍密点兵三万击卫辰,时河冰未合,犍命将士以苇絚①约流澌,俄而冰合,然犹不坚,乃散苇于其上,冰草相结,有如浮梁,兵乘以度。卫辰不意兵卒至,大惊,遂引左右西走去了。什翼犍不追,收其部落十六七而还。卫辰奔降秦。秦送还朔方,遣兵戍之。代王什翼犍性宽厚,郎中令许谦盗绢二匹,什知而匿之,谓左长史燕凤曰:"谦盗绢,吾不忍视谦之面,卿慎勿泄。若谦惭而自杀,是吾以财杀士也。"尝讨西部叛者,流矢中目,既而获射者,群臣欲脔②割之,什翼犍曰:"彼各为其主斗耳,何罪!"遂释之,是以士民归附者众尔。

哀帝崩立司马奕

乙丑,三年(秦建元元年,燕建熙六年),二月,孝哀帝崩,群臣迎其弟琅邪王司马奕即皇帝大位,改元为太和元年。却说奕帝字延龄,哀帝同母弟也。初,封琅邪王,及哀帝无子,大臣迎而立之。在位六年,后被桓温废为海西公。

却说燕王㬒境内多水旱,太宰慕容恪、慕容评并入朝归政,上疏曰:

臣以朽暗,器非经国,不足上谐阴阳,下厘③庶政。臣闻王

---

① 絚(gēng)——粗绳索。
② 脔(luán)——切碎。
③ 厘——治理。

者则天建国,辨方正位,司必量才,官唯德举。台辅之重,参理三光,苟非其人,则灵曜为亏。尸禄贻殃,负乘招悔。臣等安可久忝①天官,以蔽贤路!敢忘虞丘避贤之美,辄循两疏知止之分,谨送章绶,唯垂昭许。

暐览疏而谓恪、评二人曰:"先帝所托,唯在二公。岂虚已谦冲,以委付托之事耶!"恪、评二人乃止。燕王暐又曰:"吾闻洛阳乃关中之地,今为晋所成,欲烦叔父神用取之,其事若何?"太宰慕容恪曰:"臣等受先帝顾托之重,欲效犬马之心久矣,未得诏命。今陛下旨意,臣愿领兵去攻洛阳,以报先帝顾托之恩。"言讫,拜辞燕王,即点十万锐兵,使吴王慕容垂为先锋,杀奔洛阳而来。

其时,洛阳守城将沈劲闻知燕兵犯境,即忙使偏将军杨钦点起城中氏兵共五千人,大开城门,驱兵出迎。时燕兵队内先锋慕容垂出阵与杨钦交战,二人在阵前战二十余合,杨钦兵少,如何敌得燕军?因此大败。杨钦不敢入城,乃收残兵走还江南。因是燕太宰恪谓诸将曰:"卿等常患吾不攻城,今洛阳城高而兵弱,卿勿畏也。"于是诸将身先士卒,齐力乃攻克之,执沈劲至,恪招其降。而劲神气奇异,恪将宥之。将军慕容虔曰:"劲虽奇士,观其志度,终不为人用。"遂弑之,恪略地崤②、渑③,关中大震,秦王坚自将屯陕城以备之。燕以慕容筑镇金墉,慕容垂镇鲁阳。恪还邺,谓僚属曰:"吾前平广固,不能济辟闾蔚;今定洛阳,使沈劲为戮;虽皆非本情,实有愧于四海。"后朝廷嘉劲之忠,赠东阳太守。

司马勋叛攻成都

二月,益州刺史周抚卒,晋哀帝诏以其子周楚代之。而抚在益州三十余年,甚有威惠,民咸德之。七月,立会稽王司马昱为琅邪王,昱固让不受。

---

① 忝(tiǎn)——谦辞,表示辱没他人,自己有愧。
② 崤(yáo)。
③ 渑(miǎn)。

十一月,梁州刺史司马勋以众一万人作叛,来围成都。时大司马桓温闻知,遣江夏相朱序以五千人救之。序遵命以兵即行,兵至成都五十里屯。序次日遣人入城会周楚击勋,楚得书,即忙会集将佐,整顿军马,大开城门,杀出城来。朱序以兵抄勋后,攻勋,两下夹击,勋兵大败,被楚擒而斩之,成都遂平。初,勋为政暴酷,治中、别驾①言语忤意,勋即于座斩之。常有据蜀之志,惮周抚,不敢发。及闻抚卒,遂举兵自号为成都王,引兵入剑阁,围成都。至是被温以朱序与周楚合兵诛之。

丁卯,太和二年(秦建元三年,燕建熙八年),四月,太原王慕容恪因攻洛阳回来,得疾甚重,燕王㬢闻知,亲与群臣视恪,问以后事。燕王㬢入见恪曰:"叔父出征远劳,今得斯疾困重,倘设不周,使孤倚托何人?"慕容恪曰:"吴王慕容垂,文武兼才,管、萧②之亚,陛下若任之以大政,国家可安。不然,秦、晋必有窥觎③之计。"㬢闻言曰:"愿从尊训。"言讫归宫。太宰恪以燕王㬢幼弱,政不在己,太傅评多猜忌,乃使人召㬢兄乐安王臧至,谓曰:"今南有遗晋,西有强秦,常蓄进取之志,大司马总统大军,不可任非其人。我死之后,以其亲疏言之,当在汝及冲。汝曹虽才识明敏,然年少未堪多难。吴王天资英杰,智略盖世,汝曹若推以任之,必能混一四海,况外寇乎!"言讫而卒。燕王㬢闻知,恸哭终日,命厚葬之,国人皆为发悲,于是㬢以兄慕容冲为大司马,总统六军。

苻氏五公皆谋反

却说秦王坚闻慕容恪已卒,阴有图燕之计,命匈奴曹毂使如燕。曹毂以西戎主簿郭辩为之副。燕司空皇甫真兄皇甫腆及从子奋、覆皆仕秦。辩至燕,谓真曰:"仆本秦人,家为秦所诛,故寄命曹王。贵兄常侍及奋、覆兄弟并相知有素。"真怒曰:"臣无境外之交,此言何以及我!君似奸人,得无因缘假托乎!"遂入白㬢,请究治辩,太傅评不许。辩得还,为坚

---

① 治中、别驾——均为官名。
② 管、萧——当指管仲、萧何。
③ 窥觎(yú)——非常想得到。

言:"燕政无纲可图,鉴机识变,唯皇甫真耳。"坚曰:"以六州之众,岂得不使有智士一人哉!"曹毂寻卒,秦分其部落为二,使其二子分统之,号东、西曹。

却说秦汝南公苻腾乃苻生之弟,欲谋反,秦王坚窃知,遣武士执斩之。时生弟犹有五人,当王猛谓坚曰:"不去五公,终必为患,不若乘此弑之。"坚不从。至是秦晋公柳、赵公双,与魏公庾、燕公武谋作乱,坚闻之,使人征其还长安,柳据蒲坂,双据上邽,庾据陕城,武据安定,齐来起兵造反。坚又遣使谕以罢兵,令其各安原位,各啮梨以为信。皆不从。秦王坚大怒,命王猛将兵二万去讨。猛得令,即以兵行。

戊辰,三年(秦建元四年,燕建熙九年),二月,秦魏公苻庾闻王猛以兵来,恐不能敌,乃以陕降于燕,请兵接应。秦人大惧,燕范阳王德曰:"苻氏骨肉乖离,投诚请援,是天以秦赐燕也。天与不取,反受其殃。吴、越之事,足以观矣。陛下宜命皇甫真引并、冀之众,径趋蒲坂;吴王垂引许、洛之兵,驰解庾围;太傅总京师虎旅,为二军后继。传檄三辅,示以祸福,彼必望风响应。"太傅评曰:"秦,大国也,今虽有难,未易可图。朝廷虽明,未如先帝;吾等智略,又非太宰之比,闭关保境足耳。"庾闻燕不发兵,又以人遗垂及真笺曰:

> 苻坚、王猛皆人杰也,谋为燕患久矣。今不乘机取之,恐异日有甫东之悔矣!

垂谓真曰:"主上富于春秋,太傅识度,岂能敌坚、猛乎?"遂绝之。

十二月,王猛以兵至陕城,苻庾以兵出拒战,未上三合,被猛将获之。时王猛等拔陕城,获魏公庾,乃即送长安,见秦王坚。坚问之,庾对曰:"臣本无反心,但以兄弟屡谋逆乱,臣惧并死,故反耳。"坚泣曰:"汝素长者,固知非汝心也。且高祖不可以无后。"乃赐庾死,原其七子,以长子袭魏公,余子嗣诸弟之无后者。

桓温伐燕大败还

己巳,四年(秦建元五年,燕建熙十年),初,桓温闻燕太宰慕容恪死,请旨与徐、兖刺史郗愔、江州刺史桓冲、豫州刺史袁真等伐燕。初,愔在北府,温常云:"京口酒可饮,兵可用。"深不欲愔居之。愔遗温笺,欲共奖王室,请督所部出河上。愔子超为温参军,取视毁之,更作愔笺,自陈非将帅才,加以老病,乞闲地自养,劝温并领己所统。温大喜,即以愔为会稽内史而自领徐、兖。夏,率步骑五万发姑孰。郗超曰:"汴水又浅,恐道远漕运难通,宜求别道而入。"温不从。六月,至金乡,天旱水绝,使将军毛虎生① 凿钜野三百里,引汶水会于清水。引舟自清水入河,舳舻②数百里。超又曰:"清水入河,难以通运。若寇不战,运道必绝,因敌为资,复无所得,此危道也。不若举众趋邺,彼必望风逃遁,北归辽、碣。若能出战,则事可立决。若恐胜负难必,务欲持重,则莫若顿兵河、济,控引漕运,俟资储充备,来夏乃可进也。舍此二策而连军北上,进不速决,退必愆乏。贼因此势,以日月相引,渐及秋冬,水更涩滞。北土早寒,三军裘褐者少,恐于时所忧非独无食而已。"温又不从,曰:"吾命袁真攻开石门以通水运,必无阻滞。"遣袁真以兵五千攻石门,又遣檀玄攻湖陆拔之。燕王晖使下邳王慕容厉以兵一万迎战,被邓遐、朱序合兵出击,两下交锋,未十合,厉大败还。前锋邓遐、朱序又败燕兵于林渚。七月,温至枋头。燕王晖及太傅慕容评大惧,晖谓文武曰:"太原王已丧,今国内无有良将,晋兵势大,何以迎敌?"群臣曰:"太原王临终之语,陛下如何忘记?吴王慕容垂有文武之才,何不用之以兵拒敌,然后使人和好于秦,结为唇齿,请其以兵来救,可破晋兵。"晖曰:"其计虽善,而今晋兵势大,四分而来,恐难迎敌,不如走奔和龙。"吴王垂上言曰:"臣请击之,若其不捷,走未晚也,何自纷纷自溃乎!"晖乃使垂率众五万以拒温。垂表乞悉罗腾从军,晖从之。又遣乐松请救于秦,许赂虎牢以西之地与秦。

却说秦王坚正与群臣议论国事,忽近侍报燕王晖使人至,说晋桓温以兵犯境,敬修书来,结为唇齿,请相救应。秦王坚曰:"吾正恨其强,欲兴兵讨之,吾不相应。"当王猛密谓秦王坚曰:"燕虽强大,慕容评非温之敌也。若温举山东之众,进屯洛邑,收幽、冀之兵,引并、豫之粟,观兵崤、渑,则陛下大事去矣。今不如与燕合兵以退温,温退,燕亦病矣,我乘其敝而取之,不亦善乎!"秦王坚曰:"卿策极善。"因此从之。即遣洛州刺史邓羌

---

① 生——勉强。
② 舳舻(zhúlú)——首尾相接的船只。

率步骑二万，前来救燕。羌领兵起行。

却说申胤谓封孚曰："以桓温声势，似能有为，然吾观之，必无成功。何则？晋室衰弱，温专制其国，晋之朝臣未必皆与之同心，必将乖阻以败其事。又，温骄而恃众，怯于应变。大众深入，值可乘之会，反更逍遥中流，不出赴利，欲望持久，坐取全胜，若粮廪愆悬，情见势屈，必不战自败，此自然之数也。"

慕容垂兵至洛，谓将士曰："公等各宜尽心竭力，以报国家。"言讫，急谓范阳王慕容德曰："今温大兵在此，漕运要从石门来，卿可以重兵前去紧守石门，粮食不至，则温兵自溃矣。"德从之，乃以所集之兵出守石门。又谓偏将李邦曰："温见石门不通，必使人从旱陵运，汝可引一军抄山径，埋伏险隘，绝其粮道。"李邦引一军去讫。

却说慕容德至石门，谓慕容宙曰："汝可先率一千兵出战。"宙曰："晋人轻剽，怯于陷敌，勇于乘退，宜设饵钓之。"德曰："可先以二百骑挑战，余兵分做三处埋伏，待其追而击之。"于是使宙以二百骑挑战，自将兵分做三处埋伏。计议讫，宙以二百骑出战。袁真尽众与战，宙诈败便走。真挥兵追击，至伏兵之所，慕容德当先出拦。两下交锋，真兵大败走回，又被伏兵出截，三下夹攻，真单骑逃还本营收众，折去五千余人。

却说慕容垂以大兵至襄县屯扎，便差人四门贴起文榜，告示居民：无问老小，火速移往睢城暂居，不可自误。晋兵到此不仁，必然伤害百姓。一连差十数次人，催趱便行，百姓皆起身。然后唤诸将听令，先差云枨："带二千人，各将布袋去溪河上流头埋伏，用布袋装上砖土，拒住溪河之水，到来日三更以后，只听下流头人马嘶喊，此是桓温兵败，急取去布袋放水淹之，却顺河杀将下来接应。"云枨听计去了。吴王垂又唤戴德："可引一千军去博陵边渡口埋伏，晋军被淹，此处水势却慢，人马必从此处逃命，你可乘势杀来接应。"德领兵去了。垂又唤赵平："你可引军三千，先取芦荻干苇放在襄城人家屋上各处隅头裹角上，却暗藏硫磺焰硝引火之物。来日是昴日鸡值日，黄昏后必有大风起，袁真必入城中安歇。汝将二千军先用火箭大炮放入城中去，火势大作，城外呐喊，只留东门交走，你却在东门外伏定，败军乱窜，不可拦截，只顾攻击他。败军无心恋战奔走，此乃寡敌众之道也，必得全功。天明会合，收军便回睢城，不可违误。"赵平听令去了。垂再唤縻玉、刘同："你二人可带二千军，一半红旗，一半青旗，去野外三十里虎尾坡前摆开,青红旗号混杂,如晋军一到,糜玉一支红旗走在左,刘同一支青旗走在右,他疑必不追赶,却分兵去西北角上埋伏,只望城中火起,便可进兵赶败军,然后却来白河上流头接应,时刻休误。"二人去了。垂登高望之。

却说晋兵袁真自为前部先锋,引大军一万,战将数员,又有铁骑军二千,从襄邑进发。日当正午,来到虎尾坡相近,问乡导官:"前面离城多少路?"答曰:"只有三十里。"王佃引探马数十匹先行,望见坡前人马摆开,拍马抢前,见依山傍岭,一簇人马尽行打青、红旗号,不知多少。王佃叫把皂旗一招,三千军一齐向前,糜玉、刘同分为两队,青、红旗各居左右,二色旗不杂,队伍不乱。王佃扯住马叫休赶。左右曰:"为何不赶?"王佃曰:"前面必有伏兵。你们只就这里扎住,我自去禀先锋。"王佃一骑马来见先锋袁真,禀复前事。袁真曰:"岂不闻兵法有虚实之论?此是疑兵必无埋伏,可速进兵追之。"佃再回坡前,提兵直入其左;遍于林下追寻不见。此时红日厌厌坠西,袁真叫去抢襄邑安身。军士四门突入,并无阻当,又不见一人。袁真曰:"此乃势穷,就带百姓连夜走了。众军权且安歇,来日进兵。"军士各自饥饿,都去夺屋造饭,袁真却都在县衙安身。初更后,狂风忽起,把门军士来报火起,袁真曰:"火是军人造饭不小心遗漏,不可惊动。"说未毕,南门、西门都来报火起。袁真急令众人上马时,早满县火着,上下通红,喊声大起。当夜袁真叫将士冒烟突火探路,说道东门无埋伏。袁真冲出东门,门上火滚烟飞,军士逃出,自相踏践,死者无数。

且说袁真方才脱得火危,背后云枨军马赶杀,各军自要逃命,哪里肯回身厮杀,撞着糜玉、刘同又杀一阵。到四更左右,人困马乏,一大半军焦头烂额,却好走到河边,人马都下河吃水,水不过尺,人马皆在河内闹起。上流头云枨望见新野城火起,约五更时分已到,只听得下流人马喧闹,催军一齐掣起布袋,水势望下流一冲,人马皆溺于内。袁真引众将望水势慢处夺路,来到博陵渡口,喊声大振,一军拦路。戴德也到,当下如何?戴德引军从下流头杀将上来,截住袁真掩杀。王佃叫斗到三十余合,真不敢恋战,夺路走脱。慕容德赶来,接着厮杀,杀得晋兵大败,杀死晋兵一万余人。

时袁真收拾残兵来见桓温,称说失利一事。桓温大怒曰:"胡贼安敢如此!"遂催三军尽至襄邑,漫山塞野而来,与吴王慕容垂大军相遇。垂将兵马摆开，横持玉斧，立于阵前，以待晋兵。晋兵阵中先锋袁真持刀出马与战，又战上二十余合，袁真不能抵敌，拨开军器，勒转马头，望本阵便走。背后慕容垂促兵追杀，晋兵又败一阵，走还原屯。桓温见军战不利，心甚烦恼，忽左右报军中粮尽，来日却无粮草支给与三军等众。桓温愈加忧闷，又探事军人报道："长安秦王苻坚使邓羌引兵三万，来救于燕。"参军郗超曰："今吾军数战不利，粮储复竭，秦兵又至，难以进兵，不如焚舟车，弃辎重铠仗，从陆道奔还本镇。若待秦兵一至，必为所擒。"温曰："事已迫矣，今夜即行。"于是桓温至夜传令，将舟车烧讫及弃辎重铠仗，乃领大军从陆道而走。诸军争欲追之，吴王垂曰："温初退，必严设警备，选精锐为后拒，不如缓之。彼幸吾未至，昼夜疾趋，俟其气衰击之，无不克矣。"至是温果兼道而进数日，吴王慕容垂闻知，自率八千骑追之，到河南与袁真、郗超等交战，又战上数十合，晋兵无心恋战，皆弃戈抛鼓望南走溃，又被燕军赶杀。慕容德闻知温败，必走此过，乃以劲骑伏于东关中，见温兵至，两下夹击，温兵大破，又斩晋兵三万余人，连追五十余里，始收军还燕。

却说秦将邓羌闻晋兵败走，使其副将苟池领军五千抄小路来赶。追至谯城，袁真见后有追兵，将军马摆开，自与苟池交战。二人又斗三十余合，袁真大败而逃，又被秦兵大杀一阵，又斩一万余人。秦兵追杀二十余里，亦收兵还国去讫。桓温只得收散卒屯于山阳。

其时桓温深耻其败，恐朝廷见之，乃归过于袁真，使人入朝上表，称袁真为将失略，致败三军，宜贬之以为庶人。于是晋帝下诏，黜袁真为庶人，使桓温还镇。行经王敦墓所而过，见其碑记，望之曰："可人，可人，其心亦若是耳！"

燕王慕容暐曰："今既与秦结好，必得一不辱君命之士往谢之，谁人可行？"太傅慕容评曰："参军梁琛有辩才，其兄梁奕仕秦为尚书，使其可往。"暐遂使郝晷、梁琛相继如秦。晷与王猛有旧，猛接以平生，问晷东方之事。晷知燕将郝阳欲自托，颇泄其实。琛至长安，秦王坚方畋于万年，欲引见琛，琛曰："秦使至燕，燕之君臣朝服备礼，洒扫宫廷，然后敢见。今秦王欲野见之，使臣不敢闻命！"尚书郎辛劲谓琛曰："天子称乘舆，所至曰行在所，何常居之有！又《春秋》亦有遇礼，何为不可乎？"琛曰："桓温窥我王略，燕危秦孤，是以秦王恤患结好。交聘方始，谓宜崇礼尚义以固二国之欢，若忽慢使臣，是卑燕也，岂修好之义乎？夫天子以四海为家，故行曰乘舆，止曰行在。今郡县瓜裂，天光分曜，岂可以是为言哉！礼，不期而见曰遇，盖因事权行，其礼简略，岂平居乘舆之所为哉！客使单行，诚势屈于主人，然苟不以礼，亦不敢从也。"秦王坚乃为设行宫，百僚陪位，然后延之。琛始入见秦王，称燕王使其谢救危之事。坚大悦，命排宴款之。琛从兄奕为秦尚书郎，坚典客馆琛于奕舍。琛曰："昔诸葛瑾为吴聘蜀，与诸葛亮唯公朝相见，退无私面，今以之即安私室，所不敢也。"于是坚命别馆安下。时兄奕数问琛东方事。琛曰："兄弟本心，各有所在。欲言其美，恐非所欲闻；欲言其恶，又非使臣之所得论也。"坚典客舒使太子延琛相见。秦人欲使琛拜，先讽之曰："邻国之君，犹其君也；邻国之储君，亦何以异乎！"琛曰："天子之子，尚不敢臣其父之臣，况他国之臣乎！礼有往来，情岂忘恭，但恐降屈为烦耳。"乃不果拜。王猛知琛忠贞，劝秦王坚留琛，坚不许，琛乃还国。

却说吴王慕容垂既破大司马桓温，有大功，威名益振，德望日新，士民皆惮之。时太傅慕容评畏其威猛，愈忌之。垂奏将士功赏，皆抑而不行，垂怒之。评恐为患，评乃与太后可足浑氏谋诛太宰恪子慕容楷及垂。后命奏知燕王㬂，于是评与燕王㬂曰："吴王慕容垂威名日振，恐不利于国家，陛下早宜图之，不然将难制也。"燕王㬂曰："叔父可缓图之。"于是评出朝居府，整日思计，欲害慕容垂。

慕容垂逃降苻坚

慕容垂舅简建知之，急以告曰："太傅慕容评密奏主上，欲害明公及太宰子慕容楷，明公宜先发制人，但除评及乐安王臧，余无能为矣。"垂曰："骨肉相残，而首乱于国，吾不忍为也，宁避之于外耳。"世子令曰："主上暗弱，委任太傅，一旦祸发，疾于机械。今欲保族全身，不失大义，莫若逃之龙城，逊辞谢罪，以待主上之察，感悟得还，幸之大者。如其不然，则内抚燕民，外怀群夷，守险要以自保，亦其次也。"垂曰："善。"十二月见㬂，请畋于大陆，㬂许之。因微服，带家小将趋龙城，至邯郸。少子麟素不为垂所爱，逃还告知燕王。㬂遣精骑追之，垂散骑灭迹得免。世子令请给数骑袭邺,垂曰:"不可。"乃与段夫人及令、宝、农、隆、楷、建及郎中令高弼俱奔秦。

　　初,秦王坚闻恪卒,阴有图燕之志,惮垂不敢发,及闻垂至甚喜,令人郊迎,言讫,即唤邓羌至曰:"你可引数十人带果酒,先去迎接燕慕容垂,吾即随后来也。"羌邻命去讫。秦王坚随后引王猛等亦出迎。时慕容垂自思无处投奔,闻秦王坚宽仁大度,纳贤爱士,乃故逃走入秦。行至界上,忽见一队军,约有百余人,为首一将,轻裘软甲,马首相迎。那员将忙问曰:"来者莫非燕中吴王乎?"垂答曰:"然也。"那员将忙下马声喏:"邓羌俟候已多时。"垂问曰:"莫非邓将军乎?"羌曰:"然也,奉主公秦王令,为大王远涉途路,鞍马驰驱,特命羌奉酒食,就护请大王入国。"言罢,军士捧过酒食来,羌进之。垂自思曰:"人言秦王宽仁爱客,今果如此远接。"却饮了数杯,上马同行,来到长安界口。是日天晚,前到馆舍,见两边百余人叉手侍立门户,击鼓相迎。一将于马头前施礼曰:"秦公秦王令,为大王远涉风尘,特遣某洒扫驿庭,以待宿歇。"垂下马,与其人同入馆舍,早已安排筵席相待,酒礼殷勤。垂父子饮酒至更深,宿一宵。次日,早膳毕,上马行不数十里,远远一簇人马到来,当中是大秦王苻坚,左有王猛,右有权翼。慕容垂遥见,早先下马等候,各下马相见。苻坚曰:"久闻大人高名,如雷贯耳,恨云山迢遥,不得听诲,闻君赴临,故此相迎。倘君不鄙弃小国,暂留车从,以叙渴仰之思,未知大人肯容否?"慕容垂心大喜,乃上马与苻坚并辔入城,设筵款待,坐间只说别话,并不谈及燕中一事,无非动问燕王安否,垂一一答应之,只等待坚开言,然后说之。苻坚犹然不提,垂曰:"今大王守长安,还有几郡?"王猛便接说曰:"长安虽有数郡,乃荒邑也,粮少兵稀,权且安身。如今东晋桓温不时兴兵,欲来讨耳。"垂曰:"东晋据六郡八十一州,民强国富犹且不知足也。"权翼曰:"吾主公生有神异,名应图谶,反不能占据大都。其他皆天地之蟊贼,以霸道居之,故智者不平焉。"苻坚曰:"卿休言,吾有何德,而望居天位,以守城池乎?"垂曰:"不然,天下者,非一人之天下,乃天下之天下也,唯有德者居之,何况大王仁义充塞乎四海,占正统而即帝位,亦不分外。"苻坚拱手惶恐而谢曰:"如公所言,何敢当之!"自此一连饮宴三日,并不提起燕中事。次日复宴,坚举酒与垂曰:"荷将军不外,光降鄙邦,不胜之喜。"又执垂手曰:"圣主贤杰,必相与共成大功,此自然之数也。要当与卿共定天下,然后还卿本国,世封幽州。使卿去国不失为子之孝,归朕不失事君之忠,不亦美乎!"慕容父子称谢不已。于是以慕容垂为右将军,以金五百,与置田宅,每事必与议之。王猛言于秦王坚曰:"今观慕容垂父子,势如狼虎,非可驯之物;若借以风云,将不可复制,不如早除之。"秦王坚曰:"吾方远揽英雄,以清四海,奈何杀之!且其始来,吾已推诚纳之矣,匹夫犹不弃言,况万乘乎!"于是又以慕容垂为冠军将军。

却说梁琛为使入秦,还见太傅评曰:"秦人日阅军旅,聚粮陕东,和协必不久。今吴王又往,宜为之备。"评曰:"秦王何如人?"琛曰:"明而善断。"问:"王猛何如?"琛曰:"名不虚得。"又以告燕王晴,皆不然之。唯皇甫真深以为忧,上疏请选将益兵,以防未然,燕王不听。

却说王猛谓秦王曰:"燕国可伐,可使人去诈称报燕谢师之礼,而观其时,然后可发兵去。"于是秦王坚遣石越聘于燕,太傅评示之以奢,尚书郎高泰曰:"越言诞而视远,乃观衅①也,宜耀兵以折其谋。今乃示之以奢,益为所轻矣。"评不从,泰遂谢病归。时太后侵扰国政,委评,贪昧无已,货赂上流,官非才举,群下怨愤。尚书左丞申绍上疏,以为"宜精选守宰,并官省职,存恤兵家,使公私两遂,节抑浮靡,爱惜用度,赏必当功,罚必当罪。如此则温、猛可枭②,二方可取,岂特保境安民而已"。疏奏,不省。石越见燕之衅,回奏秦主,坚大悦。

初,燕王许割虎牢以西赂秦,以退晋兵。晋兵既退,不与。秦王坚使人求其地,燕王谓曰:"行人失词。有国有家者,分灾救患,理之常也。"因是勿与。秦王坚大怒,遣王猛及将军梁成、邓羌,率步马五万伐之,去攻洛阳,洛阳降。

孙盛作两晋春秋

却说晋大司马桓温闻秦王猛伐燕,急与郗超、王珣等议曰:"今秦将王猛伐燕,倘其得燕,必有窥觊江南之意,以何计防之?"郗超上言曰:"可

---

① 观衅——伺隙而欲有所图。
② 枭(xiāo)——悬挂砍下的人头,指消灭。

发徐、兖二州民夫，筑城于扬州广陵之地，明公以兵从镇广陵，秦虽有百万之众，不能过也。"桓温然之，即遣使发徐、兖二州民夫二万人，筑长城于广陵，未经百日筑完。桓温引众徙镇广陵。

其时，征役频繁，加之疫疠，死者十四五，因此百姓怨嗟。秘书监孙盛作《晋春秋》，直书时事。史说，孙盛字安国，太原人也。博学善言，见桓温枋头之败，做广陵之城，百姓苦役，流亡将尽，故作《春秋》以直记之。桓温闻知，使人察之。使人去长沙窃访，回报曰："《春秋》内尽枋头之事，道明公进无威凤来仪之美，退无鹰鹗搏击之用，徘徊湘州，将为怪鸟。"桓温大怒曰："虽有此失，安可书吾过事！"言讫，唤从事王珣至曰："你代我往长沙巡按，收孙盛父子前来，改却枋头一事，免被后代讥议。"于是王珣领命，带随从人至长沙，称孙盛受百姓赃私，朝廷闻知，使收之，乃以槛车收盛父子到广陵。桓温问盛曰："汝作《春秋》，吾与汝无仇，何敢直尽吾失。"盛答曰："《春秋》之事，以正王法，安敢私意。韩信佐汉，亦尝败于楚，孔明兴蜀，亦曾败于吴。枋头一失，书之无事，明公何故发怒也？"温无以对，命左右放释之，喝其出去，而谓盛子孙放等曰："枋头诚为失利，何至乃如尊君所言！若此史遂行，自是关君门户事耳！"其子放拜谢曰："明公休虑，吾回请家父改之。"温始大喜，命其改易。

却说孙放出与父孙盛还家，时盛年老家居，性方严，有轨度，子孙虽斑白，待之愈峻。至是盛在家经日闲坐，其子放等率诸弟侄，乃共号泣稽颡曰："桓温奸雄，世之所知，大人若不改书《春秋》枋头之事，则吾家百口必遭其害。"盛曰："若改其事，则此史无用，后人骂吾不公，决不许之。"时孙放无奈，只得私自改之，使人送与温看，温始悦。

王猛举兵伐燕国

初，王猛屡劝秦王坚杀慕容垂，坚不肯，猛思一计，欲害之。至是王猛欲发兵伐燕也，故请垂子慕容令参其军事，以为向导。将行，猛自造辞慕容垂，垂留饮酒，猛从容谓垂："今当远别，卿何以赠我，使我睹物思人？"垂解佩刀赠之，猛受之而辞去。至洛阳，赂垂所亲，使诈为垂使者，谓令曰："吾父子来此，以逃死也。今王猛疾人如仇，秦王心亦难知，闻东朝比来悔悟，吾今还东，汝可速发。"令得书疑之，踌躇终日，又不可审复，乃走奔燕去。于是王猛上表称令叛状。垂惧之而忙出走，及蓝田，秦王坚知之，遣骑兵追之，为追骑所获，来见秦王坚。坚劳之曰："卿家国失和，委身投朕，贤子心不忘本，亦各其志。然燕之将亡，非令所能存，惜其徒入虎口耳！且父子兄弟，罪不相及，卿何为过惧，而狼狈如是乎！"待之如旧，垂始安不遁。燕人以令叛而复还，疑为反间，徙之沙城。近报道秦兵王猛攻打洛阳，洛阳守将武威王筑闻知大惊，乃使人入朝取救兵。燕王晞闻知，心下大惊，急宣太傅慕容评问之。评曰："陛下高枕无忧，臣自遣将点兵拒之。"言讫，评与乐安王臧，点起精兵二十万，来救洛阳。乐安王臧自新乐发兵一万人，进屯荥阳，猛遣梁成、邓羌击走之。燕州刺史、武威王慕容筑被猛围在洛阳，内无粮草，外无救兵，及闻臧败，乃开城门出降。猛纳之，安抚军民，乃将兵七千而去，留邓羌镇金墉，以桓寅代羌戍陕城而还。秦王坚因猛伐燕有功，以猛为司徒、录尚书事，封平阳郡侯。猛固辞曰："今燕、吴未平，戎车方驾，而始得一城遽受三事之赏，若克殄二寇，将何以加之？"坚曰："苟不暂抑朕心，何以显卿谦光之美！"遂寝司徒、尚书之命。

　　五月，慕容令自度终不能免，密谋起兵，沙城中谪戍士数千人，皆厚抚之，率以东袭威德城，据之。诸戍皆应。勃海王亮镇龙城，令将袭之。将袭龙城，亮弟慕容麟遂使其下杀令，死之。

　　秦王猛督诸军复伐燕，秦王坚送猛于灞上曰："今委卿以关东之任，当先破壶关，平上党，长驱取邺，所谓'疾雷不及掩耳'。吾随亲督万众，继卿星发，舟车粮运，水陆俱进，卿勿以为后虑也。"猛曰："臣杖威灵，奉成算，荡平残胡，如风扫叶，不烦銮舆亲犯尘雾，但速敕所司部置鲜卑之所。"坚大悦而返。

　　六月，王猛与邓羌、杨安等以兵大进，来过壶关。壶关守将田明闻秦兵至，乃移兵出屯城外。次日，正在寨中纳闷，忽报正南上秦兵到了，旗上乃大将杨安。田明乃令军马尽出，亲与杨安对阵。两军对圆，田明横枪立马于阵前。秦军中杨安跃马而出，手执钢刀，厉声大骂："逆贼！敢拒天兵！"田明大怒，挺枪跃马，直取杨安。两马相交，斗不数合，田明被杨安一刀砍于马下。燕兵大败而走，安率众赶散残兵。次后，王猛大驱军马杀过壶关城，所过郡县皆望风降附，因此燕人大震。

却说黄门侍郎封孚问司徒长史车胤曰:"今秦伐燕,事将何如?"胤叹曰:"邺必亡矣!吾之家属,今在南平,兹将为秦虏。吾验古,然越得岁星而吴伐之,卒受其祸。今福德在燕,秦虽得志,而燕之复建,不过一纪耳。"

《左传》昭三十二年,吴伐越。史墨曰:"不及四十年,越其有吴乎!越得岁星而吴伐之,必受其凶。"杜预注曰:"此年岁星在星纪。星纪,乃吴、越之分也。岁星所在,其国有福。吴先用兵,故反受其殃。"哀二十二年,越果灭吴。索隐云:"天官占云:岁星,一曰应星,一曰纪星。岁星乃东方木之精,苍帝之象也,所在之国不可伐,可以伐人。"

史说,车胤字武子,南平人。恭勤不倦,博览多通。家贫无油,夏月常取练囊盛萤火数十以照书,以夜继日而读。及长,风姿美朗,机悟敏速,甚有乡曲之誉。先,桓温在荆州闻名,引为主簿,稍迁别驾、征西长史,朝廷知名。又迁司徒长史。又善于赏会,每盛坐大宴而胤不在,众嘉宾皆云:"无车公不乐矣。"又善天文,是时,秦兵伐燕,封孚故以问之,后果应其所言。

九月,秦将王猛进兵潞州。时燕王使太傅慕容评以四十万兵至,先立大营,而谓诸将曰:"燕兵虽众,而勇猛不及秦军;秦军虽精壮,而粮草不如吾兵。秦军无粮,利在急战;吾兵有靠,宜且缓守。今王猛悬军深入,不如持久,待其粮尽而击之,则秦兵自败矣。汝等各使军人守住险隘,不许擅战。"时燕王慕容㬂闻知,使人催战。

邓羌寝协司隶战

却说秦杨安攻燕晋阳,久未下。猛闻知,乃遂引兵助攻,使人暗掘地道;又使将军张蚝率壮士数百,潜入城中,大呼斩关,纳秦兵,遂入晋阳。时评屯潞州,猛进兵与相持,遣将军徐成探燕军在何所,期以日中还,及昏而返。猛欲斩之,邓羌固请曰:"成,羌郡将也,愿与效战以赎罪。"猛弗许。羌怒还营,严鼓勒兵,将攻猛。猛慌赦之。羌诣猛谢过,猛执其手曰:"吾试将军耳。将军于郡将尚尔,况国家乎!"猛闻评为人贪鄙,障固山泉,鬻樵及水,积钱帛如丘陵,士卒怨愤,莫有斗志。猛闻之,笑曰:"慕容评真奴才,虽亿兆之众不足畏,况数十万乎!"遣将军郭庆率骑五千,夜从间道出评营后,烧评辎重,火见邺中。燕王急问左右。近臣奏说:"太傅评贪鄙,障固山泉,鬻樵及水,积钱帛如山,士卒怨恨,不有斗志,被秦人放火烧去辎重。"暐大惧,遣使让评曰:"府库之积,朕与王共之,何忧于贫?若家国丧亡,王持钱帛欲安所置乎!"乃命其悉以钱帛散与军士,且趋使战。评大惧,请战。猛陈于渭源,而誓之诸将士曰:"王景略受国厚恩,任兼内外,今与诸君深入贼地,当竭力致死,有进无退,共立大功,以报国家。受爵明君之朝,称觞父母之室,不亦美乎!"众皆踊跃破釜弃粮,大呼竞进。

猛望燕兵之众,谓邓羌曰:"今日非将军不能破劲敌,将军勉之!"羌曰:"若能以司隶见与者,公无以为忧。"猛曰:"此非吾所主,必须主上许也。必以安定太守、万户侯相处。"羌不悦而退。俄而兵交,猛召羌,羌寝弗应。猛驰入卧所就许之。羌乃起,大饮帐中,与张蚝、徐成等跨马运矛;又呼左右以美酒二壶至,一饮而尽。羌即时披坚执锐上马,与副将张蚝、徐成等大喝一声,运矛驰杀,奔入燕军,燕军人迎人死,马遇马亡,往来冲击,如入无人之境,搴旗斩将,杀伤甚众。时羌在于燕军寻杀太傅慕容评,正遇着燕将李巳,两马交战,未上五合,已被邓羌一矛刺死于马下;又杀入阵,遇着燕将吴进又战,战上二十余合,吴进亦被邓羌杀死。混战一日,燕兵大败。当慕容评见前军大败,引后兵忙退,走还潞州西坪,收军,折去燕兵二十万余人。正欲下营传餐,秦将邓羌以又得胜之兵来追至此,又大战一阵,俘斩燕兵五万余人。残兵无心恋战,各自望风溃逃,于是太傅慕容评被羌兵杀得单骑逃命,走还邺城,被王猛大驱军马,连更带夜,追至邺城,离东门五里外屯扎。次日,麾兵围住邺城。

却说太傅慕容评单骑走回邺城,入见燕王暐曰:"秦兵强盛,不能抵挡,致被杀伤众军,臣独自回来邺城。"燕王暐曰:"似此大败,急生退得秦兵?"评曰:"不如坚守,待其粮尽击之,方可退得。"燕王暐曰:"如此,卿火速调拨军马守城。"言未了,各门军士入报,秦兵围城。于是慕容评急出点兵守住各城池,亦不出战。

却说秦王苻坚闻知使人回报王猛大捷,克陷洛阳,长驱大进,秦王坚留李威辅太子摄政,乃自率精兵五万余人,带权翼为先锋,亦赴邺城。王猛出帐远迎入军中曰："臣托陛下洪福，诸将虎威，先克洛阳，后拔壶关，所过郡县，皆望风归降，何劳大王车驾来临？"秦王坚曰："闻卿孤军深入，朕忧寡不敌众，故以兵来接应。"是日，王猛设宴为秦王洗尘，饮至半夜，方各歇息。

次日，商议攻城，秦王坚曰："可速攻之。"于是王猛传令军中，装起云梯四十乘，每梯上可容数十人，周围用板遮护，下以轮推之；每一门，各用云梯十乘，梯上军以箭射之，下面众军各抱短梯软索，只看城上擂鼓，乘势便上。此时，慕容评见秦军中装起云梯，四面攻来，已预先办下弓箭，唤军士四百人分四门，各执火箭，待云梯近城，一齐射之。王猛自料城中无备，大拥云梯四面竞进，将近壕边，火箭齐发，云梯皆着烧之，城上矢石如雨，秦兵不能前进。王猛怒曰："汝能烧了吾云梯，须无解冲车之法。"令军中连夜排冲车。次日，四面擂鼓，呐喊而进。评急令运石盘、石磨，用藤绳穿，飞击冲车，其车皆折。王猛又取井阑百尺，以射城中，又驱兵运土填壕。评又于城中筑起重墙以御之。王猛见攻不透，令徐成引三千镢䦆军，填断壕堑之处，暗掘地道，欲从城中踊出。评先于城中挑掘重壕，横截之，于是地道军又不得进。昼夜相攻二十余日，无计可施。王猛在寨中纳闷，忽报正北门攻城军人拾得降书一封，王猛将来书拆开看时，乃燕王手下散骑常侍徐蔚的降书，约定是夜开北城门，与秦军入城。猛观之大喜，下令军人各各披挂伺候，夺门入城。

却说徐蔚与诸人数百，各严装饱食，至黄昏俱上马，大喊一声，杀出北门，边将守城军尽皆杀讫，以铁斧砍断铁锁，打开城门。王猛听见城中大喊，俄而城门大开，王猛挥兵杀入城去，城中大闹。

却说太傅慕容评见秦兵入城，忙入宫见燕王㬻曰："今散骑常侍徐蔚谋反，开城门降秦。今秦兵已入城了，请陛下火速与臣引禁兵走回龙城。"㬻大惊，领后妃俱各上马。慕容评持枪跃马，当先杀出西门，正遇秦将王重，交马便战。战十余合，评奋力刺杀王重于马下，保护燕王㬻而行。时秦王苻坚入城，传令诸军不许妄杀百姓，于是出榜安民。次日，入殿升位，慕容垂见燕公卿及故僚吏有愠色，高弼密言曰："今虽国家倾覆，安知其不为兴运之始耶！宜恢江海之量，慰结其心，以立覆篑①之基，成九仞

---

① 覆篑（kuì）——喻积小成大，积少成多。

之功,奈何以一怒捐之?"垂悦从之,随众而入。

秦苻坚赦燕王暐

　　坚闻燕王暐与慕容评走奔龙城,急唤游骑左右将军郭庆、巨武以兵万五千来追。郭庆以兵追至高阳,慕容评见后有追兵大至,自军不满一千,乃单骑自逃性命,往北去讫。郭庆追至,杀散燕兵,巨武执住燕王慕容暐缚之。燕王暐喝曰:"汝何小人,敢缚天子!"巨武曰:"梁山巨武,受诏缚贼,何谓天子耶!"言讫,把暐缚之,与郭庆收军,解暐回邺城,入见秦王坚。坚曰:"吾以兵到此,汝何不降,反逃走乎?"燕王暐曰:"狐死首丘①,吾欲效之,归死于先人之坟墓耳。"苻坚哀之,命放释之,而谓曰:"你可还宫,率文武出降,免汝之罪。"因此暐入宫,召集文武百官,出降于秦王苻坚,苻坚皆赦之。燕太傅慕容评走奔高句丽,高句丽执送于秦。凡得郡百五十七、县一千五百七十九、户二百四十六万、口九百九十九万。以燕宫人珍宝,分赐将士。评之败也,初,琛为使往秦归,暐疑梁琛与秦谋,收系狱。至是,坚召释之曰:"卿不能见机而作,反为身祸,可谓智乎?"琛对曰:"臣闻'几者功之微,吉凶之先见者也'。如臣愚暗,实所不及耳!为臣莫如忠,为子莫如孝,是以烈士临危不改,见死不避,以徇君亲。彼知几者,心达安危,身择去就,不顾家国,臣即知之,尚不忍为,况非所及耶!"坚又闻悦绾之忠,恨不及见,拜其子为郎中。坚以猛为使持节、都督关东六州诸军事、冀州牧,镇邺,悉以评第中之物赐之。守令有阙,令以便宜补授。将士封赏各有差,州县守长,皆因其旧。以燕申绍与韦儒俱为绣衣使者,循行关东,观省风俗,劝课农桑,赈恤穷困。收葬死亡,旌显节行。燕政有不便于民者,皆变除之。

　　十二月,秦王坚恐旧燕王暐为患,乃迁慕容暐及其百官,并鲜卑四万余户于长安。王猛上表留梁琛为主簿,坚从之。次日,与僚属宴,语及燕使,猛曰:"人心不同,昔梁君专美本朝,郝君微说国弊。"参军冯诞曰:"敢

---

① 狐死首丘——传说狐狸将死,头必朝向它所窟藏的山丘,喻不忘本或对故乡的思念。

问取臣之道何先?"曰:"知几为先。"诞曰:"然则明公赏下公而诛季布也。"猛大笑而已。秦王坚封㬎为新兴侯,以评为给事中,皇甫真为奉车都尉。燕故太史黄泓叹曰:"燕必中兴,其在吴王乎!恨吾老,不及见耳!"

初,燕以宜都王桓将兵为评后继,闻败,走和龙,攻辽东,后降秦。秦追击而杀之,留其子凤,年十一,阴有复仇之志。鲜卑、丁零有气干者,皆倾身与之交。权翼见谓曰:"儿方以才望自显,勿效尔父不识天命!"凤厉色曰:"先生欲建忠而不遂,此乃人臣之节。君侯之言,岂奖劝将来之义乎!"翼敛容谢之,次日,入言于坚曰:"凤慷慨①有才器,但狼子野心,恐终不为人用耳,宜速除。"坚不听。

王猛辞赏不受封

前燕始慕容廆,以武帝太康六年称公,至㬎四世。㬎在位十一年,至此太和五年,被秦王灭之。自廆至㬎,共八十五年耳。

却说秦王苻坚既克燕京,已定,改号建元六年,大赦秦境。封邓羌为司隶校尉,及杨安、徐成、张蚝等为大将军。进王猛为清河郡侯,又加为丞相,都护中外诸军事,时王猛表固辞,不肯受职。秦王坚谓王猛曰:"卿昔螭蟠②布衣,朕龙潜弱冠,属世事纷纭,朕奇卿于暂见,拟卿为卧龙,卿亦异朕于一言,回《考槃》之雅志,岂不精契神交,千载之会!虽傅岩③入梦,姜公④悟兆,今古一时,亦不殊也。今天下向定,彝伦始叙。朕且欲从容于上,劳卿心于下,弘济之务,非卿而谁耶?四辞亦不许耳!"王猛曰:"陛下仁德播及尧、舜,名姓已应图谶,有天之福,得获燕邦。而燕京之克,乃将佐之力,群师之能,则小臣何功之有,敢受此禄也。"猛至再至三,固辞不受。秦王坚重四重五,要其受之,王猛终不受。猛为政公平,拔幽滞,显

---

① 慷(kāng)慨——充满正气。
② 螭蟠(chīpán)——均指龙。
③ 傅岩——殷傅说(yuè)版筑于傅岩之野,为武丁访得,得以为相。
④ 姜公——姜太公。

贤才,外修兵革,内崇儒学,劝课农桑,教以廉耻。于是兵强国富,垂及升平,猛之力也。

却说秦王苻坚既得邺都,朝夕与群臣狩于西山,乐而忘归,旬余不返宫内。当伶人王洛叩马谏曰:"千金之子,坐不垂堂,万乘之主,行不履危。故文帝驰车,袁公①止辔;孝武好田,相如②献规。陛下为苍生父母,何可盘于游田? 若祸起不测者,其如宗庙何! 其如太后何!"秦王坚大悦曰:"昔文公悟悉于虞人③,朕今闻罪于王洛,是吾之过。"言讫,重赏王洛,即驰还宫内,自是以后,遂不复猎。秦王坚欲以兵讨凉州,恐劳伤军民,乃命王猛为书谕天锡。猛遣人送书与天锡曰:

> 昔贵先公称藩刘、石者,唯审于强弱也。今秦之威,旁振无外,关东既平,将移兵河右,恐非六郡士民所得抗也。君能首降,可保境禄无危。

天锡得书大惧,遣使称藩于秦。秦王坚复使人拜天锡凉州刺史、西平公。

辛未,咸安元年(秦建元七年),正月,秦王坚与丞相王猛商议徙关东豪杰及杂夷十五万户于关中,处乌桓于冯翊、北地,丁零、翟斌于新安、渑池。却说吐谷浑王辟奚闻秦王坚灭燕,恐其来攻,乃遣使献马千匹,金银五百斤于秦。秦以辟奚为潞川侯。辟奚好学,仁厚而无威断。第三弟专恣,国人患之。长史钟恶地与司马乞宿云,收杀之。辟奚由是发病恍惚,命世子视连曰:"吾祸及同生,何以见之于地下! 国事汝自治之,吾余年残命,寄食而已。"遂以忧卒。视连立,不饮酒游畋者七年,军国之事委之将佐。恶地谏以为人主当自娱乐,建威布德。视连泣曰:"孤自先世以来,以仁孝忠恕相承。先王念友爱之不终,悲愤而亡。孤虽纂业,尸存而已,声色游娱,岂所安也! 威德之建,当付之将来耳。"

时王猛以潞川之功,请秦王坚以邓羌为司隶。秦王坚下诏曰:"司隶之职,董牧皇畿,吏责甚重,非所以优礼名将。光武不以吏事处功臣,实贵

---

① 袁公——当指袁盎,汉文帝迁淮南王于蜀,盎谏不听,王至雍病死,盎又请立其三子为王,遂名重朝廷。

② 相如——司马相如,汉武帝时因献赋被任命为郎。曾写《上林》、《大人》、《子虚赋》等。

③ 虞人——古代掌山泽苑囿、田猎的官。

之也。羌有廉、李之才,朕方委以征伐之事,北平匈奴,洗荡杨、越,羌之任也。司隶何足以撄之!其进号镇军将军,位特进之。"羌虽不悦,无敢忤旨。

桓温废主立新君

十月,晋大司马桓温闻秦破燕,遂合参军王珣、桓伊引兵乘衅而入,攻寿春。寿春守将袁瑾闻燕已灭,恐孤不敌,乃守城求救于秦。兵未至,攻陷其城,执袁瑾而归。王珣、桓伊分兵戍守,勒兵还镇,来见桓温,称克寿春之捷。温大喜,益重王、桓。时温恃其才略位望,有阴蓄不臣之志,尝抚枕叹曰:"男子不能流芳百世,亦当遗臭万年!"时术士杜灵能知人贵贱,温召问之。灵曰:"明公勋格宇宙,位极人臣。"温不悦。而温意欲先立功河朔,以收时望,还受九锡。及被枋头之败,威名顿挫。今克寿春,次日,聚集诸将,因谓参军郗超曰:"今克寿克,足雪枋头之耻乎?"超曰:"未也。"久之,温不悦,命诸将各散,因留郗超于中军同宿,问曰:"吾意欲立霸王之基,君有何谋可指教之?"郗超曰:"明公当天下之重任,今以六十之年败于大举,不建不世之勋,不足以镇惬民望。"温曰:"然则奈何也?"超曰:"明公不为伊、霍之举者,无以立大威权,镇压四海。明公何不效伊、霍故事,入朝奏太后,废奕帝,立会稽王昱,行周公居摄之事,则威权复长,大业成矣。"温曰:"其计大善,奈奕帝守道,恐招时议。"超曰:"不诬其过,焉能废立。宫门重闭,床笫①易诬,言帝为阉,废必成矣。"温从之。二人计议已定。

次日,桓温领诸将佐,带铁甲军一万,离广陵入建康,于省中设宴,会集公卿,令郗超将甲士千余侍卫左右。是日,太傅与百官皆到,酒及数巡,温按剑曰:"大者天地,次者君臣,所以为治。今皇帝先在藩痿疾为阉,难以奉宗庙之主。吾依伊尹、霍光故事,废帝为东海王,立会稽王为君,汝大臣意下如何?"群臣惶怖莫敢对。群臣半时方应曰:"太甲不明,放之桐宫;昌邑有罪,霍光废之。今上富于春秋,未有不善,请再议也。"温曰:"竖子!天下事在我,我今为之,谁敢不从!将谓我剑之不利也,敢有阻

---

① 床笫(zǐ)——言男女之事。

大议者,皆按军法。"百官震栗。忽又一人出曰:"公阿衡皇家,当倚傍先代霍光故事耳。"温视之,乃抚军将军王彪之也。温悦之而谓曰:"卿言达理。"史说,王彪之字叔武,年二十,须鬓皓白,时人谓之王白须。当彪之全无惧色,而群臣咸惧,皆云一听尊命。

至十一月朔,桓温令郗超带甲士五千人入太极前殿,请太后出殿,奏曰:"奕帝先居在藩夙有痿疾为阉,不堪嗣统,难奉宗庙。臣与群臣商议,依伊、霍故事,请懿旨废奕帝为东海王,立会稽王昱,以承大位。"后惊曰:"何得是言?既有痿疾,为何其美人田氏、孟氏生有三男耶?"温曰:"臣窃闻朝野老少皆言,三男是奕帝亲幸嬖人相龙、计好、朱灵宝等之子。既无此情,如何相龙、计好、朱灵宝参侍内寝,不出宫乎?"太后亦惑之曰:"既有其事,任卿主意。"因此温请太后归宫,即使散骑常侍刘亨以甲兵五百入宫,收帝玺绶。奕帝不敢推辞,即取付之与亨,亨持出与温。温与群臣出迎会稽王司马昱入殿,请上御座,温与群臣拜舞,皆呼万岁。礼毕,上号太宗简文皇帝,以辛未为咸安元年。

却说文帝名昱字道万,乃元帝少子。初,封会稽王,及此桓温废奕帝,乃迎而立之,在位二年,后寿五十三岁而崩。桓温又奏请封奕帝为东海王,命别迁置,文帝从之。

却说奕帝被废,朝罢入内,着白袷单衣,领宫属步下西堂,乘犊车出宫,涕零如雨。群臣拜辞,莫不欷歔送其离矣。至十二月,桓温又奏文帝曰:"今废东海王,宜依汉昌邑王故事。"帝曰:"然。"乃改封东海王为海西郡公。时桓温又奏曰:"奕帝已废,今武陵王司马晞见执大兵,倘有异,难以制之。今幸未朝,请陛下诛之。"文帝曰:"武陵王无罪,不许杀之。"温曰:"若不杀,臣恐后变。"帝曰:"待其变而诛之。"温至再至三,奏诛武陵王,文帝不听。次日,下王诏报曰:"若晋祚灵长,公便宜奉行前诏;如其大运去矣,请避贤路。"温览之,流汗变色,不敢复言矣。

桓温自废立之后,威振内外,文帝虽处尊位,拱默而已,及出朝,侍中谢安见而遥拜。桓温曰:"世卿何事乃尔?"安曰:"方今天下,别无英雄,唯明公耳。历古以来之将相,未有君拜于前,臣揖于后。若非明公之功德震于四海,岂有其敬耶!今明公盛德巍巍,虽伊尹、周公,莫可及也。"温曰:"焉敢望此?"安曰:"人皆可以为尧舜也。"由然桓温遂悦谢安。次日,入朝奏文帝,以谢安为大司马,帝从之。而安受职,亦奏帝降诏,加封桓温为丞相,留京师辅政。桓温奏曰:"臣本宜在朝以奉陛下,奈姑孰一郡,乃国之障屏,今秦之方强,常有窥觎之意,倘若有失,江南难定也,臣请还镇。"文帝曰:"丞相乃朕股肱,离之何忍,可留京师同辅朝政。"温曰:"臣犹在外把拒秦寇,胜在朝廷。"言讫,拜辞文帝,即出朝门,领诸将佐还姑孰,百官皆送起程。温归后,以郗超为中书侍郎,凡事表奏,温常使其入朝探听事因,往来朝廷。自此后,温名复振。当是荧惑守太微端门,逾月而海西废。至是又逆行入太微,文帝甚恶之,谓中书侍郎郗超曰:"命之修短,本所不计,故当无复近日事耶?"超曰:"大司马臣温,方内固社稷,外恢经略,非常之事,臣以百口保之。"超以温故,朝中皆畏事之。谢安常与左卫将军王坦之共诣超,日旰①未得前。坦之欲去,安曰:"独不能为性命忍须臾耶?"

壬申,二年(秦建元八年),时当南郊,祭祀天地,文帝欲大赦天下,王彪之奏曰:"中兴以来,郊祀往往有赦,愚意常谓非宜。何者?黎庶将谓郊祀必赦,至此时凶愚之辈,复生侥幸之心矣。"帝从之,因此不下赦耳。

文帝崩立孝武曜

文帝有疾将危,命近侍书诏,召大司马桓温依周公居摄故事。时谢安、王坦之二人入内视疾,帝曰:"朕今不苏,今遗诏与大司马,令其依周公居摄故事。汝二人尽忠王室,同佐吾儿。"谢、王二人闻帝以诏遗桓温行周公居摄事,王坦之即取其诏于帝前毁之,曰:"此事不可行,若行其事,晋祚必移矣!"帝曰:"天下,傥来②之运,卿何所嫌!"坦之曰:"天下,宣、元之天下,陛下何得专之,轻以与人。"帝始曰:"从卿改之。"坦之改诏,以大司马桓温行诸葛武侯丞相故事,把与帝观。帝观数四讫,度与谢、王二人受之。时桓温既使文武之任,屡建大功,加以废立,威处内外,帝虽处尊位,守道而已,常惧废黜。大司马、长史顾悦之与文帝同年,而发先白,侍疾左右。帝问悦之曰:"卿与朕同庚,而发何如早白?"悦之对曰:

---

① 日旰(gàn)——日已晚。

② 傥来——无意得到的。

"松柏之姿，经霜犹茂；蒲柳之质，望秋先零。"文帝大喜其对，以此重之。时中书侍郎郗超请帝省其父，帝谓之曰："致意尊公，家国之事，遂至于此，由吾不能以道匡卫，叹息之深，言何能谕！"因咏庾阐诗云："志士痛朝危，忠臣哀主辱。"遂泣下沾襟。帝虽神识恬畅，而无济世大略，故谢安称为惠帝之流，清谈差胜耳。不数日，文帝既崩世，百官举哀发丧，殡葬高平陵。当群臣疑惑，未敢立嗣。次日，侍中谢安聚集文武百官于朝堂而谓曰："今孝文崩世，宜立太子登基，诸君计议如何？"群臣皆对曰："此须待大司马桓温至处分，我等不敢定议也。"当廷尉王彪之正色谓众曰："父死子继，兄终弟及。今天子已崩，太子代立，大司马何容得异！若先向咨，必反为所责矣。"谢安曰："王叔武之言是也。"于是群臣莫敢逆之，乃请太子司马曜登皇帝大位，群臣皆呼万岁。礼毕，改元宁康，以谢安为大司马，以王彪之为尚书令，二人总摄内外，共掌朝政。时宫室朽败，谢安欲更营建宫室，与彪之商议，彪之曰："强寇未殄，正是休兵养士之时，何可兴费工力，劳扰百姓耶！"安曰："宫室不壮，后世谓人无能。"彪之曰："任天下事，当保国宁家。朝政唯允，岂以修屋宇为能耶？"因此不营建宫室。（按：烈宗孝武皇帝名曜字昌明，简文帝太子也，在位二十四年，后为张贵妃所弑，寿三十五岁。）

却说秦王苻坚以王猛功高，复加都督中外诸军事，王猛不受固辞，辞章三四上。秦王坚不许，曰："朕方混一四海，舍卿谁可与者？卿之不得辞宰相，犹朕不得辞天下也。"于是猛为丞相，坚端拱于上，百官总己于下，军国之事，无不由之。猛刚明清肃，放置尸素，显拔幽滞，劝课农桑，练习军旅，官必当才，刑必当罪。由是国富兵强，战无不克，秦国大治。坚敕太子宏及长乐公丕等曰："汝事王公，如事我也。"

阳平公融年少，为政好新奇，贵苛察，治也则终。申绍数规正，导以平和，融虽敬之，未能尽从。后绍出为济北太守，融屡以过失闻，数致谴让。融先因不用绍言，尝坐擅起学舍为有司所纠，问绍谁可使者。绍曰："燕尚书郎高泰，清辩有胆智，可使也。"融使泰至长安，见猛曰："昔鲁僖公以泮宫发颂，齐宣王以稷下垂声，今阳平公开建学宫，乃烦有司举劾。明公惩劝如此，下使何所逃罪乎！"猛曰："是吾过也。"事遂释。猛因叹曰："高子伯岂阳平所宜吏乎！"言于秦王坚。坚召见，问以为治之本。泰曰："治本在得人，得人在审举，审举在核真。未有官得其人而国家不治者也。"

坚曰："可以操约而理博矣。"以为尚书郎,泰固请还朝,坚许之。坚闻桓温废晋帝为海西公,谓群臣曰："桓温前败灞上,后败枋头,不能思愆免退,以谢百姓,方更废君以自悦。六十之叟举动如此,将如四海何!谚曰'怒其室而作色于父'者,其桓温之谓乎!"群臣皆服其论。时王猛为丞相,百姓丰乐,自长安至于诸州,皆夹路树槐柳,二十里一亭,四十里一驿,行者取给于途,工商负贩皆集于道。百姓歌之曰："长安大街,夹树杨槐。下走朱轮,上有鸾栖。英彦云集,诲我氓黎①。"因是长安老少,皆乐念之。

却说秦王苻坚封弟苻融为冀州牧,令出守其地。融促装停宿灞上,明日欲行。母后苟氏甚爱苻融,不舍其别,其夜私自离宫,来至灞上祝②子苻融,出外自要保重。其夕,秦王坚与太史令愧延同宿前殿,当太史令愧延起观天象,忽后妃星暗,因上表奏秦王曰："今夜天市南门屏内后妃星失明,左右阉寺不见,主后妃移动之象。"秦王坚大惊,至天明入宫推问时,苟太后在灞上看苻融冀州去了,方回宫内。左右侍候宫人始知,闻秦王审问,即以此事启知。秦王坚曰："天道与人何其不远焉!"因此遂重星官。时太史令张孟又奏曰："臣掌今天,昨夜彗起尾箕而扫东井,此乃燕灭秦之象。今慕容垂父子在此,臣恐不利社稷,请早除之。"秦王坚曰:"今天下大定,谁敢有贰?卿莫说害忠良也。"当阳平公苻融上请除之,坚曰:"朕方混一,以六合为一家,视夷狄为赤子,汝宜息虑,勿怀耿介。夫惟修德可以禳灾,苟能内求诸己,何惧外患乎。"由是不纳,更以慕容晖为尚书,以慕容筑为京兆尹,慕容冲为平阳太守。冀州牧苻融闻知,上疏谏之,秦王坚弗听。忽光明殿上有人大呼,谓苻坚曰:"甲申乙酉,鱼羊食人,悲哉无复遗。"秦王坚命近侍执之,俄而不见,坚甚疑之。

王谢新亭迎桓温

癸酉,宁康元年,二月,谢安与王坦之同群臣商议,使人持孝书报知丞相桓温。使人临行,谢安密嘱,若问,如此如此对之。使人得其语,来姑孰

---

① 氓黎——平民百姓。
② 祝——嘱咐。

呈上孝书。桓温读讫,问曰:"文帝临崩,有何遗诏?"使人曰:"圣上崩世,遗诏国家之事,一禀于丞相,嘱咐太子登位,敬丞相如诸葛武侯丞相故事,别无余言。"温因是令使人还,使人去讫。丞相桓温既知文帝崩世,群臣立太子登基,心中大怒,恨文帝曰:"汝乃会稽散人,吾立汝为帝,临终当禅位还我尔。不然,以吾为周公居摄事,何如遗诏为诸葛武侯故事也。"遂问计于郗超。郗超曰:"帝遗诏以丞相为诸葛武侯故事,却是虚谬,必是谢安、王坦之之谋。丞相来日收拾入朝,先使人去京师,入内召谢安、王坦之二人,自来新亭候接,同议攻北大谋,二人欣然肯来,必无他意。若是不到,必有谋故,入朝先收此二人,然后废武帝,大事定矣。"温曰:"倘二人来,如何区处?"超曰:"丞相于中置壁衣,埋伏刀斧手于两边,我在帐后,观其言语动静,如不善,即呼刀斧手出杀之。如无拒丞相之意,不可妄行,恐失民望,宜与之好,同入京师,把握朝权,待其加公九锡,然后可议大谋。"温曰:"然。"计议已定,使人入朝召王、谢二人迎至新亭,同议国事;一边收拾军马起程,称说来赴山陵,止停新亭以待二人。

却说孝武帝设朝,文武班齐,万岁礼毕。忽近臣奏大司马桓温有使至,称其来赴山陵及朝新帝,召谢安、王坦之二人来新亭待接,其余群臣十里外迎。帝谓谢安、王坦曰:"今大司马来朝,召卿二人必有他故,此事如何?"时群臣皆曰:"今桓温来朝,必有异心,故召王、谢二人先至新亭害之,然后来篡大位。望陛下陈兵以备,休使谢、王二人远迎。"当王坦之心中甚惧,曰:"此事实真,若臣等去接,正中其谋。"只有谢安神色不变,谓坦之曰:"若依君等与群臣之议,则误国家之大事,反危社稷也。桓温虽有不臣之志,未敢便行。彼疑有遗诏封他九锡,恐吾二人藏之,故召吾二人问明。吾与君不去,温疑是实,必背朝廷。晋祚存亡,决于此行!"帝意遂决,曰:"二卿可行去迎。"群臣曰:"谢、王二公去,臣等亦请同行。"帝曰:"若有不礼,君等速使人先报宫廷,以备不危。"群臣曰:"然。"因此谢安、王坦之与群臣同行。时御史中丞高崧戏谓谢安曰:"卿屡违朝旨,高卧东山,诸人每相与言,安石不肯出,将如苍生何!今日之危,百姓亦将如卿何!"安虽有愧色,亦谓崧曰:"桓温剑虽云利,不能便诛吾也。吾岂比深源睥睨①社稷,闻难欲去位以避之,君何相嘲耶?"言讫,与坦之接至新

---

① 睥睨(pìnì)——斜眼看,形容高傲。

亭,坐候一时,桓温与诸将至。其时日已落西,温军将下住行营安歇。次日,桓温令郗超坦伏刀斧手于帐两边,超伏于帐后,以听谢、王二人动静。谢安、王坦之二人先进,入见桓温,各施礼毕。温命二人坐,坦之惊得流汗沾衣,倒执手版;安从容就席,谈笑自若。安坐定,窃见壁衣中皆伏刀斧手,安笑谓桓温曰:"安闻诸侯有道,守在四邻,明公何须壁后置人耶?"温笑曰:"正自不能不尔耳。"温因此遂命刀斧手退。郗超正卧帐后,听谢、王二人言语,忽然风起吹动帐开,谢安视见笑曰:"郗生可谓入幕之宾矣,何如不出一见?"超慌忙走出相见,各施礼讫,远远坐住,是以不能行计,只得相陪。当谢安言于温曰:"先帝崩世,遗诏明公行诸葛武侯丞相故事,我等正欲涓吉迎接乘舆入朝辅政。今幸丞相车驾来临,迎接不及,望丞相恕愆。"温曰:"吾有何德,敢慕武侯。"安曰:"丞相盛德巍巍,何谓无也,虽伊尹、周公,弗能及耳。"因此安与温欢悦攀话,笑语移日。当温又问曰:"先帝已崩,君等以何议谥?"安曰:"臣等以其手易不訾①曰简,慈惠爱民曰文,谥为简文帝耳。"言讫,安取自所作谥议与温,看讫,温以其谥议示群下曰:"此谢安石碎金也。"众曰:"果经天纬地之才。"因谈论至日入。谢安与王坦之二人拜辞而出,桓温亦送出。百官皆拜于道侧,温命百官入中军相见。时百官入中军,见温中军大陈兵卫,百官朝士有位望者,皆战慑失色,只得入见。拜礼毕,温曰:"劳汝百官远迎,即便还朝,免此伺候。"于是百官等拜辞归朝。

却说桓温次日至山陵拜讫,不及入朝,忽然得病,连卧一十四日,不能起坐。晋孝武帝闻知丞相桓温寝疾不起,乃使谢安、王坦之二人来视其病,安与坦之直入卧内,二人施礼讫,曰:"连日不面公颜,何期尊体欠安?"温曰:"人有旦夕祸福,何能自保尔。"温又谓安曰:"孤昔灭蜀都,克寿春,多负勤劳,如江南无孤一人,正不知几人称帝,几人称王,天下碎裂矣。今新帝登位,岂忘我之大功,而以我为丞相,未加九锡,此所以吾愧之。吾今疾作,日下就回姑孰,汝将此语与圣上达知。"安曰:"明公功盖天下,德播华夷,莫道封王,禅位皆宜。明公今还贵镇,保重尊体,我等与群臣保奏孝武,加公九锡必矣。"于是温大悦,使二人请还。谢安、王坦之直辞归去。桓温令郗超领众一同还镇。

---

① 不訾(zǐ)——不说人坏话。

却说谢安言于王坦之曰："吾观丞相桓温不久必亡,始间所议九锡之事,密缓藏之在心,延而视之,只我与君知也,不可露泄。若温病瘥,加封其王;如不起,即息其议。"坦之曰："此计可矣。"因是二人密缓其事,延待看之。桓温还姑孰,疾转添,召弟桓冲并子桓熙至床前,嘱冲曰:"吾自总角,便知用兵之道,至弱冠屡立边功,纵横天下二十余年矣!今吾不济,托汝后事。吾世子桓熙,才弱不堪重任;四子桓祎,又是蠢愚,不辨菽麦;幼子桓玄,异而有志,今年五岁,汝善惜而辅之。吾死之后,汝代领其众,其权可要自执,休付他人,自取灭族之患。"言讫,泪如雨下。桓冲曰:"吾兄百世后,诸子之中谁袭兄职?"温曰:"桓玄虽幼,可以立之。"冲又问:"谢安、王坦之二人何如所在?"温曰:"渠等不为汝所处分也。"言讫而死。桓冲即时收殓殡葬,直写表申奏朝廷,乃以少子桓玄为嗣,袭封南郡公,桓冲自代温任,尽忠王室。时群下王珣等,劝冲入朝,诛除朝中元宰,把执时权,冲不从。

温怀异志晋君忧,群臣常恐命难留。
谁知奸贼身亡后,直到如今骂不休。

史说,桓玄字敬道,一名灵宝,是桓温之孽子也。其母马氏与同辈尝夜坐于月下,忽见流星坠于铜盆水中,却如二寸火珠,炯然明净。同辈竞以瓢捞,独马氏得而吞之,若有感,遂有妊而生玄。玄生时有光照室,使人筮占,占者奇之,故小名灵宝。桓温甚重爱之,临终立以为嗣,时年五岁,桓冲立为南郡公。

苻坚举兵取汉中

却说秦王苻坚闻简文帝崩,桓温又死,遂与群臣商议取江南之计。当王猛上言曰:"江南急未可攻,宜先取汉中,以得胜之兵再取江南,可一鼓而下也。"秦王坚曰:"正合我意。"遂使邓羌为都督,徐成、杨安、张蚝为副将,领兵十万,分三队而去。次日,邓羌、杨安征西。军士分为三队,前部先锋徐成,后队张蚝押运粮草。比及起程,早有细作报入汉中。鲁荣忙使人至梁州唤弟鲁卫回来,商议退敌之策。卫曰:"汉中最险阳平关,我去右依傍林下十余个寨栅,迎敌秦兵,兄在汉宁尽发粮草应付。"鲁荣选大将杨仕、杨钦掌五千军马以助其弟,即日便起,到阳平关下寨已定,与邓羌两边相持半月余,各不相胜。羌传令退军,徐成进曰:"贼势未必强,公何自退焉?"羌曰:"吾料贼兵每日提备,急难取胜。吾退军回,各贼必定赶之,吾分轻骑抄袭其后,胜贼必矣。"成等曰:"都督神机莫可测也。"于是令杨安、张蚝分两路,各引轻骑三千,取小路去打阳平关后,邓羌大军尽拔寨起。杨钦听知秦兵退,请杨仕商议曰:"今羌退兵,可乘势击之。"仕曰:"邓羌诡计极多,未必真实,不可追赶。"杨钦曰:"你不去,我当自去。"杨仕苦劝不从。杨钦尽起五寨人马前进,是日大雾漫漫,对面皆不相见,杨钦军至半路扎住。

却说杨安军抄过山后,见重雾垂空,又闻马嘶人语,恐有伏兵,急催人马行动,正说间,走到杨钦寨前。内有些少守寨兵士,听得马蹄响,只道是杨钦兵回,开门纳之。军马一涌而入,见空寨放起火来,五寨军士尽皆弃寨而走。杨仕比及雾散之时,来探消息,五寨一齐火起,杨仕引兵来敌,与杨安战不数合,背后张蚝兵到,杨仕杀开一条路,望汉宁巴州而逃。杨钦待要回时,已被杨安、张蚝占定寨子,背后秦兵赶杀,两下夹攻,杨钦等军大溃而走,又被秦兵后追,无心恋战,领残败军投阳平关。鲁卫原来知二将败走,诸营已失,半夜弃关奔南郑巴州去讫。羌得了阳平诸寨。鲁卫、杨仕来见鲁荣,言二将失了隘口。鲁荣大怒,欲斩杨仕。仕曰:"某曾劝杨钦休追秦兵,钦不肯听从,故有此败。仕再乞一军前去搦战,必斩秦将,如不胜,愿依军令斩首阶下。"荣令即去。杨仕上马引二万军,离南郑汉宁巴州而往。

却说杨安劝邓羌进兵,羌言不可。安曰:"安乞一军,前去哨路。"羌即令安引五千骑,望南郑路上来,正迎杨仕。两军摆开,仕遣裨将昌倚出马与安交战,不两合,被安一刀砍于马下。杨仕自挺枪出,与安斗三十合以上,不分胜败。安拨回马走,仕赶来,被安使拖刀计,斩杨仕于马下,军众大败而回。羌知安已斩杨仕,即时催军直抵成都城下下寨。鲁荣惊得手无措置,忙与弟鲁卫收拾库中宝物,不敢回朝,乃领从兵五千,弃城走入南蛮去讫。邓羌见鲁荣走,令诸将勿追,引众入城,分兵定守;又遣杨安与朱彤以兵二万,入寇梓潼、涪城。史传梓潼太守,姓周名虨,字孟威,素有节操。闻苻坚遣杨安等以兵来寇,恐梓潼不固,乃引众退守涪城;又忧不能保全,使副将刘仁率步骑送母妻还南。将至江陵,却被杨安细作窃知,回报杨安。安谓朱彤曰:"今周虓送母妻还国,卿领一军,星夜从间道去追获其母妻,则周虓自然降矣。"彤曰:"将军率兵向涪城,吾引一军星夜去追。"于是朱彤率五千精兵,抄小路先抵江陵南路半日,俄顷刘仁引一千兵送虓母妻到,被朱彤获之,勒兵来会杨安,同至涪城。杨安将虓之母妻置城下,高叫周虓曰:"君早纳降,保全母妻,不失孝道。如若不允,先杀汝母妻,即攻涪城。"周虓见母亲被执,跪在城下,乃号泣谓众曰:"吾欲尽忠,奈母亲被擒,若不出降,将受刑戮。哀哀父母,生我劬劳①,无以报德,焉敢全忠,使母受死,何谓孝乎!"言讫,遂下城开门纳降。因此杨安等将兵入据涪城,使朱彤押送周虓及母妻与邓羌大军还京,来见秦王苻坚。坚大悦,以周虓为尚书郎。虓固辞不受,曰:"虓受晋国厚恩,以至今日,但老母见获,失节于此。母子获全,秦之惠也,虽公侯之贵,不以为荣,况郎任乎!"坚乃止,遂使人监视,不与还国。虓每见坚或箕踞而坐,呼为氐贼。尝值元会,仪卫甚盛,坚问之曰:"晋朝视朝,与此何如?"虓攘袂厉声曰:"犬羊相聚,何敢比拟天朝!"秦人见虓不屈,屡请杀之,坚待之弥厚。

王猛疾疏谢秦王

甲戌,二年(秦建元十年),二月,孝武帝设朝,闻桓温死,降诏以谢安为总中书。时天子幼弱,外有强臣,安与坦之尽忠辅卫晋室,幸得太平。而谢安好声律,期功②之惨,不废丝竹,士大夫多效之,遂以成俗。当王坦之以书苦谏之曰:"今主上幼弱,藩臣多强,以为元宰,何如不出趋朝参理政事,而嗜声律不为苍生国家之计耶!"又曰:"天下之宝,当为天下惜之,勿使弃之也。"安不能从,犹尚迭是。

乙亥,三年(秦建元十一年),夏五月,王坦之卒,少帝以谢安为扬州刺史,桓冲为徐州刺史。

六月,秦清河武侯王猛寝疾,秦王坚亲为祈郊庙,又遣侍臣祷河岳,为

---

① 劬(qú)劳——劳累。

② 期(jī)功——丧服。

猛祈禳。猛疾稍瘳，乃遣人入朝上疏，秦王坚开读曰：

不图陛下以臣之命，而亏天地之德，开辟以来，未之有也。臣闻报德莫如尽言，以垂没之命，窃献遗忠。伏唯陛下，威烈振乎八荒，声教光乎六合，九州百郡，十居其七，平燕定蜀，有如拾芥。夫善作者不必善成，善始者不必善终，是以古先哲王，知功业之不易，战战兢兢，如临深渊。伏唯陛下追踪前圣，天下幸甚！

秦王坚览之悲恸，为之流涕。是日，亲与太子至丞相府，视王猛之疾，访以后事。秦王坚与太子诸臣直入卧内，秦王坚曰："数旬不见卿朝，谁知卿疾甚重。朕甚隐忧，代祈郊庙以庇于卿，今来视卿倘尔不豫，有何见示？"王猛曰："陛下明见千里之外，古今兴亡必所尽知。然晋室僻处江南，乃正朔相承，上下安和，臣没之后，愿勿以晋为图。鲜卑、西羌，我之仇敌，终为人患，宜渐除之。"言讫而卒，年五十二岁。秦王坚与群臣皆大哭之。坚谓太子苻宏曰："天不欲使吾平定六合耶？何夺吾景略之速也！"言毕又哭，命大殓葬之讫，乃大哭，引太子宏归宫而去。

次日，大宛国进贡，献天马千里驹至，皆汗血①、朱鬣、五色、凤鹰、麟身，及他珍异宝，五百余种。秦王坚谓百官曰："吾思汉文之返千里马，咨嗟美咏。今大宛所献之马，其悉返之，庶克念前王，仿佛古人耳！汝群臣可作《止马》诗而遣其使还国，示无欲也。"于是群臣作《止马》诗，令使人领前宝物还国去讫。先是高陆人王木穿井，得龟一只，大三尺，皆有八卦，木进与秦王坚。坚命太卜以池养之，日以粟与食，及此而死。太卜奏知秦王坚，坚命藏其骨于太庙。其夜庙丞高房梦龟谓之曰："我本出将归江南，遭时不遇，殒命秦廷。"次日，高房大感其梦。又有一人至，谓房曰："吾昨夜梦中，龟言吾三千六百岁而终，终必妖兴，亡国之征也。此梦未审主何凶吉？"房意遂明，乃曰："不主甚事，主国家不久衰也。汝休得漏言。"因此二人秘之，不敢出传。

却说秦王坚自平诸国之后，国内殷实，遂示人以奢侈，悬珠帘于正殿，以集群臣。尚书郎裴元略谏之。秦王坚大悦，命去其珠帘，以元略为谏议大夫。初，秦王坚母少寡，将军李威有辟阳之宠，史官载之于史。至是，坚收起居注观之，见其事，惭怒，即焚其书，大检史官，将加其罪。时著作郎

---

① 汗血——汗血马。

赵泉等已死,始乃止之。

姚苌以兵下凉州

丙子,太元元年(秦建元十二年。是岁,凉、代皆亡之僭国),却说初,张天锡杀侄玄靓自立为凉主,改元凤凰。天锡在位,荒于酒色,不亲庶务,黜世子大怀而立嬖妾之子大豫,人情愤怨。秦王坚以天锡臣道未纯,遣将军苟苌、梁熙等,将兵临西河。尚书郎阎负曰:"未可动兵,可先使人征其来京,如不朝,方可讨之。"于是坚使梁殊奉诏征之曰:"若有违命,即进师扑讨。"负、殊至姑臧,天锡会官属谋之,官属皆怒曰:"吾世事晋国,忠节著于海内,今一旦委身贼庭,丑莫大焉!且河西天险,若悉境内精兵,右招西域,北引匈奴以拒之,何遽知其不捷也!"天锡攘袂大言曰:"孤计决矣,言降者斩!"乃谓秦使负、殊曰:"君欲生归乎?死归乎?"殊曰:"君先降秦,秦王遣吾征君,君不去,莫道杀吾,其不久自将杀耳。"辞气不屈。天锡怒射杀之,其母严氏泣曰:"秦王横制天下,兵不留行,汝若降之,犹可延数年之命。今既抗衡,又杀其使者,亡无日矣。"天锡使将军马建率众二万拒秦。三月,秦王坚闻天锡杀其使,以苟苌为扬威将军,以姚苌为扬武将军,将兵五万,前来伐凉。

史说,姚苌字景茂,乃弋仲二十四子也。兄襄死了,恐孤不能立,乃率诸弟降于苻生。苻生被杀,苻坚代位,甚亲宠苌,故使其伐凉,令其立功。此时苟苌、姚苌二将领兵直至凉州,逼城下寨。时凉王天锡方在饮酒,闻秦兵攻城,惊得面如土色,左右曰:"今秦兵甚强,难以拒敌,不如早降,以安百姓。"天锡于是令四门立起降字旗,锡引诸官开城门,面缚至苟苌寨中投降。苟苌大喜,置酒相待,次日领众入城。百姓耆老,香花迎接,苟苌以善言安慰。天锡命左右杀牛宰马,犒劳秦军,一面使人将金宝名马进贡入秦,来降秦王坚。坚闻凉王来降,受其宝物,颁诏去凉,封锡为归义侯,抽回苟苌等三军人马,俱各还秦,自是以后,凉降于秦。

苻洛以兵伐北代

却说北代王什翼犍设位，聚集文武，谋议国事。却有部将长孙斤恨代王不录用己，乃私藏利刃，杂在文武班中。时代王什翼犍在御座坐议国事，长孙斤插刃直上来刺代王，当太子拓跋寔见长孙斤以刀进前，大喝："反贼敢得无礼！"被长孙斤手起刀落，杀死太子寔，又来奔代王什翼犍，翼犍手无兵器，斤以刀刺中什翼犍便走，什翼犍中伤左臂。当殿下文武各拥抢进，将长孙斤缚住，代王复坐，命将长孙斤痛打一百，将出诛之。代王什翼犍见太子寔死了，哭无休止，乃命文官作文追谥为献明皇帝。至七月，太子妻秦氏生皇孙，代王翼犍与其取名拓跋珪。

十月，秦王苻坚大会群臣于明光殿，命文武各赋诗以进。时秦州别驾天水姜平子持诗进上，秦王坚看诗上有一"丁"字，直而不曲。秦王坚问曰："卿诗中有一'丁'字，如何直而不曲？"平子曰："臣丁至刚，不可以屈，且曲下者不正之物，未足献也。"秦王坚笑曰："卿名不虚行，义必刚也。"因擢上第。时秦王坚曰："朕欲平一六合，何国可先？"平子曰："北代匈奴，居我之后，宜先讨之。况卫辰为代王所逼，正使人求救于秦。"秦王坚正欲起兵，又闻平子之对，秦王坚曰："卿言正合我意。"乃谓唐公苻洛曰："朕闻北代君臣大乱，非汝莫能讨之。汝可同大将军邓羌、朱彤、张蚝将二十万大兵，分道去伐。"苻洛曰："臣请就行。"于是唐公苻洛出朝，同邓羌、朱彤、张蚝将二十万大兵望北起程。时北代郡县戍守居甚密，奈兵势大，莫敢与战，皆望风逃奔。因此唐公苻洛以兵长驱大进，直至平城东，隔五十里下寨，使人打听虚实，未敢逼城。

却说北代王翼犍被长孙斤谋反，刺伤左胁①，数月未瘥，闻报秦兵到，惊得举手无措，即忙使西部大人以兵二万，出城与战秦军。阵中邓羌见代兵开城出来，命军马摆开，挡住三军。当时西部大人出阵，与邓羌交锋，只一合，被邓羌斩于马下。代兵败走，各奔入城，关住城门，不敢交战。代王什翼犍闻知西部大人被秦兵杀死，心中大慌，乃谓东部大人曰："今秦兵

---

① 胁——从腋下到肋骨尽处部分。

势大,难以拒迎,此事奈何?"东部大人曰:"不如引国人走避阴山,招集败亡军士,待大王金疮疾好,再兴兵来复平阳,未为晚也。"代王什翼犍曰:"大人之谋,正合我机。"于是传令,交国人及诸部大人、三军人等,各收拾随身器物宝贝,来日开北门而逃。次日,代王什翼犍使东部大人为先锋,自领家属为后军,大开北门,冲杀出城,奔走至高车屯住。高车杂种尽叛,四面大乱,代王领兵复渡漠南,筑城居之。

北使不辱君王命

却说北代王犍自避阴山,不能还国,潸然出涕,忽阶下一人进曰:"某有一计,可解此危,亦可还国,大王何如发悲也!"代王视之,乃左长史燕凤,字子章,乃代人也。少好学,博综经史,明习阴阳谶纬,及善说辞。先,昭成素闻其名,使人以礼聘之。至,昭成待以宾礼,拜为左长史。因见秦兵不退,代王恐惧,因是进前曰:"某有一计,可解此危。"代王曰:"卿有何谋,火速言之。"凤对曰:"今秦兵势大,何以退得,不如请降,然后别作良图,今若与战,非上策也。急作一表,与臣密入长安,奏请称为藩臣,彼必抽回其兵,方可还国。"代王曰:"此计大妙。卿此一行,休失北代之志气。"凤曰:"某若有小失,焉有面目再见大王。"代王大喜,便作表遣燕凤入秦。凤星夜到长安,先见太尉权翼众大臣了。次日早朝,翼奏北代遣左长史燕凤上表称藩,秦王坚曰:"此必解吾兵之厄也,交宣凤入。"凤入,拜舞已毕,呈上表文。秦王览表讫,笑曰:"代王何如人也?"凤曰:"宽和仁爱,经略高远,一时雄主也,常有并吞天下之志,亦有统一六合之心也。"秦王坚曰:"卿辈北人,无刚甲利兵,敌弱则进,敌强则退,安能并兼,而卿过奖之言,何此大耶!"凤曰:"北人壮悍,上马持三丈矛,驱驰若飞。主上雄隽,率服北土,控弦百万,号令若一。军无辎重樵爨①之苦,轻行速捷,因敌取资,此南方所以疲弊,北方所以常胜也。"秦王又曰:"汝国人马多少?"凤曰:"控弦之士数十万,现马一百万匹。"秦王笑曰:"卿言人众则可,说马太多。"凤曰:"云中川自东山至西河二百里,北山至南山一百五

---

① 爨(cuàn)——烧火煮饭。

十里，每岁孟秋，马常大集，略为满川，以此推之，使人言数犹有未尽也。"秦王曰："北代如长史者几人？"凤曰："聪明仁智者，一二百人；如吾侪之辈，车载斗量，不可胜数。"秦王曰："卿主雄杰，将多军足，何如退避阴山，使卿降乎？"凤曰："陛下有高天下之志，吾主有统朔方之能，唯恐蛟龙相斗，鱼鳖受刑，不忍使军民死于无辜，是故暂避阴山，遣臣请藩，结为唇齿，各保境宁。"秦王坚叹曰："使于四方，不辱君命，可谓仕矣，如燕凤者，不辱君命也。"由是降诏，准其称藩，命其还国，即时差人抽回唐公之兵。唐公苻洛既闻代王降了朝中，抽回其兵，命诸将振旅还京去讫，自守平城。燕凤回至阴山说秦王准降，代王大喜。

　　至十二月，北代王什翼犍闻唐公苻洛领军已退，乃引众还国，至云中。有皇子寔君见北代王宠惜皇孙拓跋珪，恐其位不传已，乃阴结代王之左右，以鸠酒毒杀代王，因此北代王什翼犍暴崩。又杀诸弟。诸部大人知是寔君谋死，百僚无主，俱各离散，只留皇孙拓跋珪，乃北代王之皇孙，乃太子寔之子也。是年六岁，弱而能言，目有光耀，广颡大耳。先因其父太子被长孙斤谋叛，伤胁身死。秦将苻洛来寇，代王什翼犍逃避阴山，拓跋珪母子无依，其母贺氏将珪依外家独孤部大人贺讷，同避阴山。至是同代王归国至云中，代王被皇子寔君谋弑，诸部大人各散，珪尚幼弱，诸部百僚各离散去，只有燕凤等随与贺氏、拓跋珪走还本国。其时诸部皆被别部刘库仁、铁弗刘卫辰二人前来统摄之，贺讷只得领珪来依刘库仁，具说代王崩世之事，及存拓跋珪之因，"吾今奉秦王诏，归国还镇，因此来见大人"。库仁便谓贺讷曰："你可领本部兵马，同小主人权去牛川屯扎；吾等权代领兵，俟其年长，还其兵印及诸部土境。"讷从之，领拓跋珪并军马去镇牛川。当库仁谓其子刘显曰："拓跋珪龙行虎步，巍然不群，必然兴复洪业也。"刘卫辰即谓库仁曰："依吾之计，可速使人奏之秦王，使其迁之别地，若留此，则吾属无噍类①矣。"库仁曰："既如此，任公为之。"于是卫辰作表，遣人入长安投降，奏知其事。

　　却说独孤部大人贺讷领拓跋珪带兵马屯于牛川，燕凤说曰："前日大人与小储君见刘库仁、刘卫辰，某观卫辰前被圣上杀败，今必怀仇，素有害小储君之心，彼必使人降秦，奏害小储君也。"贺讷曰："既有此谋害之意，

---

① 噍（jiào）类——指活着的或活下来的人。

其事奈何？"凤曰："大人休忧，某自再入长安去见秦王，以探虚实；若有变异，某自凭三寸不烂之舌说之，可保无危。"讷曰："君可速去，迟则有误耳。"于是讷使燕凤星夜先来长安，次早至待漏院，候众入朝，朝见秦王。秦王见凤至，谓曰："卿何又至？"凤曰："代王已死，臣来奏知。"秦王曰："代王虽故，必有王子。"凤曰："代王被庶子寔君谋弑，长子亡叛，遗孙幼冲，莫相辅之。其别部大人刘库仁勇而有智，铁弗刘卫辰狡猾多变，皆不可独任，宜分部为二，令两人统之。两人素有深仇，其势莫能先发，此御边之上策。待其孙拓跋珪年长，乃存而立之，是陛下大惠于亡国，存亡继绝之德也。珪之子孙，年年进贡，岁岁来朝，永为天朝之屏障，中国之藩篱，顾不美欤！"秦王纳之，遣将以兵执寔君至长安，命车裂杀之。俄而卫辰使至，呈上降章。秦王览讫，谓文武曰："卫辰上表，谓拓跋珪丰骨不凡，举措清高，后必有异，却为大国之患，不作中华之藩，宜迁别地，或取回长安，其事如何推置？"群臣莫对。燕凤对曰："卫辰与先君有仇，欲自谋立，故进谗言。陛下若听之，拓跋珪一离，二人即叛。"秦王曰："彼叛何故，怕此小儿也？"凤曰："朔方之地，士民之众皆蒙拓跋氏恩，皆思归附。卫辰若叛，恐士民不从，故先迁之，其志得行；若存小主，二人未敢谋变。"秦王信之，不听卫辰。

秦王以代分二部

秦王坚问文武曰："代王被害，其主幼冲，朔方已属朕也。吾欲遣将戍之，燕凤又进此策，此事若何？"权翼曰："朔方之地，宜朔人居焉。盖朔人狡猾万般，其居不容外人；若以异处之士去守，彼必为乱，国不能安。燕凤之策，可保久长。刘库仁字没根，乃刘武之子也。少豪侠，有智略，北人无不敬之。刘卫辰乃铁弗国人也，善骑射，有威勇，北人无不惮之。若陛下以此二人统领朔方，使唐公总镇其地，永无忧患。"秦王曰："然。"于是秦王遣人以诏，使唐公苻洛以铁弗刘卫辰、独孤部刘库仁二人分统朔方，自河以东属库仁，自河以西属卫辰。

却说唐公苻洛得诏书，从秦王诏，使人请刘卫辰、刘库仁二人至，置酒相待，拜为左右将军，将北代之地分做二部，使二人统之。二人从命，各分统诸部代民。苻洛执权总统，以居平城。自此贺氏以珪依库仁，库仁招抚离散，恩信甚著，奉事拓跋珪，殷勤周备，不以废兴易意。常谓诸子曰："此儿有高天下之志，必能恢隆祖业，汝曹当谨遇之。"

丁丑，二年（秦建元十三年），秦王坚用赵故将熊邈做功曹。熊邈屡为秦王坚言石氏宫室器玩之盛。坚以邈为将，做长史，大修舟舰兵器，饰以金银，颇极精巧。慕容农私言于垂曰："自王猛之死，秦之法制日以颓靡，今又重以奢侈，殃将至矣。大王宜结纳英杰，以承天意。"垂笑曰："天下事非汝所及！"时慕容绍亦私谓其兄楷曰："秦恃其强大，务多不休，北戍云中，南守蜀汉，转运万里，逃殣①相望，兵疲民困，危亡近矣！天下有在，必为燕乎！"

谢安荐侄于朝廷

是时，孝武帝设朝，君臣礼足，分列两边。时近臣奏知西蜀、汉中诸郡，都被秦王坚使邓羌取去，目今秦兵屡遭扰境。孝武帝大惊曰："如此怎生奈何？"群臣奏曰："请陛下降诏，求文武良将有才略者，命其举荐入朝，使其镇御北方，可保境内安也。"帝曰："然。"于是颁诏求文武良将。当谢安奏曰："臣举一人，有万夫不当之勇，有鬼神不测之谋，若以此人为将镇北，则秦不敢窥觑江南。乃臣兄之子谢玄，字幼度。先与郗超同为丞相桓温参军，桓温多用其智，屡建功效。今桓温已死，与郗超同归朝廷，现在班中，可使总镇，管取边界得宁。"帝从之，召谢玄谓曰："今秦兵节次犯境，汝之叔父谢安，荐汝有文武之才，朕拜卿为建武将军，监江北诸军事，总领诸镇，屯守北岸。"谢玄谢恩曰："臣本驽钝之才，不足以骋千里。今蒙陛下擢用，出镇之地，莫不保全。"于是谢恩而出。时桓冲以秦人强盛，欲移镇江南，奏自江陵徙镇上明，使刘波守江陵，杨亮守江夏，帝从之。初，中书郎郗超自以其父愔位遇应在谢安之右，而优游散地，常愤悒形于词色，由是与谢氏有隙。时朝廷方以秦寇为忧，诏求文武良将可镇御北方者，安以兄子玄应诏。超闻之，叹曰："安之明，乃能违众举亲；玄之才，足

---

① 殣（jìn）——饿死。

以不负所举。"众咸以为不然,超曰:"吾尝与玄共在桓公府,见其使才,虽履屐间未尝不得其任,是以知之。"玄既镇广陵,募骁勇之士,得彭城刘牢之等数人。以牢之为参军,常领精锐为前锋,战无不捷,时号"北府兵",敌人畏之。初,郗超党于桓温,以父愔忠于王室,不令知之。及超病甚,出一箱书授门生曰:"公年尊,我死之后,父若以我哀惋害寝食时,可呈此,不尔即焚之。"超卒,愔果成疾,门生呈箱,愔发之,皆昔与桓温往通密计。愔大怒曰:"小子死已晚矣!"遂不复哀。

东晋卷之五

起自东晋孝武帝戊寅三年,止于东晋孝武帝庚寅十五年,首尾共十三年事实。

韩氏女筑夫人城

戊寅,三年(秦建元十四年),四月,秦王苻坚遣长乐公苻丕、将军苟苌、石越、慕容垂等四道会兵三万,共攻襄阳。百姓大惊,诸将李伯护等皆惧,宜为之备。独梁州刺史朱序曰:"秦无舟楫,焉能攻我?不足为虞,诸君勿忧。"既而石越率骑五千,浮渡汉水,来至城下。序惊骇,始命百姓固守中城。越以兵攻陷外罗城,越既克其外郭,获船百余艘以济余军。及苻丕兵到,督诸将攻中城。朱序母韩氏闻秦兵将至,自登城履行西北隅,见其崩,以为不固,亲率百余婢及城中女丁,筑新城于其内。及秦兵至西北隅,果被见破绽,乘此攻溃,序率众移守新城,襄阳人谓之夫人城。桓冲在上明,拥众七万,欲来救援,惮秦兵强,众不敢进。

时苻丕欲急攻襄阳,将军苟苌曰:"吾众十倍于敌,糗粮山积,但稍迁汉沔之民于许洛,塞其运道,绝其援兵,譬如网中之禽,何患不获,而多杀将士,急求成功哉!"丕从之。慕容垂拔南阳,执太守郑裔,与丕会于襄阳城下。丕大喜,排宴相庆。时秦王坚闻垂又拔南阳,与群臣饮酒,以极醉为限,命赵整作《酒歌》。坚读曰:

地列酒泉,天垂酒池,杜康①妙识,仪狄②先知。纣丧殷邦,桀倾夏国,由此言之,前危后则。

坚大悦,命整书之,以为酒戒,自是,宴群臣礼饮而已。

---

① 杜康——中国古代传说中最早的造酒人。
② 仪狄——传说为夏禹时的善酿酒者。

苻丕攻陷襄阳城

己卯，四年（秦建元十五年），二月，秦王坚大设朝会。当秦御史中丞李柔劾奏曰："长乐公丕等拥众十万，攻敌围一小城，日费万金而无效，请征下廷尉。"秦王坚勿从，乃遣使持节切让丕等，赐丕剑曰："攻一小城久而未下，焉能长驱江南。来春不捷，汝可自裁，勿复持面见吾也！"丕等惶恐，次日命诸军并力攻襄阳，被序以檑木、石炮打下，丕归退。秦王坚闻襄阳不克，坚欲自将兵来攻，阳平公融谏曰："陛下欲取江南，固当博谋熟虑，不可仓促。若止取襄阳，又岂足亲劳大驾乎！未有动天下之众而为一城者，所谓'以隋侯之珠，弹千仞之雀'也！"坚乃止。

朱序屡破秦兵，遂不惧。丕命诸军进攻。时督护李伯护见秦兵势大，其城难守，乃开门为内应，于是遂克襄阳，执朱序送长安。秦王坚惜序能守节，拜为度支尚书；以伯护为不忠，斩之。时秦将慕容越拔顺阳，执太守丁穆至。坚欲官之，穆固辞不受，坚以礼遣之。即以梁成为荆州刺史，镇襄阳，选其才望，礼而用之。

时晋帝朝会，以谢安为宰相，秦人屡入寇边，兵皆失利，众心危惧，安每镇之以和静。其为政举大纲，不为小察，时人以安为王导，曰"王谢"，而谓文雅过于导焉。帝闻秦人寇边，日与群臣议策未下。

谢玄率兵救彭城

却说秦王坚命诸将分道寇晋，当秦将彭超曰："宜攻沛郡太守戴逯于彭城，复长驱大进。"坚然之。超又曰："愿更遣重将攻淮南，为棋劫之势，东西并进，丹阳不足平也。"秦王坚从之，使俱难率步骑七万，寇淮阴、盱眙。八月，超兵至，攻彭城未下。晋帝闻知大惊，遣人以诏，命右将军毛虎生率众镇姑孰以御之。秦王坚又使韦钟以兵围魏兴太守吉挹于西城。晋谢玄闻知，率众万余来攻彭城，军至泗口，欲遣间使报戴逯，令其合兵夹击，而不可得。部曲将田泓知其意，请曰："将军之计，欲使人报戴公，令其合兵,但无人去。臣请没水潜行。"玄大悦,遣之,行至水边,被秦人彭超所获,将酒与食,以金帛厚赂与泓,曰:"你入彭城,只道南军已败,逃回去了。"泓伪许之,既走城下,告逯曰:"南军垂至,勉而待之。"秦人大怒,射杀之。彭超辎重尽在留城,谢玄以计令人扬声,遣军一万人攻留城,夺其粮草。超闻之,释彭城围,乃引兵还保辎重。逯遂率众出城,来见谢玄,玄与其全师而还。超复据彭城,留徐褒守之,自以兵南攻盱眙。俱难又克淮阴城,无晋兵乃回,留邵保成之。秦将韦钟攻拔魏兴,太守吉挹不言不食而死。秦王坚闻知,叹曰:"周孟威不屈于前,丁彦远洁己于后,吉祖冲闭口而死,何晋世之多忠臣也!"挹参军史颖逃归,得挹临终手疏归,晋帝以其忠,后诏赠益州刺史。初,秦将俱难、彭超二人拔盱眙,执内史毛璪之,遂围田洛于三阿,去广陵百里,朝廷大震,谢安命临江列戍而守之。谢玄自广陵将兵二万,来救三阿,难、超二人闻其来,兵必疲倦,不与诸军传餐,将兵排开,与玄交战。玄兵饱食,勇力向前,未三合,俱难、彭超大败,退保盱眙。六月,玄又进攻之,难、超又败,退屯淮阴。玄谓诸将曰:"难、超兵穷势寡,卒无斗志,宜速进兵,得一人乘潮上流,烧淮桥,则彼自走。"何谦曰:"小将愿往。"于是遣何谦率舟二百,乘潮而上,夜焚淮桥。难、超见焚淮桥,恐后难退,以兵退屯淮北。玄、谦合兵追之,战于君川,难、超兵无斗志,被玄大破之,难、超北走,仅以身免。玄既杀退难、超之兵,命人戍守,乃率众还广陵,玄领徐州刺史。秦王坚大怒,征超下廷尉,超遂自杀,难削爵为民。

秦王举兵伐苻洛

戊辰,五年(秦建元十六年),三月,秦王坚会集百官商议,欲作教武堂于渭城,命大学生明阴阳兵法者教授诸将。朱肜谏曰:

> 陛下四海之地,十得其八,宜稍偃武修文。乃更始立学舍,教人战斗之术,殆非所以驯至升平也。且诸将百战之余,何患不习于兵,而更使受教于书生,非所以强其志气也。此无益于实而有损名耳。

于是坚乃止之。

却说秦行唐公苻洛勇而多力，能坐制奔牛，射洞犁耳①。自以有灭伐之功，使人见秦王坚，求开府仪同三司不得，由是怨愤。秦王坚只以洛为益州牧。洛谓官属曰："孤不得入为将相，而又投之西裔，于诸君意何如？"治中平颜规曰："主上穷兵黩武，民思息肩者，十室而九。宜声言受诏，监幽州之兵，南出常山，阳平公必郊迎，因而执之，进据冀州，总关东之众以图西土，天下可指麾而定也！"洛从之。四月，率众七万发和龙。坚闻知，遣将军窦冲、吕光以兵四万讨之。北海公重悉蓟城之众助洛，会屯中山。五月，冲、光二人以兵与苻洛交战，洛兵大败，被冲追及擒之。冲既得洛，令人送至长安，重见洛被擒，乃走还蓟，吕光追及斩之，幽州悉平。使人以洛见秦王坚，坚赦洛不诛，徙于西海郡为民。

秦王坚以诸氐种类繁滋，分三原、九嵕、武都、汧、雍氐十五万户，使诸宗亲领之，散居方镇，如古诸侯。以其子长乐公丕镇邺，平原公晖镇洛阳，石越、梁谠、毛兴、王腾等，皆为诸州刺史。坚送丕至灞上，丕所领氐三千户。丕别，其父兄皆恸哭送之，独赵整援琴而歌曰：

阿得脂，阿得脂，博劳②舅父是仇绥，尾长翼短不能飞。远徙种人留鲜卑，一旦缓急当语谁！

坚笑而不纳。

壬午，七年（秦建元十八年），二月，却说秦王坚兄苻法之子东海公苻阳，与丞相王猛之子王皮曰："秦之天下，实乃吾父法所取之天下也，今被苻坚杀而戮之。吾将取之，恨力不及，君可助吾一臂之力。"王皮曰："公言乃吾所志，吾有此意久矣。吾父有佐国平天下之勋，吾不能袭其大爵，至今得一散骑常侍耳。既明公肯为主，其间有一人姓周名虓，足智多谋，痛恨秦王，可请其人同议大事必成。"苻阳从之，使人请虓至，以酒相待，商议计策。虓曰："君若在此难举发，来日君二人入朝，请兵求出外镇，积草聚粮，招军买马，乘机而起，则旧业可复矣。"阳曰："此计大妙。"三人计议已定，却被秦王坚手下窃事人密知，入宫报与秦王，说东海公与散骑常侍二人谋反。秦王坚大惊，即唤司隶邓羌领禁兵三百围宅，将苻阳、王皮、周虓三人缚至殿下。秦王坚问曰："吾不曾负汝二人，汝二人何故谋反？"

---

① 犁耳——犁壁，安装在犁铧的上方。
② 博劳——鸟名。

苻阳曰："吾父无辜见诛。礼云：'父母之仇，不共戴天。'臣父死，不以罪死，是以谋反。齐襄公复九世之仇，何况臣也！"秦王坚泣曰："哀公之死，事不在朕。"又问王皮，王皮对曰："臣父丞相有佐命之勋，而臣不免贫馁，所以图富贵也。"秦王坚流涕谓王皮曰："丞相临终托卿，以十具牛为田，不闻为卿求位。知子莫若父，何斯言之明也！"又问周虓，虓曰："世荷晋恩，生为晋臣，死为晋鬼，何问乎！"先是虓屡谋反，左右请杀之，坚曰："孟威烈士，秉志如此，岂惮死乎！杀之适足成其名耳！"皆赦不诛。徙阳高昌、皮、虓朔方之地。以皮子永，素性好学，擢为幽州刺史。

是时，西域车师、鄯善入朝于秦，其称龟兹国有鸠摩罗什，才貌双全，义识若神。秦王坚大悦，由师、善为乡导，遣骁骑将军吕光为都督，督兵十万，去伐西域。当阳平公苻融谏曰："西域荒远，得其民不可使，得其地不可食，汉武征之，得不补失，臣窃惜之。"坚勿听，乃宣吕光至殿，谓曰："今吾国内粮草多积，士马强甚，吾欲征讨西域龟兹，烦卿为将。"吕光曰："受命于君，安敢不前，谨领旨命，去讨西域。"于是秦王坚拜吕光为持节，都督西讨诸军事，总兵七万，铁骑五千，命其讨西域龟兹。光临行，秦王坚嘱曰："卿到龟兹，若得获鸠摩罗什，即使人漏夜驰送赴朕。"光曰："谨领旨令。"是日，吕光领兵就行，行至高昌，屯扎军马。

史说，吕光字世明，乃略阳氐人。父名婆楼，佐命秦王苻坚，官至太尉而死。吕光生时夜有神光之异，故以光名。年十岁，与诸儿游戏邑里，为战车之法，俦类咸推为主。部分详平，群众叹服。目有重瞳，左肘有玉印。沉毅凝重，宽简有大量，喜怒不形于色，时人莫之识也。唯王猛昇之，曰："此非常人。"言之秦王，秦王苻坚除为美阳令，群夷爱服。因此累迁骁骑将军。苻坚慕鸠摩罗什，故有是命。

秦王集议寇江东

秦王坚大会文武群臣于太极殿，而谓众文武曰："自吾承业以来将垂二十余载，四方略定，唯东南一隅，未沾王化。今略计吾之士卒，可有九十七万，粮草不计其数。吾欲自将以讨之，汝等所议者若何？"当朱彤曰："今秦得天下大半，更兼国富兵强，若起倾国之师，躬行天罚，则江南克期可定矣。"秦王大悦曰:"此乃吾之所志也。"左仆射权翼进曰:"臣以为晋未可伐。夫以纣之无道,天下离心,八百诸侯不会而集,武王犹曰彼有人焉,乃回师止旅。后三仁诛放,始奋戈牧野,而得成功。今晋道虽微,未闻丧德,君臣和穆,上下同心。谢安、桓冲,江表伟才,可谓晋有人焉!依臣愚见,不可伐晋。"时秦王坚闻其语,默然久之,曰:"诸君可各言其志,朕自量之以行。"太子左卫率石越上言曰:"今岁镇星守斗牛,福德在吴,天文有准,悬象无差,伐之必有天殃。且彼据有长江之险,民为之用,不可犯也。"秦王坚曰:"吾闻武王伐纣,逆犯岁星,天道幽远,未可知也。今以吾之众,投鞭于江,足断其流,又何险之足恃乎!且筑室道傍,阻计万端,无时可成,吾当内断于心耳。"时群臣各有异同,坚命且退,容再讨议,独留弟苻融议之。苻融曰:"晋不可伐者三。"秦王坚作色曰:"汝复如此,天下之事,吾当与谁言之?"融泣曰:"今天道不顺,一也;晋国无衅,二也;我数战兵疲,民有畏敌之心,三也。晋未可灭,昭然甚明。其劳师大举,恐无万全之功。且臣之所忧,不止于此。陛下宠育鲜卑、羌羯,布满畿甸,此属皆我之深仇,太子独与弱卒数万自守京师,臣惧有不虞之变,生于腹心肘腋,不可悔也。臣智识愚浅不足采,王景升一时之英杰,陛下每拟之诸葛武侯,独不记其临没之言乎!"秦王坚曰:"天下者,天下之天下,非一人之天下。故云秦失其鹿,天下共逐,高才捷足者先得之。量朕之才,不在晋下;文武之贤,勇略过人,何如不可伐也?"融又谏曰:"国家本戎狄也,正朔会不归人,江东虽微弱仅存,然中华正统,天意必不绝之耳。"秦王坚曰:"帝王历数,岂有常耶?汝不知通变耳!"秦王坚不纳,苻融辞出。先是有沙门道安者,秦王坚尤信重之,出入与秦王坚同辇。至是群臣出朝,正遇道安入内,群臣谓道安曰:"主上欲生事于东南,公何不为苍生致一言也!"道安曰:"吾即谏之。"于是道安入见秦王,秦王谓曰:"朕将与公南游吴越,泛长江、临苍海,不亦乐乎!"安曰:"陛下应天御世,居中土制四维,自足以比隆尧、舜,何必栉风沐雨①,经略远方也!"坚亦不纳之。忽慕容垂入,秦王坚问曰:"吾欲伐晋收江南,群臣不可,卿意云何?"垂曰:"今天下秦得十分之七,独东南一隅未归,若以陛下之神武,文武之贤能,大兵一出,何期不挠。陛下可以乾刚独断,勿采群臣之言,以致留患于子孙也。

---

① 栉(zhì)风沐雨——风梳头,雨洗头。形容奔波劳碌。

故诗云:'谋夫孔多①,是用不集。'陛下宜断圣心足矣。昔晋武平吴,所仗者张、杜二三臣而已,若从众言,岂有混一四海之功也。"秦王坚大悦曰:"与吾定天下者,其唯卿耳!"言讫,赐帛五百匹,即令其点兵。张夫人闻知,亦谏曰:"天地之生万物,圣主之治天下,皆因其自然而顺之,故功无不成。黄帝服牛乘马,因其性也;禹浚九川,障九泽,因其势也;后稷播殖百谷,因其时也;汤、武率天下而攻桀、纣,因其心也。今朝野皆言晋不可伐,陛下独决意行之,妾不知何所因也?自秋冬以来鸡夜鸣,犬哀嗥,厩马多惊,武库兵器自动,皆非出师之祥也。"坚曰:"军旅之事,非妇人所当预。"坚幼子诜最有宠,亦谏曰:"国之兴亡,系贤人之用舍,今阳平公,国之谋主,而陛下违之。晋有谢安、桓冲,而陛下伐之,臣窃惑焉!"坚曰:"天下大事,孺子安知!"秦王坚下诏大举,民每十丁遣一兵。其良家子年二十以上,有才勇者,皆拜羽林郎。又曰:"某以司马昌明为尚书左仆射,谢安为吏部尚书,桓冲为侍中,先为起第。"良家子至者三万余骑,拜赵盛之为少年都统。是时,朝臣皆不欲坚行,独慕容垂、姚苌及良家子劝之。阳平公融谏曰:"垂、苌,我之仇雠,良家少年,皆富饶子弟,不闲军旅,何可听也。"坚不听。

秦王发兵下江南

癸未,八年(秦建元十九年),七月,秦王苻坚下诏召集各部军马,大举伐晋。八月,秦王坚唤阳平公苻融至,曰:"你督后将军张蚝、冠军将军慕容垂等,领步骑二十五万为前锋,先入伐晋,以探虚实,敌之强弱,先报吾知。"融曰:"臣既先行,后宜调兵急来接应。"融辞去讫。又宣兖州刺史姚苌,封为龙骧将军。秦王坚谓苌曰:"朕本以龙骧建业,龙骧之号未曾假人,今特以相授。山南之事,一以委卿,卿可尽忠报国,无得二心。卿领兵二十万从北路伐晋,接应阳平公苻融。"苌谢曰:"臣蒙拔擢授以重任,万死不辞,焉敢异志。此回不伐东晋,不敢生还。"言讫,领兵就行。时左将军窦冲进言于秦王曰:"王者无戏言,此将之封,不祥之征也,唯陛下察

---

① 孔多——过多。

之!"秦王坚默然不应,悔闷归宫。

却说慕容垂受命领兵起行,其侄慕容楷、慕容绍曰:"今秦王骄矜已甚,叔父建中兴之业,在此行也!"垂曰:"然,非汝谁与成之,且莫泄耳!"苻融以兵一十五万,号为一百万,来至颍水,下住草营。坚遂发长安戎卒六十余万,骑二十七万。秦兵至项城,凉州兵始达咸阳,蜀、汉兵皆顺流而下,幽、冀兵至于彭城,东西万里,水陆齐进,运漕万艘。融等兵三十万,先至颍口屯扎。

谢安淝水退秦兵

却说孝武帝设朝,近臣奏知秦王苻坚命苻融为将,以雄兵百万,战将千员,来寇江南。晋帝闻知大惊,急问文武谁人敢退秦兵。诸文武尽皆失色,中书监录尚书事谢安出曰:"陛下养国士,待之如手足,今日闻秦兵一至,尽皆缄口结舌,此何理也?臣虽无才,愿施犬马之劳,以退秦兵,以报陛下宠遇之恩。"晋帝曰:"卿有大才,必有大用。而卿乃朕之元老,不时朕要与卿同议国之大事,岂可出征。卿可另选别将去迎。"安曰:"今事急矣,无人向前,臣若不行,则将上不复用命。"帝曰:"秦师百万,非可用文以退之,卿执要前去何益?"近臣奏曰:"有文事者必有武备,有武备者必有文事。臣观谢尚书胸中有百万兵,不似臣等耳,宜与去之,可选大将副二,破秦必矣。"帝曰:"朝中谁人堪任大将,可速举之。"谢安曰:"臣侄谢玄,勇略双全,可为将矣。"帝曰:"朕闻昔周郎以数万之卒,破曹百万之众,今举大将不似其人,难保社稷矣。"谢安曰:"以某论之,不在周郎之下,陛下若能用之,破秦兵必矣。如其失事,臣请先纳此头。"帝曰:"非卿提醒,孤几误大事。"即时差人召谢玄。王彪之曰:"玄乃一儒生耳,非苻融之敌也,不可用之。"周雍亦曰:"玄年幼德薄,恐诸将不服,则生乱矣,必误于陛下。"谢安曰:"若不用谢玄,则东地必休矣。臣请以全家性命保之。"帝曰:"吾亦素知谢玄,乃奇才也,孤当托之。"安曰:"若不付以重任,其才不能尽展也。"晋帝曰:"然。"于是召谢玄至,拜毕,帝曰:"今秦兵侵境,孤欲命卿总督军马以破苻坚,何如?"玄答曰:"文官武将,皆陛下故旧之臣也,玄年幼不才,安能制敌。"帝曰:"朕亦素知卿才,今拜汝为副都督,卿勿推辞。"玄曰:"倘文武中不服者如何?"帝曰:"如有不遵令者,先斩后奏。"玄曰:"臣受恩已久,固不敢辞,臣愿领兵。"于是帝使谢安总督天下诸军事,谢玄为征北大将军,以兵数万,出拒秦兵。二人领旨即出。

谢安次日传下号令,交诸处多谨关防,牢把淝水,不得轻战。诸将但相聚,无不笑懦也。安以调兵坚守,诸将不服,互相耻笑。安升帐设大会东南诸将,安谓众曰:"吾领承王命,总督诸军,昨已三令。吾令汝等各各坚守,不遵吾令,何也?"桓伊曰:"吾自跟大司马平定西蜀,大小历数百战,敢勇向前,彼诸将或跟讨逆,皆披坚执锐出生入死之士也。今主上以公为大都督,令退秦兵,宜早定奇计,调拨分头征进,方能成功;今却死守,以待天自杀贼,何其无谋之甚也。吾等非怕死贪生之人,使我辈皆随颜顺志,此何理也?"言讫,帐上下皆曰:"桓将军言是也,我等情愿决一死战!"谢安听罢,掣剑在手,指而言曰:"苻坚名闻天下,戎狄尚自惧怕,今在境界,此非容易敌也。汝等诸将并受国恩,当以和顺共图破敌,以报主上。今吾自有妙算,非汝等所能料也。吾知汝等各不相顺,故违吾令,是何道理?仆虽一书生,今蒙主上授以大任者,岂无有尺寸可取,颇能任事负重故也。汝宜各守隘口,牢守险要,不许妄动,如违令者必斩!各宜坚守,勿得多言。"于是众皆散去守之。

却说苻融摆布军马,直至川口,连营一千余里,前后四百余屯。夜则明火照天,昼则旌旗蔽日。细作探知东南用谢安为将,领大都督,总制军马,各守险要不出。苻融问谢安何如人也,权翼曰:"江东伟人,足智多才,昨制桓温,皆此人之谋也。"苻融闻知怒曰:"老子有何高谋,可令前队进兵讨之。"权翼曰:"安之才学,不在桓温之下,不可以轻敌也。"苻融曰:"吾用兵更不如一老子耶?卿勿多言,看吾擒之。"苻融自引前军,各分诸处关隘。谢安闻知,即召谢玄至,谓曰:"你与谢琰、中郎将桓伊以八万精兵,出屯淝水,以拒秦兵。"玄曰:"今秦兵百万,猛将千员,今以八万之众前去拒秦,叔父用何计可以拒之?"安曰:"汝只管先去,且莫与战,吾后自有奇计破之。"于是玄与谢琰、桓伊以兵八万,出屯淝水之上,以拒秦兵。史说,桓伊字叔夏,乃熊国人,有勇略。安以为中郎将,令其帮玄领兵拒秦。当苻融使人探晋兵虚实,使人还道:"晋兵未满十万人,在淝水屯住,不敢来迎。"融闻晋兵未满十万人,即使人入秦报秦王曰:"今晋兵弱少,不敢来战,其易于攻,请陛下车驾亲临。"秦王坚见其书,即日亲领戎卒六十万,骑二十七万起行,来至项城。秦王坚下令曰:"六军徐徐进,朕自以轻骑二千兼道先赴。"军前诸将奏曰:"初有谚云:'肩不出项。'陛下可停项,待其报捷,不可亲自向前。"秦王坚曰:"朕若不去,则三军不肯向前。"言讫,引二千人先行,来至颖城,苻融接着,入于中军,问劳已毕,融命排宴,奉秦王坚。秦王坚是夜宿其中军。

却说晋会稽王司马道子见秦兵势众,国人皆恐,乃入朝奏曰:"今秦兵百万,势难拒挡。今闻钟南山土神极灵有应,请陛下出旨,封钟山土神为相国之号,祈其为国为民,必有感应。"帝曰:"从卿所请。"于是降诏旨,命会稽王道子以诏旨去钟山,封其土神为相国焉。

安淝水论兵大战

却说谢安受命拒秦,全无惧意,整日与王羲之围棋赌耍,不视军情之事。谢玄见秦兵势大,恐寡不敌众,至夜私自回城,来见谢安,曰:"今日侄在对岸,看见秦兵漫山塞野,旗鼓相望,连遮千里。吾恐寡不敌众之势,乃回见叔父,可用何策攻之以安众心,免劳主上之忧矣。"安曰:"汝火速归营调军紧守淝水,切莫妄动,吾自有计。若有紧急,再使人来报,吾必自诣。"玄不敢复言,只忙出归营去讫。而谢玄心中不定,忧兵少粮尽,恐秦兵杀过淝水。过数日,乃使张玄入城,请叔谢安出城。张玄领军令,即入城见安告急,曰:"请明公火速出城,秦兵至矣,诸将皆要出战。"安不得已,遂自命驾至营。诸将皆曰:"今上以都督任公,公不求破秦之策,而夙夜围棋不视军情。主上寝不安席,以江南百万生灵之命委公保之,公何如戏之耳。"安对诸将曰:"今秦兵来犯我境,其气正盛,我军宜乘高守险以待之。彼以百万之师,吾将七万之弱,安能胜乎!今但奖励士卒,广布守御之策,以观其动静。今彼兵驰骤于平原旷野之间,正得其志,彼若求战不得,自有懈怠之心,此时吾当用奇计矣。将军宜息风火之性,以图国家之计。"桓伊等面虽应允,心实不服。

安玄围棋赌别墅

安被众所逼要战,遂邀侄谢玄与亲朋王羲之等私游山墅。安谓玄曰:"吾与汝围棋。"玄虽从之而与棋,然心中忧惧,而谢安棋常劣于玄,是日玄惧军事,便为敌手,而玄反不胜,而连见输,遂不再棋,但曰:"秦兵势大,叔父有何计破敌?"安曰:"吾有三胜之方,汝休露泄。夫为将者,必先观天文,次审地利,末察人和,料此三者,求胜可矣!又云:'知己知彼,百战百胜。'今岁星在吴,而秦逆天伐吾,古云'逆天者亡';吾有福德之恃,其胜一也。吾有长江之限,地利佑我,故曰'得地者昌';其师虽强,不能渡之,其胜二也。苻坚集乌合之士,积蚁聚之兵,以五胡仇人为将,虽多不和;吾军固少,而同一心,其胜三也。有此三胜,破秦必矣,何疑惑之!"玄曰:"叔父之言,乃神机妙算,侄何可及。奈主上不安,百姓惊恐,不如得早破之,使士民得安耳!侄惧兵微将寡,不能固守。"安曰:"晋兵虽微,正朔所在,君不失道,人心所归,将帅调和,士卒亲附;加此长江之险,足以固守,何忧兵微将寡乎?吾观苻坚志骄气盈,将必有异,看其变动,乘机破之。汝才不在苻坚之下,管取成功,不须再四。"玄闻言大悦即还。安与王羲之又游涉至夜乃还。

却说姑孰桓冲闻秦王苻坚以兵入境,以根本为忧,使牙门将刘完领精兵三千,入援京师,入守城池。刘完得令,引兵入京来见谢安,曰:"桓君闻秦兵入寇京师,使某领精兵三千,前来与明公调用,护卫建康。"谢安固却之曰:"朝廷处分已定,兵甲无缺。西藩乃国之屏障,其兵宜留预防,何必调此,你火速领其兵还。"刘完见说,即引兵还镇。谢玄曰:"吾兵稀少,彼调来增,叔父何如遣还?"谢安谓曰:"三千人不足以为损益,去之可矣。吾欲外示闲暇,是故遣之。"玄曰:"叔父神机,侄儿不知耳。"刘完领三千人还镇,桓冲问其缘故,完以谢安之语与说,及陈军前备细之事。冲谓佐吏等曰:"谢安石有庙堂之量,不闲将略。今大兵垂至,方游谈不暇,遣诸不经事少年拒之,众又难敌,天下尽已知,吾其左衽矣!"

八公山木化人形

　　十月,秦王苻坚与群臣商议进兵,群臣权翼等曰:"宜先取寿阳,若得寿阳,建康必然震恐。恐则生乱,乱则逃奔,军无斗志,民有忧患,乘此一战,则江南可定。"秦王坚曰:"然。"即召阳平公苻融至,委兵五万,使其去攻寿阳。又令下将军梁成引兵五万,屯于洛涧,安住寨栅,以遏晋兵不得救应。二将各率兵去讫。却说苻融以兵来攻寿阳城,寿阳郡守王正以五千兵出迎与战,融指正曰:"早早来降,免汝死罪!"正大怒,拍马舞枪出阵来战,秦兵阵中徐成以双刀来迎。二人交锋,战上十合,王正遮拦不住,只待要走,被张蚝一骑马、一条枪,飞出阵前,大喊一声,以枪杀进,将王正一枪刺于马下,晋兵各自溃散。苻融挥兵杀奔入城,占据寿阳,迎接秦王苻坚及文武入城屯住。

　　却说会稽王道子领朝旨来到钟山土神庙内,亲自焚香下拜,奉上印绶,宣读诏旨毕,乃祈祷曰:"今有胡虏苻坚,以兵百万来侵晋境,君有倒悬之急,民有涂炭之忧。今奉圣旨,来封大神为相国之尊,伏望尊神,大显神通,施灵施感,为国为民,早灭胡类,万民沾息。"祝讫,即其还京。其土神既受相国之号,乃大显法力,径来将八公山草木,皆化以为人形,俱各披坚执锐,勇猛威雄。由是一日,秦王坚与苻融及诸将佐登寿阳城,遥望晋军,见八公山列有雄兵一百余万,人人勇猛,个个威雄,部军整齐,队伍不混。秦王坚一见,始有惧色,而谓苻融等曰:"此乃劲敌也,何谓弱少乎!"因此命苻融、梁成进兵速战。苻融问朱序曰:"卿先仕晋,必知备细,如今江南英杰更有何人?"序曰:"目今谢安、谢玄叔侄二人,有王佐之才,其别不足称之。此二人与序有一面之交,殿下遗以咫尺之书,与序过淮,掉三寸之舌,说其来降,东南指日可平。"融曰:"既与卿善,吾为书,你可前去说其来降。"于是苻融作书,使朱序来诏谢安二人降秦。朱序领命特来江南。

　　时谢安、谢玄欲进兵,闻梁成屯于洛涧,谢安等不敢近前,离洛涧二十五里而屯。忽军人报梁州刺史朱序来见,安石命进,问曰:"闻卿在襄阳与苻丕相持,今何如来此?"序曰:"吾守襄阳,被苻坚遣子苻丕、杨安领军五万攻陷襄阳,不得已伪降于秦。今苻融遣吾过江,来请都督投降,吾因此得见明公一面。明公休要见疑,吾必不负大晋。观秦兵虽众,亦易破之,明公以兵外战,吾必内应,未知明公意下何如?"谢安曰:"吾知汝之忠义,有何疑焉?秦兵势大,何计破之?"序曰:"今梁成凭血气之勇为前锋,以兵五万屯住洛涧,甚于易攻,何不攻之?若待秦兵百万之众尽至,难与为敌,不如乘此诸军未集,速往击之。若败其前锋,则彼已夺气,可遂破矣!"安曰:"卿谋正合吾意。卿今休去,在此同参军机。"序曰:"吾之老母家属皆在彼处,若不回必被其害。吾暂回去,准备内应。"安曰:"汝去如何回信?"序曰:"道都督不肯降秦。"安曰:"不然,汝回只道吾肯降,只家属在建康,不能得出,候脱得家属出城,一同来降。汝若言不降,彼必速攻。"序曰:"然。"于是安乃使朱序还秦。序以谢安石之言,说与苻融,融半信半疑。

玄石破秦百万兵

　　却说谢安得朱序说秦军中之备细①,乃升帐聚大小将校听令,安曰:"吾自受命以来,未尝出战,今已识秦之动静矣。吾欲先取洛涧一营,谁人敢去?"言未毕,桓伊等一齐出,尽言愿往。安皆令退,独唤阶下一人,姓刘名牢之,字道坚,彭城人也。沉毅多计,骁猛无敌,现为参军。安甚重之,故唤牢之曰:"汝领五千精锐,去攻洛涧第一屯,乃是秦将梁成所营,今晚便要成功,吾自提兵救应。"牢之领军去了。又令谢玄、桓伊二人:"各以兵三千,抄小路奔下流埋伏,待梁成兵败走回,汝二人各以兵截住,断其归津,待牢之赶至,两下合兵接应。"二人亦各引兵去了。

　　却说刘牢之率精兵五千,趋洛涧,隔十里一望,秦军梁成阻涧为营。牢之身先渡水,精兵后随,鼓噪直前。梁成听见鼓响,知有兵至,忙令士卒阻洛为阵,以待晋兵。当牢之抢先上岸,杀死十余人,秦兵奔溃。梁成持枪直取牢之,牢之轮刀便迎。两马相交,军器并举。二人交锋战上五合,梁成被牢之一刀砍于马下,乱杀秦兵。秦扬州刺史王显见梁成死了,忙领

---

① 备细——详细情况。

残兵走奔下流,正遇谢玄,交马一合,被玄捉住,桓伊横杀秦兵。俄而牢之领兵夹攻,秦之士卒争赴淮水,死者万五千人,淮水为之不流。于是谢玄尽收得秦之器械军资,收军来见谢安。谢安传令,水陆三军尽进屯于淝水之东。秦王坚闻梁成死了,前锋有失,遂传令,交苻融率军遇淝水而阵,昼夜分巡,以守江岸。

却说谢安既破秦之前锋,命水陆并进,屯于淝水,下住营寨。至夜,召谢玄入,谓曰:"今秦王败其前锋,必不敢进,彼欲退,恐天下之人笑耻,必然犹豫越趄,正可攻之。吾先回城,以安圣上之心,汝领诸将徐徐进兵。吾观朱序在内,必定相应。"玄曰:"叔父随便回骑,侄自斟酌而行。"于是谢安回建康,朝见晋帝曰:"臣托陛下洪福,破其前锋。臣虑陛下隐忧,群臣震恐,先回报捷。陛下高枕无虑,目下管取破秦必矣。"帝曰:"东南有卿,朕何忧焉!"

却说谢玄欲与交战,秦兵逼水而阵,因此晋军不得渡,心中闷闷,思忖一计。次日,使能言快语军人直至淝水岸边,遥唤阳平公苻融曰:"吾奉都督将令,拜上将军。将军远涉吾境,悬军深入,而置阵逼水,此乃持久之计,非欲速战者也。若移阵小却,使吾兵得渡,以决胜负,不亦善乎!何如胥守而废粮草耶!"苻融闻其言,即入城具谢玄之言,报知秦王苻坚。苻坚遂问诸将曰:"汝等上意若何?"诸将徐成等曰:"我众彼寡,不如遏之,使其不得上,可得万全之计也。"秦王曰:"不然,如此则自老王师也。吾便引兵稍却,使彼兵半渡,我以铁骑数十万,向水蹙而杀之,蔑有不胜。"融曰:"陛下神见,诸将不及。"于是苻融即出传令,是夜移营,却阵十里之程屯住。又令徐成选铁甲兵五万待迎。时玄打探军人闻秦兵移阵,即忙回报谢玄。谢玄大喜曰:"破秦必矣!今夜即行。"桓伊等曰:"秦兵势大,何以破之?"玄曰:"此计但瞒不过王猛,今天幸此人已死,使吾成大功矣。彼兵一百余万,连下百余营,今却阵,必然混乱,吾乘其乱而攻之,可擒苻坚也。"于是大集诸将听令,令朱默水路进兵去,是夜候东南风大作,用船载茅草,依计而行。令刘牢之领十数支军,攻水北岸;桓伊领十数枝军,攻江南岸。每人各带茅草一束,内藏硫磺焰硝,皆带火种草,挑于枪刀之上,但到秦营近林者,因顺风举火,秦兵四十营,只烧十营;每烧一屯,间三屯,则彼兵必自乱矣。乘乱之时,以兵击之。各带行粮,不许暂退,连更晓夜,直拿住苻坚方止。诸将得令,皆去依行。

却说秦王当日自出城中，寻思破晋之计，忽见中军帐前旗幡无风自倒。权翼曰："此凶兆也，莫非有晋兵今晚劫寨？"秦王未信。有军报曰："上山远远望见晋兵已出，渡水而东去了。"秦王曰："此疑兵也，只管移营。"令徐成引军马五万去巡哨。黄昏，左侧东风骤起，权翼回报，水北岸寨中火起。秦王便叫探视，张蚝也来回报，望见水寨中火起。秦王即唤徐成亲往水北岸，张蚝亲往江南看取虚实，如晋兵到，可急回，二将领兵去了。初更左侧喊声动地，西屯军马，齐奔御营，军自相践踏，死者无数。后面晋兵杀到，正不知多少军马。秦王急急上马，引军奔走。火光连天而起，江南、江北，照耀如同白日。苻融引手下数百骑，正逢晋将桓伊，被伊军围住，乱箭射死。谢琰引军来赶，秦王望西奔走，前面一军来到，为头乃是晋将谢玄。秦王大慌，前谢玄，后谢琰，两军夹攻，四下无路。忽闻喊声，张蚝引军杀入，救秦王出，急上战船，与张蚝等将船棹开中流，被玄令军人在岸上射之，万弩齐发，秦王中箭倒在船上，众将救醒奔逃。时朱序后与部下从军，在秦军大叫："秦军大败，秦王死了！"因此秦军及御林军奔溃而走。其时，秦军因移阵大乱，队伍不齐，况兵退不复立住，因此大败。秦王中矢，单舸走过西河上岸，天色已明。正走间，前面又一军到，张蚝出马迎之，乃秦将徐成，合兵一处，后面晋兵大至，前到一山，乃停马山。张蚝引军上山时，山下喊声起，谢玄大队人马已到，四周把山围住，秦王叫傅苞死据其山。秦王遥望自兵，自相蹈籍而死者蔽野塞川，重叠死尸塞江而下，淝水为之不流。围至次日，晋兵越厚，四面放火烧山，军马乱窜。忽见火光中，一将引数千骑，杀上山来，秦王视之，乃邓羌也。羌曰："四下火光逼近，不可久停，请陛下走回，却再收军。"秦王曰："谁可断后？"傅删曰："臣愿舍死以当之。"其日黄昏，张蚝在后，邓羌在前，冒烟突火下山，留傅删当后。晋兵见秦王脱走，皆要争功，并进军突火而来。秦王交随行军士尽脱衣甲，叠于山路而焚之，以绝后军，方走得脱。谢玄、谢琰、桓伊、刘牢之会朱序等兵，乘胜追击，无不一当十，百胜千，杀得秦兵大败，自相践踏，死者漫山塞野。其走者闻风声鹤唳，皆以为晋兵且至，昼夜不敢停息，早行露宿，重以饥冻，死者十去七八。谢玄追至青冈，方传令鸣金收军，获得秦王坚乘舆及云母车、仪服器械、军资珍宝，堆积为山，俱各立册抄记，留还朝廷。次日，玄作书，使人见叔父谢安报捷。

时谢安正与王羲之围棋，驿人持书与安，安令驿人去了，安一边围棋，一面拆书,看其书,已知谢玄已破秦矣,遂将书放在床上,了无喜色,下棋如故。王羲之问曰:"书中何事?"安曰:"小儿辈,遂已破贼。"羲之曰:"可速报朝廷,何如围棋?"言讫辞出。谢安既罢棋还内,过户限心喜甚,不觉屐齿之折,直入宫见帝,奏曰:"臣子侄托陛下洪福齐天,已破秦师百万于淝水之上,获得秦王云母车及军资宝贝,今进还朝廷。"帝曰:"朕得卿子侄等辈破此强秦,天下幸甚!从今以后,朕何忧焉。"乃加封谢安为太保。于是降诏,进谢玄为前将军、假节钺,令其振旅,还镇京口。

是时,秦之诸军皆溃散,唯慕容垂所将三万人独全。却说秦王坚奔走至淮北,淮北饥甚,又无粮草,百姓进壶飧、豚髀,供给秦王坚。坚食之,大悦曰:"昔公孙豆粥,刘秀麦饭,何以加也!"坚以帛赏百姓,百姓辞曰:"陛下厌居安乐,自取危困。臣为陛下子,陛下为臣父,安有子饲其父而求报乎!"弗顾而去。坚谓张夫人曰:"吾今何面目治天下乎!"潸然流涕。

当秦王坚闻诸军皆溃,唯慕容垂三万人全师淮南,乃领千骑奔垂。探事军人报曰:"今有秦王坚大败,以残军千骑前来见将军。"当世子慕容宝谓父慕容垂曰:"五木之祥,今其至矣。"释曰:"初,宝在长安,与友人韩黄、李根等宴,宝因摴蒱危坐,整容誓之曰:"世云摴蒱有神,岂虚也哉!若富贵可期,愿得三卢。"因执三卢①,掷尽卢,宝拜而受赐,故云五木之祥,因言之。又口:"秦王兵败,委身于我,是天借之以复燕祚,此时不可有失也。"垂曰:"汝言是也。然秦王待我甚厚,今兵败以赤心投命于我,何可害之!若氐运必穷,吾当怀集关东,以复先业耳!"时诸将佐皆劝垂杀坚,垂不从,遂自出中军迎秦王坚入内,悉以兵符还秦王坚。坚大悦,收集离散,乃使子苻丕同燕之旧将丁零守长乐,与垂等北至洛阳,众复十余万,百官仪物,军资略备。当慕容垂言于秦王坚曰:"北鄙之民,闻王师不利,轻相煽动,臣请奉诏书,以镇安阳,聚集军粮,以听再举报仇。就因便入展拜先祖庙陵,以尽臣等一点孝心,陛下圣意云何?"秦王坚曰:"从卿所请,领兵往镇。"垂谢恩拜辞即出,领兵起行。权翼谏秦王曰:"国兵新破,四方皆有离心,宜征集名将,置之京师,以固根本。垂勇略过人,世家东夏,顾以避祸而来,其心岂止欲做冠军而已哉!譬如养鹰,饥则附人,饱则飏去,岂可解其所纵,任其所欲哉!"秦王坚曰:"卿言是也。然朕已许

---

① 卢——又称呼卢,摴蒱戏,五子皆黑曰卢,最胜采也。

之,匹夫犹不失言,何况万乘乎!若天命有废兴,固非智力所能移也。"翼又曰:"陛下重小信而轻社稷,臣见其往而不返,江东之乱自此始矣。"坚亦不听。

吕光以兵伐西域

却说先骁骑将军吕光率兵七万,去伐龟兹,兵至高昌,闻秦王苻坚寇晋,光意欲更须后命抽回,部将杜进曰:"节下受任金方,赴机宜之速行,何更留乎!"于是光传令进兵,行至流沙,三百余里地下无水,掘井四十余丈亦无泉出,军皆渴甚,将士失色,皆来禀光。光曰:"吾闻李广利精诚玄感,飞泉涌出,吾等岂独无感致乎!皇天必将有济,诸君不足忧也。"言讫,命排香案,亲自祈告天地。俄而天降大雨,平地水深三尺,遂得进焉。时焉耆国国王率旁国降光,光受而慰之。引兵直至龟兹国。龟兹国王帛纯闻秦将吕光以兵来伐其国,遣大将金德率军二万,出城来战。金德受命,即出领兵。金德上阵,使开山大斧,有万夫不当之勇。更有四子,精通武艺,骑射过人。长曰金瑛,次曰金瑶,三曰金琼,四曰金琪。有此四子,且各英雄。是时,金德领主命,引本部军马八万来迎,前至凤鸣坡相遇吕光,两下各自布阵。龟兹兵摆开,门旗下金德出马,四子列于两边,厉声大骂:"反国之贼,敢侵吾境!"吕光纵马挺枪,大怒而出,单搦金德交锋。长子金瑛挺枪与吕光交战,战不三合,吕光刺死金瑛于马下。次子金瑶大怒,又纵马,一口刀来与吕光交战。光乃抖擞精神,施逞平日虎威,骤坐下马交战。第三子金琼、第四子金琪见二兄俱敌光不过,也骤坐下马,金琼提戟,金琪轮手中两口日月刀,三个围住吕光。光在中央,全然不惧,独战三将。无移时,金琪中枪,翻身落马,二将慌救。吕光倒拖枪便走,金琼兜住马,收了戟,取箭射之,被吕光用枪连抵。琼射三箭皆不中,绰了戟,奋力赶来,比及赶到,却被吕光一箭射中面门,应弦坠马而死。金瑶随后赶来,一刀砍下。吕光施放不迭,弓箭皆弃,闪过宝刀,生擒金瑶归阵,杀之。复取了枪刀,坐下马,杀过对阵。金德见四子皆丧于吕光之手,心胆俱裂,急走入阵躲避。西域兵素闻吕光之名,又见如此之雄,谁敢交锋,马到处喝声阵开,皆纷纷乱走,曳兵倒退。吕光匹马单枪,冲入西阵,如入无人之境。参军段业见吕光大胜,率秦兵一掩,西龟兵大败而去。金德险被擒捉,弃马步行而逃入城。吕光收军回寨,诸将贺曰:"某闻将军少年如此英雄,不想寿已四旬,精神尚在,今日阵前独诛四将,世之罕有。"吕光曰:"吾孤兵悬人,若不力诛其将,则功难成。汝等诸将,各宜效力,共成大功。"言讫,传令交军攻城。

却说金德败回入城,哭见帛纯道:"秦兵势大,不能抵挡,四子皆被丧命。"龟兹王帛纯曰:"似此怎生奈何?"金德曰:"不如收拾珍宝,逃避阴谷,待其师老,然后击之。"帛纯从之,命宫人收拾珍宝,使金德杀开西门,领亲属逃避阴谷去讫。吕光见龟兹国王逃了,亦不追赶,遂引兵入城,宰马杀牛,大飨将士,犒劳三军。是时,龟兹附近王侯来降者共三十余国,吕光皆抚而遣之还国,乃使人寻招鸠摩罗什。

史说,鸠摩罗什乃天竺人,世为国相。其父鸠摩罗炎,聪懿有大节,将嗣相位,乃辞避出家,东度葱岭。龟兹王闻其名,郊迎之,请为国师。龟兹王有妹,年二十,才悟明敏,诸国交聘,并不许,及见罗炎,心欲留之,乃逼以其妹妻罗炎。炎既与王妹匹配,王妹遂有孕。罗什在胎,其母慧解倍常,生下罗什,及年七岁,遂与母俱出家。罗什从师受经,日诵千偈①,偈有三十二字,凡三万二千言,义亦自通。西域诸国咸服罗什神俊,每至讲说诸经,诸王皆长跪座侧,令罗什践而登焉。苻坚闻之,密有迎罗什之意,因是乃遣吕光等率兵西伐龟兹。光临行,苻坚谓曰:"若获罗什,即驰驿送之。"今吕光既破龟兹,乃使人寻得鸠摩罗什并其母至。光见其年少美色,以凡人戏之,强妻以龟兹王女,罗什拒而不肯,坚辞甚苦。光乃关闭密室,乃饮以醇酒至酣,罗什不得已,遂与为妻。吕光见龟兹宫室壮丽,命参军段业著《龟宫赋》以讥之。龟兹胡人奢侈,厚于养生,家有葡萄酒,或至千斛,经十年不败,士卒沦没酒藏者相继矣。由是吕光留恋,无有归心尔。

却说乞伏国仁,陇西鲜卑人,父司繁,降于秦苻坚,使镇勇士川。司繁卒,国仁代镇其地,闻秦苻坚败于晋,乃谋反,自称大单于,秦、河二州牧、苑川王,都于金城,聚众一二余万,不听秦命,改号建义元年,国号西秦。

却说乞伏国仁为秦前将军,从秦王坚寇江南。国仁叔父步颓闻秦师大败,乃率陇西谋叛。秦王坚闻知,使国仁以兵五千讨之。国仁遂与叔父

---

① 偈(jì)——佛经中的唱词。

步颓合兵谋叛,众至十万,经略秦境。

却说慕容垂领兵至安阳,其子慕容宝曰:"父亲欲建中兴之业,独力难成。吾之旧将皆在长乐公苻丕处,不如父亲入城,只佐参苻丕,私与皇甫真等同举兴兵之策。"垂曰:"其计大善,汝率兵先行,吾自入参苻丕,密会旧将同议兴兵之策。"于是慕容垂自引从人入安阳参苻丕,使其子宝率兵先行。

慕容垂谋复燕祚

却说慕容垂来见长乐公丕,丕身自出迎之,赵秋密劝垂于座杀丕,因据邺起兵,垂不从。丕还欲谋袭击垂,当侍郎姜让谏曰:"垂反形未著,而擅杀之,非臣子之义。不如待以上宾,严兵卫之,密表情状,听敕而后图之,则可也。"于是丕从之,馆垂于邺西驿,令人守之。垂潜与燕故臣皇甫真等曰:"今秦王败于淝水之上,锐气已堕,不能复盛。吾以计脱身至此,以参长乐公为名,来见卿等一面,同议中兴之策,再复燕祚,共灭强秦。今被苻丕令人监我于邺西舍,不与我去,卿等以为何云?"皇甫真等曰:"复燕宜乘此时,奈我等皆无兵权,不知殿下部下还有多少兵?"垂曰:"未上万人。"真曰:"殿下速使人以书往关东,使旧将丁零、翟斌二人起兵先叛,秦王必然诏殿下兴兵去讨,乘此机会,可以脱此。招集人马若上十万,以讨丁零为名,所过郡邑,郡邑必然以牛酒郊迎王师,因其无备,可下诸郡。再移书报知各燕旧将,必然响应,举兵向长安,大业指日可定矣!"垂曰:"然得卿同行,可得事成。"真曰:"吾若随殿下去,长乐公生疑,反为不成。"垂曰:"既如此,吾来日就发书与二人就去,再不会公。"言讫辞归。

于是垂密使人送书与丁零、翟斌,令其起兵为乱。零、斌得书,即时聚二万兵,扰秦境。关东守将上表告急于秦王苻坚,苻坚问文武曰:"今丁零、翟斌二人谋反,文武之中,谁人肯去讨此跋扈?"权翼曰:"国兵新破,京师之众不可调遣,宜右固根本。可使人赍诏,遣冠军将军慕容垂起兵去讨,可得两便。"秦王坚曰:"何如两便?"翼曰:"慕容垂父子焉肯久为人臣,必有异志,遣其去讨丁零、翟斌,正如两虎相斗,必有一伤,从其自灭。慕容垂灭得丁零等亦好,丁零等灭得慕容垂亦好,此不为之两便乎!"秦王坚曰:"然。"于是使驿驰诏书表北鄙,诏慕容垂以兵去讨丁零、翟斌。垂得书并不推辞,只道军粮稀少,因此慕容垂谓使人曰:"卿回朝托为善言奏知。"

使人去了,垂径将驿书来见苻丕,称"秦王令其讨丁、翟之乱,以兵符乞兵起行"。丕犹豫,当石越言于丕曰:"垂有恢复旧业之心,今复资之以兵,此为虎添翼也。"丕曰:"垂在此常恐为肘腋之变,吾置之于外,不犹愈乎!今秦王之命,焉敢违之。"思半晌,计以羸兵弊铠给之,又遣苻飞虎率氐骑一千为之副。密戒飞虎曰:"垂为三军之帅,卿为谋垂之将,行矣,勉之!"飞虎曰:"谨领密旨。"言讫,即统兵行。当垂辞丕曰:"臣欲入邺,拜辞祖庙而去,告知殿下。"丕曰:"卿今有急,不劳拜庙,火速前去。"垂见丕不许,乃潜服而入,亭吏禁之,垂怒,斩吏烧亭而去。

石越言于丕曰:"垂反形已露,可因此除之。"丕曰:"淮南之败,垂侍卫乘舆,此功不可忘也。"越退告人曰:"公父子好为小仁,不顾大计,终当为人擒。"时丕留慕容农及楷、绍于邺为质。垂行离安阳,闻丕与飞虎谋欲杀己,因怒激其众曰:"吾尽忠于苻氏,而苻氏专欲图吾父子,吾虽欲已①,得乎!"乃停河内募兵,旬日间,有众八千,夜袭飞虎氐兵,氐兵不备,尽被杀之。垂以书遗秦王坚,言其故。而慕容凤等亦各率部曲归翟斌。会秦豫州牧平原公苻晖领毛当讨斌、凤,被斌、凤合兵击破斩之。垂遂济河焚桥,有众三万,遣人告于农等使起兵。农等遂以晦日将数十骑,微服密出邺,奔列人,止于乌桓鲁利家,利为之置馔,农笑而不食。利谓其妻曰:"恶奴,郎贵人,家贫无以馔之,奈何?"妻曰:"郎有雄才大志,今无故而至,必将有为,非为饮食来也,君亟出远望,以备非常。"利从之。农谓利曰:"吾欲集兵列人,以图兴复,卿能从我乎?"利曰:"死生唯郎是从。"农乃诣乌桓,与张骧说之。骧再拜曰:"得旧主而奉之,敢不尽死。"于是即招军买马,众至九千人,起兵来会慕容垂。

---

① 已——罢休。

慕容垂大破秦兵

甲申，九年（秦建元二十年，燕慕容垂元年，秦姚苌白雀元年。旧大国一，新大国二，凡三僭国），正月朔，长乐公苻丕大会宾客，令人请慕容农同饮，使人回说不知何去。丕始觉有变，遣人四出寻之，乃知其在列人①，已起兵矣。

却说慕容农又驱列人居民为卒，斩桑榆插地为兵，裂襜裳②于竿为旗。使赵秋、屠各子及东夷、乌桓等人，各率部众数千赴之，攻破馆陶，收其军资器械，取康台牧马数千匹。于是步骑云集，众至数万，乃推农为骠骑大将军，监统诸将，随才部署，上下肃然。农以父垂未至，不敢行赏。赵秋曰："军无赏，士不往，今之来也，皆欲建功规利，宜承制封拜，以广中兴之业。"农从之，于是赴者相继。农号令整肃，军无掠，士女喜悦。长乐公丕闻知大怒，使石越来讨之。农曰："石越有智勇之名，今不南拒大军而来此，是畏王而凌我也，必不设备，可以计取之。"众将皆曰："今大兵至，宜治列人城以拒之。"农曰："今起义兵，唯敌是求，当以山河为城池，何列人之足治也！"越至列人之西，农参军赵谦曰："越远来疲倦，请急击之。"农曰："彼军有甲在外，我军无甲在心，昼战则士卒见其外貌而惮之，不如待暮击之，可以必克。"即令战士严备以待，毋得妄动。石越既至，令士卒立栅负固。农笑曰："越兵精士众，不乘其初至之锐以击我，方更立栅，吾知其无能为也。"至暮，农令将士鼓噪出阵于城西。牙门将刘本率壮士四百人，当先腾栅而入越寨，石越无备，见兵入寨，慌上马，两下相遇，石越持枪跃马走出，大骂："逆贼，秦王有何负汝，发兵谋叛？"慕容农大怒，拍马更不打话，手搠大杆刀直取石越。两马相交，战不十余合，石越被慕容农一刀斩于马下，挥兵一击，杀死秦兵大半，其余尽皆逃奔。毛当在后阵闻石越败，急欲上马，农大兵涌至，措手不及，亦被乱军所杀。秦兵大败，以此秦人骚动，盗贼群起。慕容垂招军买马，积草聚粮，不过半年，众至十

---

① 列人——古地名。
② 襜（chān）裳——遮至膝前的短衣。

万,起兵前来关东,先遣人报知慕容凤、丁零、翟斌。三人闻报自来迎接,入寨相见已毕,各叙间阔之情,及议复燕之计。丁零曰:"若复燕,可使人往邺报知前将军慕容农,令其起兵相应,我这里一面以兵先取邺城。"垂曰:"闻农兵起将至,吾亦遣人报知,君言正合我心。"遂即写书,遣田山去列人,会慕容农一齐合兵。田山领书去了,慕容垂与兵符发兵来攻邺城。田山以书见慕容农,农读书讫,即时以兵来会。时垂兵二十余万人,兵至邺前,弟慕容德、子慕容宝上言曰:"今天下兵起,皆为燕故。吾兄乘此早称尊号,庶使人无异望,士有归心;若不早定名号,士民解体,鼎业难定。"垂曰:"然。"于是慕容垂自称为燕王,以世子慕容宝为王太子,以弟慕容德为车骑大将军,封范阳王,封拜王公百余人,使其率众二十余万长驱攻邺。

史说,慕容德字玄明,皝之少子也。姿貌雄伟,额有日角偃月重文。博览群书,多才艺。兄垂尝与共论国家大谋,言必切至。垂谓之曰:"汝器识长进,非复吴下阿蒙①也。"及慕容㬊败徙于长安,秦王苻坚以为张掖太守。苻坚败之于晋,德乃从垂至邺,因劝垂称号,垂乃以慕容德为车骑大将军。兵至邺,慕容农兵亦至,闻后燕王到,自引亲随从人入中军参见燕王。燕王垂大悦曰:"得卿来助,大业成矣。"于是后燕王垂封慕容农上将军,命其以兵与慕容德同屯。次日,会兵攻邺城。当长乐公苻丕见燕兵势大,不敢出战,使兵坚守各门。遂召将军韩晃等曰:"今慕容垂兵多将广,难以与敌,攻城用何计可以破之?"韩晃曰:"慕容垂锐气正盛,石越执兵新亡,谁人再肯向前?若守此城,城郭不完,甲兵不坚,不如退守中城,使人问垂,如何起兵?"于是丕遣姜让来说,问垂何如谋叛。让奉丕命,来见慕容垂,未及开言,垂曰:"孤受主上不世之恩,故欲安全长乐公,使其赴京师,然后修复旧业,永为邻好。若不以邺城见归,当穷极兵势,恐单马求生,亦不可得也。"让厉色责之曰:"将军不容于家国,投命圣朝,燕之尺土,将军岂有分乎?主上与将军风殊类别,一见倾心,亲如宗戚,宠逾勋旧,一旦因王师小败,遽有异图!长乐公受分陕之任,其可拱手输将军以百城之地乎?将军欲裂冠毁冕,自可极其兵势。但惜将军以七十之年,悬首白旗,高世之忠,更为逆鬼耳!"垂默然。左右请杀之,垂曰:"彼各为其

---

① 阿蒙——三国时吴国大将吕蒙。

主耳,何罪!可礼而归之,上覆秦王坚,并持吾表,愿送长乐公丕归长安。"坚闻知,复见表,大怒,切恨之。时苻丕见垂兵至,料不能敌,乃自领后军,至一更尽,大开东门杀出,以兵退入中城,传令三军坚守城池,不许出战。次日天明后,燕王闻苻丕已走,引众入城,扎住六军。

却说秦北地长史慕容泓闻慕容垂攻邺,乃引亲属百余人,亡奔关东,收集鲜卑九千人,起兵还屯华阴,招集亡命。平阳太守慕容冲闻慕容垂称王关东,亦招军买马,积草聚粮,众至二万,屯于平阳。

却说秦王苻坚在宫中,闻长乐公苻丕告急文书至,及知慕容垂、慕容泓、慕容冲等各起兵谋叛,心中大惊,谓夫人张氏曰:"朕若用朝臣之言,岂见今日之事耶!有何面目见朝臣乎?"言讫,命群臣计议,使去讨之。

慕容垂已复燕祚

燕王垂遣范阳王德击秦枋头,攻取之。东胡人王晏据馆陶为邺中声援,夷夏不从燕者亦尚众,燕王垂遣太原王楷与陈留王绍击之。楷谓绍曰:"今大业始尔,人心未治,唯宜绥之以德,不可震之以威。"乃出屯于辟阳,绍率骑数百往说晏曰:"今燕王大兵至此,长乐公尚且奔走,料此小城,内无军粮,外无救兵,安能守之,不如早降,不失封侯之位。"于是王晏思半晌,乃开门纳降。王晏一降,于是氐夷降者数十万口。楷留其老弱,置守宰以抚之,发其丁壮十余万与晏诣邺。垂大悦曰:"汝兄弟才兼文武,足以继先王之志矣!"慕容泓为秦北地长史,闻燕王垂攻邺,亡奔关东,收集鲜卑,还屯华阴,其众遂盛,自称雍州牧。

秦王坚闻知泓叛,谓权翼曰:"不听卿言,使鲜卑至此,关东之地,吾不复争,将若泓何?"言讫,乃使广平公苻熙镇蒲坂。征巨鹿公苻叡都督中外诸军事,配兵五万,以窦冲为长史,姚苌为司马,前来讨泓及垂。三将领命,即出领兵,苻叡谓姚苌等曰:"今主上令吾等讨慕容垂、慕容泓、慕容冲三人,可讨何处为先?"姚苌曰:"慕容垂兵多将广,连有邺都之地,已称王号,士民归附,难以动摇;慕容泓据有华阴,甚得众心,民为之用,军为之力,亦难动之;慕容冲军马新集,民心未归,不如乘此先讨,必然破之。再以得胜之兵,去讨华阴,亦可得。再举攻邺,邺孤,亦可下矣!"叡曰:

"卿言有理。"于是率兵将进平阳,与慕容冲寨只隔二十余里下寨。姚苌谓窦冲曰:"慕容冲欺我远至劳力,今夜必然来劫吾寨,其城必虚,君可以兵五千,抄小路去其城后,待其兵离了,然后乘虚杀入,可得其城。"冲从之,即率兵抄小径,去平阳城外埋伏了。姚苌亦与苻叡,各以兵埋伏寨外,只待慕容冲来。

却说慕容冲闻报事军人说:"秦兵在城二十里外屯扎。"慕容冲谓左右曰:"今秦兵远来,必然劳逸,正好劫寨。"左右曰:"姚苌颇知兵法,恐有准备。"冲曰:"匹夫仗血气之勇,有何谋策,只管依我而行。"至晚,传令交军人黄昏造饭饱食,一更出城,二更去劫秦营。三军得令,至黄昏俱各饱食,全身披挂,人衔枚,马勒口,至一更尽,开南门而出。三更左侧慕容冲兵至寨前,冲令三军鼓噪呐喊杀进,直入中军,却是空寨。慕容冲急勒马时,忽听得一声炮响,四边喊起,左边苻叡杀出,右边姚苌杀来,两下夹攻,杀得冲兵损其大半。慕容冲拼命杀出重围,走回平阳。平阳已被姚苌使窦冲率兵抄小路至平阳城下埋伏,一见慕容冲以兵出城,离了十里之程,窦冲使军人各将云梯三百余只架在城上,五百余人齐登入城,将守门军人杀了,砍开城门,外军直入,屯于城中。及至天明,慕容冲大败而回,至城下见城上皆是秦兵旗号,不敢入城,自思上天无路,入地无门,乃忙领百余骑逃奔华阴,来投慕容泓。泓曰:"闻弟在山东聚义,如何至此?"冲曰:"弟在平阳聚众至三万人,被姚苌破之,无处安身,来投贤兄。"泓曰:"汝既来投,吾何见却?弟宜尽忠,同讨强秦,倘得天下,与你平分。"言讫,以慕容冲为前锋将军,率兵二万出屯城外,以为掎角之势,待拒秦军。

却说苻叡用姚苌之计破了慕容冲,得平阳城,安抚百姓,分兵去守,遂领兵长驱大进,杀奔华阴郡来。慕容泓正欲起兵向长安,忽探事军人回报苻叡兵将至,乃使谋臣高盖来帮慕容冲,以兵拒迎。高盖领命出城,来见慕容冲曰:"今主公遣某同将军拒敌,将军还有计否?"冲曰:"吾却无计,正欲问君。"高盖曰:"依愚之策,前面有穷崖谷,可以伏兵。将军可以五千精兵伏其处,吾以二万兵诱敌,待苻叡过穷崖谷了,将军兵出而击之,吾勒兵杀回,两下夹攻,苻叡可擒矣。"冲曰:"此计正合我心。"于是慕容冲依其计,即以五千精兵埋伏于穷崖谷,使高盖率兵二万,出华阴界口诱敌。

却说苻叡引兵去华阴界口,前兵报有敌兵拒住,不得往行。苻叡曰:"慕容泓以谁人为将?"探事军人报:"是平阳杀败的慕容冲领兵拒迎。"苻叡曰:"只管杀去。"前军得令,杀将过去。敌兵见秦兵来,不敢交锋,尽皆溃逃,穿山渡岭而走。苻叡一见,传令三军,尽力去赶。姚苌曰:"前面穷谷,恐有埋伏,不可去追。始间拒兵不战而走,宜防暗计。"叡曰:"慕容冲无谋之辈,有甚高计,追之无妨。"因此秦兵鼓噪大喊,连追十里之程,前军立住不行,叡问之,报曰:"后面大队军马拦住隘口。"言未毕,前面高盖驱兵杀回,苻叡使姚苌出阵迎敌前军,忽然一声炮响,后军喊起,报道:"后面穷崖谷中有伏兵杀出。"苻叡大惊,举手无措,忙命窦冲退拒后军。冲即勒马以拒后军。叡方得脱,收兵计点,折去大兵三千人,因是两下相持。

时慕容泓谓诸将佐曰:"前日虽胜一阵,秦兵势大,终难为敌,不如奔回关东。"诸将曰:"吾兵若退,彼必后追,此事若何?"泓曰:"选精锐兵断后。"诸将曰:"如此可行。"于是泓自率精骑在后,使老弱先行。苻叡闻泓退,乃自以兵出邀击。当姚苌闻知,急出谏曰:"鲜卑皆有思归之志,故起而为乱,宜驱令出关,不可遏也。夫执鼷鼠①之尾,犹能反噬于人。但可鸣鼓随之,彼将奔败不及矣。"叡弗从,自以兵出,使窦冲为前锋,与慕容冲交战。两马相交,战未十合,窦冲大败,走回本阵。苻叡见窦冲大败,亲自披挂,拍马走出阵前,与慕容冲战,交马只一合,被慕容冲斩于马下。窦冲见叡死了,亦领部下兵杀出重围而走。秦兵无主,溃逃乱奔,慕容冲挥兵一击,杀死大半。姚苌在前锋闻后军报苻叡被伏兵慕容冲杀了,姚苌大惊,不敢恋战,与左右从骑千余,尽力杀开血路,正遇高盖。二人交锋,战上五合,姚苌拨开军器,拍马加鞭,杀出重围。思量欲回秦,恐秦王苻坚见罪,只得引残兵走奔马牧。西州使长史上书报知秦王坚谢罪,坚大怒,将长史斩之,从人走回,报与姚苌,招集残兵,不敢还秦。

姚苌反秦称后秦

却说西州豪族尹详等率五万家人谋叛,闻姚苌至西州,领五万家人,见姚苌曰:"某等遭乱离之世,不遇真明之主,徒抱赤心,隐于此耳。今闻

---

① 鼷(xī)鼠——小家鼠。

明公甚德,乃将门子孙,某等率众前来,主明公为盟主,守此一邦,未睹尊意若何?"苌曰:"吾闻卿等乃西州豪杰,马牧英俊,若立盟主,必须立卿。苌乃庸才,因逃难寓此,焉敢夺长也。"尹详曰:"吾闻立尊定须立德。公祖德于民,吾故率众推公,公何辞耶?"言讫,详为首下拜,称千岁,十万余人齐声从命。于是姚苌为后秦王,拜尹详为谋事参军,招军买马,积草聚粮,攻讨北边。

却说慕容冲既杀了苻叡,同高盖又集军马,屯于城外,乃遣人送书谓秦王坚曰:"吾王已定关东,可速备大驾,送家兄皇帝还邺都,与秦以虎牢为界,两下罢兵。"坚见书大怒,召慕容暐责之曰:"卿之宗族,可谓人面兽心,不可以国士期也!"因命暐以书招谕泓、冲二人来降。暐密遣使谓泓曰:"吾笼中之人,必无还理,且燕室之罪人也,不足复顾。汝勉建大业,听吾死便即尊位。"泓于是进兵向长安。

却说后秦王苌用尹详计,招众十余万,进屯北地,华阴、新平、安定等郡,皆降附之。秦王坚大怒,自帅步骑二万,前来讨苌。秦兵屡败苌兵,屯于安公谷下,军中无井,秦人塞安公谷堰水以困之。苌军有渴死者。会天下大雨,后营中水深三尺,营外寸余而已,后秦军复振。坚叹曰:"天亦佑贼乎!"于是苌得活。

却说慕容泓谋臣高盖,见泓德望不如慕容冲,且持法苛峻,因说慕容冲曰:"慕容泓非济世之才,吾意欲立将军,将军复有意乎?"冲曰:"一身客寄四海,未尝不伤感而叹息!常思鹪鹩尚有一枝,狡兔犹存三穴,何况人乎!北中丰腴之地非不欲之,奈何慕容泓同一宗亲,甚不忍焉。"高盖曰:"北州天府之国,非治乱之主不可居也。今慕容泓不能用贤立事,刚而无勇,柔而太弱,此业不久已属他人矣!今天以资将军,此会错失,岂不闻逐兔先得之语乎!将军欲之,某当效死。"慕容冲拱手谢曰:"倘天助实出公之所赐也。请暂稍歇,再容商议。"当日席散。次早,高盖又言之,慕容冲曰:"既先生有念冲意,从先生计之。"于是高盖密于慕容冲耳畔言曰:"今日明公入城,彼必出迎,明公击盏为号,因可杀之。"冲曰:"然。"因此慕容冲与高盖领军归城,慕容泓闻报慕容冲大捷而回,乃引诸从人以果酒在城门内迎贺。时高盖佩剑在前,慕容冲在后而进,见慕容泓持酒在门边,因言曰:"托圣兄洪福,幸获此胜,何劳远迎。"泓对曰:"得贤弟英勇,大破秦兵,生灵百万无不感激。"因忙举酒与冲,冲接着,作失手击破,高盖一见，舞刀向前，把慕容泓一刀斩之。泓首落地，诸从皆惊。高盖大叫曰："降者免罪，逆者尽诛！"于是城中诸将吏人，俱各投见拜降，不敢拒命。因此高盖请慕容冲入内，为皇太弟成承制行事，复置百官，遣将差兵攻讨北平。

先是，秦王苻坚灭燕，慕容冲姊年十四，有倾城国色，苻坚纳之为王妃，宠冠后宫。时冲年十二，有龙阳①之姿，坚又幸之，因此姊弟专宠，宫人莫进。由是长安百姓为之歌曰："一雌复一雄，双飞入紫宫。"群臣咸惧冲为内乱，时王猛切谏之，苻坚不得已，乃用冲出长安，为平阳太守。又有谣言曰："凤凰凤凰，上于阿房。"苻坚闻之，以凤凰非梧桐不栖，非竹实不食，乃命植梧竹数十万株于阿房城以待之。慕容冲小字凤凰，故有先兆之谶也。

八月，燕将慕容德等进兵围住邺城，城中长乐公苻丕大忧，况且刍粮俱尽，削松木饲马，犹不肯降。燕王垂谓诸将曰："苻丕穷寇，必无降理，不如退屯新城，开丕西归之路，以谢秦王畴昔之恩。"于是燕慕容德等传令三军退趋新城而屯。

却说晋太保谢安上表，请乘胡乱以兵北讨，晋帝读表曰：

先帝深虑胡贼，势不两立，由胡无衅可乘，故不敢征。后陛下继位，岂期苻坚逆天犯境，蒙托臣以讨贼，臣自知劣才之弱，贼众之盛，臣受命之日寝不安席，食不甘味，思唯破秦。陛下天威，洪福所致，将士戮力效命，一击破秦百万之兵，使苻坚丧胆于淝水。鲜卑乱生关东，五胡杂值，俱各以秦之军，食秦之粟，杀秦之兵矣！此乃天厌秦人，故有此兴耳！伏望陛下乘此遣将开拓中原，北方指日可平。甲申大光九年九月，太保臣谢安谨表以闻，仰于圣听。

晋武帝览表，谓安曰："卿策正合朕心。太保可调拨诸将，以兵起行伐秦。"

于是谢安谢恩，即出朝堂，使前将军玄率桓石虔诸将，以大兵二十万来讨河南。河南城堡闻兵至，皆来归附。谢玄领兵入屯河南，分兵戍守，安慰百姓，又遣晋陵太守滕恬之以兵五千，渡河入据黎阳。又遣参军刘牢

---

① 龙阳——指战国魏王的男宠龙阳君。

之以兵二万,入据碻磝①、滑台。分拨已定,谢玄自以大兵屯住河南城,使人前去打探消息,待回来报,然后进兵。

苻丕求救于谢玄

却说燕王垂退兵,与长乐公苻丕走去。而苻丕坚守不走,垂大怒,复使车骑将军慕容德等率兵围邺。苻丕见燕兵又至,进退无路,只得固守。及闻谢玄入据河南,心中大惊,急聚将佐商议,忽一人昂然而出曰:"殿下休忧,某虽不才,凭三寸不烂之舌,使慕容垂退兵,可保邺都万无一失。"苻丕视之,乃右将军徐成。丕问曰:"卿有何高见,可解此围?"成曰:"某闻慕容垂祖上光仕晋,晋封为侍中,后慕容俊反晋,自立为燕,至昨被圣父灭之。今垂复称燕,晋人不乐其生,某请兵去说谢玄与殿下连和,同破燕兵,此围自然瓦解。"丕曰:"汝且试言说玄之词,与吾听之。"成于苻丕耳边道:"如此,如此。"丕然之,曰:"其说甚奇。"于是修书一封,使徐成从夜半引五千兵,杀出南门,奔河南而来。

次日拜入,说谢玄曰:"秦王与晋无仇,只因慕容垂父子切言劝之,以兵犯境,致结淝水之怨,秦王深悔羞焉!不期逆贼计乘吾败,复自称燕,以兵来攻邺城。今长乐公苻丕遣某以邺都之地奉公,乞赐粮米救济军民,再以一军救应,同退慕容垂,情愿领众西归,让邺都、河南还晋,永远和好,誓不相侵,未审尊意若何?"玄曰:"既长乐公还我邺都之地,怎不救应。吾以米二千斛,汝可先运赴邺,资给军民,吾后随即点兵来救。"徐成拜谢,运粮先回。

当桓石虔谓玄曰:"将军何不坐待慕容垂诛杀苻丕,如何反助粮米与其救兵?"玄曰:"汝知其一,未知其二。慕容垂不减韩信之智,有如吕布之勇,今以兵围邺,苻丕困极,吾若不以粮米馈之,不遣军马救之,苻丕势穷,必然降燕,则邺都何年得焉!故吾以军粮救应苻丕,使其同吾杀退慕容垂。苻丕势弱,安敢失信,定要西归,唾手可得邺城,河南之地十有九矣。"诸将曰:"将军神见,我等不及。"于是玄召参军刘牢之至,曰:"汝可

---

① 碻磝(què qiāo)。

以二万兵,前去助苻丕破燕。"牢之从之,即以二万兵来救邺城。

却说徐成运米二千斛近邺,使人先入城报知苻丕。苻丕以兵出接粮米入城,徐成以兵断后,杀散燕兵,亦入城去。苻丕问曰:"虽得粮米,可支数月,未审救兵何日得至?"徐成曰:"只管坚保城池,以待救军。"于是苻丕令军人昼夜固守之。燕慕容麟攻博陵,城中粮竭矢尽,功曹张猗恐城破,逾城出,聚众五百以应麟。王兖临城责之曰:"卿是秦民,吾是卿君,卿起兵应贼,而号义兵,何名实之相违也!古人求忠臣,必于孝子之门,卿母在城,弃而不顾,吾何有焉。今人取卿一时之功,则可矣,宁能忘卿不忠不孝之罪乎!不意中州礼义之邦,乃有如卿者也。"麟怒,身先攻拨博陵,执兖杀之,军民皆恨。

慕舆文杀刘库仁

却说平城太守慕舆文,乃慕舆句之子也,闻苻坚败于淝水,及慕容垂称尊号自立,乃招集兵马,来攻刘库仁。库仁大怒,点起军马,与慕舆文交战。二人交锋,战二十余合,库仁被慕舆文斩于马下。刘眷见兄库仁被杀,舞大杆刀,拍马来奔慕舆文。文又与眷相战,战上三十余合,不分胜负。刘显见叔赢不得慕舆文,持枪前来夹攻。文抵挡二人不住,拨开军器,勒转马头便走。刘显驱兵一击,杀得慕舆文之兵大败,逃回平阳去讫。

刘库仁既死,其子刘显杀退慕舆文,寻讨刘库仁尸首葬埋讫。其弟刘眷代领其众,刘显心甚不忿,暗藏利刃,入内室刺杀其叔刘眷,自领诸部。刘显既领其众,恐皇孙拓跋珪长成复业,乃谓左右林茂、王霸曰:"拓跋珪年已长成,后必为乱,吾欲杀之,恐秦王见罪。吾甚忧患,汝有何计?"林茂曰:"斩草不除根,萌芽依旧发,吾甚虑此。既要害珪,不诬其谋叛,何以杀之?不如先杀拓跋珪,然后直奏珪谋反,吾已杀之,将军有何罪焉!"显然之。茂又曰:"此地常例,每年聚会诸部众官。今期已迫,来日将军使人往请诸部大人赴会,就请拓跋珪同至,若来赴会,留而杀之。"显曰:"其计善矣。"于是刘显使人请各部官将赴会,又差人来独孤部请拓跋珪。

跋珪收拾赴会,燕凤曰:"愚意刘显有害小主公之意,故今来请赴会。"贺讷曰:"何以知之?"凤曰:"新杀亲叔刘眷而夺此位,恐小主公成人后来取位,故有谋害之心。"讷曰:"虽有此计,切莫疑心。平阳去此不远,不去反疑。"珪曰:"公之言是也。"张册曰:"筵无好筵,会无好会,主人不可去。"赵俊曰:"某将马军三百人同往,可保主公无事。"珪曰:"子杰同去,何足虑也。"

　　拓跋珪与子杰即日同赴平阳,离独孤百十余里,比及到郡,林茂出郭迎接,意甚谦敬,拓跋珪不疑;随后文武官各出迎接,拓跋珪转无疑忌。是日,请于馆舍暂歇,赵俊引三百军士围绕保护,俊带甲挂剑,行坐不离。次日,入报九部四十五处将官员、刘卫辰皆到了,刘显先请商议曰:"拓跋珪世之枭雄,久必为北州之祸,可就今日除之。"卫辰曰:"恐失士民之望,不可行此。"刘显曰:"吾已密领秦王诏旨在此。"卫辰曰:"如此则先须准备。"显曰:"东门阴山大路,吾已密令宗弟刘和引五千军把住;南门外,已使刘中引三千军把住;北门外,已使刘中领三千军把住。只有西门不必守护,前有大溪阻隔,虽有数万之兵,不易过也。"卫辰曰:"吾恐赵俊行坐不离,难以下手。"显曰:"吾已伏五百兵在城内了,可使王威另设一席于外,以待武将,先请住赵俊,后可行事,吾已安排定了。"

　　当日,杀牛宰马,大设宴饮,请拓跋珪。珪与众官皆至堂中,拓跋珪主席,诸公子两边,其余各依次坐。赵俊带剑立于其侧。酒至三巡,王威入请赵俊赴席,俊推辞不去,珪命去,俊出就席。刘显在外,收拾铁桶相似,三百军都赶归馆舍,只待半酣,号起下手。正值王霸把盏,至珪前,以足履珪之足曰:"请更衣。"珪会其意,待霸把遍盏,推起如厕。王霸已于后园等待,珪入,谓曰:"城外东南北皆有军马,唯西可走,使君急从后遁去勿迟。刘显已定计害君多日矣。"拓跋珪大惊,急解马开后园门,飞身上马,不顾从者,望北而走。把门吏问之,珪曰:"吾不胜酒力矣,挡之不住,故先回耳。"时刘显抬头不见拓跋珪在座,便遣林茂去追。茂上马,唤五百马军即便赶之。

　　却说拓跋珪出西门,行到大溪,幸有艇船,急上艇船,将金条头雇艄人撑过江,上岸而走去了。刘显赶到溪边,不见拓跋珪,只得还城。俊饮酒间,忽见人马转动,急入观座上,不见拓跋珪,大惊,急出投馆舍,听得人说刘显引军追拓跋珪出门去了。因此火急抄枪上马,引三百军出城,迎见林茂问曰:"吾主何在?"茂曰:"使君逃席,不知何往。"赵俊是个谨细的人,不肯造次①，遍观军中，并不见动静，前望大溪相隔，别无去路。赵俊曰："汝请吾主，何故着军马围绕？"茂曰："九部四十五处将官僚在此，吾为上将，岂可不防护也。"俊曰："汝逼我主何处去了？"茂曰："吾听知匹马出门到此，不知何处去了。"因此赵俊忙讨船引三百人渡赶五里之路，追着拓跋珪，保护得还本部，来见贺讷，细说刘显谋害之事，及得王霸救回之言。讷曰："既刘显起此不仁，汝可招军马，以待迎敌。"于是拓跋珪始招军买马，积草聚粮，礼贤纳士，聘旧大臣，不半岁，积得精兵二十万人，自是威名日盛，刘显不敢攻焉。

姚苌以兵攻新平

后秦王姚苌闻慕容冲攻长安，会群僚议进止之策，诸将皆曰："宜先取长安建立根本，然后经营四方。"苌曰："燕人因其众思归以起兵，若得志，必不久留关中。吾当移屯岭北，广收军实②，以待秦亡燕去，然后拱手取之耳。"言讫，乃留长子兴守北地，自将其众攻新平。

初，新平人杀其部将，秦王坚缺其城角以取之，新平人深以为耻，欲立忠义以雪之。及苌至，太守苟辅欲降，郡人冯杰等谏曰："昔田单以一城存齐，今秦犹连城过百，奈何遽为叛臣乎？"辅喜曰："此吾志也，但恐久而无救，郡人横被无辜。诸君能尔，吾岂顾生哉！"于是凭城固守。后秦兵至，为土山地道攻，辅亦于内为之，或战地下，或战山上，后秦之众死者万余人。苟辅乃诈降以诱苌，苌信之，将入城，诸将士告有诈，始觉之而返。辅伏兵邀击苌，几获之，得尹详引兵来救，因此又杀去万余人矣。太守苟辅坚守以拒后秦，粮竭矢尽，外救不至。后秦王苌使人谓曰："吾方以义取天下，岂仇忠臣耶？卿但率众还长安，吾只欲得城耳。"辅率民出，苌执而坑之。

---

① 造次——指轻率行事。
② 军实——器械、粮饷等军事物资。

高盖谋立慕容冲

乙酉,十年(秦王苻丕大安元年,燕二年,后秦白雀二年,西燕王慕容冲更始元年,西秦王乞伏国仁建义元年。旧大国三,新大国一,小国一,凡五僭国),高盖诸将立慕容冲为帝,都于阿房,国号西燕,改元为更始元年。西燕王冲以高盖为大将军,总督内外诸军事,以蔡文为右将军,起军二十余万。西燕王冲自与高盖、蔡文大发兵马,御驾亲来攻讨长安。时翟斌恃功骄纵,邀求无厌;又以邺城久不下,潜有二心。太子宝请除之,燕王垂曰:"河南之盟,不可负也。若其为难,罪由于斌;若事未有形而杀之,人必谓我忌其功。吾方收揽豪杰以隆大业,不可示人以狭,失天下之望。借彼有谋,吾以智防之,无能为也。"斌果密与秦长乐公丕通谋,事觉,垂乃杀之。

秦遣姜让责燕王

晋刘牢之兵至邺,后燕王慕容垂已知苻丕求救于谢玄,遣刘牢之以兵二万来,遂谓诸将曰:"今谢玄以刘牢之将兵二万,来救邺围,若待其至,前后受敌,难以取胜,必须以计破之。"随召慕容农至曰:"你可领五千兵,埋伏于城南六十里内小林山左埠后,待晋兵到,放火烧山,彼兵必乱,乘乱击之。"又唤崔羌至曰:"汝以五万兵分布拒住邺城四门攻之,不可与其出城。"又谓慕容德曰:"贤弟可自引一万军,前去诱敌,引晋兵过伏兵之处,尽力杀回。农与卿等夹攻,则牢之必成擒矣。"计议已定,诸将依计而行。至第三日,军至小林山,众军停食。食讫,至日晡①时,晋军至大林山前,众军立住报道:"前面燕军拦住去路。"刘牢之遂跃马持枪,出奔前军。慕容德手提钢刀,杀过阵来。牢之迎接相战,战上十合,慕容德诈败便走。牢之催军去追,忽听得一连三声炮响,大林山四五处火起,大林后鼓噪喧

---

① 日晡(bū)——申时,下午四时左右。

天。牢之正到山后,丁零杀出,与牢之交锋,战上五合,丁零败走。后军喊起,牢之急问,军人报曰:"小林山后有伏兵杀出。"正欲调兵拒战,前面慕容德杀回,三下夹攻,惊得刘牢之举手无措。丁零又到,牢之又与交斗,斗至十合,丁零又败。牢之拍马加鞭来救后军,正遇慕容农持刀便杀过来,牢之以枪去迎,二人交战。战上二十余合,牢之见晋兵被火烧死大半,回头一看,只余五百余骑,无心恋战,拨开军器,杀出重围,走还碻磝。

却说长乐公苻丕闻晋兵到,与燕交战,乃与徐成议曰:"吾守此穷城无益,不如乘晋、燕交兵,杀出退还,再来复邺未迟。"徐成曰:"既要还,即忙收拾军马起行。"丕曰:"然。"于是苻丕使徐成为前锋,自为合后,大开西门,领众杀出。正遇崔恙,徐成接战,苻丕领兵冲过,走出重围。徐成与崔恙交战五十余合,见苻丕离城已远,拨开军器,拍马杀出,保护苻丕望长安而逃。

却说后燕王慕容垂见苻丕逃回长安,传令各处收军,自引众官入邺城,调兵戍守各处郡邑,出下榜文张挂,抚慰百姓,招纳流散。

却说秦王苻坚闻燕慕容垂攻邺将陷,复宣侍郎姜让至曰:"今邺被困已久,你可前去说慕容垂,道我待他不薄,如何忘恩失义,来攻邺耶!"姜让领命曰:"臣自见机而说,不敢辱君命。"因此即来邺城。邺城已陷,遂入见慕容垂,姜让厉色责后燕王垂曰:"秦王道与将军风殊类别,臭味不同,奇将军于一见,托将军以断金,奈何王师小败,便有二图?况秦王厚遇于君,何如今日忘恩也?依愚之见,胡不以邺见归,不失封侯之位,以免黎元遭其涂炭耳!"后燕王垂曰:"汝还善言达知秦王,道关中之地乃吾家之基,吾故取之。重蒙知遇之恩,纵长乐公还,吾已报之矣。"姜让见说不行,即辞归。慕容农曰:"姜让妄诞,何不杀之,而与回去。"后燕王垂曰:"古者交兵,使在其间,犬各吠非其主。随其还,何所杀也。"因是随姜让自还去讫。

却说晋孝武帝末年,嗜酒好内,以为长夜之饮。以谢安女婿王国宝专利谗谀,谢安恶其为人,每制抑之。国宝诉于武帝,反见宠幸而疏谢安,安甚惭愧。时武帝排宴会大臣,谢安等侍坐共饮。武帝命江州刺史桓伊吹笛为助乐,桓伊神色无忤,即吹为一弄,乃放笛奏帝曰:"臣于筝分乃不及笛,然亦足以韵合歌管,请以筝歌合奏。臣有一奴,名李廷,善笛音妙,乞旨召进。"帝曰:"卿自召进。"于是桓伊召李廷入内吹笛,自抚筝而歌,为

怨声,其歌曰:

> 为君既不易,为臣良独难。忠信事不显,乃有见疑患。周旦佐文武,《金縢》①功不刊②。推心辅王政,二叔反流言。

声节慷慨,俯仰可观。谢安因泣下沾襟,乃越席而就之,拊桓伊须曰:"使君于此不凡。"帝甚有愧色,复亲谢安而疏国宝焉。

却说谢安闻刘牢之败于邺城,谢玄沾病,乃秦武帝出诏,征谢玄收兵还镇京口养病,待瘥复进。因此谢玄收军,即还京口疗疾。

却说慕容昐闻知慕容垂等起兵,遂与诸弟谋议起兵,因与鲜卑之众密结交,待慕容垂兵至,以为内应。事泄,秦王苻坚大怒,使韩晃领禁兵将慕容昐父子及宗族数十人至,坚谓曰:"吾敬汝,何如而起此意?"慕容昐曰:"家国事重,何论意气。"坚大怒,令人杀之。又杀鲜卑数千人,不存一个。

时值西燕王慕容冲与大将军高盖、右将军蔡文驱二十万大兵至长安,离城二十里安营。次日,整顿军马,来攻长安。苻坚大怒,急自将兵,使韩晃为先锋,以兵五万出迎。西燕王冲使高盖、蔡文二人出军,韩晃出马,与高盖交锋,二人战上三十余合,不分胜负。秦王苻坚见韩晃赢不得高盖,自跃马持枪,向前夹攻高盖。西燕王冲见秦王自出战,又使蔡文出迎秦王苻坚,二人接着,相遇便战上十余合,亦不分胜负。西燕王冲见两军未分胜负,急遣一千弓弩手,各带强弓硬弩出阵前,对射秦兵。秦王苻坚被西燕兵射之,飞矢满体,流血淋漓,因此抵挡蔡文不住,勒马走回入城。韩晃见箭如雨下,亦走归城,调兵坚守各门。

西燕王冲见秦兵不出,纵兵暴掠,关中士民流散,道路断绝,十里无烟。秦王苻坚大怒,忽左右奏道:"城中先有谶书,曰《古符传贾录》,载'帝出五将久长得'。"秦王坚问群臣曰:"此书主何吉凶?"群臣奏曰:"此书分明道使陛下走出五将山避之,可免此难。"秦王坚谓群臣曰:"既如此,当留太子苻宏与韩晃守长安,朕自保家属与卿杀出,奔于五将山避之。"自是召太子苻宏至,交付与韩晃曰:"卿可保太子同守长安,吾与中山公苻诜以兵出奔五将山避之。卿宜尽忠,休负于朕。"韩晃叩头领命,同太子苻宏调兵保护长安。

---

① 《金縢》——《尚书》篇名。
② 不刊——不能更改。

苻坚避难五将山

却说苻坚与中山公苻诜以兵一万人,开北门,杀出重围,奔走五将山去讫。西燕王冲闻秦王坚走,命诸将休追,发兵攻城,一连攻打五日。太子苻宏大惊,把捉不住,急召韩晃商议。晃曰:"燕兵势大,难以固守。如今长安难保,不如走脱,免被所擒。"宏曰:"卿言正合我心。"因此苻宏使韩晃为先锋,领兵至夜开城门,冲开血路而走,去讫。百官文武见太子苻宏奔走,城中无主,百僚亦各逃散。至次日,西燕王冲闻苻宏百官皆逃散,乃引诸将文武百官入据长安,大排宴会,封赏功臣。

却说姚苌因叡被燕兵所杀,惧罪逃于西州,西州豪族伊详推其为盟主,聚得精兵三十万人。忽探事细作军人回报:"西燕王冲攻陷长安,秦王苻坚逃在五将山避难。"当伊详言于姚苌曰:"此乃天灭秦也,明公不可错过。今苻坚来五将山居,此处又无城郭,极易于攻。明公火速遣将,以兵围住五将山,将秦王苻坚擒来,天下大定矣!"姚苌曰:"君言虽是,奈秦王是我故主,杀之不义。"尹详曰:"当今之世,四海鼎沸,若执仁义,则大事去矣!苻坚肯纳王景略之言,必诛慕容垂之首,岂有今日之祸?明公何不察之。"姚苌从之,即唤骁骑将军吴忠至曰:"你可率五万铁骑,去五将山把秦王苻坚擒来。吾与尹详引大军,随后接应。"吴忠听命,即出率五万骑,前来岐山县,把五将山团团围住。秦兵大乱,尽皆散走,独秦王苻坚不走,神色自若,坐而待之。俄而吴忠率军打上山来,苻坚不动,被吴忠执之,族属皆被所擒,忠始令鸣金收军,解回陕西。

姚苌执缢秦王坚

却说姚苌与尹详率大势军马来到新平,吴忠将苻坚擒至,解见姚苌。姚苌谓苻坚曰:"陛下平素英雄,今日如何被人所执?可将传国玉玺授我,免汝今朝之死。"秦王苻坚瞋目叱苌曰:"玉玺已送还晋矣,不可得也!你若弑吾,愿求快刀。"姚苌又曰:"陛下何不效为尧舜禅位于我,我必以善待陛下,不亦美乎!"秦王苻坚曰:"吾无仁让,汝无德代,圣贤之事奈何拟之。唯求先死,不愿仕伊。"姚苌见苻坚不屈,使人将秦王苻坚于新平佛寺缢杀之。坚时年四十八,在位二十七年。当中山公苻诜及张夫人并自杀死。尹详、吴忠二人因劝姚苌上尊号,姚苌始自立为后秦王,改元白雀二年。苌以尹详为丞相,以吴忠为大将军,屯于新平。

却说晋会稽王道子专权,谗谀孝武帝疏放旧臣,太保谢安恐为所谗,思以远害之计,次日乃入朝奏武帝曰:"广陵丑囚不时盗乱,臣请兵出镇抚之。"孝武帝曰:"卿乃国之元老,朕欲委以朝议,不可远离,朕使别将去守之。"安曰:"会稽王道子有公辅之量,必能安抚社稷,何用臣为。"因此武帝不得已与兵二万,与谢安出镇广陵。

却说谢安出镇广陵,造筑新城,领家属,尽来居之。又筑埭①于城北。偶染疾,笃,唤子孙谢琰、谢琨至卧所,谓曰:"昔桓温在时,吾尝惧不全。忽梦乘桓温之舆行十六里,见一白鸡。吾想乘温舆者,代其位也。行十六里止者,今经十六年也。白鸡主酉,今年太岁在酉,吾疾必不起也。汝等尽忠王室,勿怀异望,负吾所志也。"言讫而薨。于是谢琰等合室举哀,收殓埋葬,使人入报朝廷。孝武帝闻知谢安已薨,乃下诏谥曰"文靖公"。先是筑新城,又筑埭于城北,后人追思之,取名为"召伯埭"。安少有盛名,时多爱慕。乡人有罢中宿县者,还诣谒谢安。谢安问其归资,乡人答曰:"只有蒲葵扇五万,钱无一文。"安乃取其扇中者捉②之,京师之士庶竞市,价增数倍,因此乡人得利无极。

却说孝武帝见太保安薨,乃以会稽王司马道子录尚书事,孝武帝朝夕与道子饮酒食肉,不理朝政,百姓无不怨之。

却说长乐公苻丕守邺,被后燕慕容垂所攻,走出,西赴长安,入至晋阳,人报知长安不守,秦王苻坚已死,苻丕号啕大哭,而为发丧。徐成等上言曰:"既秦王崩世,殿下宜即大位,以安众心。收集散亡之卒,以举中兴。"丕从之,乃即皇帝大位,都于晋阳,以徐成为大都督,命其招集诸镇。

却说后燕王垂既得邺都,百姓溃散,城中空虚,至十二月,与群臣商议迁都,都于中山,乃即皇帝大位,国号后燕,改元建兴。

---

① 埭(dài)——土坝。

② 捉——握。

吕光还国夺西凉

却说秦都督吕光既平龟兹国,又得鸠摩罗什,有留恋龟兹之志。罗什劝之曰:"龟兹国王现在西地,士民归之,君若不思东还,诚恐兵至,死无葬身之地矣!"光曰:"夫人之言甚堪听之。"因此吕光始传令三军,以骆驼二万余头及外国所进珍宝,并殊禽怪兽千有余品,骏马万余匹,收拾东还。兵至宜木,凉州刺史梁熙与众闭门拒之,高昌太守杨翰曰:"光新破西域,兵强气锐,闻中原丧乱,必有异图,若出流沙,其势难敌。高梧谷口,险阻之要,宜先守之而夺其势。彼既穷渴,可以坐制;如以为远,伊吾关亦可拒也。度此二阨①,虽有子房之策,无所施矣。"熙不听。美水令张统曰:"行唐公洛,上之从弟,勇冠一时,若奉为盟主,以率群豪,则光虽至,不敢异心。资其精锐,东合四州,扫凶残,宁帝室,此桓、文之举也。"熙又不听,而反遣人杀洛于西海。吕光闻翰谋,惧不敢进。杜进曰:"熙文雅有余,机鉴不足,终不能用,宜及其上下离心,速取之。"光至南昌,翰以郡降。至玉门,梁熙移檄责光擅命还师,遣其子胤率众一万拒之,光破擒之。武威太守彭济执熙以降,光杀之。入姑臧,自领凉州刺史。郡县皆降,独酒泉西郡宋皓、宋泮城守不下,光攻而执之,责泮不降,泮曰:"将军受诏平西域,不受诏乱凉州,梁公何罪而将军杀之?泮今被执,不能报仇,主灭臣死,固其宜也。"光皆杀之。主簿尉祐奸佞倾险,与济同执熙,光宠信之,祐谮杀名士十余人,凉州人由是不悦。

拓跋珪大霸牛川

丙戌,十一年(秦王苻登太初元年,燕建兴元年,后秦建初元年,西燕慕容永中兴元年,魏太祖道武帝拓跋珪登国元年,凉王吕光大安元年。旧大国四,西秦小国一,新大国一、小国一,凡七僭国),却说乞伏国仁聚众

---

① 阨(è)——险要之地。

一十余万,占据关西,自称为秦、河二州牧。

史臣曰:夫天地闭,大祲①生,云雾屯,群凶作。自晋室构孽,胡兵肆祸,封域无纪,干戈是务。国仁,阴山遗噍,难以义服,伺我阽危,长其陵泰。向使偶钦明之运,遭雄略之主,已当褫魄沙漠,请命藁街,岂暇窃据边郊,经纶王业者也。

却说拓跋珪年二十余岁,张恂上言曰:"大王春秋既茂,宜收中土士庶之望,以建大业,何必久居人下乎!"珪然之。燕凤等大会文武于牛川,立珪为王,招集旧臣,聚纳亡命,威名稍震,谓旧臣燕凤等曰:"吾志在天下,恨力未及,不能复先王之志,心甚耻之。卿等有何远策,请为教之?"凤曰:"殿下欲袭王位,秦王已灭,为燕所有。为今之计,莫若使人以殿下亲者,与燕王慕容垂为质,请命为王,愿为燕藩,然后乘此聚兵积粮,则大业复成矣。"拓跋珪曰:"卿之高谋,符合我意。"因是珪使参军叔孙建领其叔秦王拓跋觚入燕,朝见后燕王垂,奏称:"北代王皇孙拓跋珪以叔秦王拓跋觚为质,请命复祖王位,愿为燕藩,年纳岁币。"燕王垂曰:"既拓跋珪称藩于朕,朕何不允,吾即遣使立之。"于是留秦王觚为质,复命使与叔孙建还北,立拓跋珪为代王,由是叔孙建回。自此以后,听从燕命。次日,代王痛恨刘显,代王珪使燕凤为前锋将军,自为后军,以兵二十万来讨刘显及刘卫辰。刘显闻军人飞报:"拓跋珪自为代王,今以兵来报前仇。"刘显即时使人报刘卫辰,会同点起军马,出奔邑城来迎敌。时两军相遇,北代王使南部大人长孙嵩出马与刘显交战,刘显舞刀便砍,长孙嵩持枪便迎。二人战上二十余合,刘显气力不加,勒马走回本阵。代王珪挥兵一击,杀得刘显之众大败,十停没去九停。刘显见代兵势强,乃引百余骑走还原部,避于西阴。代王以得胜之兵,来攻刘卫辰。卫辰得刘显书,知代王珪来,先起军五万,来迎代军。当时两军相遇混战,卫辰亲自出马,叔孙建持刀去迎。二人交锋,战上十合,卫辰被建斩于马下。代王招军一击,杀死刘兵大半,余兵望风溃散。代王珪始令鸣金收军,入据新平城,尽收刘卫辰家属,皆斩之,只走了卫辰子刘勃不见。

却说蠕蠕王柔然作叛,来寇朔方,代王拓跋珪闻知大惊急回,使左长史张衮领兵为前锋,自为合后,共率兵十万,来讨蠕蠕。蠕蠕柔然亲自出

---

① 祲(jìn)——指不祥之气、妖气。

马,张衮以兵连追三百里,以粮尽收军,见代王拓跋珪曰:"蠕蠕柔然远走,况又粮尽,不可久离,宜振旅还都。"代王珪曰:"蠕蠕以柔然不时为患,正宜乘其大败破之,不然后又再至。虽则粮尽,可杀副马为食,亦足三日之粮乎!"衮曰:"足充矣。"代王珪曰:"若足,可杀副马为食,率兵追之。"于是衮从之,与代王珪杀副马为粮,星夜连追六百里,至广漠赤池南林山下,赶着蠕蠕柔然。蠕蠕柔然见追兵至,勒马回来与张衮交战,未及三合,蠕蠕柔然之众各自溃散,衮乘势驱军掩击破之,杀得蠕蠕柔然只余百余骑,走还阴山去讫。代王珪始鸣金收军,领众还都,因问张衮曰:"卿曹知我前说三日粮乎?"衮曰:"未知。"代王珪曰:"蠕蠕奔走数日,畜产失饮,至水必留,计其道程,三日足能追及。遂率轻骑奔追,出其不意,彼果惊散,故得破之。"时诸将咸曰:"大王圣策,臣非所及也。"张衮亦谓众曰:"主上天资杰迈,必能囊括六合。夫遭风云之会,不建腾跃之功,非人豪也。汝等诸君,可效忠力,早立大勋也。"诸将曰:"无不效命。"因此代王得取诸部马邑之地,于是诸部士民复归代王珪焉。

却说西燕左将军西延与前将军段随议曰:"今燕王慕容冲骄佚日甚,臣民不安,何如得也。吾与君百战疆场,侥幸得其京畿,汝今为帝,不顾我等功臣,而日为宴乐。吾欲杀之立君,君肯受其位否?"随曰:"以臣杀君,大义也,吾不欲之。"西延曰:"君不从,久必有灭族之患。"随曰:"吾无罪过,屡有大功,何如到此?"延曰:"韩信功高天下,死于未央,君何不知?"随被西延一语之激,遂从之,因曰:"从卿之议。"于是次日早朝,西延领兵五百人,拥入前殿,燕王冲正登宝座,被西延执下杀之,就推前将军段随上座,谓曰:"慕容冲饮酒淫乐,不堪为主,吾故杀之。今前将军段随有仁有德,可为燕王,汝等大臣各宜山呼。"时群臣惊得面如土色,各无对言。忽班部中之将军慕容永高声叫曰:"西延、段随二人故弑君父,愿随杀此不仁之贼者,与我同行。"言讫,即入内去。众文武齐声应曰:"愿同将军杀此弑君之贼。"因此俱各不肯山呼,奔入后宫,各取兵器,杀出前殿。慕容永持刀出奔西延,西延接过军人手中蛇矛来迎。二人步战,战到五合,慕容永砍杀西延。段随见西延死了,自料其事不成,乃引五百甲士,杀出内门,引部下之兵出城,逃奔外国去讫。慕容永见段随走了,恐其为患,率鲜卑男女一万人离长安,而往据河东。慕容冲之旧臣推永为河东王,招集离散之兵,要复旧号。因是长安空虚,无人守之。

却说后秦王姚苌闻慕容永以众出往河东，长安空虚，乃领文武百官士民人等，离安定徙都长安，即皇帝大位，国号大秦。立其子姚兴为皇太子，改元建初，改以长安为常安。礼聘先秦旧臣，同辅国政，因此权翼等亦被请至，姚苌拜为太常。姚苌性简率，群下有过，常面辱骂。时权翼谏曰："陛下弘达自任，不修小节，有高祖之量，然轻慢之风所宜除也。"后秦王苌曰："此吾之性也。吾于虞舜之美，未有片长；汉祖之短，已收其一，不闻谠言，安知过也。"自是苌始改过焉。

却说西燕河东王慕容永闻苻丕称帝于邺，乃问右将军胡仁曰："吾闻苻丕称帝据邺，欲攻讨之，卿议可否？"仁曰："苻丕兵不满千，将无百人，若讨之如探囊取物，手到便擒，何难之有。"永曰："依卿所料，必可得也。"于是慕容永使胡仁为将，自为后队，引兵二万杀奔邺来，直至城下下寨。苻丕大惊，次日自为将，点军一万，出城与永交锋。二人战不五合，苻丕抵敌慕容永不住而走，至南被晋将冯该以兵出迎斩之，其兵俱各溃走。慕容永收兵入城，见内空虚，不堪居止，乃领众进据长子城。胡仁劝其即位，永始据长子城为都，即皇帝大位，复号西燕。

八月，枹罕诸氐以河州刺史卫平衰老，议欲废之。会七夕，卫平宴诸氐，啖青抽剑而前曰："天下大乱，非贤主不可济。卫公老矣，宜返初服。狄道长苻登，王室疏属，志略雄明，请共立之。有不同者，即下异议。"青乃奋剑攘袂曰："不从者，将斩之！"众皆从之。于是推登为雍、河二州牧，率众五万下陇，攻南安，拔之。称为南安王。十月，秦南安王登，乃丕之族子，闻苻丕被害，代为发丧行服，率其部下大将王城等，乃立坛于陇东，招集离散，谋集秦之旧臣军士，复以苻登即皇帝大位，国号大秦。改元太初元年。

初，凉州张天锡，秦攻之败而南奔也。秦长水校尉王穆匿其世子张大豫，与俱奔河南。至是魏安人焦松聚兵迎大豫，攻拔昌松，进逼姑臧。王穆曰："石光城完粮足，甲兵精锐，不如席卷岭西，砺兵积粟，然后东向，不及期年，光可取也。"大豫不从，乃自称凉州牧。使穆说谕岭西诸郡，皆起兵应之，保据杨坞而已。

三月，燕王垂欲迁文昭段后于别室，而以兰后配享太祖，议者皆以为当然。博士刘详、董谧曰："尧母为帝喾妃，位第三，不以子贵陵姜嫄，文昭后宜立别庙。"垂怒，逼之曰："何如不可？"详、谧曰："主上所欲为，无问于臣。臣按经奉礼,不敢有贰。"垂乃不复问,而卒行之。又以可足浑后倾覆社稷,追废之,尊烈祖昭仪段氏,为景德皇后,配享太庙。

代王会议国号魏

丁亥,十二年(秦太初二年,燕建兴二年,后秦建初二年,魏登国二年),春正月,却说秦王登立世祖苻坚神主于军中,载以辎骈①,卫以虎贲,凡所欲为,必启主而后敢行。兵五万,东击后秦,将士皆刻锋、铠为"死休"字,每战以剑稍为方圆大阵,知有厚薄,从中分配,故人自为战,所向无前。苻登既克南安,夷夏归之者三万余户。遂进兵攻后秦王姚苌之弟姚硕德于秦州。苌闻知,自以兵五千往救之。登与苌战,苌大败之,啖青以弓射苌,中苌臂上,苌乃走保上邽城,硕德统其众以拒之。秦尚书寇遗保、渤海王苻懿自下杏城之败,走来南安,见南安王苻登。登大悦,即与诸僚议,要立懿为主。懿乃丕之子也。诸将曰:"渤海年幼,未堪多难,非大王不可为也,何必让之!"于是登自即大位,而置百官,遣使以苻纂为大司马,封鲁王。初,纂自长安奔晋阳,襄陵之败奔杏城,至是秦王登遣使拜纂为大司马,封鲁王。纂怒曰:"渤海王先帝之子,南安王何以不立而自立乎?"长史王旅谏曰:"南安王已立,理无中改。今寇虏未灭,不可宗室中自为仇敌也。"纂乃受命。于是卢水胡彭沛谷、新平羌雷恶地等,皆附于纂,有众十余万人。

却说济北太守温详屯东阿,燕王垂观兵河上,分兵击之,详奔彭城,其众皆降。垂以太原王慕容楷为兖州刺史,令其以兵镇之。初,垂在长安,秦王坚尝与之交手语,冗从仆射光祚言于坚曰:"陛下颇疑慕容垂乎?垂非久为人下者。"及燕取邺,祚奔晋,晋以为河北郡守。至是,惧燕势大,不敢拒战,又诣燕军降。垂见之,流涕曰:"秦王待我深,吾事之亦尽,只为公进谗言,秦王猜忌,吾惧死而负之,每一念之,中宵不寐。"祚亦悲恸。垂赐祚金帛,祚辞,垂曰:"卿复疑耶?"祚曰:"臣昔者唯知忠于所事,不意陛下至今怀之,臣敢辞死!"垂曰:"此卿之忠,固吾之所求也,前言戏之

---

① 辎(zī)骈——车马。

耳。"待之弥厚。时垂之子慕容柔,及孙慕容盛及会,皆在西燕。当长子盛谓柔、会曰:"主上中兴,东西未一,吾属居嫌疑之地,为智为愚,皆将不免。不若以时东归,无为坐待鱼肉也。"遂相与亡归见垂。垂问长子人情如何,盛曰:"西军扰扰,人有东归之志,若大军一临,必投戈而来,若孝子之归慈父也。"后岁余,西燕果杀垂子孙无遗者。

却说代王拓跋珪大会文武,商议国号。当清河郡武城人崔宏上言曰:"三皇五帝之立号也,或因所生之土,或以封国之名。故虞、夏、商、周始皆诸侯。及圣德既隆,万国宗戴,称号随本,不复更立。唯商人屡徙,改号曰殷。然犹兼行,不废始基之号。国家虽统北方广漠之土,逮于陛下,应运龙飞,虽曰旧邦,受命惟新。以是登国之初,改代曰魏。慕容永亦奉进魏号。夫魏者大,名州之上国,斯乃革命①之征验,利见之玄符也。臣愚以为宜号为魏也。"因此代王从之,自是改为魏国,称为魏王。代王拓跋珪既改称为魏王,因问群臣曰:"治天下之道,何者最善,可以益人神智?"尚书右兵中郎李先上曰:"唯经书,三皇五帝政化之典,可以补王者神智。"魏王珪曰:"既若此,朕集天下书籍如何?"先曰:"陛下欲聚亦不难。"于是魏王大集天下经籍。是时后秦王苌遣太子姚兴寇魏,军至柴壁,报入魏来,魏王珪问先曰:"今后秦王遣太子姚兴寇境,朕欲自以兵去讨,卿有何策,可教寡人?"先上计曰:"兵以正合,战以奇胜。今闻姚兴欲屯兵天渡,利其粮道。大王以兵及其营前,可遣奇兵以邀天渡,柴壁左右严设伏兵,备其表里,姚兴欲进不得,住又乏粮,夫高者为敌所栖,深者为敌所因,兵法所忌。今兴居之,可不战而取也。"魏王珪从其计,命叔孙建以奇兵五万,先入天渡邀兴战,又使长孙嵩、张衮二人各以兵二万,埋伏柴壁左右,绝兴粮道。时兴兵大至天渡,与叔孙建战,建诈败,退一百余里。姚兴与尹详等以兵追过伏兵之所,兴欲前进,被叔孙建塞守险隘,不能得入;欲屯住,又被长孙嵩等伏兵绝其粮道。姚兴势穷,乃率大众杀出,退后还都,被叔孙建三路兵出,杀得秦兵大败而回,去讫。魏王收兵,重赏李先。魏王珪密有图燕之志,遣兀原公仪奉使至中山,探知虚实,还言于珪曰:"燕王衰老,太子暗弱,范阳王自负才气。臣观燕王既殁,内难必作,于是乃可图也,今则未可。"珪善从之。

---

① 革命——更替朝代。

后秦王姚苌遣姚方成攻拔胡嵩垒,执嵩数之如何不降。嵩骂曰:"汝姚苌罪当万死,先帝赦之,授任内外,荣宠极矣。曾不如犬马识所养之恩,亲为大逆,羌辈岂可以人礼期也。何不速杀我早见先帝,取苌于地下治之。"方成怒,斩嵩三段,坑其士卒。方成还后白秦王苌,苌乃掘秦王坚尸,鞭挞剥裸,荐之以棘,坎土①而埋之。

吕光考核弑尹兴

戊子,十三年(秦太初三年,燕建兴三年,后秦建初三年,魏登国三年,西秦王乞伏乾归太初元年),正月,却说凉州刺史吕光闻秦王苻坚为姚苌害,及闻金泽县县令申报,麒麟出于其邑,百兽从之,光以为己瑞,大赦境内,乃自即三河王位,国号麟嘉。吕光既即王位,命张掖督邮傅曜考核属县,巡察清污。时丘池令尹兴贪赃酷刑,闻吕光使傅曜考核诸县来至丘池,尹兴恐其察报与光见罪不便,乃接入南亭安下,至夜使腹心人刺杀之,以其尸投空井中。傅曜冤魂不散,是夜来托梦于三河王吕光曰:"臣乃张掖郡小吏,蒙遣按校诸县,而丘池令尹兴赃状狼藉,惧臣报之大王,杀臣投于南亭空井中,衣服尸骸还在井里。"吕光梦寤而犹见傅曜,久之乃灭。次日,使人去南亭空井中寻讨尸首,果在井中,使人即搬傅曜尸首回报吕光。光大怒,又使人召丘池令尹兴缚至杀之,因是官吏奉职,不敢酷刑。初,光之定凉州也,杜进功居多,贵宠用事,群僚莫及。时光甥石聪自关中来,吕光问之曰:"中州人言我为政何如?"聪曰:"但闻有杜进耳,不闻有舅。"光由是忌进,使人密杀之。他日与群僚语及政事,参军段业曰:"明公用法太峻。"光曰:"吴起无恩而楚强,商鞅严刑而秦兴。"业曰:"吴起丧其身,商鞅亡其家,皆残酷之致也。明公慕之,岂此州士民所望哉!"光因此改容谢之。

---

① 坎土——指挖土坑。

秦王登与后秦战

己丑，十四年（秦太初四年，燕建兴四年，后秦建初四年，魏登国四年，凉麟嘉元年），后秦王苌以秦战屡胜，谓秦军中刻秦王像奉而得秦王坚之助，乃亦于军中立坚神像，祷之曰："新平之祸，臣为兄襄报仇耳。且陛下命臣以龙骧建业，臣敢违之！"时秦王登升将楼遥望见，大叫谓之曰："为臣弑君而立像求福，庸有益乎！"因大呼曰："弑君逆贼姚苌，何不自出，吾与汝决死战！"苌不应。久奉之，以军未有利益，乃斩像首以送秦。至是，秦王苻登留辎重于大界，自将轻骑攻安定。诸将劝苌出与决战，苌曰："与穷寇争胜，兵家之忌也，吾将以计取之。"乃留兵守安定，夜率骑三万袭登大界，克之，擒名将数十人，掠男女五万口。苻登皇后毛氏，美而勇，善骑射，见后秦兵入其家，犹弯弓跨马，帅壮士力战，杀七百余人，众寡不敌，为后秦所执。苌即将纳之为后，毛氏骂且哭曰："姚苌逆贼，汝已杀天子，又欲辱皇后，皇天后土宁容汝乎！"于是杀之。诸将欲因秦军骇乱击之，苌曰："登众虽乱，怒气犹盛，未可轻也。"遂止。登来复收余众，屯胡空堡中不出。

却说晋帝既亲政事，威权已出，有人主之量。已而溺于酒色，委政于琅邪王道子；道子亦嗜酒，日夕与帝以酣歌为事。又崇尚浮屠①，穷奢极费，所亲昵者皆妑姆②、僧尼。近习弄权，交通请托，贿赂公行，官爵滥杂，刑狱谬乱。尚书令陆纳望宫阙叹曰："好家居，纤儿欲撞坏之耶！"左卫将军许营上疏曰：

> 局吏卫官，仆隶婢儿，皆为守令，或带内职；僧尼乳母，竞进亲昵，悉受货赂，辄使临官。政教不均，暴滥无罪。且佛者，清远玄虚之神，今僧尼于五诫粗法，尚不能遵，而流俗竞加敬事，以至侵渔百姓，取财为惠，亦未合布施之道也。

疏奏，不省。道子势倾中外，帝渐不平。侍中王国宝以谄佞有宠于道子，讽八座启道子宜加殊礼。群臣无敢言者。护军车胤曰："此乃成王所以

---

① 浮屠——佛陀。
② 妑（qián）姆——用好听的话取悦于人的老婆子。

尊周公者。今主上当阳,岂得为此!"乃称疾不署。疏奏,帝大怒,而嘉胤有守。中书侍郎范宁、徐邈为帝所亲信,数进忠言,皆补正阙失,指斥奸党。国宝,宁之甥也,宁尤疾其阿谀,劝帝黜之。国宝遂与道子潜宁出为豫章太守。宁临登上疏曰:

> 今边烽不息,而仓库空匮。古者使民,岁不过三日;今之劳扰,殆无三日之休。至有生儿不复举养,鳏①寡不敢嫁娶。臣恐社稷之忧,厝火积薪②不喻也。

又言:

> 中原士民,流寓江左,岁久安业。谓宜正其封疆,户口皆以土断。又人性无涯,奢俭由势。今并兼之室亦多不赡,由用之无节,争以靡丽相高故也。礼,十九为长殇,以其未成人也。今以十六为全丁,十三为半丁,伤天理,困百姓。谓宜二十为全丁,十六为半丁,则人无夭折,生长滋繁矣。

帝多纳用之。

宁在豫章遣十五议曹下属城采求风政,并吏假还,讯问官长得失。徐邈与宁书曰:

> 足下听断明允,庶事无滞,则吏慎其负而人听不惑矣,岂须邑至里诣,饰其游声哉!非徒不足以致益,实乃蚕鱼之所资,岂有善人君子,而干非其事,多所告白者乎!自古以来,欲为左右耳目者,无非小人,皆先因小忠而成其大不忠,先借小信而成其大小不信,遂使谗谄并进,善恶倒置,可不戒哉!足下慎选纲纪,必得国士以摄诸曹,诸曹皆得良吏以掌文案,又择公方之人以为监司,则清浊能否,与事而明。足下但平心而处之,何取于耳目哉!昔明德马后未尝顾左右与言,可谓远识,况大丈夫而不能免此乎!

宁好儒学,性质直,常以王弼、何晏③之罪,深于桀、纣。或以为贬之大过,宁曰:"王、何蔑弃典文,幽沦仁义,游辞浮说,波荡后生,使缙绅④之

---

① 鳏(guān)——无妻的或丧妻的男子。
② 厝(cuò)火积薪——喻隐患。
③ 王弼、何晏——皆三国时人,好老庄,倡玄学,尚清谈。
④ 缙(jìn)绅——古时称有官职的人。

徒翻然改辙,以至礼坏乐崩,中原倾覆,遗风余俗,至今为患。纣纵暴一时,适足以丧身覆国,为后世戒,岂能回百姓之视听哉!故吾以为一世之祸轻,历代之患重,自丧之恶小,迷众之罪大也。"

琅邪王道子恃宠骄恣,帝浸不能平,欲选时望为藩镇以潜制之,问于太子左卫率王雅曰:"吾欲用王恭、殷仲堪,何如?"雅曰:"恭风神简贵,志气方严;仲堪谨于细行,以文义著称。然皆峻狭自是,干略不长,天下无事,足以守职;若其有事,必为乱阶矣!"帝不从,使恭镇京口。恭,蕴之子也。

庚寅,十五年(秦太初五年,燕建兴五年,后秦建初五年,魏登国五年),春二月,后秦王苌与秦王登,相持日久,心生一计,埋伏兵于壕边,使人持书诈降,迎登入城杀之。于是使人去见秦王登,许接其入城,开门纳之。登将从之,将军雷恶地在外闻知,驰骑见登曰:"苌多诈,不可信也。"登乃止。苌闻之,谓诸将曰:"此羌见登,事不成矣。"登亦以恶地勇略过人,惮欲杀之。恶地窃知,乃降于后秦王苌,苌重用之。秦王登与诸将曰:"后秦姚苌兵势已衰,宜急攻之。"将军魏揭飞曰:"臣请一军攻其后,大王使一人以兵击其前,则苌成擒矣。"登然之。只使飞以兵来攻后秦将姚当成于杏城,将军雷恶地反,欲应之,同攻李润。后秦王苌欲自击之,群臣曰:"陛下不忧六千里苻登,乃忧六百里魏揭飞,何也?"苌曰:"登非可卒灭,吾城亦非登所能卒拔。恶地智略非常,若南引揭飞,东结董成,得杏城、李润而据之,长安东北非吾有也。"言讫,乃潜引精兵一千六百赴之。揭飞、恶地有众数万,氐胡赴之者首尾不绝,见后秦兵少,悉众攻之。苌固垒不战,示之以弱,潜遣骑二百,出其不意,彼兵扰乱,苌纵兵击之,斩揭飞及其将士万余级。恶地复请降,苌待之如初。苌命姚当成于所营之地每栅孔中树一木,以旌战功,岁余问之,当成曰:"营地太小,以广之矣。"苌曰:"吾自行兵以来与人战,未有如此之快,以千余兵破三万之众。营地虽小为奇,岂以大为贵哉!"时冯翊人郭质起兵于广乡,移檄三辅曰:"姚苌凶虐,毒被神人。吾属世蒙先帝之仁,非常伯、纳言①之子,即卿校牧守之孙也。与其含耻而存,孰若陷首而死。"于是三辅壁垒皆应之。独郑县人苟曜不从,聚众数千,附于后秦击质,质走洛阳去讫。

---

① 常伯、纳言——皆古代官名。

东晋卷之六

起自东晋孝武帝辛卯十六年,止于东晋安帝辛丑五年,首尾共十一年事实。

姚苌计退斩苟曜

辛卯,十六年(秦太初六年,燕建兴六年,后秦建初六年,魏登国六年),五月,秦王登及后秦王苌相持,苟曜密使人见秦王登,许为内应。登以兵自曲牢赴之,军于马头原。后秦王苌率众逆战,登击破之,斩其右将军吴忠。苌收兵欲复战,姚硕德曰:"陛下慎于轻战,是以大败。初每欲以计取之,今失利而更前,何也?"苌曰:"登用兵迟缓,不识虚实,今轻兵直进,此必苟曜与之有谋而来也。缓之则其谋得成,故及其未合,急击之,必然胜耳。"遂进兵复战,登大败退屯郿城。秦王登退屯,后秦王苌如阴密以拒之,谓太子兴曰:"苟曜闻吾北行,必来见汝,称彼诈降苻登之事,欲来惑汝,汝执诛之。"苌既行,曜果至长安,兴诛之。苌进兵败登于安定城东,登退据路承堡。苌置酒高会,诸将皆曰:"若值魏武王,不令此贼至今,陛下将牢太过耳。"苌笑曰:"吾不如亡兄有四:身长八尺五寸,臂垂过膝,人望而畏之,一也;将十万之众,望麾而进,前无横阵,二也;温古知今,讲论道艺,收罗英俊,三也;董率大众,人尽死力,四也。所以得建立功业、驱策诸贤者,正望算略中有片长耳。"

壬辰,十七年(秦太初七年,燕建兴七年,后秦建初七年,魏登国七年),春三月,燕王慕容垂以兵五万击翟钊,钊大惊,只以军一万来拒,钊又遣使求救于西燕。西燕王永问于群臣,尚书郎鲍遵曰:"今垂、钊相持,不可与解,使两寇相弊,吾乘其后,此卞庄子之策也。"侍郎张腾曰:"垂强钊弱,何弊之乘!不如速救之,以成鼎足之势。今我引兵趋中山,昼多疑兵,夜多火炬,垂必惧而自救。我冲其前,钊蹑其后,此天授之机,不可失也。"永曰:"遵言是也。"不从腾议。时燕军至黎阳,临河欲济,钊乃列兵南岸以拒之。垂遣别将将兵虚屯为疑，乃自徙营就西津，去黎阳西四十里，计为牛皮船百余艘，伪列兵仗，溯流而上。钊亟引兵趋之，垂潜遣王镇等自黎阳津夜以牛皮船济，营于河南，比明营成。钊亟还攻垂，垂命坚壁勿战。钊兵往来疲竭，攻营不拔，将引兵退去，镇等率兵出战，慕容农自西津济，以兵夹击，大破之。尽获其众，及所统七郡三万余户。钊奔长子。岁余谋反，后被慕容永弑之。垂以章武王宙镇滑台，崔荫为司马。荫明敏强正，善规谏，宙严惮之，简刑法，轻赋役，流民归之，户口滋息。

却说晋殷仲堪虽有时誉，资望犹浅，到官，好行小惠，纲目不举。南郡公桓玄负其才地，以雄豪自处，朝廷疑而不用，年二十三，始拜洗马。尝诣琅邪王道子，值其酣醉，张目谓众客曰："桓温晚涂欲做贼，云何？"玄伏地流汗不能起，由是不自安，而切齿于道子。后出补义兴太守，郁郁不得志，叹曰："父为九州伯，儿为五湖长！"遂弃官归国，上疏自讼，不报。桓氏累世临荆州，玄复豪横，士民畏之。尝于仲堪听事前戏马，以稍拟仲堪。参军刘迈曰："马稍有余而精理不足。"玄不悦，即出，仲堪谓迈曰："卿，狂人也！玄必夜遣人弑卿，卿宜避之，我岂能相救耶！"堪既使迈避之，玄果使人追之，不及矣。征虏参军胡藩过江陵见仲堪曰："玄志趣不常，即下崇待太过，非计也。"藩内弟罗企生为仲堪功曹，藩谓曰："殷侯倒戈授人，必及于祸，君不早去，悔无及矣！"罗企生遂同藩而还。

燕王老叩囊底智

癸巳，十八年（秦太初八年，燕建兴八年，后秦建初八年，魏登国八年），秋七月，秦丞相窦冲以众叛，自称为秦王，改元元光。秦王登以兵二万讨之，冲大惊，遣人求救于后秦王苌，苌将自救，尹纬言于后秦王苌曰："太子仁厚有闻，而英略未著，请使击登，以显其威。"苌从之，使兴将兵一万，诈言去攻胡空堡。苻登闻之，解冲围，以兵救胡空堡，时兴乃以兵暗袭平凉，大获而归。复镇长安。自是兴名亦振。

十月，燕王慕容垂与诸臣议伐西燕，诸将曰："永未有衅，我连年征讨，士卒疲敝，未可伐也。"范阳王德曰："永，国之枝叶，僭举位号，宜先除之，以一民心。"垂曰："司徒意正与吾同。吾虽老，叩囊底智，足以取之，终不留此贼以遗子孙也。"遂发兵中山，次于邺。

时西燕王慕容永闻之，以兵分道拒守，聚粮台壁，遣兵戍之。既而垂顿军邺西南，月余不进。永疑垂欲诡道由太行入，乃悉敛诸君杜太行口，唯留台壁一军。四月，垂引大军出滏口，入天井关。五月，至台壁，台壁兵少自溃，因此破之。永召太行军回，自将拒之。垂陈于台壁之南，密计遣千骑伏涧下，自战伪退。永众追之，涧中伏兵大发，断其后，诸军四面俱进，大破之，永大败走归长子城。八月，垂兵追至，围长子城。西燕王永困急，使人求救于晋、魏，兵皆未至。西燕将士皆叛，开门纳燕兵。燕王垂执慕容永，斩之。得所统八郡七万余户，勒兵而还。

却说后秦王姚苌梦苻坚持刀砍其头曰："朕待汝不薄，如何谋反害朕也？今日必砍杀你！"寤而惊悸成疾。至十二月，苌疾甚，以众还长安，召太尉姚旻、仆射尹纬等至卧所受遗辅政，谓太子兴曰："有毁此诸公者，慎勿受之。汝抚骨肉以恩，接大臣以礼，待物以信，治民以仁，四者不失，吾无忧矣。"苌言讫而卒。姚兴秘不发丧，自称大将军，欲率众伐秦。

姚兴举兵伐苻登

甲午，十九年（秦王苻崇延初元年，燕建兴九年，后秦王姚兴皇初元年，魏登国九年。是岁，秦及西燕亡，大三小二，凡五僭国），春正月，却说秦王苻登设朝，将军王成上言曰："臣昨闻姚苌身死，其子姚兴僭位，不为发丧，欲来攻我。陛下宜乘其新丧，国内不定，以倾国之兵，先去讨之，可复旧都也。"秦王登曰："姚兴小儿，折杖笞之耳，吾岂惧之。卿可为前部先锋，速出点军，吾自为后队，以兵接应。"于是王成以兵五万为先锋，秦王苻登领军十万为后队，大刀阔斧，杀奔东来。

早有探事军人探知其事，即回长安报知。后秦王姚兴大惊，急问文武，文武失色。班部中忽一人出曰："兵来将对，水来土压。彼既来犯我境，陛下可自亲征，则将士用命，何故惊耶！"众视之，乃尚书令尹纬字景亮，乃天水人也。纬少有大志，每览书传，至宰相立勋之际，常辍书而叹。晚因仕氏人前秦苻坚，为吏部令。后苻坚使其与姚苌同讨慕容弘等，因坚子苻叡被害，苌与尹纬恐秦王坚见罪，逃往马牧。纬与尹详推姚苌为盟

姚兴举兵伐苻登

主,起兵杀秦王苻坚,劝苌即位。苌以纬为尚书令。是时,姚兴闻苻登领军寇境,心中大惊,而问文武,文武失色。当尹纬出班,请后秦王兴亲征。后秦王从之,以尹纬、尹详为左右将军,起兵七万,来迎苻登。后秦王姚兴自以兵五万为后队,长驱并进而行,大军已至泾阳。秦王苻登大兵将到,两军俱各隔五十里下营。

次日,尹纬使牙门将军龚超领一军出马杀敌,龚超出马,来与苻登大将田双交锋,战不数合,龚超亦被田双斩之。余兵败回,来报尹纬。纬大惊,忙差大将王来、廖嶷二人,引二万兵去战。田双领兵已到,后秦二将引兵迎至。两阵对圆,廖嶷出马,王来把住阵脚。田双出阵,嶷挺枪迎之,两马相交,战到十余合,不分胜负。田双佯输诈败望阵便走,嶷拍马便赶。背后王来料田双是计,慌骤马出阵,大叫休赶。廖嶷忽勒马回时,田双流星锤早到,一锤正中其背,伏于马鞍前鞒①。田双便待赶来,却得王来接住,救得廖嶷回阵。田双驱军掩杀,两军混战一场,后秦兵折多,王来引军退回。

廖嶷口吐鲜血,来报尹纬,说田双英雄。尹纬见折了一将,廖嶷又被打伤,急请尹详商议曰:"如今田双如此英勇,如何可破?今日之事,非将军莫能敌也。而苻兵锐气正旺,吾兵新败,不可以力,吾欲以计破之,用将军行,方叫成耳。"详曰:"用何计,我力死不辞。"纬近详耳边道:"如此如此,可擒苻登也。"详曰:"我即依计而行。"言讫即出,作诈降书一封,差人去降苻登。

却说秦王苻登正坐中军,忽报山路中捉得细作,有机密事特来见大王,误被伏路军捉来,乞退左右,方敢呈言。秦王登尽交帐下人回避了,其人曰:"小人是尹详手下心腹人,蒙本官差遣,有书在身上。"苻登急忙去其绳索,其人于贴肉衣领内,拆出密书。苻登看其书云:

马牧尹详百拜谨上大秦王陛下:念臣食秦禄,忝守西州,叨窃厚恩,无门补报。昨者误从姚苌之叛,陷身于不义之中。苌今已死,子兴复位,宠信尹纬之诉,忘却小臣之功。今幸陛下御驾亲至,敬奉此书来降,乞赐听纳:来晚详举火为号,先烧尽姚兴粮草,至夜陛下亲提大军来击,吾以从兵内应,则姚兴成擒矣!非

---

① 鞒(qiáo)——马鞍拱起的地方。

敢立功报国，实欲赎罪，倘沐照察，速须来命。

秦王苻登看书毕，喜曰："是天使吾成功也！"赏其来人再回，依期会合，不可有失。

使人去了，乃唤田双、王成等入内商议，秦王登曰："今尹详暗献密书，举火为号，令朕接应。卿可整备军马，来夜前去。"王成曰："尹纬多谋，能使用人，恐防其中有诈。"秦王登曰："今姚兴宠用详，朕则不信，今反亲任尹纬，详安肯听其使令。卿等勿宜有此疑心，朕自披挂，身先应也。"于是二人不敢违命，即出点兵。

却说使人回报尹详，称说苻登来晚以兵来应。尹详将其言来达尹纬，尹纬喜曰："苻登成擒矣！"遂唤王来、廖嶷二人至曰："你二人可引二万军，伏于山南左右交牙谷中，待苻兵过了，可出搬木石，垒断苻兵归路，就将此兵掩回。"又请尹详曰："公引一万兵，伏于寨旁，放火以诱其兵，其兵若到，乘时杀之。"又唤小将刘其至曰："你可引五千兵，待苻兵败回至山南，放火烧其林木，彼兵则乱。吾以兵追捉苻登。"计议已定，诸将各自整点军马，依计而行。

次日，黄昏左侧，秦王苻登留太子苻崇以兵五千守寨，自与田双、王成以兵五万，至一更起行，行至半路，望见前面尹纬寨中，火光冲天而起。秦王登曰："可趱行到寨。"因此三军人马赶至寨前，鼓噪直杀入寨中，不见一个人出，只是空寨。苻登连声道："中计！火速退兵！"忽听得一声炮响，寨后尹详驱兵杀出，正遇田双，交马便战，战上十合，田双败走。苻登在先，领兵走还原路，至山南，却见山上火起，烧着林木，苻兵乱窜，被刘其以五千兵乘势杀出，杀死苻兵大半。苻登慌忙单骑走至交牙谷，路皆垒断了，只得再杀回。王来、廖嶷引兵从两边谷内杀出，田双紧随保定而走，又遇尹纬大军拥至。田双舞刀直奔尹纬，尹纬持枪便迎。两马相交，战未十合，田双惊慌，措手不及，被尹纬刺杀于马下。苻登拍马冲走，被尹详背后一箭，正中后心，落于马下，被尹纬赶至，擒住苻登，押回大寨缚住。战至天明，苻登之兵尽被杀之，只走王成不见。尹纬将秦王苻登押至大寨，来见后秦王姚兴。姚兴传旨，将出军门斩之。尹纬方出，传令收军，屯于泾阳，犒劳六军。

却说王成见苻兵被杀过半，料必难敌，乃上山越岭，走回自寨，保太子苻崇走回湟中城。闻秦王登被执杀之，王成恐众散，乃立苻崇为秦王，即皇帝大位，以安众心。由此士民归之，军将未散。

却说后秦王姚兴使尹纬以兵过山南而来，不见苻兵，是空寨，乃回奏后秦王姚兴。姚兴传令收军，振旅复还长安，群臣上贺，立姚兴为后秦皇帝，改元皇初元年。

三河王吕光以秃发乌孤为河西都统，乌孤本鲜卑别种，与拓跋同祖，后徙河西。乌孤雄勇有大志，与大将纷陀①谋取凉州，纷陀曰："公必欲得凉州，宜先务农讲武，礼贤修政，然后可也。"乌孤从之。吕光遣使拜乌孤为鲜卑大都统，群下皆曰："吾士马众多，何为属人！"石真若留曰："吾根本未固，大小非敌，不如受以骄之矣，待衅而动，则凉州可得也。"乌孤乃受之。

却说秦、河二州牧乞伏国仁身死，其弟乾归自立为凉王。闻秦王苻登既死，其子苻崇即位于湟中，乃率部下五万大军，来攻湟中城。王成忙率兵五千出城与战，交马只一合，王成被乾归斩于马下，余兵乱溃。秦王崇见王成死了，自以禁兵出城拒敌，与乾归交锋，亦未上十合，秦王崇被乾归斩之，杀散残兵，乃领众入城，于是陇西之地尽属乾归。乾归始自立为西秦王，改号太初元年。

秦始东晋永和六年庚戌，终于太元十九年甲午，凡七主，共四十五年，到此灭之。

乙未，二十年（燕建兴十年，秦皇初二年，魏登国十年），时会稽王道子专权奢纵，赵牙本出倡优②，茹千秋本捕贼吏也，皆以谄赂得进。道子以牙为郡守，千秋为参军。牙为道子开东第，筑山穿地，功用巨万。帝尝幸其第，谓道子曰："府内乃有山，甚善，然修饰太过。"道子无以对。帝去，道子谓牙曰："上若知此是人力所为，汝必当死。"牙曰："公在，牙何敢死！"营作弥盛。千秋居官招兵，聚货累亿。傅平令闻人奭③上疏言之。帝益恶道子，而逼于太后，太后不忍废黜。帝乃擢王恭、殷仲堪、王珣、王雅等，谨内外要任以防之，道子亦引王国宝、王绪为心腹。由是朋党竞起，无复向时友爱之欢矣！太后每和解之。徐邈言于帝曰："汉文明主，犹悔

---

① 陀（tuó）。

② 倡优——戏子。

③ 闻人奭（shì）——人名。闻人，复姓。

淮南。会稽王虽有酣媟①之累,宜加弘贷,以慰太后之心。"帝然之,又委任道子如故。

慕容垂举兵伐魏

却说北魏王拓跋珪大集文武,商议安内之策,当叔孙建曰:"安内之计,莫若富国强兵,则敌自服,而内始安。今国内狭蹙,兵未十万,粮无支年,若欲安内,必须叛燕,侵取附塞诸郡,方可聚兵。"魏王珪曰:"然。奈国内无有良将堪领大兵而攻讨。"建曰:"臣举一人,姿气魁杰,武力绝伦,常用丈八蛇矛,每嫌细短;后令匠人大作之犹嫌其轻,复缀大铃于刀下。其弓力倍加常人。以其殊异,代京武库常存而志之。常以矟②刺人,遂贯而高举。又尝以一手顿矟于地,驰马伪退,敌人争取拔不能出,被引弓射之,一箭连杀二三人,人皆惧怕。每从先帝征讨,先登陷阵,敌无众寡,莫敢当其锋,因此勇冠当时,乃陛下宗室陈留王拓跋虔也。陛下若用此人为将,征讨诸郡,无不克也。"魏王珪从之,宣陈留王拓跋虔至,谓曰:"安平公叔孙建称卿有文武之才,荐卿为将,攻讨诸部。今以兵五万,委卿前去攻讨附近诸部。"拓跋虔曰:"臣愿施犬马之劳,去攻诸部,不得其地,不敢生还。"言毕即出,点起军马,来犯燕境。

却说后燕王设朝,近臣奏知北代魏王拓跋珪谋叛,遣陈留王拓跋虔以兵五万犯境。燕王垂闻奏,即宣太子慕容宝、辽西王慕容农、赵王慕容麟至曰:"今魏拓跋珪谋叛,以拓跋虔为将犯境,汝可率兵八万,自五原去伐魏王。"散骑常侍高湖谏曰:"魏与燕世为婚姻,结好久矣。间以求马不获而留其弟,曲在于我,奈何遽击之!拓跋珪沉勇有谋,幼历艰难,兵精马强,未易敌也。太子年少气壮,必小魏而易之,万一不如所欲,伤威损重,愿陛下图之!"垂怒,免湖之官。垂不听,令慕容宝等领兵起行。

时魏王珪闻知,乃问僚佐。张衮言于珪曰:"燕狃于③屡胜,有轻我

---

① 酣媟(xiè)——太亲近而态度不恭敬。
② 矟(shào)——长矛。
③ 狃(niǔ)于——拘泥。

心,宜羸形以骄之,乃可克也。"珪从之,悉徙部落畜产,西渡河千余里以避之。燕军至五原,降魏别部三万余家,收穄①田百余万斛,进军临河,造船为济②具。

太子宝败参合陂

九月,魏王珪进军临河。燕太子宝列兵在船,将济,风漂其船泊南岸,是以难进,被魏王遣军获擒其甲士三百余人,皆释而遣之。初,宝之发中山也,燕王垂已有疾,既至五原,魏王珪使人邀截中山之路,不与通其往来,忽垂遣人送书来,被魏王珪之人将其使者尽执之。宝等数月不闻垂起居,魏王珪使所执使者临河告之曰:"若父已死,何不早归。"宝等忧恐,士卒骇动。宝传令权且退兵。魏王珪窃知,使略阳公遵将七万骑塞燕军之南。十月,燕太子宝令军烧船夜遁,时河冰未结,宝以魏军必不能渡河,不设斥候。十一月,暴风冰合,珪闻宝兵退,乃引兵济河,选精锐二万余骑急追之。燕军至参合陂,有大风黑气如堤,自军后来覆军上。沙门支昙猛曰:"魏军将至之候,宜遣兵御之。"宝不应。司徒德劝宝从之,宝乃遣赵王麟以骑三万居军后,以备非常。麟亦以昙猛言为妄,纵骑游猎,不复设备。魏军晨夜兼行,至参合陂西。燕军在陂东,魏王珪夜剖分诸部,令士卒衔枚束马口潜进。旦日登山下,临燕营,燕军大惊扰乱。珪纵兵入燕营,鼓噪喧天,燕兵大乱。慕容宝大怒,指挥大小三军,尽力一齐死战。时宝自掣刀在手,引数百骑在后掠阵。却才两军相合,忽然燕兵阵后西南上数百面战鼓齐鸣,宝分后兵迎之,只见张衮一军却从西南上悄悄地杀来,燕兵大乱,魏兵从后掩杀,慕容宝慌退回。时四下魏兵前后掩杀,燕兵大败,慕容宝慌退回寨。其寨已先被叔孙建引兵从后路抄入,夺去诸寨,以兵杀出,因此燕兵无营,心慌自乱,四下受敌,不能抵挡,军皆溃散。慕容宝急来唤慕容麟引水军一齐上岸步战,时正遇叔孙建,交马十合,麟遮掩不住,慕容农舞刀助战。张衮一见,持枪来迎,张衮显平生气力,杀退慕容

---

① 穄(jì)——糜子。
② 济——过河,渡河。

农。慕容麟见慕容农走,亦不敢战,二人合兵来保太子慕容宝走回水寨。旱寨之兵尽被燕军杀尽,水军亦逃溃一半。当慕容农上言于宝曰:"今旱寨已失,水军溃散,难以与敌,不如乘其未定,尽烧战船,领水兵步走,否则成擒。"慕容宝从之,将战船尽放火烧讫,引水军上岸,漏夜步走至西平。忽然前军喊起,慕容宝与慕容农、慕容麟三人拍马奔阵,正遇魏将陈留王拓跋虔以兵拦路。三人各以兵器来战拓跋虔,拓跋虔抖擞精神,全无惧怯,独战三将,三将只好遮拦。正战间,后面大兵赶至,因此燕兵大乱,各自逃生。慕容宝三人见自军奔溃,无心恋战,隔开军器,冲开血路,各自奔去。

时燕军被魏击之,死者以万数,略阳公遵还兵击其前,复擒四五万人,宝等单骑仅免。珪欲释燕臣之有才用者留之,其余悉给衣粮遣还,以招怀中州之人。中部大人王建曰:"燕众强盛,不如悉杀之,则国空虚,取之为易。"珪从之,乃尽坑之而还。燕宝败回见垂,垂大怒,当司徒德言于垂曰:"珪以参合之捷,有轻太子心,宜及陛下神略以服之,不然将为后患。"垂乃会兵中山,以期明年大举击魏。

燕王凿道去伐魏

丙申,二十一年(燕王慕容宝永康元年,秦皇初三年,魏皇始元年,凉龙飞元年),闰三月,燕王垂留范阳王德守中山,自将兵十万,出屯城外,谓众将曰:"前次太子宝以兵从五原而入,致魏人有备。今吾以兵虚声从五原去,彼必尽兵戍守五原,吾以大兵密发逾青岭,经天门,凿山通道,直指云中,先攻平城,出其不意,则珪可擒。"诸将曰:"陛下神策,正合臣心。"言讫,垂命三军密过逾青岭,凿山为道,直至云中,魏人不知。时陈留王拓跋虔镇平城,不觉,垂兵直至城下,措手不及,被垂身先攻城,将士齐登,力攻半日,攻陷平城。虔见燕兵势盛,单马走回。是以魏军败死,燕军尽收其部落而进。时魏王珪闻知,震怖欲走,诸部皆有二心,珪不知所适。时垂正过参合陂也,见积骸如山,闻知是太子宝败死之兵,垂为之设祭,军士恸哭,声震山谷,垂惭愤呕血,由是发疾,至此转笃。当慕容农上言曰:"今悬军深入,其地无城,陛下龙体不安,倘敌兵拥至,何以拒迎?"

后燕王垂曰："卿可提调六军，筑长城西北，据而恃之，可保万全。"因是农调军筑城。城完，后燕王垂疾甚，领诸文武大兵而还至上谷。

却说北魏王拓跋珪闻燕王垂亲提攻兵至平城西北，乃亦提军十五万，来平城拒战，军至平城，燕军退了。

却说后燕王慕容垂疾甚，召太子慕容宝、辽西王慕容农、赵王慕容麟入卧所，谓太子宝曰："吾将命尽，不能复起。我死之后，不可发丧，缓缓而退，魏兵不敢追赶。"又谓农等曰："朕今不幸，在此而亡。汝等公卿大臣，尽依吾平日定下法度行之，不可改易。吾所用之人，亦不可废之。汝等善事太子，各尽忠荩①之志，休怀不义之心。"又谓太子宝曰："火速还都，不宜延滞。"言讫而崩。慕容垂在位十三年，寿七十一，在此而薨。太子慕容宝依垂之计，秘丧不发，收殓入棺，传令缓缓退兵。魏王珪疑其无故退兵，必然有计，因此不追自还。至四月初旬，慕容宝全军还至中山城，始举哀发丧，孝事毕，群臣立慕容宝即皇帝大位，国号大燕，改元永康元年。

燕太子慕容宝立

初，燕王垂先段后生子令、宝，后段后生子朗、鉴，爱诸姬子麟、农、隆、柔、熙。宝初为太子，有美称，已而荒怠，中外失望。后段后尝言于垂曰："今国步多艰，太子非济世之才也。辽西、高阳，陛下贤子，宜择一人，付以大业。赵王麟奸诈强愎，必为国患，宜早图之。"宝善事垂左右，多誉之者，故垂以为贤，谓后段后曰："汝欲使我为晋献公②乎！"段氏泣而退告其妹范阳王妃曰："太子不才，天下所知，吾为社稷言之，主上乃以吾为骊姬，何其苦哉！太子必丧社稷，范阳王有非常器度，若燕祚未尽，其在王乎！"宝、麟闻而恨之。至是宝使麟谓段氏曰："宜早自裁，以全段宗！"段氏怒曰："汝兄弟不难逼弑其母，况能守先业乎！吾岂爱死，但念国亡不久耳。"遂自杀。宝议为段后谋废适统，无太后道，不宜成丧。中书令睦

---

① 荩(jìn)——忠诚。
② 晋献公——献公宠骊妃，杀太子申生，重耳奔翟国。

邃扬言于朝曰:"子无废母之义,汉安思阎后亲废顺帝,犹得配飨太庙,况先后暧昧之言乎!"乃成丧。

却说后秦给事古成诜,风韵秀雅,确然不群,每以天下是非而为己任。时京兆尹韦高居母丧,慕阮籍之为人,无哀作乐,饮酒弹琴。诜闻之而泣曰:"父母之恩,厚重天地,无以报德,反此乱伦。吾当以私刃,斩此不孝之子,以崇风教之明。"遂持剑欲来杀高。高闻惧,逃匿,终身不敢见诜。后秦王兴闻知,擢为黄门侍郎。

六月,三河王吕光自即皇帝大位,以世子吕绍为太子,国号大凉,改元龙飞元年。置百官,遣使拜秃发乌孤为益州牧。乌孤谓使者曰:"吕王诸子贪淫,三甥暴虐,远近愁怨,吾安可违百姓之心,受不义之爵乎!"留其鼓吹、羽仪,谢而遣之,不受其命。

孝武暴崩立太子

却说北魏左司马许谦上言于魏王拓跋珪曰:"臣近闻凤凰来仪,蛟龙屡见,此乃大王之德,故有此瑞也。今大王德并唐虞,明乃文武,可即皇帝大位,以安士民。"群臣皆曰:"司马之言是也。"于是魏王珪从之,称尊号而即皇帝位,国号大魏,改元皇始元年。始建天子旌旗,出警入跸,加封大臣。

却说晋孝武帝,秋九月,起造清暑殿居之,始为长夜之饮。太史令奏"长星见,国将亡。"孝武帝心甚恶之,乃入华林园,举酒对天祝之曰:"长星长星,劝汝一杯酒,自古何有万岁天子耶!"是时,太白连年经天,地震水旱,灾患屡变。孝武亦不以为意,不能改也。时帝嗜酒荒淫,内殿外人罕得进见,张贵人宠冠后宫,时年近三十,帝戏之曰:"汝以年亦当废矣,吾意欲更属少者。"已而醉寝清暑殿,贵人使妇以被蒙帝面而弑之,因赂左右曰:"因魇①暴崩。"时太子暗弱,会稽王道子昏荒,遂不复推问。王国宝夜叩禁门,欲入为遗诏,侍中王爽拒之曰:"大行晏驾,皇太子未至,敢入者斩!"国宝乃止。爽,恭之弟也。帝既崩,太子入内,与群臣发丧,殡

---

① 魇(yǎn)——此指做恶梦。

葬山陵。孝武帝在位二十一年，寿三十五而暴崩。先是，简文帝见谶云："晋祚尽昌明。"及孝武在孕，其母李太后梦神人谓之曰："汝生男，以昌明为字。"及产，东方始明，因以为名焉。简文帝后悟，乃流涕，知晋尽于"昌明"耳。及孝武造清暑殿，有识者以为清暑反为楚声，哀楚之征也。殿成，俄而孝武帝崩，晋祚自此而倾焉。

太子即位，道子进位太傅、扬州牧、假黄钺。太子幼而不慧，口不能言，至于寒暑饿饱亦不能辨，饮食寝兴皆非己出。母弟琅邪王德文尝侍左右，为之节适。初，国宝党附道子，骄纵不法，武帝恶之，国宝惧，遂更媚于帝。道子大怒，以剑掷之。及帝崩，国宝复事道子，与王绪共为邪谄。道子又倚为心腹，遂参管朝权，威震内外。王恭入赴山陵，每正色直言，道子惮之，深布腹心，而王恭每及时政，辄厉声色，道子遂欲图之。朝士劝恭诛国宝。王珣曰："彼罪逆未彰，今先事而发，必失朝野之望；若不改，恶布天下，然后顺众心以除之，亦无不济也。"恭乃止。既而谓珣曰："比来视君，一似胡广①。"珣曰："王陵②廷争，陈平③慎默，但问岁晏何如耳！"山陵既毕，王恭将还镇，谓道子曰："主上谅暗，冢宰之任，伊、周所难，唯大王亲万机，纳直言，放郑声，远佞人。"国宝等愈惧。

魏王举兵大伐燕

却说魏王珪潜使叔孙建、于栗䃅以兵五千，先去开韩信故道；自帅六军共四十万，南出马邑，大举来讨后燕王慕容宝，旌旗络绎二千余里，鼓行而前，人屋皆震。军至界首，始传诏，令右将军封真率军二万，从东道袭幽州。真得诏，领兵望东道而去。九月戊午，魏大军至阳曲，魏王引诸将上西山，观晋阳不远，即下山大驱军马进发。后燕并州牧、辽西王慕容农使人打探，闻魏王珪起倾国之兵五十万，从晋阳来，慕容农大惊，乃引众出战，不胜，弃城走还中山。魏王珪率兵入屯并州。至冬十一月，驱兵又行，

---

① 胡广——东汉时期名臣、学者。
② 王陵——西汉初年大臣。
③ 陈平——西汉王朝的开国功臣之一。

大军已至真定。真定守宰陈人皆出投降，助益军粮，魏王军威势大，闻者皆惊。自常山以东守宰，或捐城奔窜，或诣军门拜降，因此燕之诸郡县望风皆附魏，唯中山、邺、信都三城不下，为燕死守。天时寒冷，魏王珪传诏，令大军权屯休进，以待来春，因此诸军尽各据城而屯。魏王珪军至晋阳，慕容农以兵出与魏军战败奔还，司马慕舆嵩私降于魏，闭门拒之，农大泣，遂东走还。魏获其妻子，燕军尽没。农独与三骑逃归中山，魏遂取并州。初建台省，置刺史、太守，尚书郎以下官，悉用儒生为之，士大夫诣军门者，皆引入存慰，使人人尽言，稍有才用，咸加擢叙，以张恂等为诸郡守，招抚离散，劝课农桑。燕王宝闻魏军将至，与百官议于东堂。符谟曰："魏军乘胜气锐，若纵之入平土，不可敌也，宜杜险以拒之。"睦邃曰："魏多骑兵，马上赍粮，不过旬日。宜令郡县聚民千家为一堡，清野以待之，彼不过六旬食尽，自退而袭之。"封懿曰："魏兵数十万，民虽筑堡，不能自固，是聚兵及粮以资之也。且动摇民心，示之以弱，不如阻关拒战。"赵王麟曰："魏锋不可挡，宜先守中山，待其敝而乘之。"于是宝命修城积粟，为持久之备，悉以军事委麟拒魏。初，魏王珪使冠军将军于栗碑潜自晋阳开韩信故道，自井陉趋中山，进攻常山，拔之。郡县皆降，惟中山、邺、信都三城为燕守。珪命东平公仪攻邺，冠军将军王建攻信都。珪乃进攻中山，既而谓诸将曰："中山城固，急攻则伤士，久围则费粮，不如先取信都，然后图之。"自引兵而南，军于鲁口。高阳太守崔宏不敢出拒，走奔海渚。珪素闻其名，遣吏兵追获，以为黄门侍郎，与张衮对掌机要，创立法度，制律令。博陵令屈遵降魏，以为中书令，出纳号令，兼总文诰。

却说魏东平王拓跋仪奉珪令，以兵二万来攻邺。燕范阳王慕容德曰："敌众我寡，彼盛我弱，何以迎敌？"诸将曰："拓跋仪自入吾境，屡获大胜，必谓吾不敢动。今来远涉艰难，士卒疲病，可选精锐夜攻击之，可擒仪矣。"德然其计，使南安王慕容青等以兵一万五千人，至一更，仪兵至邺北十里内，正安营，青兵驰入混战，魏兵大乱，自相践踏，杀死五七千人，仪大败走还。魏东平公仪既攻邺，被燕范阳王德使南安王青等夜击破之，以军退屯新城。青等遣人请添兵追击之，别驾韩谔曰："古人先计而后战。魏军不可击者四：悬军远客，利在野战，一也；深入近畿，顿兵死地，二也；前锋既败，后阵方固，三也；彼众我寡，不敌，四也。我军自战其地，动而不胜,众心难固,城隍①未修,敌来无备,不如深垒固军以老其师,然后击之。"德从之,召青引兵还城。

丁酉,安皇帝隆安元年(燕永康二年,秦皇初四年,魏皇始三年,南凉王秃发乌孤太初元年,北凉王段业神玺元年。旧大国三,西秦凉小国二,新小国二,凡七僭国),正月,晋帝加冠军王珣为尚书令,王国宝为左仆射。二月,魏贺讷闻仪败,遣弟赖卢率骑二万来会东平公仪攻邺。赖卢自以王舅,不受仪节度,仪司马丁建阴遣人与燕通,建从内而间之,因此二人不和。会赖卢营失火,建乘间谓仪曰:"赖卢烧营为变矣。"仪惧,遂引兵退,赖卢亦退,建乃率众来见德降燕,且言仪师老可击,于是范阳王以兵漏夜追击,仪兵大败,十损其七,退屯别地。三月,魏王珪诏令六军并进攻中山,使冠军将军王建、左军将军李栗率众五万,去攻信都;又使东平公拓跋仪率兵五万,复去攻邺都。三将临行,魏王珪谓曰:"信、邺桑枣之木,乃生民之命,不可伤伐,留与养命。"二将得其诏语,各自部兵,依诏前去。时中山饥甚,戊午日,魏大军至钜鹿柏肆坞。次二日,大军尽至滹沱水,因雨大,不堪进兵,就傍岸安营。

却说后燕王慕容宝闻魏军屯滹沱水边,傍岸下营,急与文武商议,当文武曰:"今闻魏军屯滹沱水边,其为易攻,不如乘其劳逸,今晚悉倾城之兵去劫其营,攻其无备,彼退又阻水不能还,可令其三军尽为鱼矣,则拓跋珪亦成擒耳。"燕王宝曰:"此计可矣。"于是燕王宝传诏,令六军文武俱各披挂,至夜去劫魏营。六军十万人,文武尽依计而行。是夜月明如昼,燕王宝以军二十万,俱各出城驱驰,将到魏营,燕王宝命鸣锣击鼓,喊杀连天,杀入魏营。魏兵果无准备,自乱混战骇散。魏王珪在中军听得喊声大起,鼓噪喧天,知是燕兵劫寨,急忙起来,不及衣冠,蓬头跣足,亲自击鼓,聚集诸将,俄而左右及诸军将士稍集,传令张衮等排设奇阵,点起火把,高照营内。张衮、叔孙建等,分头纵骑冲出,正遇崔逞,交马一合,把崔逞擒去,其余燕军见有准备,俱各乱退,不分队伍,被魏王驱兵一击,杀得燕兵弃刀撇枪,各自奔逃,燕兵大败。燕王宝收军,走还中山。魏王珪六军获得器械十数万,擒得崔逞、闵亮二人,二人请降,魏王赦之而受其降。

初,燕清河王会表求赴国难,而无行意,遣将军库傉官伟、余崇将兵五

---

① 城隍(huáng)——护城河。

千为前锋,伟顿兵卢龙近百日,会不发,崇等不敢行。燕王宝怒,使人切责之,会不得已,以治行简练为名,复留月余。伟使轻车前行通道,且张声势,诸将皆畏避不欲行。余崇言曰:"今巨寇滔天,京都危逼,匹夫犹思致命以救君父,诸君荷国宠任,而更惜生乎!若社稷倾覆,臣节不守,死有余辱。诸君安居于此,崇请当之。"伟给步骑五百人。崇至渔阳,遇魏兵击却之,众心稍振。会始乃上道,至是始达蓟城。魏王围中山既久,城中将士皆思出战,高阳王隆曰:"跋珪虽获小利,然顿兵经年,士马死伤大半,人心思归,诸部离解。若因我之锐,往无不克,如持重不决,将士气丧,事久变生,虽欲用之,不可得也!"宝然之,独赵王麟每阻其议。隆成列而罢者数四,众大愤恨麟。麟以兵劫北地王精,使率禁兵弑宝。精以义却之,麟怒杀精,出奔西山,依丁零余众。于是城中震骇。宝恐麟夺会军,据龙城,乃召隆及辽西王农谋走保龙城。隆曰:"今欲北迁,亦事之宜。然龙川地狭民贫,若以中国之意,取足于中,难望有功;若节用爱民,务农训兵,数年之中,公私充实,而赵、魏之间,厌苦寇暴,民思燕德,庶几返旆,克复故业。如其未能,则凭险自固,犹足以优游养锐耳。"宝然之。遂夜与太子策及隆、农等率万余骑,出赴会军。城中无主,百姓惶惑。魏王珪闻知宝走了,欲夜入城,将军王建志在掳掠,乃言恐士卒盗府库物,请俟明旦,珪乃止。燕开封公详从走,追之不及,城中立以为主,闭门拒守。慕容详,字普陵也。魏王珪尽众攻之不拔,使人临城谕之。士庶皆曰:"群小无知,恐复如参合之众,故苟延旬月之命,是以不降耳。"魏王珪顾王建大骂而唾其面,复入攻城。

燕王宝走奔龙城

至四月,魏军粮尽,魏王珪心甚忧之,而问崔逞曰:"目今军粮不继,卿有何计可办?"逞进言曰:"飞鸮食葚而改音,《诗》称其事。今此处极多,陛下何不使六军取之,以充军粮,可支数月耳。"魏王珪曰:"然。"于是传诏,六军去收葚而食之。兵既收食,忽诸部大人长孙嵩等言于魏王曰:

"葚乃鸟兽之食,人若久食必殂①,陛下可禁六军勿食。"魏王珪疑崔逞侮慢,而不食则有饥色,欲纵军食之,恐久见殂,心犹豫间,崔逞又入曰:"陛下可使六军及时收葚,过时则落尽无矣。"魏工珪怒曰:"内贼未平,兵人安可弃甲收葚乎!"遂不听,使人诏东平公仪领军还屯钜鹿,不可久留。于是东平公仪抽军还据钜鹿。

却说慕容普陵被困在于中山城中,粮尽,遂问文武。文武曰:"臣闻魏人军粮亦尽,不久必去,去则可令附近人运之。"时燕王宝走出中山,清河王会率骑兵二万,迎于蓟南,宝怪会,有恨色,减其兵分开给辽西王农及高阳王隆。尽徙蓟中府库,北趣龙城。魏石河头引兵一万追之,及宝于夏谦泽,会整阵与战,农、隆等将南来千余骑冲之,魏兵大败,农追奔百余里。隆谓阳璆曰:"中山积兵数万,不得展吾意,今日之捷,令人遗恨。"因慷慨流涕。会既败魏兵,矜狠滋甚,隆屡训责之。会益愤怒,遂谋作乱。宝闻知,密谓农、隆曰:"观道通志趣,必反无疑,宜早除之。"农、隆曰:"会远赴国难,逆状未彰而遽杀之,岂徒伤父子之恩,亦甚大损威望。"会闻之,益惧,夜遣其党数百人袭杀隆于帐下,农被重创不能起。宝欲讨会,乃佯为好言以安之,明日以计召群臣食宴而杀会。会果至就坐,宝目慕舆腾,慕舆腾拔刀刺会,伤首不死,走赴其军,勒兵攻宝。宝率数百骑驰走龙城,会引兵追顿城下。城中将士皆愤怒,宝令出战,大破之。侍御郎高云复夜率兵袭之,会众溃奔中山,入见慕容详,详闻其故,命人杀之。于是宝以云为将军,养以为子。云高句丽之支属也,云遂尽心事宝。

时凉王吕光以西秦王乾归数反复,合吕延、吕纂举兵伐之。西秦群臣大惧,请东走成纪。乾归曰:"军之胜败,在于巧拙,不在众寡。光兵众而无法,弟延勇而无谋,不足惮也。且其精兵尽在延所,延败,光自走矣。"光军长驱,遣弟太原公吕纂攻金城,天水公吕延攻临洮、武始、河关,皆克之。乾归计使百姓哄延兵曰:"乾归闻将军军至,其众溃走,奔成纪去矣。"延信,欲轻骑追之。司马耿稚谏曰:"乾归勇略过人,安肯望风自溃!且告者视高色动,殆必有奸。宜整陈而前,使步骑相属,俟诸军毕进,然后击之,无不克矣。"延曰:"此事是实,君休疑心。"言讫,引五百骑追之,与乾归遇战。延与归对阵,两下交锋,战不数合,延被归斩于马下,其众溃

---

① 殂(cú)——死亡。

散。吕光闻延死大惊,引兵走还姑臧去不出。

蒙逊结盟报父仇

初,张掖卢水胡沮渠罗仇,匈奴沮渠王之后也,世为部帅。凉王吕光以为尚书,及吕延败死,罗仇弟三河太守麹粥谓罗仇曰:"主上荒耄信谗,今军败将死,正其猜忌智勇之时也。吾兄弟必不见容,不若勒兵向西平,出苕藋,奋臂一呼,凉州不足定也。"罗仇曰:"吾家世以忠孝著于西土,宁使人负我,我不忍负人也。"已而光果杀罗仇及麹粥。罗仇弟子蒙逊,雄杰有策略,涉经史,以罗仇、麹粥之丧归葬,会者万余人送丧。蒙逊哭谓众曰:"吕王无道,多杀无辜。今欲与诸部雪吾二父之耻,复上世之业,何如?"众称万岁。蒙逊遂结盟,从此起兵,聚二万人,攻凉临松郡,拔之,乃以兵众屯据金山城。凉王吕光闻蒙逊谋叛,遣吕纂将兵一万七千,击沮渠蒙逊,破之。蒙逊从兄男成亦合众攻建康,遣使说太守段业曰:"吕氏政衰,人无容处,瓦解之形,昭然在目。府君奈何以盖世之业,欲立忠于垂亡之国!男成等既倡大义,欲屈府君拥临凉州何如?"业许之,男成率众入城,推业为凉州牧、建康公。业以男成为辅国将军,委以军国之任。蒙逊率众归降业,业以为镇西将军。吕光命吕纂再讨之,不克。后为北凉时,吕纂与段业相持。

却说凉州太守郭黁①善天文,国人信之。会荧惑守东井黁谓仆射王详曰:"凉分野有大兵。吾欲与公同举大事何如?"详从之。事泄详被诛,黁走,遂据东苑以叛。凉王吕光大惧,遣人召太原公纂回兵讨之。纂将还,诸将曰:"段业必蹑军后,宜潜师夜发。"纂曰:"业无雄才,凭城自守,若潜师夜去,适足张其气势耳,不如告之,彼以为诈,必不敢出。"乃遣使来告业曰:"郭黁作乱,吾今还都,卿能决者,可早出战。"业果不敢出。于是纂全师而还。纂司马杨统欲杀纂,而推其从兄杨桓为主,桓怒曰:"吾

---

① 黁(nún)。

为吕氏臣,安享其禄,危不能救,岂可复增其乱乎!吕氏若亡,吾为弘演①矣!"桓不从。统遂走降麐,吕纂兵还击麐,大破之,乃得入姑臧。凉人张捷等招集戎、夏,据休屠城接麐,共推凉后将军杨轨为盟主,起兵为乱。

却说晋王国宝、王绪依附会稽王道子,纳贿穷奢,不知纪极。恶王恭、殷仲堪,劝道子裁损其兵权。恭等缮甲勒兵,表请北伐,道子疑之,恐来攻己,请帝下诏,以盛夏妨农,悉使解严②。恭大怒,乃遣使与仲堪谋讨国宝等。桓玄亦以仕不得志,欲假仲堪兵势以作乱,闻知王恭书来,乃说仲堪曰:"国宝与君,唯患相毙之不速耳。今既执大权,无不如志,若发诏征君,何以处之?"仲堪曰:"计将安出?"玄曰:"孝伯疾恶深至,宜潜与之约,兴晋阳之甲,以除君侧之恶。玄虽不肖,愿率荆楚豪杰,荷戈先驱,此桓、文之勋也。"仲堪然之,乃出,外与雍州刺史郗恢,内与从兄南蛮校尉殷𫖮、南郡相江绩议之。𫖮曰:"人臣当各守职分,朝廷是非,岂藩屏所制也!晋阳之事,不敢预闻。"绩亦极言其不可。𫖮恐绩及祸,和解之。绩曰:"大丈夫何至以死相胁耶!江仲元行年六十,但未获死所耳!"仲堪惮其坚正,以杨佺期代之。朝廷闻之,征绩为御史中丞。𫖮遂以疾辞位。仲堪往省之,曰:"兄病殊可忧。"𫖮曰:"我疾不过身死,汝病乃当灭门。宜深自爱,勿以我为念!"郗恢亦不肯从。仲堪疑未决,会王恭使至,仲堪乃许之,恭大喜,上表罪状国宝,举兵讨之。

表至,内外戒严,国宝惧不知所为,遣数百人戍竹里,夜遇风雨散归。王绪说国宝杀王珣、车胤,以除时望,挟君以讨二藩。国宝许之。珣、胤至,宝不敢害,更问计于珣。珣曰:"王、殷与卿素无深怨,所竞不过势利之间耳。"国宝曰:"将曹爽③我乎?"珣曰:"是何言欤!卿宁有爽之罪,孝伯岂宣帝之俦耶!"又问计于车胤,胤曰:"今朝廷遣军,恭必城守。若京口未拔,上流奄至,何以待之?"国宝大惊,遂上疏解职,待罪。道子暗懦,欲求姑息,乃赐国宝死,斩头于市。遣使谢恭,恭乃罢兵还京口。仲堪初犹豫不敢下,闻国宝死,始抗表举兵。道子以书止之,仲堪乃还。

---

① 弘演——春秋卫懿公大夫,懿公为翟人所杀,肉被尽食,独余肝。弘演见而号,自杀,先出己之五脏,然后纳懿公肝入己腹内。
② 解严——解除戒严状态。
③ 爽——背叛。

魏以甲子拔中山

却说魏王珪谓诸文武曰："慕容宝志不能立，乃出北遁。今众立慕容普陵为主，慕容贺麟必怀不忿之意。吾紧攻之，彼必死守。目今吾军粮尽，不如渐退去，据南城，待其二子内变，然后乘之而入，则二子成擒。"群臣曰："陛下圣策，非臣所能及焉。既如此，宜即解围南迁，以待其变。"魏王珪曰："贼人多智，不可急离，可令灵寿领一军，朝夕耀武扬威，以示城内权此安住，朕与卿等退之，使其不敢追赶。"诸将称善。次日，将军灵寿率一军于城下，耀武扬威以示城内，魏王珪引诸军退屯南城中山。时内粮尽，燕王慕容普陵心中大忧，乌丸部将军张骧进计曰："今城中粮尽，百姓无食，大王可使饥民出城求降乞食，魏兵不备，臣以兵五千从百姓中杀出，可破魏师也。"普陵从之，示告城中，令百姓饥者出降求食。张骧开北门出百姓一万人，手执降旗在先来降。灵寿不知是计，道曰："吾知城中饥甚，百姓受苦，既来降，吾不坏汝，汝可自去讨食。"于是百姓各散。俄而城内张骧以五千兵杀出。魏兵大乱，灵寿见兵出，忙上马持枪，喝将军马摆开与战。二人交战，战二十余合，魏兵渐渐围裹将来。张骧见魏兵围来，恐不能敌，收了军器，骤马杀开血路，冲走出来，不能复还本城，因此收军屯北山。灵寿复兵围城。

却说贺麟在西山使人打探中山消息，使人回报："燕王慕容宝北遁和龙，城中诸将立慕容普陵为燕王，而守中山。魏王珪粮尽，令灵寿以五万兵围中山，自以大兵退屯南城。中山粮亦尽，慕容普陵使百姓诈降，遣张骧以五千精兵在百姓后杀出，攻其无备，兵少反被灵寿杀败，不敢入城，且令走屯北山。"贺麟大怒曰："普陵竖子，何敢妄自尊大而称号，吾必杀之！"大将丁零曰："目今张骧以兵五千屯在北山，不如遣人召来，以十分重恩义抚之，令其顺主公，使其为前锋将军，叩开中山城门，先杀普陵，主公自为赵王据中山，聚集三军，可破魏兵。"贺麟从之曰："卿可代我为使，去召张骧来归。"丁零欣然领命，来北山说张骧曰："赵王贺麟现屯西山，闻将军在此，令某请将军到其寨一同商议破魏，将军可即随吾同往。"张骧曰："吾闻赵王出奔，如何还在西山？既然有召，我既领众同往。"言讫，遂以部下之兵一同来西山，入中军见燕王贺麟。贺麟下席接之，问劳毕，赐坐谓曰："将军乃关云长之俦，勇略俱全。吾有一事相烦将军，共成大功，卿意云何？"骧曰："臣久食燕禄，常思报效，既有驱役，臣安敢推，愿闻所使，万死不辞。"贺麟曰："普陵无知，妄自尊大，吾欲以兵诱开城门，杀此跋扈，非将军莫能。若将军肯为，其功实出将军，某幸甚。"骧曰："殿下既定此计，臣唯命是从，臣今夜引兵在前，诱开城门，殿下可速以兵来应。"于是计议已定。

至夜，张骧引兵在先，贺麟、丁零伏兵在后，悄悄抄城后东门，来至城下叫门。城上将士认得是张骧军还，乃急开门。张骧军一拥而入，贺麟、丁零驱兵杂于其中，一同进城。是夜，贺麟使大将丁零调兵守营，自以五千兵，斩关而入后殿，至卧处把普陵杀讫。次日，贺麟召集文武于朝堂谓曰："普陵妄自尊大，昨夜吾因张骧兵还而入，已将杀之。今吾兄燕王不知何往，吾自权摄赵王位，以拒魏兵。"群臣皆称万岁曰："愿从尊命。"于此慕容贺麟乃即大位，封赏功臣，以乌丸张骧为大将军，以丁零为前将军，二人皆执重兵。是日，与诸文武商议守战之策，诸将皆曰："今城中饥馑，柴米皆在城外，诸色所备。幸魏兵昨日自退而去，倘魏兵再至围住，里无粮草，外无救兵，士民皆恐，恐久生乱，乱则必被擒。不如乘此未至，以兵去据新市城，拒住魏兵之路，就食其城之粮，可保万全。"赵王麟曰："汝等之计，正合朕心。"于是便与文武率三万五千兵，出据新市城来拒魏兵。

六月甲子晦日，灵寿退军，来见魏王珪及说普陵被贺麟杀死而自立，目今以军出屯新市。魏王珪闻说慕容麟自即大位，以军在新市拒敌，遂令进军攻之。当太史令晁崇曰："不可，容待旦日以进。"魏王珪曰："如何不可？"崇曰："昔纣以甲子日亡先人谓之疾日，故兵家忌之，以为不吉，故不可进也。"魏王珪曰："纣王以甲子亡，武王不以甲子兴乎？"崇无以对，遂进兵。至十月，甲戌，军至义台，慕容麟率兵拦住去路。魏王珪使张衮出阵，慕容麟亲自出马。两军混战，张衮与慕容麟二人交锋，在阵前大战。战上二三十合，慕容麟气力渐乏，只好架拦，因此收转军器、拍马便走，被魏王珪驱大军一掩，杀死燕兵二万余人，连追五十余里，麟势穷退走去邺。次日，魏王珪催兵大进，攻拔中山城。珪兵遂入屯于城中，得燕府库财宝，班赏诸将士。

慕容德称王滑台

戊戌，二年（燕王慕容盛建平元年，秦皇初五年，魏天兴元年，南燕王慕容德元年。旧大国三，西秦三，南凉、北凉小国四，新小国一，凡八僭国），正月，赵王慕容麟被魏军杀败，走来邺城，见叔范阳王慕容德，德问曰："闻你在义台与魏兵交战，如何来此？"麟曰："魏兵势大，因此大败，来见叔父商议复仇。"德曰："吾此处兵少，亦不敢妄动。"正议间，细作回报，魏王珪亲率六军将至邺境。德大惊，慕容麟曰："邺城不固，不如徙据滑台坚守之，待其师老粮尽，然后一击，可复业也。"德从之，即时领兵，兵至黎阳，拘集船只，三军尽上船，欲南渡滑台，忽遇风暴，其船尽没。慕容德传令三军，依前上岸，因此无船过江。正犹豫间，探马报魏兵将至，只隔五十里到此。慕容德与慕容麟二人心甚忧患，闷闷不悦，天色又晚，只得权屯岸边，正欲待来早讨集船只渡江。是夜，风清月白，江中流澌冻合，慕容德与麟睡不安席，起来江边观看，江水尽皆冻合成冰。德等大喜，拜谢天地，急忙传令三军，一齐踏冰渡江。德军过讫，却好天明，魏军尽至，而其冰已解，因是德军逃得此难。魏兵闻说曰："此天神助焉。"慕容德遂改黎阳名为天桥津，引众奔入滑台，屯扎军马，提调守城。魏王珪见慕容德走滑台，乃引众来邺城。

却说范阳王慕容德既至滑台，景星见于箕尾，白玉出于漳水，状若国玺，百姓拾得，将来呈上与慕容德。因是赵王慕容麟上言曰："今慕容宝虽袭大位，志不及于先人，而有将废之征。自叔父徙滑台以来，天垂景象，地呈宝玉，流澌冻合，祥瑞屡见，此乃叔父之大德，而有吉征之先应。叔父宜依先燕王故事，自续大位，可保燕祚后头。"慕容德曰："若为此事，是篡逆矣。"麟曰："今慕容宝初立，士民不归，郡邑已失，为魏所有。叔父若不自立，待社稷倾覆，再复却难。"于是慕容德自立为南燕王，改元建平元年。

兰汗谋叛乱燕宝

初,燕人有自中山至龙城者,言拓跋珪衰弱,于是燕王宝欲复取中原,调兵悉集。至是闻中山已陷,乃命罢兵。辽西王农曰:"迁都尚新,未可南征,宜因成师袭库莫奚,取其牛马以充军资。"宝从之,北行,渡浇洛水,会南燕王德遣使言:"珪西上,中国空虚,宜速起兵。"宝大喜,以日引兵还,诏诸军就顿,选日起行去取长安。诸军苦役,乃不听罢散。农及长乐王盛切谏,以为兵疲力弱,魏所得志,未可与敌。宝将从之,慕舆腾曰:"今师众已集,宜独决圣心,乘机进取。"于是乃留太子盛统后事,以腾为前军,农为中军,宝自为后军,相去各一顿,就地起行。长上段速骨因众心惮征役,遂作乱。逼立高阳王隆之子崇为主。慕容宝将十余骑来农营,报知农、腾,农、腾不信,其部营兵亦厌役奔溃,于是燕王宝见众乱,乃奔走还龙城。燕尚书兰汗见燕王宝势衰,阴使人与段速骨等通谋,乃自引兵出营龙城之东屯扎。辽西王农不知其为乱,夜出赴之,被速骨将以循城,招城上之兵来降。农素有忠节威名,城中恃以为强,忽见农在城下,无不惊哭丧气,遂皆逃溃,无人守城。速骨乃得入城,纵兵杀掠。燕王宝及长乐王盛等见乱,率轻骑南走。速骨以高阳王崇幼弱,欲更立农,崇党闻之遂杀农。兰汗大怒,以兵袭击速骨,速骨不备,被执杀之。兰汗废崇奉太子策,承制行事,与部下将谋计,遣使迎宝及于蓟城。宝以为实欲还,盛等曰:"汗之忠诈未可知,不如南就范阳王,合众以取冀州;若其不捷,徐归龙城未晚也。"宝从之,行至黎阳,遣中黄门令赵思告范阳王。范阳王德令其使人奉迎时,德已自称号了。德谋遣慕舆护率壮士数百人随思而北,声言迎卫,其实图之。赵思使人密报知宝,宝既遣思,而闻德已称制,亦惧而北走。护至无所见,执思以归。德以其练习典故,欲留而用之,思曰:"犬马犹知恋主,思虽刑臣,乞还就主。"德固留之,思怒曰:"殿下亲则叔父,位为上公,不能率先群后,以匡帝宝,而幸本根之图,为赵王伦之事。思虽不能如申包胥之存楚,犹慕龚君宾之不偷生于世也!"德斩之。

宝走至北,遣长乐王盛收兵冀州,行至巨鹿,说诸豪杰,皆愿起兵。会兰汗复遣使奉迎宝,宝以汗燕王垂之舅而盛妃之父,谓必无他,遂行。盛流涕固谏,不听,盛乃与将军张真下道避匿。宝自去龙城四十里,汗遣弟加难率五百骑入外邸而杀之,杀太子策及王公将士百余人,自称昌黎王。慕容盛闻知大哭,欲赴哀,张真止之休去,盛曰:"我今以穷归汗,汗性愚浅,必念婚姻,不忍杀我,旬月之间,足以展吾之志。"遂往见汗。汗妻兰氏、盛妃皆涕泣,请救盛。汗恻然哀之,乃舍盛于宫中,以为侍中,亲待如旧。汗兄堤骄狠荒淫,事汗多无礼。盛因而间之,汗兄弟浸相嫌忌,遂不相睦。

燕太原王慕容奇乃慕容楷之子,兰汗之外孙也,汗以为将军。长乐王盛潜使奇逃出,起兵五千人来攻兰汗。汗闻知,遣仇泥慕将兵一万讨之。是时,龙城自夏不雨,至于七月。汗日诣燕诸庙,祷请委罪加难。加难闻之,怒率所部兵一万五千,袭破慕军,汗遣太子兰穆率兵二万讨之,未行,虑盛为患,乃与父汗欲谋杀盛,李旱、张真力救之。旱、真皆盛素所厚爱,而穆引为腹心,旱等潜与助盛结谋,待穆击破加难,还飨将士刺杀汗、穆而取大位。时穆果击破加难,还宴将士,汗、穆皆醉,盛因逾垣入东宫,与旱等呼集旧所卫兵三千人马,杀出东宫来杀穆。诸军闻盛得出,皆呼跃争先杀汗,汗、穆被真斩之,内外帖然,士民相庆。盛告于太庙,因下令曰:

赖五祖之休,文武之力,社稷幽而复显。不独孤以眇眇之身免不同天之责,凡在臣民皆得明目当世。

遂大赦,改元,以长乐王摄行统制,命奇罢兵。奇欲异心,遂不受命。盛大怒,勒兵三万进至横沟,盛出击,大破之,执奇赐死。于是龙城遂平。

南郡公桓玄遣人见会稽王,求为广州刺史。会稽王道子忌玄在荆州为患,因从桓玄受命为广州刺史,玄受命而不行。豫州刺史庾楷以道子割其四郡属王愉,上疏言江州内地,而西府北带寇戎,不时为寇,倘有急军需,不应使愉分督,应四郡还他。朝廷不许。楷怒,遣其子庾鸿说王恭曰:"尚之兄弟,复秉机权,欲削方镇,宜早图之。"王恭以为然,遣人以告殷仲堪及桓玄。二人皆许之,推王恭为盟主,克期各执兵同趋京师。司马刘牢之谏曰:"会稽王道子,叔父也,而又当国秉政,向为将军,戮其所爱,其伏将军已多矣!顷所授任,虽未允惬,亦无大失,割庾楷四郡以配王愉,于将军何损!晋阳之甲,岂可数兴乎!"恭不从,上表请讨王愉、司马尚之兄弟。

朝廷忧惧,内外戒严,道子不知所为,悉以事委世子元显,日饮醇酒而已。元显聪警,颇涉文义,志气果锐,以安危为己任。附之者,谓其英武有明帝之风。仲堪闻恭举兵,亦勒兵促发,悉以军事委南郡相杨佺期兄弟。佺期帅舟师五千为前锋,桓玄次之,仲堪率精二万继下。佺期自以其先汉太尉震至父亮、九世皆以才德著名,矜其门第,谓江左莫及。而时流以其晚过江,婚宦失类,兄弟粗犷,每排抑之。佺期常切齿,欲因事际以逞其志,故亦赞成仲堪。八月,佺期及玄大兵奄至溢口,王愉无备,引众惶遽奔临川,玄以兵追之。

慕容盛复登燕位

己亥,三年(燕长乐元年,秦弘始元年,魏天兴二年,凉主吕纂咸宁元年,北凉天玺元年),正月,燕王宝被尚书兰汗谋弑,太子慕容盛与张真等谋复诛汗,龙城遂平。当群臣复请太子慕容盛登基,国号大燕,改元建元元年。慕容盛既即皇帝位,次日乃排宴,宴赏群臣于新昌殿。燕王盛谓诸文武曰:"今日宴乐,诸卿各言其志,朕自览之。"时盛初即大位,以威严骄下,骄暴少亲,多所猜忌,刑必就戮,文武莫有敢对。当有兵尚书丁信,年十五岁,趋步进曰:"在上不骄,高而不危,至之愿也。"燕王盛知其讥己,乃笑曰:"丁尚书年少,安得长者之言乎!"于是文武各为乐饮,至晚罢散。

十一月,魏王珪领军进九门,时天行大疫,三军人马并牛羊等,死者十有五六,群臣咸思北还。因上言曰:"今天行时气,大疫流传,军民百姓死亡将半。天时如此不利,不如退避其气,不然军民尽死,虚地也闲。"魏王珪曰:"斯固天命,将若之何!四海之人,皆可与为国,在吾所以抚之耳,何恤乎无人也。"因此群臣不复再言。遂引军入邺城,闻百姓有老病不能自存者,诏令郡县赈恤之。魏王珪既入邺城,自与文武遍览宫殿,遂有定都其地之志,乃置行台,领众还来中山。中山之守,戍兵俱各溃散,魏王珪乃领众遂入中山城,谓诸将曰:"今幸祖宗之灵,天地之佑,诸将之勇,文武之能,尽得燕都之地,朕欲与卿等北还,而虑山东有变。"群臣应曰:"陛下可调将守之,万无一失。"魏王珪从之,乃于中山置行台,诏封东平公拓跋仪为卫王,总兵五万,镇守中山。又诏使洛阳公拓跋遵,总兵四万,镇渤海之合口。

辛酉日，魏王珪车驾与众振旅还京，回至望都，诏有司定议国号。群臣上曰："昔周、秦以前，帝王居所生之土，及王天下，即承为号，今国家启基云代，应宜以代为号。"魏王珪曰："昔朕远祖，总驭幽都，控制遐国，虽践王位，未定九州。逮于朕躬扫平中土，凶逆荡除，遐迩率服，仍宜先号为魏，不必再更。"于是复号为魏。群臣皆贺。次日，大众还都平城，魏王珪诏令营宫室，建宗庙，立社稷，正封畿，制郊甸，遣使循行郡国，举奏守宰不法者，魏王珪亲览察黜陟之。十一月，魏王珪始登皇帝大位，改元为天兴元年。诏邓彦海典官制，立爵品，定律吕，协音乐；诏仪曹郎中董谧撰郊庙社稷，朝觐飨宴之仪；诏三公郎中王德定律令，申科禁；诏太史令晁崇造浑仪①，考天象；使吏部尚书崔宏总裁之。因是命朝野之人皆要束发加帽，逆者罪焉。二月，高车聚三十余部落谋叛。魏王珪闻知，遣张衮以五万北巡，分命诸将三道袭高车。高车兵少，惧战自溃，因此大破高车三十余部，获七万余口，马三十余万匹。卫王拓跋仪别将三万骑，追至绝漠十余里，又破其七部，诸部大震各散，于是收兵复还。

却说南凉王秃发乌孤集百僚谓群臣曰："陇右河西，本数郡之地，遭乱分裂，至十余国。吕氏、乞伏氏、段氏孰强？今欲取之，三者何先？"杨统曰："乞伏本吾部落，终当服从；段氏书生，无能为患，且结好于我，攻之不义；吕光衰耄，嗣子微弱，篡、弘虽有才，而内相猜忌。宜遣车骑镇浩亹，若镇北据廉川，乘虚迭出，彼必疲于奔命，不过三年，兵劳民困，则姑臧可图也。姑臧举，则二寇不待攻而服矣。"乌孤曰："善。"从之。初，秦王苻登之弟广，率众依南燕王慕容德，德受之，令其屯于乞活堡。至是见燕势弱，乃自称秦王。时滑台孤弱，土无十城，众不过万，附德者多去附广。德大怒，乃留鲁王慕容和守其城，自率众五万去讨广。广无备，被德入堡，执广斩之。和长史季辩见德去了，乃集党杀和，以滑台降于魏。魏王珪使行台尚书和跋，率轻骑五千，自邺赴滑台，滑台空虚，入城中悉收德宫人府库宝贝。时陈、颍之人多附于魏。

燕将军慕容云闻知变，率众斩李辩，率诸将士家属出见德。德大惊，欲还攻滑台。韩范谏曰："向也魏为客，吾为主；今者我为客，魏为主。人心危惧，不可复战。不如先据一方，自立基本，乃率进取可也。"张华曰：

---

① 浑仪——古代测量天体位置的仪器。

"先取彭城为居。"潘聪曰:"彭城土旷人稀,平夷无险,且晋之旧镇,未易可取。又密迩江淮,夏秋多水,乘舟而战者,吴之所长,我之所短也。青州沃野二千里,精兵十余万,左有负海之饶,右有山河之固。广固城,曹嶷所筑,地形阻峻。三齐英杰,思得明主以立功于世久矣。晋刺史辟闾浑昔为燕臣,今宜遣辩士驰说,而以大兵继其后,若其不服,取之如拾芥耳。既得其地,然后闭关养锐,伺隙而动,此乃陛下之关中、河内也。"德从之。于是德乃率师而南,兖州北鄙诸郡县皆降,德还守宰以抚之,禁军士毋得掳掠,百姓大悦。

慕容德谋都广固

南燕王慕容德至兖州,正与诸将谈议国事,忽后燕王慕容盛遣使至。南燕王德召入问之,使人说曰:"慕容宝已死,其子盛即位,闻陛下已立,故遣臣来问意。"南燕王德谓文武曰:"卿等前以社稷大计,劝吾摄政,今天方悔祸焉。"又谓张华曰:"若嗣帝得还,吾将具驾奉迎,谢罪行阙,然后角巾私第,卿意以为何如?"其侍郎张华曰:"天下非一人天下,有德者可居焉。陛下仁德日新,何用退让。"于是南燕王德大悦。次日,引师南迁,北鄙诸郡悉来归降。因是僭即皇帝大位,改建平元年。次日,燕会群臣,燕王德饮酣,笑谓群臣曰:"朕虽寡薄,恭己①南面而朝诸侯,可方自古何等王也?"青州刺史鞠仲曰:"陛下中兴之圣后,少康、光武之俦也。"燕王德大悦,命左右赐鞠仲帛千匹。鞠仲辞曰:"陛下登御之始营建多般,留赏诸工,请存诸库,臣不敢领。"燕王德曰:"卿知调朕,朕不知调卿乎,何故推辞?"韩范进曰:"臣闻天子无戏言,忠臣无妄对。今日之论,上下相欺,可谓君臣俱失也。"燕王德大悦,又赐范绢五十匹,因此倡言竞进,朝多直士矣。且日,燕王德与群臣出狩幸齐城,登营丘望见一冢,因问之曰:"甚人之冢?"群臣答曰:"臣等不知,可问百姓。"德命左右出唤,百姓不敢入,使青州秀才晏谟入,燕王德问其冢。谟对曰:"乃大夫晏婴之冢。"燕王德顾谓近臣曰:"礼,大夫不逼城葬。平仲古之贤人,达礼者也,而生居

---

① 恭己——指帝王以端正严肃的态度约束自己。

近市,死葬近城,岂有意乎?"晏谟对曰:"孔子称臣先人平仲贤,则贤矣,岂不知高其梁,丰其礼?盖政在家门,故俭以矫世,存居湫隘①,卒岂择地而葬乎!所以不远门者,犹冀悟平生意也。"燕王德大悦,遂问谟以齐之山川丘陵,贤哲旧事。谟历对详辩,画地成图呈上。燕王德深嘉之,拜晏谟为尚书郎。

燕王德因飨宴,乘高远瞩,请祭平仲,顾谓尚书鲁邃曰:"齐、鲁固多君子,当昔全盛之时,接、慎、巴生、淳于、邹、田之徒,荫修檐,临清沼,驰朱轮,佩长剑,恣非马之雄辞,奋谈天之逸辩,指麾则红紫成章,俯仰则丘陵生韵。至于今日,荒草颓坟,气消烟灭,永言千载,能不依然!"邃答曰:"武王封比干之墓,汉祖祭信陵之坟,皆留心贤哲,每怀往事。陛下慈深二主,泽及九泉,若使彼而有知,宁不衔荷。"于是德大悦,罢饮而驰还之。

南燕王德在兖,遣使说幽州刺史辟间浑来降,辟间浑不从,使人回报浑不降。德遂遣北地王慕容钟率步骑七千击之。德自以兵进据琅邪,徐、兖之民归附者十余万。渤海太守乎,燕旧臣也,闻德至出降,德大喜曰:"孤得青州不为喜,喜得卿耳!"遂委以机密。浑守广固,其下多出降,浑惧奔魏,德以兵追斩之。浑子道秀自诣德,请与父俱死。德曰:"父虽不忠,而子能孝。"特赦之。浑参军张英为浑作檄,辞多不逊,德执而让之。英神色自若,徐曰:"浑之有臣,犹韩信之有蒯通。通遇汉主而生,臣遇陛下而死,比之古人,窃为不幸耳!"德怒杀之,遂定都于广固。

九月,初,燕辽西太守李朗在郡十年,威行境内。燕王盛疑之,累征不赴。朗亦以家在龙城,未敢显叛,阴使人召魏兵许以郡降,事觉,盛遣兵五百,杀灭朗族,遣将军李旱讨之。旱既行,盛计使人急召还,数月而复遣之。朗闻其家被诛,拥二千余户以自固,拒旱,及闻旱还,谓盛有内变,不复设备,留其子守令支,自以数十骑迎魏师于北平。旱知,密以兵夜行晓伏,阴袭克令支,使人守之,自以兵追朗斩之,辽西遂平。

十月,会稽世子元显性苛刻,生杀任意,发东土诸部免奴为客者,置京师,以充兵役,东土嚣然。孙恩因民心骚动,自海岛聚众二万,来攻会稽。会稽内史王凝之世奉天师道,不出兵,亦不设备。官属请讨之,凝之曰:"我已请大道借鬼兵守诸津要,诸君不足忧也。"恩兵至,凝之无备,被恩

---

① 湫隘——低下狭小。

遂陷会稽,杀凝之。于是八郡之人一时起兵,杀长吏以应恩,旬日中众至十万。时三吴承平日久,民不习战,郡县兵皆望风奔溃。恩据会稽,自称征东将军,号其党曰"长生人"。驱诸县令以食其妻子,不食则支解之。所过焚掠,刊木堙井。

孙恩聚众寇江南

　　史说,孙恩字灵秀,琅邪人。世奉五斗米道。恩叔父孙泰,师事钱塘杜子恭。而子恭有秘术,有人以舟装瓜,游江遍卖,子恭向其人买瓜,就向瓜主借刀剖瓜,瓜主人欲等取刀,子恭曰:"汝只管归去,当即送还。"瓜主人始摇舟往别,行至嘉兴,忽有一鱼跃入船中,瓜主人破鱼,见子恭所借瓜刀,在鱼腹中。其瓜主人以子恭为神,往往如此。后子恭死,孙恩传得其术。然浮狡有小才,诳诱百姓,愚者敬之为神,皆竭财产,进子女,以祈福庆。会稽王道子闻知泰有异术,煽惑民心,恐其为乱,将泰诛之。孙恩逃出海滨,海滨之人素闻孙泰之名,及恩至,众问之,孙恩以言惑众,谓其叔父孙泰蝉蜕登仙,众人信之,久以财帛资给孙恩用,因是聚众招集亡命,志欲复仇。不期年①,众数十万,由此朝野骚动,士民震恐。卢循谓恩曰:"今八郡军民响应者,谓将军能除君侧之恶,以解百姓之忧,故来归也。火速入朝上表,数会稽王道子及其子元显之罪,请上诛之,则江南士民尽命来归。"恩从之,即使人入朝上表。使人入建康,次早黄门引入金銮,呈上表章。晋帝览曰:

　　　　会稽王道子,叨窃尸素②,荒废朝政。拜授之荣,皆非天朝;鬻刑之货,篓入其门。毒赋年滋,愁民岁广。使先帝肆一醉于崇朝,飞千觞于长夜,致崩于宫,人之暴也。犹不能避位退身,以谢天下,反私以子元显夺政位耶!既为政宰,宜进思尽忠王室,何可苛刻,生杀任意,不为理也!今普天之下,率土之滨,人皆切齿,故推以臣为首,起兵请诛元显父子也!诛此国贼,臣等入朝,

---

① 不期(jī)年——不满一年。
② 尸素——"尸位素餐"的省语。占着职位而不做事。

待罪阙下。"

晋帝览讫,喝退来使,与群臣商议起兵征讨。加会稽王司马道子为大将军,其子元显为中军将军,领兵卫守京师。安帝即位以来,内外乖异,石头城以南,皆为荆、江所据,以西皆豫州所专,京口及江北皆刘牢之及广陵相高雅所制,朝政所行,唯三吴而已。今闻孙恩作乱,八郡皆为恩有,畿内都县,处处盗贼蜂起,建康士民,居而震惧。

刘裕落魄遇圣僧

却说宋高祖武皇帝'讳裕'字德舆,小名寄奴,乃彭城县绥舆里人,姓刘氏,是楚元王交二十一世孙也。彭城原系楚都,故苗裔家焉。晋氏东迁徙讫,刘氏移居晋陵丹徒之京口里。裕夜生之时,神光照室,犹如昼明。及长,雄杰有大度,身长七尺六寸,风骨奇伟。仅识文字,不事廉隅小节。奉继母以孝闻。常卖履为业,好摴蒱,为乡间所贱。独琅邪王谧见其奇伟,深相敬耳。是时,裕年二十余岁,忽一日,裕卖履有余五日之粮,懒做履,遂游京口竹林寺闲耍,偶困卧于讲堂之前。却说竹林寺众僧会讲佛法,忽见讲堂毫光灿烂,僧人大惊,疑是发火,即忙呼集僧众,令去救火。此时众僧一发向前来讲堂救火,并不见火,只见刘裕在讲堂前卧,上有五色龙章,光焰罩身。当时众僧叫醒刘裕,直说与知,而贺曰:"小僧尝闻蛇穿土孔,五霸诸侯;龙穿土孔,真命天子。今金龙翼子之体,子非诸侯,必帝王也。"裕闻言独喜,谢曰:"上人无妄言,吾行止时,常见二小龙附翼,或樵渔山泽,亦曾同侣,何足为奇。山野农夫,亦不敢望,禅师何赞过也。"言讫,众僧请裕饮茶,茶讫,裕遂辞僧回归。至次日,厨灶无柴佐饭,裕乃执斧,往新洲去伐荻。

却说新洲土神见刘寄奴落魄,宋祚当兴,乃化长蛇拦路,与之射伤,复变小童,传授金创之药,乃基其王者之兴。裕来至洲,忽见大蛇长数丈,在洲蟠屈,裕惊,卒以箭射之,蛇被箭伤,而遁入荻中,裕被唬亦归。至明日无柴,只得复往新洲去伐荻柴。至洲里,忽闻荻中有杵臼之声,凝目觇之,却见童子数人,皆青衣,立于荻中捣药。裕怪问其故,童子答曰:"我王为刘寄奴所射,在此合散敷之。"裕惊,佯挑曰:"汝王何不杀之?"童子应曰:

"寄奴乃王者不死,不可杀也。"裕笑叱之,童子皆散,忽然不见。裕乃收其药认识之而返。归家数日,将复往下邳去卖。却说黄龙长老知天下之主在于刘裕,是以化为沙门①在道俟裕,指与功名。当裕卖履归来,遇见沙门,沙门谓裕曰:"江表当乱,安之者其在君乎!君何行此?"裕曰:"禅师之言,正合吾意。奈吾身有贼疾,未敢投伍。"沙门又问曰:"君有何疾?吾教汝医。"裕曰:"吾幼年患手创,积年不愈,因是无力。"沙门曰:"我有黄药与君,可将敷之,必然得好也。"言讫,将药授裕。裕接了,忽然不见。裕思半晌,疑必神教,乃拜谢天地归家,将沙门黄散敷之,一敷就愈,其手力更加大,堪击千斤。因是将其余黄散及童子所遗之药宝藏之,后每遇金创,敷之无有不愈。裕既得沙门之语,常怀在心。

晋隆安三年,十一月,妖贼孙恩聚众据会稽作乱,劫掠州郡。有会稽附郡太守王德即忙写表,遣使入朝奏知,求兵征讨,使人领命去讫。却说晋安帝设朝,只听得净鞭三下响,果然文武两班齐。只见文武百官,齐立丹墀②,前八拜,后八拜,中八拜,三八二十四拜,扬尘舞蹈,三呼万岁,君臣礼足。晋皇在座上言曰:"卿各平身,有事但奏,无表退班。"于是群臣起伫两边,忽黄门大使引会稽使人直至金銮,拜舞讫,持上表章。晋皇披表,读讫大惊,谓使人曰:"卿宜星夜回郡,令太守点兵紧守城池,朕即发兵来应。"使人闻说,拜辞出朝,即归去讫。当时帝问群臣曰:"今奸贼作乱,谁人敢与寡人兴兵?"言未罢,群臣奏曰:"卫将军谢琰、前将军刘牢之,此二人足智多谋,陛下不如遣其前去征讨,必然收服。"帝闻奏,即宣谢琰、刘牢之二人至,谓曰:"今会稽妖贼孙恩作乱,遣卿二人执兵前去收服。卿宜竭力,得胜回朝,封赏不轻。"二人闻说,即时谢恩出朝领兵。于是珠帘放下,文武退班。

却说谢琰、刘牢之二人领兵十万欲行,缺少一个参军官,心下正闷,忽部下军人出说曰:"我乡中有一知心识人,乃是楚元王交二十一世孙,姓刘名裕,字寄奴,原居京口里。此人幼读兵书,长习武艺,有万夫不当之勇;身长七尺,细眼长髯,胆量过人,机谋出众。笑齐桓、晋文无匡霸之才,论赵高、王莽少纵横之策。用兵仿佛孙吴,胸次熟识韬略。若将军这里少

---

① 沙门——出家的佛教徒的总称,也指佛门。
② 丹墀(chí)——古时宫殿前的台阶。

参军官,可以礼请他来,必然收得妖贼。"牢之闻说大喜,就令军人以礼去请。军人得令,连夜上马来到京口里,见刘裕具道:"妖贼孙恩作反,朝廷差卫将军谢琰、前将军刘牢之领兵去征。今二人令我前来,礼请足下为参军,一同去征。文书紧急,火速要行。"裕闻言大喜,即时收拾刀马衣甲,随军人来至营前,忙入军中拜见刘牢之。牢之见裕堂堂七尺五寸身躯,细细五路胡须垂腹,生得面如碧玉,丰骨奇异。牢之一见,心下大喜,随即拜为参军。裕亦喜之不胜。于是牢之传令三军,目下起行,大刀阔斧,杀奔会稽而来,来至会稽城东五十里,下住营寨。

刘裕十骑破孙恩

是日,谢琰、牢之二人升帐,谓参军刘裕曰:"汝可带十个精壮军人,先去觑贼虚实如何,回来报知,吾好引兵后进。"裕闻言,引十骑即行,行至一十余里,却遇孙恩引贼众五千余人正来与牢之对阵,见了刘裕,领兵杀进。刘裕无奈,只得高叫十骑曰:"今日正乃立功之时,汝等各宜竭力,杀退贼人。吾若退走,彼必后追,安能逃命。"言讫,自骤马提枪,直取孙恩。孙恩舞刀来迎,一来一往,一上一下,斗不到十余合,刘裕卖一破绽,回马望本阵便走,孙恩赶来。彼时刘裕走得气喘,跌落岸下,贼众临岸,欲下擒之,被裕奋长刀,仰砍数人,贼不敢近,乃得登岸,大呼逐贼而走。恩复引众追来,裕急就环住钢枪,拈弓取箭,侧坐鞍鞒,翻身背射孙恩一箭。箭到处,正中孙恩右肩,孙恩被伤,只得勒转坐下马,撇了手中枪,走回本阵。裕见恩走,以左手招十人,一齐复追杀回,击死贼兵甚众。却说刘牢之子刘敬宣见刘裕打探不回,疑被贼困,乃引大队人马前来,至平山阴看裕,见裕正与贼人交战,敬宣遂挥兵掩杀,杀得贼人十损其八,连追五十余里。是时,孙恩见战不胜,乃引残兵遁走入海去讫。牢之闻恩逃走入海,乃令收兵屯扎会稽,重赏刘裕,犒劳三军,不在话下。却说孙恩初起兵,闻八郡响应,谓其属曰:"天下无复事矣,当与诸君朝服至建康。"既而牢之引兵济江,恩与刘裕战不胜,乃驱男女二十万人,入海岛屯居去讫。

却说荆州刺史殷仲堪,乃陈郡人,能清言,善属文。因父病积年,仲堪衣不解带,执药挥泪,遂眇①一目。居丧以孝,因是孝武帝召为太子中庶子,因问仲堪之目曰:"卿患此者为谁?"仲堪流涕而起曰:"臣进退维谷。"帝有愧焉。帝尝示仲堪诗,乃曰:"勿以己才而笑不才。"帝甚敬之。仲堪一日出游江滨,忽见水上流一棺至,仲堪以为无主,命左右赴水收而取之而归。旬日间,门前之沟忽直起为岸。其夕,有人来谒仲堪,自称曰:"吾乃徐伯玄,感君之恩惠,无以报德也。"仲堪亦以礼待之,因问曰:"我门前沟又无大水流沙,自然填成为岸,君乃高士,必知其为何祥乎?"伯玄对曰:"水中有岸,其名为洲,君将为州官耳!"言终,其岸复没,伯玄亦忽不见。仲堪心甚疑之。次日设朝,群臣保奏孝武帝以殷仲堪为荆州刺史,命其去镇江陵。仲堪谢恩受职,辞帝赴任。孝武帝谓曰:"卿去有日,令人酸然。常谓永为廊庙之宝,而忽为荆、楚之珍,良以慨恨,使朕忧深!"堪曰:"臣虽任外,无苟取民一毫,以负陛下殊遇之恩。伏望陛下善保龙体,以重天下之望,毋劳怀臣之深。"堪为孝武帝所重,为此堪亦尽忠诚之心。既至荆州,荆州连年水旱,百姓饥馑。仲堪食常五碗,盘无余肴,每食粒落席间,辄拾而啖之,虽欲率物,亦缘其性真素也。常语子弟曰:"人物见我受任方州,谓我豁平昔时意,今吾处之不易。贫者士之常,焉得登枝而捐其本,汝其存之矣!"

是时,殷仲堪与桓玄不睦,恐桓玄跋扈,起兵来攻,意欲先以兵去击。当有部将纪绅上言曰:"不可。桓玄乃世之英雄,兼有义兴之地,若与战,必不易图也。吾闻江州刺史杨佺期亦乃世之英杰,有一女年纪十三,未曾许聘他人,今明公亦有长子,不曾结姻,不如先令人求亲于佺期,佺期若肯,必然树党羽,然后兴兵,两相夹攻,方可克胜。"堪曰:"其计甚善。"于是从绅之计,即日遣使刘赞赍礼物诣江州求婚。不一日到江州见杨佺期,称说:"殷仲堪敬慕将军,欲与将军结姻,特遣小将赍礼前来,求令嫒为儿妇,永契秦晋之欢。将军意下若何?"佺期听讫,深思半响,言曰:"殷先生几个儿子?"刘赞答曰:"有二子,此子是长。"佺期意遂决,许之。备筵宴,款待使人刘赞。赞出外整备财礼,送入府堂,佺期受礼物,乃留刘赞于馆驿安歇。至次日,备酬礼与回。赞得酬礼,星夜归见仲堪,说知就亲之事。堪大喜道曰:"吾荆州无忧患矣!"

① 眇(miǎo)——瞎。

却说南郡公桓玄先计使人入朝，求为广州刺史，晋安帝从之。因是起兵谋叛，欲取荆州为家，遣奸细人前去打探虚实，闻知殷仲堪求亲于江州杨佺期为援，使人即回，将此报知。桓玄听讫大怒，即时点起军马五万，欲先取荆州，惧其有备，乃引兵杀奔江州，先击杨佺期。佺期未知其来，慌忙引军出城。两下排阵，阵完，杨佺期出阵前言曰："吾与公平素无仇，何故起兵侵界？"玄高叫骂曰："尔与荆州殷仲堪结亲树党，欲来攻我，我故先来击之。"言罢，挺枪骤马，向期便刺，期亦舞刀去迎。二人战上三十余合，杨佺期气力不加，被桓玄刺于马也。玄杀散余兵，收军入城，书安民榜讫，安排牛酒，犒赏三军。乃下令曰："今江州虽破，还有荆州殷仲堪在，若使他闻知，必引兵来攻我，百姓必危矣！不如乘其无备，来日先以兵击之。诸将不许顿舍，持三日粮去起杀入城。"诸将曰："可。"于是次日引兵一万，星夜杀奔荆州而来。

却说殷仲堪果无备，被桓玄挥兵杀入城去，仲堪正坐府堂，闻左右说玄兵入城，吃惊不小，即时率部下兵将杀出，正相遇着，与玄将冯该交战，不五合，仲堪战败而走。玄挥兵进衙，杀其家属，复出堂出榜安民，排宴犒赏诸将。玄克荆、雍，差偏将冯该以兵追数日，生执仲堪杀之。玄既杀仲堪，遣人入朝上表，求领荆、江二州牧。使人得命，带表即行。行数日，来到朝廷，至次日具公服在待漏院伺候，忽听见净鞭三下响，文武两班齐，晋帝设朝，使人乃直至丹墀，持上表章。帝披览讫，龙颜不悦，即以玄表示群臣。群臣奏曰："桓玄跋扈，不可违其请也。"于是帝决降诏，命玄为荆、江二州牧，使人得诏旨即还去讫，珠帘放下，文武退班。却说使人回见桓玄，具说朝廷诏旨，命领荆、江二州之事。玄大喜，重赏使人，不在话下。

却说初，杨佺期与仲堪为婚姻遣书，欲与仲堪共袭玄。仲堪多疑少决，苦禁止之。参军罗企生谓其弟遵生曰："殷侯仁而无断，必及于难。吾蒙知遇，义不可去，必将死之。"是岁，荆州大水，仲堪竭仓廪以赈饥民。玄欲乘其虚而伐之，乃发兵西上。仲堪部下将士多出降玄，仲堪大惧，引腹心数十人出走，被玄所执斩之。仲堪奉天师道，祷请鬼神，不吝财贿，而啬于周急，好为小惠以悦人，病者自为诊脉分药，用计倚伏烦密，而短于鉴略，故至于败。仲堪之走也，文武无送者，唯罗企生从之。路经家门，弟遵生曰："作如此分离，何可不一执手！"企生旋马授手，遵生牵下之曰："家有老母，去将何之？"企生挥泪曰："今日之事，我必死之，汝等奉养，不失孝道。一门之中,有忠与孝,亦复何恨!"遵生抱之愈急,仲堪遂不待去。及玄至,荆州人士无不诣玄者,企生独不往,而营理仲堪家事。玄遣人谓企生曰:"若谢我,当释汝。"企生曰:"吾为殷荆州败不能救,尚何谢为!"玄乃收之,复问欲何言。企生曰:"从公乞一弟以奉老母!"玄乃杀企生而赦其弟。

凉王卒诫诸子和

却说凉王吕光疾甚,立太子吕绍为天王,自号太皇。以太原公吕纂为太尉,常山公吕弘为司徒。谓太子绍曰:"今三邻构隙,吾没之后,使纂统六军,弘管朝政,汝恭已无为,委重二兄,庶几可济。若两相猜忌,则萧墙之变至矣!"又谓纂、弘曰:"永业才非拨乱,直以立嫡有常,猥居元首。汝兄弟缉睦,则祚流万世;若内自相图,则祸不旋踵!"纂、弘泣曰:"儿不敢。"及光卒,绍秘不发丧,纂排阁入哭,尽哀而出。绍惧,以位让之,纂不许曰:"陛下自宜保重。"光弟子吕超见纂、弘强狠,谓绍曰:"纂为将积年,威震内外,临丧不哀,步高视远,必有异志,宜早除之。"绍曰:"先帝言犹在耳,奈何弃之?纵其图我,我视死如归,终不忍有此意也。"弘闻知,谓纂曰:"主上暗弱,未堪多难,兄宜为社稷计,不可徇小节也。"纂、弘于是夜帅壮士一千,攻广夏门。左将军齐从抽剑直前,斫纂中额,左右擒之,纂曰:"义士也,勿杀。"吕超闻变,急率卒二千赴难,众素惮纂威,不战而溃。纂自入升殿,吕绍知,自杀。吕超率众散奔广武。纂以弘兵强,以位让之。弘不受,纂乃即天王位,以弘为大都督、录尚书事。纂叔父吕方乃吕超之父,镇广武,纂遣使去谓曰:"超实忠臣,义勇可嘉,但不识权变之宜。方赖其用,可以此意谕之。"超遂上疏陈谢,纂乃复其爵位,相待如初。后凉王吕绍既自杀,因此吕纂自立为后凉王,后又自即天王位,国号大凉,改元咸宁元年。

却说西海公吕弘,吕光之季子,闻吕纂杀绍自立,恐其不为所容,乃起兵东苑,来攻吕纂。纂遣将军权德率兵出讨,与吕弘交战,未上十合,弘众溃散,弘乃单骑奔外。吕弘妻子被士卒夺去所辱。是日,凉王吕纂闻知权德大胜,败走吕弘,笑谓群臣曰:"今日之战何如?"侍中房晷对曰:"天祸凉室,衅起戚藩。虽弘自取夷灭,亦由陛下无棠棣之义。且弘妻,陛下之弟妇也;弘女,陛下之侄女也,奈何使无赖小人辱为婢妾?天地神明,岂忍见此耶!"言讫,歔欷流涕。凉王纂改容谢之曰:"是朕之过,卿乃吾之直臣也。"于是召取弘妻及男女,入居东宫,厚抚养之,将其所辱弘妻士卒斩之。时弘走见叔父吕方,方见之大哭曰:"天下甚宽,何为至此!"遂执吕弘送至吕纂,纂使力士康龙拉杀之。

却说吕超不奏朝请,引兵五万,欲伐鲜卑思盘。思盘闻知大惊,急与诸将商议。诸将曰:"主公与后凉王自来无仇,必然是吕超擅自起兵,可使人星夜去见新主吕纂,愿称藩臣,以障凉国,彼必抽回其兵,可保吾境无患矣。"思盘曰:"卿言有理。"因是使人持书入姑臧,呈与凉王吕纂。纂览毕,始知吕超擅伐鲜卑,乃谓使人曰:"汝还报知汝主,道吾与汝国实乃唇齿之邦,必无相攻之理。吕超起兵,朕实不知,朕即遣人抽回责之,从今和好如初,不须忧疑。汝回急白汝主,吾旦日请与超会面讲和,宜速来之。"使人得其言语,即归去讫。凉王纂使人往边召吕超还朝,问曰:"鲜卑思盘与吾国无仇,如何擅伐,不待朕知,不看平昔功劳及先王祖面,今朝必然斩你。从今以后,休得如是。"吕超惧,即谢罪而出,来见兄右将军吕隆。隆曰:"吕纂谋逆弑绍自立,吾甚不平,无人帮附,待弟回来计议。今弟既回,必须杀此跋扈。"超曰:"来日吾即辞吕纂还广武,即起兵来;你可以兵内应,诛此不义。"隆曰:"汝去再来必难。吾闻吕纂旦日遣使请鲜卑主思盘宴,必然大会群臣,与弟待其宴会时,吾自劝吕纂饮醉,弟可藏刃侍于左右,将纂刺杀,其余文武,不敢逆耳。"超然之。

次日,凉王吕纂果排宴大会群臣于内殿,吕纂自与吕超对饮,饮得大醉。吕隆又来劝纂,纂又饮,因是昏醉,被吕超取出利刃,将吕纂杀之,因大叫群臣曰:"吕纂谋逆篡位,吾故杀之,与汝大臣无干!今将军吕隆有先人之志,汉祖之德,宜立袭位,汝等大臣所议何如?"群臣皆曰:"殿下乃太祖之弟,宜自即位,何必让彼!"吕超曰:"吾为公杀此逆贼,吾若自取大位,却被天下之人笑我篡位。汝诸大臣,休忤吾意。"于是大臣扶吕隆上殿登座,吕隆推让吕超,至再至三,方始受位。群臣皆呼万岁。国号大凉,改元神鼎元年。

初,吕纂嗜酒好猎,太常杨颖谏之不悛①。会吕超擅击鲜卑思盘,纂命超及思盘入朝讲和,超惧,至姑臧,深自结于殿中监杜尚。纂见超,责之曰:"卿恃兄弟桓桓②,乃敢欺朕,要当斩卿,天下乃定!吾不忍杀汝也。"因引超、思盘及群臣宴于内殿。超兄中领军隆,数劝纂酒,纂醉,超取剑击杀之。纂后杨氏命禁兵讨超,杜尚止之,皆舍仗不战而散。超让位于隆,隆遂即天王位,以超都督中外诸军事、录尚书事。杨后将出宫,超恐其挟珍宝,命索之。后曰:"尔兄弟不义,手刃相屠,我且愿死,又安用宝为。"超又问玉玺所在,后曰:"已毁之矣。"后有美色,超将纳之,谓其父桓曰:"后若自杀,祸及卿宗。"桓以告后,后曰:"大人卖女与氏以图富贵,一之为甚,其可再乎!"遂自杀。桓惧,走奔河西去讫。

李暠③自称西凉王

却说西凉王李暠字玄盛,小字长生,陇西成纪人,汉前将军李广十六世孙也。祖仕张轨,父早卒,遗腹生暠,暠少而好学,性沉敏宽和,通涉经史,颇习武艺,诵孙吴兵法。尝与吕光太史令郭馨,及其同母弟宋繇同宿。馨起谓繇曰:"君当位极人臣,李君有国土之分,家有骒④草马,生白额驹,此其时也。"吕光来京兆,段业自称凉州牧,闻暠之名,署皓为效谷令。会敦煌太守孟敏卒,于是护军郭谦等以暠温毅有惠政,推为敦煌太守。其时宋繇亦仕段业,闻暠已立,乃辞段业而归敦煌,入见李暠而言曰:"兄忘郭馨之言耶!白额驹今已生矣,何如早不建其大业也!"暠曰:"吾已得志,待弟来谋,幸汝到此,吾之大事将济矣。"于是与宋繇共谋,霸有秦、凉二州,遂迁都于酒泉郡,自称为秦、凉二州牧。暠乃劝民稼穑,年谷岁登,百姓乐业。是时,白狼、白驹、白崔、白雉、白鸠,皆自然栖其园囿。宋繇以白祥自至,金精所诞皆应,因上言曰:"昔太史令郭馨曾言,白祥若起,明公

---

① 悛——改过。
② 桓桓——威武的样子。
③ 暠——皓的异体字。
④ 骒(guā)。

可以登基,今白瑞已应,明公宜即王位,以乘其时。"暠曰:"吾无才德,何敢为之! 必须请命于晋,然后方可自立。"繇曰:"若如此逆众,士民必离。臣等诸将为明公开台建业,离乡土,弃亲戚,咸指望明公即位以图荣贵。今日拗之,士必辞归,若去,谁人与明公同成其事耶!"暠始从之。自立为西凉王,使人称藩于晋。国号大凉,改元建初元年,以宋繇为尚书令,同参万机。

燕王德议立太子

庚子,四年(燕长乐二年,秦弘始二年,魏天兴三年,南燕建平元年,南凉王秃发利鹿孤建和元年,西凉公李暠庚子元年。是岁,西秦降于后秦王),却说南燕王慕容德即皇帝大位,都于广固,更名裕德,因谓文武曰:"朕今年迈无嗣,大不幸也。吾闻'不孝有三,无后为大',今贵为天子,富有天下,若不早定青宫①,朕崩之后,是遗祸于宗室之竞也! 吾欲择族中有德者立之,卿等所议何人堪任大事也?"时尚书鲁邃上曰:"陛下之兄北海王慕容纳之子慕容超,字祖明,仁德久著。臣闻先是慕容昈降秦王苻坚,被苻坚徙于长安。苻坚被后秦王姚苌所害,长安为姚苌所据。姚苌已死,其子姚兴嗣位。其弟姚绍有知人之鉴,见超异之,劝姚兴拘以爵位。姚兴信之,召慕容超入见。超恐姚兴相害,凡有所问,深自晦匿,咸推不能。因此姚兴鄙之,谓弟姚绍曰:'谚云妍皮不裹痴骨,汝胡妄语耶!'由然姚兴勿用,至今还在长安。陛下何不使人迎来立之为太子,则南燕社稷幸甚矣!"南燕王德曰:"非卿所举,则朕忘矣。"于是德使人来长安,召慕容超。超闻德有召,不告母妻知,即与使人入广固,朝见南燕王德。德与语大悦,遂立为太子,命居东宫。

却说南凉秃发乌孤,河西鲜卑人。八世祖匹孤,匹孤卒,其子寿阗立。初,寿阗之在孕,其母胡掖氏因寝而产于被中,鲜卑谓被为"秃发",因而氏焉。寿阗孙树机能据有凉州之地,至乌孤嗣位,吕光自立为凉王,遣使署乌孤为冠军大将军,自称西平王,改元号太初。徙都乐都。乌孤身死,

---

① 青宫——太子宫,代指太子。

其弟利鹿孤为众所立,为武威王。至是岁,秃发利鹿孤改称西河王,国号南凉,改元为建和元年。次日,大会宴赏群臣,因谓文武曰:"戎车屡驾,无辟境之功,务进贤彦,而下犹蓄滞。岂所任非才,将吾不明所致也?"祠部郎中史皓对曰:"今取士拔才,必先弓马,文章学艺为无用之资,非所以来远人,垂不朽也。为今之计,大王宜建学校,选著德硕儒以训胄子,则贤士争趋至也。"利鹿孤闻说,善之。于是以白玄冲、赵诞为博士祭酒,以教胄子,由此贤人稍进。

姚德举兵伐西秦

后秦王姚兴遣姚硕德以兵二万,去伐西秦。西秦王乾归使将军慕兀等以兵二万五千屯宋,秦军樵采路绝,秦王兴闻知,潜引兵一万救之。乾归闻之,亦自将铁骑数千,前候秦军。会大风昏雾,与中军相失,入于外军,被兴军杀败走归,其众皆降于兴。进军枹罕。乾归走奔金城,将复西走,谓诸豪帅曰:"今秦王兴军势盛大,吾兵寡弱,不如早避。举国而去,必不得免,卿等宜留此降秦,以全宗族。"众皆曰:"死生愿从陛下。"乾归曰:"吾今将寄食于人,若天未亡我,庶几异日,克复旧业,复与卿等相见,今相随而死,无益也。"乃大哭而别,遂奔允吾,乞降于南凉。南凉王利鹿孤待以上宾。秦兵既退,南羌梁戈等遣人密招乾归。乾归将应之,欲以白利鹿孤,乾归惧为所杀,乃送太子炽磐等于西平,南奔枹罕,遂降于秦。久之,炽磐亦逃归。

十二月,有星孛①于天津。元显以星变解录尚书事,复加尚书令。吏部尚书车胤以元显骄恣,白会稽王道子,请禁抑之。元显问道子曰:"车武子屏人言及何事?"道子怒曰:"尔欲幽我不令与朝士语耶!"元显出,谓其徒曰:"车胤间我父子,吾必杀之。"胤惧自杀。时魏太史屡奏天文垂乱,魏王珪自觉占画云:"当改王政。"乃下诏风励群下,以帝王继统,皆有天命,不可妄干。又数变易官名,欲以厌塞灾异。

辛丑,五年(燕王慕容熙光始元年,秦弘始三年,魏天兴四年,凉王吕

---

① 孛(bèi)——原指彗星。此作动词,指彗星出现。

隆神鼎元年,北凉王沮渠蒙逊永安元年),正月,南凉王利鹿孤欲称帝,将军锸①勿崙曰:"吾国被发左衽,无冠带之饰,逐水草迁徙,无城郭室庐,故能雄视沙漠,抗衡中夏。今举大号,诚顺民心。然建都立邑,难以避患,储蓄食库,启敌人心。不如处晋民于城郭,劝课农桑,以供资储,率国人以习战射,邻国弱则乘之,强则避之,此久长之策也。且虚名无实,徒为世之质的,将安用之!"利鹿孤乃更称河西王。以其弟傉檀都督中外诸军事、录尚书事。又命群臣极言得失。从事史皓曰:"陛下命将出征,往无不捷,然不以绥宁为先,唯以徙民为务。民安土重迁,故多离叛,此所以斩将搴旗,而地不加广也。"利鹿孤善之。

沮渠蒙逊其先为匈奴左沮渠,因为氏焉。蒙逊出自夷陬②,擅雄边塞。先闻吕光悖德自立,深怀仇粥之冤,因临松卢水,集胡人起兵,恐众不服,寻推建康太守段业为凉州牧,假以陈、吴之事。依陈胜、吴广聚众十余万人而仕段业。却说北凉王段业惮沮渠蒙逊勇略,蒙逊亦身自晦匿。张掖太守马权素豪俊,为业所亲重,意轻蒙逊。蒙逊谮业谓其欲谋叛,业将权杀之。蒙逊欲谋叛,乃谓其兄男成曰:"段公非拨乱之主,向吾所惮,权已死,欲除之以奉兄,何如?"男成曰:"人亲信我,图之不祥。"蒙逊见男成不允,计乃求为西安太守,业从之。蒙逊临行,因与男成约,同祭兰门山神而去,乃阴使人先告段业说:"男成欲起兵为乱,若不信,以求祭兰门山神为验。"至期而发。业遂收男成,令自杀。男成曰:"蒙逊先与臣谋反,臣以兄弟之故,隐而不言。今以臣在,恐部众不从,故约臣祭山而反诬臣,其意欲王之杀臣也。乞诈言臣死,暴臣罪恶,蒙逊必反,然后使臣讨之,无不克矣。"业不听,杀之。男成既死,蒙逊闻知,泣告众曰:"男成忠于段王,而无故杀之,诸君能为报仇乎?"男成素得众心,皆愤怒争奋,比至氏池,羌胡多起兵应之。业先疑将军田昂与男成同反,将囚之,至是召之,使讨蒙逊。昂乃以众降蒙逊,业之军遂溃。蒙逊攻入张掖,擒住段业。业谓蒙逊曰:"孤孑然一己,为公家所推,愿丐③余命,东还与妻子相见。"蒙逊不

---

① 锸(tōu)。
② 夷陬(zōu)——蛮夷偏远之地。
③ 丐(gài)——乞求。

听,命斩之。业儒素长者,无他权略,威禁不行,群下擅命,尤信卜筮、巫觋①,故至于败。蒙逊自称为张掖公。

刘裕寡兵退孙恩

妖贼孙恩复引兵北出海盐,欲报山阴之仇。刘裕闻知恩来,点民兵筑城于故海盐而拒之。恩日夜引贼众来攻其城,刘裕忧兵少,乃选敢死士二十人,至夜出击之。贼不知裕兵多少,乃走。时裕虽连胜,而深虑众寡不敌之势,乃思一计,至夜偃旗,示以羸弱,待观其懈,遂乃部兵奋击,大破之,杀得恩兵十损其七,大败而逃,裕兵追一百余里方归,赏犒三军。至八月,晋帝设朝,群臣奏知刘裕击败孙恩之功,帝降诏以裕为邳太守。裕得诏即行,回归京口。史说,孔靖字季恭,好昼卧,忽见一神人,衣服非常,至前谓曰:"汝速起看,天子在门前矣!"言讫忽不见。靖遂遽出门视之,并无一人,徐见刘裕经过。靖忙下阶延裕入宅,因执手曰:"卿当大贵,愿以孤身为托。"裕曰:"寒微岂得登庸,倘有侥幸,必不舍君。"靖曰:"必有大用。"于是置酒相待,因与结交,礼接甚厚。自此二人深相善焉。后裕自往下邳之任。

秦王兴兵伐西凉

西凉王吕隆多杀豪望,人不自保。魏安人焦朗使人说后秦姚硕德曰:"吕氏兄弟相贼,政乱民饥,乘其篡夺之际取之,易于反掌,不可失也。"姚硕德以告其主秦王兴。兴从之,自以兵五万,从金城济河,直趣姑臧。吕隆大惧,遣吕超等以兵三万逆战,大败,被硕德大破之。吕隆走入城,撄城固守。于是西凉公皓、河西王利鹿孤、张掖公蒙逊怕秦来攻,各遣使奉表,入贡于秦。秦王兴闻凉扬桓之贤,使人征之,利鹿孤不敢留,使桓之秦。秦陇西公硕德围姑臧累月,抚纳夷、夏,分置守宰,节食聚粟,为持久计。

---

① 觋(xí)——男巫。

吕超言于凉王隆曰:"今资储内竭,上下嗷嗷。当卑辞降秦,敌去之后,修政息民,若卜世未穷,何忧旧业之不复!若天命去矣,亦可保全宗族。"隆乃遣使请降于秦硕德。硕德遣人奏知秦王兴,就表隆为凉州刺史。秦王兴受其降,召硕德以兵还。硕德军令严整,秋毫不犯,祭先贤,礼名士,西土悦之。秦王准降,吕隆使吕超率骑,多赍珍宝入秦。吕超朝见秦王姚兴,拜舞毕,呈上宝物,具言请降之事。兴大悦,就拜吕超为都督,不与还凉。乃使将军尹详率一万人入凉,东迁吕隆入长安,为长乐公。凉王隆泣告详曰:"吾欲守父兄之国,秦王何迁吾入长安也?"详曰:"秦王唯恐足下在此,被外国寇攻,故使入朝为官,免被人欺负也。"吕隆不得已,带家属去长安。姚硕德使王尚为凉州刺史,分兵与其戍守凉地,自与尹详等,振旅还京讫。后凉自吕光至吕隆,凡十三载,至此而灭。

却说凉州刺史王尚坐匿吕氏宫人,擅杀逃人薄禾等,禁止南台,因得罪。凉州别驾宗敞诣阙上疏理王尚之无罪。后秦王兴览其疏大悦,谓黄门侍郎姚文祖曰:"卿知宗敞乎?"文祖曰:"与臣同里,乃西方之英俊也!"秦王兴曰:"今有表理王尚,义甚佳,恐非敞之所作。"文祖曰:"宗敞昔与吕超周旋,陛下试可问之。"秦王兴因谓超曰:"宗敞文才何如?可是谁辈?"超答曰:"敞在西土时,文辞甚美,可方魏之陈、徐①,晋之潘、陆②也。"秦王兴以表示超曰:"凉州小地,宁有此才乎?"超曰:"臣以敞余文比,未足称多。琳琅出于昆仑,明珠生于海滨,若必以地求人,则文命大夏之弃夫,姬昌东夷人摈士。但当问其文彩何如,陛下不可以区宇格也。"秦王兴大悦,宣宗敞入内,以为尚书,而赦王尚之罪。因问宗敞曰:"今后凉王已降,朕迁之于长安,凉州无人镇守,吾欲以将去戍,群臣之中,卿以何人可堪其任?"敞曰:"后凉近夷,久叛之地,难以制之。陛下群臣皆有文武之才,宜留护京师,以听调出征讨,若去守,则未必能全。臣举一人,可署凉州,万无一失。"秦王兴曰:"卿举何人?"敞曰:"南凉王秃发傉檀,有英雄之志,凉人所畏,鲜卑宾服,陛下可诏拜其为凉州刺史,与臣去南凉,使其署之,则鲜卑不敢寇境,胡人来归也。"秦王兴从之,作诏即遣宗

---

① 陈、徐——陈琳,曾为袁绍作檄文,有才气,后为曹操记室。徐干,以文学著称,为"建安七子"之一。

② 潘、陆——为潘岳、陆机,以文学著称。

敞来乐都,拜傉檀为凉州刺史。敞奉命至乐都。

却说先是宗敞之父宗燮①,与傉檀俱事吕光,光以燮为尚书郎,傉檀为广武内史。燮善风鉴,一见傉檀,因执其手曰:"君神爽宏拔,逸气凌云,命世之杰,后必当克消世难,恨吾年老,不及见耳!吾以子宗敞兄弟托君,久后休忘今日之言。"至是,宗燮已死,吕隆降秦,宗敞乃归秦王姚兴,因上疏入朝,秦王兴问戍守凉地之才,而有是命。来至乐都,次日入见傉檀,先呈上诏书,说署傉檀凉州刺史之事。傉檀大悦,因谓宗敞曰:"孤以常才,谬为汝尊先君所见称,孤每自恐有累大人水镜之明。及忝家业,窃有怀君子。不图今日得见于卿,大慰吾平生之所望也。"敞曰:"大王仁侔魏祖,存念先人,虽朱晖眄②张堪之孤,叔向抚汝齐之子,无以加也。今某奉秦王之命,请大王署凉州刺史,大王还肯听之乎?"傉檀曰:"如何不从,吾即趣装与卿同入凉州也。"因此傉檀辞兄利鹿孤与尚书赵诞,奉秦王命来戍乐都,自引群臣入凉州。次日,大会文武,宴于宜德堂,傉檀因仰视其堂而叹曰:"古人言'作者不居,居者不作',信矣。"中郎将孟祎进曰:"宽饶有言,富贵无常,忽辄易人。此堂之建,年垂百岁,十有二主,唯信德可以久安,仁义可以永固。愿大王勉之,万代无穷也!"傉檀曰:"非吾无以闻谠言也。"时傉檀虽受制于姚兴,然车服礼章,一如王者。秃发傉檀乃据凉州,并吞附近城堡,得兵数万,乃统兵二万,攻克显美,执太守孟祎,而责其不早降。祎曰:"祎受吕氏厚恩,分符守土,若明公大军甫至,望旗归附,恐获罪于执事矣。"傉檀释而礼之,以为左司马。祎辞曰:"祎为人守城不能全,复忝显任,于心窃所未安。若蒙明公之惠,使得就戮姑臧,死且不朽。"傉檀义而遣之。于是祎得全还。

却说燕王慕容盛惩其父宝以懦弱失国,又自矜聪察,多所猜忌,群臣有纤芥之隙,皆先事诛之,人不自保。初,段太后兄之子段玑为反者段登辞所连及,逃奔辽西,复还归罪,盛赦之,使尚公主入直殿内。至是作乱,盛自率左右战,被玑所伤而卒。中垒将军慕容拔白太后丁氏,以国家多难,宜立长君。时众望在盛弟平原公慕容元,而河间公熙素得幸于丁氏,乃废太子定,迎熙入宫,即天王位,改元光始。遣人以兵五千捕玑等,夷其三族。

---

① 燮(xiè)。
② 眄(miàn)——斜着眼看。

东晋卷之七

起自东晋安帝壬寅元兴元年,止于安帝庚戌六年十一月,首尾共八年事实。

元显议欲讨桓玄

壬寅,元兴元年(燕光始二年,秦弘始四年,魏天兴五年,南凉王秃发傉檀弘昌元年),正月,却说桓玄表其兄伟为江州刺史,镇夏口;以司马刁畅督八郡,镇襄阳;遣其将冯该戍湓①口。自谓有晋国三分之二,数使人上己符端,欲以惑众。又致笺于会稽王道子曰:

  贼造近郊,以风不得进,食尽故去,非力屈也。昔国宝死后,王恭不乘此威入统朝政,足见其心非侮于明公也,而谓之不忠。
  今之腹心,谁有时望,岂无佳胜,直是不能信之耳。

元显见书大惧。张法顺谓曰:"玄承借世资,素有豪气,既并殷、杨,专有荆、楚,第下所控引,只三吴耳。今东土涂地,公私困竭,玄必乘此纵其奸凶。"元显曰:"为之奈何?"法顺曰:"玄始得荆州,人情未附。若使刘牢之为前锋,而以大军继进,玄可取也。"元显以为然。

会武昌太守庾楷密使人自结于元显,请为内应。元显大喜,遣法顺来京口问于牢之。牢之谓法顺曰:"桓玄兄弟新并殷、杨,据晋土得三分之二,其锐气正盛,焉能克之。依吾见,是以为难。"法顺还曰:"观牢之之言,将必贰于明公,可召入杀之。不尔,败人大事。"元显不从,于是大治水军,欲谋讨桓玄。

---

① 湓(pén)。

桓玄陷建业篡位

次日,刘元显奏安帝,下诏罪状桓玄。帝从之,以元显为总领大将军征讨大都督,加黄钺;刘牢之为前锋,谯王尚之为后部。张法顺言于元显曰:"桓谦兄弟每为上流耳目,而牢之反复,万一有变,则祸败立至。可令牢之杀谦兄弟以示无贰,若不受命,当逆为其所败。"元显曰:"今非牢之,无以敌玄。且始事而诛大将,人情不安。又且桓冲有遗惠于荆土,而谦,冲之子,安可杀也!"言讫,奏安帝除谦荆州刺史,以结西人之心。

却说桓玄令人打探虚实,闻知朝廷以元显握兵,遣牢之等以兵前来,心中大惊,欲完保江陵。忽一人挺身上言曰:"明公英威震于远近,元显口尚乳臭,刘牢之大失物情,若以兵临近畿,示以祸福,土崩之势可翘足而待。何有延敌入境,自取穷蹙者乎!"玄视之,其人乃长史卞范之。玄听其论,即从之,领大兵复行。至江陵县,两军相遇,是时天晚,各自安营。至次日,两下出兵交战。当时桓玄出战交锋,牢之亦挺枪出迎,两马相交,战上十合,不分输赢。两下噪鼓,二人又战,战五十余合,牢之见胜不得,自回本阵,玄恐其诈,亦不来赶。由然两下各自鸣金,收军屯扎,相拒月余。参军刘裕劝牢之急击之,牢之不许。

桓玄归营,谓诸将曰:"牢之勇猛,急不能破。"卞范之又曰:"主公可使人去说,令其人来降,则主公大事成矣。"玄曰:"然。"于是使桓信奉书来见牢之,说:"将军肯降,久后同享富贵,必不相忘。"至夜,刘牢之谓子敬宣曰:"道子昏暗,元显淫凶,吾深虑平桓玄之后,政乱伏始。不如因其招降,请和,吾退往别处,假桓玄之手杀此二贼,吾然后乘隙,可以得志于天下。"敬宣曰:"儿恐桓玄威望既成,则难图之。"牢之曰:"取之如反覆手,但平后,宁奈骠骑何!"于是牢之反遣子敬宣诣玄营请和。刘裕与何无忌二人并固谏不从,由是刘裕退居广陵。

敬宣即行,见桓玄具说父令他来请和降之事。玄意犹豫,卞范之急点头言曰:"可从之。刘将军既令公子前来请和,必无诈意,明公何可推乎!"于是玄意遂决,排宴款待敬宣,许其请和,约定旦日,各自罢兵。至次日,送敬宣还营。宣去讫,玄谓卞范之曰:"先生令从和,何年得天下定乎？"范之曰："若不言和，刘牢之必奏朝廷，加兵严备，守住险要，吾等安能进兵。不如许之，暂且退兵，令其不备，然后以兵阴袭建业，必然克也。故兵法曰：'以和就计，攻其无备。'"玄听说大悦。过几日，退兵二百余里。牢之闻桓玄退兵还，引兵屯会稽去讫。玄大喜，谓范之曰："不出先生之所料耳！"于是停住数月，又领兵十万，来攻建业。

初，桓玄起兵发江陵，虑事不捷，常为西还计，及过浔阳，见无兵甚喜。晋帝闻桓玄以兵复至，急下诏遣齐王柔之以驺虞幡止之，被玄所杀。玄至历阳，襄城太守司马休之以羸兵与战，败走。谯王尚之众自溃，玄捕获之。时刘牢之亦知玄至，素恶元显，又虑功高不为所容，自恃才武，拥强兵欲假玄以除执政，复伺玄隙而自取之。先参军刘裕请急击玄，牢之不许自去。玄闻知，使牢之族舅何穆说牢之曰："自古戴震主之威，挟不赏之功而能自全者谁耶？今战胜则倾宗，战败则覆族，不若翻然改图，则可以长保富贵矣。"牢之从之，遂与玄冥相通。东海何无忌，牢之之外甥也，与刘裕共来极谏，不听。其子敬宣又谏，牢之怒曰："吾岂不知今日取玄如反覆手，但平玄之后，令我奈骠骑何！"遂遣敬宣诣玄请降。玄阴欲诛牢之，乃与敬宣宴饮，陈名书画共观之，以安悦其意，敬宣不觉也。

元显将发兵出讨玄，闻玄已至新亭，元显弃船退军。二月，复出陈兵于宣阳门外，军中相惊言："玄已至南桁。"元显遂引兵欲还宫。玄乘势遣人拔刀随后追击，大呼曰："放仗！"军人皆奔溃。元显走入东府，被玄遣从事收缚数之。元显曰："为法顺所误耳。"玄既克建业，欲杀晋帝，乃聚众谋士商议朝廷之事。卞范之进曰："明公意在大位，臣以为不可。何也？盖方镇兵强，而又民心附晋，岂可速也。昔晋文公纳周襄王而诸侯景从，魏武祖挟汉献帝而群臣归附。不如因此时入朝奉王，以从人望，大顺也；重权公出，以服天下，大义也。不然诸胡乘衅，方镇加兵，虽有孙吴之策，未易守也。"玄犹豫。

次日，晋帝设朝，群臣山呼，奏知桓玄克建业，及起兵京城之事。帝乃大惊，急与文武商议，如何可保全社稷，百姓无咎。群臣上言曰："臣见桓玄好爵之人，陛下可高坐金銮，出圣旨命人宣他进来，封以重爵，彼必不就害陛下也。与战，则恐不利。"帝曰："然。"于是即出圣旨，遣人去宣桓玄。玄得旨，犹豫趑趄。当下范之进前密曰："明公威震中外，谁不惧之。矧大兵在此屯驻，入朝何伤。不如从旨进觐晋帝，帝必以重爵封明公，明公乘此机会，总百揆，握朝柄，挟天子，而今天下指日定矣，何必更疑乎！"玄闻言大喜，即具朝服，随使入朝，直至金殿之下，拜舞山呼万岁讫，奏曰："臣起兵者，为陛下左右有獐头鼠目之辈，前后有狼心狗行之徒，伤害朝纲，暴酷万民，是以兴兵来诛谗佞，必不肯有害陛下之心，陛下可高枕矣。"帝闻奏大悦，赐玄平身。桓玄自为丞相而总百揆。

《书》云："纳于百揆。"蔡氏传曰："揆，度也。百揆，揆，度庶政之官。唯唐虞有之，犹周冢宰也。"

玄既入京师，称诏解严，自为丞相，总百揆，都督中外、录尚书事、扬州牧，复让丞相而为太尉。以兄弟桓伟为荆州刺史，桓修为徐、兖刺史，桓石生为江州刺史，卞范之为丹阳尹，王谧为中书令。徙会稽王道子于安成郡，斩元显、尚之、庾楷、张法顺十余人。以刘牢之为会稽内史。牢之惊曰："如尔，便夺我兵，祸其至矣！"子敬宣劝牢之袭玄，牢之犹豫，告刘裕曰："今当北就高雅之于广陵，举兵以匡社稷，卿能从我乎？"裕曰："将军以劲卒数万，望风降附；彼新得志，威震天下，朝野人情皆已去矣，广陵可得至耶！裕当反服还京口耳。"退谓何无忌曰："吾观镇北祸必不免，卿可随我还京口。玄若守臣节，当与卿事之，不然，当与卿图之。"于是牢之大集僚佐，议据江北以讨玄。参军刘袭曰："事之不可者莫大于反。将军往年反王兖州，近日反司马郎君，今复反桓公。一人三反，何以自立！"语毕趋出，佐吏各散走。牢之惧擒，率部曲北走至新洲，自缢而死。

却说桓修镇丹徒，闻刘裕贤而勇略，隐遁于京口，乃使人赍礼，召请为参军。使人得令，即去请刘裕。刘裕从请，即诣见桓修。桓修闻至大喜，降阶迎接，握手顾笑，欢若平生，胜如旧识。以酒相待，至半酣，修起言曰："闻君才名出众，智识高群，故命使请君为参军，君可同心戮力，六书兵机，以佐吾弟，太平之后，划地封君耳。"裕答曰："臣蒙明公录用，安敢不效愚衷乎，但恐有缺下问也！君有驰驱，必不辞行。"修又曰："旦日吾亲自与君去见吾弟，命其奏帝，再加封赏。"言讫席散。时刘裕来见故人孔靖曰："桓公篡形已著，吾欲于山阴建义讨之，卿意如何？"靖曰："山阴路远，且玄未居极位。不如待其篡后，于京口起义图之。"裕然之。

却说隆安以来，中外之人厌于祸乱，及桓玄初至，黜奸佞，擢贤隽，京师欣然，冀得稍安。既而玄又奢豪纵逸，政令无常，朋党互起，凌侮朝廷，裁损乘舆供奉之具，帝几不免饥寒，由是众心失望。

南凉秃发傉檀立

却说南凉王利鹿孤在位三年而卒，群臣奔凉州，立其弟秃发傉檀为凉王，代领其众，国号南凉。都于乐都，改元弘昌元年。史说，傉檀少机警，有才略。其父奇之，谓诸子曰："傉檀明识干敏，非汝等辈也。"

却说晋辅国将军袁虔之，先与桓玄同志齐名，素不相睦，及闻桓玄得志，恐不为其所容，乃弃官，引家属入长安，来降后秦王姚兴。兴闻其来降，亲临东堂，命近臣引进虔之。虔之入见礼讫，秦王姚兴因与话间而谓虔之曰："桓玄虽晋臣，其实晋贼，其才度定不如父，焉能办成大事也！"袁虔之曰："玄不如其父远矣。今既握朝权，必行篡夺，既非命世之才，正可为他人驱除耳。此天以机授之陛下，愿速加经略，廓清吴、楚。"秦姚兴大悦，以虔之为大司农。

次日，秦王兴如逍遥园，引诸沙门听鸠摩罗什演说佛经。罗什通辨夏言，寻览旧经，多有乖谬，不与胡本相应。秦王兴亲与罗什及沙门僧略等八百余人，更出大品，罗什持胡本，秦王兴执旧经，以相考校，因此续出诸经并诸论三百余卷，今传新经皆罗什所译。秦王兴既托意于佛道，公卿以下莫不钦附沙门。州郡化之，事佛者，十室而九矣。

却说孙恩自被刘裕之败，复聚众一万，来寇临海，太守辛景以伏兵击破之。恩势穷兵尽，及所掳三吴男女死亡殆尽，恐为官军所获，乃自赴海死。其党从死者以百数，世人谓之"水仙"。余众数千人复推恩妹婿卢循为主。循，谌之曾孙也，神采清秀，雅有才艺。少时，沙门惠远尝谓之曰："君虽体涉风素，而志存不轨，如何？"时桓玄欲抚安东土，乃遣人以循为永嘉太守。循虽受命，而寇暴不已。

五月，秦王姚兴大发诸军十万，遣义阳公姚平等将兵以伐魏，兴自将大军继之。平以兵攻魏柴壁，拔之。魏王珪闻知，即遣长孙肥为前锋，自将大军五万继后以御之。平遣骁将率精骑二百觇①魏军，肥率一千人逆击，尽擒之。平乃退走，珪追及于柴壁，平以军攖城固守，魏军围之。兴将

---

① 觇（chān）——窥视。

兵四万来救之,将据天渡,运粮以馈平军。魏博士李先曰:"兵法,高者为敌所栖,下者为敌所囚。秦皆犯之,可遣奇兵先据天渡,柴壁可不战而取也。"珪命军士增重围,内防平出,外拒兴入。当将军安同曰:"汾东有蒙坑,东西三百余里,蹊径不通。姚兴来,必从汾西直临柴壁,与此虏声势相接,重围虽固不能制也。不如为浮梁,渡汾西,立围以拒之,虏至,无所施其智力矣。"珪从之,率步骑三万为浮梁,渡汾西,逆击兴于蒙坑之南。兴见有戒,乃退走四十余里,平亦不敢出。兴屯汾西,束柏材从汾上流纵之,欲以毁浮梁,魏人皆钩取为薪,不乱得进。姚平粮竭矢尽,夜领众突围不得出,乃率麾下大兵赴水,咸从沉死。余众二万余人,皆敛手被魏人所擒。兴力不能救,举军恸哭,遣使求和于魏王。珪不许,乘胜进攻蒲阪,会柔然谋叛,魏王珪乃引兵还凉。

癸卯,二年(燕光始三年,秦弘始五年,魏天兴六年。是岁,凉亡。大三小四,凡七僭国),却说桓玄聚朝士商议欲废铜钱而用谷帛,时西阁祭酒孔綝之议曰:

《洪范》八政,以货次①食,岂不以交易之所资,为用之至要者乎!故圣人制无用之货,以通有用之财,既无毁败之费,又省难运之苦,此钱所以嗣功龟贝,历代不废者也。谷帛为宝,本充衣食,今分以为货,则致损甚多。又劳毁于商贩之手,耗弃于割截之用,此之为弊,著于已试。故钟繇曰:"巧伪之人,竞湿谷以要利,制薄绢以充资。"魏世制以严刑,弗能禁也。是以司马芝以为用钱非图丰国,亦所以省刑。今既用而废之,则百姓顿亡其财,是有钱无粮之人,皆坐而饥困,以此断之,又立弊也。魏明帝时,钱废谷用,三十年矣,以不便于人,举朝大议。精才达政之士莫不以宜复用钱,足以明谷帛之难用也。

桓玄又曰:"既钱不可易,可复用肉刑以制严刑?"綝之又曰:

唐、虞象刑,夏禹立辟,盖淳薄既异,致化不同。《书》曰"世轻世重",言随时也。夫三代风纯而事简,故罕蹈刑辟;季末俗巧而务殷,故动陷宪典。若三代行于叔世②,必有踊贵之尤,此

---

① 次——交换。

② 叔世——衰乱的时代。

五帝不相循法,肉刑不可悉复者也!汉文有仁恻之意,伤自新之路,虽曰稽古创制,号称刑措,然名轻而实重,反更伤人。故孝景帝嗣位,轻之以缓。缓而人慢,又不禁邪,期于刑罚之中,所以见美于昔。兵荒以后,罹法①更多。弃市之刑,本斩右趾,汉文一谬,承而弗革,所以前贤怅恨,议之而未辩。钟繇、陈群之意,虽小有不同,欲以右趾代弃市。若从其言,则所活者众。降死之生,诚为轻法,可以全其性命,蓄其产育,仁既济物,功亦益众。又今所患,捕逃为先,屡叛不革,宜令逃身靡所,亦以肃戒未犯,永绝恶源。至于余条,且宜依旧,不可改更耳。

玄遂不悦,因怒还第。

九月,殷仲文、卞范之二人劝玄早受禅。玄剑履上殿,入朝不趋,直至殿上谓晋王曰:"朝廷无玄一人,不知几人称帝,几人称王。今玄还位丞相,陛下何不知恩!"帝曰:"是朕之失。"即命会册玄为相国,总百揆,封楚王,加九锡。玄大悦,号楚国,置丞相以下官第。桓谦私问彭城内史刘裕曰:"楚王勋德隆重,朝廷之情,咸谓宜有揖让,卿以为何如?"刘裕曰:"楚王勋德盖世,晋室民望久移,乘运禅代,有何不可。"谦即喜曰:"卿谓之可即可耳。"南燕臣高雅之上表,请南燕王备德请伐桓玄,言曰:"纵未能廓清吴会,亦可收江北之地。"韩范亦上疏曰:

晋室衰乱,戎马单弱,重以桓玄悖逆,上下离心。拓地定动,正宜今日,失时不取,彼之豪杰,诛灭桓玄,更修德政,则无望矣。

备德因命诸将讲武于城西,率计步卒三十七万人,骑五万三千匹,车万七千乘,正欲起行,公卿皆以玄新得志,未可图,于是乃止。

十一月,桓玄佯以表请归藩,使人奏帝作手诏固留之。又诈言钱塘临平湖开,江州甘露降,使百僚集贺,为己受命之符。又以前世皆有隐士,耻独无之,计求得皇甫希之,给其资帛,使其居山林,遣人征为著作郎。又使固辞,然后下诏旌礼,号曰高士。时人谓之"充隐"。又欲废钱用谷帛,及复肉刑,制作无定,卒无所施。性复贪鄙,人士有法书好画及佳园宅,必假博蒱而取之。尤爱珠玉,未尝离手。至是卞范之为禅诏,逼帝书之,帝勿从。玄自入言曰:"汝为君不道,四海混乱;吾父子披坚执锐,百战千伤,

---

① 罹(lí)法——触犯法律。

保此社稷,与汝享祚数十余年。今吾年将老,汝何不发一言?"帝曰:"王欲朕位,何必动怒,容付与伊。"玄回嗔作喜曰:"陛下肯为尧、舜,吾即退也。"遣司徒王谧禅帝位于楚,出无奈居永安宫。百官劝进,玄筑坛于九井山北,即帝位,改元永始。封帝为平固王,迁于浔阳。玄入建康宫,登御座,而床忽陷,群下失色。殷仲文曰:"陛下将由圣德深厚,地不能载,故如是耳。"玄大悦。

玄既即大位,临听讼观阅囚徒,罪无轻重,多得原放。有干舆乞者,时或恤之。以其祖彝以上名位不显,不复追尊,独纳桓温神主于太庙,四时祀之。时下承之谓人曰:"宗庙之祭,上不及祖,有以知楚德之不长矣。"玄性苛细,好自矜伐,主事或一字片辞之谬,必加纠摘①,以示聪明。或手注直官,或自用令史,诏令纷纭,有司奉答不暇,而纪纲不治,奏案停积,不能知也。又性好游畋,更缮宫室,朝野骚然,思乱者众。益州刺史毛璩起兵传檄郡县,列玄罪状,兵屯白帝城。

刘裕起兵讨桓玄

时玄闻谢景仁才名,乃宣见,谓文武曰:"司马庶人父子云何不败,遂令景仁年三十,而方作著作郎耶!"因言讫,以景仁为中兵参军。景仁谢恩,群臣始散。

却说桓修闻玄即位,乃同刘裕来建业,至次日入朝见玄,拜舞讫。玄大喜,乃封修为抚军大将军,刘裕为中兵参军,就命二人起兵东征。修、裕二人谢恩出外,即日就行,还京口起兵。修、裕二人既去,次日,玄设朝谓司徒王谧曰:"昨见刘裕,丰骨不恒,盖人杰也,朕错用之东征。"群臣奏曰:"陛下龙眼不舛,刘裕叛心无有,陛下何思何虑也。"玄曰:"卿言亦是。"于是罢朝。玄乃退入后宫,见皇后刘氏,说与命刘裕东征之事。皇后刘氏有智鉴,谓玄曰:"吾前日在殿后观见刘裕朝陛下,其人龙行虎步,瞻视不凡,恐后不为人下,不如早除之,以免后患也。"玄言曰:"我方欲定中原,非裕莫可用者,俟关河平定,然后别议之耳。"后曰:"其事亦未可泄

---

① 纠摘(tī)——纠正指明。

露也。"

却说刘裕与桓修至半路,入见修,计禀修还京口,托以金创疾动,不堪步从,请将军先行,容瘥来赶。修闻说,言曰:"既如此,你可从船上来赶我。"言讫,乃即先行。于是裕出外,乃与何无忌一同讨船,上船共还,意欲建兴复之计,而谓何无忌曰:"吾欲诛桓玄迎晋帝,以安天下,君有何计,可以教之?"无忌曰:"可阴结义士,托以游猎为名,传说受晋帝密诏讨桓玄。待众集,计先斩桓修,以徇义军。然后大驱士众,天下谁不服从,为我而杀玄也。"裕曰:"其计甚善,争奈无人堪与吾同举大事。"无忌曰:"有一人与君同姓刘名毅,字希乐,乃彭城沛人,少有大志,见桓玄篡位,常怀不平。若此人同举义兵,大事成矣,现居京口。"裕曰:"既然如此,你可与其说知,令其同举义兵。"无忌曰:"可耳。"于是二人同舟,回至京口上岸,各自回居安歇。

次日,刘裕令人召何无忌至,谓曰:"昨日之谋极妙,宜速为之。君言京口刘毅勇而有谋,我欲令他同聚义徒,未审其人意下何如。你可往说之,令其招兵。"无忌曰:"吾即谒访说之。"言讫就行,来见刘毅。毅闻何无忌至,出门前迎入到草厅上,各施礼讫,分宾主而坐。无忌佯为欷歔,潸然出涕不已。刘毅问曰:"公何故泪耶?"无忌曰:"晋室不幸罹桓玄之篡,吾乃晋臣,意欲兴义兵讨其跋扈,恨无人戮力相成,是以泪耳。"毅曰:"我亦有不平之鸣。"无忌曰:"桓氏强盛,其可图乎?"毅曰:"天下自有强弱,正患英主难得耳,故憾无人可为盟主!"无忌曰:"天下草泽之中,非无英雄也。吾推一人,未知合君意否?"毅曰:"你且莫说,待我说出一人,与公看相合否也。"无忌曰:"你且说甚人?"毅曰:"依我所见,唯有刘下邳,公意亦此人否也?"无忌鼓掌笑而答曰:"吾主意亦以此人。"毅曰:"既我二人心合,你可说知刘下邳,邀其同举义兵。"无忌曰:"我先去参说,你可后来同议。"言讫辞还,具以毅言告裕,裕大喜,令无忌去请毅至,相见礼讫,三人定谋,聚合义徒一百余人,以候大举。

甲辰,三年(燕光始四年,秦弘始六年,魏天赐元年),时有平昌孟昶为桓弘主簿,从建康还家。裕往谓之曰:"草间当有英雄起兵讨桓玄,卿颇闻乎?"昶曰:"今日英雄有谁?正当是卿耳。"于是裕请其同往见毅,与无忌相会。于是昶及裕弟道规、诸葛长民等,相与合谋起兵。时道规为桓弘参军,裕使毅就道规、昶于江北,共杀桓弘,据广陵起兵。长民为刁逵参军,使其杀刁逵,据历阳起兵,各领命去。何无忌夜草起兵檄文。却有其母密窥之,泣曰:"吾不及东海吕母明矣,汝能如此,吾复何恨!"当裕以百余人,托以游猎,与无忌收合徒众,得二百余人。

诘旦①,京口门开,无忌着传令假称敕使,居前,徒众随之齐入,斩桓修以徇。义兵遂出榜安民。当义兵推裕为盟主,裕问无忌曰:"急须一府主簿,何由得之?"无忌曰:"无过刘道民。"道民者,东莞刘穆之也。裕曰:"吾亦识之,即驰讯召焉。"时穆之闻京口欢噪声,晨起出陌头,属与讯会,直视不信者久之,返室坏布裳为袴,往见裕。裕曰:"始举大义,须一军吏甚急,卿谓谁堪其选?"穆之曰:"仓促之际,略当无见逾者。"裕笑曰:"卿能自屈,吾事济矣。"即于坐署主簿。

刘裕火计破桓谦

时桓修手下司马刁弘,率文武佐使数百人,在城外屯扎,要与桓修报仇。当刘裕命众兵紧守四门,乃亲自登城楼上,而谓司马军吏曰:"今郭江州已奉乘舆反正于浔阳,我等受密诏诛逆党,今日贼玄首已当枭于大航,诸君非大晋之臣乎,何故助贼为乱耶!"刁弘等闻言,信以为实,乃邀众退去散讫。是日,孟昶固劝桓弘其日早出猎,天未明,弘使人开门出猎,早被刘毅、刘道规率壮士数百人,直入内堂斩之,因收其众济江。众同推裕为盟主,总督徐州事,以昶为长史守京口。裕率二州之众,千七百大军于竹里,移檄远近响应。

却说桓玄设朝,文武班齐,山呼礼足。群臣奏知刘裕与刘毅、何无忌聚义谋反,斩死桓修及弘,宜火速兴兵去讨。玄闻修、弘死,垂泪不已,即宣顿丘太守吴甫之、右卫将军皇甫敷领兵北拒义军,又遣桓谦总之。三将受命欲行,玄谓谦曰:"彼兵锐甚,计出万死,若有蹉跌,则彼气成而吾事去矣,不如屯大众于覆舟山以待之。彼空行二百,求战不得,自然散走,此策之上也。"谦辞即行,去讫。游击将军何澹之奏曰:"前刘裕造谒小臣,小臣左右说裕身光耀满室。小臣恐其不为人下,奏知陛下,陛下不以为

---

① 诘旦——次日。

意,今日果为患耳。臣观刘裕聚乌合之众,集蚁聚之兵,势必无成,陛下何虑之深也!"玄谓何澹之曰:"刘裕勇冠三军,当今无敌,足为一世之雄;刘毅家无担石之储,樗蒲一掷百万;何无忌,牢之外甥,酷似其舅。共举大事,何谓无成!朕前之不料,今噬脐无及也。"言讫,闷闷入宫,群臣罢朝。

却说刘裕为盟主,以孟昶为长史,总后军;以檀凭之为司马。其时,百姓愿从者千余人充军,分做三队起行,行至竹里,遣使移檄都下。戊午,三月,兵至江乘,遇吴甫之之兵到,刘裕乃躬执长刀,大呼出阵,声如巨雷。甫之一见,只是不敢交锋,拨回马便走。裕以身先,拍马赶斩甫之,挥令三军并进。将士皆死战,无不以一当百,斩首数千级,追至罗落桥,方自鸣金收军,屯于桥下。裕乃鸣鼓集众,商议进京之策。忽流星马报说皇甫敷引大兵前来拒战,当檀凭之出谓曰:"不劳盟主亲阵,小将愿与一战。"裕许之。凭之即出披挂,引部下兵出阵,与皇甫敷相斗。两马交加,双刀并举,二人战上十余合,凭之气力不加,大败走回本阵,被皇甫敷骤马追射一箭,正中后心,翻身落马,死于阵前。刘裕在阵上一见大怒,忙拍坐下马,慌挺手中刀,杀出阵前,遇着皇甫敷就战。战上十余合,裕佯败,拖长刀便走。敷只道是败去赶,不思提防,被刘裕勒转坐下马,舞起手中刀,望敷迎头一砍,砍死皇甫敷于马下,引兵杀进,杀得楚兵逃躲无门,大队之兵至离京城二百里下营。至次日,裕乃升帐,号泣檀凭之,情动三军,无不下泪。而又使人寻凭之尸首,以棺木盛之,迁葬京口。初,裕与凭之等众人建大谋,有工相者诣裕,相裕与何无忌等近当大贵,唯云凭之无相。至是凭之战死,裕知其事必验,而深信之。

却说桓玄闻甫之、敷等皆死,军马已临京城,心中大惧;又使桓谦引兵二万,屯东陵口拒之;又使卞范之以兵二万,屯覆舟山西犄之。

史说刘裕领义兵先诣升帐,聚众划策进兵,当众将皆言曰:"今桓玄遣桓谦屯东陵口,卞范之塞覆舟山西,吾所进者只此二路,今敌占之,吾兵难以进也。不如退军先取别郡,俟其无备,方可进之。"刘裕见说,大怒曰:"吾非一功到此,岂可畏而去之,是无始终也。吾明日自有破范之、桓谦之策。"于是次日交何无忌守寨,寻土人引路,自乘小车于覆舟山僻去处,遍观地理,因岭峻险,弃车乘轿,或自步行。忽到一山,望见一谷,形如长蛇,皆无峭壁,杂丛树木中间,只有一条小路。裕问土人何地名,土人曰:"此乃覆舟山谷。"裕曰:"此乃天赐吾杀玄兵于此处也。"言罢,即回本寨。唤孟昶监军,染油帔一千条;又唤何无忌至前,吩咐引兵一千,执黑白二旗,分作二队为疑兵,屯于覆舟山东等处,使桓谦疑不敢进;又令孟昶监五百军人,将油帔挂覆舟山诸对市山谷;又令刘毅引三千兵挑战,昶佯败,引桓谦至山谷,放火焚谦大军。"吾自领兵埋伏,待其兵过,出截接战。汝等诸将,临期如令,不得有误,倘有露泄,定按军法。"众将见令,各各依计,准备而行。

计排已定,次日,刘毅引兵三千,前来诱敌,谦兵果至,二军相遇,当刘毅跑马走出阵前,勒马横刀大骂:"桓谦逆贼,如何不降,拒我义兵!"桓谦亦出阵骂曰:"叛贼何敢骂吾!"言讫,持枪便刺过来,刘毅舞刀去迎。二马相接,军器齐举,两人战上二十余合,毅佯落荒而逃。谦乃挥兵追之。不三五里,追到覆舟山东,乃勒马谓诸将军曰:"前日败军回,夸刘裕用兵如神,所向无敌;今观他用兵,可见人言皆虚张耳!似此等军马为前部,与吾对敌,正如驱羊与虎斗也。汝等可催趱军马,星夜赶过东山平处下营,是吾之志也。"言了,又追数里。前军报东山两下有伏兵,众不敢行。谦欲回兵,只听得背后喊起,鼓噪喧天,震动天地。后军又报后有刘裕引大队兵杀出。谦慌忙传令,令众兵齐杀过东山。令未及传,望见山树林中一派火光罩地,俄而油帔满树,见火就着,狂风大作,四面八方,火焰张天,烧近前来,人马自相践踏,死者不计其数,杀得尸横遍野,血满渠池。其时桓谦乃引数十腹心军人,冒烟突火,杀出而走,奔投西蜀去讫。

刘裕乃引兵连夜身先之,将士皆殊死战,无不以一当百,十战十胜,呼声震动天地,鼓噪之音大震京邑。诸军大溃,裕兵至京城之下安营。

却说桓玄始虽遣军拒裕,而走意已决,乃遣殷仲文具舟石头城下待逃。当夜玄忧无寐,在宫闲行,忽左右报谦军败死,目今刘裕军至京城。玄乃大惊,即引亲随人,连夜开北门,轻船南逸,走趋石头城。

裕闻玄走,至庚申日,乃引兵众入建康,立留台,总率百官商议,奉迎乘舆,收桓玄宗族在建康者,尽剿诛灭。命刘毅调兵去追桓玄,毅得令,以兵去讫。又命尚书王瑕率百官奉迎乘舆,亦起行去讫。当司徒王谧与众议推裕领扬州,裕固辞不肯受,乃以谧为录尚书事,领扬州刺史。裕自为镇军将军、都督八州诸军事、徐州刺史、领军将军。以刘穆之为堂邑太守,总诸大处分皆委于刘穆之,穆之仓促立定,无不允惬。裕托以心腹,动止咨焉,穆之亦竭节尽诚,无所遗隐。时晋政宽驰,纲纪不立,豪族陵纵,小民穷蹙,重以司马元显政令违舛,桓玄虽欲厘整,而科条繁密,众莫之从。其时穆之斟酌时宜,随方矫正。裕以身范物,以威禁内外,百官皆肃然奉职,不盈旬日间,风俗顿改为美也。初,王谧为玄佐命元臣,手解帝玺绶以授玄,及玄败,众议谧宜诛,裕特保全之。刘毅尝因朝会问谧玺绶所在,谧内不自安,逃奔曲阿。裕遣人追还复位。

诸葛长民至豫州,失期,不得发。刁逵窃知,乃执之,槛车送桓玄,未至而玄败,送人遂破槛车,放出长民,还趣历阳。逵乃弃城走,其下部将执刁逵以送裕,斩于石头,子侄皆死。裕初名微位薄,轻狡无行,盛流皆不与相知,唯王谧独奇贵之,谓曰:"卿当为一代英雄。"裕尝与刁逵樗蒲,不时输值与逵,被逵缚于柳上,王谧责逵而代裕偿,由是裕憾逵而德谧。刘裕既克建康,思昔刘牢之之恩,乃使人往洛阳,召其子刘敬宣入用,使人去了。先是,敬宣知桓玄至京师,恐不容己,乃奔走洛阳。敬宣素明天文,见景象垂出,知必有兴复晋室者,尝以告所亲。又尝梦丸土服之,觉而喜曰:"丸者桓也,桓吞,吾当复本土乎!"是日,恰好使人至,说刘裕有召,乃即驰还京师,入见刘裕。裕大喜,以其为武冈县侯,因问敬宣曰:"吾与刘毅共复晋室,汝看吾与毅雄杰孰先?"敬宣曰:"明公天资英迈,赏罚严明,仁德兼著,不世之有,毅公何能及焉。况刘毅外宽内忌,自伐而满,若一旦遭遇,当以陵上取祸,非可与明公为并。"裕默然,大悦之。

桓玄挟帝走江陵

却说桓玄走至石头,闻后军来赶,恐将士不复用命,乃领众走入浔阳劫晋帝。是时,玄腰带宝剑,手提铁鞭,谓帝曰:"今刘裕谋叛,要来擒陛下,陛下可急从吾走避。"帝见玄内侍皆带剑环立于侧,面如土色,拱手谢曰:"多蒙报知,愿随走避。"玄曰:"可速上马偕行。"于是帝引宫妃等众从之而行。

时刘毅见桓玄走江陵,聚集诸将,商议进兵去追桓玄,因上言曰:"诸桓世居西楚,群小皆为竭力。桓振勇冠三军,不可追赶,且宜顿兵以计策縻之耳。"彼何无忌曰:"今出师以来,十攻十破,百战百胜,擒玄逆贼,宜以速追,何自阻慢军心。"又曰:"今之大胜而追,犹如破竹之势,数节之下,岂复任迎,诸君不去,吾自追赶。"言讫,无忌以部下之兵去追,将至江陵。桓玄见后有追兵,急使桓振率军回马拒战。无忌与桓振交锋大战,战上三十余合,无忌大败,走回来见刘毅、刘道规二人,言失利一事。道规曰:"桓玄去不远,可驱大队军马去追。"无忌曰:"只隔三日程途。"道规曰:"既如此,星夜去追。"于是刘毅、道规及何无忌总率三军,星夜赶来。

却说桓玄既挟天子走至江陵,入江陵,见其城池崩坏,恐不固守,复挟天子讨船入浮江东下,遇刘毅、何无忌、刘道规等,引兵追至,大叫"留下晋天子还我",及骂"桓玄无义之贼,何敢谋劫圣驾"。玄大怒,自出与战。战上二十余合,玄大败,走五十余里。桓玄计遣庾稚祖、何澹之等,乘其舟仗旗帜疑拒裕等,自挟帝连夜走守溢口。澹之从其计。何无忌、刘道规等率兵共七千五百人,连更带夜追至桑落州,澹之等迎战。澹之等所乘舫旗帜,与玄无二,无忌曰:"贼帅必不居此,欲诈我耳。今众寡不敌,战无全胜,此舫战士似弱,我以劲兵攻之,必得之。得之则彼势沮,而我气倍,立速攻之,破贼必矣。"众军遂攻得之,因传呼曰:"已擒何澹之,诸兵何不早降!"贼军惊扰,追军亦以为然,乘势破之,人众各走了,遂从溢口进据浔阳城。使奉送宗庙主佑还京师。

冯迁抽刃诛桓玄

却说刘毅、何无忌、刘道规既破溢口,率众自浔阳西追,与桓玄遇于峥嵘洲。毅等兵不满万,而玄战士数万,毅惮之曰:"玄战士还有五七万,吾众不满九千人,何以为敌,不如暂退。"道规曰:"不可。彼众我寡,强弱异势,今若不进,必为所乘,虽至浔阳,岂能自固!夫决机两阵,将雄者克,不在众也。"因挥众先进,毅等从之。玄常漾舸于舫侧,以备败走,由是众莫有斗心。毅等乘风纵火,尽锐争先与玄交战,玄众大溃而走。玄复挟帝单舸西走,留永安何皇后及王皇后于巴陵。殷仲文因叛玄,奉二后还建康。玄与帝入江陵,欲奔汉中,而人情垂沮,乃与腹心百余人夜出,更相杀害,仅得至船,左右奔散去讫。荆州别驾王康产见玄走了,奉帝入南郡府舍居住。玄乃自奔走出离南郡。

却说益州刺史毛璩因弟毛璠死,乃遣从孙毛祐之与参军费恬以数百人送葬。恬谓祐之曰："闻君令叔修之为桓玄屯骑校尉，今桓玄与刘裕兵战不利，走南郡，必从此过。吾料桓玄不复再兴，不如迎玄，说之入蜀，请君令叔修之回益州，同守故邑，以图大事，君意如何？"祐之曰："公策正合我意。"言讫，二人前来至枚回洲接玄。玄大喜，问二人姓名，二人未及答应，当屯骑校尉毛修之进前，认得二人是其侄及参军，急道曰："此二人，一是小将舍侄祐之，一是家伯父参军费恬，闻大王至，故来接耳。"玄听毕，以二人为将，而问曰："吾欲去汉中避兵灾，以图兴复，汝二人有何计策，可以教也？"祐之、费恬欲脱修之回益州，乃进言曰："陛下欲图兴复，不如往蜀。蜀外有重山之固，内有磐石之靠，进可兼并天下，退可鼎足而立，足可拒刘裕之兵也。"修之亦诱曰："蜀地乃兴王之所，昔汉帝亦此起众，陛下可速行也。"玄听其说，自与众同行。行至益州界首，费恬、祐之密与修之言曰："我二人迎玄者，为脱公也。今桓玄地失兵溃，不久必亡。我三人莫若引部下兵走回益州，别图大事，若延，祸至无日矣。"修之曰："吾意有此久矣，不得其便，今已至此，安敢不逃。"言罢，三人引部下之兵，连夜走回益州，去见毛璩讫。至次日，众军报知桓玄，玄乃大忧，闷闷不悦。

却说益州督护将军冯迁见玄败亡，祸延及己，乃引部下之兵入营抽刃而前，欲杀桓玄。玄忙拔头上玉簪与之，迁不受，玄乃曰："汝何人耶？敢弑天子！"迁应之曰："欲弑天子之贼耳！"遂斩之。时玄年三十六岁，自篡盗至败时，凡八月矣。于是迁斩玄首级，令人传至建业，见刘裕。裕大喜，赏赐来人，传令将首级以示四门。是时，尚书王瑕闻玄劫天子在江陵，乃率百官至江陵，复立晋帝于江陵。毅等既战胜，以为大事已定，不急追蹑，玄死几一旬，诸军犹未至。桓谦及振窜匿，闻玄死，乃复出聚众，方袭江陵陷之，杀王康产。振见帝与百官于宫，欲行弑逆，谦曰："刘裕之乱，岂帝所为，若杀之，吾何所容，不若禁之。"乃拜而欲出，为玄举哀，追谥。桓谦率群臣奉玺绶于帝，侍御左右，皆振腹心。谦、振闻无忌、道规等兵复至，乃率众出拒。何无忌、刘道规二人进兵来攻谦于马头，两下交锋，谦兵惊溃，被无忌大破之。无忌又欲趋江陵，道规曰："兵法屈伸有时，诸桓世居西楚，群小皆为竭力，振勇冠三军，难与争锋。且可息兵养锐，徐以计縻之，不忧不克。"无忌不从，振自以兵出迎，战于灵溪，无忌等大败，退还浔阳。刘敬宣在浔阳，聚粮缮船，未尝无备，故何无忌等虽败退，赖敬宣以复振,遂进兵至夏口。桓振遣冯该守东岸,孟山图据鲁山城,桓仙客守偃月垒,众合万人,水陆相援。毅等与无忌分兵夜击,悉攻拔之,生擒山图、仙客,冯该率残众走奔石头城去讫。

晋帝乘舆返建康

乙巳,义熙元年(燕光始五年,秦弘始七年,魏天赐二年,南燕王慕容超太上元年,西凉建初元年),正月,南阳太守鲁宗之起兵来袭襄阳。桓蔚大惧,奔走江陵。刘毅等大军至马头。桓振恐不能守,又挟帝出屯江津,遣使见刘毅,求割江、荆二州,奉送天子还京,毅等不许。宗之进屯纪南。振留桓谦、冯该守江陵,自引兵五千,与宗之战,大破宗之,走还。而毅等亦以兵乘振出,破该于豫章口,谦闻知,弃城走,毅等大军进入江陵,执卞范之等斩之。振以兵还,知城已陷,其众皆溃,乃逃于涢川。

朝廷计下诏大处分悉委冠军将军刘毅所领,大赦改元,唯桓氏不赦,以桓冲靖忠王室,特宥其孙胤,徙新安,以宗之为雍州刺史,毛璩为征西将军,督梁、益等五州,弟瑾为梁、秦刺史,瑗为宁州刺史。独桓氏及何澹之等不赦。桓谦、何澹之等皆奔秦,降于秦。

二月,留台百官备法驾迎帝于江陵,刘毅与刘道规二人握兵屯夏口,以备诸桓,使何无忌保帝东还。帝至建康,百官诣阙待罪,诏令复职。尚书殷仲文以朝廷音乐未备,言于刘裕,请治之。裕曰:"今日不暇给,且性所不解。"仲文曰:"好之自解。"裕曰:"正以解则好之,故不习耳。"以琅邪王德文为大司马,武陵王遵为太保,刘裕为侍中、车骑将军、都督中外诸军事。加裕尚书事,裕固辞不受,而请归藩镇。

刘裕遗循续命汤

初,刘毅未遂大志时,尝为刘敬宣部下参军,时人或以雄杰许之。敬宣曰:"非常之才,自有调度。此君外宽而内忌,自伐而矜人,若一旦遭遇,亦当以陵上取祸耳。"毅闻而恨之。刺史毅怀前言,及敬宣为江州,使人言于裕曰："敬宣不预建义,授郡已为过优;闻为江州,尤所骇惋。"敬宣窃知不自安,使人去裕处请解职。裕乃召还为宣城内史。时朝廷新定,未暇征讨,闻卢循为乱,与百官议品爵招安,于是乃遣人以循为广州刺史,徐道覆为始兴相。因此二人皆劝循受命,遣使贡献,因遣人遗刘裕益智粽,裕笑曰:"彼谓我无能也。"亦使人报以续命汤,循亦疑未定。循初陷番禺也,执刺史吴隐之,至是裕与循书,令遣隐之还京,循不从。长史王诞曰:"孙伯符①岂不欲留华子鱼②耶？但以一境不容二君耳。"循始悟,遣之还京。

初,益州刺史毛璩闻桓振陷江陵,率众三万顺流东下,将讨之,使其弟毛瑗出外水,参军谯纵出涪水。蜀人不乐远征,逼纵为主。璩闻变,奔还成都,遣兵讨之,不克。营户反开城门纳纵,杀璩及瑗,灭其家。纵自称成都王,于是蜀大乱,汉中空虚,氐王杨盛遣其兄子抚据之。

慕容超立为燕王

八月,南燕王慕容德俄而寝疾卒。群臣举哀,殓殡孝事讫,以太子慕容超嗣燕王大位,改元太上元年。超既即位,以慕容钟录尚书事,以封孚为太尉,公孙五楼为武卫将军,内参政事。五楼密奏燕王超曰:"慕容钟、段宏二人,素为民仰士归,不可使其内执国政,倘有异,难以制之。宜出之外镇,免为内患。"燕王超然之。次日,改以慕容钟为青州牧,以段宏为徐州刺史。时太尉封孚谏曰:"臣闻五大③不在边,五细不在庭。慕容钟乃国之宗臣,段宏国之外戚,正应参赞百揆,不宜使镇方外。"燕王超不从。因此钟、宏二人俱有不平之色,只得赴任,因相谓曰:"黄犬之皮,恐终当补狐裘也。"五楼闻之,嫌隙渐构。初,慕容超自长安来至梁父,慕容法时为兖州,镇南长史悦寿见超,因谓法曰:"向见北海王子,天资弘雅,神爽

---

① 孙伯符——孙策,吴主孙权之兄。
② 华子鱼——华歆,依附曹操。
③ 五大——太子、母弟、贵宠公子、公孙、累世正卿为正大,反之,五细当为职位低微的官员。

高迈,始知天族多奇,玉林皆宝也。"法曰:"昔成方遂诈称卫太子,人莫辨之,此复天族乎?"超闻恨之。至是即位,亦以法处之外镇。当是时,法来见慕容钟,会段宏起兵谋反,据城池,积草聚粮,不用朝命。是时,尚书都令史王俨谄事五楼,得迁为尚书左丞,时人为之语曰:"欲得侯,事五楼。"

晋义熙三年,燕王慕容熙皇后苻氏身死。燕王熙悲号擗踊,若丧考妣①,大殓讫,复启其棺而与交接。制百官于宫内哭,密使有司按检哭者有泪,以为忠孝,无则罪之,于是群臣震惧,莫不含辛以为泪淋。明日,欲行苻氏丧,前掖将军慕容云与幸人李细曰:"今主上无道,杀戮大臣,来日行丧,必然自送。你可领勇士百人,于道杀之,以免吾患。"细从其计。次日,行苻氏丧,百官皆送,燕王熙亦自送殡至中道,被慕容云叫出李细,引勇士弑之。熙在位六年。自垂至熙四世,凡二十四年,到此而灭。是时,云入自立,即其大位,加封大臣,以李细为和龙长史。李细恨云不以彼执朝政,复以兵杀慕容云于前殿。

冯跋即位于昌黎

史说,冯跋字文起,长乐信都人,其先毕万之后也。万之子孙有食采冯乡者,因以氏焉。先,慕容宝僭位,署跋为中卫将军。及慕容超即位,欲诛跋,跋与兄弟俱亡出外。时慕容云既被细杀,国内无主,文武溃散,时冯跋在昌黎,诸将推以为主,于是迎跋。跋始即王位,不改旧号,即国号曰燕,改元为太平元年。以弟素弗为录尚书事、总督内外诸军事。史说,素弗乃冯跋之长弟也,慷慨有大志,任侠放荡,不修小节,故时人未之奇。南宫令成藻豪俊有高名,素弗径入与成藻对坐,旁若无人。谈饮连日,藻始奇之,曰:"吾远求骐骥,不知近在东邻,何识子之晚也!"因此当世之士,莫不归之。至此冯跋僭位,以为宰辅。冯跋既僭大位,励意农桑,乃下书曰:

桑柘之益,有生之本,北土少桑,人未见其利,可令百姓人植桑一百根,柘二十根。

---

① 如丧考妣(bǐ)——像死了父母一样。

时地震，寝宫崩坏，燕王跋即问太史令闵尚曰："比年屡有地动之变，卿可明言主何吉凶。"尚曰："地，阴也，主百姓迁。震有左右，昨震皆向右，臣惧百姓将西移。"燕王跋曰："吾虑此也。"

九月，西凉公皓与长史张邈谋，乃徙都于酒泉，以逼沮渠蒙逊。皓手令戒诸子曰："从政者当审慎赏罚，勿任爱憎，近忠正，远佞谀，勿使左右窃弄威福。毁誉之来，当研核真伪，听讼折狱，必和颜任理，慎勿逆诈亿必①，轻加声色。务广咨询，勿自专用。吾莅事五年，虽未能息民，然含垢匿瑕，朝为寇仇，夕委心膂，粗无负于新旧，事任公平，坦然无类，向不容怀，有所损益。计近则如不足，经远乃为有余，庶亦无愧于散人也。"诸子从之。

丙午，二年（燕光始八年，秦弘始八年，魏天赐三年），初，南凉傉檀伐北凉还，献马三千匹、羊三万口于秦，秦王兴以为忠，以傉檀为凉州刺史，命镇姑臧，征王尚还凉州。士人遣主簿胡威请留尚镇姑臧。兴弗许。威见兴，流涕言曰："臣州僻远，仗良牧仁政，保全至今，陛下奈何以我等贸马羊乎！若军国需马，直烦尚书一符，臣州三千余户，各输一马，朝下而夕可办也。昔汉武帝倾天下资力，开拓河西，以断匈奴右臂。今无故弃五郡之地忠良华族，以资暴虏，岂唯臣州士民坠于涂炭，恐方为圣朝旰食之忧尔。"兴悔之，使人驰止尚莫回。时傉檀之军至五涧，王尚未离，傉檀托别驾宗敞劝王尚行焉。当别驾宗敞打发王尚上道，自来辞傉檀去，同尚还长安。傉檀谓曰："吾得凉州三千余家，情之所寄，唯卿一人而已，奈何舍我去乎？"敞曰："今送旧君与大王解纷，正所以忠于殿下也。"傉檀因问新政所宜，敞曰："惠抚其民，收用贤俊。"因荐本州名士十余人，傉檀嘉纳之。傉檀宴于宣政堂，仰视叹曰："古人有言：'作者不居，居者不作。'信矣！"孟祎曰："昔张文王始为此堂，于今百年，十有二主矣。唯履信思顺者，可以久处。"傉檀善之，傉檀虽受于秦命，然其服用礼仪，一如王者。

---

① 亿必——臆断。

勃勃封尸髑髅①台

丁未,三年(秦弘始九年,魏天赐四年,燕王高云正始元年,夏主赫连勃勃龙升元年。是岁,燕慕容熙亡,旧大国一,南凉、北凉、南燕、西凉小国四,新小国二,凡八僭国),六月,赫连勃勃魁岸,美风仪,性辩慧。秦王兴见而奇之,与论大事,宠遇逾于勋旧,兴弟邕曰:"勃勃不可近,近则噬人也。"兴曰:"勃勃有济世才,吾方与之平天下,奈何逆忌之!"言讫,乃以为将军,使助没奕干镇高平,伺魏间隙。邕固争曰:"勃勃贪猾不仁,轻为去就,恐终为边患。"兴乃止。久之,竟配以杂虏二万余落,使镇朔方。会魏王珪归所掳秦将于秦,兴归贺狄干以报之。勃勃怒,遂谋叛秦。柔然献马于秦,勃勃掠取之,袭杀没奕干而并其众,自为夏后氏之苗裔,称大夏天王,置百官。

却说勃勃本姓刘,卫辰之子,改姓赫连,是匈奴右贤王去卑之后,利满之族也。被魏所灭,降秦而叛,自为天王也。时夏王勃勃以兵破三部,降其众以万数。进攻秦三城以北诸戍,斩秦将杨丕、姚石生等。诸将皆曰:"陛下欲经营关中,宜先固根本,使人心有所凭系。高平险固饶沃,可以定都。"勃勃曰:"吾大业草创,姚兴亦一时之雄,未可图也。今专固一城,彼必并力于我,亡可立待。不如以骁骑风驰,出其不意,救前则击后,救后则击前,使彼疲于奔命,我则游食自若。不及十年,岭北、河东尽为我有。待兴既死,嗣子暗弱,徐取长安,在吾计中矣。"于是侵掠岭北诸城。秦王兴乃叹曰:"吾不用黄儿之言,以至于此。"勃勃求婚于南凉,傉檀不许。勃勃大怒,率骑三万击破傉檀。傉檀走,名臣勇将死者十六七,勃勃使人搬积其尸而封之,号曰"髑髅台"。是以辱傉檀也。

却说南燕王超母妻犹在秦,遣封恺使于秦,求母以还之。秦王兴谓恺曰:"昔苻氏太乐诸伎悉入于燕,燕今称藩,若送伎或送吴口千人,乃可得也。"恺以兴是言还报与超。超与群臣议之,段晖曰:"陛下嗣守社稷,不宜以私亲之故遂降尊号。且太乐先代遗音,不可与也。不如掠吴口与

---

① 髑髅(dúlóu)——死人头骨,也指人尸。

之。"张华曰:"侵掠邻国,兵连祸结,非国家之福也。陛下慈亲在人掌握,岂可靳惜虚名,不为之屈乎!"于是超乃使韩范聘于秦,称藩奉表于秦。秦使韦宗报聘。张华请北面受,封逞曰:"燕七圣重光,奈何一旦为竖子屈节!"超曰:"吾为太后屈,愿诸君勿复言!"遂北面受诏。又使华献太乐伎一百二十人于秦。秦王兴乃还超母妻,厚其资礼而遣之。于是超得母还国,而养之尔。

穆之劝裕刺扬州

戊申,四年(秦弘始十年,魏天赐五年,南凉嘉平元年),正月,晋帝设朝,文官武将俱各五更侵早身披朝服,手执牙笏,齐上金銮殿各拜舞,山呼万岁。近臣奏:"司徒扬州刺史王谧薨,无人辅政。"晋帝命群臣议任谁人,时左仆射孟昶出朝堂谓众臣曰:"圣上面命我等举贤辅政,此事必须问于刘毅、刘裕二人,然后可行。"众臣皆曰:"然。"于是遣尚书右丞皮沈来丹徒与刘毅、刘裕二人商议。皮沈先来问刘毅,毅曰:"既扬州刺史王谧薨,卿回朝奏主上,可使中领军谢混为扬州刺史。刘裕先曾固辞,不肯任扬州,可使镇丹徒,领州以内事,何必再议耳。"沈曰:"明公所议者然。"沈辞别毅出,又来问刘裕。刘裕未曾出堂,只见刘穆之在内。皮沈曰:"王谧已死,圣上命群臣议立一人,以代谧职辅朝政。我先问刘毅,刘毅所举谢混去镇,以刘公镇丹徒,领州内事,故又来参问刘公何如?"穆之即曰:"刘公未出,君可暂停稍刻,待我如厕,入请相见,计议必成。"皮沈在外停立。穆之驰入内谓裕曰:"今朝廷使皮沈来与刘毅与公议事,其语不可从之。"言讫,穆之即出,同皮沈入见刘裕,相见礼毕,裕使皮沈坐住。皮沈曰:"扬州刺史王谧已死,圣上命群臣所议,举一人代之,以辅朝政。沈先咨刘毅公,毅公议以中领军谢混代之,以明公镇丹徒,领州以内事。沈不敢自擅,敬参问焉。"裕曰:"卿且暂退驿中安置,待三思,商议回音,与卿还京。"沈即出外,裕召穆之入,问曰:"此事何如?"穆之曰:"公今岂得居此遂为守藩之将,虽刘毅、孟昶诸公,俱起布衣,共立大业事,乃一时相推,故以明公为盟主,非宿定臣主分也。力敌势均,终相吞噬。扬州根本所系,不可假人。前授王谧,事出权道,今若复他授,便应受制于人,一失于权,无由可得。明公功高勋重,不可直置疑畏,便可入朝,共尽同异。公至京邑,朝廷必不敢越公更授余人耳。"裕曰:"卿乃吾之荀彧①也。"于是出堂,召皮沈谓曰:"百里县宰,苟非其人,则民受其殃,何况一州乎!吾自入朝同议,推一能者代之。"因此刘裕与皮沈入京师。

次日,入朝堂,聚集文武商议,众群臣见裕自诣,乃不敢别议,因上言曰:"扬州重镇,明公若不自领,谁人敢当,明公可自领之。"裕曰:"汝大臣命孤,吾自受焉。"因是入朝。却说晋帝闻刘裕回朝,命大臣召刘裕入见,当大臣出引裕至金阶,裕拜于殿阶之下。帝赐平身,宣上殿问劳毕,裕奏曰:"臣托陛下洪威,义军群力,幸灭桓玄,得迎乘舆。伏望陛下善保龙体,以社稷为重,天下幸甚也。"帝曰:"朕之社稷,赖卿再造,今卿回朝,宜辅国政。"群臣奏曰:"今刘裕功盖天下,忠闻九州,扬州之任,不可付人,宜授与裕带领。"帝曰:"卿等所议,正合朕心。"于是帝以刘裕为侍中,车骑将军、都督中外诸军、录尚书事,带领扬州刺史。裕谢恩出朝,复还丹徒京口,与刘穆之同议后事。

四月,南燕王超祀南郊,有兽如鼠而赤,大如马,来至坛侧。须臾,大风昼晦,羽仪帷幄皆毁裂。超惧,以问太史令成公绥,对曰:"陛下信用奸佞,诛戮贤良,赋敛繁多,事役殷重之所致也。"超乃黜公孙五楼等。俄复用之。

却说秦王兴以僭檀内外多难,欲因而取之,乃使韦宗往觇之。宗至,僭檀与宗论当世大略,纵横无穷。宗退,叹曰:"奇才英器,不必华夏;明智敏识,不必读书。吾乃今知九州之外,五经之表,复自有人也。"辞归,言于兴曰:"凉州虽敝,僭檀权谲过人,未可图也。"兴曰:"刘勃勃以乌合之众,犹能破之,况我举天下之兵,以加之乎!"宗曰:"不然,形移势变,反覆万端,凌人者易败,戒惧者难攻。僭檀之所以败于勃勃者,轻之也。今我以大军临之,彼必惧而智求全。窃观群臣才略,无僭檀比者,虽以天威临之,亦未敢保其必胜也。"兴不听,使其子广平公姚弼为将军,敛成率步骑三万袭僭檀,又使仆射齐难率骑二万讨勃勃。弼长驱至姑臧,僭檀撄城固守,见弼兵懈怠,夜出奇兵击破之。弼收残兵退屯百里之外。僭檀又计命郡县悉散牛羊于野。弼兵粮尽,敛成纵兵掳掠。僭檀闻秦兵且至,计排

---

① 荀彧——曹操的谋臣。

伏兵于左林山谷，自引众退保河曲，齐难不知，遂纵兵野掠，僞檀潜师袭难，擒之，及获其将士万三千人。于是岭北夷、夏附于勃勃者以万数。勃勃皆置守宰而抚之。秦兵败还。秦王兴始悔不纳韦宗之言耳。

刘裕抗表伐南燕

己酉，五年（秦弘始十一年，魏太宗拓跋嗣永兴元年，燕王冯跋太平元年，西秦更始元年。旧大国二，南凉、北凉、南燕、西凉、燕、夏小国六，新小国一，凡九僭国），正月，南燕王超正旦朝会群臣，叹太乐不备，超曰："孤每恨朝会缺此乐音，吾与卿等大臣商议，掠晋人以补伎。"韩㻛曰："先帝以旧京倾覆，戢翼①三齐。陛下不养士息民，伺衅恢复，而更侵掠朝邻，以广仇敌，可乎！"超曰："我计已定，不与卿言。"遂遣公孙五楼兄归将兵寇宿豫，拔之，大掠而去，简男女二千五百付太乐教之。五楼等总朝政，宗亲并居显要，内外无不惮之。

五月，太尉刘裕闻南燕王慕容超大掠宿豫男女二千余人，乃大怒，将欲伐燕，朝廷不许。当刘裕抗表要伐南燕，朝议皆以为不可，唯孟昶、谢裕、臧熹劝行。裕以昶监中军留府事。苻氏之败，王猛孙镇恶来奔，骑不能及人，而有谋略，善果断，喜论军国大事。至是或荐于裕，裕与语，悦之，因留宿，明旦谓参佐曰："吾闻将门有将，信然。"即以为中军参军。

史说，王镇恶，北海人也。祖王猛，仕苻坚，任兼将相。镇恶以五月生，家人以俗忌，欲令出继疏宗。其祖猛曰："此非常儿，昔孟尝君恶月生而相齐，是儿亦将兴吾门矣。"故取名为镇恶。年十三，有大志。而苻氏败，寓食龟池人李方家，方善遇之，镇恶谓方曰："若遭英雄主，要取万户侯，当相厚报耳。"至是刘裕召为参军，果应其言矣。

四月，裕以刘毅镇姑孰，自领众欲行。当毅闻知，固止之曰："昔苻坚侵境，谢太傅犹不自行，宰相远出，倾动根本。公既受辅朝政，岂可远离，宜委别将讨之。"刘裕犹豫。当谢景仁独上言曰："公建桓文之烈，应天人之心，虽业高振古，而德刑未树，正宜推亡固存，广振威略，平定之后，养锐

---

① 戢翼——收敛聚焦。

息徒,然后观兵洛内,修复陵寝可也。岂有纵敌贻患者哉!"裕曰:"然。"于是引军速行。史说王昙首,太保弘之弟也,幼而尚义,与兄弟分财,昙首惟取图书而已。因刘裕聚兵讨慕容超,与弟王球前来投伍。刘裕因谓曰:"卿并膏梁世德,乃能屈志戎族耶!"昙首答曰:"既从神武,自使懦夫立志耳。"时谢晦在坐,曰:"仁者果有勇也。"裕大悦,以为镇西长史。裕率舟师,自淮入泗,军至下邳,留辎重,步进至琅琊,所过皆筑城,留兵守之。当王镇恶谓裕曰:"燕人若塞大岘之险,或坚壁清野,大军深入,不唯无功,将不能自归,奈何?"裕曰:"吾虑之熟矣。鲜卑贪婪,不知远计,近利虏获,退惜禾苗,谓我孤军远入,不能持久。不过进据临朐①,退守广固,不能守险清野,敢为诸君保之。"言讫,明日出行。

刘裕入险虏在掌

却说南燕王超闻刘裕率军来讨,急召群臣会议。公孙五楼上言曰:"吴兵轻果,利在速战,宜据大岘,使不得入,旷日延时,沮其锐气,然后徐简精骑,循海而南,绝其粮道,敕段晖率兖州之众,缘山东下,腹背击之,此上策也;各命守宰,依险自固,校其资储,余悉焚荑②,使敌无所得,旬月之间,可以坐制,此中策也;纵贼入岘,出城逆战,此下策也。"超曰:"岁星居齐,以天道推之,不战自克。客主之势,以人事言之,彼远来疲敝,势不能久持,奈何芟苗徙民,先自蹙弱乎!不如纵使入岘,以精骑蹂之,何忧不下。"桂林王镇曰:"陛下必以骑兵利平地者,宜出岘逆战,战而不胜,犹可退守,不可进敌入岘,自弃固也。"超不从。镇出,叹曰:"既不能逆战,又不肯清野,延敌入腹,坐待攻围,酷似刘璋矣。"超闻之大怒,收镇下狱。遣公孙五楼并段晖率步骑五万,出屯临朐以拒。五楼奉命以兵屯于临朐。

刘裕大军至岘,将士犹豫皆不敢入,裕身先催军前进,及入岘,燕兵不出,裕举手指天,喜形于色,诸将言曰:"公未见敌而先喜,何也?"裕喜而谓诸将曰:"师已过险,士有必死之志;余粮栖亩,人无匮乏之忧。虏已入

---

① 朐(qú)。
② 焚荑(shān)——毁掉。

吾掌中矣，吾何不喜。"左右曰："国公神料也。"言讫，前兵已至东莞。

燕王以兵拒刘裕

六月，超闻裕至东莞，超先遣五楼及段晖等将步骑五万屯临朐。闻晋兵入岘，超自将步骑四万，前去接应，点赢老卒守广固，自选精兵前来。先使人与广宁王贺刺卢、五楼曰："卿戮力据临朐，临朐去城四十里有巨蔑水，卿宜自据上流，休被晋兵占之。"五楼闻言即出，选精兵五万，与贺刺卢来占临朐，拒蔑水之北。至而为龙骧将军孟龙符已先至州源，五楼乃退。晋刘裕率大军行至临朐，传令军中，分军四十余万，出兵方轨徐行，车悉张幰①，御者执稍，以骑为游军，军令严肃。比及近城，五楼率兵占住要路。刘裕即命兖州刺史刘藩、并州刺史刘道怜等出阵。二将领命，刘裕即便交中军金鼓旗下发三通擂，将台上红旗招飐。二将从门旗下飞马出阵，两军一齐呐喊。二将兜住战马，横着刀，厉声大叫："无礼羌贼，背逆狂徒！天兵到此，尚不投降，直待骨肉为泥，悔之何及！"燕兵阵中先锋段晖拍马出阵，更不打话，舞狼牙棍直取刘藩。两马相交，军器并举，一个笼头使棍便打，一个绕颈将刀去砍，往往来来，翻翻覆覆，四条臂膊交加，八只马蹄撩乱。斗到二十余合，刘藩卖个破绽，放段晖砍将入来，却躲个空，手起刀落，连盔带顶，正中天灵，段晖翻身落马而死。门旗影里刘道怜见刘藩得了头功，就马上寻思，燕兵已挫动锐气，不就这里抢将过去，捉了五楼，更待何时。乃大叫一声，如阵中起个霹雳，两手横拈一条枪，纵坐下马，一拍，直冲过阵来攻五楼。五楼一见输了段晖，走入，大阵崩陷，拨回马望后军便走，余众皆溃。其刘裕引全部众军，大刀阔斧，杀得燕军大败，星罗云散，七断八续，军士抛金弃鼓，撇戟丢枪，觅子寻亲，呼兄唤弟，折了万余人马，退五十里外扎住。裕乃传令鸣金收军，罢战，各自献功请赏，话不叙烦。

却说慕容超引兵与裕战，闻前军五楼大败，乃勒兵屯临朐城外，坚守不战。晋兵一连拍住三月，超兵亦不出。是日，刘裕聚集诸将商议计策，

---

① 张幰（xiǎn）——拉下帷幔。

时刘裕深虑卢循乘虚又犯建康,意欲速战而还。因此遂问诸将,时参军胡藩进计曰:"贼屯军城外,临朐留守必寡。为今之计,可密使人以兵抄小路取临朐,而斩其旗帜,此韩信所以克赵也。"刘裕曰:"卿计可矣。"于是裕乃遣檀韶、向弥,潜以轻兵五千,抄阴径去攻临朐。韶、弥二人领计即行,星夜至临朐城。城中兵少,果无备,被檀韶等攻陷,尽斩其所戍旗卒,城上皆立晋帜。次早,南燕王慕容超闻知大惊,急领众走还保广固去讫。

刘裕以兵攻广固

刘裕始令鸣金收军,入城安屯,赏犒诸军。裕既用参军胡藩计,克临朐,即分军安守其城,忙传令,乘胜连更带夜赶捉燕王超。时诸将得令,不敢停留,各各引兵即行,行至广固,前部部将景子赶着慕容超。超见追兵至,慌忙收兵入广固未及,被景子跃马持刀,当先杀入。将士见其身先,诸部齐心,混杀入广固。燕王见晋兵混入,不敢久恋,领兵开西门,引家小走保小城去讫。因此刘裕后军杀入,得屯广固大城,赏劳诸将。

却说燕王超领五楼诸将同走入广固小城,五楼计令诸将设长围守之。裕既克广固大城,乃传令诸军,来攻小城。诸将得令,各引军前抵小城。兵已近城下,裕叫三军绕城皆筑土山,掘地道以攻之。五楼传令,坚守甚严。守东门将马礼贪酒,有误巡警,五楼怒,拿下打四十脊杖。马礼恨之,开门投降刘裕。裕问破城之策,马礼曰:"突门内土厚,可掘道而入,放火烧城,城可拔也。"裕叫马礼引五百壮兵,连夜掘地道而入。五楼至夜上城,点视军马,不见马礼,当夜又见突门角上城外无灯火,五楼曰:"马礼必然恨吾而降晋,必引兵从地道而入也。"急唤精兵运石击炎中栅门,门闭,马礼及五百壮兵皆死于土内。裕因此折了这五百兵,乃罢地道之计,只是绕城围之。

守住至七月,超见城内粮少,与五楼商议计策退兵。五楼曰:"大王忧兵乏粮少,惧晋兵率众而来,久则不敌之势,其理然也。臣闻姚兴部下有雄兵百万、猛将千员,依愚意,可专人备礼,求救于秦王姚兴。姚兴兵至,必先攻临朐,裕闻,必还救之,大王引兵追之,两下夹攻,裕可擒矣!"超曰:"其计甚善。"王镇曰:"百姓之心系于一人,今陛下亲重六师,奔败而还,士民丧气。闻秦自有内患,恐不暇救人。今散卒尚有数万,宜悉出金帛以饵之,更决一战,若天命助我,必能破敌;如其不然,死亦为美。"王惠曰:"晋军气势百倍,我以败卒挡之,不亦难乎!秦与我如唇齿也,安得不来相救。"超从惠计,遣张纲去秦。

张纲闻言出,领诺欣然肯往。超备礼修书度与纲,使一千兵连夜送纲杀出重围,前来西羌见姚兴,拜礼讫,乃呈上书。兴披书读讫,回书与张纲归去,说他后动兵来,纲去讫。兴即召诸将集议其事,部将李荣上言曰:"今燕王被晋兵攻击太急,不得已使张尚书来求救于我。我兵虽勇,未可远离,只可守自己城池。不如遣使往裕处虚声张言说:'我将兵十万涉淮,出屯洛阳,晋兵不退,长驱而进矣!'裕闻知,必勒兵还,可退晋兵,亦保燕地无危。"兴闻说,即使人往裕处声言说:"秦王以兵十万,出屯洛阳,将下江南。"使人去讫。又回书与张纲回。

却说张纲得姚兴回书,即忙便还,还至泰山路上,撞见一簇人马,拥着一个官人,乃泰山太守申宣,纲行狭路,无处回避,只得迎立,被申宣觑见面生,唤左右盘问,纲战栗回答不来,被左右搜身上,搜出一封回书,递与申宣。申宣开读,始知是燕王超求救于姚兴,申宣不问情由,令军人将纲解来广固见刘裕。裕大喜曰:"思得纲久矣,今幸得见。"却令人诱其投降。纲无奈,只得请降,于是裕大笑,慌忙喝退左右,亲释其缚,取衣与之,握手请起同立,便言:"适来左右不识尚书,言语冒渎威容,幸勿见责。吾素知老尚书乃世之真大丈夫也。"言讫,令手下便进酒压惊,以上宾礼待之。因谓纲曰:"良禽择木而栖,贤臣择主而佐。卿有王佐之才,何事伪燕耶!"纲答曰:"生在其土,不得不为其用耳。"于是张纲感其恩义,安身无有异志。时刘裕请问取城之策,纲曰:"小臣深蒙厚爱,无可以报,愿施犬马之劳,径取其城,稍酬万一。"刘裕拱手称谢,以求取城之计,应是何如。刘裕敬纲,纲有巧思妙算,诸人不及。先是裕每修攻城之具,攻广固小城,皆被张纲用计破之,不能攻城。及晋军攻城,城上燕兵皆笑曰:"汝不得张纲,何能为也。"既张纲被拿来降,如何不敬其也。当张纲献计曰:"其城虽固,可命诸匠造飞楼车、悬云梯,楼车上施幔木板屋,冠以牛皮遮护,伏兵于内,推至城下,以箭射守城军人,令壮兵从云梯上去,必得城也。"裕听罢,称赞不已,即令张纲领军匠造车。车未及完备,推至城下示城上,城上军民莫不失色。是日为始,北方之民,执兵负粮归者,日以千数,裕皆受,安抚慰之。

却说慕容超既求救不获,张纲被虏,乃商议遣使诣刘裕营,求称藩臣,割大岘为界,献马千匹,永不敢侵。裕不肯从,超愈大恐。时姚兴使使来见刘裕,说:"晋兵不退,秦王以兵十万,出屯洛阳,欲下江东。"刘裕与使曰:"尔报姚兴,我定青州,将过函谷,虏能自送,令其速来耳。"使人去了,当录事参军刘穆之遽入,言曰:"此语不足威敌,适能怒彼,若鲜卑未拔,西羌又至,公何以待之!"裕笑曰:"此兵机也,非子所及,羌若能救,不有先声之自强也。夫兵贵神速,彼若实能救,必畏我知,宁容先遣信命,逆说此言,是自张大之词耳!羌见吾伐齐,方将内惧,自保不暇,何能救人也。"穆之默然。于是相持至十月,城未下。会刘毅遣上党太守赵恢五千人来援裕,裕令别屯犄之。十二月丁亥,晋兵添十倍军士,并力攻城,燕王超城中困极,宰马为食,军士饿倒不能把守。

玄文献计塞五龙

南燕王慕容超自与所幸魏夫人上登天门,观晋兵虚实,群臣皆随城边,燕王超见晋王师之盛,心有忧色,魏夫人握燕王超手,涕泪交流,燕王超起视对泣。时领军韩谅谏曰:"陛下遭百六①之会,正是勉强之秋,而反对女子悲泣,何其鄙也。"燕王超拭目谢之曰:"帝王兴废,何代无之,唯恨在我罹此阳九②,故发悲耳!卿等尽忠,退得晋兵,高官任选,朕不负伊。"谅曰:"刘裕孤军悬入,目下虽锐,久必自衰,宜固此城,待其衰而出攻,必能破之。"燕王超从之,诏命六师紧守城池,并不出战。

时刘裕大会诸将,商议攻城之策,当中将军玄文上言曰:"昔赵攻曹嶷,望气者以为渑水带城,非可攻拔,若塞五龙口,城必有陷,石季龙从之,而嶷请降。后慕容恪之围段龛,亦如之,而龛亦降。后无几,又震开之。今旧基犹在,明公可塞之,则城中必有降者,若攻,恐难拔也。"裕从之,即使一军担泥运土填塞五龙口,城中士民男女相患脚疾弱病者大半,因此城

---

① 百六——古时指厄运。
② 阳九——古时指厄运。

中百姓相继出降。

裕以往亡获燕王

南燕城内闻男女病脚弱者大半出降,尚书悦寿谓超曰:"今战士凋瘵,绝望外援,岂可不思变通之计。"超叹曰:"废兴命也,吾宁奋剑而死,不能衔璧而生。"刘裕悉众攻城,诸将曰:"今日往亡,不利行师。"裕曰:"我往彼亡,何为不利!"催军人四面急攻之。当南燕尚书悦寿素闻张纲降晋,密与献门之书,拴在箭上,射下城东。军士拾见张纲,纲将书见裕。裕唤诸将听令:"如入冀州,休得杀害一城老小,军民降者免死。"群盗又使于栗碑讨,不从命者,所向皆克。

卢循以兵寇建康

却说刘裕北伐南燕时,徐道覆劝卢循乘虚打入建康,循弗听曰:"刘裕既伐燕地,则建康非复虚矣。加之裕善用兵,必留重戍险隘,未可轻动也。况今冬寒,不如久守,以待天时,外结英豪,内修农事,选精锐之兵,乘虚而进。救左则击右,救右则击左,我不劳而彼困惫,不及三年,可坐而取胜也。今舍妙胜之策,而决成败于一时,恐不如意,悔之无及。"道覆又曰:"将军久住岭外,岂将此传之子孙耶?正以刘裕难与为敌也。今裕顿兵坚城之下,未有还期。我以此思归死士,攻击何、刘之徒,如反掌之易耳。不乘此机,苟求一日之安,裕平齐后,以玺书征君,自将屯豫章,遣诸将率锐师过岭,恐将军不能挡也。若先克建康,倾其根叶,裕虽南还,无能为矣。"循乃从之。初,道覆计使人伐船材于南康山,至始兴贱卖,居人争市之,至是悉自取之以装舰,旬日办成。循从道覆之计,分兵三队,攻庐陵、南康、豫章三郡,三郡郡守因裕抽兵北伐,无兵守御,惧皆奔逃,被循所占。循既得三郡,徐道覆又谓循曰:"今虽连得三郡,皆是冲要之处,若江陵刘道规来取,吾难守。吾自以兵去攻,公可速遣人入蜀,说谯纵以兵寇江夏,使彼不遑①来也。"循从其计,即使人入蜀见谯纵曰:"卢将军以众入建康,恐刘道规、何无忌攻其后。将军若能攻江陵,敌住二人,倘得京邑,以西地属公,以南属卢,结为唇齿,永盟和好,誓不相侵。"纵闻言,即遣荆州刺史谯道福同桓谦引兵三万,来寇江陵。

道规焚书固江陵

当刘道规闻知桓谦等兵至,即取集江陵诸将商议,诸将恐惧,尽皆失色。道规谓众曰:"吾东来文武,足以济事。汝等畏刀避箭之徒,欲去者,吾不相禁。"因喝令夜开城门,随其自遁。众咸惮服,莫有去者。次日,雍州刺史鲁宗之闻桓谦寇江陵,乃率部下兵从襄阳来救江陵,兵至城下叫门。刘道规知,命人开门与宗之入,诸将皆曰:"宗之以兵远来,其心未可知也,使其屯兵城外,不可与入。"道规曰:"人以赤心援我,我若疑之,反为乱矣。"遂不听,乃自单车出城迎入府内,共议破敌之策。由是宗之之众咸感悦服,皆愿效命出战。当诸将曰:"刘公自保江陵,使将军檀道济、到彦之领兵二万,共击苟林。"道规曰:"非吾自行不决,而委他人?"因是乃使鲁宗之以兵守江陵,委以心腹;自率诸将以兵十万,人驱长进。军至枝江,迎着桓谦,两军相遇,交战十合,谦军大败而逃。道规率兵连追二百里,桓谦被道济杀之,苟林被刘遵追及,斩之。尽拾得谦军械辎重,数内拣得一箧文书,道规启箧视之,乃自己部下及江陵士庶降桓谦之书数百纸,皆言江陵虚实备细。道规不问,尽皆焚之,因此众始大安。道规复以兵还江陵。时鲁宗之闻徐道覆大军至,恐寡不敌众,自引兵走还襄阳去讫。时百姓闻流言卢循已克京都,遣道覆来为江州刺史,江陵士庶闻道规已破桓谦,及焚其降书不问,因此江汉士庶感其焚书之恩,各为备守城池,无复二志,保全江陵。道规闻道覆将至,星夜驰还江陵,密谓刘遵曰:"今徐道覆兵将至,汝引一万军为游军,出屯江汉口,以拒道覆前驱,如不胜,收屯为掎角之势,使其不敢逼城下营,方可破之。"遵依计而去。到彦之等咸曰:"明公不宜割此有力之兵,置于无用之地,可留卫保江陵,何如分拆军威

---

① 遑(huáng)——闲暇。

之势。"道规曰："能善将兵令敌不敢近城者,莫若掎之,故分此兵,使其疑惑,莫能进逼,然后以计破之,胜之必矣。"于是众服其论。遵先得令,以兵一万出屯汉口,以迎敌兵。道规自与诸将领军三万,离城三百里拒迎。

其时,道覆不从大路来,与道规不相遇,密从故道抄小径掩至城边呐喊,佯言："建康已克,江陵何不早降,若缓,攻破城池,玉石俱焚!"言未毕,军人报汉口有兵提防,道覆不敢攻城,离城三十里安营。其时,城中无只兵守城,士庶皆感道规焚书不究之恩,无怀二意,俱各竭力,调拨民兵昼夜巡视,把守各门。道覆次日驱兵大进,攻打城池,城上百姓各以火瓶飞石打下,军不敢进,连攻数日不下。忽听得鼓噪喧天,正西路上人马抢到,旗上书得分明:"大将刘道规。"道覆大惊,急传令,交三军摆开与战。当道覆自与道规交锋,连斗五十余合,道规力乏欲走,又听得东路一彪人马掩至,起头视之,认是游军刘遵旗号,心中大悦,壮气愈加,又挺刀与战。当道覆见有伏兵横挟,日晚又昏,不敢恋战,拨转马头,寻路走还。檀道济见徐兵走,驱军连夜追杀。当道覆欲退,被刘遵游军横挟两路拦击,杀得徐兵溃窜,伤亡死者不计其数,道覆只存二百骑逃去。道规方传令鸣金,收军入城。次日,以牛酒犒赏三军,不在话下。

却说徐道覆败回,收拾残兵万余,会卢循之众,军威稍振,议下建康。

何无忌握节身死

何无忌闻卢循欲下建康,自以兵离浔阳来拒循。长史邓潜之谏曰："循兵舰盛,势归上流,宜决南塘,守二城以待之,彼必不敢舍我远下。蓄力养锐,俟其疲老,然后击之,此万全之策也。今决成败于一战,万一失利,悔将无及。"参军殷阐曰："循所将皆三吴旧贼,百战余勇,始兴溪子,拳捷善斗,宜留屯豫章,征兵属城,兵至合战,未为晚也。"无忌不听,率兵上船,与徐道覆遇,战于豫章郡。道覆计令强弓手五百,弃船登山邀射之,自率大舰,乘风急以撞之。无忌船小,况又风逆,不能抵挡,兵众奔溃。无忌厉声曰:"取我苏武节来!"节至,执以督战,兵已散了。贼众云集,独不敌众,握节而死。道覆以复行。由然中外震骇。后朝廷闻知,谥无忌忠肃。

三月，西凉僄檀自将兵五万，来伐蒙逊。蒙逊大惊，计设伏兵于山源，自以弱卒一万，邀战诈败，引至穷泉，伏兵四出，僄檀大败走还。蒙逊乘胜追至姑臧，夷夏万余户出降，蒙逊纳之。僄檀大惧，遣人出城，纳质请和，蒙逊受之，乃徙其众八千余户而去。僄檀恐其再至，迁于乐都。姑臧人自推焦朗为主，降于蒙逊，不用僄檀之命。是时，刘裕伐燕，旋师还镇下邳。

却说晋帝设朝，群臣奏卢循侵庐陵、豫章、南康三郡，目今兵马将到京城。帝大惊，问文武大臣。大臣奏曰："要破此贼，火速颁诏，星夜征豫章郡公还京，方保无事。不然，为贼所危。"帝曰："然。"于是即命使赍诏征裕还拒卢循。使人领旨，星夜至下邳见裕，呈上诏书。裕读讫，始知卢循入寇，何无忌战死，滔滔大哭，即忙传令，班师还京。

刘裕大破卢循兵

却说刘裕回兵至下邳，以船载辎重，自率精锐步归。知何无忌败死，卷甲兼行，将济江，风急，众咸惧之。诸将请待风息，裕曰："若天命助国，风当自息，不然覆溺何害！"即命登舟，舟移而风止。四月，至建康，青州刺史诸葛长民、兖州刺史刘藩、并州刺史刘道邻，各将兵入卫。藩，毅之从弟也。卢循兵威大振，将近建康。百官会议奏曰："贼兵强甚，刘公回来，不如北走避之。"帝问曰："贼在何处？"大臣曰："贼在豫章，与京隔五百余里。"帝曰："贼尚未至，待到避之不迟。"言讫罢朝。

却说刘裕回兵至山阳，大哭镇南将军何无忌，忽闻朝野震骇，帝欲北避之事，裕益大哭无忌，涕零不已，亲自设灵席祭之，又令三军挂孝三日。

癸未，始至京都，入朝觐帝，拜礼毕，帝曰："太尉北征劳神。"裕曰："陛下掌政事不易。"帝请刘公平身，裕曰："近闻卢循领兵已取豫章，将及到此，陛下议论若何？"帝曰："今文武议欲迁都。"裕听说，复怒曰："大臣以为京都无人，故此畏避耶！"帝曰："卿意若何？"裕曰："主上曾与谁人议论也？"帝曰："与众议此事，理会未定，故召公回决之。"裕因问群臣曰："诸君主避者，愿闻其详。"众答曰："妖贼虎豹也，挟强盛而寇四方，动有百万之师，近得豫章三郡，其势甚大。吾建康可拒贼者，长江也，今贼艨艟①巨舰，何止数千，水陆军营，占地千里。况明公北征始还，伤痍未起，旧卫老弱等数万人，安可当之？若依愚计，莫如早避，尚图后复。"裕曰："此乃迂阔之论也。建康自返正乘舆以来，今历数载，安可一旦而弃于贼也。"帝曰："若此，将何计拒之？"裕曰："贼名强盛，实易攻也。"帝曰："何如易攻？"裕曰："贼之所统，皆乌合之众，蚁聚之兵，军无纪律，将无远略，民心不附。以陛下雄武，仗先帝之灵，文武之力，臣自以兵保为陛下破之。"言未毕，班部中撞出步骑将军刘毅上表奏曰："臣请精兵五万先行，破此贼人。"当裕谓毅曰："今贼新捷锋锐，且莫先动，须严军偕进。"毅曰："贼众虽盛，不足畏之。"于是毅坚执要行，帝只得委兵五万与行。毅得兵曰："不杀此贼，誓不回军！"言讫，引兵去了。裕恐有失，亦自整备出师，先即作书，使刘藩前去止之，令其等大军一齐起行。刘藩追至，谓兄毅曰："刘公恐吾兄孤军去讨，不能取胜，使我来止，待其大军至，偕进。依弟之见，果不可独行。"毅闻之，大怒曰："我以一时之功相推耳，汝便谓我不及刘裕也。"言讫，投书于地，遂以舟师二万发至姑孰。五月，壬午，毅兵望桑落洲而行。

却说卢循正坐间，忽听得探马回报刘毅引大兵杀奔豫章而来，诸将士卒皆失色。循知，急召徐道覆入议曰："今刘毅引五万大兵到来，何以迎之？"道覆曰："离城一百里外，有一洲，名唤桑落洲。其水路夹洲，洲前十里左有山，名豫山；右有林，名居林；可以埋伏军马。可令秦用引兵一千五百，带船三百，去居林背后水谷埋伏，只看四面火起，便可出击，纵火掩之；林佺、刘稷各引五百军，预备引火之物于船中，伏于桑落洲居林下两边，相候至初更，晋兵到，便可放火烧船矣。又令王得引兵五千，为前部抵敌，要输不要赢，把兵马与战，佯慌迤逦退后而走。主公自引一支军于中救援，听计而行，勿使有失。"计排已定。次日，诸将士各依计而行。

却说刘毅以军到桑落洲，乃拣选一半精兵作前队，其余在后，随粮草而行。是时五月尽，南风徐起，人马趱行而来，见贼兵大叫骂曰："卢循无义叛贼，你等事他，正如孤魂随鬼也。"王得大笑曰："你等随刘裕鼠贼也。"刘毅大怒，向前来战王得。二舟相交，战不数合，王得诈败退走，刘

---

① 艨艟（méngchōng）——古代战船。

毅赶将来，贼军先退，毅军掩去。王得押后抵挡，约走十余里，王得回舟又战数合而走。当韦浩撑舟谏曰："王得诱敌，恐有埋伏。"毅曰："敌军只如此，虽有十面埋伏，吾何惧哉！"赶到桑落洲，听得一声鼓响，卢循自引一支军出来接应。刘毅回顾韦浩曰："此即埋伏之军，吾今晚不到豫章，誓不罢兵！"催军前进。卢循、王得佯拦不住，迤逦望后便退。天色黄昏，浓云布满，又无月色，狂风忽起，继而大作。刘毅只顾赶前面败军，至戌牌左侧，刘毅在前军望见前头一片叫起，便将战船摆开阵势，问乡导："这是哪里？"乡导回答："前面是桑落洲，后面是豫口川。"毅传令，交诸将押后，亲自出战船于阵前，与侯兰、韦浩及十数船，两势下摆开。敌军到处，刘毅看了大笑，众将问曰："将军何故如此哂笑乎？"毅曰："吾笑刘裕在帝面前夸诸贼强盛，今观他用兵，可见了也。似此等战船为前部，与吾对敌，正如驱羊与虎斗也。吾一时在帝面前夸要活捉诸贼，今必应前言也。不可停住，汝与诸将催趱军马，是夜赶到豫章，吾之愿也。"遂自纵船向前打话："妖贼将船摆开。"王得当先出马，毅骂走之，兵各自认队伍而去。毅交催促后军上来。诸将赶至窄狭处，见两边都是芦苇兜住船，谓刘毅曰："南河路狭，山川相逼，树林丛杂，恐防火攻。"刘毅省悟而言曰："汝等之言是也。"却欲回，忽听得背后喊声起，望见一派火光，看随后两边芦苇中又着，四面八方火势齐起，狂风大作，人船自相践踏，死者不计其数。刘毅冒烟突火而走，背后王得拥兵将来。

且说韦浩急奔回，只见火光中一军拦河，当先乃秦用也，军兵大乱，只得夺路而走。刘毅见粮草船一路都着，便抄小路而走，走出林前，慌忙收拾残军上马，弃船而回都去讫。徐道覆请卢循乘胜后追，杀入京都，循从之。

却说刘毅引败残之兵寻夜走回，遇见裕，说为贼用火攻之事，因败回来。裕相视失色，欲还浔阳、进江陵，据二州以抗贼，即至欲出与战，北伐始还，将士伤痍者未复起，只有战士数千人，贼有十余万，舳舻车千余里，恐寡不敌众，因此犹豫。当监军孟昶、诸葛长民进言曰："贼人远来，粮食不敷，不如保拥天子过江，且避其锋，待粮尽，然后击之，必然胜也。"刘裕曰："今兵士虽少，犹足一战，吾计决矣。"时诸将议曰："如若不避，国公可分兵屯守诸津险隘，俾贼不能入也。"裕曰："贼众我寡，若分其兵，则贼人测我虚实。一处失利，则沮三军之心。不如聚众石头屯扎，则众力不分。"言讫,领诸将引兵移镇石头城。

至乙丑日,探马报卢循引贼兵大至淮口,将近来到。当诸将士皆惧卢循战士十余万,舟车百里,楼船高十二丈。孟昶、诸葛长民务要奉乘舆过江。裕将听,参军王仲德言于裕曰:"明公新建大功,威震六合,妖贼既闻凯还,自当奔溃。若先自逃遁,则势同匹夫。匹夫号令,何以威物!"裕甚悦。昶固请不已,裕曰:"今重镇外倾,强寇内逼,人情危骇,莫有固志。若一旦迁动,便自土崩瓦解,江北亦岂可得至!设令得至,不过延日月耳。今兵士虽少,自足一战。若其克济,则臣主同体。苟厄运必至,我当横尸庙门,遂其由来以身许国之志,不能草间求活也。"昶恚甚请死,裕怒曰:"卿且一战,死复何晚!"昶乃抗表曰:"臣赞北伐之计,使狂贼乘间至此,谨引咎以谢天下。"乃仰药而死。孟昶既死,诸民皆惊,将士忧虑。时裕谓将佐曰:"汝等且勿惊,且看其众如何进兵。贼若于新亭直进,其锋不可当,宜回避之;若回泊蔡洲西岸,贼可擒耳。"众未信之。

却说卢循进兵至淮口,徐道覆言曰:"今刘裕北回,兵皆伤痍,不能复战;其有至者,未满万人,不如焚舟从新亭杀进,则裕成擒。"循不从,言曰:"大军未至,孟昶望风自裁,以大势言之,当计日溃乱。今决胜负于一朝,既非必克之道,且多杀伤士卒,不如按兵待之。"道覆曰:"我终为卢公所误,事必无成。使我得为英雄驰驱,天下不足定也!"裕登城见循军引向新亭,顾左右失色;既而回泊蔡洲,乃悦,遂栅石头、淮口,修治越城,筑查浦、药园、廷尉三垒,皆以兵守之。明日,循伏兵南岸,使老弱乘舟向白石,声言悉众自白石步上。是旦,裕闻贼兵至,引诸将登石头城楼上望,望见贼兵从蔡洲而来,裕悦不自胜,谓诸将曰:"此天助吾成功也。"言讫下城,令军人坚守四门,不许出战。又唤诸将至,谓曰:"吾料徐道覆用谋行兵,必然来取查浦,断吾咽喉之路,谁可去守?"参军徐赤特曰:"某愿往。"刘裕曰:"查浦虽小,所系有泰山之重。倘查浦有失,吾军定休矣!汝虽有谋,此地又无城郭,又无险要,所守极难。"赤特曰:"吾自幼力学到今,岂不知兵法?量一查浦不能守,要我何用!"刘裕曰:"查浦正北,吾之咽喉,若断,不能有气。查浦一失,吾兵休矣!徐道覆非等闲人,况有秦用为先锋,智勇足备,恐汝不能敌也。"赤特曰:"必不怕,若有所失,斩首无怨。"刘裕曰:"军中无戏言。"赤特曰:"愿立军令状。"刘裕曰:"汝与我文书,我与你四千军,拨沈林子与你相助。汝等小心在意谨守地面,到彼安营了,可画地理图本来。"二人拜辞,领军而行。

刘裕罪斩徐赤特

又唤刘毅、诸葛长民至,谓曰:"吾与你引兵从北面拒贼。你为前部先锋,汝宜小心,今番出兵,不比凡常。"言讫,长民领兵前行。刘裕自以兵后应,前来北拒贼兵。

却说参军徐赤特与沈林子引兵到查浦,看了地面,笑曰:"刘公多心,量此山僻之处,贼军如何过去。"就于总路口张侯桥首下寨,令军士伐木为栅,以为久计。徐赤特又自出寨,行见桥侧边有一山,皆不相连,更且树木茂盛,又顶平高可屯军,回寨唤集诸将计议,欲移寨往其山顶去屯扎。当有偏将军沈林子曰:"参军差矣,若屯军于当道,筑起墙垣,虽有百万之兵,不能过也。今若弃其要道,立营于山上,贼兵四面围定,将何以保?"赤特笑曰:"兵法有云:'凭高视下,势如破竹。'若贼兵来,吾令片甲不回。"沈林子曰:"吾跟刘公出征,但到处必指教之。今视此山,乃绝地也,倘贼兵绝其后汲水之路,及用火攻,我军不战自乱也。"赤特却说:"孙子云:'置之死地而复生。'刘公尚且请问于我,汝何等之人,敢阻吾意?吾自有见识。"林子曰:"若参军必欲于山上立寨,请分二千人,某自于山西立一小营,为掎角之势,倘兵至,可以救应。"赤特坚执不从。林子欲辞回去,赤特方曰:"汝既不听,与汝二千兵,待吾破了贼兵,到刘公处,你却分不得我的功劳。"言讫,分兵与林子。林子得兵,离山五里下一小营掎之;一面画营地图,星夜使人呈图去禀刘裕讫。

却说卢循使人去探,回报查浦有兵守御,即按兵不动,叹曰:"刘公真乃神人,吾不如也。"徐道覆曰:"何故自堕其志?某料查浦可取。"循怒曰:"汝何故出此言!"道覆曰:"吾探当道无寨栅,军又屯于山上,故知可破。"循笑曰:"若军果然屯于山上,天赐吾成功也。"自引十数骑来看一遭。赤特在上笑,叫诸将士各各准备曰:"看吾红旗招动,四面皆下。"却说徐道覆到寨,使人打听谁人总兵守查浦。人报曰:"参军徐赤特也。"道覆曰:"庸才耳!刘公虽有大谋,却不识人,此辈为将,可不误事。"唤林佺曰:"左右别有军否?"佺曰:"离五里有沈林子安营。"道覆曰:"汝引一军,当住林子来路；吾差申仁、申得率领诸将，四面围山，后断其汲道。就令军人备硫磺、焰硝、干柴引火之物，放林边堆起，放火焚之，彼军自乱，乘乱取之，可得查浦矣。"当晚调遣已定。

天明，林佺领一军先往背后，道覆大队军马一涌而进，喊声起处，四面围住。应有汲水之处，并以精兵围之。命众军将前引火之物，放于林边点着。山上晋兵看时，卢兵漫山塞野，队伍甚是整齐。会风起势刮，渐渐烧入林去。晋兵不敢下山，赤特在山上慌忙将红旗招动，军将你我相推不动。赤特大怒，手杀二将，诸军皆惧，只得努力杀下山来。时见四面火起，众军溃乱，各自逃生，不敢恋战。当又听贼兵军士大叫："投降者重赏，拒者诛之！"因此晋兵多有弃戈抛旗投贼者。赤特再退上山，交军守寨门，且待外应。时林子引军来冲，又被林佺杀退，走回石头去讫。赤特从早被围至日暮，火烧近寨，山上无水，众军又不曾得食，寨中大乱。赤特把守不住，杀下山西而走，背后林佺赶来，赶三十里。赤特来保张侯桥，兵溃少不能挡，只得逃回石头去讫。卢循叫徐道覆鸣金收军，进屯丹阳。当道覆与卢循言："今已得查浦，刘裕必然自来。吾引林佺带兵五万埋伏南岸，秦用以大兵与战。主公可以一万兵向白石屯住，多设旌旗为疑兵，使彼疑有埋伏，不敢从此路来，必从南岸至。吾待他兵过半击之，秦用以兵接战，三下夹攻，则裕成擒矣。"卢循从之，令诸将听令，依计而行。计排已定。

却说刘裕自差徐赤特戍查浦之后，心中怏怏，安放不下。忽报林子有使送地理图至，呈上，刘裕就案上展开看了，拍案大惊曰："赤特匹夫，坑陷吾军，早晚必有街亭之患也！"急欲差人去替，忽报马至说："查浦已失，丹阳城皆休。"刘裕曰："大事去矣！吾之过也！"言讫，即时命诸将士收拾军马，星夜驰还石头城内，坐定，唤林子入，责之曰："吾令汝与赤特同守查浦，汝何不谏之？"林子曰："某再三劝而不从，我自领二千兵，离山五里下寨，被贼兵四面围合。某自领兵冲数十余次，死战得出，恐失石头城，急急回守，非吾之不谏也。"刘裕喝退，即唤赤特。特自缚而入，跪于阶下。刘裕曰："吾累次叮咛说，查浦吾军之本也，领此重任，需要用心，今复如何？汝依林子，不至如此。今败兵失地，皆汝之过也。"叱左右推出斩之。忽监军从外来，正见斩赤特，入见刘裕曰："昔楚杀得臣而文公喜，今天下未定而戮智之士，岂不惜乎？"刘裕答曰："孙武所以能制胜于天下者，以其用法明也。今乃四海分裂兵交，若复废法，何用讨贼耶！假使有功不赏,有罪不诛,虽唐、虞不能以化天下也。"急命斩讫,献头于阶下,令示号各营。将尸首具棺木葬之,抚恤其家。复令人打探贼兵虚实,回报说:"南岸有埋伏,白石张疑兵。"于是裕知贼有所备,乃始命诸将士解甲固守石头,不许动兵。当刘裕斩参军徐赤特,后人有诗为证:

　　赏罚严明可治兵,赏无仇恨罚无亲。
　　查浦失守刑当及,军令施行劝后人。

东晋卷之八

起自东晋安帝庚戌六年十二月，止于东晋安帝已未元熙元年，首尾共十年事实。

道覆以兵寇江陵

却说卢循屯在丹阳城，至七月庚申，谓将士曰："今刘裕固石头不与我战，其计欲老我师，待我粮尽，退而击之。安可坐中其谋，不如还兵浔阳，别图后计。"言讫，传令起行。当徐道覆进言曰："今刘裕与我抗而不战者，必有密谋破吾兵也。不如急攻之，使其谋无就，岂可退兵，与其后追也。"循不听。当道覆曰："既是退兵，可与吾兵二万，去攻江陵荆州，就取其粮草，前来供给三军，不然，粮尽难与争战。"循曰："可。"于是以兵二万、将数员与道覆去攻江陵荆州去讫。自以兵徐退，以水军舳舻泊西岸屯住。

却说刘裕坐中军间，探马回报说，卢循退兵泊西岸，徐道覆引兵袭江陵荆州。裕得其语，大喜曰："道覆去远，吾计成矣！"言讫，随唤辅国将军王仲德，谓曰："你引一千精兵，多张旗帜后追，离数里屯扎，待他退，你后追，他屯住，你亦要屯住，不可与战，使彼心疑，不敢还浔阳，只屯西岸，吾自有计破也。"又唤建威将军孙处至，谓曰："你可引五千兵，阴从海道去袭番禺，攻其家也。"处欲临行，裕戒之曰："我这里十二月必破贼寇，卿亦足至番禺，就宜紧攻，先倾其巢窟也，使贼闻知，虑主思归耳。"处领诺，领兵从海道去讫。又唤偏将军王平谓曰："你星夜领五千兵，抄小路去贼兵之前，砍伐近山树木，结大棚数百浮河上，横塞河路，就准备完讫，屯西河港内，朝夕擂鼓，使贼疑不敢近归。"又唤监军孟怀玉谓曰："你可引兵二千，准备船只一千，装硫磺、焰硝引火之物，装上船内，待吾进兵。贼人必来占住西岸，待他泊住西岸，你将船浮河东北，待风起放火，顺下西岸，纵兵击之。"又令诸葛长民谓曰："你领五千兵，看河内火起为号，引兵进击贼人旱寨,贼走放火焚之。"计排已定,传令已讫,使刘毅监太尉,留府镇守,自以兵登舟南塘屯扎,等待风起。

却说刺史刘道规正坐厅间,忽左右报徐道覆引兵二万,来攻江陵。道规即唤左右副将至,以计附耳低言,说如此如此。诸将士得计,即时准备兵马,依计星夜赴小径埋伏去讫。次日,道规自将兵五千,前来挑战。

却说徐道覆军马至江陵,离城七十里下寨,正坐帐间,忽探马报说荆州刺史刘道规引军马前来挑战。道覆即时传令,便差渠师、韩焰先来出哨,随即全身披挂,骑雪蹄乌骓马,伏着双鞭,大驱人马,奔江陵城。在路上正遇道规,与战,战不三合,道规佯败走还。道覆见敌弱,交追五十里之程,隔远望见道规许多人马,杀回奔来。徐道覆交摆开马军,当先锋韩焰来与徐道覆商议道:"正南上一队步军,正不知是何处来的。"道覆道:"休问,只管冲将去。"韩焰引五千马军飞过前去,又见东南一队军来,却欲分兵,西南上又推起一队,旗杆招飐,呐喊喧天。韩焰再引军回来,对徐道覆道:"南边两队军,又都是晋军旗号。"道覆道:"这厮出来厮杀,必有计策。"说犹未了,只听得北上一声炮响,徐道覆道:"此必是晋人计策,我和你且把人马分做两处去斗,我去杀北边,你去杀南边。"正分兵之际,只见四路兵又起,道覆心慌之际,四面八方,火炮掀天,金鼓雷鸣,晋兵飞围将来,覆兵皆惧溃乱窜。道覆见有埋伏,急勒转马头,望东北大路杀来,遇着道规交战,战上二十余合,无心恋战,只得拼死尽力杀开血路,直冲过去,望东北而逃。刘道规引大势兵赶数十里不着方还,以牛酒赏犒三军,不再絮烦。是时,徐道覆被刘道规四路埋伏之计,杀得片甲不留,只收得几千残兵,走回还屯溢口。

是年十一月,孙处从海道至番禺,悉令兵登岸,自诈为渠帅韩焰,令兵改为贼兵旗号,诈说卢循攻破建都,着他回接父亲及家属返京,因此直至城下,依计叫开城门,城中无备,直杀入城。

却说卢循父卢嘏①正坐府间,报晋兵诈称韩焰诱开城门,杀近府前。嘏大惊,急引家属走后门,逾墙而逃,奔始兴而去。孙处入内,令军士搜捉卢嘏不见,将其女妇尽斩,出榜安抚。百姓惧其残杀,皆闭门不开。次日,于是孙处始令百余骑,赍榜文遍告诸处及三军,如有妄杀一人者,夷其三

---

① 嘏(gǔ)。

族,妄取民间一件物者,定按军法。如此军法严明,与民秋毫无犯,次日天明,百姓家家开门,焚香迎接。处又传令告报,但有原任官吏,依旧录用;及在边将士家,亦照旧给俸不缺。由是番禺百姓尽感其德,倾心归命于处。处乃屯镇其城,犒赏三军。

刘裕火攻破卢循

十二月己卯,忽东风起,刘裕急唤诸将入内问:"前日令安排准备埋伏物件如何?"诸将答曰:"齐备。"裕曰:"既齐,今日各各依计进兵,不可迟延。"言讫,拔寨起行,依计杀奔前来。卢循正在水寨与诸将说:"前面有埋伏,后面有追兵,如何可还浔阳?"正议间,闻晋兵杀来,急令水军头目,引兵从方江而下,占西岸。诸兵得令,各以船泊西岸。忽报上流有数千小船至,言未尽,其船将近水寨,只隔一里水面。忽然间,其船一齐发火,火趁风威,风趁火势,船如箭发,烟焰涨天,一千只火船撞入水寨,所撞之处尽皆钉住,隔江炮响,四下火船齐到。但见方江面上火逐风飞,一派通红,漫天彻地。卢循回观岸上营寨,几处火起。却说孟怀玉将船放火,顺流贼寨,自跳在小船中,背后数人驾舟百余,冒烟突火来杀卢循。循见势急,欲爬上岸口,时张放驾一小舟来,乃扶循下得船时,那只大船已自着了。张放遂呼集数百只船,万余人,保护着卢循在小船中,飞奔岸口。当刘裕望见穿绛红袍者,下船引众船走,料是卢循,即出脚踏在船头,手执利刃,厉声叫曰:"妖贼休走,刘裕在此等你多时。"循乃连声呼众船,回与裕战,战不十合,裕乃大败而退。卢循引兵赶来,将次赶上,被张放拈弓搭箭,觑得刘裕较近,一箭射去。裕在火光中,哪里听得弓弦响,正中肩窝,翻身下水,当得偏将急救,方存活命。其时满河火滚,因风水之势,在中流蓦之,天下大雨,雷声大震,刘裕仍躬提幡鼓。水热为汤,流入龙宫,龙王大惊,急问水族:"何如水热如汤?"当水族对说:"妖贼谋叛,刘裕以火攻焚其舟,因此水烧如汤。目今刘裕反败与贼。"龙王谓水族曰:"刘裕当兴宋祚,你可引众水族,以万钧神弩阴矢射妖贼,助他一阵。"于是水族依令,以神弩来阴助刘裕,暗射妖贼。妖贼当者,无不即死,贼众方溃。刘裕见自军中忽然有万钧神弩所发矢贼,疑必天助,遂命众兵并力击攻,所向莫不摧陷，杀得贼人大败，走下流去，又被木栅拦住。循令偏将拒住伏兵，自挥兵尽力，拆毁木栅，乃得退，走还浔阳。裕以兵紧随后追，循见晋兵追来至急，复走至豫章，令军人悉力为栅，在左里拒之。其时刘裕同部将景申引大军，将次来到左里，正与贼对阵，交锋之际，裕忙持号幡挥兵去战，忽麾竿折，幡沉于水内，众将咸惧，以为不祥，且请退兵，明日交战。当裕冷笑谓众将曰："昔覆舟之战，亦如此曾赢，今胜必矣！诸将休疑，火速与战。"令讫，众将因此锐气百倍，悉力攻其栅，俄而栅拆，晋兵杀入栅来。卢循见晋兵乱入，莫能挡抵，唬得心胆俱裂，鼠窜狼奔，引腹心左右撑单舸逃回番禺去讫。因此诸兵无主，俱各乱溃。裕见循走去远，又传令诸将曰："归师勿掩，穷寇勿追，宜即收兵。"乃自大叫曰："卢兵肯降者免戮，不顺者尽诛！"言未尽，贼兵皆弃戈卸甲，撑船来降。裕大喜，即传令鸣金收军，师旋屯于豫章，安抚百姓。忽报晋帝遣侍中黄门薛仁以牛酒财帛，前来劳师。裕闻知，即出案接待同坐，以财帛牛酒，分赐诸将士，给赏三军讫。

辛亥，七年（秦弘始十三年、魏永兴三年），春正月，南凉王傉檀又欲伐北凉，护军孟恺谏曰："蒙逊新并姑臧，凶势方盛，不可攻也。"傉檀不听，发兵五万，分五路俱进，兵至番禾、苕藿，掠五千余户而还。将军屈右曰："今既获利，宜倍道旋师，早度险厄。蒙逊若轻军猝至，大敌外逼，徙户内叛，此危亡之道也。"又不听。俄而昏雾风雨，蒙逊兵大至，傉檀大败而走，不敢还城。蒙逊以兵进围乐都，复取其子染干为质，蒙逊始引兵而还。傉檀势穷，只得以其子质降。

二月，刘裕收军振旅而还，诣京。次日，入朝拜见晋帝，奏说破卢循之功。帝大喜，改封裕为大将军，领扬州牧事。裕受职，谢恩而退。

卢循败回取番禺

却说卢循败后，寻夜走回番禺，至始兴，始知孙处先攻破番禺，及父引家属逃在始兴，心中大惊，即领诸将佐入城见父，哭说败兵之事，及问番禺如何失守被贼所陷。父叚说："孙处诈称渠帅韩焰，道你攻破建业，令他前来接家属。因此诸隘守将信之，不提防他，直至城下，叫开城门，杀守城军吏。比及知时,措手无及,我只得领家属从后门杀出,奔此安身,等你回来商议。目今孙处孤军守番禺,民众不附,甚是易攻,不如收残兵,再复其城,方可聚兵前去报仇也。"循曰:"既如此,可速进兵。"于是循即出,领诸将残兵,连更带夜,杀奔番禺,直至城下屯营。

却说孙处正坐府堂,忽探马来报说,卢循败回,引残兵来取番禺,目今兵屯城下。处闻知其事,急唤部将至,从耳边道计如此如此。诸将得计出,便传令众军五鼓造饭,天明大小三军人马尽皆出城;城上要虚插旌旗,遥张声势;军分三门而出,只留陈矫部一千兵守城。传令讫,诸军皆遵而行。

至次日,却说卢循自陈兵于番禺城外围住,当日晋兵分三路门而出。循见,即自上将台看时,见城上女墙边,尽是虚搠旌旗,无人守护,又见军士腰下各束包袱。卢循心暗忖,晋兵必是先准备走路,遂下将台传令云:"令两军分为左右翼,如前后得胜,尽力追赶,直待鸣金,方许退步。韩焰领住后军,吾亲自取城。"当日对阵,鼓声大震,孙处出马,在阵前搦战。循自至门旗下挥鞭指点:"谁人向前?"一将应声出马,乃韩焰也,与孙处交锋,战到二十余合,处败走。孙仁拍马而出,大呼姓名,搦卢循战。循不出,使周恭出马,与仁战十余合,仁又败,阵势乱,后军先退,孙仁、孙处弟兄两个押后。卢循指两翼军冲出,晋兵佯为大败而走。卢循自率大军追赶,到番禺城下,晋军皆不入城,皆望西北而走,韩焰、周恭引前部尽赶。卢循见番禺城门大开,城上又无军马,指点中军抢城,数十骑当先而进。卢循在背后加鞭纵马,直入到瓮城道边。城上敌楼上陈矫张见卢循亲自先入,暗暗喝彩道:"孙将军妙算。"言讫,打一声梆子响处,两边弓弩齐发,箭如雨下,争先入门的,都跌落陷马坑去。卢循急勒马回,一弩箭正射中右臂,循翻身落马,晋兵从门内杀出,径来奔卢循,循却得众军拼死命救出城中去了。军士突出,贼兵自杀践踏,落堑填坑者无数。循急令鸣金收军,孙处引三路兵杀得贼兵弃戈大败而走,走一百余里,方且屯住,收余兵南走交州去讫。孙处亦追百里,方归番禺屯扎。

却说徐道覆被刘道规杀败,走屯溢口,数月闻循败走始兴,乃引众亦来始兴见卢循,卢循已去番禺,因此只在始兴屯住而已。

却说兖州内史刘藩闻徐道覆处始兴,乃与偏将孟怀玉部兵一万,来取始兴,兵至,离城一百里下寨。至次日,召孟怀玉诸将至,密授与计。诸将依计。各自出寨,准备而行。行不数十里,徐道覆探知其来,亦引兵至,正相遇着,两下各自排阵。阵势始完了,徐道覆出马,横担大刀,厉声高叫:"败国之贼,焉敢侵吾境界!"对阵中一簇黄旗出,旗帜分开,一辆四门车,车中端坐一人,头戴银盔,身披金甲,手执羽扇,用扇招道覆曰:"吾乃兖州内史刘藩也,曾破燕王百万之众,被吾聊施小计,克复燕京。今来招安汝等,何故不早来降?"徐道覆大笑曰:"广固鏖①兵,乃刘裕之谋也,于汝何事?今来诳吾?"言罢,轮刀径杀过来。刘藩交作急回车,望阵中走,阵门后闭。道覆径冲过来,阵势忽分两下而走。道覆遥望中央一簇黄旗,料是刘藩,只望黄旗而赶。抹过山脚,黄旗扎住,忽地分开,中央不见四门车,一员将挺矛跃马,直取道覆,大呼曰:"吾乃燕人孟怀玉,贼将休走!"道覆轮大刀来迎,战不数合,气力不加,拨回马走。怀玉从后赶来,喊声大举,两下兵复合。道覆冲出,前面一军截住去路。道覆措手不及,惊慌落马被擒。当怀玉拿来寨中见刘藩,藩坐在帐上,见推道覆至,喝令推出斩讫,将首级号令军门。领兵入城,写榜安民,拨兵守御,自引诸将复回兖州镇守。

史说,晋自中兴以来,朝纲驰紊,权门兼并,百姓流离,不得保其产业,桓玄颇欲厘改,竟不能行。既而刘裕作辅,大示轨则,豪强肃然,远近禁止,由是黎庶仅得绥静。

慧度计迎斩卢循

却说交州刺史杜慧度闻知卢循失番禺,引兵来迎,心生一计,传令部将宋喜以五百人,各带刀斧,埋伏城外飞云寺内,听击盏为号,进斩卢循。宋喜得令,依计前去埋伏讫。又令偏将李本引三千兵,去寺后山谷埋伏,听炮为号,接应杀贼。李本得令,亦去埋伏了。慧度自领一百余人,牵羊酒前来一百里外,诈降迎接卢循。卢循见探马说,交州刺史杜慧度以羊酒前来降接,循唤到马前,恐其是计,不敢下马,见慧度拜伏在地,十分殷勤,方急下马相见。慧度言曰:"大王名镇天下,与百姓除残,谁不仰慕,今罹

---

① 鏖(áo)——激战。

小难,后必大兴。杜某遭刘裕执权,久此不迁,吾意欲叛,恨无盟主。今得大王车驾来临,聚义必成。"循亦曰:"将军肯相辅佐,取得晋朝天下与公平分,子孙同荣。"言讫,慧度呈上羊酒礼物,循虚推受讫。二人并马而行,行了一日,来到飞云寺前,慧度下马请曰:"今日已晚,到城还有三十余里,权在飞云寺中安歇,来日进城。"循曰:"可。"于是循令众将兵屯寺外,自领亲属一百余人入寺中安下。循到寺内,众僧百余人鸣钟击鼓出来接迎,入方丈室坐定,僧众磕头出外,慧度令他安排筵席入来。慧度亲自把盏,下礼陪劝,劝得卢循父子数人大醉,慧度击破玉盏,须臾宋喜引群刀斧手五百人抢入方丈室,将卢循卢叚父子,家属一百余尽斩取首级已了,就内放起炮来。寺后李本引伏兵杀出寺前,贼兵困睡,哪里得知,却被伏兵将贼兵一千余人,尽皆坑之,不留一个。慧度至日平明,方鸣金收军,回入交州,以牛酒赏赐军士。令人将卢循及家属首级一百余送来建康,进与晋帝请功。却说晋帝设朝,文武班齐,近臣奏道:"交州刺史杜慧度斩卢循父子并家属一百余口,将首级遣人送来请功。今使臣在五门之外,未敢擅进。"帝闻奏,命使臣回去,将循父子首级号令四门,旨出号令讫。

忽荆州刺史刘道规使舍人上表称疾,求归致仕,帝披览毕,以表示问群臣,群臣上言曰:"窃见刘道规为吏清正,德及于民,远近莫不瞻仰,今虽微疾,不可放其归里。"帝听之,不从其请。初,刘毅在京口,贫困,与知识①射于东堂。司徒长史庾悦命仆挑酒馔,与朋友后至,夺其处乘凉而饮,众皆避之。毅独不去,见悦厨馔甚盛,不以及毅,毅从悦求子鹅炙,悦又不与。至是悦为江州刺史,毅怀前仇,因求兼督江州,诏许之,毅即奏:"江州内地,以治民为职,不当置军府耗民力,宜罢军府,移镇豫章。唯浔阳接蛮,可即州府千兵以助郡戍。"于是解悦都督,徙悦镇豫章,而以亲将赵恢守浔阳。悦府文武三千悉入毅府,符摄严峻,悦至豫章,愤惧而卒。

刘毅出刺于荆州

壬子,八年(秦弘始十四年,魏永兴四年,西秦王乞伏炽磐永康元年,

---

① 知识——知交。

刘毅出刺于荆州

北凉玄始元年),四月,荆州刺史刘道规以疾再三求归,帝始诏以刘毅代之。道规在州累年,秋毫无犯,及归,府库帷幕,俨然若旧。随身甲士二人,迁席于舟中而还。毅刚愎,自谓功与裕同,虽权事推裕,而心不服,常怏怏不得志。裕每柔而顺之。因过京口,归家祭祖辞墓,欲往荆州赴任。时刘裕闻知毅回家辞墓,欲命驾去京口访谒刘毅,鄱阳太守胡藩曰:"窃见刘毅阴蓄壮士,明结时雄,久必谋主。依臣之见,不如早除之,以免后患。"裕曰:"刘毅虽勇,却无远略,我将为次耳。"藩曰:"明公谓刘卫军终能为公下乎?"裕曰:"卿谓何如?"藩曰:"夫豁达大度,功高天下,连百万之众,允天人之望,刘毅固以此服明公。至于涉猎记传,一谈一咏,自许以雄豪,加以夸伐,缙绅白面之士,辐辏①而归,此刘毅不肯为公下也。"裕曰:"吾与刘毅俱有克复大功,其过未彰,岂可自相图。"遂不听,亦还去京口见刘毅,相款数日而回京。刘毅亦辞墓后径去荆州赴任。

却说刘敬宣字万寿,彭城人也。于义熙三年,奉诏伐蜀,军至广武,食尽而退。有司奏免官,刘裕保复原职。时敬宣闻知朝廷以刘毅为荆州刺史,乃入见刘裕曰:"荆州之重,不可付人。今闻朝廷以刘毅为荆州刺史,诚恐有变,不利于明公。"刘裕亦疑之,与毅素不睦,及闻此语,因问刘穆之曰:"万寿谓荆州权大,刘毅素与吾不睦,不可使去镇,此事如何?"穆之曰:"刘毅乃公等辈,况今诏旨已出,明公不可以私憾而伤全公也,任之无妨。"因是不改其任。时敬宣又谓刘裕曰:"平生之旧,岂可孤信。光武悔之于庞萌,曹公失之于孟卓,明公亦宜慎之也。"裕曰:"既如此,以卿为南蛮校尉,去戍襄阳,刘毅若有异,卿宜速报将来。"敬宣曰:"然。"领之。于是刘裕以敬宣为南蛮校尉,去戍襄阳。敬宣领职,离建康先至荆州,参见刘毅。刘毅曰:"吾欲兴五霸之功,欲屈卿为长史,南蛮岂有见辅意乎?"敬宣虚对曰:"若有驱驰,不敢辞命。"言讫,拜辞刘毅,出戍襄阳。使人以是言驰报刘裕,刘裕大惊曰:"刘毅果有谋意。"遂赏使人回去,一面预防毅乱。

却说乞伏公府谋叛,率兵弑西秦王乾归,及其子十余人,走保大夏。乾归之子炽磐闻知,遣其弟昙达以兵讨之。秦人多劝秦王兴乘乱取炽磐,兴曰:"伐人丧,非礼也。"勿听。夏王勃勃欲攻之,王买德曰:"炽磐吾之

---

① 辐辏(còu)——形容人或物聚集的样子。

邻国，今遭丧乱，吾不能恤，而又伐之，匹夫且犹耻为，况万乘乎。"勃勃乃止。七月，昙达击败公府，追获而斩之。八月，炽磐始自立为河南王，率众兵都于枹罕。

刘毅据荆州谋反

初，刘毅既有雄才大志，与刘裕俱兴复晋室，自谓京城、广陵，功足相抗，虽权事推裕而心不服也。比先入朝，厚自矜许，朝士素望者并多归之。因与尚书仆射谢混、丹阳尹郗僧施深相结纳。及镇江陵，旧府多割以自随。会迁荆州刺史，意欲谋反，与诸将议，忽部将田岂上言曰："天下之贵，不易得之，务宜静守，以待天时。目今刘裕挟天子而令诸侯，出师征伐，兵出有名，各以兵助，所以长胜；将军发兵入朝，谁肯相应？为今之计，不如待刘裕远伐，乘虚入建康，执天子作诏，书其罪以兵讨之，权归于将军。将军不从此计，祸族必至矣！"毅未及对，忽偏将王昱赞曰："将军兴天下之计，田岂出不利之语，罪不容诛。"毅欲将岂斩，当众官告免，遂枷扭送狱，恨曰："吾若破得刘裕，明正汝罪。"言讫，欲起兵。王昱进曰："不可便起兵。丹阳尹郗僧施与将军旧交，将军可作表奏帝，荐其为南蛮校尉，帝必以兵付郗僧施，然后以书与僧施，令其内应。将军诈病，使令弟刘藩以书亲去托尚书仆射谢混，表奏刘藩为兖州刺史，说公疾甚，以为副二①，待其受职，领兖州之兵前来，方可兴兵杀入建康，则刘裕可擒，大功成矣。"毅曰："然。"于是登时作书，遣使去见谢混，荐僧施为南蛮校尉；及使弟刘藩自去托尚书仆射谢混，代表奏求兖州刺史。二人皆受计而行，去讫。

却说刘裕大会文武于讲武堂，而对众文武曰："孤本庸才，始举孝廉，不思微名于世耳。后罹天下大乱，是以手疾隐居京口里，乃筑一草舍于京东四十里，欲秋夏读书，春冬射猎，为终天年之计，俟天下清平，方出仕耳。然不能如意，由妖贼谋反朝廷，征孤为参军，幸破妖贼。其意专欲为国家讨贼立功，图死后得题墓道，曰'晋故征东将军刘侯之墓'，使不辱于祖宗，此平生之愿足矣。遭桓玄之难，始与诸军兴举议兵，诛桓玄，取蜀灭

---

① 副二——长官的辅佐。

秦。又讨击燕超，摧破卢循，斩其父子，遂平天下。身为宰相，人臣之贵已极，今意望已太过矣！然国家无孤一人，正不知江南分裂几王矣！有一等愚人，见孤任重权高，妄相忖度，言孤有篡位之心，此言大乱道也。每欲委兵权归国，叹无人可领此职也！孤若一旦求清素之名，必遗祸于国家矣。孤尝想周文王三分天下有其二，以服事殷，周之德，其可谓至德也矣。此言岂敢遗忘也，耿耿在心耳，孤安有篡国之心哉！百官文武必能知吾心也。"众皆起拜曰："虽周公、伊尹，不及明公之心耳。"裕连饮十数杯，不觉沉醉，忽人报曰："刘毅沾疾，使刘藩表奏郗僧施为南蛮校尉，以弟刘藩为兖州刺史，令其报来副二荆州也，有使人送书与国公。"裕闻知，手脚慌乱，心中惧战，言曰："孤误耳！"参军王镇恶曰："主公在万军之中，矢石交攻之际，未尝心动；今闻刘毅在荆州疾甚，表弟为兖州刺史，何失惊耶？"裕曰："刘毅与吾同起，亦人中杰也，平生未尝得水，今错授荆州也，是困龙入于大海。今使弟求兖州刺史，及荐郗僧施为南蛮校尉，其意欲以二人授吾兵前去谋反，孤安得不动心哉！"镇恶曰："国公神见万里，吾虑亦如此也。为今之计，当如之何？"裕曰："吾令人以书伪许，只说天子病重，数月不出设朝，待病稍可，奏请定成，使彼不变。然后可领五千兵，称说谢混与刘藩在京谋反，尽皆族之。吾点兵选日，连夜以龙骧将军蒯恩以兵去讨跋扈。"言讫，遣使持书去与刘毅。刘毅得裕书，见说许二人之职，只待晋帝病瘥。毅心暗喜，赏使人回京去讫。

却说王镇恶以兵五千，来杀谢混及刘藩。当谢混与刘藩正在堂上饮酒，不知备走，被王镇恶收斩首级，号令示众，称其谋反之由，引兵复回，来见刘裕，回报收斩讫。裕曰："二贼已死，宜急讨刘毅，奈吾军需未备，难以就行。"时王镇恶曰："明公若有事，请给二百舸与某，同龙骧将军蒯恩先行擒毅，以待公至。"裕从之，以二百舸与镇恶、蒯恩二人，各授兵五千，与其先行。当刘裕以诸葛长民监留府事，疑其难独任，又与穆之曰："长民不善，卿宜预之。"言讫，领众即行。

镇恶百舸执刘毅

时蒯恩以兵五千先发而去，镇恶领百舸，命诸军上船，传令抄小河昼夜兼行，至江陵，只隔五十余里屯住。蒯恩军亦至，镇恶自思一计，谓蒯恩曰："君以三军尽换兖州刺史刘藩旗号，诈声刘兖州还，去诱城门。彼若问刘兖州何在，汝即应道在后军。吾后接应，同抢入城。"蒯恩依计去讫。镇恶亦舍船以兵步上，每舸留三五人，往岸上竖旗按鼓，余者皆随镇恶入城。镇恶临行，谓守船人曰："汝计料我将至城，便长驱严令诸军扬声大喊曰：'大军速行！'然后可分一军去烧江津战船，使其不能走行，鼓噪徐进。"镇恶计策安排已定，领步军即行。

却说蒯恩打刘兖州旗号，来至江陵，百姓皆信实是刘藩，安然不疑。将到城下，逢刘毅要将朱显之守门，远远望见队伍兼进，乃披挂驰前，喝问曰："何处官军擅至，不通飞报？"恩军答曰："乃兖州刘藩领职回来，要见刘公。"显之曰："刘藩何在，如何不见？"恩军又答云："在后军。"显之又驰来后军，不见刘藩，又望见江津自己船舰被烧，火焰冲天而起；又听见江中战船无数，鼓噪甚盛而来，大喊："大军速进！"显之知不是刘藩，便跃马入城，报知刘毅。刘毅大惊，急传令闭四城门，蒯恩军已入小城了。时王镇恶步军亦驰至杀进，便因风放火，烧大城南门及东门城楼。刘毅以兵拒守城门。镇恶计使人以诏及赦书并刘裕手书凡三函，使人入城示毅，招毅兵权早脱，即赦其罪，如违擒诛不恕。使人持诏、赦书与刘毅，毅皆不受，投火烧之。时城内亦未料刘裕自来，俱各固守。镇恶领短兵出战，令军人高叫曰："太尉刘裕奉朝廷旨，亲提大军三十万，战船五千只，在后而来。汝等诸将何如抗拒朝廷，自取灭门？"于是毅军将士人情离懈各自逃溃。刘毅知必不守，乃单马率左右，走出大城东门而去。镇恶见毅兵溃去，身先登城，将士一涌而上，得入大城。镇恶身披五箭，犹前手执矟，驰战开门。毅自思孤不敌众，恐被裕杀，乃以众走。镇恶方始鸣金收军，收毅党恶，尽皆诛之。是时，毅见城中兵散，毅率左右突走，夜投佛寺安歇，僧拒之，势穷惧获，自缢而死。寺僧将其尸首送与镇恶。

十一月朔，王镇恶平江陵二十日，刘裕大军始至。镇恶引众将士来迎刘裕入城，将刘毅首级呈上，诸将入江陵，晓谕诸军，安抚百姓，令人收毅尸首葬之。刘裕亲往其墓吊祭，再拜而哭，哀恸过礼，顾谓诸将曰："吾想昔日刘毅共起义兵，诛桓玄，复晋室，同讨燕超，共破卢循，其功亦高。谁料今日谋反自取死耶！是故使吾恸心而流涕也。"言讫，诸将亦潸然出涕，流泪不已。令人赐金帛粮斛，以安刘毅之妻，使其回京口去讫。

史说,刘毅刚猛沉断,而专肆狠愎,与刘裕不相推服。每览史籍,至蔺相如屈降于廉颇,辄绝叹以为不可能也。尝云:"恨不遇刘、项,与之争中原。"裕初征卢循凯归,晋帝大宴群臣于西池,有诏文武赋诗。毅上云:"六国多雄士,正始出风流。"毅自知武功不竞,故示文雅有余也。后于东府与众聚樗蒲大掷,一判应至数百万,余人并黑犊①以还,唯刘毅及刘裕在后。毅次掷得雉,大喜,褰②衣坐床,叫谓同坐曰:"非不能卢,不事此耳。"刘裕恶之,因授五木久之,曰:"老兄试为卿答。"而四子俱黑,一子将跃未定,裕厉声喝之,即成卢焉。毅一见意殊不快,面如铁黑。

刘裕封函取成都

　　却说西蜀谯纵占据益州,屡为边患,刘裕既平江陵,意欲讨之,因问诸将曰:"吾欲征讨西蜀谯纵,谁可为将,代吾伐之?"时王镇恶上言曰:"臣举一人,可以讨之。"裕曰:"谁人可为大将?"镇恶曰:"有一人姓朱名龄石,字伯儿,沛郡人也。少好武,不事行检,曾与明公举义同讨桓玄而克京城,以功现封为西阳太守。此人有武干之才,谋略之策,若欲伐蜀,以此人为将,可擒谯纵矣。"裕从之,召龄石入内,问曰:"吾先伐蜀,以刘敬宣屡出无功。今王镇恶举卿有文武之才,吾欲用卿为元帅,去讨谯纵,卿敢当此职否?"龄石曰:"重蒙拔擢,幸至西守,常思报效未及。今有西役,何敢辞命,愿授明公神策去征。"裕曰:"刘敬宣往年出黄虎无功而退。贼今闻卿兵至,以为卿应从外水往,而料卿当出其不意犹从内水来也,必然重兵守涪城,以备内道。若向黄虎,正堕其计。今卿以大众宜从外水取成都,疑兵出内水,此制敌之奇也。此计且莫露泄,一泄恐有变备。"裕因书计封函,盛在锦囊内,付与龄石收之,谓曰:"卿若至白帝城,可开视之,依计而行。"言讫,裕以猛将十员、兵十五万授与龄石,龄石率众即行去讫。檀道济等言于裕曰:"龄石英名尚轻,非为谯纵之敌,益州定不能克,何不别选名将去也。"刘裕曰:"昔吴陆逊,今晋谢玄,未尝经过军事,而能破敌百

---

① 黑犊——指古代博戏。
② 褰(qiān)——撩起;揭起(衣服、帐子等)。

万之众,何况龄石屡执战兵耶。"因是裕勿听,众不敢言。

却说朱龄石领水军舟舰起行,来至白帝城,乃开刘裕所授锦囊,取出封函,拆而视之,见计毕,传令众军,悉从外水取成都,又唤臧熹、朱牧曰:"汝二人以一军取广汉。"二人领兵二万去讫。又唤弟超石曰:"你以羸弱五千,乘高舰五十只以作疑兵,由内水去攻黄虎。"超石亦领舟舰去讫。龄石自率大众,望外水进攻成都。

却说谯纵使人来荆州,探知刘裕以朱龄石为元帅,发兵前来伐蜀,即日召集诸将,谓大将军谯道福曰:"今刘裕使朱龄石以兵来攻西蜀,吾料龄石之谋,必谓刘敬宣往年以兵未尝出黄虎,无功而退,今番彼必以大众由内水向黄虎而进。公可以重兵戍涪城,以备内水。"道福领命,率众去讫。纵又唤秦州刺史侯晖、仆射樵诜率兵一万五千,去屯平模,夹水为城,以拒晋兵。计排已定了,各各引兵起行去讫。

长民用计害刘裕

癸丑,九年(秦弘始十五年,魏永兴五年,夏凤翔元年),晋帝遣使至,进裕为太傅、扬州牧。裕大喜受诏,赏使先回。

却说诸葛长民贪淫横暴,无所不为,闻刘毅伏诛,长民乃集所亲,谓曰:"昔年醢彭越,今年杀韩信,祸其至矣!"众问其故,长民曰:"今刘裕只可同患难,不可共太平。昔时吾与刘毅戮力兴复晋室,征伐天下,出万死得一生,今日仅定而诛刘也。刘毅既诛,我必不生。吾今日故召汝诸亲,共议何计可以杀刘裕也。"诸亲曰:"吾等无权,难举此事。"当弟黎民曰:"若杀此贼,要结朝内有权者十人,方可下手。"长民曰:"其计甚善,汝等且退。"于是众人各散。次日,谒问穆之曰:"人言太尉与我不平,何以至此?"穆之曰:"刘公今既远征,以老母稚子委节下,若一毫不尽①,岂容如此?"长民意乃稍安而回。弟黎民说长民,因裕未还图之。长民犹豫未发,既而叹曰:"贫贱常思富贵,富贵必伏危机。今日欲为丹徒布衣,岂可得耶!"因遣人遗冀州刺史刘敬宣书,敬宣读曰:

---

① 不尽——这里指不和、不睦。

盘龙专擅,自取夷灭,异端将尽,世路方夷,富贵之事,相与共之。"

敬宣即使人报曰:"下官常惧福过灾生,方思避盈居损,富贵之道,非所敢当。"使回书去了,以书呈裕。裕曰:"阿寿故为不负我也。"穆之忧长民为变,问参军何承天,承天曰:"刘公昔年自左里还入石头,甚脱尔。今还宜加慎重。"穆之曰:"非君不闻此言。"至是,使人以书见裕。裕见长民与敬宣之书,及又得穆之书,乃大惊,自江陵东还。

却说长民自此每日涕泪交流,寝食皆废,行坐不安,恐遭裕诛,心中忧闷。忽一日,入书舍,思杀刘裕之计,猛然思曰:"可以书结连西秦姚兴,令他引兵外进,吾于内应,可杀此贼也。"思讫,取纸写下其书,放于几上,不觉困倦,伏几而卧。未及半响,忽侍中郎王用相至,相素与长民极厚,径入书院,见长民睡着,袖底下压着书,微露字,相轻轻取视之,藏于袖中,遂大叫:"好睡得着!"长民惊觉,不见其书,魂不附体。相曰:"汝寻何物?"长民无可答之。用相曰:"汝欲谋叛刘公,吾当出首①。"长民泣拜曰:"君若如此,吾室宗族并皆休矣!"用相曰:"吾亦恨此贼久矣,安敢负兄。吾欲助兄一臂之力,共杀国贼。"长民曰:"兄有此心,吾之大幸。"相曰:"可结连十人,同立义状,各舍三族于本,以杀此贼。"长民于是取白绢一幅,先书名字,即书之。相曰:"将军吴兰与我结义为知交,吾必令同力灭贼。"长民曰:"满朝中大臣,唯有长水校尉程辑、议郎黄顾是吾心腹之人,必能顺我。"

正商议间,家僮入报程辑、黄顾相探。长民曰:"此天助也。"令相且在屏风后权避。长民出接,入书院坐定,茶毕,辑曰:"诛刘毅,君怀恨乎?"长民曰:"虽有怨恨,无可奈何!"黄顾曰:"若有人助吾,誓杀此贼!"程辑曰:"与国家除害,死亦无怨。"王用相从屏风后出曰:"汝肯,诸葛公便是见人。"辑怒曰:"忠臣不怕死,怕死不忠臣。吾等就死,不似汝贼之亲党也。"长民叹曰:"吾等正为此事,欲见二公,今天所赐,愿必酬矣。"遂出议状,令观之。二公下泪,即请书名。相曰:"只此稍待,吾请吴兰相见。"去不多时,二人并至,相说知共诛刘裕事,兰欣然书名。长民于后堂排宴,款待四人。四人各歃血为盟,计议待刘裕回京,埋伏精兵一千于新

---

① 出首——指告发。

亭谷内，待至亭以酒馔到亭内接程，待醉，唤其兵围杀之。策排已定，众人各散。

却说长民心中暗喜，忽然步入后堂，见家奴秦庆与侍妾兰英在暗处私语。长民大怒，唤左右拿下，欲斩之，夫人劝免其死罪，各决脊杖四十，将庆童锁于冷房。庆童恨长民，夤①扭开铁索，逾垣而走，径来江陵入府中，告知有密事来报。裕急唤入问之，庆童曰："诸葛长民谋乱，结聚十人立义状，王用相等曰：'待公回京，伏敢死士千人，于新亭杀你。'吾劝他，反被痛打。"裕闻说，赏庆童酒食，即聚诸将，谓王镇恶曰："诸葛长民谋反，今他家童来此报我。吾先使使赍文书回京，说知我有急事回朝，彼必来迎。你领诸将从陆路而进，至新亭见诸葛长民及文武公卿，只说我在后来，延哄他在那里。我今日讨舟，密从故道先还入东府，执住兵符，与骁将丁旿引五百人密驰归城，把反臣擒下。"王镇恶得计，引众随行，使人先持书去讫。裕乃与骁将丁旿讨船，引五百壮兵，从水路连夜驰行，来至京城离十里水程安住，令人先去探着长民公卿出迎不曾，使人去讫。

刘裕东府斩长民

却说诸葛长民闻知刘裕有文书前来说回京，即时聚王用相、吴兰等众集议，依计令部将引兵埋伏去讫。自排酒馔引公卿百官来新亭奉候，频日不见其来，又等至次日，忽见尘头起处，一簇轿马约一千人飞奔前来，至近，长民心道必是刘裕到亭，视之，是参军王镇恶。长民亦与相见，便问刘公来到不曾。王镇恶答曰："他在后，与我隔二日之程。"言讫，辞了长民，引众直行至京城之下屯住。长民信镇恶之言，与公卿只在新亭等接。

却说刘裕探知长民出迎新亭，连夜驰入东府，坐住，点鼓聚集官吏，晓谕长民反，因乃收其兵印，密嘱丁旿之计如此如此。丁旿得计，依计而行。即出，令人出叫参军王镇恶引众入城，屯列府前。又令人前至新亭，报说刘公从水路还，叫公卿回来议事。使人得令，将此言即去报知长民及公卿以下。公卿闻说大惊，与众急还到府门，入府内不见刘裕，只见丁旿自幔

---

① 夤（yín）夜——深夜。

出,坐于上。长民大怒,进前叱曰:"汝等小人,何此无礼!"言未尽,被丁旿推倒,拔所佩剑斩之,人首落地。众皆大惊,欲来奔丁旿,时刘裕急出府堂坐定,大喝:"不得无礼!长民谋乱,故令丁旿杀之。"言讫,众各向前施礼,下拜于地。裕令交众官且散,只留下王用相、吴兰、黄顾、程辑四人夜宴。四人魂不附体,皆立阶下,余公卿以下皆散。当问四人曰:"你四人整日到诸葛长民家商议,不知何事?"相曰:"无非只是人情礼乐而已。"裕曰:"然中写者何事?"相等皆讳无其事。裕交唤出庆童对证,相曰:"汝于何处见来?"庆童曰:"你回避了我众人,和五人一处书字,如何赖得。"相曰:"此贼与长民侍妾通奸,诬陷主人,今又陷我,不可听也。"裕曰:"现有证见,何而陷也?"言毕,喝令左右将四人去斩号令。

言未了,武士即将四人枭首号令,回来报知。裕只唤参军王镇恶、龙骧将军蒯恩等一班人皆入,裕出义状示之。王镇恶曰:"明公今日何如?"裕曰:"据此情形,吾欲废其君而吊其民,择有德者而立之。"镇恶曰:"不可。明公威服四海,号令天下,盖有晋家苗裔故也。征讨有名,赏罚有制,军民相安,所以长胜,不如存之,俾往古来今以绝议论也。"裕曰:"既不可,吾欲将长民一家老小诛之,必欲得其书,罪恶以示于众。"镇恶曰:"丞相之意如何?"裕曰:"不诬之以反谋,岂能族诛乎!"镇恶曰:"事已至此,释之恐难。"裕意遂决,连夜尽收长民尸首,弟黎民付廷尉讦①罪明白,及拿王用相等五家老小入官,明正反逆之众。次日,押赴各门处斩,良贱死者五百余口,内外官民无不嗟叹。其时裕得丁旿骁勇,而诛长民,时人为之语,曰"勿跋扈,付丁旿"也。

七月,朱龄石等大军往白帝,发函书,见曰:"卿众军悉从外水取成都,臧熹从中水取广汉,老弱乘高舰从内水向黄虎。"

龄石从其计,于是诸军倍道兼行。谯纵果使谯道福以重兵守涪城,备内水。龄石至平模,去成都二百里屯住。纵遣侯晖夹岸筑城以拒。龄石谓刘钟曰:"今贼严其固险,攻之未必可拔,且欲养锐以伺其隙何如?"钟曰:"不然。前声言大众向内水,道福不敢舍涪城;今大军猝至,侯晖之徒已破胆矣。所以阻兵守险,是其惧不敢战也,因而攻之,其势必克。若缓兵相守,彼将知吾虚实,涪军忽来,并力拒我,求战不获,军食无资,三万余

---

① 讦(jié)——斥责他人过失。此指审问。

人悉为谯子虏矣,宜急攻之。"龄石从之。

七月,以兵攻其北城克之,执斩侯晖,南城亦自惊溃。于是龄石令三军舍船步进,以攻贼营,贼营望风相次奔溃,谯纵弃城出走。尚书令马耽封府库,以待晋师。龄石遂入成都,诛纵宗亲百余人,余皆安堵,使复其业。纵走出拜墓,其女曰:"今必不免焉,不如死于先人之墓可也。"纵不从,去投道福。道福不纳,乃去,纵大哭一场,乃自缢而死。龄石闻纵死了,乃送马耽于越巂。耽曰:"朱侯不送我京师,欲灭口也,我必不免。"乃自盥洗而卧,引绳而死,宗人收葬之。龄石遣人入建康报捷,晋帝大悦,下诏以龄石进监梁、秦州六郡诸军事,因此西蜀平静。

炽磐乘虚执虎台

甲寅,十年(秦弘始十六年,魏神瑞元年。是岁,南凉亡,大二小五,凡七僭国),五月,秦广平公弼有宠于秦王兴,言无不从,与左右掌机要者,皆其党也。仆射梁喜等言于兴曰:"父子之际,人所难言。然君臣之义,不薄于父子,故臣等不得默然。广平公弼潜有夺嫡之志,陛下宠之太过,无赖之徒辐辏附之。道路皆言陛下将有废立之计,信有之乎?"兴曰:"岂有此耶!"喜曰:"苟无之,则陛下爱弼,爱适所以祸之。愿迁其左右,损其威权,非特安弼,乃所以安祖、社也。"兴不应。会兴有疾,弼潜聚众欲作乱,将军刘羌泣以告兴,梁喜等复请诛弼,不得已乃免弼尚书令,还第。姚宣入朝流涕,上疏请斥散凶徒,以绝祸端,兴皆不听。

却说唾契汗乙弗等谋叛南凉,南凉王傉檀欲讨之,孟恺谏曰:"今连年饥馑,南逼炽磐,北逼蒙逊,百姓不安,远征虽克,必有后患。不如与炽磐结盟通籴①,慰抚杂部,足食缮兵,伺时而动。"傉檀不从,谓太子曰:"蒙逊不能猝来,炽磐兵少易御。汝谨守乐都,吾不过一月必还矣。"乃率骑七千袭乙弗,大破之。未及还,西秦王炽磐闻之,率步骑二万袭乐都,虎台凭城拒守,炽磐以兵四面攻之。一夕城自崩溃,炽磐攻入乐都,执徙虎台及其文武百姓万余户于枹罕。傉檀兄子樊尼驰走告傉檀,傉檀将士闻乱

---

① 籴(dí)——买进粮食。

皆逃散，唯樊尼不去。傉檀曰："四海之广，无所栖身，与其聚而同死，不若分而获全。汝，吾长兄之子，宗祀所寄，蒙逊方招怀士民，存亡继绝，汝其从之，必纳，为吾孝矣。所适不容，宁见妻子而死！"于是樊尼遂归降于炽磐，只有阴利鹿随之。傉檀谓曰："吾亲属皆散，卿何独留？"对曰："臣老母在家，非不思归。然委质为臣，忠孝之道，难以两全。臣不才，不能为陛下泣血求救于邻国，敢离左右乎！"于是君臣对泣。时傉檀诸城皆降于炽磐，独尉贤政屯浩亹，固守不下。炽磐使人谓之曰："乐都已溃，卿妻子皆在吾所，独守一城，将何为也？"贤政等对曰："吾受梁王厚恩，为国藩屏。虽知乐都已陷，妻子为擒，不知主上存亡，未敢归命。妻子小事，焉能动心！若贪一时之利，忘委付之重者，是以不降，大王亦安用之！"于是炽磐乃遣虎台以手书喻之贤政，贤政谓虎台曰："汝为储嗣，不能尽节，面缚于人，弃父忘君，堕万世之业，贤政义士，岂效汝乎！"傉檀至左南，无处栖身，乃降于炽磐。炽磐闻傉檀至，遣使郊迎，待以上宾之礼，以为丞相。岁余鸩之，并杀虎台，复称秦王，置百官。南凉乌孤至傉檀共三世，凡十九年，至此终焉。

八月，魏王嗣遣谒者于什门使于燕，诫其勿辱君命。什门去至和龙，不肯入见，曰："大魏皇帝有诏，须冯王出受，然后敢入。"燕王冯跋不出，使人牵其手，逼令人。什门人不拜，跋使人按其项。什门曰："冯王若拜受诏，则吾自以宾主礼见，何苦见逼耶！"跋大怒，幽执什门，欲其降之。什门终不屈，久之，衣冠敝坏略尽，虮虱流溢，跋遗之衣冠，什门不受。

九月，晋荆、雍都督司马休之颇得江汉民心，子谯王文思在建康，性凶暴，勇轻侠，刘裕恶之。有司奏文思擅杀国吏，诏诛其党，而宥文思。休闻之，使人上疏谢罪，请解所任。裕不许而执文思送之，令其自训励，欲使杀之。休之但上表废文思，以书陈谢。裕不悦，使江州刺史孟怀玉兼督豫州六郡，以备之。

刘裕发兵讨休之

乙卯，十一年（奉弘始十七年，魏神瑞二年），正月，刘裕收司马休之次子文宝、兄子文祖，赐其自死讫。裕自领荆州刺史，将兵击休之。以将军刘道邻监留府事,刘穆之兼右仆射,命国之事皆决于穆之焉。时雍州刺史鲁宗之自疑不为裕之所容,与其子竟陵太守鲁轨起兵助休之。二月,休之知次子宝等被害,发兵讨裕。又遣人上表罪状裕,裕勒兵拒之。裕密书令人招休之录事韩延之内应,延之不允,令人回书曰:

> 承亲率戎马,远履西畿,阖境士庶,莫不惶骇。来辱疏,知以谯王前事,良增叹息。司马平西体国忠贞,款怀待物。以公有匡复之勋,家国蒙赖,推德委诚,每事询仰。谯王见劾,自表逊位,又奏废之,所不尽者,命耳。而公以此处兴兵甲,所谓欲加之罪,其无辞乎!刘裕足下,海内之人,谁不见足下此心,而欲欺诳国士!自谓"虚怀期物,自有由来"。今又伐人之君,啖人以利,真可谓"虚怀期物,自有由来"矣!夫刘藩死于阊阖之门,诸葛毙于左右之手,甘言诧方伯,袭之以轻兵。吾诚鄙劣,尝闻道于君子,以平西之至德,宁可无授命之臣乎!假令天长丧乱,九流浑浊,当与臧洪游于地下耳。

裕开视其书,叹息以示将佐曰:"事人当如此矣!"诸将默然。

时延之以裕父名翘字显宗,乃更其子曰翘,以示不臣刘氏。裕遂使参军檀道济、朱超石将步骑五万,出襄阳。江夏太守刘虔之聚粮以待。鲁轨袭击虔之,杀之,取其粮以给三军。裕又使婿徐逵之统蒯恩、沈渊子以兵三万,出江夏口,与轨战,逵之未尝经战,见敌兵盛欲走,因此众溃大败,皆死。裕闻知甚怒。三月,率诸将济江。休之兵临峭岸,裕军士在岸下无能登者。裕自披甲欲登岸,诸将谏,不从,裕怒愈甚。主簿谢晦向前抱持裕曰:"主公不可登险。"裕抽剑指晦曰:"我斩卿!"晦曰:"天下可无晦,不可无公!"将军胡藩以刀头穿岸,劣①容足指,使三军腾之而上,随者稍众,直前力战。休之兵稍欲退,裕兵乘之,休之兵遂大溃。裕以大众攻克江陵,休之、宗之皆奔走。轨留守石城,见司马休之众溃大败,料事不济,不敢出战,来守石城。刘裕直遣兵攻破石城,休之与鲁宗之、轨等惧走奔秦。宗之素得民心,军士民争为之卫送出境。追兵尽境而还。休之至长安拜降,秦王兴以为扬州刺史,使侵扰襄阳。复使宗之将兵寇襄阳,未至,宗之已卒。刘裕知休之奔降于秦,乃令众将还建康奏帝,以穆之为左仆射。

---

① 劣——差一点儿。

魏占荧惑在东井

八月,魏比岁①霜旱,云、代民多饥死,太史令王亮言于魏王嗣曰:"按谶书,魏当迁邺,可得富乐。"嗣以问群臣,博士祭酒崔浩、特进周澹曰:"迁都于邺,可救今年之饥,非长久计也。山东人以国家居沙漠之地,人畜无涯,号曰'牛毛之众'。今晋兵守旧都,分家南徙,不能满诸州地,情见事露,恐四方时有轻侮之心,且百姓不能水土,疫死必多,而旧都兵少,屈丐、柔然将有窥我之心,朝廷隔恒、代千里之险,难以赴救,此则声实俱损也。今居北方,山东有变,则轻骑南下布濩②林薄③之间,孰能测其多少!百姓望尘慑服,此国家所以威制诸夏也。来春草生湩④酪将出,兼以菜果得及秋熟,则事济矣。"嗣曰:"今仓廪已竭,若来秋又饥,则若之何?"对曰:"宜简饥馁之户,使就食山东;若来秋复饥,当更图之,但方今不可迁都耳。"嗣悦服之。嗣又躬耕藉田,劝课农桑,明年大熟,民遂富安。初,浩为嗣讲《易》、《洪范》,嗣因问天文术数,浩占决多验,由是有宠,凡国家密谋皆预之。尔时荧惑不见八十余日,秦大旱,魏太史奏魏王嗣:"荧惑道在鲍瓜中,忽亡不知所在,于法当入危亡之国,先为童谣讹言,然后行其祸罚。"魏王嗣召名儒数人与太史议荧惑所诣。崔浩曰:"春秋传'神降于莘⑤',以其至之日,推知其物。今荧惑之亡,在庚午、辛未二日之间,庚午主秦,辛未为西夷,荧惑其入秦乎?"后八十余日,果出东井留守句己,久之乃去。秦大旱,昆明池竭,童谣讹言,国人不安,间一岁而亡。后秦没,其占果验矣。

丙辰,十二年(秦王姚泓永和元年,魏泰常元年),正月,却说秦王兴病,广平公弼称疾不朝,聚兵于第。兴闻之怒,收弼党唐盛、孙玄诛之。将

---

① 比岁——连年。
② 布濩(hù)——散布。
③ 林薄——杂草丛生之地。
④ 湩(zhòng)——乳汁。
⑤ 莘(shēn)

杀弼,太子泓流涕固请赦之。泓待弼如初,无愤恨之色。秦王疾稍愈,与近臣出朝门,游文武苑,至日昏而还。从西朔门入,前驱先到城门,校尉满聪披甲持杖,闭门拒之。秦王兴自来门边曰:"朕躬在此,卿等何如闭门?"聪曰:"今已昏暗,奸良莫辨,有死而已,门不可开。"秦王兴领众复回,从朝门入去。兴知聪法令严明,次早召满聪入以为廷射。忽闻探马回报:"晋刘裕调兵屯于聚苟陂,必然扰境,宜遣人去迎。"秦王兴闻知,谓尚书杨涕嵩曰:"吴儿不自知,乃有非分之意。待至孟冬,当遣卿率精骑焚其积聚,大举破之。"言讫,秦广平公姚弼欲为乱,谋潜姚宣于秦王兴,曰:"臣闻姚宣称言,待陛下万岁后,要与太子争位。"兴信之。兴只令弼执兵三万去杏城,收宣下狱,命弼将兵三万人就守秦州。尹昭曰:"广平公与太子不平,今使握强兵于外,陛下一旦不讳,社稷必危。"兴不从。秦王兴自如华阴,使太子姚泓监国。兴疾笃,还长安。姚弼党侍郎尹冲谋因泓出迎兴时杀之,会兴幸弼第作乱。太子泓窃知不迎,遂皆不果。兴既入宫,命泓录尚书事。泓奏知尹冲谋欲为乱之事,兴大怒,使东平公绍典禁中兵,遣敛曼嵬收弼第中甲仗入武库。兴疾转笃,命禁兵侍卫宫门,毋许外人出入。南阳公愔即与尹冲率甲兵五千攻端门,兴闻变,力疾监前殿,使姚绍领禁兵出拒。禁兵见兴无事,喜跃争进攻贼,愔等大败而走。兴乃引绍及姚赞、梁喜、尹昭、敛曼嵬,入受遗诏,辅太子泓。明日卒,泓与梁喜等谋,秘不发丧,选精甲五千,捕冲等诛之。乃即位称皇帝,封赏功臣。

刘裕兴兵大伐秦

却说刘裕先平齐,仍有定关、洛之意,遇卢循侵逼,故寝不行。是时,复集诸谋士,商议经营天下,当蒯恩曰:"今北燕冯跋方强,宜先平之。"当参军王镇恶曰:"蒯公之言,未尽其善。以愚意度之,天下方有事,而冯跋坐保北燕之间,不敢展足,其无四方之志可知矣!姚氏据长安,带甲数十万,尚得民心。今闻姚兴身死,二子争位,正可攻之。舍此别伐,倘二子和睦以守其成,则天下大定矣。今兄弟结冤,势不两立,可因此时提兵先灭姚氏,后观其变而除之,则天下定矣。此机会不可失也!"刘裕大喜。其时刘穆之从外入,见众人议事,言曰:"国公与诸君谋征关、洛,宜即起兵,使其无备,何故延也。"刘裕曰:"吾起义兵为天下除暴乱,旧乡人民死伤略尽,终日不见所识,使吾感伤。况禾稼在田之时,不可扰动,权且议定,以待来春伐也。吾正欲问君耳。"穆之曰:"姚兴爱弼,而又立泓,故弼今拥力相并。彼各有余党,若击之,则相救援;若缓之,则争心生。不如以兵出屯界首,休进,虚声伐魏,只说加戍保边,俟其变成,然后击之,可一举而定也。若待来年起兵,彼知有备,二子和睦,必难动摇。"裕曰:"其计甚善。"时朝士多言北伐之计,唯东海人徐羡之默然。刘裕问羡之曰:"卿何独不言?"羡之曰:"今四方已平,拓地万里,唯有小羌未定,明公寝食不安,何可轻豫其议耳!"裕曰:"姚氏不小,岂可轻之,故宜早讨。"

　　于是裕入朝见帝,戒严诸将伐秦,以刘穆之为左仆射,入居东府。穆之内总朝政,外供军旅,决断如流,事无壅滞。求诉咨禀,盈阶满室。穆之目览耳听手写回书,寻览校定,而性奢豪,食必方丈①,未尝独餐。尝白裕曰:"穆之家本贫贱,赡生多阙。自叨忝以来,朝夕所须,微为过丰,然此外一毫不以负公。"由是裕深相重之。时宁州献琥珀枕于刘裕,裕以琥珀能治金疮,命碎之,以赐从征将士。以世子义符为中军将军,监留府事。即命刘穆之领军司入居东府,总摄内外,司马徐羡之副之,遂发建康。遣将军王镇恶、檀道济将步军自淮、淝向许、洛,朱超石、胡藩趋阳城,沈田子、傅泓之趋武关,沈林子、刘遵考将水军出石门,自汴入河,以王仲德督前锋,开巨野入河。分拨已定,令依次而行。

　　镇恶领命欲行,前将军刘穆之谓曰:"昔晋文王委蜀于邓艾,刘公今亦委卿以关中,卿其勉之!"恶曰:"吾等因托风云并蒙推擢,今此一行,正是效命之秋,若咸阳不克,誓不济江!三秦若定,而公九锡不至,亦卿之责矣。"言讫,即忙起身,领兵五万,入贼之境,战无不捷,不半月,攻破虎牢及桓谷坞,大军进次渑池县。镇恶传令屯住三军战船,自服乘舆上造故主李方家。李方接入内堂,镇恶拜见礼讫,各叙间阔之情。镇恶请李方妻出,镇恶亦拜,取出金宝赐之,因谓曰:"前蒙抚爱之恩,以此稍酬万一。"言讫,即召郡守拜授李方为渑池令,镇恶领大军解缆起行。

　　九月,刘裕大兵至彭城。十月,王仲德水军入河,将逼滑台。魏兖州刺史尉建弃城北渡。仲德入城宣言曰:"晋本欲以布帛七万匹,假道于

---

① 方丈——一丈见方,形容食品丰盛。

魏,不谓守将遽去。"魏王嗣闻之,遣叔孙建、公孙表引兵济河,斩尉建于城下。呼晋军问以侵寇之状。仲德使人对曰:"刘太尉使王征虏自河入洛,扫清山陵,借空城以息兵,行当西引,无损于好也。"嗣又使建问裕,裕谢之曰:"洛阳,晋之旧都,而羌据之。诸桓宗族,休之兄弟,晋之蠹也,而羌取之。吾今伐之,故假道于魏,非敢为不利也。"魏王犹豫。秦阳城、荥阳二城皆降,檀道济等大兵至成皋。秦陈留公姚洸①守洛阳,见晋兵至,遣使求救于长安。秦王泓闻知,急遣兵救之,未及至,将军赵玄言于洸曰:"今晋寇益深,众寡不敌,若出战不克,则大事去矣。宜摄诸戍之兵,固守金墉,以待西师之救。金墉不下,晋必不敢越我而西,是我不战而坐收其弊也。"司马姚禹阴欲降晋,言于洸曰:"殿下以英武之略,受任方面,今婴城示弱,得无为朝廷所责乎?"洸然之,遣玄将兵千余南守北谷。玄泣曰:"玄受三帝重恩,所守正有死耳!但明公不用忠言,为奸人所误,后必悔之。"既而成皋、虎牢皆降道济,道济等长驱而进。玄以兵拒战大败,被十余创。其司马骞鉴冒刃抱玄而泣,玄曰:"吾创已重,君宜速去同主保城。"鉴曰:"将军不济,鉴去安之!"与之皆死。姚禹闻玄败死,乃逾城奔降道济。道济遂进逼洛阳,洸不能守,率众出降道济。获秦人四千余,议者欲尽坑之,道济曰:"吊民伐罪,正在今日!"皆释而遣之。于是夷夏感悦,归者日众。

丁巳,十三年(秦永和二年,魏泰常二年,西凉公李歆嘉兴元年。是岁,秦亡,大一小五,凡六僭国),正月朔,日食。晋师之过许昌也,秦东平公绍言于秦王泓曰:"晋兵已逼安定,孤远难救,宜迁其镇户,内实京畿,可得精兵十万,虽晋、夏交侵,犹不亡国。"仆射梁喜曰:"齐公恢有威名,为岭北所惮,且镇人已与夏为深仇,理应无二,勃勃终不能越安定而寇京畿。若无安定,则虏马至郡矣。今关中兵足以拒晋,无为预自损削也。"泓从之。吏部郎懿横密言曰:"恢有忠勋,今未加殊赏而置之死地,安定人以孤危逼寇,思南迁者十室而九,若恢拥之以向京师,得不为社稷之忧乎!宜征以慰其心。"泓又不听。至是恢率镇户三万八千趋长安,移檄州郡,来攻长安,长安大震。泓使东平公姚绍率军一万出击之,恢大败而死。

二月,西凉公暠寝疾,遗命长史宋繇曰:"吾死之后,世子犹卿子也,

---

① 洸(guāng)。

善训道之。"及卒，官属奉世子歆为凉公，以籨录三府事。谥暠曰武昭王。初，暠司马索承明劝暠伐北凉，暠谓之曰："蒙逊为百姓患，孤岂忘之，顾势力未能除耳。卿有必擒之策，可为孤陈之，直唱大言①，使孤东讨，此与言石虎小竖，宜肆诸市朝者何异。"承惭惧而退。

姚绍督兵拒潼关

二月，王镇恶进军潼关。檀道济、沈林子自陕北渡河攻拔襄邑堡，又攻尹昭于蒲坂，尹昭坚壁不出，不克。秦王泓急以东平公姚绍为太宰，封鲁公，令其督将军姚鸾等率步骑五万守潼关，遣别将姚显以兵救蒲坂。晋、秦相持日久，林子谓道济曰："蒲坂城坚兵多，不可卒拔，不如还与镇恶并力以争潼关，若得之，则尹昭不攻自遁矣。"道济从之，以兵来同镇恶攻潼关。三月，至潼关。绍引兵出战，道济等奋击，大破之，绍大败，退屯定城，据险拒守。遣姚鸾屯大路，绝晋粮道。晋获鸾别将尹雅，道济欲令杀之，雅曰："夷、夏虽殊，君臣之义一也。晋以大义行师，独不使秦有守节之臣乎！"乃舍之。林子夜以兵袭杀鸾，绍又遣东平公赞屯河上以断水道，又被林子击走之。

刘裕假道于魏王

时裕大众欲溯河西上，河西乃北魏王嗣所管地方，裕乃先遣人持书见魏王，求假河西道过。魏王嗣得书，急诏群臣商议。诸公卿咸曰："函谷天险，何能西入。扬言伐姚，其意在魏。此事难测，宜先发军把断河西上流，勿令彼军西过，方保万全。"当崔浩曰："此亦上策也。司马休之徒扰其荆州，刘裕切齿久矣。今姚兴死而子幼，裕故乘其危亡而伐之。臣观其意，必自入关，劲兵先入，不顾后患。今若塞其西路，裕必上岸北侵，如此，则姚氏无事，而我受敌矣。今蠕蠕内寇，粮食又乏，发军赴南，北寇进击，

① 直唱大言——直说大话。

若其救北,则南州复危。未若假之水道,纵裕西入,然后兴兵塞其东归之路,所谓卞庄刺虎①,两得之势也。使裕胜也,必得我假道之惠,令姚氏胜也,亦不失救邻之名。纵裕得关中,悬远难守,彼不能守,终于我有。设若从此不劳兵马,坐观成败,斗两虎而收长久之利,乃上策也。夫为国之计,择利为之,岂顾婚姻酬一女子之惠也。假国家弃恒山以南,裕必不能发吴、越之兵,争守河北也。"魏王嗣未答应,群臣又曰:"裕西入函谷,则进退路穷,腹背受敌,北上岸,则姚军必不出关助我,扬声西行,意在北进,其势然也。依臣之料,勿使入也。"魏王嗣曰:"卿等言之是也。"遂从群臣之言,乃使长孙嵩以兵五万出屯畔城,以兵守北岸,置百丈绳牵于河上。

时刘裕前锋朱超石兵至畔城,入河,时魏军人缘河南岸守之。超石令三军漂赴北岸,为魏军所杀。刘裕大惊,计遣白直队主丁旿率七百人,及车百乘于河北岸,为却月阵,两头抱河,车上置五百车士于中,俟贼至射之,又使人竖一长白旄②,以为疑仗。阵既成,魏军不解其意,并未动。裕召超石诫之曰:"汝看白旄既举,率军赴之。汝并赍大弩百张,一车益二十人,设彭排于辕上。若其兵四至,方可发之。"超石领命而出,依计而行。魏长孙嵩见晋兵排营立阵,乃驱兵进围营阵,白直队忙竖起白旄。超石见了,先令诸军以弱弓小箭射之。魏军见敌弱,率众军四面俱至。超石见其大至,弩不能制,急命众军初排别赍大槌并稍千余张,乃断稍长三四尺,以槌之,一稍辄洞贯三四人。因此魏军不能抵挡,魏军大溃,被超石斩魏将阿薄干,魏众自散。超石以大军过河,进克蒲坂,而西入去攻秦。长孙嵩既大败而还,回见魏王嗣,说失利一事。魏王嗣始悔曰:"朕恨不纳崔浩之言,而有此误矣。"因此晋、魏不和。

初,刘裕命镇恶等若克洛阳,须待大军俱进。镇恶等既胜,乘利轻趋潼关,为秦军所拒,久之乏食,众心疑惧,欲弃辎还赴大军。沈林子按剑怒曰:"相公志清六合,今许、洛已定,关右将平,事之济否,系于前锋,奈何阻乘胜之气,弃垂成之功乎!且大军倘还,贼众方盛,虽欲求还,亦不可得。下官授命,不顾今日之事,当为将军办之,但未知二三君子,将何而以见刘公之旗鼓耶!"于是镇恶等遣使持告裕求粮援。裕呼使者开舫北户,

---

① 卞庄刺虎——卞庄,鲁大夫。《史记》载其刺双虎事。
② 旄(máo)——古代用牦牛尾装饰的旗子。

指河北魏军以示之曰:"我语令勿轻进,今崖上如此,何由得遭军粮去。"使人回话,镇恶乃自至弘农,说与百姓曰:"今朝廷以为关中遭羌酷残,是以命刘公与下官率大军与百姓除患。大军至此,粮乏无措,汝等若能率以粮济,灭秦之后,奏过朝廷,轻徭薄税,同享太平,不亦善乎?"于是百姓欢悦,俱愿请办,由然百姓竞送义粮,与镇恶膳军,食遂不乏,复振。

魏王赐浩御缥醪①

时齐郡太守王懿降魏,上书言刘裕在洛,宜发兵绝其归路,可不战而克。魏王嗣善之,以问崔浩曰:"刘裕克秦乎?"浩对曰:"克之。"嗣曰:"何故?"浩对曰:"姚兴好事虚名,而少实用。子泓懦弱,兄弟乖争。裕乘其危,兵精将勇,何故不克!"嗣曰:"裕才何如慕容垂?"浩对曰:"垂借父兄之资,修复故业,国人归之,易以立功。刘裕奋起寒微,不偕尺土,讨灭群盗,所向无前,垂不及矣!"嗣曰:"裕既入关,不能进退,我以精骑直捣彭城,裕将若之何?"浩对曰:"今屈丐、柔然,伺我之隙。而诸将用兵,皆非裕敌,兴兵远攻,未见其利,不如静以待之。裕克秦而归,必篡其主,关中华、戎杂错,风俗劲悍,裕欲以荆、扬之化,施之函、秦,此无异解衣包火,张罗捕虎。虽留兵守之,人情未洽,趋向不同,适足资敌耳。愿且按兵息民,以观其变。秦地终为国家之有,可坐而守也。"嗣笑曰:"卿料之审矣。"浩曰:"臣常私论近世将相:若王猛之治国,苻坚之管仲也;慕容恪之辅幼主,慕容晖之霍光也;刘裕之平祸乱,司马德宗之曹操也。"嗣曰:"屈丐何如?"对曰:"屈丐,国家倾覆,寄食姚氏,受其封植,不思报效,而乘时徼利,盗有一方,结怨四邻,虽纵暴于一时,终为人所吞耳。"嗣大悦,语至夜半,赐浩御缥醪十觚,水晶盐一两,曰:"朕味卿言如此,故欲共享其美。"然犹命长孙嵩、叔孙建各简精兵,俟裕西过,南侵彭城。

却说枹罕房乞伏炽磐,乃陇西鲜卑人。父司繁,降苻坚,使镇勇士川,卒,国仁代镇,苻坚败,乃自称大单于,秦、河二州牧,苑川王,据金城(今兰州)。当炽磐闻晋刘裕将兵伐秦,聚集本部官属商议。其部下大臣周

---

① 缥醪(láo)——酒名。

恭出曰："昔姚兴在日，每起窥觎西秦之心，恨未有暇也。依愚之见，不如顺晋，同伐姚泓，后无虑也。若助姚泓而退刘裕，是鹊引鸠夺自巢也。"炽磐依说，遣臣赍牛酒前来谒见刘裕，呈上请降之书，乞力共讨姚泓。裕见降书大喜，赏使臣回，拜炽磐为平西将军、河南公，令其调兵来应。

时沈田子、傅弘之率兵入武关，秦戍将皆委城走。田子等又进屯青泥。八月，太尉裕至阌乡，秦王泓欲自将兵御裕，恐田子等袭其后，欲先击灭田子等，然后倾国东出，乃帅步骑数万，掩至青泥。田子本为疑兵，所领才千余人，闻泓至，欲击之。弘之以众寡不敌，言于田子曰："兵贵用奇，不必在众。今从寡相悬，势不两立，若彼围既固，则我无所逃矣！不如乘其始至，营队未立，而先薄之，可以有功。"言讫，遂进兵。秦兵合围数重，田子慰抚士卒曰："诸君速来，正求此战，死生一决，封侯之业在此。若不胜，命无返矣！"于是士卒皆踊跃鼓噪，执短兵奋击，秦兵大败，斩万余级。秦不能敌，奔还。

镇恶流舟弃粮战

刘裕至潼关，王镇恶请帅水军自河入渭以趋长安，裕许之。秦王泓使姚丕以兵守渭桥，以拒之。镇恶溯渭而上，乘艨艟小舰，行船者皆在舰内，舰外无人。北土素无舟楫，秦人但见舰进，惊以为神。至渭桥，镇恶令军士食毕，传令皆持杖登岸，退后者斩。既登岸，即密使人解放舟舰，任其漂去，渭水迅急，倏忽不见。镇恶乃谕士卒曰："此为长安北门，去家万里，舟楫、衣粮皆已随流。今进战而胜，则功名俱显；不胜，则骸骨不返，无他歧矣。"言讫，乃身先士卒，众腾踊争进，与姚丕战。战未三合，丕大败，姚丕军皆溃。姚泓引兵来救之，为败卒所蹂践，不战而溃。镇恶乘乱，入自平朔门。秦王泓众皆走散，自领家属出降。其子佛念，年十一，言于泓曰："晋人将逞其欲，虽降必不免，不如引决。"泓怃然①不应。佛念登宫墙自投死。泓乃将妻子、群臣诣镇恶垒门请降，镇恶以属吏。城中夷、晋六万余户，镇恶以国恩抚慰，号令严肃，百姓安堵。使人迎接刘裕入城。镇恶

---

① 怃（wǔ）然——失意状。

性贪,盗秦府库,不可胜记。裕至知之,以其功大不问。收秦彝器、浑仪、土圭、记里鼓、指南车送建康。余金帛、珍宝,皆以颁赏将士。送姚泓去建康。议将迁都洛阳。王仲德曰:"暴师日久,士卒思归,未可议也。"

北凉王蒙逊闻裕灭秦,怒甚,门下校尉刘祥入言事,蒙逊曰:"汝闻刘裕入关,敢研研然也。"斩之。

夏叱干阿利领将作大匠,拨夷、夏十万人,筑都城于朔方黑水之南。夏王谓百官曰:"时朕方统一天下,君临万邦,新城宜名统万。"叱干阿利性巧而残忍,征土筑城,锥入一寸,即杀做者并筑之。勃勃以为能,委任之。凡造器成,呈之,工人必有死者:弓射甲不入,则斩弓人;入甲,则斩甲匠。由是器物皆积。故勃勃重任信之。勃勃自谓其祖从母姓刘,非礼也。乃改姓赫连氏,言其徽赫与天连也,其非正统者为铁伐氏,言刚如铁,堪伐人也。由是群僚皆贺。夏王勃勃闻裕伐秦,谓诸将曰:"裕取关中必矣,然不能久留,必将南归,若留子弟及诸将守之,吾取如拾芥耳。"乃秣马养士,进据安定,岭北郡县皆降之。时裕恐勃勃为乱,乃遣使遗勃勃书,约为兄弟,勃勃报书许之。

刘裕灭秦诛姚泓

却说晋帝设朝,群臣奏:"刘裕克长安,取得玉玺法器,并秦王姚泓,遣人送与陛下。"帝闻奏,召使臣入殿,受了玉玺宝物,命将姚泓斩于建康。泓在位二年,至是降晋,斩于京师,百里内草木皆焦死之。后秦自姚苌至泓三世,凡三十二年,被刘裕灭之。

却说刘裕集诸将佐,遍观宫室故地,凄怆动容,遂问御史中丞郑鲜之曰:"卿乃知书之辈,秦、汉得丧之由,卿试言之。"鲜之遂具以贾谊《过秦论》对之。刘裕闻之曰:"及子婴而亡,已为晚矣。然观始皇为人,智足见是非,所任不得人,何也?"鲜之曰:"夫佞言似忠,奸言似信,中人以上,乃可语上,始皇未及中人,所以暗于识士也。"裕又前至渭滨,裕复叹曰:"此地宁复有吕望耶?"鲜之曰:"昔叶公好龙,而真龙见;燕昭市骨,而骏足至。明公以盱食①待士,岂患海内无人耶?"裕曰:"卿所言甚善。"次日,又集将帅议曰:"吾意欲息驾长安,经略赵、魏,汝等计议如何?"其时诸将士久役征伐,伤痍未瘳,各起思归之心,对曰:"赵、魏二国,兵精粮足,难以拔之,不如令桂阳公镇长安,大王自班师还京,养军士之力,聚粮草之余,然后可议西北。"裕闻说,犹豫之际,忽京内有使人至,报前将军刘穆之死了。刘裕大惊,哭昏在地,众将急救起方苏,泣曰:"丧吾右臂也!"乃谓诸将曰:"吾始间欲议西北之计,今遇前将军刘穆之死了,京都根本无托,难以建策。吾令次子桂阳公义真为都督雍、梁、秦三州事,留镇长安。"时义真年十一,掌此重权。又留王镇恶为司马,沈田子等腹心十余人辅佐之。次日,欲自引余军振旅还京。

却说司马王镇恶功多,南人由是皆忌之。当沈田子自以峣柳之捷,数与镇恶争功不平,即夜私与傅玄之来见裕,潜于裕曰:"王镇恶屡有二心,向家在关中,不可保信,倘若有变,何如为之?"裕曰:"今留卿文武将士精兵万人,彼若为不善,正足自灭耳。勿复多言。"裕又思半晌,谓沈田子曰:"钟会不得遂其乱者,以有卫瓘之②故也。语曰:'猛兽不如群狐。'卿等十余人,何惧镇恶也。"言讫歇息,次早欲行。其时,三秦父老闻裕还京,诣殿门流涕,诉曰:"残民不沾王化,于今百年,始睹衣冠,人人相贺。长安十陵是公家坟墓,咸阳宫殿是公家室宅,舍此欲何之乎!"裕为之悯然,慰谕之曰:"受命朝廷,不得擅留。诚多诸君怀本之志,今以次息与文武贤才共镇此境,吾暂且回京,期岁必至,汝等宽心。"言讫,令三秦父老回去。刘裕欲行,以手执义真手,以授长史王修,令修执其子之手,言曰:"此子年幼,今托付汝。汝尽心辅佐,各效忠义之心,休忘吾说之言。"修答曰:"蒙明公拔擢,今又委重,安敢有懈以怀二心,虽肝脑涂地,亦不敢忘。"裕令修等回去,只有百官送数程回去。

裕自洛入河,开汴渠以归。裕觐见,晋帝问宋公远路劳苦,请其还宅。裕乃辞帝出,与群臣祭前将军刘穆之灵柩,裕至柩前哭倒于地曰:"刘穆之故,乃天丧吾也!"又谓文武曰:"诸君年齿,皆孤等辈,唯穆之仅少,吾欲托以后事,不期中年折耳,使吾腹心崩裂矣。"言讫又哭,拜而祭之,祭

---

① 盱(gàn)食——天黑了才吃饭,形容勤于政务。
② 卫瓘之——瓘监邓艾、钟会攻蜀。蜀平后,钟会乱,瓘纠集诸将杀会。

毕,归府去讫。

却说夏王勃勃闻宋公刘裕东还,心下大喜,聚集文武商议,举觞谓将军王买德曰:"朕欲取关中,卿试言其方略。"买德曰:"关中形势之地,而裕以幼子守之,狼狈而归,正欲急成篡事耳,不暇复以中原为意。此天以关中赐我,不可失也。"于是勃勃大喜,乃使其子赫连璝为前部,帅骑二万来攻长安。勃勃自将大军为后继。

赫连勃勃取关中

戊午,十四年(魏泰常三年,夏昌武元年),正月,赫连璝①引兵至,时关中士民降之者满路。当桂阳公义真闻夏王引兵来取长安,急使司马王镇恶、参军沈田子、傅弘之三人,各以兵五千去迎。三人得令,出城安营点兵。

却说沈田子欲据北地以拒夏兵,当沈田子请傅弘之至曰:"今王镇恶自骄傲轻慢我等,吾欲杀之,君有何计可行?"弘曰:"吾来日使人请王镇恶到我营内,只说议计去退夏兵,彼必至。若至,以酒灌醉,令公宗人沈敬仁领三百刀斧手抢入杀之,却不好也。"田子曰:"此计大善。"乃唤沈敬仁至,吩咐计策了当。傅弘之回营,次日令人来请镇恶。镇恶不知是计,随使就来诣弘之营。弘之接入,劝镇恶饮酒。镇恶大醉,被沈敬仁引三百刀斧手,抢入斩之于席前。俄而田子至,令取首级,号令三军曰:"镇恶谋反,奉刘太尉命斩之!其部下之军,勿得惊慌。"令讫,遂收其部下之兵,分做二营而屯。只有部将刘弘之知是傅弘之、沈田子遘谋,故杀王镇恶,乃私奔来告桂阳公刘义真。义真大惊,与王修披甲持刀,与诸佐登横门以察其变之由。傅弘之知义真来,急出迎接入内,说:"王镇恶有二心,我等与沈田子故杀之,号令三军。我等无异,王公休忧。"王修曰:"镇恶若反,不该你斩,要禀明主公。你何敢无礼,擅专戮杀大将!"言讫,以刀将沈田子斩之。先时,刘义真赐左右之钱物,皆被王修裁减,因此左右恨王修,潜于义真曰:"王镇恶谋反,故沈田子杀之,今王修杀田子,是欲造反也!"义

---

① 璝(guī)。

真信之,喝左右刘乞将王修诛之。王修既死,关中人情离散也。次日,义真闻知,惊呆了半响曰:"王镇恶二心,反意已露,方杀了。你等火速去退夏兵。"弘之乃下拜曰:"臣等就行。"言讫,勒兵前来,恰遇着前部赫连瓌至。晋兵阵中,宁朔将军弘之出马与战,双马相交,兵器并举。二人战上十合,赫连力乏,勒转战马便走。夏兵见瓌逃,亦各溃乱,被弘之麾兵赶杀,杀得夏兵十损其七,连追一百余里,方还屯驻。

其时,赫连瓌大败,退回半路,来见夏王,说兵败之由。夏王心忧,喝退赫连瓌,自以大兵来取咸阳,路上撞着晋兵来迎。夏王视之,旗上写得分明:将军贺玉。其时贺玉跃马横枪,立在阵前。夏王道:"贺玉必是上将,谁出马迎敌?"说未了,大刀王买德手抚青龙宝刀,纵马出阵,与贺玉二马相交。正如两条龙竞斗,一对虎争吞,一往一来凤翻身,一上一下雕转翅,刀斗刀起万丈寒光,马斗马荡一团杀气。二人斗到三十余合,贺玉气力不加,拨回马望本阵便走。王买德拍马便赶,贺玉兵转山城走入长安。夏王调兵追赶,约赶五十余里,夏王方下令鸣金收军,进据咸阳,聚集文武商议攻打长安之策。其时,王买德进曰:"长安急未可攻,若攻之,彼必死战,难下也。今咸阳于我所有,不如分兵守住诸险,绝其樵采之路,断其粮道之通,不半岁,长安食尽薪穷,晋兵必乱逃归,那时攻之,长安可得,晋师自走也。"夏王曰:"卿言至善。"于是夏王不攻长安,分兵守定各处险隘,果然晋兵食尽樵无,义真心慌,急使人偷回邺都,报知刘裕。

义真大败回建康

六月,太尉刘裕始受相国、宋公、九锡之命。裕既受命,崇继母萧氏为太妃,以孔靖为尚书令,王弘为仆射,傅亮、蔡廓为侍中,谢晦为右卫将军,殷景仁为秘书郎。靖辞不受。景仁学不为文,敏有思致,口不谈义,深达理体,至于国典、朝仪、旧章、记注,莫不撰录,识者知其有当世之志。宋公刘裕欲以世子义符镇荆州,张邵谏曰:"储二之重,四海所系,不宜居外。"乃以义隆为荆州刺史,以刘彦之、张邵、王昙首、王华等为参佐。义隆尚幼,府事皆决于邵。裕谓义隆曰:"昙首沉毅有器度,宰相才也,汝每事咨之。"义隆纳之,辞裕即行。

义真大败回建康

却说夏王勃勃进据咸阳,长安樵采路绝,义真遣人入建康报父刘裕。裕闻之,使蒯恩召义真东归;又以朱龄石去守关中,谓石曰:"卿至长安,可救义真,轻装速发出关,然后徐行,若关右必不可守,可与义真俱归。"十一月,龄石至长安,时义真将士大掠而东还,多载宝货子女,方轨徐行,日不过十里,傅弘之谏不听。赫连璝率众追之。蒯恩断后,力战连日,至青泥又与璝战,大败,为夏兵所擒。义真左右尽散,独逃草中,参军段宏追寻得之,束之于背,单马而归。义真曰:"今日之事,诚无算略,然丈夫不经此,何以知艰难!"勃勃欲降傅弘之,弘之不屈,叫骂而死。勃勃积人骸为京观,号"髑髅台"。长安百姓皆惧。勃勃来攻朱龄石,龄石焚其宫殿奔潼关,夏主以兵追杀之。勃勃入长安,大飨将士,举觞嘱王买德曰:"卿往日之言,至期而验,可谓算无遗策矣。"

裕闻青泥之败,未知义真存亡,怒甚,克日北伐。谢晦谏以"士卒疲弊,请俟他年"。郑鲜之亦言:"今诸州大水,民食寡乏,三吴群盗攻没诸县,皆由困于征伐故也。江南士庶引领颙颙①,以望返旆,闻更北出,不测还期,臣恐返顾之忧更在腹心也。"会知义真回,乃止。但登城北望,慨然流涕而已。以段宏为黄门侍郎,毛德祖守蒲坂。

十一月,彗星出天津,入太微,经北斗,络紫微,八十余日而灭。魏王嗣复召诸儒、术士问之曰:"彗星所出,今四海分裂,咎在何国,朕甚畏之。卿其无隐。"崔浩曰:"灾异之兴,皆象人事,无衅,又何畏焉?昔王莽将篡,星亦如之。今国家主尊臣卑,民无异望,晋室陵夷,危亡不远,彗之为异,其刘裕将篡之应乎!"魏王悦之。

却说夏主勃勃既即位于长安,闻韦祖思贤而忠正,乃遣人征之。韦祖思惧其残暴,只得随使人入长安。早朝入拜,恭谨过礼。勃勃大怒曰:"吾以国士征汝,奈何以非类处吾!汝昔不拜姚兴,何独拜我?我今未死,汝犹不以我为帝王;吾死之后,汝辈弄笔,当置吾何地耶!"遂将出杀之。群臣无不冤焉。勃勃乃于长安置南台,以子赫连璝录南台尚书事。勃勃欲领文武振旅而还统万,造宫殿大成,改元为真兴元年。刻石都南,颂其功德焉。群臣请都长安,夏王勃勃曰:"朕岂不知长安帝都,沃饶险固!然统万距魏才百余里,朕在长安,统万必危;若在统万,则魏必不敢济

---

① 颙颙(yóng)——仰望貌。

河而西,诸卿适未见此耳!"乃置南台于长安,以赫连瑰录尚书事而还。勃勃性骄虐,视民如草芥,常置弓剑于侧,群臣迕①视者凿其目,笑者抉②其唇,谏者先截其舌,然后斩之。

三月,刘裕诛晋室之有才望者,司马楚之叔兄皆死,楚之亡匿蛮中。及从祖休之奔秦,楚之乃亡之汝、颍间,聚众以谋复仇。楚之少有英气,折节下士,有众万余屯处长社。裕使休谦往刺之,楚之爱士,待谦甚厚。谦未得间,乃夜称疾,欲因楚之问疾而刺之。楚之果自赍药往视,情意勤笃。谦不忍发,乃出匕首,以状告曰:"将军深为刘裕所恶,使我刺你,吾不忍也。愿勿轻率以自保全。"遂委身事之,为之防卫。楚之乃以兵转屯柏谷坞,以防之。

西凉地震星陨。时凉公李歆用刑过严,又好治宫室,从事中郎张显上疏曰:

凉土三分,势不支久。兼并之本,在于务农;怀远之略,莫如宽简。今阴阳失序,风雨乖和;是宜减膳彻乐,侧身修道,而更繁刑峻罚,缮筑不止,殆非所以致兴隆也。沮渠蒙逊,胡夷之杰,内修政事,外礼英贤,攻战之际,身先士卒,百姓怀之,乐为之用。臣谓殿下非但不能平蒙逊,亦惧蒙逊,方为社稷之忧也。

主簿范称亦谏曰:

天之子爱人主,殷勤至矣。故政之不修,下灾异以戒告之,改者虽危必昌,不改者虽安必亡。属者谦德堂陷,效谷地裂,昏雾四塞,日赤无光,狐上南门,地频五震,星陨建康,皆变异之大者也。昔年西平地裂,狐入殿前,而秦师奄至;姑臧门崩,陨石于西土,梁卿见杀之。及段业称制,三年之中,地震五十余所而先王龙兴,蒙逊篡弑之行,目前之成事,殿下所明知。愿停罢宫室之役,止游戏之娱,礼贤爱民,以应天变。

歆皆不从。

---

① 迕(wǔ)——逆。
② 抉(jué)——剔出。

宋公受晋之禅位

却说宋王刘裕置酒令留宴文武，议谋外略。当太史令骆达出席上曰："臣常观天文符应，晋该禅于宋，不可远征。"刘裕曰："何如？且言。"达曰："晋义熙元年至今年，太白昼见，经天凡七占曰：'太白经天，人主更异姓。'又见义熙七年，五虹见于东方，占曰：'五虹见，天子黜，圣人出。'九年，镇星、岁星、太白、荧惑，聚于东井。十三年，镇星入太微，占曰：'镇星守太微，有立王，有徙王。'今天命已归大王，大王宜受晋位，拨兵去伐，不须亲行。"刘裕谓骆达等文武曰："吾闻魏武祖有言：'若天命在吾，吾为周文王矣。'吾思此事。"达曰："魏王不忍为之，世受汉禄，恐人议论，当篡逆之名，故有此语，是明使子曹丕为天子也。"裕曰："吾功德比迹武祖若何？"达曰："大王辅晋，绝而再兴，与魏大不同也。魏王虽功盖天下，民恨其威，不怀其德，其子承统，差役繁重，东西驰驱，无有宁岁。今大王累立大功，布恩天下，民心归之久矣，故与曹氏不同。况今天心示变，宋岂可逆也。"裕曰："吾记谶云：'昌明之后，尚有二帝。'吾若受禅，难逃篡逆之名，未可行之也。"骆达知裕之意，欲受禅而恐天下之人议论，乃即出，与中书侍郎王韶之议，计请晋帝左右宦者李英、刘益至府，谓曰："今晋室天下，皆是宋公再造，民心尽归。况天文屡应，宋该受禅。我众文武议，欲立宋公刘裕为帝。公执谶言'昌明之后，尚有二帝'，不肯受禅，故请二公商量计策。二公若从吾计，富贵不轻。"李英、刘益曰："吾受刘公之恩久矣，屡思报效。今君等议计，若有用我之处，万死不辞。"韶之曰："二公既有此心，我众文武议欲谋弑晋帝，立宋公刘裕为帝，君意如何？"英、益曰："列位休言，容旦日便有捷报，不须尽言。"言讫，二人辞入宫。至次日，以鸩酒毒弑晋帝，诈称发背而亡，瞒过百官。百官举哀，停尸于白虎之殿。丧事毕，太史令骆达、中书侍郎王韶之谓文武曰："晋室天下几绝，咸赖宋公一人，功盖天下，德及万民，自古迄今，虽唐、虞无以过此。晋皇帝今已晏驾，礼宜受晋禅，汝诸文武，意下何如？"众皆曰："可。"当宋公刘裕坚执不从，而曰："今皇帝尸肉尚未冷，琅邪王德文还在，吾必不从。"言讫，亲扶琅邪王德文上龙座，唤文武齐称，山呼万岁万岁毕，分列两班，上贺讫罢朝。

却说晋恭帝讳德文，晋安帝同母弟也。初，封琅邪王，及刘裕、王韶之谋弑安帝，裕乃迎德文而立之，在位二年，禅与宋刘裕。刘裕废为零陵王，被弑之，寿三十六岁，葬中陵，按谥法，尊贤让善曰恭。

己未，元熙元年，七月，恭帝设朝，加封宋公裕爵王位，裕辞不受。时刘裕有受禅之意，难于发言，乃集朝臣宴饮，从容谓文武曰："昔桓玄暴篡，鼎命已移，我首倡大义，兴复皇室。今年时衰暮，欲归老矣。"群臣皆曰："明公盛德，虽周公、伊尹莫及之，何可归致也。"当群臣皆莫晓其意，唯中庶子傅亮知之，因饮罢遂出还本镇。骆达、王韶之与百官商议曰："元熙元年冬，黑龙西登于天。《易》曰：'日冬龙见，天子亡社稷，大人受命。'及闻异州道人释法柳告其弟子曰：'嵩神言，江东有刘将军，是汉家苗裔，当受天命，吾以璧三十二镇金一并与之，刘氏卜世之数。汉建武至建安末，一百九十六年，该禅魏。魏自黄初至咸熙末，四十六年，而禅晋。晋自泰始至今一百五十六年，该禅与宋公。代揖让咸穷于六。'今天垂景象，宋当代晋。可安排受禅之礼，请晋天子诏，将天下让与宋王。"众皆曰："此天命已归刘氏，可奏知恭帝。"众曰："可。"至晚来见宋公，刘宫门已闭，亮扣扉请裕出见曰："臣暂且还都，不久就至，故来辞耳。"裕亦知亮意，无复他言，直云："须几人自送？"亮曰："须数十人足耳。"裕从之。亮于是奏辞，星夜来都，及出，忽见长星竞天，亮附髀①曰："我常不信天文，今始验矣。"

亮至旦，与文武官僚，及中书侍郎王韶之、太史令骆达直入内殿，来见天子奏曰："伏睹宋王自返舆以来，功盖天下，德布四方，真越古超今，虽唐、虞无以过此。群臣会议，言晋祚已终，伏望陛下效帝尧之道，将江山社稷，传位与宋王，上合天心，下合民意，则陛下祖宗幸甚！臣等议定，今乃奏知。"帝大惊，汗流满面，半晌不能言，觑百官曰："朕虽不惠，又无罪恶，争忍以祖宗之基，等闲弃之。朕思桓玄之乱，晋氏已无天下，重为刘公再造所延，将二十载。今日之事，本所甘心，诚恐后代议朕不得以天下轻易与人，汝百官再宜从公商议。"骆达出班奏曰："天文符应数十条，皆言晋气数已尽，宋祚当兴。"恭帝犹豫，当尚书傅亮奏曰："陛下差矣。昔日三

---

① 髀（bì）——大腿。

皇五帝，互相推让，无德让有德。次后三王，各传子孙，至于桀、纣无道，天下伐之。春秋虽霸，各相吞并，有贤者归之，后并入秦，方归于汉。汉禅于魏，魏禅于晋。以此论之，天下者，非一人之天下，乃天下人之天下也，须不是陛下祖宗自传到今。陛下早决去就，勿令生变。"司空徐羡之曰："自古以来，有兴必有废，有盛必有衰，岂有不亡之国，安有不败之家。陛下晋朝，相传一百余年，气运已极矣！宜从众请，可急降诏，以安众心。"帝始欣然，令尚书仆射傅亮草诏。亮即草诏曰：

朕之晋祚，罹天下荡覆，几无遗。幸祖宗之灵，得刘氏之力为辅政，南征北讨，东荡西除，而得太平。今仰瞻天位，俯察民心，晋之气数已尽，大历合归于宋。是以前生既极神之迹，今生只有光辉，明德以应有期，历数昭然，已可知矣。夫人道相继，为贤为能，故唐尧不私于厥子而名无穷，美而慕之。今令陪臣献上国玺，追则尧典，禅位于宋王，无致辞焉。

当傅亮具草诏，使帝书之，帝欣然秉笔，遂书之赤纸，令百官奉赍宋王。百官赍丹诏并玉玺，请宋王受禅。宋王不受，上表谦辞。表曰：

臣裕昨奉诏，进退失据。陛下以垂世之诏，禅无功之臣，使天下人闻知，肝胆碎裂，不知所措。昔者尧以位逊大贤，巢由避迹，后世称之。臣德鲜薄，岂敢奉命，请于盛世别求大贤，以礼让之，则免万年之议论也。臣谨纳玺绶，待罪阙下，不胜惶怖战栗之至。

帝览表，顾与群臣曰："宋王谦让不受，当如之何？"太尉王道怜曰："宋王虽辞，宜再诏奉禅。"

帝闻言，又使傅亮持诏玺至宋王府。宋王裕谓左右檀道济等曰："虽二次诏命，孤恐天下不能逃篡逆之名。"道济曰："此事至易，令傅亮再捧诏玺还却，交其命筑台，名受禅台，选吉日良时，聚集内外公卿，并四夷八方之人尽至台下，令恭帝亲捧玺绶，以禅天下于大王，可以绝群谤之言也。"裕大喜，傅亮依计而行。

宋公刘裕即帝位

庚申,二年(宋高祖武帝刘裕永初元年,魏太宗明元帝拓跋嗣太常五年,西秦文昭王乞伏炽磐建泓元年,夏世祖赫连勃勃直兴二年,燕太祖冯跋太平十二年,北凉武宣王沮渠蒙逊玄始九年,西凉公李恂永建元年。是岁,晋亡宋代,凡七国),四月,长星见,裕令傅亮捧玺还宫,再作表以辞。帝曰:"宋王无意禅位,卿等若何?"亮曰:"陛下可筑之台,名受禅台,对公卿士民明白禅位,则陛下子孙,世世必蒙宋恩矣。"帝只得令太常院官卜地于南郊,筑起三屋高台,选夏六月丁卯日,聚集大小官僚四百余员,武将御林虎卫禁军一十余万,及匈奴、单于、四夷化外之人,亦有数万,至日寅时,请宋王裕登台受禅,恭帝亲捧玉玺以与宋王裕,裕方受命。台下群臣跪宣请敕曰:

咨尔宋王:昔者帝尧禅位于虞舜,舜亦以命于禹,天命不于常,唯归有德。晋道陵迟,世失其祚,海内大乱,群凶肆逆,宇内颠覆,赖宋王裕拯大难于四方,清区夏以保护我宗庙,岂予一人,遐荒九服,实受其赐。今王钦承前绪,先于乃德,恢文武之业,昭示皇考之弘烈,英灵降驾,大臣告征,延唯亮筑,师锡朕命,曰尔唐尧,协于虞舜,周率我唐与,敬禅帝位。于戏!天之历数,实在尔躬,允执其中,天禄永终。君其祗顺大乱,享兹万国,以渊大命。

元熙元年冬十月日诏。

读策已罢,宋王方受八般大宝,柴燎告天。傅亮率公卿行大礼罢,备法驾,幸建康宫,临太极前殿。立义符为太子,大赦天下,封赏文武,改晋泰始历为永初历。社以子,腊以辰,使使巡狩四方。旌贤举善,问人疾苦。狱讼亏滥、政刑乖怨、伤化扰俗未允人听者,令悉具闻。至次日,议封废恭帝为零陵王,令其别处歇马,非宣唤不许入朝。恭帝领旨,谢恩出朝,居于秣陵。使刘遵以兵防卫之。

宋高祖皇帝,姓刘讳裕,字德兴,彭城人。兴晋,为太尉,封宋王。受恭帝禅,建国宋,都于建康,在位三年而崩,寿六十七,葬初宁陵。右东、西晋合一百五十六年,凡一十五帝,禅于宋刘裕焉。

却说刘裕既受晋禅,即皇帝大位,每临朝悲哀曰:"刘穆之不死,当助我理天下,可谓:'人之云亡,邦国殄瘁!'"范泰对曰:"圣主在上,英彦满朝,穆之虽功著艰难,未容便关兴废,陛下何自发悲耶?"宋帝笑曰:"卿不闻骐骥乎,贵日致千里耳。"于是帝追封穆之南康郡公,谥曰文宣。时太子义符居东宫,多狎群小,因是谢晦言于武帝曰:"陛下春秋既高,宜思保万代,神器至重,不可使负荷非人。今太子居东宫,多狎群小,任意淫虐,非可为之人主也。"武帝曰:"庐陵王义真何如?"晦曰:"臣请观焉。"帝曰:"卿可去代朕观之,即来回报。"于是谢晦入内,造见义真。义真盛欲与谈别事,仁德国政无言。晦俱不答,即还报武帝曰:"德轻于木,非人主也。"由此武帝复使义真为扬州刺史,去镇石头城。宋武帝设朝,有司奏以铢货减少,国用不足。武帝因欲更造五铢①,时太常范泰谏曰:

  臣闻为国极弊,莫若务本。百姓不足,君孰与之。未有民贫而国富,本不足而末有余者也。故囊漏贮中,识者不吝;反裘负薪,存毛实难。王者不言有无,诸侯不说多少,食禄之家,不与百姓争利。故拔葵②所以明政,织蒲谓之不仁,是以贵贱有章,职分无爽。今之所忧,在农人尚寡,食廪未充,转运无已,资食者众,家无私积,难以御荒耳。夫货存贸易,不在少多,昔日之贵,今日之贱,彼此共之,其揆一也。但令官民俱通,则无患不足。若使必资货广以收国用者,则钱贝之属,自古所有。寻铜之为器,在用已博矣。钟律③所通者货,机衡所揆者人。夏鼎负《图》,实冠众瑞,晋铎呈象,亦启伏征。器有要用,则贵贱同资;物有适宜,则家国共急。今毁必资之器,而为无施之钱,于货则功不补劳,在用则君民俱困,校之以实,损多益少。伏愿思可久之道,探欲速之情,弘山海之纳,择刍荛④之说也。

武帝闻谏,于是罢焉。

---

① 五铢——即五铢钱,汉武帝元狩五年,诏令各郡国铸行五铢钱。
② 拔葵——即拔葵去织。汉书载:公仪子相鲁,回家见其妻织帛,怒而休之;拔其园葵而弃之。后以"拔葵去织"为居官不与民争利的典故。
③ 钟律——钟官,汉水衡都尉,主铸钱。
④ 刍荛——割草叫刍,打柴叫荛。谓草野之人。